首都师范大学研究生精品课程教材
北京市高层次人才计划资助项目成果

文学研究方法论讲义

（第三版）

赵敏俐　编著

学苑出版社

图书在版编目(CIP)数据

文学研究方法论讲义 / 赵敏俐编著. —3版. —北京:学苑出版社,2020.3
ISBN 978-7-5077-5903-7

Ⅰ.①文… Ⅱ.①赵… Ⅲ.①文学研究-方法论 Ⅳ.①I06-03

中国版本图书馆CIP数据核字(2020)第024446号

责任编辑：李　耕
出版发行：学苑出版社
社　　址：北京市丰台区南方庄2号院1号楼
邮政编码：100079
网　　址：www.book001.com
电子信箱：xueyuanpress@163.com
销售电话：010-67601101(营销部)、010-67603091(总编室)
印　刷　厂：北京建宏印刷有限公司
开本尺寸：889×1194　16开本
印　　张：22
字　　数：530千字
版　　次：2020年3月第3版
印　　次：2020年3月第1次印刷
定　　价：106.00元

目 录

导 论 文学研究方法论的提出与课程设置 …………………………………… (1)
  一、文学研究方法论的提出及其意义 ………………………………………… (1)
  二、文学研究方法论课程的开设及相关介绍 ………………………………… (3)

上 编 20世纪中国文学研究方法论概述

第一讲 20世纪文学观念的变革及其方法论意义 ………………………… (7)
  一、中国古代的"文"与"文学"观念 ……………………………………… (7)
  二、"五四"前后关于"文学"概念的科学探讨 …………………………… (8)
  三、文学观念的变化对中国文学研究的影响 ……………………………… (10)

第二讲 20世纪初以进化论为基础的实证主义方法论 …………………… (16)
  一、对清人治学方法的简单总结 …………………………………………… (16)
  二、20世纪初文学研究方法的变革 ………………………………………… (18)
  三、以进化论为指导的考证法的历史局限 ………………………………… (22)

第三讲 20世纪古典文学研究方法论的主流 ……………………………… (24)
  一、分析主义产生的历史文化背景 ………………………………………… (24)
  二、社会分析法在古典文学研究中的地位和意义 ………………………… (25)
  三、形而上学与社会分析法的历史局限 …………………………………… (32)

第四讲 20世纪后期文学研究方法论的新发展 …………………………… (34)
  一、文学研究方法论热的产生及历史渊源 ………………………………… (34)
  二、以文化学为基础的系统方法论的发展趋向 …………………………… (36)
  三、方法论热的消退及相关思考 …………………………………………… (40)

第五讲 有关文学研究方法论著作简介 ……………………………………… (42)

下 编 20世纪中国文学研究经典论文选讲

第一讲 王国维：《殷卜辞中所见先公先王考》 …………………………… (53)
第二讲 王国维：《人间词话》 ………………………………………………… (62)
第三讲 梁启超：《情圣杜甫》 ………………………………………………… (72)

第四讲　梁启超：《汉魏时代之美文》 ……………………………………（79）

第五讲　鲁　迅：《魏晋风度及文章与药及酒之关系》 …………………（98）

第六讲　陈寅恪：《韦庄〈秦妇吟〉校笺》 ………………………………（105）

第七讲　吴　梅：《顾曲麈谈·原曲》 ……………………………………（123）

第八讲　胡　适：《红楼梦考证》 …………………………………………（145）

第九讲　朱东润：《〈国风〉出于民间论质疑》 …………………………（187）

第十讲　顾颉刚：《孟姜女故事的转变》 …………………………………（207）

第十一讲　郑振铎：《汤祷篇》 ……………………………………………（238）

第十二讲　闻一多：《宫体诗的自赎》 ……………………………………（252）

第十三讲　龙榆生：《两宋词风转变论》 …………………………………（258）

第十四讲　吴　宓：《诗学总论》 …………………………………………（271）

第十五讲　朱自清：《诗言志辨·比兴》 …………………………………（280）

第十六讲　朱光潜：《中国诗何以走上"律"的路》 ……………………（307）

第十七讲　杨公骥：《〈商颂〉考》 ………………………………………（315）

附　录　赵敏俐：《慎思明辨的学术典范——杨公骥〈《商颂》考〉评析》 …（328）

后　记 …………………………………………………………………………（343）

再版后记 ………………………………………………………………………（344）

三版后记 ………………………………………………………………………（345）

导 论
文学研究方法论的提出与课程设置

随着当代学科建设的日趋分化，中国古代文学已经成为文学这一学科下一个相对独立的二级学科。面对浩如烟海的中国古代文学作品，如何持续不断地对它进行深入的研究，使之成为现代中国学科的重要组成部分，并以其丰富的内容参与现代中国的文化建设，已经是学者们早就思考的重要问题。同时，随着高等院校研究生教育的大发展，要培养出一批批优秀的研究型人才，使他们不仅具有扎实的基本知识，而且具有学术创新能力，也是当前大家关注的重要问题。中国古代文学研究的方法论，正是在这一大的文化与教育背景之下被提了出来，它成为当前中国古代文学学科建设的重要组成部分，也为研究生教育所急需。因此，在高等学校中国古代文学研究生培养中开设"中国文学研究方法论"课程，并编写一部与之相配套的教材，自然就有了它的多重意义。

一、文学研究方法论的提出及其意义

严格讲来，只要我们研究文学，就要有一定的方法。所以，方法与研究本身是不可分割的。在中国古代，孟子曾提出过"以意逆志"和"知人论世"之说，这虽然不是就文学而言，但是在中国古代文学研究中，却是最早形成的基本方法。《毛诗》学派在研究《诗经》时曾提出了"风雅正变"之说，这既是研究结论，里面也体现了一种研究方法。刘勰在《文心雕龙》中首列"原道"、"征圣"、"宗经"、"辨骚"、"正纬"五篇，并认为这是为文之枢纽，其实这也是刘勰研究"文"所坚持的基本方法。中国古代学术有汉学、宋学、清代朴学之别，又有所谓义理之学、考证之学、辞章之学之别，这其实也包含着研究方法论上的差别。

但是在文学研究中自觉地提出方法论的问题，自然还是20世纪初开始的事情。就我所知，首先把它当成一门课来讲，应该始于梁启超。他于民国十年（1921年）在天津南开大学任课外讲演，一学期后集成一书，名之曰《中国历史研究法》。在中国的学术传统中，向来有文史不分之说，文学史的研究从广义上也属于历史的一部分，因而，此书中所讲的研究方法，对文学研究具有同样的指导意义。最早讨论文学研究方法的著作当属姚永朴1922年在商务印书馆出版的《文学研究法》一书。

1923年，王国维受清华学生会邀请做公开演讲时说："古来之新学问起，大都由于新发见。有孔子壁中书出，而后有汉以来古文家之学；有赵宋古器出，而后有宋以来古器物、古文字之学。……然则中国纸上之学问赖于地下之学问者，固不自今日始矣。自汉以来，中国学问上之最大发现有三：一为孔子壁中书；二为汲冢书；三则今之甲骨文字、敦煌塞上及西域各处之汉晋木简、敦煌千佛洞之六朝及唐人写本书卷、内阁大库之元明以来书籍档册。此四者之一已足当孔壁、汲冢所出，而各地零星发现之金石书籍，于学术之大有关系者，尚不予焉。故今日之时代可谓之'发见时代',自来未有能比者也。"① 王国维这种把纸上材料与考古发现之新材料结合运用的研究方法,被人称之为"二重证据法",在20世纪的学术界产生了巨大影响。

陈寅恪在《陈垣敦煌劫余录序》中说:"一时代之学术,必有其新材料与新问题。取用此材料,以研求问题,则为此时代学术之新潮流。治学之士,得预此潮流者,谓之预流。其未得预者,谓之未入流。此古今学术史之通义,非彼闭门造车之徒,所能同喻者也。"② 由此,可见当代人对于方法论问题之重视。梁、王、陈诸人在学术界的影响,不仅在于他们本身所取得的学术成就,同时也包括他们在研究方法论方面给后来者的巨大启示。

具体到文学领域,大约在20世纪20年代开始有人发表有关研究方法的文章,如渭川的《怎样研究中国文学史》(见1923年《学生杂志》第10卷第7期);仲云的《一种研究文学史的新方法》(见1924年6月2—9日《学灯》);30年代,李长之的《论研究中国文学者之路》(《现代》第5卷第3期)等。50年代,在如何编写文学史的大讨论中,关于方法论问题也是一个重要的方面。进入80年代以后,文学研究方法论问题再度被提了出来,并先后出版了多部与之有关的著作,如王钟陵的《文学史新方法论》、钟优民的《文学研究方法论》、周勋初的《当代学术研究思辨》、张伯伟的《中国古代文学批评方法研究》、陶东风的《文学史哲学》等书,以及叶维廉的《中国文学批评方法略论》等文章。由此可见方法论问题的重要以及学人们对它的重视。

方法论,严格来讲应该属于哲学的范畴。所谓文学研究方法论,也就是从哲学的角度讨论如何进行文学研究的问题。要寻找一种文学研究的方法,我以为首先要认识以下三个问题:第一是"文学是什么"的问题,这是一个认识论的问题。仔细考察我们就会发现,不同的时代对于"文学"的定义是不同的。"文学"这一名称,最早见于《论语·先进》,其中有"文学:子游、子夏"之语,意思是说在孔门弟子中,说到"文章博学",当属子游、子夏。可见这里所说的"文学",指的是学问渊博。到了秦汉时期还沿用这一概念,并且将学问渊博的人称为"文学"。其实在中国古代一直没有一个与现代的"文学"完全相对应的概念,直至辛亥革命前,章太炎作《国故论衡》,首先为"文学"正名,他这样讲:"文学者,以有文字著于竹帛,故谓之文;论其法式,谓之文学。"可见,在章太炎看来,"文学"应该是一个词组,包括"文"与"学"两个部分,"文"指经史子集等所有写在竹帛上的文献,"学"则是指那些得以为文的"法式"、"文学"合在一起,指的是对所有文献的学习与研究。而我们现在所说的"文学",则是"五四"以后逐渐形成的一个新概念。③ 由于对它的定义不同,相应的"文学"研究对象自然也会跟着改变。第二是"什么是文学研究"的问题,这是历史观的问题。也就是说,在这一层面中,我们首先要认识的是,在"文学"研究中要解决什么问题,要达到什么目的。根据要解决的问题和达到的目的,我们自然会选择不同的理论工具,如历史唯物论、心理分析、结构主义、文化人类学、原型批评等等。这些不同的理论是我们进行学术研究的基本思想武器,正确地使用各种理论,是我们解决问题、达到文学研究目的的基本途径。第三是如何对它进行研究的问题,也就是具体的方法问题。如搜集资料、整理、考辨等运用史料的方法;比较、分析、归纳、总结、假设与证明等逻辑学的方法;以及宏观与微观、系统与分类、具体与抽象、个别与一般等哲学辩证法等。具体的

---

① 王国维:《最近二三十年中中国新发见之学问》,《王国维文集》第四卷,中国文史出版社1997年版,第33页。"发见"一词,尊重原作,不做改动。本书直接引述较多,原则上作此处理,不再赘叙。
② 陈寅恪:《金明馆丛稿初编》,上海古籍出版社1980年版。
③ 关于这一点,下文将有详细讨论。

研究方法在文学研究中是不可缺少的，这是我们从事学术研究的基本手段和前提，无论进行任何学术研究都不可能离开。以上三个问题的解决，既与各种哲学思潮和文学研究理论的发展有关，又与不同时代的社会变革与研究者所从事的社会实践相联系。我们常说，一时代有一时代之文学。其实我们还应该认识到，一时代有一时代之学术。每一个时代的学术，都是在一定的哲学文化思潮的影响下产生的，也都是在这一特定的时代研究方法下进行的。我们要学习文学研究方法论，首先要认清这一点，然后才是为自己寻找一种新方法的问题。

方法是研究的工具，由于研究的对象、研究的目的不同，所使用的方法也不同。世上没有一把万能的钥匙可以开所有的锁，也没有哪一种方法可以在所有的文学研究中都适用。当我们对文学作品进行艺术分析的时候，用考据学的方法显然行不通。要认识作者所处的时代，原型批评的方法也不适用。所以，我们在这里所谈的是方法论，而不仅仅是方法。除了要掌握具体的研究方法之外，我们还要在"论"的方面下功夫。这里所说的论，就是通过学习和实践，发现方法与研究对象之间的辩证关系，面对不同的研究对象，找到切实有用的研究方法。但同时，在不同的研究对象和不同研究方法的使用过程中，又有一些不变的东西，如客观的、实事求是的态度，坚持真理的原则。科学的首要目的是求真，这是永不改变的。

二、文学研究方法论课程的开设及相关介绍

本门课程的讲授对象主要是二年级的硕士研究生和刚入学的博士研究生，是为了让研究生在进入学术研究之前就懂得方法论的重要性，学习文学研究方法论的基本知识，了解什么是文学研究方法论、方法论在文学研究中的意义，如何自觉地利用各种研究方法来解决学术问题、指导自己的学术研究，等等。具体来讲，全部讲课内容又分为两个大的方面：第一是了解中国文学研究方法论发展的历史，尤其是近百年来中国文学研究方法论的变革以及其与时代发展变化之间的关系。第二是对20世纪优秀学者的经典性学术论著进行方法论分析，了解现当代著名学者在研究中国古代文学时所使用的不同方法以及其所取得的突出成就，其中尤以第二部分为学习和讲授的重点。

之所以要把第二部分作为学习和讲授的重点，基于以下两点考虑：第一，目前学术界有关学术研究方法论的著作已经有多种，相关的文学理论著作和哲学著作更多，这方面要讲述的内容其实是很丰富的。但是，方法论本是一门抽象的理论，它的主要目的是要用来指导实践。如果脱离了实践而讲方法，这方法就成了不切实际的空谈。所以，对于这些研究方法论的相关著作，我只做一般性的简单介绍，提供学习书目，学生们可以根据自己的兴趣进行课外阅读。而我则把本门课的重点放在结合具体的研究实践来讲述方法上面，仔细分析每一个科研案例，看它们究竟使用了何种方法，又是如何使用的，才会让同学们真正理解方法论的内涵。第二，对于硕士研究生来讲，他们正处于研究入门的学习阶段，他们还没有自己的研究实践，对于治学的甘苦还没有什么体会，只讲方法而不讲作品，他们照样不能体会每一种方法论的要义。而对刚入学的博士研究生来讲，他们面临着博士论文的选题和写作，同样需要在方法论实践上的指导。因此，把理论与实践结合起来，用案例分析的方法来讲方法论，也是本人在几年来讲授这门课程中总结出来的一点经验。

本讲义中所选录的，都是20世纪以来著名学者的经典性著作和论文，共分为十七讲。每讲选讲一篇正文，同时提供五篇以上参考篇目。在选录的过程中，力求每篇正文都代表一种方法，或者在学术研究中代表某一个方面。正文的入选作者均是20世纪以来在某种研究方法或研究方向上的开创者，在相关的学术领域都具有相当大的影响，其中像王国维、陈寅恪等人，更是公认的学术大师。参考篇目也大都选取本领域内著名学者的代表性论著，这里

既有老一代学者的文章，也有中青年学者的文章，同时也选录了港台、海外学者的部分文章，以显示其内容的多样性。正文与参考篇目之间，或者有方法论意义上的联系，或者在研究对象方面有某种联系。通过正文和参考篇目，我们可以看出某种方法在20世纪演进的历史和取得的成绩。同时也告诉同学们，方法论并不是一成不变的，有时候面对大致相同的研究对象，不同的人也可以采用不同的方法。通过正文与参考篇目的学习，让同学们对于20世纪的学者们的治学与研究方法有所了解，对于20世纪方法论的演进以及不同的学术流派也有所熟悉，初步掌握运用方法论解决具体问题的能力。另外还有一个目的，是想让同学们通过正文和参考篇目的学习，了解20世纪的学术发展历史，了解20世纪的古代文学研究都取得了哪些突出的成绩。因为正文和参考篇目中所选的文章，都是一个世纪以来古代文学研究中的经典之作，都是每一个有志于中国古代文学研究的人必读的论著。对这些经典性论著的学习，本身就应该成为研究生的一门必修的学业。

鉴于本课程的特殊性质，在讲授的过程中我也试图采用比较灵活的方式。它大致分为两大部分：第一是老师对基本问题的讲授；第二是老师与同学们一起对经典性学术论著的研读和讨论。在研读和讨论之前，我要求学生们事先做好准备，要注意准备和解决以下问题：1. 对每篇文章的作者其人、其事要有一个初步了解；2. 本篇文章是在何种背景下展开研究的（包括前人的研究动态，作者写作此文的学术动机、目的，当时的学术环境、学术思潮等）；3. 本篇文章的精义在何处，主要学术贡献是什么；4. 本篇文章主要运用了哪些方法和理论，以哪种方法与理论为主；5. 作者的学术理念是什么，其学术思想有哪些特点；6. 本篇文章中主要使用了哪些材料，材料出自何处（包括正史、野史、会要、年谱、笔记、文集、青铜器铭文、甲骨文、简帛、图片、碑刻、各种现存实物、考古实物、田野调查、录音、录像等等）；7. 本篇文章在写作上有哪些特点，语言表达如何，体现了什么样的学术风格；8. 本篇文章有哪些不足之处；等等。在课前准备的基础之上，每一次选择一篇经典范文，由一位或一组同学主讲，然后集体讨论，再由老师总结。为了使讨论能够充分展开，除了主讲的同学之外，我要求所有的学生在课前必须认真研读每一篇文章。我觉得，这种学习方式还是比较好的。首先，上课的过程就是经典范文学习的过程，让学生有机会接触学术大师的研究成果以及相关知识。其次，它调动了学生学习的积极性，每一篇范文的研讨，既是同学们的知识学习，也是一次登上讲台的实践。最后，则让学生进行一次严格的学术论文的写作训练。

总之，我的目的是，通过这门课程的学习，既要让学生们了解20世纪文学研究方法的历史进展，又要让他们了解前辈学者们不同的治学方法和各自所取得的学术成就；既要让这门课程成为一门理论课，又要让它成为一门实践课；既要让学生们在研究生学习过程中从一开始就有一个较高的理论认识起点，又要让他们养成不尚空谈的严谨务实的学风。其实，这不仅是对学生们学习这门课程的期待，同时也是我自己不断学习的过程。我虽然已经从事教学科研工作多年，但是在文学研究方法论上仍然需要不断地学习和探索。每一次回顾前辈大师的学术事迹，重温他们的经典性研究文章，就深感自己的不足。司马迁在《史记·孔子世家》中曾用这样的话来表达他对孔子的敬仰之情："《诗》有之：'高山仰止，景行行止。'虽不能至，然心乡往之。"我觉得这话很能表达我对人生最高的治学境界的渴望，也很能表达我对前辈学术大师们治学成就的敬仰，同时也愿意用它来与同学们共勉。

上 编

20 世纪中国文学研究方法论概述

第一讲
20世纪文学观念的变革及其方法论意义

要讨论文学研究的方法，首先要搞清什么是"文学"。这一问题看起来很简单，其实要对它进行明确的界说并不很容易。在不同的历史阶段，人们对它会有不同的理解；而在这种不同理解的背后，则蕴含着一种深刻的社会文化思潮。因此，一种文学观念的改变，也往往是一个时代学术思潮变革的重要标志，同时也是一个时代文学研究方法变革的基础。20世纪的中国文学研究方法论的变革，正是建立在"五四"前后关于文学本质问题的探讨这一基础之上的。当我们今天在讨论文学研究方法论的时候，首先来看一看20世纪之初关于文学本质问题的讨论，对于深化21世纪的中国古代文学研究，学好文学研究方法论这一门课，都是十分重要的。

一、中国古代的"文"与"文学"观念

要探讨20世纪学人关于"文学"本质的理解，我们应该先回顾一下中国古人的文学观。"文学"这一名称，最早见于《论语·先进》"文学：子游、子夏"一语中。这里所说的"文学"，本是孔门四科之一，它指的是文章博学，即对所有文献经典的学习。文学这一意义，在汉代还在沿用，如《汉书·武帝纪》元朔十一年诏曰："选豪俊，讲文学。"至于略近于我们今天所理解的"文学"概念，古代则单称之为"文"。"文"字在甲骨文中写做"𠀎"、"𠀐"，其字形"像正立之人形，胸部有刻画之纹饰，故以文身之纹为文"，"冠于王名之上以为美称"。①《说文解字》曰："文，错画也。"《广雅·释诂》曰："文，饰也。"这是文的本义，指文采和文饰。《说文解字》和《广雅》两书正好从形象和功用两个方面对此字做了完整的解释。因为其本义指人胸部纹饰，故此字一出现就带有审美意义。由此引而申之，"文"字可指一切有文采的东西。《周易·系辞下》曰"物相杂，故曰文"；《礼记·乐记》又曰："五色成文而不乱。"故刘勰在《文心雕龙·原道》中说："文之为德也大矣，与天地并生者何哉？夫玄黄色杂，方圆体分，日月叠璧，以垂丽天之象；山川焕绮，以铺理地之形：此盖道之文也。仰观吐曜，俯察含章，高卑定位，故两仪生矣。惟人参之，性灵所钟，是谓三才。为五行之秀，实天地之心。心生而言立，言立而文明，自然之道也。傍及万品，动植皆文：龙凤以藻绘呈瑞，虎豹以炳蔚凝姿；云霞雕色，有逾画工之妙；草木贲华，无待锦匠之奇。夫岂外饰，盖自然耳。至于林籁结响，调如竽瑟；泉石激韵，和若球锽：故形立则章成矣，声发则文生矣。夫以无识之物，郁然有彩，有心之器，其无文欤？"

由此可见，中国人很早就认识了文学所具有的那种形式上的审美艺术特色，由日月垂象的天之文，山川焕绮的地之文，以及傍及万品的动植皆文，推而广之到人心感于物形于语言的声音，见诸文字的表现，就是人之文。

---

① 徐中舒主编：《甲骨文字典》，四川辞书出版社1989年版，第996页。

中国人虽然很早就认识了文学的这种艺术形式美，可是却没有将文学当作一门独立的学科来进行更深入的探讨，因而形成一种泛文学观，把凡是人类用语言文字写成的东西都称之为"文"，所以，在号称体系最为完备的古代文学理论著作——刘勰的《文心雕龙》里，它所论述的"文"除了我们今天可称之为文学的"诗"、"乐府"、"赋"三类之外，还包括颂赞、祝盟、铭箴、诔碑、哀吊、杂文、谐隐、史传、诸子、论说、诏策、檄移、封禅、章表、奏启、议对、书记等17类，这些，大都不能算在今日所说的"文学"之列。

也许，古人对于这种关于"文"的提法也觉得过于宽泛，故六朝时又有文、笔之分。刘勰在《文心雕龙·总术》中说："今之常言，有文有笔，以为无韵者笔也，有韵者文也。"直至清人阮元，仍坚持这一说法，把无韵者称为"直言之言，说难之语"，把有韵者才称为"文"，并把传为孔子所作的《周易·文言》一篇看成是千古文章（文学）之首。但是这里的"文"仍然不能等同于现代所说的"文学"。

正因为古人持这种模糊的文学概念，所以也就不能建立一个具有现代意义上的"文学"学科。尽管这并不妨碍中国人千百年来仍然不断地进行着文学创作，并继续产生了大量的优秀作品，但是直至辛亥革命前，中国学者心中的"文学"还是一个经史子集无所不包的概念。在这个时期，由于受外国学术的影响，中国人也开始了文学史的研究和编写，代表作如窦警凡的《历朝文学史》、黄人的《中国文学史》、林传甲的《中国文学史》，但由于当时中国人对文学这一概念并没有进行现代化的梳理，所以他们的文学史仍是一个经史子集无所不包的体系。

二、"五四"前后关于"文学"概念的科学探讨

随着历史与科学的进步，20世纪的中国学人显然不会再把自己的研究停留在传统的思维框架中。在西方现代学术思想的感召下，自20世纪初开始，一些有识之士便开始了关于文学观念问题的新的思考。

在这一思考过程中，王国维显然是个开风气的人物。他在《国学丛刊序》中说：

> 学之义广矣，古之所谓学，兼知行言之；今专以知言，则学有三大类：曰科学也，史学也，文学也。凡记述事物而求其原因，定其法理者，谓之科学。求事物变迁之迹而明其因果者，谓之史学。至出入二者间而兼有玩物适情之效者，谓之文学。
>
> 文学中有二原质焉：曰景，曰情。前者以描写自然及人生之事实为主，后者则吾人对此种事实之精神的态度也。……要之，文学者，不外知识与感情交待之结果而已。

由这段话看，王国维显然深受现代西方学术的影响，试图要在中国建立具有现代意义的学科体系，从科学、历史与文学的差别角度给文学下一个定义。尽管他给文学下的这个定义还不明确，应该说，这种对于文学本质的认识，与章太炎相比，思想显然是更具有现代性的。

在关于文学本质问题的探讨中，王国维之后，另一个重要人物是谢无量。1918年，谢无量出版了《中国大文学史》，在这部书第一篇的绪论中，第一章的题目就是"文学之定义"。在这里，他首先考察了"中国古来文学之定义"，又考察了"外国学者论文学之定义"，最后他认为，在中外学者中，只有英国学者庞科士（Pancoast）在他的《英国文学史》中所下的定义最好：

> 文学有二义焉。(甲)兼包字义,统文书之属,出于拉丁语 Initera。首自字母,发为记载,凡可写录,号称书籍,皆此类也,是谓广义,但有成书,靡不为文学矣。(乙)专为述作之殊名,惟宗主情感,以娱志为归者,乃足以当之。文学虽不规规于必传,而不可不希传,故其表示技巧,同工他艺。知绘画音乐雕刻之为艺,则知文学矣。文学描写情感,不专主事实之智识。世之文书,名曰科学者,非其伦也。虽恒用历史科学之事实,然必足以导情陶性者而后采之。斥厥专知,撷其同味,有以挺不朽之盛美焉。此于文学,谓之狭义,如诗歌、历史、传记、小说、评论等是也。①

这是中国人在自己的文学研究著作中第一次明确地表示接受外国人的文学定义,但这种接受并不是盲目的,而是在中国传统的文学观以及外国诸多文学观之中择善而从,这里实际已经包含着他们对于文学本质的现代思考。尽管谢无量在这里还没有提出自己的文学定义,他的《中国大文学史》中还包括经学、文字、史学方面的东西,可是他毕竟强调了文学导情陶性的方面,特别指出了对文学要做"精神上之观察",要注意文学的"美的特质",这样明确的理论主张,比起王国维来又有了发展。

"五四"新文化运动的口号是"民主"和"科学",在科学精神的感召下,"五四"学人对文学的本质问题进行了更为深入的探讨。1919 年,罗家伦在《新潮》第 2 期上发表了一篇名为《什么是文学?——文学界说》的文章,就明显地表现了这种理性的思考。他在这篇文章的开头就说:"现在我们常常听得'文学!''文学!''保全旧文学!''创造新文学!'的声浪了。但是什么是文学呢?不但读者心里常常有这个疑问,就是我心中也常常有这个疑问。我去问保全旧文学的人,他说:'文学就是文学,何须你问。'我去看创造新文学的书,书里也还是没有提到这个问题。"于是,他就先看一下中国古人是怎么说的,为此他查找了桓谭、应璩、陆机、李充以至刘勰和章学诚的文章,结果发现谁也不曾"爽爽快快下一条文学界说",原来"中国人无论做什么事情都是浑浑沌沌,不愿有个明了的观念",勉强地说,在中国近代史上,想给文学以一个明确界说的只有两个人,一个是阮元,一个是章太炎。阮元说:"必沈思翰藻,始名之为文。"章太炎的说法已如上述。这些,显然也是比较宽泛比较模糊的,是罗家伦所不满意的。于是,他又广泛搜集了西方 15 家不同的说法,概括归纳,指出文学有以下八种要素:(一)文学是人生的表现同批评;(二)最好的思想;(三)想象;(四)感情;(五)体裁;(六)艺术;(七)普遍;(八)永久。最后他终于"用科学的方法,归纳出一个界说":

> 文学是人生的表现和批评,从最好的思想里写下来的,有想象,有感情,有体裁,有合于艺术的组织;集此众长,能使人类普遍心理,都觉得他是极明了、极有趣的东西。②

罗家伦给文学所下的这个概念,在今天看来也许还不是那么完善,但是他为了做到这一点,查找了大量的资料,并对古今中外五花八门的文学概念进行了一次认真的梳理和细致的分析,体现了"五四"学人那种求是的科学研究精神,标志着 20 世纪的中国文学研究开始从传统走进了现代。当代人的科学精神在文学研究中起到越来越重要的作用,它以概念的界定为基础,说明一种新的学术规范正在形成,一个新的中国文学理论体系也必将由此而开始

---

① 谢无量:《中国大文学史》,中华书局 1918 年版,第 4 页。
② 罗家伦:《什么是文学?——文学界说》,《新潮》1919 年第 2 期。

诞生，它的意义是不可低估的。

在"五四"时期关于文学本质的探讨中，郑振铎在《文学周报》上发表的《文学的定义》是另一篇重要的文章。和罗家伦不同，郑振铎并不是在总结别人关于文学定义的基础上得出自己的结论，而是像王国维那样，从与科学和其他艺术门类的比较中来认识文学。他首先指出科学与文学二者的不同：文学是诉诸情绪，科学是诉诸智慧；文学的价值与兴趣，含在本身，科学的价值则存于书中所含的真理，而不在书的本身。其次又指出文学和别的艺术的不同：文学是想象的，因此它与诉诸视觉的图画、雕刻等不同；文学是表现人们思想和情绪的，不是只表现情绪的，因此它与音乐又不同。最后他下的定义是：

> 文学是人们的情绪与最高思想联合的"想象"的表现，而他的本身又是具有永久的艺术的价值与兴趣的。①

严格来讲，郑振铎给文学下的这个定义并不比罗家伦强，他所讲的几点，罗家伦都已经讲到，而且比他讲得还要全面些。但二人不同的是，罗家伦虽然给文学下了一个较好的定义，可是他的文学研究却没有贯彻自己的理论主张。他在发表了《什么是文学？——文学界说》一年以后的一篇文章里，又提出了什么"华夷文学"、"策士文学"、"逻辑文学"② 等概念，显得有些不伦不类，因而不免受人批评。而郑振铎在探讨文学本质的同时，把更大的精力都放到了文学的创作和研究上，他对于文学本质的实际把握还是超出了罗家伦的。

试图给文学下一个定义是"五四"以后以至二三十年代的一种学术风气，一些著名的学者在他们的文学史著作中往往都是如此。如胡小石的《中国文学史讲稿》，在第一章"通论"中，就首先考察了文学的意义和古代对它的一些解释，然后讲什么是文学，他分析了古代的一些说法，还引用了日本人厨川白村《苦闷的象征》的说法，接着就给文学下了一个定义。③ 在其稍后出版的钱基博的《现代中国文学史》"绪论"里也是先谈"文学"。该书的第一句话就是："治文学史，不可不知何谓文学。而欲知何谓文学，不可不先知何谓文。"接着就从什么是"文"说起，也给文学一个基本的界定。④

从王国维、谢无量到罗家伦和郑振铎，再到胡小石、钱基博等人，"五四"前后的中国学人基本上完成了对于文学本质问题的重新定义。和20世纪后期的文学观相比，尽管这个定义看来还不很准确，还不是一个非常科学的概括，其中一个重要方面，就是他们虽然看到了文学的艺术要素，看到了情感、想象等在文学中的地位，却还没有认清文学所具有的意识形态特质，但是，从他们的这种探求中我们却看到了"五四"学人的科学精神。正是他们的这种探讨，促使"五四"以后的文学研究朝着科学化方向迈进。同时，它也直接影响"五四"以后的中国学人接受马克思主义的文艺观，促进了中国文学理论体系的建立。

三、文学观念的变化对中国文学研究的影响

"五四"前后中国学人关于文学本质的探讨，是"五四"文学革命运动的重要组成部分。它从理论探讨的角度对中国文学进行了学科规范，建立了中国文学研究的现代科学体

---

① 郑振铎：《文学的定义》，《文学周报》第1号，1921年5月10日出版。
② 罗家伦：《近代中国文学思想的变迁》，《新潮》第2卷第5号，1920年9月出版。
③ 胡小石：《胡小石论文集续编》，上海古籍出版社1991年版，第6—15页。按：胡小石的《中国文学史讲稿》原版于1928年。
④ 钱基博：《现代中国文学史》，世界书局1933年版，第1—4页。

系，也有着文学研究方法论的意义。这其中有三点值得我们特别注意。

第一，"五四"学人在探讨文学本质时，首先把它从经学、史学、哲学等学科中分离出来，这种学术的规范化不但有助于文学研究的深入，而且也有力地推动了"五四"时期白话文学、平民文学和俗文学的创作与研究。我们知道，在中国传统的文学研究中，一直把诗文当成重点，"民间文学"一直是难登大雅之堂的。可是到了"五四"时期，这一切却完全变了过来。在"五四"学人看来，中国文学从周代的《诗经》开始，最有价值的不再是"雅"和"颂"，而是"国风"。汉赋以降的文人创作，如六朝的骈文、唐代律诗，特别是明清以来被人标榜的桐城古文，都成了毫无生命的"死文学"，而真正有价值的则正是那些难登大雅之堂的民间谣谚，是明清以来的戏曲和小说。这种适应时代变革的新的研究热点的形成，因为有了"五四"学人关于文学本质的重新探讨而得到了强有力的支持。它使研究者可以堂堂正正地把这些俗文学、平民文学、白话文学摆上庄严的文学殿堂。同时，也正是这两者的结合，才使"五四"前后的文学创作与研究不仅结出了硕果，还开创了20世纪文学研究的新天地，取得了前所未有的成绩。翻看一下中国社科院历史所资料室和北大历史系合编的《中国史学论文索引》，即可看出，自五四运动前后至20年代末的中国文学研究论文，关于白话文学、平民文学、戏曲、小说、民间文艺方面的内容占一半以上。其中取得最突出成就的也在这些领域，出现了一支声势颇大的研究队伍，产生了一批卓有成就的学者、一批卓有价值的研究著作。如被郭沫若称之为"中国文艺史研究上的双璧，不仅是拓荒的工作，前无古人，而且是权威的成就，一直领导着百万的后学"① 的两部著作——王国维的《宋元戏曲史》和鲁迅的《中国小说史略》，均产生在这一领域；被后人推崇为"近代文学批评先声"② 的王国维的《红楼梦评论》产生在这一领域；引导了当代白话文学研究新方向的胡适的《白话文学史》，也在这一领域。其他如张静庐的《中国小说大纲》（1920年）、陈景新的《小说学》（1926年）、范烟桥的《中国小说史》（1927年）、胡怀琛的《中国小说研究》（1929年）、吴梅的《中国戏曲概论》、佟晶心的《新旧戏曲之研究》（1927年）、贺长群的《元曲概论》（1930年）、曹聚仁的《中国平民文学概论》（1926年）等著作，也都在这一时代先后出版。此外，还有以胡适的《红楼梦考证》（1921年）、《水浒传考证》（1920年）、《三侠五义序》（1925年）、《宋人话本八种序》（1928年）等为代表的一大批学术论文，也发表在这一时期。而郑振铎一人在20年代就发表过《中国小说的文类及其演化的趋势》（1929年）、《中国小说提要》（1925年）、《明代之短篇评话》等有关论文20多篇。③

第二，"五四"学人关于文学本质探讨的另一个突出特点，就是强调了文学的艺术审美性，这一点，也和"五四"前后的中国文学研究紧密相关。在这方面，如果说王国维以其天才的艺术领悟力，已经在《红楼梦研究》、《人间词话》和《宋元戏曲史》的研究中开风气之先的话，那么"五四"学人经过科学的讨论，就把这种文学的艺术本质更加明确化了。正是在这一点上，我们发现了罗家伦和郑振铎等人论述中的共同特征。罗家伦讲"感情"，讲"想象"，讲"艺术"，郑振铎也讲"情绪"、"想象"和"艺术"。世农在《文学的特质》一文中也说："文学是（以文字作工具）人生的表现，要具有艺术的美，暗示的印象，永久性与普遍性和体裁的作品。"④ 胡小石也说："文学，是由于生活之环境上受了刺激而起的情感

---

① 郭沫若：《鲁迅与王国维》，《沫若文集》第12卷。
② 陈鸿祥：《王国维与文学》，陕西人民出版社1988年版，第101页。
③ 可参考《郑振铎古典文学论文集》和中国社会科学院历史研究所等编《中国史学论文索引》上编下册。
④ 1921年《学术旬刊》（《文学周报》）第3号。

的反应，借艺术化的语言而为具体的表现。"①

"五四"学人对中国文学艺术美质的重视，也是和当时提倡白话文学的"革命"思潮紧密相关的。因为他们认为白话文学是最生动活泼、最能表达人的情感、最有艺术价值的文学。陈独秀在《文学革命论》中提出三大主义，要建设"平易的抒情的国民文学"、"新鲜的立诚的写实文学"、"通俗的明了的社会文学"，就是"五四"学人对于白话文学艺术价值的评价。如胡适在《建设的文学革命论》中就这样说道：

> 为什么死文字不能产生活文学呢？这都由于文学的性质。一切语言文字的作用在于达意表情；达意达得妙，表情表得好，便是文学。那些用死文言的人，有了意思，却须把这意思翻成几千年前的典故；有了感情，却须把这感情译为几千年前的文言。明明是客子思家，他们须说"王粲登楼"、"仲宣作赋"；明明是送别，他们却须说"《阳关》三叠"、"一曲《渭城》"；明明是贺陈宝琛七十岁生日，他们却须说是贺伊尹、周公、傅说。更可笑的：明明是乡下老太婆说话，他们却要叫她打起唐宋八家的古文腔儿；明明是极下流的妓女说话，他们却要她打起胡天游、洪亮吉的骈文调子……请问这样做文章如何能达意表情呢？既不能达意，既不能表情，哪里还有文学呢？②

既然如此，"五四"学人研究古代戏曲小说等白话文学，重视对它们的艺术和美学方面的发掘，就是自然而然的事情。尽管他们的研究还不够深入系统，可是在现代中国文学研究史上却具有重要的意义。如胡适《白话文学史》中评汉乐府诗的活泼、纯真，写出了"真的哀怨"、"真的情感"；评古诗《江南可采莲》是"只取音节和美好听，不必有什么深远的意义"；评《陌上桑》是采用"天真烂熳的写法"；评陶潜是"自然主义的哲学的最好代表"，是"能欣赏自然的美"的"自然诗人的大师"。郑振铎评李后主的词也说："好的诗词，情感必真挚，词采必美丽。如春水经流于两岸桃花、轻舸唱晚之境地中。读者未有不为其美景所沈醉的。"评李清照是中国古代少有的"真诗人中的一个"，"她的词都是从心底流出的"。③ 同样，鲁迅在他的《中国小说史略》和《中国文学史略》（1926 年油印，后改名为《汉文学史纲要》）中，评价屈原的作品是"其言甚长，其思甚幻，其文甚丽，其旨甚明，凭心而言，不遵矩度"；评价《庄子》是"汪洋辟阖，仪态万方"。总之，他们在对中国文学进行批评时，都不再取法于传统儒家的正统教化观，而是注重文学本身的情感、技巧、趣味、意境等各个方面。有时话语不多，却有画龙点睛之效。

第三，由于有了这种新的文学观念，"五四"以后的中国文学史著作，其论述范围逐渐从古代的"泛文学"变成了具有现代意义的"纯文学"。

文学观念的变革，在 20 世纪的文学研究所产生的影响中，最终体现在文学史的编写上。如果我们把 20 世纪的中国文学史编写分成几个阶段的话，可以看出，在 20 世纪初，以黄人、林传甲等人为代表的文学史可算是第一个阶段，这一阶段的文学史家基本上仍然坚持的是传统的泛文学观。第二个阶段是"五四"以后到 20 年代，这一阶段的文学史家除编写了大量以"戏曲"、"小说"、"白话文学"为代表的个体文学史外，还写出了新的通史性的中国文学史。这一时期的文学史家，基本上不再用传统的泛文学观念，而是根据自己对于文学的理解，各自创造新的体例。如胡适的《白话文学史》把平民文学和白话文学当成中国文学

---

① 胡小石：《胡小石论文集续编》，上海古籍出版社 1991 年版，第 14 页。
② 远流出版公司印《胡适作品集》（3），第 58—59 页。
③ 《小说月报》14 卷 1 号、3 号，1923 年 1 月、3 月出版。

史的正宗，其他都排除在他的文学史视野之外。胡小石的《中国文学史》虽然只写了从上古到五代部分，但是其论述范围也不再像黄人等的著作那样驳杂，而基本上集中在现代意义上的文学范围上。第三个阶段是三四十年代的文学史编写。这一时期的文学史基本上全都采用了现代的文学观念，并产生了几部很有影响的著作，如张希之的《中国文学流变史》、钱基博的《现代中国文学史》、郑振铎的《插图本中国文学史》，以及至今颇具影响的刘大杰的《中国文学发展史》。20世纪50年代以后，中国文学史的编写，基本上沿袭了在这种文学观念下形成的文学史编写模式。

很显然，在这种新的文学观念影响下而编写的中国文学史，把封建社会的文学研究范围在一定程度上缩小了，但是正因为它规范了文学的概念，才使它成为具有现代意义的一门人文学科。它使得我们可以从现代学科规范的角度去探讨文学在中国古代的发生发展，以及其在中华文明史上的意义。也正是在这一基础上，"五四"以来的中国文学研究，开始出现了新的高潮，并且产生了一些卓有成就的学者和影响深远的学术著作。这一历史的经验，也许会给我们的文学研究带来一些有益的启示。

但是反过来讲，"五四"时期关于文学本质问题的探讨，对于中国文学研究也产生了些负面影响，包括方法论方面的影响，同样需要我们注意。

仔细想来，在20世纪里，随着"五四"时期对文学观念的探讨而建立起来的这个研究体系，虽然形成了现代的文学学科，但是在这门学科的建立过程中却过多地融入了西方的东西，包括西方的理论体系和西方的思维方式。一方面，这使它变得更为"科学"，但是从另一方面来看，也有其"不科学"之处。最突出的表现就是对中国文学传统重视不够，在一定程度上影响了我们对中国文学的全面把握，甚至导致了中国文学研究中民族性的丧失，需要我们在21世纪的文学研究中改进。

用现代的文学概念来规范中国古代文学，是丧失中国古代文学民族性的一个重要原因。如上文所说，在中国古代，"文学"是一个比较宽泛的概念，它不仅仅包含现代学科意义上的狭义的文学，如诗歌、戏曲、小说等，还包含策论、章表、书记等其他在今天看来属于非文学的文体形式。中国古代的文学概念，用章太炎的话说，那就是："文学者，以有文字著于竹帛，故谓之文；论其法式，谓之文学。"这一说法，"五四"以来受到了严厉的批评，因为它缺乏现代的科学性。它把在今天看来不属于文学内容的东西如章表、书记甚至文字、训诂等纳入了文学，而本来属于文学中大讲特讲的内容如戏曲、小说等却被轻视。但是反过来讲，中国古代的"文学"本来就与现代的"文学"不一样。因此，在西方的理论和当代人对于文学的理解的基础上推衍出来后硬套在中国古代文学身上的"文学"，并不符合中国古代文学发展的实际。现代人编写的通行的中国文学史，并没有完整地准确地全面地描述解释中国古代文学现象。这起码表现在以下三个方面。

第一，用今天的文学观念来论述中国古代文学，必然只会选择其中符合当代文学观念的部分而砍掉不符合当代文学观念的部分，从而影响了对中国古代文学发展过程的真实描述。举例来讲，在中国古代的文学观念中，"文"是一个相当广泛的概念，它既包括今天所说的文学散文，还包括其他的政论应用等多种文章文体。如刘勰的《文心雕龙》里有20篇专讲文体，共涉及诗、乐府、赋、颂、赞、祝、盟、铭、箴、诔、碑、哀、吊、杂文、谐、讔、史、传、诸子、论、说、诏、策、檄、移、封禅、章、表、奏、启、议、对、书、记等30多种文体，可是当代人基本上把文学分为诗歌、散文、戏曲、小说4类，按当代的四分法来衡量，刘勰所论述的30多种文体里，只有"诗"完全合格，"乐府"勉强可以算到诗里，其他大都属于应用文体，只有少数文章，被当代人纳入"散文"这个筐子里，但是却改换了名称，发明了所谓"先秦诸子散文"、"先秦历史散文"等概念，不再用古代的概念。相应的，也不顾及这些古代文体的原本属性，只谈其中的所谓"文学因素"、"文学特点"而已。最为难堪的是赋这一文体，自汉代产生以后，一直非常流行，直到清代，应该是中国古代文学中最重要的文体之一，历来被古代文人所重视。昭明太子萧统编《文选》，赋是列在第一位的文体，而且所占篇幅几乎是全书的三分之一。在唐代，赋与诗同等重要，宋代以后，写赋也是衡量一个文人文学修养和写作水平的重要标志。可是，由于赋不能纳入诗歌、小说、戏曲、散文这四种文体之内，所以在当代人所撰写的各种文学史当中，除了讲到汉代文学的时候不得不讲它之外，在魏晋南北朝以后的文学史中基本上见不到它的影子。文学史的性质首先是客观地描写历史，试问，将赋这一重要的古代文体都排除在外的中国文学史，还算得上是一部完整的中国文学史吗？对此，当代学者已经开始了深刻的反思。

第二，由于我们用今天的文学观念来规范古代的文学，也严重地影响了对它的认识。如我们上文所说，中国古代没有一个与现代完全对应的"文学"观念，也没有一条完全符合现代意义上的"文学"发展线索，而只有一个从古代的"泛文学"逐步走向当代"纯文学"的渐进过程。因此，一部符合中国文学发展实际的文学史，就是要客观地描述这一发展过程。可是当代的各种文学史并没有这样去做，而是从一开始就用当代人的文学观念去套，采用非常简单的处理方式。比较典型的是关于"小说"起源问题，如有人撰文说神话是中国最早的小说，有人说《国语》中的"晋公子重耳之亡"的记述可算是中国最早的小说，有人说《庄子》中的《盗跖》一篇是中国古代最早的小说，有人说《穆天传》算是，等等，说法多多。其实，在中国古代根本就没有与当代完全一样的"小说"概念，哪会有完全符合当代人观念的小说存在？从上古时代在各种文体中存在的一些相关因素，到元、明、清时候的蔚为大观，其渐进的线索非常明显，并不难以做出描述。中国古代早期的许多文体都与当代小说有一定因缘，如神话、编年体史书中的叙事、纪传体史书中对人物的描写、寓言、杂谈、野史，甚至诸子论说中的某些篇章片段，等等，都有当代小说的因素，但是它们都不是"小说"。到了汉魏六朝时期，陆续出现了《吴越春秋》、《汉武洞冥记》、《搜神记》、《世说新语》这些著作，它们的小说特点更多一些，但也不宜称为"小说"。唐代出现了传奇，宋代出现了话本，此外还有大量的野史、杂说、神怪故事集，如《太平广记》等，它们小说的特点更为明显，但是与现代意义的小说还是有很大差距。其实，即便是当《三国演义》、《金瓶梅》、《红楼梦》这些古代长篇白话小说产生的时候，当时人也不把它们称为"小说"，它们仍然有着与当代的"小说"不同的古代文化要素，客观地对其进行描述，才真正地写出了中国古代"小说"发展的历史。文学史家的首要任务，就是要客观地描述和解释历史的存在，并且剖析其与当代小说的异同以及其发展过程，如果放弃了这一任务，而只是用现代的观念来规范古代文学，等于本末倒置。

第三，文学观念的现代化对中国古代文学研究的影响，还表现为阐释体系的西方化。在现代化的过程中，西方人比我们走得要快一些，所以，"五四"以来在探讨文学概念的时候，人们不知不觉地都在从西方文学理论中找答案，如谢无量、罗家伦等。不可否认，世界各民族文化有共同的发展规律，这是我们在文学研究中可以借鉴西方理论的基础，但同时我们也要承认，中华民族有自己的文化传统，在文学创作和研究中有自己的一套体系。自"五四"以来，随着文学观念的现代化，我们的文学理论体系逐渐西方化了，现当代文学批评体系西方化了，古代文学批评体系也在不自觉中西方化了。在古代文学研究著作中的表述语言，表面看起来还有一定的传统色彩，但是基本的理论术语却是西方的。这些西方的理论有助于我们在世界范围认识中国文学，但是却不能很好地解释中国古代文学现象，反而使人们对于中国古代文学规律的认识越来越模糊，越来越偏离历史的事实和民族的传统，失去了民族的特色。举例来讲，在20世纪五六十年代，我们曾经习惯于用"现实主义"和"浪漫主义"来解释中国古代文学，说某一作家是"现实主义"的，某一作家是"反现实主义"的，某一作家是"积极浪漫主义"的，某一作家是"消极浪漫主义"的。用这些西方资本主义时期才兴起的概念来阐释中国古代文学现象，后来人们已经逐渐认识到它的不足，现在几乎没有人再用。但至今还有一些类似的问题没有被充分认识。比如，关于艺术起源的问题，看一下我们的文学史，充斥在其中的是普列汉诺夫的"劳动说"、亚里士多德的"模仿说"、席勒的"游戏说"、泰勒等人的"巫术说"、苏珊·朗格等人的"符号说"等等，可是却很少有人去论述中国古代的"言志说"、"抒情说"、"心灵感动说"等等。当然，我们并不是反对用西方的理论来研究艺术起源的问题，但我们应该有所警惕的是，对于艺术起源这样一个带有先验性的学术命题，并不是西方人才认识过、讨论过，也不是只有西方人的讨论才有学术价值和科学性，中华民族很早就讨论过、研究过，并且有西方理论所不具备的理论长处。更重要的一点是：一个民族对于文学本质和文学起源问题的早期认识，总是来自本民族的文学实践，因而它能更真实地反映这个民族对于文学艺术的理解，体现这个民族的文学气质，在客观上成为在该民族文学发展中具有指导意义的理论。亚里士多德的"模仿说"产生的基础是古希腊人的艺术实践，它可以解释西方人对艺术的理解，却不符合中国实际，也不曾对中国古代文学的创作产生过任何影响。但遗憾的是，很长一段时间内，在我们自己的文学史中并没有认真地关心"言志说"，在我们的文学理论中更没有认真地研究"言志说"对中国文学的影响。长此以往，中国古代文学的民族性势必被埋没，而没有民族性的文学又怎么能够参与当代的世界文学建设呢？

在讨论中国文学研究方法论之前，我们之所以先来讨论20世纪中国文学观念的变化，就因为它是文学研究方法论的基础。无论什么时代采用什么样的方法研究文学，首先都要立足于这个时代对于文学本质的认识。20世纪是这样，21世纪也仍然是这样。在21世纪，我们首先还要探讨与时俱进的新的文学观念，不断地用新的文学观念来指导我们的古代文学研究，来决定21世纪的文学研究方法论，并以此来推动中国古代文学研究走向更辉煌的时代。

第二讲
20世纪初以进化论为基础的实证主义方法论

在探讨了20世纪文学观念的变革之后,我们再来讨论20世纪文学研究方法论的问题。方法本身似乎是研究的途径和工具,但是它的背后隐藏的却是不同的思想理论和认识哲学,所以,对研究方法论的考察,我们也必须结合20世纪的文化思潮与学术变革来进行。为了更好地描述这一现象,有必要先来回顾一下在此以前,尤其是有清一代的治学方法。

一、对清人治学方法的简单总结

梁启超在《中国近三百年学术史》一书中,开篇就先指出了这一时代的两大学术主潮:一是"厌倦主观的冥想而倾向于客观的考察",二是"排斥理论提倡实践"。之所以出现这种情况,又主要有四种原因:一是"王学自身的反动";二是"自然界探索的反动";三是"明末有一场大公案,为中国学术史上应该大笔特书者,曰欧洲历算学之输入";四是"藏书及刻书的风气渐盛"。而在这四个原因当中,又以"王学自身的反动"最为重要,因为它不但是学术自身的变革,而且还直接与时代的巨大变革相关联。它在客观上说明,文学观念的变革,实际上最终还是受社会变革所左右的。所以,在明朝灭亡之后,如顾炎武等爱国志士们痛定思痛,都对王学做了严厉的批判。而有清一代的学术风气,也从此有了划时代的改变。对此,梁启超做了一段深刻的论述:

> 这些学者,虽生长在阳明学派空气之下,因为时势突变,他们的思想也像蚕蛾一般,经蜕化而得一新生命。他们对于明朝之亡,认为是学者社会的大耻辱大罪责,于是抛弃明心见性的空谈,专讲经世致用的实务。他们不是为学问而做学问,是为政治而做学问。他们许多人都是把半生涯送在悲惨困苦的政治活动中。所做学问,原想用来做新政治建设的准备,到政治完全绝望,不得已才做学者生活。他们里头,因政治活动而死去的人很多,剩下生存的也断断不肯和满洲人合作,宁可把梦想的"经世致用之学"依旧托诸空言,但求改变学风以收将来的效果。黄梨洲、顾亭林、王船山、朱舜水,便是这时候代表人物。他们的学风,都在这种环境中间发生出来。①

的确,生当明末清初的爱国志士顾炎武等人,就走了这样一条治学之路。他们的学术研究,是从反对宋明理学的空谈心性而起的;在清初的高压之下,他们的政治梦想,也只有依托于识字读经。这其中无可奈何的良苦用心,梁启超已说得很透,但是具体到分析清人的治学思想和研究方法之间的关系,也许并不是所有的人都能体会出来,对此,杨公骥先生的一段话说得特别透彻,他说:

---

① 梁启超《中国近三百年学术史》,中国书店1985年版,第14页。

所谓宋儒，其学乃是凭借《四书》中的性、心、知、德、情、仁、义等字样，暗中羼以禅学，再发挥引申。他们大多"不识字"，以字的今义解释古义。因此，清初兴起的所谓"朴学"，首先是从文字的训诂开端，考证"经"文的古音、古义，如顾炎武自言：这是为了"明六经之音，复三代之旧"。这名义甚堂皇，不可加罪。然而，如果用古字音以定古字义，用古字义以定经旨，用经旨以断"夫子之心"，这就使程朱的"性理之学"失去凭倚，变成"诬及圣人"的一派胡言。可见这一着是很厉害的。所谓"明道在于读经，读经始于识字，字皆不识，讲甚学？明甚道？"——是朴学大师的名言。进而，由训诂文字扩延到探讨"经义"、"考证"六籍。为了撼动唐宋之后居于统治地位的"古文经学"，于是援引汉儒"今文"经说，"公羊派"学说从而盛行。但这是有选择的，只是为了借汉儒之口驳宋儒之妄断，并非为了复活"公羊学"。因此公羊学的最主要观点，如"五行五德"、"天人感应"、"灾异"、"符命"、"谶纬"等，乾嘉诸老对之并无兴趣。"考证学"逐渐"深化"，便考出了康有为的《新学伪经考》，成为其"变法"的理论根据之一。[①]

由此看来，所谓一代有一代之学术，我们不能仅仅从表象上来理解，而应该从时代变革的大处来理解。清人之所以重视考据学的方法，之所以取得了巨大的学术成就，其背后有着巨大的政治推手，只是一般人不易察觉到而已。

从宋明时期的理学、心学到清人的朴学，既是学术的转向，也是治学方法上的创新，这与前代相比也是一个进步。这种进步放在世界文化发展史上来看，似乎也有一些不谋而合之处。那就是，在西方，由中世纪的神学到文艺复兴，欧洲人也曾有过一段考证《圣经》的阶段，最后把《圣经》变成了人间的著作。对此，杨公骥先生还有一段很深刻的话：

我国所谓的"五经四书"，除了欠缺神的灵光以外，其性质与作用与欧洲中世纪的《圣经》同。"五经四书"和《圣经》，在封建时代乃是迫使人们必须信仰、遵从的"诫条"，并不是可以任意探讨、考证、研究的对象。但到文艺复兴前后，欧洲的一些神父或学者开始把《圣经》当作一门"学问"，考证起《圣经》来，用考据的方法查对《圣经》的来源和真伪、编写经过、成书年代、异文比较，而且进而考证起耶稣的家世、生年、生平经历。这样一来，"圣书"便变成了人间的著作，"圣子"便变成了人之子。最后，终于由新教神父创造出一个主张"平等、博爱"的耶稣。中国的"朴学"、"考据学派"也与此相近似，他们把"经"作为一门学问，考辨其真伪、作者、成书年代，同时，考证孔子的家世、生卒年、生平、游历。这样一来，"经"便变成了杂凑起来的各家著作，"圣人"便变成了先秦诸子之一。最后终于创造出一个主张"变法"的孔子。如果说，新教神父把不合意的《圣经》中的观点，归之于保罗的伪造，同样，中国考据家儒生，也把不合意的观点或文学归之于子贡、刘歆的伪造。显然这在意识形态中是收缴统治宗教手中"武器"的一种战斗方法。

资产阶级处于萌芽或初生阶段时，其进步思想不是表现在正面反对"宗教教义"上，而是表现在争夺"解释权"上：反对"教皇"（或道学）的解释权，争取自己的解释权。其手段则是使用整理、考证、比较、辨伪的方法。当然，14世纪的神父最初"研究"《圣经》，顾炎武、戴震、惠栋最初考据古文字，都不是自觉的有意识的行为，

---

① 何满子：《汲古说林·代序》，重庆出版社1987年版，第11页。

他们不能预见其后果。但是从历史发展的实践后果看,他们是在给"封建统治思想"预备棺材板。①

杨公骥先生的这段话说得非常精辟,他不仅立足于中国,说明了学术研究方法与社会变革之间的关系,而且指出其世界共同性。这说明,要真正认识学术研究方法的变革,并且自觉地将其运用于研究实践,这要求一个伟大的学者一定要关心时代,要走在时代的前列。学术研究既是求真的学问,同时也是求善求美的学问,它需要有一个崇高的目标,是为了人类的发展,是为了文明的进步。我们要学习方法论,首先要了解那些大学者的人生追求,了解他们的人生境界,然后才能有所得。就清人的学术研究方法而言,在当时不但具有历史的进步性,而且在一定程度上也开启着后学。当然,我们在这里主要指的是由王船山、黄宗羲、顾炎武等人所开启,戴震、魏源、龚自珍等人而继之的有代表性的大学问家、大思想家所引领的研究主导倾向,而不包括乾嘉学派的末流与那些不通时变的俗儒,因为他们的考据到后来已经变成了钻牛角尖的僵死的学问。20世纪的学问之所以取得重大成就,之所以又有了研究方法上的巨大变革,同样是因为中国历史又迎来了一个翻天覆地的时代,又产生了一批学术大师。这些成就是他们在对清人学术方法进行了新的总结,同时又站在时代的前沿努力进行探索与实践的基础上才取得的。

二、20世纪初文学研究方法的变革

20世纪初古典文学研究方法的变革,和清代一样,首先也是和时代的变革密切相关的。自1840年鸦片战争后,中国的民族危机日益加重,尤其是19世纪末叶中国所遭受的几次失败,对于当时和20世纪初的进步学人,产生了重大影响。他们开始思索中国之所以落后的原因,看清了封建社会的腐朽。于是,变法图存就成为康有为等进步知识分子所奋斗的目标。而康有为的学术研究,也继承了顾炎武等人的精神和乾嘉传统。他的《新学伪经考》和《孔子改制考》与其说是考据的学问,不如说是变法的理论,或者说是以考据的学问为变法而服务的一个范例。这是20世纪初中国古典文学研究学风转变的一个重要标志,也预示着方法论将要发生变革——把考据的学问用于政治的维新和改良。同时,也正是在这个时候,随着西方文化的引入,以培根以来的归纳实证为代表的西方19世纪研究方法和中国清代以来的考据学融而为一,使实证主义在20世纪初所兴起的新学中得到了发展。

与实证主义相关联的就是进化论在中国被接受。在20世纪初,梁启超就是这样一个具有代表性的人物。他以学术来鼓吹变法,很早就在史学观和史学方法论上为20世纪的学术研究做出了贡献。早在1901年,他就发表了《中国史叙论》,1902年刊出了《新史学》,提出"史界革命"的口号,把历史看成是"以过去之进化,导未来之进化者也"②,号召人们从旧史学中解放出来,开辟史学的"新领土"。王国维虽然没有提什么"新史学"的口号,但是他却被人们公认为"新史学的开山",是一代"史学大师"。之所以如此,并不仅仅因为他在考证古史时使用了"纸上之史料与地下之材料相互释证的二重证据法",那地下材料的出土只不过是给他的研究提供了一些方便而已,更重要的还是王国维也有进化论的史学理论作为研究的指导。对此,陈鸿祥曾分析说:

---

① 何满子:《汲古说林·代序》,重庆出版社1987年版,第12—13页。
② 梁启超:《新史学·史学之界说》,《梁启超全集》,北京出版社1997年版,第741页。

在梁启超的"新史学"观点中，贯注着一个近代的基本精神，即所谓"历史的进化的主张"，自谓此乃他"多年来"坚持，"现在并不肯撤消"的，亦即他的"今日之我"与"昔日之我"，是一以贯之地维系在这个基本精神上。王国维则不仅在词曲史研究中，明确地提出了"活文学"必将取代"死文学"的"一代有一代之文学"的"历史的进化的主张"，而且还在梁启超撰写《新史学》之前，就在他的《咏史二十首》中写有"生存起竞争，流传神话使人惊"（第三首）的诗句，试图以"物竞天择"的"进化论"来探索古代部族争战及社会变化发展之迹；又在他的关于"屈子文学"精神的专论中，提出用"此种竞争之产物"的"欧穆亚（humour）之人生观"，实际上便是"生存竞争"说来考察从《小雅》到《离骚》，从《诗经》到《楚辞》的文学发展变化之迹。由于他的这些主张不是像梁启超那样通过提"口号"发表出来，乃是贯注于其实际研究中，故迄今并未受到研究者的注意。①

在这里，我们就王国维的宋元戏曲研究略做分析，以见其治学方法在当时的代表意义。王国维集中对戏曲进行研究，从1908年开始，到1912年写成《宋元戏曲考》，前后近5年时间。按他自己的话说，一是"因词之成功，而有志于戏曲……余所以有志于戏曲者，又自有故。吾中国文学之最不振者，莫戏曲若"。二是由崇拜西洋名剧起，"元之杂剧，明之传奇，存于今日者尚以百数。其中之文字虽有佳者，然其理想及结构，虽欲不谓至幼稚，至拙劣，不可得也。国朝之作者，虽略有进步，然比西洋之名剧，相去尚不能以道里计。此余所以自忘其不敏，而独有志乎是也"②。由此看来，王国维有志于研究戏曲有两个原因：其一是探讨中国的戏曲成就相比于其他文学形式为什么那么低；其二是想弄清楚为什么中国的戏曲远不如西方。可见，王国维之所以要研究戏曲，并不是自己心血来潮，而是强烈的历史使命感使然，是近代的科学求实精神在支持着他的研究。为此，他先从全面地占有资料入手，从1908年开始撰写《曲录》，以李斗《扬州画舫录》所载的清代乾隆年间黄文旸的《曲海》与焦循的《曲考》为底本，在原有两书仅有1081种杂剧传奇的基础上多方搜集，共得金元明清曲本3178种，并对每个朝代的作者数量及其地域分布进行了认真的研究。接着，他又从不同侧面搜集戏曲资料，相继写成了《戏曲考源》、《唐宋大曲考》、《优语录》、《录曲余谈》、《曲调源流表》、《古剧角色考》等著作，对戏曲的产生、戏曲的定义、戏曲的发展、戏曲的角色、戏曲作家等莫不进行认真的考证，最终不但写出了《宋元戏曲考》这部具有划时代意义的古典文学研究著作，而且也发现并纠正了此前自己对中国戏曲认识上的错误，由"吾中国文学之最不振者，莫戏曲若"这样的低估，变成了"古今之大文学，无不以自然胜，而莫著于元曲"这样的赞誉。

关于王国维在戏曲研究方面所取得的巨大成就，今人多有论述，如陈鸿祥在《王国维与文学》一书中，就专列一章谈"《宋元戏曲考》的开创性贡献"。他在谈及本书特色时，先对这本书的结构做了分析。他把此书正文十五章按内容分为四个单元，指出王国维分别所做的四个方面的考证：首考戏剧之源起，次考中国戏剧形成于宋，三考元剧之崛起及其在中国文学史上的位置，四考"南戏"与元杂剧的关系。他最后得出结论说："从以上概略中，也可以看出王国维关于戏剧的概念及元杂剧之'文章'的论说里，都有着'参证'西洋近代美学、文学与戏剧理论的明显特色；而在对戏曲之史的发展的探索中，则又运用了清代'朴学'家的'考证'方法，探赜索隐，钩沉故实，做到有所发现，有所发明。""要之，运用

---

① 陈鸿祥：《王国维与近代东西方学人》，天津古籍出版社1990年版，第373页。
② 王国维：《自序二》，《王国维遗书（第五册）·静庵文集续编》，上海古籍书店1983年版，第22页。

考证的方法治戏曲史，贯串近代西方资产阶级的美学、文学观论述中国戏曲之艺术性，应该要算是王国维这部专著的最明显的两大特色。"① 其实在王国维的戏曲研究中，还不只是如陈鸿祥所分析的这两大特色，还包括进化论对他的影响。王国维通过戏曲的研究最终得出的一个重要结论，所谓"一时代有一时代之文学"，就颇含有进化论的意义。

考据学和进化论相结合的方法，是20世纪初古典文学研究中的主要方法之一。如果说，王国维把这种方法应用于宋元戏曲的研究，是20世纪古典文学研究方法论进步的一个开端的话，那么，胡适则是推动这一方法向前发展的又一重要人物。之所以如此，是因为王国维虽然在研究方法上具有先进性，他对宋元戏曲的重视也代表了20世纪文学观念更新的趋向，但由于王国维在政治思想上是一个守旧派，他还不能把在文学研究中得出的进化论观念提到文学革命的高度来认识。而胡适恰恰在这方面超越了王国维，他不但用这种方法研究古典文学，而且还用于鼓吹他的文学革命学说。因此，胡适在当时所造成的社会影响也远远超出了王国维。从此，进化的文学史观不但是一种方法论，而且也成了一种思想武器。这对"五四"以后中国古典文学研究的发展有着重大影响。

胡适在"五四"运动初期倡导文学革命，他的社会影响超出了他的学术影响，但我们也不能低估了他在学术上的成就，实际上这二者在一定程度上也是相辅相成的。胡适很早就确立了自己的一套研究方法，那就是"归纳的理论、历史的眼光和进化的观念"，并把它应用于自己的研究实践。他花费了很大力气写作《白话文学史》，他把白话文学看成是中国文学的正宗，把一部中国文学的历史看成是白话文学的进化史。在今天看来，这显然是以偏概全的。但是，是他第一次把白话文学在中国文学史上的地位和意义提到了这样的高度，并由此提出了"一切新文学的来源都在民间"的论题，指出中国古代的许多著名作家都从民间文学中吸收了丰富的营养这一重要现象，这是具有重要意义的。另外他还对王梵志、寒山子、拾得等历来不被人重视的白话诗人及其诗歌进行考证和评价，这在学术上也有重要意义；而且，也正是这些论述，才使得他的"白话文学正宗论"有了理论根据。他对《红楼梦》作者问题的考证，头一次弄清楚了这部伟大的作品的作者是曹雪芹，推翻了索引派的旧说，至今有功于红学研究。虽然他把《红楼梦》当成是作者的自传，这种说法受到批评，但是他能从作者的生活经验等方面去看作家和作品的关系，这对后人深入研究这部书也有着相当大的启示作用。这些都说明，进化论的观念和考据学的方法在当时的古典文学研究中是取得了成功的，是具有历史进步意义的。

以进化论的观点和考据学的方法来研究古典文学，在此处我们不能不提以顾颉刚为首的"古史辨"派。他们所进行的虽然主要是历史研究，但在中国的古代传统中，文史本来就是不分家的，特别对先秦来说更是如此；即便是在今天，研究文学史也照样离不开历史。因此，"古史辨"派的研究，无论在内容还是在方法上，都关涉当时的文学研究并对其产生了重大影响。本来，对中国的古史产生怀疑，也不是从"五四"才开始的，中国早就有疑古的传统，宋人郑樵，清人姚际恒、崔述都是著名的疑古派学者，他们也曾做过大量的古史考证工作。但是无论他们如何疑古，都没能从封建文化的圈子中跳出来。而以顾颉刚为代表的"古史辨"派，在继承了我国历代疑古辨伪的优良传统基础上，吸收了现代的科学知识，接受了以进化论为代表的现代思想，并运用了考证学等研究方法，对我国古代，特别是先秦两汉的古书上有关古史的记载，进行了详细的分析，从而向世人揭示了"经书"的真相，指出那些千百年来曾经被绝大多数人所相信的中国的上古的历史原来是后人用"层累的方式"造出的，这是对中国上古历史记载进行的一次最大的史料分析与考证，具有重要的科学意义，

---

① 陈鸿祥：《王国维与文学》，陕西人民出版社1988年版，第282—284页。

成为"五四"反封建文化思潮的一个重要方面。同时，顾颉刚把这种研究方法运用于民间文学的研究，他关于孟姜女故事的研究，是这方面的成功范例。

以顾颉刚为代表的"古史辨"派之所以取得了那么大的成绩，一是因为他们生当"五四"时期，受当时反封建文化思潮的影响；再就是他们把传统的考据学方法和进化论等现代理论结合起来用于古史的研究。对此，顾颉刚曾说过这样一段话：

> 我的《古史辨》工作则是对于封建主义的彻底破坏。我要使古书仅为古书而不为现代的知识，要使古史仅为古史而不为现代的政治与伦理，要使古人仅为古人而不为现代思想的权威者。换句话说，我要把宗教性的封建经典——"经"整理好了，送进了封建博物院，剥除它的尊严，然后旧思想不能再在新时代里延续下去。……同样，我们当时为什么会疑，也就是因为得到一些社会学和考古学的知识，知道社会进化有一定的阶段，而战国、秦、汉以来所讲的古史和这标准不合，所以我们敢疑。①

从这里我们可以看出，以进化论为主，并与考据学相结合的研究方法，一旦和时代变革与社会思潮结合起来，会产生多么大的成绩，并会使书本上的研究产生多么大的社会作用。

以实证主义的方法进行考据式研究，另一个有重要影响的人物是陈寅恪（1890—1969），他对魏晋南北朝史、隋唐史、蒙古史，以及梵文、突厥文、西夏文等古文字和佛教经典，均有精湛研究，为国内外学者所推崇。在文学史研究方面，他的主要著作有《元白诗笺证稿》、《桃花源记旁证》、《韦庄〈秦妇吟〉校笺》、《读哀江南赋》、《论再生缘》、《陶渊明之思想与清谈之关系》等。陈寅恪在文学研究上的主要方法还是从清代那里继承来的实证主义的考据法，但作为一个有着现代学术思想的学者，他的实证研究比起清人来显然更有深度。陈氏学问渊博，思路开阔，最擅长的是诗史互证之法。文史不分向来是中国古代治学的传统之一，以史事来解释甚或比附文学的方法早自汉人解诗时就已使用，但是至清代学人研究文学，充其量不过是通过考证说明某诗某人和某事有关而已。而陈寅恪的诗史互证，绝不仅限于一般的考证，一直是在进化论等现代思想的指导下进行的，所以他能从浩繁的史料中钩稽出与作家作品相关的复杂历史背景，从而新见迭出。例如他在研究陶渊明的思想之前，用了相当大的精力专门研究了魏晋以来的清谈问题，并就陶渊明的血统问题作了一篇专文，最后得出结论，说陶渊明之思想为承袭魏晋清谈演变之结果，及依据其家世信仰道教之自然说而创改之新自然说，因而他实为我国中古时代之大思想家。他的《元白诗笺证稿》一书，主要从文体关系和文人关系的角度，对白居易和元稹的《长恨歌》、《琵琶行》、《连昌宫词》、艳诗、悼亡诗、新乐府和古乐府等进行多方考证，最后不但指出了这些作品间"文学演化之迹象"和"文人才学之高下"，而且也对新乐府运动的产生因果及其意义等做出了自己的评价。②陈氏的这些学术成果，至今仍能给人以方法论上的极大启示。

以进化论的观点和考据学的方法来研究古典文学，在20世纪20至40年代中一直是颇有地位的。当时的一大批学人，大都相信这种理论的有效性。如郑振铎1927年在《研究中国文学的新途径》一文中就把"归纳的考察"和"进化的观念"作为自己研究中国文学的方法，并且说这样就好比"执了一把镰刀、一柄犁耙，有了它们，便可以下手去垦种了"。而当时的一些古典文学研究者运用这种方法，也的确取得了较突出的成绩。举例来说，如游国

---

① 顾颉刚：《我是怎样编写〈古史辨〉的？》，《古史辨》第一册，上海古籍出版社1982年版，第28页。
② 以上可参陈寅恪《金明馆丛稿》（初编、二编），上海古籍出版社1980年版；陈寅恪《元白诗笺证稿》，上海古籍出版社1978年版。

恩研究楚辞，冯沅君研究古优，罗根泽研究中国诗歌的起源、乐府及五七言诗的起源等，都受这种方法的影响。当然，除了进化论的文学观之外，这些人也受其他理论，如社会学理论、历史学理论、心理学理论、美学理论等的影响，但是进化论无疑在其中起着主导作用。值得注意的是，当时的学者们在接受这些新理论的时候，都保留着从清代以来就已经形成的考据学传统，在一定程度上甚至可以说是对这种传统的发扬光大。之所以如此，是因为在近代西方科学思潮中，实证主义也一直是他们的优良传统。和清人不同的是，近代的实证主义不仅重视事实的归纳，而且也加强了分析。作为20世纪的中国古典文学研究者也是如此。和清人比起来，他们的思路更开阔，考证的范围更广，分析得更为深入，因此得出的结论也就更有说服力。无论是王国维、胡适、顾颉刚、陈寅恪，还是冯沅君、游国恩、罗根泽，举凡自20世纪初到三四十年代在中国古典文学研究中卓有成就的学者，莫不如此。换句话说，考据学作为一种自清代就已大大发展的实证主义方法论，若不是和20世纪初的先进学术思想相联系，它就不可能取得那么大的成绩。这说明，方法本身不过是一种工具，它只有和一定的思想相结合，才能成为一种有效的方法论。

三、以进化论为指导的考证法的历史局限

说起来，考证的方法虽然是清人治学的根本方法之一，但是这种方法也并不是中国人的首创。在古人治学的过程中，大概只要遇到需要以事实来说话的时候，就必然要有或多或少的考证，这不独中国如此，外国亦然。在西方，自文艺复兴以后，随着中世纪神学的没落和近代科学的发展，以实证和归纳为主的研究方法也相继取代了自亚里士多德以来的三段论式的演绎法，成为西方近代科学研究中的主要方法。实证主义在19世纪，甚至在20世纪初的西方也是最受人重视的方法之一，这不独在自然科学中，在社会科学研究中也是如此。如英国著名的人类学家弗雷泽在他1913年出版的《金枝》第3版第9卷中曾说过这样一段话："我确信，一切理论都是暂时的，唯有事实的总汇才具有永久的价值。因此，在我的种种理论由于丧失了用处，而和那些习俗及信仰一样承受废止的命运的时候，我的书，作为一部古代习俗和信仰的集录，会依然保留其效益。"[①] 这话表明了弗雷泽对他这部名著价值的自信，同时也说明了他对自己为该书所做的大量考证工作的自赏和对考证方法的高度肯定。其实他这话在不同程度上也可以代表清代一些考据者的心理，甚至也道出了至今我们的一些只把考证当成学问的人的心理。

但是，正因为考证的方法需要和一定的思想理论相联系才有意义，所以，那种视考证学为万能而缺乏思想理论的人，或者为错误理论所支配而进行考证的人，就往往失去了学术目的性而使考证失去意义或者使其误入歧途。这种状况，在清代有，在现代也有；在中国有，在外国也有。另外，进化的理论虽然在很多领域可以适用，但是用以解释文学创作的发展却未必合适，屈原作为楚辞的代表性作家，他的作品一出现就是高峰，后代所有的楚辞创作，都没有达到《离骚》的成就，这显然是进化论不能解释的。同样道理，如果按照进化的理论，后代的诗歌创作水平一定就要高于前代，那么，元明清的诗歌创作就应该比唐诗要高才对，但事实完全相反，唐诗才代表了中国古代诗歌的最高成就，到今天我们也没有超过。可见，用单纯的进化理论来讨论复杂的文学发展问题，在许多方面是行不通的。这说明，文学的发展和某一时代文学创作水平的高低，要取决于社会政治、文化、心理等多方面因素，更与个人的遭遇和天分有关。如果将这些重要的文学发展因素都不考虑在内，实证就成了每个

---

① 转引自弗雷泽《金枝》中译本，中国民间文艺出版社1987年版，第20页。

人随意解释自己观点的材料，就会违背历史事实。举例来说，如在 20 世纪二三十年代中，一些学者对文人五言诗的讨论，就有这样的倾向。汉代文人五言诗产生于何时，本是中国文学史上的一桩公案，特别是传说中枚乘、李陵、苏武、班婕妤等人的诗作，自六朝以后就有人怀疑。但是由于材料的缺乏，无法证实也无法证伪。所以在漫长的古代，人们基本上持慎重态度，或表示存疑，或尊重传统说法。可是，当时有一些学者却很轻率地对这些传统说法给予坚决的否定，认为在西汉时代不可能产生文人五言诗，文人五言诗的成熟要到东汉后期。其论证的逻辑是：从进化论和民间文学正宗论的角度考虑，一切文学形式都是从民间发源的，文人五言诗也只能受民间歌谣的影响才能慢慢产生。而西汉后期成帝时的《黄爵谣》和《长安为尹赏歌》，才是"有史以来，最初见之纯粹五言，为五言诗之祖"[①]。由此可见，汉代文人五言诗就只能产生在东汉，而且还要有一个进化过程，至汉末建安时代文人五言诗才真正成熟，这种研究方法，初看起来既有进化论的理论支撑，又有历史的材料为证，的确很有说服力，但是我们若仔细分析，很明显就会发现其中的漏洞。其一，是它排除了此前存在的大量五言诗歌，如他们认为戚夫人的《春歌》和李延年的《北方有佳人》不是"纯粹的五言"，这就割裂了五言诗从不完整到完整的发展过程，也违背了他们所坚持的进化的理论。其二，他们将班婕妤的《怨诗》与传为李陵的《携手上河梁》这样完整的五言之作视为后人的伪托，只是一种推论，找不到直接否定的证据，说服力不够。其三，认为最早的五言诗为西汉成帝时的《黄爵谣》和《长安为尹赏歌》，在逻辑上存在着重大遗漏，没有考虑到历史记载的偶然性。《汉书》中保留下来的这两首诗，只能说是"现存最早的见于记载"的"纯粹五言"诗，但并不能肯定说它就是"有史以来，最初见之纯粹五言"。史书中的偶然记载和历史上的曾经存在是两个不同的概念，不能混为一谈。其四，没有向更久远的文献中寻找更多的证据，如《左传》定公十四年（公元前 946 年）记载的《野人歌》（"既定尔娄猪，盍归吾艾豭"）就很"完整"也很"纯粹"。虽然这首诗只有两句，我们可以说它是一首简短的诗，却不能否定它已经是一首完整的诗。这样来看，说五言诗起源于西汉成帝时的民间歌谣的结论就站不住脚了。20 世纪后期关于五言诗起源与发展问题的大量研究表明，问题远没有这样简单，它是多重文化原因共同作用的结果。因此，处在世界文化高度发展、人们的认识日益复杂的 20 世纪，实证主义方法必然要被分析主义的方法所取代。自然科学是如此，社会科学也是如此。20 世纪的中国古典文学研究作为其中的一部分，也必然要从以实证为主走向以分析为主。

[①] 罗根泽：《五言诗起源说评录》，《罗根泽古典文学论文集》，上海古籍出版社 1985 年版，第 156 页。

第三讲

20 世纪古典文学研究方法论的主流

一、分析主义产生的历史文化背景

说起来,分析作为进行科学研究的基本方法也是古已有之。我们要认识一个问题,就要对这个问题进行分析,没有分析就没有结论,古今都是如此。所以,即便是在实证主义盛行的时候,分析也有不可取代的作用。但是,把分析方法看得比实证方法更重要,并成为一种世界性的科学方法论趋向,还是自 20 世纪以来才更为突出。美国人 M. 怀特在评述 20 世纪的哲学家时所写的一本书名叫《分析的时代》,并且他在前言中还特别指出,用这一标题是为了"简要地记载这样一个事实,即 20 世纪表明为把分析作为当务之急",是"抓住本世纪一个最强有力的趋向来标志这个世纪"。[①]

分析主义之所以成为 20 世纪世界科学研究方法论的主流,显然有着十分深刻的历史背景。从自然科学方面讲,从牛顿的经典力学发展到爱因斯坦的相对论,这不但是物理学上的一场革命,而且也促使人们在思维方式上发生了由绝对思维、线性思维转到了相对思维和网状思维的巨大变革;从哲学方面讲,从黑格尔庞大的绝对理念体系中分化而来的 20 世纪西方哲学流派纷呈,更体现了对世界文化多极思考的理论趋势;从世界政治和社会发展方面讲,西方社会矛盾的日益尖锐化和各民族国家的兴起,也促使人们以更为清楚的眼光去看这个复杂的世界。因此,对于 20 世纪初年的中国学人来说,无论是从对本民族文化反省的角度,还是从对西方文化借鉴的角度出发,他们的思维方式都要发生巨大变革,都会把分析主义放在重要位置上。正是从这个意义上,我们说,20 世纪中国古典文学研究方法论的主流,并不是实证主义而是分析主义。

分析主义的研究方法若要取得成功,首先需要研究者具有宏观的学术识力和深刻的理论见解。它要求研究者不但是学问家,更应该是一个思想家和理论家。梁启超 1921 年在南开大学关于"中国历史研究法"的演讲就体现了他在理论分析方面的特长。在历史研究的实践基础上,他所写的《中国近三百年学术史》,更是站在社会政治变革与学术思潮关系的角度,以综合与分析的方法,纵论 300 年来的学术发展,因而被誉为 20 世纪初文史学界影响最大、价值最高的学术著作之一。

考察王国维的学术生平我们知道,他在 35 岁以前,是特别喜欢西方新学,尤其是哲学的,他的思想深受西方哲学的影响。他在文学研究方面所取得的成就,也与此直接相关。如他在关于宋元戏曲史的研究中表现了明显的进化论观念,而他的《红楼梦评论》一文,以叔本华哲学来对《红楼梦》的思想内容进行分析,从中去体悟宇宙和人生的真谛,无疑是开 20 世纪学术风气之先的著作。

和梁启超、王国维一样,胡适之所以在"五四"前期领导了新文化潮流,也因为他除了

[①] [美] M. 怀特编著:《分析的时代·前言》,杜任之主译,商务印书馆 1984 年版,第 5 页。

有一套进化的理论外，还把考证分析放在重要的位置上。他所倡导的"大胆的假设，小心的求证"的研究法，就包含着他对分析的重视，这在他的《红楼梦研究》中表现得最为明显。

分析主义作为20世纪古典文学研究方法论的主流，另一个重要的方面是由此而带来的新的文学理论体系的建立。如我们在前面所述，在20世纪之前，中国人并没有一个明确的文学界说，自然也不可能建立起一个具有现代意义的文学理论体系。他们的古典文学研究，从内容上附丽于经史子集，从形式上表现为史料考证和体悟式评点。因为没有理论统摄，所以他们的考证带有很强的随意性，他们的评论也流于琐屑和零散。换句话说，他们的文学研究还缺乏现代人的理性自觉。而20世纪在古典文学研究方法论上分析主义之所以兴起，就因为在它的背后支持它的是现代人的科学主义的理性自觉，是现代人建立起来的各种各样的理论体系。在这种科学主义的理性自觉指导下，他们研究文学，不再满足于以往的自发形态下的考证和评点，而首先要弄清楚文学是什么，要确定文学的本质，要探讨它的发生发展规律，要建立起一个具有现代意义的文学理论体系，要把文学当成一门现代科学来研究。正是从这个意义上，我们说，分析主义不但是20世纪古典文学研究中具有代表性的方法论，而且也是和19世纪古典文学研究之所以不同的最重要的时代标志。在这方面，"五四"学人做出了最重要的贡献。是他们首先站在现代文化的立场上，对几千年的传统文学进行新的价值评估；同时，也正是他们在这种评估中破除了传统的过于宽泛和模糊的文学观念，以西方文学理论为参照给文学下了一个新的定义，使文学获得了独立的学科地位。

二、社会分析法在古典文学研究中的地位和意义

在以分析主义方法论为主流的20世纪的中国古典文学研究中，以马克思主义的理论为指导的文艺社会学分析研究法显然占有着最为重要的地位。之所以如此，不但因为马克思主义本身就是以历史唯物主义为基础的一种学说和一个学派，而且还因为它更符合中国在从传统走向现代化的国情和时代的需要。因为从实质上讲，20世纪的中国古典文学研究并不仅仅是一门纯学术的研究，而且还是中国人所从事的现代化事业的一个有机组成部分。所以在20世纪初，当维新主义和改良主义已经难以承担中华变革重任之时，由马克思主义理论取代进化论理论而成为指导中国人社会实践的理论武器，就是一种历史必然。相应的，在文学研究中，以马克思主义的社会学为基础的分析法也必然取代以进化论为基础的分析法而成为古典文学研究方法论的主流。事实也说明，在马克思主义的文艺社会学方法论没有被掌握之前，无论是王国维也好，还是胡适、顾颉刚也好，他们在学术研究中虽然也采用了分析法并做出了成绩，但是他们的学问基础仍在实证，他们所选择的研究对象和所采取的研究方法也重在实证的搜集。特别是胡适，当他在"五四"早期打起"文学革命"大旗的时候，他的以进化论为理论根据的"白话文学正宗说"，在打倒封建文化方面起了颇为重要的作用，但是，正因为他的这种理论只能在一定程度上说明中国文学形式进化的一种表象问题，而不能从根本上解释中国文学发展的内在原因，所以，当"五四"文学革命从形式的变革深入到对封建文化根基的彻底批判之时，胡适以进化论为根据的"白话文学正宗说"就再也不能成为中国文学研究的理论纲领，而只能让位于马克思主义的文艺社会学方法论了。

马克思主义的文艺社会学分析之所以取代进化论的分析，首先因为它不是从形式方面而是从内容方面、不是从单纯的艺术方面而是从复杂的社会生活方面来确定文学的本质，这样它就把文学放到了一个广阔的社会空间，从经济基础决定上层建筑、社会存在决定社会意识、内容决定形式的理论模式中来认识；同时，它又从历史唯物主义的理论出发，把文学的发展看成是一个随着社会的发展而发展，而不是一个自身独立成长和发展的过程，这样也就

把文学放在了一个复杂的历史环境中来认识。正因为如此，当"五四"新文学运动进一步发展，当人们对中国封建文化的批判逐渐由形式深入到内容的时候，马克思主义就显现了远较进化论要高明得多的科学理论优势。它开始引导人们摒弃进化论指导下的形式主义分析方法，从复杂的历史层面对中国文学的内容进行分析。它号召人们去深入研究每一个时代文学产生的社会背景，分析文学家的阶级出身和他们的政治态度，然后再从时代背景和作家的出身与思想倾向入手来分析作品的内容，由内容论及形式。这样，一部中国文学发展的历史就不再是一部文学形式的进化史，而是一部以语言艺术的方式来反映社会政治经济变革的思想史了。显然，用这种理论来说明现代文学必然要取代古代文学，白话文学必然要取代文言文学，平民文学必然要取代贵族文学，就比胡适等人的形式主义的文学进化观更有说服力。因此，"五四"以后的一大批古典文学研究者，很快就接受了这种以马克思主义为基础的文艺社会学，并以其作为研究方法论的利器，不但对中国古典文学的发生发展等问题做了深入研究，建立了一个比较完整的古典文学研究体系，而且也以其实际业绩，继承了"五四"文学革命的事业，在批判封建旧文化、建设新文化方面做出了重要贡献。

　　这种研究趋向实际上在五四运动后期就已经开始。今天看来，五四运动固然主要表现为一种新文化运动，但是从本质上看还是一场反帝反封建的爱国主义运动。因此"五四"学人处于当时的形势下，无论自觉与不自觉，但实际上都必须思考这样的问题，即中国的路究竟往哪里走？在这一点上，"五四"学人又表现为两派。一派是以胡适等人为代表的资产阶级学术派，一派是以陈独秀、李大钊等人为代表的马克思主义派。这两派在五四运动中虽然走到了一起，但是不久就出现了明显的分化趋向。早在1919年8月，胡适就提出了"多研究些问题，少谈些主义"的口号，李大钊等人则起来反对。这在当时看来也许还不是太大的分歧，实质上却表现了二人在思想方法和世界观方面的大不同。胡适要求人们坐下来踏踏实实地做些文化建设的工作，而陈独秀、李大钊则号召人们首先进行思想和政治上的革命。假如我们把问题孤立地看，胡适所说的也没什么错误，因为在中国由封建社会走向现代化社会的过程中，的确需要有人进行踏踏实实的文化建设工作，胡适提出的"建设的文学革命论"的确也具有相当大的号召力，在五四运动中起到了巨大的作用。但是如果考虑到中国当时的客观形势，时代不但需要"五四"学人进行文化建设，更需要"五四"学人直接投身于社会政治斗争；不但需要"五四"学人进行纯学术性的文学研究，还需要把这种研究作为社会政治斗争的一部分，那么胡适与陈独秀、李大钊的说法就有比较大的差别了。因此，在五四运动以后，随着中国共产党的成立，第一次国内革命战争的风起云涌，以及以后的国共关系破裂、第二次国内革命战争和抗日战争等一系列大事的发生，一大批"五四"学人迅速走向了社会政治斗争的主战场，而文化战线在这种形势下也到了需要重新思考其历史使命的时候，胡适还让人们埋头故纸堆去"整理国故"，显然与当时的时代发展不太相符。

　　正因为如此，三四十年代的中国古典文学研究的思想主流，显然不会仍然停留在胡适的"建设的文学革命论"——即创造"国语的文学、文学的国语"阶段之上，自然也不会把中国古典文学的研究仅仅局限于肯定民间文学、白话文学，否定文人文学、雅文学的狭小天地之中，把研究方法局限于"大胆地假设，小心地求证"的实证主义之中，而必然要在马克思主义思想的引导下，在风起云涌的工农革命浪潮中，用阶级分析的方法来深化对于几千年中国古典文学的认识，逐步建立起一个新的古典文学研究的理论体系。

　　1928年，冯乃超在《艺术与社会生活》中曾对胡适做过如下批判：

　　　　文学革命以来——白话文运动以来，封建思想的代言者——旧文学——确定地衰替了。然而，这个文化上的新运动获得了什么东西呢？白话文底确立！然而，不上两年，

《红楼梦》的考证、《儒林外史》的标点，风靡天下了。这又有什么意义？我们不能不把潜伏着的根本的社会的根据裸露出来，这却也是可能的吧。

自从中国各地的重要商港化为了殖民地以后，中国的资产阶级虽然落后得很远，渐渐有了微弱的发生，加以受过自由思想的洗礼的知识阶级——东西洋留学生，对着窒息的封建制社会的拘束，发生如火如荼的改革的热忱。在这个时候，胡适博士的《文学改良刍议》——新文学运动，正所谓对症施方的良药，适应社会的切实的要求。从这个观点，博士在历史上演了很重大的革命的任务，然而，白话运动的元勋——新文学运动的健将，我们的胡适之博士不久却又引导它没落到泥污的湖沼里去了。考古！疑古！！动地般敲着退军的鼙鼓，博士革命的责任就此告终了，博士的历史的使命就此完结了，不太仓惶了么？①

冯乃超是当时倡导革命文学的激进人物，此外如成仿吾、蒋光慈、李初梨、郭沫若诸人，都是此时文学新潮中的主将。他们这种革命文学的理论，深深地影响了同时的古典文学研究。一时间，建立马克思主义的唯物主义的文学理论，用阶级分析的观点去研究中国古典文学，已经是这一时代的新趋向。如静华（瞿秋白）在《马克思、恩格斯和文学上的现实主义》一文中，对马克思、恩格斯的文学理论问题就做了比较有深度的评介。② 周起应在《文学的真实性》中也说："只有站在革命阶级的立场，把握住唯物辩证法的方法，从万花缭乱的现象中，找出必然的、本质的东西，即运动的根本法则，才是到现实的最正确的认识之路，到文学的真实性的最高峰之路。"③ 穆木天翻译日本人川口浩的《关于文学史的方法诸问题》，内中也介绍了普列汉诺夫、列宁以及马克思、恩格斯论文艺的许多基本论点。④ 而张希之在他的《文学概论·小引》中首先就阐明："在本书中，编者曾努力地把'唯物史观'应用于文学的领域，从经济的、社会的诸条件，解释一切问题"，"……这种努力或许是'心劳力拙'，但编者深信，'唯物史观'是唯一的科学的研究方法"。同时，作者在本书中也提到了文学的阶级性问题，认为"到了阶级的社会形成以后，人类既不能脱掉他所属的阶级，当然他的感情也染有'阶级'的色彩，这是不能否认的真实"。⑤ 正是在这种文学理论指导下，作者又写了一部《中国文学流变史论》，从中国经济发展的阶段来论述中国文学演变的历程。⑥ 对这种研究中国文学的思潮，罗根泽曾做过这样的概括：

> 故就大体而言，"五四"以前的社会意识是传统的封建意识，"五四"以后的是那由希望而至于失望的资本主义意识，最后发生的是社会主义意识。……由是而影响于文学史者，"五四"以前泰半是用观念论的退化史观与载道的文学观来从事著述，例如谢无量的《中国大文学史》和曾毅的《中国文学史》；"五四"以后则泰半是用观念论的进化史观与缘情的文学观来从事著述，例如陆侃如和冯沅君合编的《中国诗史》、郑振铎的《插图本中国文学史》，以及本书（按：指郑宾于的《中国文学流变史》）。最近大出风头的是辩证的唯物史观与普罗文学观，本此以写成的有贺凯的《中国文学史纲要》

---

① 《文化批判》创刊号，1928年1月15日。
② 原文载《现代》1933年4月1日第2卷第6期。
③ 原文载《现代》1933年第3卷第1期。
④ 译文原载《现代》1933年第3卷第2期。
⑤ 张希之：《文学概论》，北平文化学社1933年版，第2页，第14页。
⑥ 张希之：《中国文学流变史论》，北平文化学社1935年8月初版。

和谭洪的《中国文学史纲》。①

当然,让我们今天来看,当时的学人对于马克思的唯物史观和阶级分析方法还不可能有非常深刻地把握,由于古典文学研究和现实政治斗争之间有着一段距离,当时的学人也不可能全都采用这种方法。可是这种新的世界观和方法论经过"五四"以后 10 多年的宣传评价,的确在古典文学研究界产生了重要影响。它帮助学者们打开了一个新的视野,使古典文学的研究有了一个新的评判角度和价值尺度。如同样是做《水浒传》的研究,胡适 1920 年所写的《〈水浒传〉考证》,对于《水浒传》的成书来源、版本、作者用心等方面的考证可谓精矣,但那不过是推衍他的"历史进化的文学观念",而萨孟武的《〈水浒传〉与中国社会》(南京正中书局 1934 年版),则完全用另一种眼光来看它了。所以当时以明在一篇评论中这样写道:"当我们正在研究中国社会史的时候,当我们正叫着'批判地接受过去文学遗产'的时候,萨孟武先生的《〈水浒传〉与中国社会》之出现,当然是有很大意义的。因为《水浒》这部小说,不仅在文学上有很大价值,而且是研究中国社会史的可靠材料之一。"②

由此可见,马克思主义的社会分析法从"五四"引进到三四十年代成为文学研究方法论的主流,的确是与那个时代的变革、革命的需要紧密地联系在一起的。除了上引诸人之外,鲁迅、郭沫若、闻一多等人莫不深受影响,并在当时引领了学术潮流。

马克思主义文艺社会学方法论的实质是从一个新的角度来确定文学的本质。它把文学首先当作一种社会意识形态来认识,认为文学是社会生活的反映,然后在这个前提下再来考虑文学的语言艺术特征,这样,它就把文学研究者的视野从狭隘的形式进化引向广阔的社会历史空间,使他们的文学分析在这样一个大的背景下展开,所以才显现了前所未有的深度和广度。当然,如果从一般情况讲,因为文学本身就和社会有着广泛的联系,所以不管你是自觉或不自觉地,在文学的研究中总会不同程度地接触到文学得以产生的广阔的社会背景层面。特别是在中国这个古老的国度里,"声音之道,与政通矣",这一说法早就已经是我们的祖先对文学的社会本质的一种认定,所以《毛诗序》论《诗经》早就有风雅正变之说;刘勰论文学也早有"时运交移,质文代变","文变染乎世情,兴废系乎时序"之论;后世评论家,亦多言及此。逮至 20 世纪以来,重视文学和社会的关系并对此进行论述,更是许多古典文学研究者超越前人之处。如谭丕模在 1933 年出版的《中国文学史纲》,就主要从社会政治历史的变化来论述文学的发展。全书共分十六章:第一章,序论;第二章,原始封建制度时代的文学;第三章,原始封建制度崩溃时代的文学(一);第四章,原始封建制度崩溃时代的文学(二);第五章,封建制度复兴时代的文学;第六章,封建制度破坏时代的文学;第七章,封建制度稳定时代的文学;第八章,封建制度危机时代的文学;第九章,封建制度表层稳定时代的文学;第十章,畜牧民族侵略下的文学;第十一章,畜牧民族统治下的文学;第十二章,新封建化时代的文学;第十三章,封建制度回光返照时代的文学;第十四章,民族资产阶级意识萌芽时期的文学;第十五章,封建残余与民族资产阶级混合统治时代的文学;第十六章,劳苦大众觉醒时期的文学。1935 年张希之著的《中国文学流变史论》,更是比较详细地从中国经济发展的阶段来论中国文学演变的历程。本书在第一章就先讲"文学史方法论",第二章是"文学史范围论",第三章讲"中国文学的史的关系",下分几部分,一是社会的发展与历史的演进,二是历史的连续与阶级的划分,三是中国经济发展的阶段,四是中国文学演变的历程。从第四章到第七章分述"史前社会及文学"、"诗经"、"楚辞"和"汉

---

① 罗根泽:《郑宾于著〈中国文学流变史〉》,《图书评论》1934 年第 2 卷第 10 期。
② 以明:《读了萨著〈《水浒传》与中国社会〉以后》,《现代》1935 年 1 月第 6 卷第 2 期。

代文学的发生及发展",在这几章中,又首先谈"诗经的社会背景"、"楚辞的社会背景"和"汉代文学的社会背景"。后出转精,到刘大杰1941年出版他的《中国文学发展史》,从社会发展的角度来看文学的发展,更形成了一个比较完整的体系。从以上论述中可以看出,把文学放在广阔的社会背景下来认识,在中国有着悠久的传统,而自20世纪以来随着马克思主义的传入,到三四十年代更把这种传统发扬光大了。

将马克思主义文艺社会学方法应用于中国古典文学研究,到1949年中华人民共和国成立之后有了更大的发展。经过了将近30年的实践,人们对于马克思主义的文艺社会学理论的理解更深,方法运用得也更为成熟。他们摒弃了此前一些学者的简单化与肤浅化倾向,从更多的方面来分析文学和社会的关系,取得了突出的成就,杨公骥的《中国文学》(第一分册),就是这方面的代表性成果。这本书本是他为东北师范大学学生讲授中国文学的讲义,从1947年开始撰写,1957年出版,十年内七易其稿。在这部书中,杨公骥教授非常典型地把马克思主义的文艺社会学理论应用于中国文学研究当中,他不是照抄照搬马克思主义的条条框框,而是把这种理论融化于具体的研究当中,走在了那一时代古典文学研究的前沿。如他论述诗歌的发生与劳动诗的形成,不仅对中国诗歌的产生之源、早期诗歌的内容做了比前辈更为系统的解释,同时对中国诗歌的语言形式问题也做出了很好的解释。他并没有把结论简单地归于"诗歌起源于劳动"这一命题,而且在这一基础之上讨论了中国早期诗歌所承担的多种功能以及早期人类在诗歌当中所寄托的各种情感。他认为"神和神话的发展历程是:先出现自然神,后出现祖先神,最后出现宇宙大神",并具体分析了这一过程与人类的历史实践之间的关系,这一观点到今仍然有重要的启发意义。[①] 杨公骥先生对于《诗经》的研究,包括对于《诗经》中的原始祭歌、《商颂》的研究,结合周代社会对《诗经》从内容到形式的全面研究,多发前人之所未发,对于我们今天研究《诗经》,仍然有方法论的指导意义。尤其是《〈商颂〉考》一文,用详细的材料、细密的分析、合乎逻辑的论证,指出源自汉代的今文经学,后来经过魏源、王国维等人力证的《商颂》为春秋时宋人所作说的不能成立,可视为20世纪关于《诗经》研究中的一篇典范性的论文。杨公骥先生的研究不仅讲究理论分析,更特别重视考证。他的《中国文学》(第一分册)在正文中的论断,几乎都有大量的考证材料作为依据,并将这些考证性的材料作为注释引出,有许多注释本身就是一篇篇有相当分量的考证性文章。正是这种细致的理论分析和详细的考证相结合,使他的这部学术著作被学界广为称道,他的这种写作方法,也不同程度地被后来许多文学史家所继承。

运用马克思主义的文艺社会学理论来研究中国古典文学,20世纪50年代的学人们总结了一套模式:首先由时代背景的研究出发,然后去看作家的生平思想,再由作家的生平思想去分析作品的思想内容,然后由思想内容再去分析作品的艺术特色。这个模式虽然到80年代后受到了人们的严厉批评,但是我们应该看到,用它来揭示中国古典文学作品所包含的巨大思想内容和社会认识价值,特别是对于那些直面现实人生、用自己满腔的热血直接去写一个时代的历史巨变和广阔社会生活的作家,如屈原、杜甫、陆游等及其作品的分析来说,还是有着相当强的理论说服力量的。更为重要的是,在这种理论方法的指导下,学者们把自己的研究重心转移到了对文学的社会本质的全面分析上,他们发现或深化了一系列前人没有发现或缺乏深入研究的课题,诸如中国文学史上的现实主义问题、爱国主义传统问题、阶级性问题、人民性问题等等;他们也从这一角度试图解释中国文学史上的一系列问题,特别是对每一个时代、每一种文体的产生与发展,如关于唐诗繁荣的原因、词的产生及发展、元杂剧的兴盛、明清小说的兴起等等,都从社会政治历史变化方面给予了深刻的说明。正是在这一

---

① 杨公骥:《中国文学》(第一分册),吉林人民出版社1980年版,第22—23页。

基础上，他们完善了一个以马克思主义的文艺社会学为基础的文学史理论体系，其代表性成果就是游国恩等人主编的《中国文学史》和原中国科学院文学研究所主编的《中国文学史》。这两部著作，自60年代初问世后就一直被高校当作教材，几十年来在社会上产生了巨大影响。

在此，我们可以再举几例说明以马克思主义的文艺社会学为基础的分析法在中国古典文学研究中所取得的成就。如关于《史记》这部伟大的历史文学名著，早在其问世不久就引起社会对它的评价，"自刘向、扬雄皆称良史之材"（张守节《史记正义·序》）。大致从晋宋以来，开始出现了《史记》文辞品评派，如魏时曹植的《史赞》，梁时刘勰的《文心雕龙》就对《史记》的章法、文藻做过评述。到唐宋以后，人们更重视《史记》的文学价值，韩愈、欧阳修、曾巩、苏氏父子等都把它当成古文楷模。明清以来研究者更多，但是他们的研究大都有这样的缺陷：评判内容多从维护封建正统观念出发，评析艺术技巧多集中于章法气脉，研究方法则多是评点式。"五四"以后人们开始用新方法研究。如鲁迅在《汉文学史纲要》中专列一篇，并称它为"史家之绝唱，无韵之《离骚》"，李长之的《司马迁之人格与风格》也是一部力作。但是，自从学者们用马克思主义的文艺社会学作为研究方法后，才使《史记》研究出现了一个新的局面。他们不但重视《史记》的艺术，更重视开掘《史记》所蕴含的巨大的社会政治内容和思想认识价值。如刘大杰的《中国文学发展史》在评价《史记》的文学成就时，就把"丰富的思想内容"放在了第一位，并对其做了这样一段分析：

> 《史记》的文学价值，首先在于它具有丰富的思想内容和深厚的人民性。《史记》在叙述复杂的历史事件的基础上，无情地揭露了社会的矛盾、统治阶级和农民的矛盾以及统治集团内部的种种矛盾。对于专制帝王和贪官酷吏鱼肉人民、剥削人民的残暴行为，画出他们的丑恶面貌，给以有力的讽刺和抨击。特别在《酷吏列传》中，对于武帝时代的政治现实，作了非常真实的描写。如张汤、杜周、义纵、王温舒之徒，大都奸盗出身，卑鄙无耻，因为善于谄谀逢迎，都由小吏做到大官，掌握生杀大权，而成为皇帝的爪牙、统治者的鹰犬。他们的本领，是善于用两面手法，挑拨离间，排除异己，结党营私，而又勾结商人，敛取财物。最恶毒的是用严刑峻法来迫害人民，想在屠刀和血渍上来巩固封建政权。他们一杀人就是几十几百，有时连坐者至千余家，流血至十余里，皇帝听到了，大为赞赏他们的才能，立刻加官进爵。结果是善恶不分，谈虎色变，在朝者不安于位，在野者民不聊生。然而这群酷吏，还在口口声声地高谈王法。杜周为廷尉，"其治大放张汤，而善候伺，上所欲挤者，因而陷之，上所欲释者，久系待问，而微见其冤状。客有让周曰：'君为天子决平，不循三尺法，专以人主意指为狱，狱者固如是乎？'周曰：'三尺法安出哉？前主所是著为律，后主所是疏为令，当时为是，何古之法乎？'至周为廷尉，诏狱亦益多矣。"（《杜周列传》）在这里说明了封建社会所谓法律的实质，同时也说明了那些爪牙鹰犬能够取得重要政治地位掌握生杀大权的主要原因。对于这种严刑峻法的残酷统治，司马迁不但对那些酷吏表示了谴责，对汉武帝也是予以讽刺的。所以他说："法令者治之具，而非制治清浊之源也。"在这种黑暗残酷的统治下，必然是善者遭殃，恶者当权，司马迁在自己的生活境遇里，也深刻地体会到这一点。因为作者对于现实有了这样深刻的认识，在《史记》全书里，才能充分地表现出反对暴君、暴政、豪强、酷吏的思想，洋溢着热爱人民，关怀人民疾苦的感情。革命的英雄人物，提到极高的地位。凡是爱国爱民的，品质高尚的，急公好义的，尚义任侠的，在文化、教育方面有成就对社会事业有贡献的各种人物，都在历史上得到很高的地位，而予以不同程度的评价。出身微贱的下层人物的历史，同样受到重视。因此，管仲、晏

婴、孔子、荀卿、屈原、贾谊、廉颇、蔺相如、鲁仲连、田单、王蠋、信陵君、侯嬴、荆轲、聂政、陈涉、项羽、李广、郭解、淳于髡这些身份不同、事业各异的人物，作者都注以同情的笔力，使他们在《史记》的历史舞台上，放射出不灭的光辉。①

　　的确，关于《史记》中的人物描写，千百年来一直受到人们的称誉。但是，千百年来的评论家，有谁站在阶级斗争和反封建专制的高度对它做出这样的分析呢？如果说，刘大杰的分析在这方面还做得不够，还只是把分析的重点放在对昏君酷吏的批判上的话，那么，游国恩等人所编的《中国文学史》的分析就更深刻了。在这本书中，编者先从总体上做一概括："《史记》……在'本纪'、'世家'和'列传'中所写的一系列历史人物，不仅表现了作者对历史的高度概括力和卓越的见识，而且通过那些人物的活动，生动地展开了广阔的社会生活画面，表现了作者对历史和现实的批判精神，表现了作者同情广大的被压迫、被剥削的人民，为那些被污辱、被损害的人鸣不平的战斗热情。"下面，又从四个方面给以具体分析：1."《史记》是一部具有强烈的人民性和战斗性的传记文学名著，这首先表现在对封建统治阶级——特别是汉王朝统治集团和最高统治者丑恶面貌的揭露和讽刺。"2."司马迁不仅大胆地揭露了封建统治集团的罪恶，而且也热情地描写了广大被压迫人民的起义和反抗。"3."《史记》的人民性、战斗性，还表现在记载那些为正史官书所不肯收的下层人物，并能从被压迫被剥削人民的观点出发，分别给他们以一定的评价。"4."《史记》还写了一系列的爱国英雄。"最后又总结说："总之，作为传记文学的《史记》的思想内容是丰富深刻的：它一方面揭露了统治者及其爪牙的无比丑恶，画出他们的真实的脸谱；另一方面表达了人民的思想感情和愿望，歌颂人民及其领袖的起义反抗，以及可歌可泣的爱国英雄和救人困急的侠义之士，表现了我们伟大民族的革命传统和优良品质，这对今天都还有积极意义。"显然，这种分析，比刘大杰的分析更为细致，也深刻得多。

　　不仅如此，游国恩等主编的《中国文学史》还能在对《史记》的思想内容的分析基础之上来总结《史记》人物塑造成功的原因，并对其进行艺术分析。他们指出："《史记》的思想意义是和作者精心的构思、高度的写作技巧密不可分的"，作为一部历史著作，《史记》的写作首先是在"坚持历史真实的原则下写人物的"，但在这当中，作者也不是事无巨细全都照录，而是"通过对历史材料的选择、剪裁和集中，不仅使许多人物传记正确地反映了他们在历史上的活动和作用，而且突出了他们的思想和性格，表达了作者的爱憎"；其次，"作者在写人物传记时，尽力避免一般地梗概地叙述，而是抓住主要事件，具体细致地描写人物的活动，使人物性格突出"；再次，"司马迁还通过许多紧张斗争的场面，把人物推到矛盾冲突的尖端，让人物在紧张的斗争中，表现他们各自的优点和弱点，表现他们的性格特征"；最后，作者还"善于用符合人物身份的口语来表现人物的神情态度和性格特点"，"在叙事和记言中还常常引用民谣、谚语和俗语。由于它们产生、流传于民间，概括了广大的社会生活，是一种精粹的富于战斗性和表现力的语言，因此，使《史记》的语言更加丰富生动，并且有力地表达了作者对历史事件和人物的批判"。② 这种把艺术性的分析放在思想性的分析之后，并由思想性来看艺术性的方法，比起实证主义的分析学派来说，也显示了它在作品的整体把握方面的长处，更是以往的传统的评点分析法所不及的。

　　由刘大杰的《中国文学发展史》到游国恩等人主编的《中国文学史》中对于《史记》文学艺术性的分析，我们可以看出，以马克思主义的文艺社会学为基础的方法论，把对中国

---

① 刘大杰：《中国文学发展史》（上），上海古籍出版社1982年版，第170—172页。
② 游国恩等主编：《中国文学史》（一），人民文学出版社1963年版，第152—162页。

古典文学作品的分析深入到了何种程度。他们手中似乎掌握了一种洞微烛幽的有力武器，能够从社会政治的角度把作品的思想价值全部挖掘出来，它会使读者们确信，无论任何时代的文学作家，他们的思想都不可能超越时代，他们的作品都是对时代的反映；而那些伟大的作家和作品之所以流传百世，也首先在于他们对自己所生活的社会和历史有着最为深刻的认识，并且把所有这一切都生动地反映在他们的作品之中。也许，这并不是一个作家和一部作品之所以伟大的全部，如文化学派还会从中揭示其丰富的文化内容，心理学派也会从中找寻人类心灵成长的历史……但是，我们不能不承认，任何作家的思想都和该时代相关，任何优秀的文学作品中也都包含着深刻的社会思想，马克思主义的文艺社会学方法论正是引导人们在这方面去分析研究古典文学作家和作品，并且取得了前所未有的成就。

三、形而上学与社会分析法的历史局限

以马克思主义的文艺社会学为基础的分析方法论的出现，标志着20世纪中国古典文学研究在方法论上的一次革命，它所取得的成就是巨大的，所造成的影响也是深远的。但是，在这种方法论应用的过程中，也存在着一些明显的缺陷，特别是进入50年代后期，由于受极左思潮的影响，把马克思主义的社会分析法变成了一种形而上学的主观理论，在指导文学研究中出现了许多重大失误。具体来说，主要有以下两个方面：

第一，把马克思主义的方法，尤其是自己所理解的马克思主义文艺社会学方法看成是唯一正确的方法，排斥其他理论方法，因而造成了形而上学的猖獗。

马克思主义的方法本来是以辩证唯物主义为基础的，它首先就要求人们全面地看问题，具体问题具体分析，而不能用一个现成的公式去套。可是，由于当时的学者对马克思主义理论没有能够很好地理解，片面地夸大或强调了其中的某一个方面，把它当成是普遍性的真理，并用它来代替对所有问题的具体分析，因而在一段时间和一些人那里形成了一种严重的形而上学倾向。比如说，从马克思主义的阶级观出发，那么，自然可以得出这样的结论，在阶级社会中，每一个人都在一定的阶级地位中生活，各种思想无不打上阶级的烙印。但是，这个理论只应该作为对于人的阶级分析和思想分析的一般原则，而不能代替对某一个人的具体分析。这是因为，在现实生活中，某一个人的阶级出身虽然不变，但是他的阶级地位却是可能变化的，这中间并没有一个永不可跨越的鸿沟；而对于一个社会和一个时代各阶级的思想来说，则更如大海与大洋的水一样，没有一个明显的界域可分。一方面，在阶级社会中，统治阶级的思想就是这个社会的统治思想，被统治阶级的思想也深受其影响；另一方面，统治阶级中的一些进步者，也会把自己的视野投入到被统治者中间，关心他们的生活和命运，在一定程度上替他们说话。更何况，在一定的历史条件下，各个不同的阶级之间思想和利益也不只是对立的，还存在着一些共同利益。每一个时代所出现的民族英雄和杰出人物，之所以能够流芳千古，就因为他们代表了广大人民群众的共同利益、代表了一个国家和民族的利益，代表并预示着社会发展的方向，也表达了全民族的共同理想。对于这些人所做出的历史贡献，我们是不能简单地用阶级分析的方法来评价的。同样，对于那些伟大作家和那些伟大的作品来说也是如此。这说明，即便是对某一个作家的身世和生平有了一个比较好的了解之后，我们对他的思想还需要认真分析。更何况，文学作为一门语言的艺术，它在社会生活中扮演着诸多功能，其中尤其重要的是它的审美功能，本身就具有超越阶级的特点，例如山水诗、爱情诗。而且，从文学审美的角度来看，越是超越了阶级性、具有人类普遍性的作品越具有价值，这无疑更需要具体的分析。可是，在很长一段时间里，人们恰恰把马克思主义的这个具体问题具体分析的灵魂丢掉了，不是认真地分析一个作家作品，而是简单地对作家作

品贴标签，划成分；更有甚者，还试图据此把所有的中国古典作家分成两大派别，一派是现实主义的，一派是反现实主义的。只考虑文学的政治思想价值，否定文学所具有的普世价值，这样，活生生的文学就成了僵死的政治图解，当然也就把文学的本质完全歪曲了。

马克思主义的理论作为一种方法论，它本来也是一个开放的体系，要继承和学习其他各家理论方法之长处，所以，在学术研究上，应该采取的正确态度是"百花齐放，百家争鸣"。但是，在很长的一段时间里，马克思主义的这一原则却没有得到很好的理解和应用，当时的好多学者并不是采取兼容并包、取长补短的态度对待其他学说方法，而是摆出自己唯一正确的态度来轻率地排斥或粗暴地否定其他观点方法和学说。本来在20世纪二三十年代，在古典文学研究中还是多种方法和学说并立，如进化论方法、文化人类学方法、心理学方法等等，都有人尝试并取得了可喜的成绩，如闻一多用民俗学方法研究《诗经》，郑振铎用文化人类学的理论研究写作《汤祷篇》。可是，到了50年代以后，人们反而轻易地把许多方法排斥了。另一个明显的例子是《红楼梦》研究，学者们用马克思主义的文艺社会学方法，对这部伟大的古典文学名著进行了深刻的社会思想分析，指出其具有的封建社会百科全书性质的巨大思想价值和社会认识价值，这无疑为"红学"研究开创了一个新领域和新天地。但是，遗憾的是，也就是在"红学"研究这块领地里，形而上学表现得最为突出。一次是50年代对俞平伯《红楼梦》研究的批判，不但开了以政治干预文学研究的坏先例，而且也是否定排斥其他研究方法，导致形而上学学风之始。另一次是"文化大革命"中开展的全民研究《红楼梦》运动，把这部伟大的文学作品完全当成了一部反映阶级斗争的政治教科书，当成了一部封建社会的没落史。这种对文学作品的政治阐释，已经不再属于文学研究，而完全是一种对文学作品的形而上学的扭曲。

第二，片面地强调分析的功能而忽视了实证的作用，有明显的"以意逆志"倾向，从而对某些作家作品做了严重的曲解。

以马克思主义的文艺社会学为基础的研究方法强调对作家作品思想内容的分析，但是它更强调分析要有理有据，要有事实的基础。可是，在很长的一段时间里，人们却以一些马克思主义的抽象原理代替了具体分析，甚至也不对作家作品进行必要的考证，就在那里任意地发挥，去阐述其"微言大义"。而另有一种倾向则是，从表面上看也重实证，实际上却是先有结论而后才去考证，不是在考证出的事实面前修正自己的观点，而是用自己的观点来解释考证的事实，或者只是片面地搜罗证据来证明自己的观点，这其实也是一种"以意逆志"的表现。这些情况，在50年代就已经有所反映。如当时关于汉乐府诗《陌上桑》、《羽林郎》等的讨论，关于陶渊明的讨论，关于山水诗是否存在着阶级性的讨论等都是如此。到了"文化大革命"时期更是走到了极端，如畸形研究《红楼梦》，用儒法两条路线斗争的理论阐释中国文学史。受其影响，一些著名学者也不能免俗，郭沫若关于李白、杜甫的研究，刘大杰对他的《中国文学发展史》的改写，在今天看来，都显得有几分荒唐。"文化大革命"结束后，随着人们对"文化大革命"的批判，对古典文学研究中所存在的极左思潮也开始了全面的反思，关于古典文学研究方法论问题也开始了全面的思考，一个深入探讨古典文学研究方法论的新时期来到了！

第四讲
20世纪后期文学研究方法论的新发展

一、文学研究方法论热的产生及历史渊源

在20世纪的中国古典文学研究方法论探讨中，80年代以后显然是最为活跃的一个时期。之所以出现这种情况，首先是和当时思想解放的政治环境分不开的。粉碎"四人帮"后，在政治思想上拨乱反正，学术界也开展了对"文化大革命"的批判，并逐渐深化到对"文化大革命"前文学研究中极左思想的反思。另一个重要的方面则是当时世界科学的飞速发展。80年代初，方法论问题首先在哲学界受到重视，1981年，《哲学研究》编辑部就编辑出版了一本《科学方法论文集》，号召研究者在"酝酿着新的科学革命的80年代已经到来"的时候，"积极开展科学方法论的研究"，并"希望从事哲学、逻辑学、科学史、心理学、语言学等方面研究工作的同志都来关心科学方法论"。[①] 到80年代中期，随着改革开放而带来的思想解放与西方各种文化思潮的引进，方法论问题逐渐成为文学研究中的一个热门话题。1985年，文学界先后在北京、厦门、扬州、武汉等地召开了一系列全国性学术会议，专门讨论方法论问题，以至于有人把1985年称为"方法论年"。古典文学研究在这方面反应相对慢一些，直到1987年3月，由《文学遗产》、《文学评论》、《语文导报》、《天府新论》等报刊社发起，在杭州联合举行了全国首届"古典文学宏观研究讨论会"，与会者有150多人。以后，由《文学遗产》编辑部牵头，又陆续在桂林、大连、漳州等地先后举行了多次古典文学研究方法论讨论会。关于古典文学研究方法论的问题，再也没有比这一时期更受到学者们的重视。

80年代以来古典文学研究方法论受到了空前的重视，与古典文学研究这一学科自身的成长发展也有着极大的关系。严格说来，在具体的科学研究中，方法论不能单独存在，它总是在研究对象中体现出来，而抽象出来的方法论总带有一定的哲学意义。所以，由于受现代科学思想的影响，虽然古典文学研究在方法论上也有着很大的进步，但是自20世纪初以来，单独谈文学研究方法论的文章并不多见。查阅新中国成立前有关材料，就笔者所知，最早讨论文学研究法的著作当属姚永朴1922年在商务印书馆所出《文学研究法》一书。书中所持的文学观还比较宽泛，所论研究法亦比较传统，将"明道"与"经世"视为要务。而从新

---

① 《哲学研究》评论员：《积极开展科学方法论研究》，哲学研究编辑部编：《科学方法论文集》，湖北人民出版社1981年版，第1—9页。

文学观出发所论研究法的文章则不多,① 更多的人是在具体研究中谈到自己的方法,如早在 1918 年中华书局印行的谢无量的《中国大文学史》,在绪论中就专有"文学研究法"一节;刘麟生的《中国文学 ABC》(1929 年世界书局印行)在导言中也有"如何研究中国文学"一节;谭丕模的《中国文学史纲》(1933 年和济印书局印行)也有"怎样去研究中国文学史"一节;张希之的《中国文学流变史论》(1935 年北平文化学社出版)则把"文学史方法论"单列一章;罗根泽的《中国文学批评史》在第一章"绪言"中,也对研究方法问题进行了深刻的论述。相比较而言,自 80 年代以来,专门讨论文学研究方法论的文章日渐增多,如杨公骥的《与青年同志谈如何研究中国古典文学》(《社会科学战线》1983 年第 1 期)、陈伯海的《宏观的世界与宏观的研究》(《文学遗产》1985 年第 3 期)、董乃斌的《中国古典诗歌研究的现状和未来》(《文学评论》1985 年第 2 期),② 在这一时期都产生了反响。以后,随着讨论的深入,有的刊物还开辟专栏发表这方面的文章,如 1994 年的《江海学刊》。几年时间,在全国的学术刊物上发表的有关论文不下几百篇。与此同时,一些学术著作也把方法论当作一个重要的问题来论述,如赵沛霖的《诗经研究反思》、刘扬忠的《宋词研究之路》,在对《诗经》和宋词研究进行学术总结时,都对方法论问题进行了论述;李炳海的《周代文艺思想概观》在"导言"中也先讲了本书所用的研究方法;许总在《唐诗史》的《引论·文学史研究方法与唐诗史之重构》中,用了近 3 万字的篇幅来对此问题进行阐释。更值得注意的是,这时期逐渐出现了讨论文学研究方法论的专著,如王钟陵出版了《文学史新方法论》(1993 年 8 月),陶东风出版了《文学史哲学》(1994 年 5 月),钟优民主编了《文学史方法论》(1996 年 2 月),等等。这些专门论著的大量出现,标志着这一时期在文学研究方法论上所达到的研究高潮和空前的规模水平。此外,这一时期的学者们开始了对 20 世纪学术研究史的分析与总结,如周勋初出版了《当代学术研究思辨》(1993 年 5 月),王瑶主编了《中国文学研究现代化进程》(1996 年 12 月),两部书分别以个案研究的方式总结分析了 20 世纪一些著名学者的学术成就,此外还有赵敏俐、杨树增合著的《20 世纪中国古典文学研究史》(1997 年 8 月)等。这些论著,也从不同角度对 20 世纪古典文学研究方法论问题进行了认真的讨论和总结。

总的来说,80 年代以来的古典文学研究在方法论上呈现出百花齐放、百家争鸣的前所未有的好形势。改革开放给人们的思想带来了解放,也带来了国外各种各样的学术思潮。人饿极了就饥不择食,一旦让他们有食可吃并且可以尽情享受的时候,相应而来的也许就是消化不良。80 年代初、中期的古典文学研究与此有些类似,当人们破除了思想的禁锢并把眼光投放到整个世界的时候,让人眼花缭乱的西方各种学术思潮和方法论还没来得及探究就被生吞活剥地咽到肚里去了;与此相反的是,一些人带着一种逆反心理,在对 50 年代以来的极左

---

① 今天所能见到的文章也不过如下十几篇:1. 渭川的《怎样研究中国文学史》(《学生杂志》1923 年 10 卷 7 期);2. 仲云的《一种研究文学史的新方法》(《学灯》1924 年 6 月 2—9 日);3.[日]冈泽秀虎著,洛扬译《关于在文学史上的社会学的方法》(《文艺研究》1930 年 2 月 1 卷 1 期);4. 汪倜然的《论中国文学的新研究》(上海光华《读书月刊》1931 年 5 月 2 卷 2 期);5. 须尊的《文学史之新途径》(《鞭策周刊》1932 年 21、22、23 期);6. 既舒的《文学史的材料与方法》(《天津益世报文学周刊》1933 年 9 月 6 日第 40 期);7.[日]川口浩著、穆木天译《关于文学史的方法诸问题》(《现代》1934 年 3 卷 2 期);8. 邹同的《研究中国文学史的三个阶段》(《学风》1937 年 7 卷 2 期);9. 罗根泽的《学艺史的叙解方法》(《读书通讯》1940 年第 12 期,1942 年第 36 期);10. 谭丕模的《研究文学史的方法论的商榷》(《人民文艺》1946 年 1 卷 3 期)等。以上可参考中国社会科学院历史研究所资料室、北京大学历史系合编《中国史学论文索引》第一、二编《中国文学史论文》部分。

② 这一时期的文章还有很多,如徐公持的《关于古典文学的宏观研究及其现状》(《文学遗产》1987 年第 4 期)、石家宜、高小康的《古典文学研究宏观再议》(《文学评论》1988 年第 2 期)等。

思潮的批判中轻易地就把经过多年探索的马克思主义的文艺社会学方法论中的精华的东西也一起丢掉了。但是和过去相比，人们的思想毕竟成熟了，所以这种局面并没有持续多久，古典文学研究方法论就出现了稳健发展的良好态势，在多极理论方法共存的情况下，逐渐形成了一种主导性的趋向，那就是以文化学为基础的系统方法论。

二、以文化学为基础的系统方法论的发展趋向

在 20 世纪 80 年代以来关于方法论研究的理论探讨和具体实践中，还没有人直接提出过以文化学为基础的系统方法论问题。笔者在这里大胆地把它作为 80 年代以来的古典文学研究方法论发展的整体趋势来概括，出于以下考虑：在 80 年代的古典文学研究方法论探讨中，虽然表现为一种百花齐放、百家争鸣的态势，但是仔细分析就会发现，在各家的理论里面也有一种属于这一时代的共同的东西，那就是对马克思主义的重新理解、文化的眼光和系统的观点，正是这三点构成了新时期以来古典文学研究方法论发展的共同趋向。之所以出现这种情况，又和以下两点密切相关。

第一，首先从研究主体的角度讲。作为 20 世纪 80 年代以来的古典文学研究者，他们的主要力量已经是 1949 年以后成长起来的新的学人。这其中，50 年代培养起来的学者对马克思主义的学习时间最长，当然受极左思想的影响相对来讲也要大一些。粉碎"四人帮"后，当他们在对极左思想进行批判的时候，自然也要对自身进行反思。他们发现，自己过去对于马克思主义理论的理解的确有点片面了。马克思主义理论的一个重要特点，就是要人们学会全面地看问题，它本身就有一定的系统论特点。所以，在新形势面前，在对马克思主义理论重新学习的过程中，他们首先就开阔了自己的理论思维视野，把以马克思主义文学理论指导下的文学社会学的僵化研究转到文学文化学的系统研究。而另一批中青年学者则大都是"文化大革命"结束后成长起来的博士、硕士，他们的导师大都是 50 年代的学者，马克思主义也仍然是他们的指导思想；同时，他们虽然比 50 年代的学者小了一辈，可是也在不同程度上受到了极左思想的冲击。但是他们毕竟年轻，因而具有更为开放的意识，更容易接受新思想，也更容易把马克思主义的理论和文化学的系统研究结合起来。所以我们看到，在 80 年代关于方法论讨论的热潮中，无论是 50 年代成长起来的学者还是 80 年代的学术新人，他们中的大多数都是在坚持马克思主义理论的基础上提出新的方法论问题的。而这一点，尤其在当时许多人倡导的关于古典文学宏观研究上体现得最为明显。

说起来，在 80 年代古典文学研究方法论热中，"宏观研究"并不是一个可以革新方法论的很准确的提法。本来，"宏观"这一概念是和"微观"相对立的，若倡导"宏观研究"，其暗含的前提就是过去在文学研究中"微观研究"过多而"宏观研究"不够。但事实上并不是这样，自 50 年代以来，对古典文学的"宏观研究"也不少，在一段时间内，有人把一部中国文学史当成是一部现实主义与反现实主义的斗争史，这够"宏观"的了；还有许多人不愿意对具体作家作品进行具体分析，就用"阶级性"、"人民性"的公式去套，专去做那些空疏的长篇大论，也够"宏观"的了。相比较而言，真正以扎扎实实的考证加深刻的理论分析而见长的好的"微观研究"文章并不多见，空疏是这一时期大多数学者的共同毛病。但是，为什么在 80 年代中期，古典文学研究领域突然兴起"宏观研究"来了呢？对此，董乃斌的一段话可以说明。他说：

> 加强宏观研究和综合研究。这要求研究者把诗歌作为一个整体，放在全部文学史，即由多种文体所组成的庞大体系以及由历代文学演变所构成的长长链索中来进行考察。

进一步,则是要放在各种艺术创作乃至一切社会意识形态的相互关系之中来进行考察。再进一步,还应将诗歌现象放在整个社会发展历史的背景上,从人类行为和思维发生发展这个角度来探索其特殊规律和演化过程。应该说,这是我国传统诗学中最为薄弱的方面。这种研究方法要求我们妥当地处理理论探讨和资料考证的关系,更自觉地把注意中心由个别具体的问题转移到有概括性、带规律意义的问题上去。例如,不仅研究单个作家,而且研究流派和一个时代的创作倾向。不仅从文学史而且从文学思想乃至整个思想史角度来观察和分析,等等。总之,就是要求古典诗歌的研究对人类社会,特别是人类精神活动的各个方面都有一个完整的、系统的概念,要求他们除精通文学和历史之外,还掌握哲学、心理学、文化人类学等学科的知识。只有这样才能做到将我们的研究对象——古典诗歌——放在各个不同层次的体系中从各种不同角度进行全面深入的考察。与此相关,也就对微观研究提出了新的要求,即要求我们深入到诗歌作品的内核、深入到作家的心灵和创作过程中许多细微的心理活动之中,去探究作家从生活的到灵感的触发乃至字斟句酌的提炼修润等每一个环节。今天,再停留在一般社会学高度,写出一般的古代作家作品论,已经不够了。我们十分需要以新的观点和新的方法写成的中国诗歌通史、断代诗歌史乃至断代诗歌分体史这样的著作,也十分需要对古代诗人、作家"心灵的历程"作细致入微探索的理论著作。为此,我们必须进一步学习马克思主义,提高理论水平。同时,适当地引进新理论、新方法,如系统论和比较研究的方法之类,显然是有益的。①

董乃斌这段话虽然是专就中国古典诗歌研究现状而发,实际上也代表了在整个中国古典文学中倡导进行宏观研究的共同心理。那就是,他们之所以要提出"宏观研究"这一问题,目的并不是要人们舍弃"微观研究"而专发那些大而无当的"宏论",而是要人们突破多年来的社会学模式,把文学放在更为广阔的人类社会历史背景中去研究;不但要研究社会,而且要研究心理;不但要精通文学和历史,而且要精通哲学、心理学和文化人类学等学科知识。这不但是对宏观研究提出的新要求,实际上也是对微观研究提出的新要求。换句话说,这并不是什么"宏观"和"微观"的问题,而是在关于文学的新认识的基础上的方法论更新问题,即把以马克思主义的文艺社会学为基础的简单分析法改变为以文化学为基础的系统方法论的问题。它的要义有两条:一是把以前的文学的社会学批评扩展为文学的文化学批评;二是把对文学的简单的线性分析变为对文学的系统分析。而这两点,都离不开马克思主义的理论基础,所以董乃斌在文中强调"我们必须进一步学习马克思主义,提高理论水平",这的确代表了当时大多数古典文学研究者的方法论倾向。

在提倡古典文学的宏观研究中,陈伯海是其中的代表。"文革"前他对这个问题就有自己的思考,只不过在当时的环境下无法引发。1985年,他首先在《文学遗产》第3期上发表了《宏观的世界与宏观的研究》一文,系统地提出了自己关于古典文学宏观研究的理论,以后陆续发表了一些文章充实自己的观点。在此基础上,他与董乃斌共同主编了一套《宏观文学史丛书》,其中《中国文学史之宏观》一书,集中了他多年对此问题的理论思考。全书分上、下编。上编本体论着重论述了中国文学究竟是什么的问题,涉及社会与文化背景、民族特性、运行脉络、语言机制和国际交往等方面;下编方法论通过对文学史观的演进、文学史的动因动向以及文学进化诸方面的论析,探讨了中国文学怎样发展的问题。该书可以作为这一时期关于古典文学宏观研究讨论中最重要也最有代表性的成果。它不但系统阐明了什么

---

① 董乃斌:《中国古典诗歌研究的现状和未来》,《文学评论》1985年第2期。

是宏观研究的问题,而且真正把这种理论付诸实践,提出了自己的宏观的中国文学总体观,其对中国文学的把握既有宏阔的视野又有深刻的思想。无论是上编的本体论还是下编的方法论都能给人以启发,具有重要的理论意义。不仅如此,在此书中还深刻分析了80年代古典文学宏观研究之所以兴起的社会历史原因。他说:

> 宏观研究在80年代中期得到特别有力的推进,又跟我国社会变革发展的大形势有关。"四化"与改革事业的深入展开,把建设现代化的民族心理、民族文化的任务提上议事日程,而新文化的建构又离不开文化传统的批判继承。文学是民族心灵的结晶,一部中国文学史便是中华民族之魂动荡变化的写照,它映现着我们民族的喜怒哀乐、好恶爱憎,昭示着我们民族对生活、对美的理想和感受生活、创造美的才能。研究中国文学史的目的,也正是要从中发掘民族的心理素质,探讨民族的审美经验,把握在这种审美心灵支配下的民族文学传统生成和演进的规律,借以指导文学与社会生活的未来运行。一句话,怎样认识我们民族的传统精神与审美文化,又怎样在新形势下发展和改造这一传统,便是时代向文学史研究工作者提出的大课题。而要解答这个课题,单凭一字一句的诠说、一诗一文的解析以及一人一事的考订、评判,显然是不够的,必须对全部文学史作连贯的思考与整体的综合,这就需要改换研究的着眼点,超越个别事象,进入宏观层面。据此,宏观研究不光是对象范围的扩大,更是研究意识的更新,它可以说是社会变革形势推动下现代意识渗入历史传统的重要表征。①

显然,陈伯海在这里所说的宏观研究,从实质上讲仍然不是"宏观"或"微观"的问题,而是社会变革促使研究者的主体意识如何更新的问题,是马克思主义的文学社会学如何向文学文化学方向转化的问题。

第二,从时代变革的角度讲。为什么80年代以来的古典文学研究在方法论上会从社会学的简单分析法转向文化学的系统分析法为主呢?这和国际国内的大环境的改变都是相关的。从国内方面看,"文化大革命"结束后,我国很快进入了改革开放的新时期,在拨乱反正的过程中,古典文学研究者一方面对此前的极左理论进行了深刻批判,另一方面在总结历史经验的基础上,对以前所坚持的社会反映论的文学观也进行了深刻的反思。在这当中,人们从实践中所得到的最深刻的认识之一就是:在迈向现代化的道路上,传统文化并不是轻易就可以抛弃的东西,它在无形中发挥着巨大的作用。从国际方面看,世界在走向现代化的过程中,由于西方国家比东方国家先走了一步,多年来在西方国家就形成了一种西方文化优越论和西方文化中心论的论调,而东方国家在走向现代化的过程中首先要向西方学习,所以这种论调在一段时间内在东方国家也有相当大的影响。但是随之而来的两次世界大战和战后的西方经济文化危机使西方人对自己文化的优越感产生了怀疑;而东方国家在战后经济的飞速发展,尤其是亚洲四小龙和日本经济的起飞,却使世界尤其是西方各国看到了东方文化巨大的活力。在这种世界现代历史变化的过程中,人们所得到的最深刻的认识之一就是:现代化并不意味着世界各民族文化被哪一种文化同化,各民族的现代化都必须遵循自己的传统,它们同样在世界现代化的过程中发挥着自己的作用。因此,无论从国内情况还是从国际环境来讲,文化研究之所以成为学术研究中的一个热点,都是必然的。在这方面,国外尤其是西方国家研究起步早一点,我们在打开国门之后,学术研究的热点自然也会很快地转到这方面来。而古典文学研究所面对的正是中国传统文化,关于文学的文化研究自然也会成为他们所

---

① 陈伯海:《中国文学史之宏观》,中国社会科学出版社1995年版,第3—4页。

关注的学术焦点。

从另一个方面讲，系统论作为一种研究方法的产生，也是和世界现代化进程紧密结合的。作为一种研究方法，系统论中的一个最基本的原则就是整体性原则。对这一原则的认识，正来自现代自然科学和科技革命的飞速发展。在自然科学中，宏观宇宙所组成的系统随着人们的认识显得越来越复杂，而微观宇宙呈现出来的整体结构与宏观世界竟也是那样惊人的相似；在科技革命中，生物工程与计算机技术等所显示出来的特征——整体大于各孤立部分总和的特征也越来越被人们所认识。扩而广之到大型的水电工程、原子能利用、农业开发，系统性特征则更为明显……世界上一切事物、现象和过程几乎都是有机的整体，几乎都是自成系统而又互成系统。因此，越来越多的人开始把系统论作为一种方法论应用于他们的研究，自然科学家这样，社会科学家也这样。而在中国这个自古就比较重视整体原则（尽管那是缺乏分析的模糊的整体）的国度里，接受系统论更是比较容易的事。所以我们看到，当改革开放之后系统论方法被我介绍到国内时，不但是自然科学界，就是社会科学界也很快地接受了这种系统论方法。例如在1985年，林兴宅在他的《艺术魅力的探寻》的小册子里，就谈到要用"系统论的观点来考察艺术的本质"；在笔者上引的董乃斌的那段话中，实际上也包含着系统论的思想；王钟陵在他的《中国中古诗歌史·前言》中则明确地说他写此书在方法论上所力图贯彻的两条原则之一就是"整体性原则"，他认为，研究文学之所以要如此，是因为"从横向上说，人类生活的各方面本是一个大的有机系统，文学从来都是整体的文化活动中的一个重要的组成部分。从纵向上说，文学发展又是一个有着内在逻辑的有机过程。"[①] 显然，王钟陵这里所说的整体性原则，也正是建立在系统论基础之上的，他用系统论的观点来看文学的发生发展，然后又把这种观点用于他的文学研究实践。

由此可见，自80年代以来，古典文学研究者中虽然没有人直接提出以文化学为基础的系统方法论这一概念，但是在改革开放的新形势下，对马克思主义的重新理解、文化学的眼光和系统论的方法，却必然会成为这一时期古典文学研究者在构建其方法理论时共同关注的方向。这说明，一个时期的学术研究不论有多少不同的流派，但是在这当中总有一个时代的主流。同时也说明，一个时代之所以会发生方法论的变革，并不是哪一个天才人物的提倡，而是社会变化和历史发展的共同结果。

对马克思主义的重新理解、文化学的眼光和系统论的方法，这三者大大开阔了80年代研究者的视野，也使他们对文学的理解扩展到前所未有的广度和深度，使古典文学研究方法论的探讨出现了前所未有的热闹场面。大家争相著书立说，阐明自己的理论方法，在共同的时代潮流下又各有自己的理论侧重。如同是对马克思主义的重新理解，有的人直接把马克思主义的文学社会观扩展为文学的文化观，有的人则更重视从马克思主义理论中提取有助于文学的文化研究的理论思想和方法，还有的人从马克思主义的文艺意识形态论转向到艺术生产论。同是从文化观的视角来看文学，有的人侧重于分析文学创作主体的文化心理；有的人则侧重于文学产生过程中的各种客观的文化因素。同是把系统论当作文学研究的方法，有的人把文学自身当作一个开放的系统，从文学自身出发来研究文学史的各种现象；有的人则把文学当成整个社会大文化系统的一部分，从文化系统的全面观照中来研究文学。而之所以会在这同一时代主流下出现百花齐放、百家争鸣的繁荣局面，是因为这种以马克思主义的文化学为基础的系统方法论本身就是一个开放的体系，是一个正处于多方吸收、容纳整合过程中的发展中的体系，因而也是一个和当前我们这个正处于世界文化大交融的现代历史相一致的体系，以这种方法论为指导的古典文学研究也正展现着前所未有的活力。

---

① 王钟陵：《中国中古诗歌史》，江苏教育出版社1988年5月版，第11页。

三、方法论热的消退及相关思考

值得注意的是，20世纪后期的方法论热潮，到了90年代中期以后则出现了逐渐消退的迹象。人们对于方法论问题似乎不再热心。特别是进入21世纪以后，方法论的问题已经不再是大家关注的话题，很少有人专门著书立说来讲研究方法。一方面是比较繁荣的古典文学研究，各种著作大量涌现，另一方面却是理论上的消沉和方法论的淡化。为什么会出现这种现象？从一个方面讲，我们可以把它视为古典文学研究队伍的成熟。因为理论与方法总是从事具体研究工作的指导思想和工具，重要的并不是在研究之前或在研究中标榜自己的指导思想和研究方法是什么，而是看在具体的研究过程中是否真正地贯彻了某种思想和研究方法。一个高明的学者能够根据自己的研究对象而灵活地采用各种行之有效的方法并且把它融于无迹，这自然是当代学人们所追求的学术研究的高境界，在这方面，很多研究者为我们做出了榜样。但是从另一个方面讲，我们也必须看到方法论热消退之后所带来的负面效应。在表面看似繁荣的古典文学研究中，近年来真正有重大影响的著作却逐渐减少，古典文学研究中缺少一种积极的探索精神和理论创新意识，究其原因，笔者以为有以下几个方面：

第一是对理论的反感。回顾20世纪以来的中国古典文学研究，我们会发现，几乎是从20世纪的初始，人们就一直比较热心于对理论和方法的探索，并试图寻找一种切实可行的从事中国古典文学研究的指导思想与方法。最初的20年，学人们选择了以进化论为理论指导的实证主义方法论，"五四"以后，则选择了马克思主义的文学社会学作为指导思想与方法，到了五六十年代以后，甚至把它作为唯一正确的思想方法。但是，受极左思潮的影响，却把马克思主义变成了僵化的教条，这导致了形而上学的猖獗，大大影响了古典文学研究的学术质量。现在回顾这一段历史，会发现那一时代研究文章的严重缺陷，越是以理论思辨见长的文章越显得没有价值。到了80年代以后，虽然各种新理论不断地涌现，也出现了许多以新理论为指导思想的研究论著，但总的来说，大多数用那些所谓新理论所写的文章都缺少深度，有如过眼烟云，很快被人们遗忘，而能够沉积下来被后人认为具有长久价值的，还是那些扎扎实实的文献整理之类的著作。这恰好验证了一句名言："所有的理论都是灰色的，只有事实才最为可靠。"于是，经过了这种学术反思之后，许多学者开始厌弃理论，转而专做一些文献搜集整理与考证类的文章。

第二是缺乏对理论与方法的深入研究。回顾20世纪以来的中国古典文学研究，一些人之所以对研究的理论和方法不再感兴趣，一个重要的原因是缺乏对理论与方法的深入研究。在20世纪50—70年代形而上学和教条主义盛行的时期，大多数人虽然标榜用马克思主义来指导自己的学术研究，但实际上他们并没有去认真地研读马克思主义的理论。好多人甚至没有读过马克思主义的原著，更没有把握马克思主义的精髓，他们不过是抽取了马克思主义著作中的一些语录来为自己的研究做注脚而已。还有相当多的人把曲解了的马克思主义当成是正确的理论来运用，差之毫厘，谬以千里，更何况有时所差的不止毫厘，其谬误自然也远不止千里了。新时期以来，各种各样的新理论新方法大量涌现，好多人同样是在对这些新理论新方法没有任何深入研究的基础上来使用的，于是出现了大量的华而不实的论文著作，新名词新术语充斥全篇，但是却了无新意，甚至谬误百出。一些人错误地把运用新方法和新理论看成是轻而易举的事情，以为只要有了新方法新理论就可以完成文学研究的革命，就会有重大的历史发现，就会做出巨大的成绩。其实，无论何人，要想真正掌握一种行之有效的研究方法，都必须经过认真的学习和深入的研究。否则，浅尝辄止的最终结果只能是一无所获。

第三是忘记了学术的根本目的。学术研究本是一件神圣的事业，宋代大学者张载曾讲自己治学的目的是"为天地立心,为生民立命,为往圣继绝学,为万世开太平"。用今天的话说,也就是"求真理"、"为民生"、"绍学统"、"创伟业"。还有的人则用"正德""利用"、"厚生"三个词语来进行概括。这种崇高的治学境界,是中国古代文人士大夫千百年来一直不懈追求的人生终极目标。对于一个学者来说,要想把学问做好,首先要树立远大的人生理想。有了这样一个基本目标,他自然就会用心地追求学问的最高境界,这样他在从事学术研究的时候,自然也会自觉地选择一种理论方法来指导自己的学问。可是,近年来急功近利的学风却大大影响了学人们的治学风气。好多学者治学的首要目的是解决自己的生存问题,是为了完成评估指标和工作任务,还有的人则是为了沽名钓誉,由此而形成了一种急功近利的浮躁学风。一个人一旦受这种学风的影响,他就不会把治学看成是神圣的事业,就不会去用心思考,自然也不会去进行理论的钻研和方法论的探索。所以,纵观21世纪以来的古典文学研究,从表现上看似乎琳琅满目,成果甚多,但是其中真正具有原创价值的成果并不多见,在以往研究基础上提升到新水平的优秀成果也非常有限。浮躁的学风,急功近利的心态,投机取巧的心理,在其中起了重要作用,而最根本的原因则是忘记了学术研究的根本目的。目的不明,何谈方法?而一旦目的不纯、动机不正,抄袭、剽窃等投机取巧应运而生,这实在是值得我们警惕的现象。在今天,从事中国古典文学的研究者虽然未必要有张载那样的胸怀和抱负,但是求真、求善、求美的学术研究最高追求应该不会改变。我们应该牢记这一目的,承担起新的社会责任。只有如此,才能创造出无愧于我们这时代之学术。

另一方面,当下也是古典文学研究最值得期待的一个时期。经过一个世纪的探索与实践,中国古典文学研究已经在现代化的道路上迈出了坚实的一步。中国经济的高速发展与和平的环境,给学术研究创造了很好的物质平台。科研经费大幅增加,互联网的发展和电子文献数据库的建设,使资料搜集与信息交流变得快捷无比,也使得研究手段越来越现代化。越来越多的国际文化交流,使学者们越来越具有国际文化的视野。更重要的是,经过这一百多年的洗礼,当代学人已经具备了站在世界文化的立场上重新认识中国的传统文化以及对它进行新的价值重估的条件。在这种情况下,新时期的古典文学研究不应该停留在文献资料的搜集整理上,更需要运用新的理论与方法对其做出新的解释,方法论显得比以往任何时候都更加重要。我们期待着在不久的将来,中国古典文学研究在学术理念和研究方法上都有新的突破,出现一个新的研究高潮。

第五讲
有关文学研究方法论著作简介

自 20 世纪初期以来，学人们在关于科学研究方法论方面已经有了很多成熟的思考，涌现了一大批相关著作和论文，在此，笔者就其中的几部著作，按发表年代略做介绍。

（一）《中国历史研究法》（附《中国历史研究法补编》）（梁启超著）

该书原为梁启超于 1921 年在南开大学讲课的讲义。这是中国近代以来第一部讨论历史研究方法论的著作，其目的是引进当时西方新兴起的进化论的历史观和方法论，对中国旧的史学观进行改造，建立新的史学理论体系，以完成当代社会对于中国史学所提出的一系列新的要求，解释中国历史何以走向现在并将如何走向将来的一系列新问题。全书分为六章。第一章讨论史之意义及其范围，第二章论过去中国史学界，第三章谈史之改造，以上三章非常鲜明地体现了梁启超站在世界文化视野上所建立的新的历史观和史学观。第四、五、六章则分别重新界定史料的范围、史料的搜集与鉴别、史迹之论次诸问题。在这方面，梁启超还是没有脱离乾嘉以来以考据为主的研究方法，但是他对史料的认识范围则比起乾嘉学者还是有了明显的扩大。其后，梁启超又继续开设这一课程，以补《中国历史研究法》之不足，由其弟子周传儒、姚名达笔录成书，名为《中国历史研究法补编》，分为总论、分论两大部分。其中总论部分重点讨论史的目的、史家四长以及五种专史概论，分论部分则讲了人的专史与物的专史两部分，而事的专史、地方的专史与断代的专史缺略。此书与上部书共同构成了一个整体，体现了梁启超新的史学观。今天看来，从梁启超提出的史学写作的具体方法论角度讲，他没有超出乾嘉学派多少。但是梁启超的学术眼光之敏锐和知识视野之开阔，的确超出了常人。今天对于我们来说，这部书最重要的价值，是试图用进化论的理论来重新思考历史的发展，同时要站在世界范围的角度来反思中国古代的历史发展过程。梁启超不仅提出了"新史学"的观点并进行了"新史学"的实践，也是近代中国最有影响的新史学理论家。他的这部著作，虽然是对史学而言，但是对于如何研究中国古代文学来讲，也有重要的启发意义。在今天，当我们在谈到文学研究方法的时候，同时我们还要考虑对文学应该如何进行新的理解。如果没有像梁启超这样的宏观地把握一门学科的胸怀与眼界，即使有再好的研究方法也不会使自己的研究达到一流的境界。由此而言，此书至今还是我们学习中国文学研究方法论的重要参考著作。该书有东方出版社 1996 年及中华书局 2009 年最新的简体横排版。

（二）《科学方法论文集》（《哲学研究》编辑部编）

这是《哲学研究》编辑部编辑，由湖北人民出版社 1981 年 11 月出版的一本文集。这本文集前有《哲学研究》评论员的文章，题目是《积极开展科学方法论的研究》。此书的编写有一个大的历史背景，那就是"文化大革命"结束不久，思想解放刚刚开始。从哲学界的角度来讲，清算"文化大革命"极左时期用哲学来代替具体科学的弊端，充分地注意 20 世纪科学革命所带来的新成果，吸收自然科学研究方法论上的积极成果，"使马克思主义的科学方法论得到进一步发展","通过科学方法论的研究进一步加强和发展哲学工作者和科学工作者的联盟",是编辑这本文集的目的和意义。全书主要介绍了各自然科学学科研究中的一些具有方法论意义的问题,如信息论、系统论、控制论、模糊数学与科学方法、假说与实验的辩证法、类比法、证伪法、相对论的方法,以及一些著名科学家在重大发明与发现中所运用的理论与方法等等。受历史的局限,当时一些具有方法论意义的西方理论,如结构主义、现象学、语义学、逻辑实证主义等,在这部书中还处于受批判之列。但是,把科学研究方法论的问题鲜明地提出来,在当时具有十分重要的意义。正是这种从哲学领域里兴起的研究方法论热潮,才引致了1985年以后的文学研究方法论热。同时,对于从事文学研究的学者来讲,认真地读一些有关自然科学研究方法论问题的论著,也非常具有启发意义。事实上,信息论、控制论,特别是系统论方法,对于80年代以后的文学研究产生了重大影响。所以,在我们讨论文学研究方法论问题时,这仍然是一部有重要参考价值的著作。

(三)《当代学术研究思辨》(周勋初著)

这是周勋初先生于1987年申报的一项高等院校哲学社会科学博士学科点专项科研项目"现代学者治学方法研究"的最终成果,1993年5月由南京大学出版社出版。新时期,在高等院校研究生的教学中专门就治学方法进行研究,这本书应该是第一部。此书分为四部分,第一部分分别介绍了黄侃、胡小石、陈寅恪、罗根泽、程千帆五位学者的治学方法;第二部分是两篇关于"古今治学方法进展与文史观念变化"的文章;第三部分是两篇关于80年代初到90年代近十年中国大陆古代文学研究进展的介绍;第四部分是对王国维、陈寅恪两位学术大师五篇具有代表性文章的评析。周勋初先生本人即为当代知名学者,与书中所论列的一些前辈学者又有一定的师承关系,所以无论是对黄侃等人治学方法的评价还是对王国维等人所做的分析,都有独到之处。这其中,尤其是对于论文名篇的分析,如对王国维《殷卜辞中所见先公先王考》一文的分析、对陈寅恪《陶渊明之思想与清谈之关系》的分析尤为精到,有理有据、细致入微、认识到位、语言中肯,在评析一篇文章中又通过比较、综合等方式,概括指出王、陈二人在学术研究上的特点以及超出常人之处,同时在高度赞誉中也不忘客观地指出其具体的不足。这种以学者个人和论文名篇为对象的个案分析方法,笔者以为也是研究生学习研究方法论的最好方式。当然,该书也有不足之处,就是缺少对当代文学研究总体特征的概括。

(四)《文学史新方法论》(王钟陵著)

该书由苏州大学出版社1993年8月出版。作者是新时期以来第一批研究生,在此之前曾出版过《中国中古诗歌史》和《中国前期文化——心理研究》两部著作。书名为《文学史新方法论》,就是结合自己的学术研究实践与理论思考而写的一部具有鲜明时代气息的方法论著作。在20世纪80年代兴起的文学史新潮中,方法论探讨是其重要标志。作者在书中提出了自己的文学史方法论新建构,在"引言"中说:"中国文学研究如欲出现一种新的面貌,不在历史哲学和方法论上下功夫是不行的。""方法意识是对于内容本质的自觉,因而本书不取历来将方法探讨与规律研究划为两个不相干领域的做法,而是在方法与规律的相互契合与映衬中,将全书凝为一个整体。这是本书理论框架的一个主要特点。我以为,只有同时从研究方法和文学史复杂的巨系统运动之情状与规律这相辅相成的两个方面入手并深入下去,文学史学才能建立起来。"全书共分为九章,各章标题依次是:更新文学史研究的四项原则;运用新逻辑学思路的例案:中古诗歌的流程;文学史研究中的原生态式的把握方式;对黑格尔发展观的批判;建立历时性的历史与逻辑的统一;中国文学史的原生态生长情状;

文学运动的内在机制与外在形式；纷纭浑沦的文坛浮沉；文学史运动的中介和动力结构。作者认为：文学史是一个复杂的巨系统，这要求研究者"对于文学史运动从一种大的生态系统上，从复杂的多因素综合中，从对文学史原初的生长与浑沦的变动中，理解其内在机制与外在形式，把握其中介及动力结构。这一探讨，必须兼顾表层的丰富性、灵动性、多歧性与深层的逻辑性——其纵向的演化规律与共时的结构模式之综合。"从该书中的这些新提法，诸如"文学史研究中的原生态式的把握方式"、"文学史运动的中介和动力结构"等，可以明显地看出那一时代新成长起来的中青年学者对于文学史研究方法论的理性思考。该书以理论思辨见长，同时结合自己的文学史写作实践而谈，多富有新义，是一部值得认真研究的文学史研究方法论著作。不足之处亦在于多论述宏观的文学史观念与研究思路，而很少关于文学史研究的具体操作方法。作者的基本观点是把文学史当成是一部人类的心灵史来看，这是一种有独特价值的文学史观，在当时尤其具有进步意义，但这并不是一部文学史的全部，在今天看来仍然有它的局限性。

（五）《文学史哲学》（陶东风著）

这是在 20 世纪八九十年代重写"文学史"热潮中，从哲学的角度来进行方法论探讨的一部著作，河南人民出版社 1994 年 5 月出版。作者认为，在重写文学史的过程中，不仅需要反思过去的文学史，还应该加强对于"文学史研究的研究"，"文学史哲学是一种元文学史学"，其对象就是人们用以重构、评价过去了的文学事实的框架、模式、依据、标准，它要询问：这些框架、模式、依据、标准是否合理？文学史是如何可能的？文学史思维的特点是什么？我们应当建立怎样的评价史实的价值尺度？而之所以提出这一问题，是来自于作者"对于我国文学史研究的整体反思"，这里面存在着如下问题：1. 机械的他律论；2. 传统文化与治史模式；3. 自律性的失落与形式研究的贫乏；4. 系统研究的失落与流变研究的贫乏；5. 体例的僵化与研究主体的失落。正是针对以上弊端，作者认为要重视研究方法和理论框架，并确立了本书的体例及主要内容。全书共分为八章。第一章为"导言"，简要介绍了文学史哲学的性质、对象以及重建文学史的意义；第二章集中探讨文学史的建构性、主体性和当代性；第三章介绍了文学史与文化史（泰纳）、文学史与思想史（勃兰兑斯）、文学史与社会心理（普列汉诺夫）、走向综合的艺术史社会学（豪泽尔）、文学史的发生学结构主义方法（戈德曼）等五种文学史观，并把它们归为他律论模式；第四章则介绍述评了俄国形式主义、英美新批评、捷克与法国结构主义的文学史观，认为它们属于与他律论相对的自律论模式；第五章指出这两种文学史基本模式的各自适用性与局限性，并认为新的文学史模式应该建立在对这两种模式的双重超越上；第六至第八章则重点讨论了文学史的分期问题、文类演变及其规律问题、文学史的主题建构问题，也就是在前面五章基础上向操作层次的深入，亦即对于文学史研究基本理论的具体化。应该说，"这是新时期我国第一部关于文学史构成论及构成方法论论著"，"有其开拓和探索意义"，特别是书中对于西方各种文学史观和相应的研究方法的介绍，足资参考。不足的是，书中没有提及中国人研究中国文学史的一些传统方法以及现代文学史写作中的积极成果。我们要研究中国文学史，不仅要广泛地了解外国人的文学史观和文学史研究方法，更要对中国文学史研究中的方法论问题给予充分的关注。

（六）《文学史方法论》（钟优民主编）

该书由时代文艺出版社 1996 年 2 月出版。在该书的"导言"中，作者首先讨论了文学史方法论的性质和任务、文学史方法论的当代意义。作者认为，所谓文学史方法论，"就是关于文学史研究独特的思维原则、方式及规律"。而本书的基本建构，也就是要系统地讨论这些问题。全书共分为十章，大体可分为两大部分，第一至第六章，是探讨正确运用方法所应遵循的基本原则、参照系统和操作过程，包括方法与实践、史与论、宏观与微观、史实梳理——全景再现、自然时序与逻辑时序、历时构架与共时构架等问题；第七至第十章，则探讨各种理论方法与文学史的关系，这又包括传统方法与文学史、辩证方法与文学史、新方法与文学史三个方面。从严格的意义上说，该书是最具系统性的文学研究方法论著作。用张松如先生在"序"中的话说："作者致力于建立一个科学而包容性很大的文学史方法理论的构架体系，其中包括作为该体系的理论基础及其一系列基本范畴，并借助范畴去把握文学史研究各个层级上的本质和各个不可或缺的重要环节，由它们构成该学科井然有序的完整理论体系——有机系统。这是相当富有胆识和新意的探讨。"同时，"该书稿又一特色是理论联系实际，内涵十分丰富。全书稿中既有对千百年文学史研究经验的理论总结与概括，显示出中国古代文学批评的丰富多彩和灿烂成就，绝非那种脱离文学史研究实践的思辨公式；又是贯穿唯物辩证法和科学方法论原则的开放体系"。不足的是，该书没有把对文学史本身的发展过程的各种具有规律性的问题结合进去，论述还是略显空泛了些。

（七）《中国文学研究现代化进程》（王瑶主编），附陈平原主编《中国文学研究现代化进程二编》

该书由北京大学出版社 1996 年 12 月出版。该书不是专论文学史研究方法论的著作，而是总结分析 20 世纪一些著名学者学术成就的著作。陈平原在该书"小引"中写道："本书选择梁启超、王国维、鲁迅、胡适等近 20 位中国文学研究的大家，探讨他们在借鉴西方学术思潮和研究方法以及继承发展中国传统治学精神方面的经验教训，并总结其学术成就。"所选对象，既有梁启超、鲁迅等主要活动在 20 世纪前半期的学者，也有如郭绍虞、游国恩、王元化等主要活动在 20 世纪后半期的学者，更多则是活动在跨越 20 世纪前后半期的学者。"表面上一系列的个案分析，实际上贯穿着我们对这百年学术变迁的历史思考"。"这不是一部学者传记集，虽然立足于个案分析，可着眼的是学术思潮的变迁。通过对这近 20 位不同经历的学者治学道路的描述及成败得失的分析，勾勒出近百年学术史的某一侧面。在具体论述中，学者的个人经历只作为说明其学术思想形成的辅助材料。也就是说，本书的主要着眼点在学者的治学成就、研究方法及其代表的学术思潮，而并非提供面面俱到的若干学者的生平资料。"该书虽然不是专门讨论文学研究方法论的著作，但是通过分析这些学者的治学成就，也具有一定的方法论意义。该书出版 6 年之后，也就是 2002 年 4 月，王瑶先生的弟子陈平原又主编出版了《中国文学研究现代化进程二编》。该书选取朱东润、刘大杰、钱锺书、程千帆、王瑶等 16 位主要生活在当代的著名文学研究大家作为研究对象，其基本思路与写作框架，大体上和"初编"差不多，可以配合初编共同学习参考。

（八）《20 世纪中国古典文学研究史》（赵敏俐、杨树增著）

这是新时期以来第一部系统回顾总结 20 世纪中国古典文学研究历史的著作，1997 年 8 月陕西人民教育出版社出版。20 世纪是中国历史上发生伟大变革的世纪，20 世纪的中国文学研究也取得了前所未有的成就，并且完成了从传统学术到现代学术的历史转型。因此，总结 20 世纪中国古典文学研究的历史，不仅为了记住这一段历史过程，同时也可以为 21 世纪的古典文学研究提供研究方向上和研究方法上的借鉴。该书立足于此，力图从宏观上描述 21 世纪中国古典文学研究的大致轮廓和发展脉络，阐述发生在 20 世纪古典文学研究领域里的重大革命和发生在研究者头脑中的深刻思想变化的历史轨迹，指明 20 世纪古典文学研究的鲜明时代特征和它在弘扬优秀民族文化传统中的作用。全书按问题分为四编：第一编描述时代变革与学术演进的过程。作者认为，20世纪的巨大变革使中国古典文学研究完成了从古典到现代的历史转型，并自然地形成了相互联系又有发展的几个时期。第二编讨论文化思潮与理论思考的关系。作者认为，在20世纪的古典文学研究中，受时代和文化思潮的影响而形成了几个贯穿始终的核心问题，第一是如何认识传统文化与现代化的关系问题，第二是马克思主义在20世纪古典文学研究中的地位和作用问题，第三是20世纪中国古典文学研究方法论的变革问题。正确地认识这三个问题，是我们从宏观上把握20世纪中国古典文学研究的重要方面。第三编分析20世纪古典文学研究格局的改革与领域的拓展。作者认为，伴随着时代的变革与学术的转型，20世纪的古典文学研究格局也发生了巨大的变化，由传统的无所不包的泛文学研究变为具有现代意义的文学研究，这似乎缩小了文学研究的范围，但是从另一个方面看，它把文学研究的视野不再局限于传统的作品注释、考证和评点式批评，而是把它放在整个社会文化背景下来研究，同时还把眼光开放到世界，这又把文学研究的范围大大地拓展了。这种格局的变化和领域的拓展，成为20世纪中国古典文学研究进步的重要标志。第四编是总结文学史的研究与编写经验。文学史的编写是20世纪中国古典文学研究中的"新生事物"，也在一定程度上代表了20世纪中国古典文学研究的整体水平。通过对于一个世纪中国文学史编写过程的总结与回顾，该书总结了20世纪中国古典文学研究的经验。作为一部从宏观上总结20世纪中国古典文学研究史的著作，书中的许多论断都颇具启发意义，对于文学史研究方法论的学习也大有好处，具有重要的参考价值。不足之处是，由于受体例和篇幅所限，书中关于20世纪古典文学研究成就方面的具体的、细致的和微观的论述较少，一些论断也具有较强的个性色彩。

（九）《20世纪中国文学研究》（张燕瑾、吕薇芬主编）

这是由张燕瑾、吕薇芬二人主编，有几十位学者参加的，共计10卷12册，近600万字的鸿篇巨制，2001年12月北京出版社出版，是对20世纪中国文学研究的比较系统全面的总结。全书前有张燕瑾、吕薇芬二人所写的前言，概要介绍了20世纪中国文学研究的状况，包括基本特征、历史分期、几个重要的研究领域等等，以后各卷按中国文学发展的时代进行分论，分为先秦两汉文学研究、魏晋南北朝文学研究、隋唐五代文学研究（上、下）、宋代文学研究（上、下）、辽金元文学研究、明代文学研究、清代文学研究、近代文学研究、现代文学研究、当代文学研究。每一卷的内部，则按该段文学史的内容、文体、问题等分章节进行细致的讨论。由于这种细致的划分，全书中对于中国文学史上的重要问题、重要作家、重要作品、重要现象等都有论述，其中对于20世纪在上述各领域里所取得的成就等也有详细的介绍。所以，此书不仅是一部比较全面系统地总结20世纪中国文学研究的著作，对于总结20世纪中国文学研究方法论的问题也有重要的参考价值。从这方面讲，这部著作正好与上部著作构成一种互补。不足之处是，由于出于多人之手，撰写者水平有异，各卷之间良莠不齐。同时，对于一些重要的作家如屈原、陶渊明、李白、杜甫，重要的作品如《诗经》、《红楼梦》等仍然不能介绍评价得很细。在这方面如果要获得更全面的知识，还要去看更为专门的学术史著作。

（十）《中国古代文学批评方法研究》（张伯伟著）

中华书局2002年5月出版。中国古代的文学批评与中国古代文学几乎有着同样漫长的历史，它不仅是中国文学方法论中的重要组成部分，而且在中国文学发展史上也与中国文学存在着相互影响的共生关系。因此，当我们讨论中国文学研究方法论的时候，对这部著作应该给予充分的关注。该书分为内、外两篇,"内篇探讨古代文学批评方法的内在精神,外篇探讨古代文学批评方法的外在形式"。在内篇中,作者从大量的文学艺术批评中,归纳出三种最能体现传统文学批评的方法,即受儒家思想影响的"以意逆志"法,受学术传统影响的"推源溯流"法,以及受庄禅思想影响的"意象批评"法。作者认为,以这三种方法为支柱,就形成了中国古代文学批评方法的独特结构。这三种方法,从三个不同侧面对文学作品进行各个层次的研究,形成互补,而且在一个批评家手中也能够兼容并采,综合运用,这体现了中国文化重视和合的特色。在外篇中,作者选择了六种最具民族特色的批评形式,即选本、摘句、诗格、论诗诗、诗话和评点加以探讨。作者指出,"这六种形式,是西方文学批评中所鲜见,而在汉语文学批评(包括朝鲜、韩国、日本、越南)又最普遍地为人使用的","为了充分展示这些形式中所蕴含的'意味',本书对于每一种形式的渊源和背景花了较多的篇幅来研究"。研究中国古代文学批评的方法,对于我们学习文学研究方法论来讲是非常重要的。当代的文学理论教科书,充斥其中的几乎都是从西方引进的和现代的文学批评方法。而中国古代文学批评方法一直被忽略。中国古代文学批评方法不仅有着丰富的内容,可以与西方的、现代的文学批评方法平分秋色,而且还因为它生长于中国传统文化这块沃土中,与中国文学同根同源,所以对这种研究方法的学习就更有意义。该书的作者试图"通过对古代文学批评方法的整体把握与研究,一方面将隐而未彰的体系重显出来,另一方面也将这一体系不断完善、丰富的历史呈现出来,揭示中国古代文学理论的民族特色和现代意义",这种探索精神尤为可贵。中国古代文学批评方法非常丰富,此书虽然不足以涵盖其丰富的内容,但却是自成体系并富有理论色彩的一部著作。

(十一)、《20世纪中国学术文存》(陈平原主编)

湖北教育出版社自2002年起陆续出版。这是一部包括文学、历史、哲学等多学科的成果文库,以文学为主,按专题选编,包括古代文学理论研究、古代女诗人研究、词曲研究、元杂剧研究、南戏与传奇研究、晚明文学思潮研究、中国近代文学研究、中国现代文学研究、比较文学研究、文心雕龙研究、红楼梦研究、屈原研究、陶渊明研究、李白研究、鲁迅周作人研究等,主要收录自1901年到2000年出版发行的优秀学术论文和论著节选,选文范围以中国大陆(内地)为主,兼有中国台湾和港澳地区的原创之作。每卷主编均由本专题有影响的著名学者担任,每卷都由导论、文选、目录索引三部分组成,三者可以互相参看,其中导论部分对该专题一百年来研究的状况进行了较为全面的总结,包括对该研究专题的反思与前瞻,具有学术史的性质。所选论文在本专题的某一方面均有一定的学术价值或典范意义,目录索引部分提供了本专题一个世纪以来重要论著的标题、作者与出处(包括出版社、刊物名称和出版发行时间)。主编者在"总序"中论及文存编选宗旨时说:"以'选本'带'综述'的形式,总结20世纪中国学术进程的某一侧面,乃本丛书的基本框架。""本丛书之兼及'史家眼光'与'选本文化',要求编纂者将巨大的信息量、准确的历史描述,以及特立独行的学术判断,三者有机地融合在一起。这样的工作,虽不属如今大受推崇的'个人专著',但借此勾勒出20世纪中国学术史的若干面影,并给后来者的入门提供极大方便,在我看来,'功莫大焉'。"其实,我们学习文学研究方法论将重点放在经典文选的研读方面,而不是空洞地讲授各种理论,目的就是想让学生通过体会前辈学者论文写作实践的方式,将方法论的学习与学术史的研读结合在一起。因而,这部文存所提供的专题导论、论文选粹和目录索引,对于我们这门课程的学习同样具有重要的参考价值。

(十二)《中国古代文学通论》(傅璇琮、蒋寅主编)

辽宁人民出版社 2005 年出版。按朝代共分为七卷,分别是先秦两汉卷、魏晋南北朝卷、隋唐五代卷、宋代卷、辽金元卷、明代卷、清代卷,每卷聘请本卷研究领域里较为重要的学者任主编,由 50 多所高校和科研机构的百余位专家通力合作而成。该书不同于一般文学史以王朝与文体为经纬、以作家为单元依次叙述的写法,而将撰述的主旨放在对中国古代文学的整体把握上,在充分吸收 20 世纪学术成果的基础上重新审视中国古代文学的文化特征、民族性格和时代风貌,以多元的视角、多样的研究方法,从整体上对古代文学做出新的阐释。"内容包括五个方面:1. 通论不同时期文学的时代特征和文学史地位。2. 根据不同时期的文学创作态势,分论各体文学的创作风貌,高下得失,描述各体文学的盛衰流变。3. 从不同时期文学的时代特征出发,抓住文学创作中的主要问题,研究文学与社会生活、政治经济、文化艺术、文学传统的关系,注意从'历史—文化'的角度作跨学科的综合研究。4. 梳理历来整理、研究历代文学典籍的成果,对各类文学典籍的存佚、收藏及整理情况加以总结性的评述。5. 站在 20 世纪学术发展的高度回顾近代以来古典文学研究,从学术观念、研究方法的角度对学术史加以反思,在此基础上指出不同时期文学研究面临的问题,提出学术界当务之急的工作和研究思路。"因而,此书既有学术总结之意义,又有较强的理论探讨意识,对研究生开拓学习思路、掌握当下古代文学研究的基本动态,总结和学习研究方法大有帮助。

(十三)《20 世纪中国古代文学研究史》(黄霖主编)

中国出版集团东方出版中心 2006 年出版。关于 20 世纪的中国古代文学研究史类著作,此前虽然已经有几种问世,但是由于近百年来的中国古代文学研究的内容实在太丰富,可供总结的东西实在太多,因而需要从多方面进行回顾与总结。此书的编写体例与前面介绍的两种不同,既不是以问题为中心,也不是以历史朝代来分论,而是以文体为中心来展开,包括诗歌卷、词学卷、散文卷、小说卷、戏曲卷、文论卷,此外还有总论一卷。在总论中,主编就 20 世纪古代文学研究的实际情况提出了七个问题:1. 研究的价值取向:个人的自适与社会的需要;2. 研究的基本理路:承续传统与面向开放;3. 研究课题的选择:"热点"与"冷门";4. 研究的理论指导:"阶级论"与"人性论";5. 研究的基本方法:实证性与阐释性;6. 研究对象的界定:杂文学与纯文学;7. 研究的主要视点:文学性与社会性。可见,此书不仅是对 20 世纪古代文学研究成果的总结,而且也有很强的理论意识。从具体内容上讲,此书与前面两书也可以互补,如赵敏俐、杨树增所著重在理论探讨而缺少具体研究成果的描述;张燕瑾、吕薇芬所编以时代划分而缺少对各类文体的系统把握;该著从文体入手又加上通论一卷,从体例上讲有后出转精之优,所论也吸收了前两书的得失。但细究起来也有不足,如从分体上讲,把"赋"放在散文中是否合适还有待讨论,另外各卷的体例也不统一。总之,此书在已出版的古代文学学术史类著作中自有特点,可以同前两部同类著作一起,为学习文学研究方法论提供重要参考。

(十四)《20 世纪中国古代文学研究论文选》(张燕瑾、赵敏俐主编)

中国社会科学文献出版社 2010 年出版。该书是张燕瑾教授主编《20 世纪中国文学研究》的配套成果,共分先秦、两汉、魏晋南北朝、隋唐五代、宋代、辽金元、明代、清代、近代九个时段,每个时代一卷,另加综合卷,共计 10 卷,每卷收入文章 40 篇左右,字数在 60 万字左右,总计字数在 600 万字左右。该书所选文章的重点,是那些学术性强、解决了文学研究中的重大问题，或者开启了文学研究新方向，或者在某一研究范围内有代表性意义的文章，同时兼顾时代思潮与学派。选目范围从 1901 至 2000 年，又做了如下限制：1. 只选择在 2000 年前已去世的学者的论文；2. 原则上只选中国大陆学者或曾在中国大陆生活并在中国大陆刊物上发表的论文。因为有了如上限定，课题组最后讨论决定，将本课题最后成果定名为 "20 世纪中国古代文学研究论文选（初集）"，以后如有可能，再扩大选编范围，编辑二集和三集。同时，由于所选论文均为在 2000 年前已去世的学者的论文，论文的选目重点基本上是在 20 世纪中期以前，可以更好地了解 20 世纪中期以前的研究状况。该套论文选由于是按研究对象的时代划分，所以可以和《20 世纪中国学术文存》形成互补。

有关中国文学研究方法论方面的著作还有许多，相关的论文更多，限于篇幅，笔者不再介绍。

下 编

20 世纪中国文学研究经典论文选讲

说明：
　　下编为民国以来著名学者论文的汇编，为授课之特殊需要，教材收录时尽量保持所据底本的原貌，字、词、句不做改动。

第一讲
王国维：《殷卜辞中所见先公先王考》

甲寅岁莫，上虞罗叔言参事撰《殷虚书契考释》，始于卜辞中发见王亥之名。嗣余读《山海经》、《竹书纪年》，乃知王亥为殷之先公，并与《世本·作篇》之"胲"，《帝系》篇之"核"，《楚辞·天问》之"该"，《吕氏春秋》之"王冰"，《史记·殷本纪》及《三代世表》之"振"，《汉书·古今人表》之"垓"，实系一人。尝以此语参事及日本内藤博士（虎次郎），参事复博蒐甲骨中之纪王亥事者得七八条，载之《殷虚书契后编》，博士亦采余说，旁加考证，作《王亥》一篇，载诸《艺文杂志》，并谓自契以降诸先公之名，苟后此尚得于卜辞中发见之，则有裨于古史学者当尤钜。余感博士言，乃复就卜辞有所攻究，复于王亥之外得王恒一人。案《楚辞·天问》云："该秉季德，厥父是臧"，又云"恒秉季德"，王亥即该，则王恒即恒，而卜辞之季之即冥（罗参事说），至是始得其证矣。又观卜辞中数十见之田字，从甲在囗中（十，古甲字），及通观诸卜辞，而知田即上甲微，于是参事前疑卜辞之囻、囻、囻（即乙、丙、丁三字之在〔或〕中者，与田字甲在囗中同义），即报乙、报丙、报丁者，至是亦得其证矣。又卜辞自上甲以降，皆称曰"示"，则参事谓卜辞之示壬、示癸，即主壬、主癸，亦信而有徵。又观卜辞，王恒之祀与王亥同；太丁之祀与太乙、太甲同；孝己之祀与祖庚同：知商人兄弟，无论长幼，与已立、未立，其名号典礼盖无差别，于是卜辞中人物，其名与礼皆类先王而史无其人者，与夫父甲、兄乙等名称之浩繁求诸帝系而不可通者，至是亦理顺冰释，而《世本》、《史记》之为实录，且得于今日证之。又卜辞人名中有夒字，疑即帝喾之名；又有土字，或亦相土之略：此二事虽未能遽定，然容有可证明之日。由是有商一代先公先王之名，不见卜辞者殆鲜，乃为此考，以质诸博士及参事，并使世人知殷虚遗物之有裨于经史二学者有如斯也。丁巳二月。

夒

卜辞有夒字，其文曰"贞尞（古燎字）于夒"（《殷虚书契前编》卷六第十八叶），又曰"尞于夒囗牢"（同上），又曰"尞于夒六牛"（同上卷七第二十叶），又曰"于夒尞牛六"，又曰"贞求年于夒九牛"（两见，以上皆罗氏拓本），又曰"（上阙）又于夒"（《殷虚书契后编》卷上第十四叶）。案夒二形，象人首手足之形。《说文·夊部》："夒，贪兽也。一曰母猴，似人。从页，巳、止、夊，其手足。"毛公鼎"我弗作，先王羞之"，羞作夒。克鼎"柔远能迩"之柔作夒。番生敦作夒。而《博古图》、《薛氏款识》盨和钟之"柔燮百邦"，晋姜鼎之"用康柔绥怀远廷"，柔并作夒。皆是字也。夒、羞、柔三字，古音同部，故互相通借。此称高祖夒。案卜辞惟王亥称高祖王亥（《后编》卷上第廿二叶），或高祖亥（《戬寿堂所藏殷虚文字》第一叶），大乙称高祖乙（《后编》卷上第三叶），则夒必为殷先祖之最显赫者。

以声类求之，盖即帝喾也。帝喾之名，已见逸《书》书序。自契至于成汤八迁。汤始居亳，从先王居，作帝告。《史记·殷本纪》告作诰，《索隐》曰："一作俈"。案《史记·三代世表》、《封禅书》、《管子·侈靡篇》皆以俈为喾，伪孔传亦云："契父帝喾都亳，汤自商丘迁亳，故曰'从先王居'。"若《书序》之说可信，则帝喾之名，已见商初之书矣。诸书作喾或俈者，与夋字声相近，其或作夋者，则又夋字之讹也。《史记·五帝本纪·索隐》引皇甫谧曰："帝喾名夋"，《初学记》九引《帝王世纪》曰："帝喾生而神灵，自言其名曰夋"，《太平御览》八十引作"逡"，《史记·正义》引作"岌"，"逡"为异文，"岌"则讹字也。《山海经》屡称帝俊（凡十二见）。郭璞注于《大荒西经》"帝俊生后稷"下云："俊宜为喾"，余皆以为帝舜之假借。然《大荒东经》曰帝俊生仲容，《南经》曰帝俊生季釐，是即《左氏传》之仲熊、季狸，所谓高辛氏之才子也。《海内经》曰帝俊有子八人，实始为歌舞，即《左氏传》所谓有才子八人也。《大荒西经》帝俊妻常羲生月十有二，又传记所云帝喾次妃娵訾氏女曰常仪，生帝挚者也。（案《诗·大雅·生民》疏引《大戴礼·帝系》篇曰帝喾下妃娵訾之女曰常仪，生挚。《家语》、《世本》其文亦然，《檀弓·正义》引同，而作娵氏之女曰常宜，然今本《大戴礼》及《艺文类聚》十五、《太平御览》一百三十五所引《世本》但云次妃曰娵訾氏产帝挚，无"曰常仪"三字，以上文有邰氏之女曰姜嫄，有娀氏之女曰简狄例之，当有"曰常仪"三字）。三占从二，知郭璞以帝俊为帝舜，不如皇甫以夋为帝喾名之当矣。《祭法》"殷人禘喾"，《鲁语》作"殷人禘舜"，舜亦当作夋。喾为契父，为商人所自出之帝，故商人禘之。卜辞称高祖夋，乃与王亥、大乙同称，疑非喾不足以当之矣。

相 土

殷虚卜辞有◯字，其文曰"贞奘于◯，三小牢，卯一牛"（《书契前编》卷一第二十四叶，又重见卷七第二十五叶），又曰"贞求年于◯九牛"（《铁云藏龟》第二百十六叶），又曰"贞㝵奘于◯"（同上第二百二十八叶），又曰"贞于◯求"（《前编》卷五第一叶）。◯即土字。孟鼎"受民受疆土"之土作◆，卜辞用刀契，不能作肥笔，故空其中作◯，犹天之作乀，■之作□矣。土疑即相土。《史记·殷本纪》契卒，子昭明立；昭明卒，子相土立。相土之字，《诗·商颂》、《春秋左氏传》、《世本·帝系》篇皆作土，而《周礼·校人注》引《世本·作篇》"相土作乘马"作士（杨倞《荀子注》引《世本》此条作土），而《荀子·解蔽》篇曰"乘杜作乘马"，《吕览·勿躬》篇曰："乘雅作驾"，注："雅，一作持。"持、杜声相近，则土是士非。杨倞注《荀子》曰："以其作乘马，故谓之乘杜。"是乘本非名。相土或单名土，又假用杜也。然则卜辞之◯，当即相土。曩以卜辞有㞢◯（《前编》卷四第十七叶），字即邦社，假土为社，疑诸土字皆社之假借字，今观卜辞中殷之先公，有季，有王亥，有王恒，又自上甲至于主癸，无一不见于卜辞，则此土亦当为相土而非社矣。

季

卜辞人名中又有季。其文曰"辛亥卜□贞，季□求王"（《前编》卷五第四十叶，两见），又曰"癸巳卜之于季"（同上卷七第四十一叶），又曰"贞之于季"（《后编》卷上第九叶），季亦殷之先公，即冥是也。《楚辞·天问》曰："该秉季德，厥父是臧"，又曰"恒秉季德"，则该与恒皆季之子。该即王亥，恒即王恒，皆见于卜辞，则卜辞之季亦当是王亥之父冥矣。

王 亥

卜辞多记祭王亥事。《殷虚书契前编》有二事，曰"贞鸷于王亥"（卷一第四十九叶），曰"贞之于王亥，册牛，辛亥用"（卷四第八叶），《后编》中又有七事，曰"贞于王亥求年"（卷上第一叶），曰"乙巳卜□贞之于王亥十"（下阙。同上第十二叶），曰"贞鸷于王亥"（同上第十九叶），曰"鸷于王亥"（同上第二十三叶），曰"癸卯□贞□□高祖王亥□□"（同上第二十一叶），曰"甲辰卜□贞，来辛亥鸷于王亥，卅牛，十二月"（同上第二十三叶），曰"贞登王亥羊"（同上第二十六叶），曰"贞之于王亥□三百牛"（同上第二十八叶）。《龟甲兽骨文字》有一事，曰"贞，鸷于王亥，五牛"（卷一第九叶），观其祭日用辛亥，其牲用五牛、三十牛、四十牛，乃至三百牛，乃祭礼之最隆者，必为商之先王先公无疑。案《史记·殷本纪》及《三代世表》，商先祖中无王亥，惟云"冥卒，子振立，振卒，子微立"，《索隐》："振，《系本》作核"，《汉书·古今人表》作垓，然则《史记》之振当为核，或为垓字之讹也。《大荒东经》曰："有困民国，句姓而食。有人曰王亥，两手操鸟，方食其头。王亥托于有易河伯仆牛，有易杀王亥，取仆牛。"郭璞注引《竹书》曰："殷王子亥，宾于有易而淫焉，有易之君绵臣杀而放之，是故殷主甲微假师于河伯以伐有易，克之，遂杀其君绵臣也。"（此《竹书纪年》真本，郭氏隐括之如此）今本《竹书纪年》"帝泄十二年，殷侯子亥宾于有易，有易杀而放之。十六年，殷侯微以河伯之师伐有易，杀其君绵臣。"是《山海经》之王亥，古本《纪年》作殷王子亥，今本作殷侯子亥。又前于上甲微者一世，则为殷之先祖冥之子、微之父无疑。卜辞作王亥，正与《山海经》同。又祭王亥皆以亥日，则亥乃其正字，《世本》作核，《古今人表》作垓，皆其通假字。《史记》作振，则因与核或垓二字形近而讹。夫《山海经》一书，其文不雅驯；其中人物，世亦以子虚乌有视之。《纪年》一书，亦非可尽信者。而王亥之名，竟于卜辞见之，其事虽未必尽然，而其人则确非虚构，可知古代传说存于周秦之间者，非绝无根据也。

王亥之名及其事迹，非徒见于《山海经》、《竹书》，周、秦间人著书多能道之。《吕览·勿躬》篇"王冰作服牛"，案篆文冰作仌，与亥字相似，王仌亦王亥之讹。《世本·作篇》"胲作服牛"（《初学记》卷二十九引。又《御览》八百九十九引《世本》"鲧作服牛"，鲧亦胲之讹。《路史》注引《世本》，胲为黄帝马医，常医龙，疑引宋衷注。《御览》引宋注曰："胲，黄帝臣也。能驾牛。"又云"少昊时人，始驾牛。"皆汉人说，不足据。实则《作篇》之胲，即《帝系》篇之核也），其证也。服牛者，即《大荒东经》之仆牛，古服、仆同音。《楚辞·天问》"该秉季德，厥父是臧，胡终弊于有扈，牧夫牛羊。"又曰："恒秉季德，焉得夫朴牛。"该即胲，有扈即有易（说见下），朴牛亦即服牛，是《山海经》、《天问》、《吕览》、《世本》皆以王亥为始作服牛之人。盖夏初奚仲作车，或尚以人挽之，至相土作乘马，王亥作服牛，而车之用益广。《管子·轻重戊》云"殷人之王立帛牢、服牛马，以为民利，而天下化之。"盖古之有天下者，其先皆有大功德于天下，禹抑鸿水，稷降嘉种，爰启夏、周。商之相土、王亥，盖亦其俦。然则王亥祀典之隆，亦以其为制作之圣人，非徒以其为先祖。周秦间王亥之传说，胥由是起也。

卜辞言王亥者九，其二有祭日，皆以辛亥，与祭大乙用乙日，祭大甲用甲日同例。是王亥确为殷人以辰为名之始，犹上甲微之为以日为名之始也。然观殷人之名，即不用日辰者，亦取于时为多。自契以下，若昭明，若昌若，若冥，皆含朝莫明晦之意，而王恒之名，亦取象于月弦，是以时为名或号者，乃殷俗也。夏后氏之以日为名者，有孔甲，有履癸，要在王亥及上甲之后矣。

王 恒

卜辞人名，于王亥外又有王㔾。其文曰："贞之于王㔾"（《铁云藏龟》第一百九十九叶及《书契后编》卷上第九叶），又曰"贞㔾之于王㔾"（《后编》卷下第七叶）。又作王㔾，曰"贞王㔾囗"（下阙。《前编》卷七第十一叶）。案㔾即恒字，《说文解字》二部："恆，常也。从心、从舟，在二之间。上下心以舟施，恒也。死，古文恆，从月。《诗》曰：'如月之恒。'案许君既云古文恆从月，复引《诗》以释从月之意，而今本古文乃作死，从二、从古文外，盖传写之讹字，当作夏。"又《说文·木部》"樋，竟也。从木，恆声。夏，古文樋。"案古从月之字，后或变而从舟。殷虚卜辞，朝莫之朝作㪚（《后编》卷下第三叶），从日月在㔾㔾间，与莫字从日在㔾㔾间同意，而篆文作鞠，不从月而从舟，以此例之，夏本当作夏。皋鼎有亟字，从心、从夏，与篆文之恆从死者同，即恆之初字，可知夏夏一字。卜辞㔾字从二从㔾（卜辞月字或作㔾，或作㔾），其为死、夏二字或恒字之省无疑。其作㔾者，《诗·小雅》"如月之恒"，《毛传》"恒，弦也"。弦本弓上物，故字又从弓，然则㔾㔾二字确为恒字。王恒之为殷先祖，惟见于《楚辞·天问》。《天问》自"简狄在台，訾何宜"以下二十韵，皆述商事（前夏事，后周事）。其问王亥以下数世事曰："该秉季德，厥父是臧，胡终弊于有扈，牧夫牛羊？干协时舞，何以怀之，平胁曼肤，何以肥之？有扈牧竖，云何而逢，击床先出，其命何从？恒秉季德，焉得夫朴牛，何往营班禄，不但还来？昏微遵迹，有狄不宁，何繁鸟萃棘，负子肆情？眩弟并淫，危害厥兄，何变化以作诈，后嗣而逢长？"此十二韵，以《大荒东经》及郭注所引《竹书》参证之，实纪王亥、王恒及上甲微三世之事，而《山海经》、《竹书》之有易，《天问》作有扈，乃字之误，盖后人多见有扈，少见有易，又同是夏时事，故改易为扈。下文又云"昏微遵迹，有狄不宁"，昏微即上甲微，有狄亦即有易也。古狄、易二字同音，故互相通假，《说文解字·辵部》逖之古文作逷，《书·牧誓》"逖矣西土之人"，《尔雅》郭注引作"逷矣西土之人"，《书·多士》"离逖尔土"，《诗·大雅》"用逷蛮方"，《鲁颂》"狄彼东南"，毕狄钟"毕狄不龚"，此逖、逷、狄三字异文同义。《史记·殷本纪》之简狄，《索隐》曰"旧本作易"，《汉书·古今人表》作简逷，《白虎通·礼乐》篇"狄者，易也"，是古狄、易二字通，有狄即有易。上甲遵迹而有易不宁，是王亥弊于有易，非弊于有扈，故曰扈当为易字之误也。狄、易二字不知孰正孰借，其国当在大河之北，或在易水左右（孙氏之骒说）。盖商之先，自冥治河，王亥迁殷（今本《竹书纪年》帝芒三十三年，商侯迁于殷，其时商侯即王亥也。《山海经注》所引真本《竹书》，亦称王亥为殷王子亥，称殷不称商，则今本《纪年》此条古本想亦有之。殷在河北，非亳殷，见余撰《三代地理小记》），已由商邱越大河而北，故游牧于有易高爽之地，服牛之利，即发见于此，有易之人乃杀王亥，取服牛，所谓"胡终弊于有扈，牧夫牛羊"者也。其云"有扈牧竖，云何而逢，击床先出，其命何从"者，似记王亥被杀之事。其云"恒秉季德，焉得夫朴牛"者，恒盖该弟，与该同秉季德，复得该所失服牛也。所云"昏微遵迹，有狄不宁"者，谓上甲微能率循其先人之迹，有易与之有杀父之雠，故为之不宁也。"繁鸟萃棘"以下，当亦记上甲事，书阙有间，不敢妄为之说，然非如王逸《章句》所说解居父及象事，固自显然。要之《天问》所说，当与《山海经》及《竹书纪年》同出一源，而《天问》就壁画发问，所记尤详。恒之一人，并为诸书所未载，卜辞之王恒与王亥，同以王称，其时代自当相接，而《天问》之该与恒适与之相当，前后所陈又皆商家故事，则中间十二韵自系述王亥、王恒、上甲微三世之事。然则王亥与上甲微之间，又当有王恒一世。以《世本》、《史记》所未载，《山经》、《竹书》所不详，而今于卜辞得之；《天问》之辞，千古不能通其说者，而今由卜辞通之，此治史学与文学者所当同声称快者也。

上　甲

《鲁语》："上甲微能帅契者也，商人报焉"，是商人祭上甲微，而卜辞不见上甲。郭璞《大荒东经》注引《竹书》作主甲微，而卜辞亦不见主甲。余由卜辞有𠃊、𠃌、𠃍三人名，其乙、丙、丁三字皆在[或]中，而悟卜辞中凡数十见之田（或作田），即上甲也。卜辞中凡田狩之田字，其口中横直二笔皆与其四旁相接，而人名之田则其中横直二笔或其直笔必与四旁不接，与田字区别较然。田中十字即古甲字（卜辞与古金文皆同）。甲在口中，与𠃊、𠃌、𠃍之乙、丙、丁三字在[或]中同意，亦有口中横直二笔与四旁接而与田狩字无别者，则上加一作田以别之。上加一者，古六书中指事之法，一在田上，与二字（古文上字）之一在一上同意，去上甲之义尤近。细观卜辞中记田或田者数十条，亦惟上甲微始足当之。卜辞中云"自田（或作田）至于多后衣"者五（《书契前编》卷二第二十五叶三见，又卷三第二十七叶、《后编》卷上第二十叶各一见），其断片云"自田至于多后"者三（《前编》卷二第二十五叶两见，又卷三第二十八叶一见），云"自田至于武乙衣"者一（《后编》卷上第二十叶）。衣者，古殷祭之名。又卜辞曰"丁卯贞来乙亥告自田"（《后编》卷上第二十八叶），又曰"乙亥卜宾贞□大御自田"（同上卷下第六叶），又曰"（上阙）贞，翌甲□凵自田"（同上第三十四叶）。凡祭告皆曰自田，是田实居先公先王之首也。又曰"辛巳卜大贞之自田元示三牛、二示一牛，十三月"（《前编》卷三第二十二叶），又云"乙未贞其求自田，十又三示牛，小示羊"（《后编》卷上第二十八叶），是田为元示及十有三示之首。殷之先公称示，主壬、主癸，卜辞称示壬、示癸，则田又居先公之首也。商之先人王亥始以辰名，上甲以降皆以日名，是商人数先公当自上甲始。且田之为上甲，又有可徵证者。殷之祭先，率以其所名之日祭之，祭名甲者，用甲日；祭名乙者，用乙日，此卜辞之通例也。今卜辞中凡专祭田者皆用甲日，如曰"在三月甲子□祭田（《前编》卷四第十八叶）"，又曰"在十月又一（即十有一月）甲申□酮祭田"（《后编》卷下第二十叶），又曰"癸卯卜翌甲辰之田牛，吉"（同上第二十七叶），又曰"甲辰卜贞来甲寅又伐田，羊五，卯牛一"（同上第二十一叶），此四事，祭田有日者，皆用甲日。又云"在正月□□（此二字阙）祭大甲、凵、田"（同上第二十一叶），此条虽无祭日，然与大甲同日祭，则亦用甲日矣。即与诸先王先公合祭时，其有日可考者，亦用甲日。如曰"贞，翌甲□凵自田"（同上），又曰"癸巳卜，贞，酮肜日自田至于多后衣，亡它，自□在四月，惟王二祀"（《前编》卷三第二十七叶），又曰"癸卯王卜，贞，酮翌日自田至多后衣，亡它，在□在九月，惟王五祀"（《后编》卷上第二十叶）。此二条以癸巳及癸卯卜，则其所云之肜日、翌日皆甲日也。是故田之名甲，可以祭日用甲证之。田字为十（古甲字）在口中，可以𠃊、𠃌、𠃍三名乙、丙、丁在[中证之，而此甲之即上甲，又可以其居先公先王之首证之。此说虽若穿凿，然恐殷人复起，亦无易之矣。《鲁语》称商人报上甲微，《孔丛子》引逸《书》惟高宗报上甲微（此魏晋间伪书之未采入梅本者。今本《竹书纪年》武丁十二年报祀上甲微，即本诸此），报者盖非常祭，今卜辞于上甲，有合祭，有专祭，皆常祭也。又商人于先公皆祭，非独上甲，可知周人言殷礼已多失实，此孔子所以有文献不足之叹与？

报丁　报丙　报乙

自上甲至汤，《史记·殷本纪》、《三代世表》、《汉书·古今人表》有报丁、报丙、报乙、主壬、主癸五世，盖皆出于《世本》。案卜辞有匚、囗、囗三人，其文曰"乙丑卜，囗贞，王宾匚祭"（下阙，见《书契后编》卷上第八叶，又断片二），又曰"丙申卜，旅贞，王宾囗囗亡囗"（同上），又曰"丁亥卜，贞，王宾囗肜日亡囗"（同上），其乙、丙、丁三字皆在[或]中，又称之曰王宾，与他先王同，罗参事疑即报乙、报丙、报丁，而苦无以证之。余案：参事说是也。卜辞又有一条曰："丁酉酹彡（中阙）囗三、囗三、示（中阙）、大丁十、大"（下阙，见《后编》卷上第八叶），此文残阙，然示字下所阙当为壬字。又自报丁经示壬、示癸、大乙而后及大丁、大甲，则其下又当阙示癸、大乙诸字。又所谓囗三、囗三、大丁十者，当谓牲牢之数。据此则囗、囗在大丁之前，又在示壬、示癸之前，非报丙、报丁奚属矣。囗、囗既为报丙、报丁，则匚亦当即报乙，惟卜辞囗、囗之后即继以示字，盖谓示壬，殆以匚、囗、囗为次，与《史记》诸书不合，然何必《史记》诸书是而卜辞非乎？又报乙、报丙、报丁称报者，殆亦"取报上甲微"之报以为义，自是后世追号，非殷人本称，当时但称匚、囗、囗而已。上甲之甲字在囗中，报乙、报丙、报丁之乙、丙、丁三字在[或]中，自是一例。意坛墠或郊宗石室之制，殷人已有行之者与？

主壬　主癸

卜辞屡见示壬、示癸，罗参事谓即《史记》之主壬、主癸，其说至确，而证之至难。今既知⊕为上甲，则示壬、示癸之即主壬、主癸，亦可证之。卜辞曰"辛巳卜，大贞之，自⊕元示三牛、二示一牛"（《前编》卷三第二十二叶），又曰"乙未贞，其求自⊕十又三示牛，小示羊"（《后编》卷上第二十八叶），是自上甲以降均谓之示，则主壬、主癸宜称示壬、示癸。又卜辞有示丁（《殷虚书契菁华》第九叶），盖亦即报丁。报丁既作囗，又作示丁，则自上甲至示癸，皆卜辞所谓元示也。又卜辞称自⊕十有三示，而《史记》诸书自上甲至主癸，历六世而仅得六君，疑其间当有兄弟相及而史失其名者，如王亥与王恒疑亦兄弟相及，而《史记》诸书皆不载。盖商之先公其世数虽传，而君数已不可考。又商人于先王、先公之未立者，祀之与已立者同（见后），故多至十有三示也。

大　乙

汤名天乙，见于《世本》（《书·汤誓·释文》引）及《荀子·成相》篇，而《史记》仍之。卜辞有大乙，无天乙，罗参事谓天乙为大乙之讹，观于大戊卜辞亦作天戊（《前编》卷四第二十六叶），卜辞之大邑商，《周书·多士》作天邑商，盖天、大二字形近，故互讹也。且商初叶诸帝，如大丁，如大甲，如大庚，如大戊，皆冠以大字，则汤自当称大乙。又卜辞曰"癸巳贞，又〻于伊，其□大乙肜日"（《后编》卷上第二十二叶），又曰"癸酉卜，贞，大乙伊其"（下阙，见同上）。伊即伊尹。以大乙与伊尹并言，尤大乙即天乙之证矣。

唐

卜辞又屡见唐字，亦人名。其一条有唐、大丁、大甲三人相连，而下文不具（《铁云藏龟》第二百十四叶）。又一骨上有卜辞三，一曰"贞于唐，告🗆方"；二曰"贞于大甲，告"；三曰"贞于大丁，告🗆"（《书契后编》卷上第二十九页）。三辞在一骨上，自系一时所卜。据此则唐与大丁、大甲连文，而又居其首，疑即汤也。《说文·口部》："喝，古文唐，从口、昜"，与汤字形相近。《博古图》所载齐侯镈钟铭曰："虩虩成唐，有严在帝所，尃受天命"，又曰"奄有九州，处禹之堵"。夫受天命，有九州，非成汤其孰能当之？《太平御览》八十二及九百一十二引《归藏》曰："昔者桀筮伐唐，而枚占荧惑曰不吉"，《博物志》六亦云，案唐亦即汤也。卜辞之唐，必汤之本字，后转作喝，遂通作汤。然卜辞于汤之专祭必曰王宾大乙，惟告祭等乃称唐，未知其故。

羊 甲

卜辞有羊甲，无阳甲。罗参事证以古乐阳作乐羊，欧阳作欧羊，谓羊甲即阳甲。今案卜辞，有"曰南庚、曰羊甲"六字（《前编》卷上第四十二叶），羊甲在南庚之次，则其即阳甲审矣。

祖某 父某 兄某

有商一代二十九帝，其未见卜辞者，仲壬、沃丁、雍己、河亶甲、沃甲、廪辛、帝乙、帝辛八帝也。而卜辞出于殷虚，乃自盘庚至帝乙时所刻辞，自当无帝乙、帝辛之名，则名不见于卜辞者，于二十七帝中实六帝耳。又卜辞中人名，若頁甲（《前编》卷一第十六叶，《后编》卷上第八叶），若祖丙（《前编》卷一第二十二叶），若小丁（同上），若祖戊（同上第二十三叶），若祖己（同上），若中己（《后编》卷上第八叶），若南壬（《前编》卷一第四十五叶），若小癸（《龟甲兽骨文字》卷二第廿五叶），其名号与祀之之礼，皆与先王同，而史无其人。又卜辞所见父甲、兄乙等人名颇众，求之迁殷以后诸帝之父兄，或无其人，曩颇疑《世本》及《史记》于有商一代帝系不无遗漏，今由种种研究，知卜辞中所未见之诸帝，或名亡而实存，至卜辞所有而史所无者，与夫父某、兄某等之史无其人以当之者，皆诸帝兄弟之未立而殂者，或诸帝之异名也。试详证之。

一事，商之继统法：以弟及为主，而以子继辅之，无弟然后传子。自汤至于帝辛二十九帝中，以弟继兄者凡十四帝（此据《史记·殷本纪》，若据《三代世表》及《汉书·古今人表》则得十五帝），其传子者，亦多传弟之子，而罕传兄之子，盖周时以嫡庶长幼为贵贱之制，商无有也，故兄弟之中有未立而死者，其祀之也与已立者同。王亥之弟王恒，其立否不可考，而亦在祀典。且卜辞于王亥、王恒外又有王大（《前编》卷一第三十五叶两见，又卷四第三十三叶及《后编》卷下第四叶各一见），亦在祀典，疑亦王亥兄弟也。又自上甲至于示癸，《史记》仅有六君，而卜辞称自十有三示，又或称九示、十示，盖亦并诸先公兄弟之立与未立者数之。逮有天下后亦然，《孟子》称大丁未立，今观其祀礼则与大乙、大甲同。

卜辞有一节曰"癸酉卜，贞，王宾（此字原夺，以他文例之，此处当有宾字）父丁𢆶三牛罞，兄己一牛，兄庚☐☐（此二字残阙，疑亦是一牛二字），亡☐"（《后编》卷上第十九叶），又曰"癸亥卜，贞，兄庚☐罞，兄己☐"（同上第八叶），又曰"贞，兄庚☐罞，兄己其牛"（同上）。考商时诸帝中，凡丁之子，无己、庚二人相继在位者，惟武丁之子有孝己（《战国》秦燕二策、《庄子·外物》篇、《荀子·性恶》、《大略》二篇、《汉书·古今人表》均有孝己，《家语·弟子解》云高宗以后妻杀孝己，则孝己武丁子也），有祖庚，有祖甲，则此条乃祖甲时所卜，父丁即武丁，兄己、兄庚即孝己及祖庚也。孝己未立，故不见于《世本》及《史记》，而其祀典乃与祖庚同，然则上所举祖丙、小丁诸人名与礼视先王无异者，非诸帝之异名，必诸帝兄弟之未立者矣。周初之制犹与之同。《逸周书·克殷解》曰"王烈祖太王、太伯、王季、虞公、文王、邑考以列升"，盖周公未制礼以前，殷礼固如斯矣。

　　二事：卜辞于诸先王本名之外，或称帝某，或称祖某，或称父某、兄某。罗参事曰："有商一代帝王，以甲名者六，以乙名者五，以丁名者六，以庚、辛名者四，以壬名者二，惟以丙及戊、己名者各一。其称大甲、小甲、大乙、小乙、大丁、中丁者，殆后来加之以示别，然在嗣位之君，则径称其父为父甲，其兄为兄乙，当时已自了然，故疑所称父某、兄某者，即大乙以下诸帝矣。"余案：参事说是也。非独父某、兄某为然，某云帝与祖者，亦诸帝之通称。卜辞曰"己卯卜，贞，帝甲☐（中阙二字），其罞祖丁"（《后编》卷上第四叶），案祖丁之前一帝为沃甲，则帝甲即沃甲，非《周语》"帝甲乱之"之帝甲也。又曰"祖辛一牛，祖甲一牛，祖丁一牛"（同上第二十六叶），案祖辛、祖丁之间惟有沃甲，则祖甲亦即沃甲，非武丁之子祖甲也。又曰"甲辰卜，贞，王宾求祖乙、祖丁、祖甲、康祖丁、武乙衣，亡☐"（同上第二十叶），案：武乙以前四世，为小乙、武丁、祖甲、庚丁（罗参事以庚丁为康丁之讹，是也），则祖乙即小乙，祖丁即武丁，非河亶甲之子祖乙，亦非祖辛之子祖丁也。又此五世中名丁者有二，故于庚丁（实康丁）云康祖丁以别之，否则亦直云祖而已。然则商人自大父以上皆称曰祖，其不须区别而自明者，不必举其本号，但云祖某足矣。即须加区别时，亦有不举其本号而但以数别之者，如"☐☐于三祖庚"（《前编》卷一第十九叶），案商诸帝以庚名者，大庚弟一，南庚弟二，盘庚弟三，祖庚弟四，则三祖庚即盘庚也。又有称四祖丁者（《后编》卷上第三叶，凡三见），案商诸帝以丁名者，大丁弟一，沃丁弟二，中丁弟三，祖丁弟四，则四祖丁即《史记》之祖丁也。以名庚者皆可称祖庚，名丁者皆可称祖丁，故加三、四等字以别之，否则赘矣。由是推之，则卜辞之祖丙或即外丙，祖戊或即大戊，祖己或即雍己、孝己（此祖己非《书·高宗肜日》之祖己。卜辞称"卜贞，王宾祖己"，与先王同，而伊尹、巫咸皆无此称，固宜别是一人。且商时云祖某者，皆先王之名，非臣子可袭用，疑《尚书》误），故祖者，大父以上诸先王之通称也。其称父某者亦然。父者，父与诸父之通称。卜辞曰"父甲一牡，父庚一牡，父辛一牡"（《后编》卷上第二十五叶），此当为武丁时所卜，父甲、父庚、父辛，即阳甲、盘庚、小辛，皆小乙之兄，而武丁之诸父也（罗参事说）。又卜辞凡单称父某者，有父甲（《前编》卷一第二十四叶），有父乙（同上第二十五及第二十六叶），有父丁（同上第二十六叶），有父己（同上第二十七叶及卷三第二十三叶，《后编》卷上第六、第七叶），有父庚（《前编》卷一第二十六及第二十七叶），有父辛（同上第二十七叶），今于盘庚以后诸帝之父及诸父中求之，则武丁之于阳甲，庚丁之于祖甲，皆得称父甲；武丁之于小乙，文丁之于武乙，帝辛之于帝乙，皆得称父乙；廪辛、庚丁之于孝己，皆得称父己。余如父庚当为盘庚或祖庚，父辛当为小辛或廪辛，他皆放此。其称兄某者亦然。案卜辞云兄某者，有兄甲（《前编》卷一第三十八叶），有兄丁（同上卷一第三十九叶，又《后编》卷上第七叶），有兄戊（《前编》卷一第四十叶），有兄己（《前编》卷一第四十及第四十一叶，《后编》卷上第七叶），有兄庚（《前编》卷一第四十一叶,《后编》卷上第七叶及第十九叶),有兄辛(《后编》卷上第七叶),有兄壬(同上),有兄癸(同上),今于盘庚以后诸帝之兄求之,则兄甲当为盘庚、小辛、小乙之称阳甲,兄己当为祖庚、祖甲之称孝己,兄庚当为小辛、小乙之称盘庚,或祖甲之称祖庚,兄辛当为小乙之称小辛,或庚丁之称廪辛,而丁、戊、壬、癸,则盘庚以后诸帝之兄在位者,初无其人,自是未立而殂者,与孝己同矣。由是观之,则卜辞中所未见之雍己、沃甲、廪辛等,名虽亡而实或存,其史家所不载之祖丙、小丁(此疑即沃丁或武丁,对大丁或祖丁言,则沃丁与武丁自当称小丁,犹大甲之后有小甲,祖乙之后有小乙,祖辛之后有小辛矣)、祖戊、祖己、中己、南壬等,或为诸帝之异称,或为诸帝兄弟之未立者,于是卜辞与《世本》、《史记》间毫无抵牾之处矣。

此文原作于1917年,1921年收入王国维编定《观堂集林》。
此处选自王国维《观堂集林》卷九,中华书局1959年版。
部分原文误字已做修正。

参考篇目

陈梦家《由实物所见汉代简策制度》(《20世纪中华学术经典文库·历史学·中国古代史卷》上册,兰州大学出版社,2000年版)

饶宗颐《从郭店楚简谈古代乐教》(《郭店楚简国际学术研讨会论文集》,湖北人民出版社,2000年版)

胡平生、韩自强《阜阳汉简〈诗经〉简论》(《文物》1984年第8期)

谭家健《〈唐勒赋〉残篇考释及其他》(《文学遗产》1990年第2期)

张锡厚《关于敦煌写本〈王梵志诗〉整理的若干问题》(《文史》1982年第15辑)

赵敏俐《20世纪出土文献与中国文学研究》(《文学前沿》2000年第2辑)

第二讲
王国维：《人间词话》

一

  词以境界为最上。有境界则自成高格，自有名句。五代、北宋之词所以独绝者在此。

二

  有造境，有写境，此理想与写实二派之所由分。然二者颇难分别。因大诗人所造之境，必合乎自然；所写之境，亦必邻于理想故也。

三

  有有我之境，有无我之境。"泪眼问花花不语，乱红飞过秋千去。""可堪孤馆闭春寒，杜鹃声里斜阳暮。"有我之境也。"采菊东篱下，悠然见南山。""寒波澹澹起，白鸟悠悠下。"无我之境也。有我之境，以我观物，故物皆著我之色彩。无我之境，以物观物，故不知何者为我，何者为物。古人为词，写有我之境者为多，然未始不能写无我之境，此在豪杰之士能自树立耳。

四

  无我之境，人惟于静中得之。有我之境，于由动之静时得之。故一优美，一宏壮也。

五

  自然中之物，互相关系，互相限制。然其写之于文学及美术中也，必遗其关系、限制之处。故虽写实家，亦理想家也。又虽如何虚构之境，其材料必求之于自然，而其构造，亦必从自然之法则。故虽理想家，亦写实家也。

六

  境非独谓景物也，喜怒哀乐，亦人心中之一境界。故能写真景物、真感情者，谓之有境界。否则谓之无境界。

七

"红杏枝头春意闹",著一"闹"字,而境界全出。"云破月来花弄影",著一"弄"字,而境界全出矣。

八

境界有大小,不以是而分优劣。"细雨鱼儿出,微风燕子斜",何遽不若"落日照大旗,马鸣风萧萧"。"宝帘闲挂小银钩",何遽不若"雾失楼台,月迷津渡"也。

九

《严沧浪诗话》谓:"盛唐诸公(诗话'公'作'人'),唯在兴趣。羚羊挂角,无迹可求。故其妙处,透澈('澈'作'彻')玲珑,不可凑拍('拍'作'泊')。如空中之音、相中之色、水中之影('影'作'月')、镜中之象,言有尽而意无穷。"余谓:北宋以前之词,亦复如是。然沧浪所谓兴趣、阮亭所谓神韵,犹不过道其面目;不若鄙人拈出"境界"二字,为探其本也。

十

太白纯以气象胜。"西风残照,汉家陵阙。"寥寥八字,遂关千古登临之口。后世唯范文正之《渔家傲》、夏英公之《喜迁莺》,差足继武,然气象已不逮矣。

十一

张皋文谓:"飞卿之词,深美闳约。"余谓:此四字唯冯正中足以当之。刘融斋谓:"飞卿精艳(当作'妙')绝人。"差近之耳。

十二

"画屏金鹧鸪",飞卿语也,其词品似之。"弦上黄莺语",端己语也,其词品亦似之。正中词品,若欲于其词句中求之,则"和泪试严妆",殆近之欤?

十三

南唐中主词:"菡萏香销翠叶残,西风愁起绿波间。"大有众芳芜秽、美人迟暮之感。乃古今独赏其"细雨梦回鸡塞远,小楼吹彻玉笙寒"。故知解人正不易得。

十四

温飞卿之词，句秀也。韦端己之词，骨秀也。李重光之词，神秀也。

十五

词至李后主而眼界始大，感慨遂深，遂变伶工之词而为士大夫之词。周介存置诸温、韦之下，可谓颠倒黑白矣。"自是人生长恨水长东。""流水落花春去也，天上人间。"《金荃》、《浣花》，能有此气象耶？

十六

词人者，不失其赤子之心者也。故生于深宫之中、长于妇人之手，是后主为人君所短处，亦即为词人所长处。

十七

客观之诗人，不可不多阅世。阅世愈深，则材料愈丰富，愈变化，《水浒传》、《红楼梦》之作者是也。主观之诗人，不必多阅世。阅世愈浅，则性情愈真，李后主是也。

十八

尼采谓："一切文学，余爱以血书者。"后主之词，真所谓以血书者也。宋道君皇帝《燕山亭》词亦略似之。然道君不过自道身世之戚，后主则俨有释迦、基督担荷人类罪恶之意，其大小固不同矣。

十九

冯正中词虽不失五代风格，而堂庑特大，开北宋一代风气。与中、后二主词皆在《花间》范围之外，宜《花间集》中不登其只字也。

二十

正中词除《鹊踏枝》、《菩萨蛮》十数阕最煊赫外，如《醉花间》之"高树鹊衔巢，斜月明寒草"。余谓：韦苏州之"流萤渡高阁"、孟襄阳之"疏雨滴梧桐"，不能过也。

二十一

欧九《浣溪沙》词："绿杨楼外出秋千。"晁补之谓：只一"出"字，便后人所不能道。余谓：此本于正中《上行杯》词"柳外秋千出画墙"，但欧语尤工耳。

二十二

梅圣（原误作"舜"）俞《苏幕遮》词："落尽梨花春事（当作'又'）了。满地斜（当作'残'）阳，翠色和烟老。"刘融斋谓：少游一生似专学此种。余谓：冯正中《玉楼春》词："芳菲次第长相续，自是情多无处足。尊前百计得春归，莫为伤春眉黛促。"永叔一生似专学此种。

二十三

人知和靖《点绛唇》、圣（原误作"舜"）俞《苏幕遮》、永叔《少年游》（原脱"游"）三阕为咏春草绝调。不知先有正中"细雨湿流光"五字，皆能摄春草之魂者也。

二十四

《诗·蒹葭》一篇，最得风人深致。晏同叔之"昨夜西风凋碧树。独上高楼，望尽天涯路"，意颇近之。但一洒落，一悲壮耳。

二十五

"我瞻四方，蹙蹙靡所骋。"诗人之忧生也。"昨夜西风凋碧树。独上高楼，望尽天涯路"似之。"终日驰车走，不见所问津。"诗人之忧世也。"百草千花寒食路，香车系在谁家树"似之。

二十六

古今之成大事业、大学问者，必经过三种之境界："昨夜西风凋碧树。独上高楼，望尽天涯路。"此第一境也。"衣带渐宽终不悔，为伊消得人憔悴。"此第二境也。"众里寻他千百度，回头蓦见（当作'蓦然回首'），那人正（当作'却'）在，灯火阑珊处。"此第三境也。此等语皆非大词人不能道。然遽以此意解释诸词，恐为晏、欧诸公所不许也。

二十七

永叔"人间（当作'生'）自是有情痴，此恨不关风与月。""直须看尽洛城花，始与（当作'共'）东（当作'春'）风容易别。"于豪放之中有沈著之致，所以尤高。

二十八

冯梦华《宋六十一家词选·序例》谓："淮海小山，古之伤心人也。其淡语皆有味，浅语皆有致。"余谓此唯淮海足以当之。小山矜贵有馀，但可方驾子野方回，未足抗衡淮海也。

二十九

少游词境最为凄婉。至"可堪孤馆闭春寒，杜鹃声里斜阳暮"，则变而凄厉矣。东坡赏其后二语，犹为皮相。

三十

"风雨如晦，鸡鸣不已。""山峻高以蔽日兮，下幽晦以多雨。霰雪纷其无垠兮，云霏霏而承宇。""树树皆秋色，山山尽（当作'唯'）落晖。""可堪孤馆闭春寒，杜鹃声里斜阳暮。"气象皆相似。

三十一

昭明太子称：陶渊明诗"跌宕昭彰，独超众类。抑扬爽朗，莫之与京"。王无功称：薛收赋"韵趣高奇，词义晦远。嵯峨萧瑟，真不可言"。词中惜少此二种气象，前者惟东坡，后者唯白石，略得一二耳。

三十二

词之雅郑，在神不在貌。永叔少游虽作艳语，终有品格。方之美成，便有淑女与倡伎之别。

三十三

美成深远之致不及欧、秦。唯言情体物，穷极工巧，故不失为第一流之作者。但恨创调之才多，创意之才少耳。

三十四

词忌用替代字。美成《解语花》之"桂华流瓦"，境界极妙。惜以"桂华"二字代"月"耳。梦窗以下，则用代字更多。其所以然者，非意不足，则语不妙也。盖意足则不暇代，语妙则不必代。此少游之"小楼连苑"、"绣毂雕鞍"，所以为东坡所讥也。

三十五

沈伯时《乐府指迷》云："说桃不可直说破（原无'破'字，据《花草粹编》附刊本《乐府指迷》加）。桃，须用'红雨''刘郎'等字。咏（原作'说'）柳不可直说破柳，须用'章台''灞岸'等字。"若唯恐人不用代字者。果以是为工，则古今类书具在，又安用词为耶？宜其为《提要》所讥也。

三十六

美成《青玉案》（当作《苏幕遮》）词："叶上初阳干宿雨。水面清圆，一一风荷举。"此真能得荷之神理者。觉白石《念奴娇》、《惜红衣》二词，犹有隔雾看花之恨。

三十七

东坡《水龙吟》咏杨花，和均而似元唱。章质夫词，原唱而似和均。才之不可强也如是！

三十八

咏物之词，自以东坡《水龙吟》为最工，邦卿《双双燕》次之。白石《暗香》、《疏影》，格调虽高，然无一语道着，视古人"江边一树垂垂发"等句何如耶？

三十九

白石写景之作，如："二十四桥仍在，波心荡、冷月无声。""数峰清苦，商略黄昏雨。""高树晚蝉，说西风消息。"虽格韵高绝，然如雾里看花，终隔一层。梅溪、梦窗诸家写景之病，皆在一"隔"字。北宋风流，渡江遂绝。抑真有运会存乎其间耶？

四十

问"隔"与"不隔"之别，曰：陶谢之诗不隔，延年则稍隔矣。东坡之诗不隔，山谷则稍隔矣。"池塘生春草"、"空梁落燕泥"等二句，妙处唯在不隔。词亦如是。即以一人一词论。如欧阳公《少年游》咏春草上半阕云："阑干十二独凭春，晴碧远连云。千里万里，二月三月，（此两句原倒置）行色苦愁人。"语语都在目前，便是不隔。至云："谢家池上，江淹浦畔。"则隔矣。白石《翠楼吟》："此地。宜有词仙，拥素云黄鹤，与君游戏。玉梯凝望久，叹芳草、萋萋千里。"便是不隔。至"酒祓清愁，花消英气"则隔矣。然南宋词虽不隔处，比之前人，自有浅深厚薄之别。

四十一

"生年不满百，常怀千岁忧。昼短苦夜长，何不秉烛游？""服食求神仙，多为药所误。不如饮美酒，被服纨与素。"写情如此，方为不隔。"采菊东篱下，悠然见南山。山气日夕佳，飞鸟相与还。""天似穹庐，笼盖四野。天苍苍，野茫茫。风吹草低见牛羊。"写景如此，方为不隔。

四十二

古今词人格调之高，无如白石。惜不于意境上用力，故觉无言外之味、弦外之响，终不能与于第一流之作者也。

四十三

南宋词人，白石有格而无情，剑南有气而乏韵。其堪与北宋人颉颃者，唯一幼安耳。近人祖南宋而祧北宋，以南宋之词可学，北宋不可学也。学南宋者，不祖白石，则祖梦窗，以白石、梦窗可学，幼安不可学也。学幼安者率祖其粗犷、滑稽，以其粗犷、滑稽处可学，佳处不可学也。幼安之佳处，在有性情，有境界。即以气象论，亦有"横素波、干青云"之概，宁后世龌龊小生所可拟耶？

四十四

东坡之词旷，稼轩之词豪。无二人之胸襟而学其词，犹东施之效捧心也。

四十五

读东坡、稼轩词，须观其雅量高致，有伯夷、柳下惠之风。白石虽似蝉蜕尘埃，然终不免局促辕下。

四十六

苏、辛，词中之狂。白石，犹不失为狷。若梦窗、梅溪、玉田、草窗、中（当作"西"，《删稿》页二三人可证。）麓辈，面目不同，同归于乡愿而已。

四十七

稼轩《中秋饮酒达旦，用〈天问〉体作〈木兰花慢〉以送月》，曰："可怜今夕月，向何处、去悠悠？是别有人间，那边才见，光景东头。"词人想像，直悟月轮绕地之理，与科学家密合，可谓神悟。

四十八

周介存谓："梅溪词中，喜用'偷'字，足以定其品格。"刘融斋谓："周旨荡而史意贪。"此二语令人解颐。

四十九

介存谓：梦窗词之佳者，如"水光云影，摇荡绿波，抚玩无极，追寻已远。"余览《梦窗甲乙丙丁稿》中，实无足当此者。有之，其"隔江人在雨声中，晚风菰叶生秋怨"二语乎？

五十

梦窗之词，吾得取其词中之一语以评之，曰："映梦窗凌（当作'零'）乱碧。"玉田之词，余得取其词中之一语以评之，曰："玉老田荒。"

五十一

"明月照积雪"、"大江流日夜"、"中天悬明月"、"黄（当作'长'）河落日圆"，此种境界，可谓千古壮观。求之于词，唯纳兰容若塞上之作，如《长相思》之"夜深千帐灯"，《如梦令》之"万帐穹庐人醉，星影摇摇欲坠"差近之。

五十二

纳兰容若以自然之眼观物，以自然之舌言情。此由初入中原，未染汉人风气，故能真切如此。北宋以来，一人而已。

五十三

陆放翁跋《花间集》，谓："唐季五代，诗愈卑，而倚声者辄简古可爱。能此不能彼，未可（当作'易'）以理推也。"《提要》驳之，谓："犹能举七十斤者，举百斤则蹶，举五十斤则运掉自如。"其言甚辨。然谓词必易于诗，余未敢信。善乎陈卧子之言曰："宋人不知诗而强作诗，故终宋之世无诗。然其欢愉愁苦（当作'怨'）之致，动于中而不能抑者，类发于诗馀，故其所造独工。"五代词之所以独胜，亦以此也。

五十四

四言敝而有《楚辞》，《楚辞》敝而有五言，五言敝而有七言，古诗敝而有律绝，律绝敝而有词。盖文体通行既久，染指遂多，自成习套。豪杰之士，亦难于其中自出新意，故遁而作他体，以自解脱。一切文体所以始盛终衰者，皆由于此。故谓文学后不如前，余未敢信。但就一体论，则此说固无以易也。

五十五

诗之《三百篇》、《十九首》，词之五代北宋，皆无题也。非无题也，诗词中之意，不能以题尽之也。自《花庵》、《草堂》每调立题，并古人无题之词亦为之作题。如观一幅佳山水，而即曰此某山某河，可乎？诗有题而诗亡，词有题而词亡。然中材之士，鲜能知此而自振拔者矣。

五十六

大家之作，其言情也必沁人心脾，其写景也必豁人耳目。其辞脱口而出，无矫揉妆束之态。以其所见者真，所知者深也。诗词皆然。持此以衡古今之作者，可无大误矣。

五十七

人能于诗词中不为美刺投赠之篇，不使隶事之句，不用粉饰之字，则于此道已过半矣。

五十八

以《长恨歌》之壮采，而所隶之事，只"小玉双成"四字，才有馀也。梅村歌行，则非隶事不办。白吴优劣，即于此见。不独作诗为然，填词家亦不可不知也。

五十九

近体诗体制，以五七言绝句为最尊，律诗次之，排律最下。盖此体于寄兴言情，两无所当，殆有均之骈体文耳。词中小令如绝句，长调似律诗，若长调之《百字令》、《沁园春》等，则近于排律矣。

六十

诗人对宇宙人生，须入乎其内，又须出乎其外。入乎其内，故能写之。出乎其外，故能观之。入乎其内，故有生气。出乎其外，故有高致。美成能入而不出。白石以降，于此二事皆未梦见。

六十一

诗人必有轻视外物之意，故能以奴仆命风月。又必有重视外物之意，故能与花鸟共忧乐。

六十二

"昔为倡家女，今为荡子妇。荡子行不归，空床难独守。""何不策高足，先据要路津？无为久贫（当作'守穷'）贱，轗轲长苦辛。"可谓淫鄙之尤。然无视为淫词、鄙词者，以其真也。五代、北宋之大词人亦然。非无淫词，读之者但觉其亲切动人。非无鄙词，但觉其精力弥满。可知淫词与鄙词之病，非淫与鄙之病，而游词之病也。"岂不尔思，室是远而。"而子曰："未之思也，夫何远之有？"恶其游也。

六十三

"枯藤老树昏鸦。小桥流水平沙。古道西风瘦马。夕阳西下。断肠人在天涯。"此元人马东篱《天净沙》小令也。寥寥数语，深得唐人绝句妙境。有元一代词家，皆不能办此也。

六十四

白仁甫《秋夜梧桐雨》剧，沈雄悲壮，为元曲冠冕。然所作《天籁词》，粗浅之甚，不足为稼轩奴隶。岂创者易工，而因者难巧欤？抑人各有能有不能也？读者观欧、秦之诗远不如词，足透此中消息。

宣统庚戌九月脱稿于京师定武城南寓庐

此文初刊于《国粹学报》1908年第47期，1909年第49、50期。
此处选自《王国维文集》卷一，中国文史出版社1997年版。

参考篇目

宗白华《中国艺术意境之诞生》（《美学散步》，上海人民出版社，1981年版）

朱光潜《诗的境界——情趣与意象》（《朱光潜美学文学论文选集》，湖南人民出版社，1980年版）

叶嘉莹《人间词话境界说与中国传统诗说之关系》（《王国维及其文学批评》，河北人民出版社，1997年版）

袁行霈《中国古典诗歌的意境》（《中国诗歌艺术研究》，北京大学出版社，1987年版）

蒋寅《境·境界·意境——"意境"概念的古与今》（《中国古典诗学的现代诠释》增订本，中华书局，2009年版）

左东岭《从良知至性灵——明代性灵文学思想的演变》（《南开学报》1999年第6期）

第三讲

梁启超:《情圣杜甫》①

一

今日承诗学研究会嘱托讲演,可惜我文学素养很浅薄,不能有甚么新贡献,只好把咱们家里老古董搬出来和诸君摩挲一番,题目是"情圣杜甫"。在讲演本题以前,有两段话应该简单说明:

第一,新事物固然可爱,老古董也不可轻轻抹煞。内中艺术的古董,尤为有特殊价值。因为艺术是情感的表现,情感是不受进化法则支配的。不能说现代人的情感一定比古人优美,所以不能说现代人的艺术一定比古人进步。

第二,用文字表出来的艺术——如诗词歌剧小说等类,多少总含有几分国民的性质。因为现在人类语言未能统一,无论何国的作家,总须用本国语言文字做工具。这副工具操练得不纯熟,纵然有很丰富高妙的思想,也不能成为艺术的表现。

我根据这两种理由,希望现代研究文学的青年,对于本国两千年来的名家作品,着实费一番工夫去赏会他。那么,杜工部自然是首屈一指的人物了。

二

杜工部被后人上他徽号叫做"诗圣"。诗怎么样才算"圣",标准很难确定,我们也不必轻轻附和。我以为工部最少可以当得起情圣的徽号。因为他的情感的内容,是极丰富的,极真实的,极深刻的。他表情的方法又极熟练,能鞭辟到最深处,能将他全部完全反映不走样子,能像电气一般一振一荡的打到别人的心弦上。中国文学界写情圣手,没有人比得上他。所以我叫他做情圣。

我们研究杜工部,先要把他所生的时代和他一生经历略叙梗概,看出他整个的人格。两晋六朝几百年间,可以说是中国民族混成时代。中原被异族侵入,搀杂许多新民族的血;江南则因中原旧家次第迁渡,把原住民的文化提高了。当时文艺上南北派的痕迹显然,北派直率悲壮,南派整齐柔婉。在古乐府里头,最可以看出这分野。唐朝民族化合作用,经过完成了,政治上统一,影响及于文艺,自然会把两派特性合冶一炉,形成大民族的新美。初唐是黎明时代,盛唐正是成熟时代。内中玄宗开元间四十年太平,正孕育出中国艺术史上黄金时代。到天宝之乱,黄金忽变为黑灰。时事变迁之剧,未有其比。当时蕴蓄深厚的文学界,受了这种刺激,益发波澜壮阔。杜工部正是这个时代的骄儿。他是河南人,生当玄宗开元之初。早年漫游四方,大河以北都有他足迹,同时大文学家李太白、高达夫都是他的挚友。中年值安禄山之乱,从贼中逃出,跑到甘肃的灵武谒见肃宗,补了个"拾遗"的官,不久告假

---

① 原文有副标题:"五月二十一日为诗学研究会讲演"。

回家，又碰着饥荒，在陕西的同谷县几乎饿死。后来流落到四川，依一位故人严武。严武死后，四川又乱，他避难到湖南，在路上死了。他有两位兄弟一位妹子，都因乱离难得见面。他和他的夫人也常常隔离，他一个小儿子，因饥荒饿死，两个大儿子，晚年跟着他在四川。他一生简单的经历，大略如此。

他是一位极热肠的人，又是一位极有脾气的人。从小便心高气傲，不肯趋承人。他的诗道：

"以兹悟生理，独耻事干谒。"（奉先咏怀）

又说：

"白鸥没浩荡，万里谁能驯。"（赠韦左丞）

可以见他的气概。严武做四川节度，他当无家可归的时候去投奔他，然而一点不肯趋承将就，相传有好几回冲撞严武，几乎严武容他不下哩。他集中有一首诗，可以当他人格的象征：

"绝代有佳人，幽居在空谷。自言良家子，零落依草木。……在山泉水清，出山泉水浊。侍婢卖珠回，牵萝补茆屋。摘花不插鬓，采柏动盈掬。天寒翠袖薄，日暮倚修竹。"（佳人）

这位佳人，身分是非常名贵的，境遇是非常可怜的，情绪是非常温厚的，性格是非常高抗的，这便是他本人自己的写照。

三

他是个富于同情心的人。他有两句诗：

"穷年忧黎元，叹息肠内热。"（奉先咏怀）

这不是瞎吹的话，在他的作品中，到处可以证明。这首诗底下便有两段说：

"彤庭所分帛，本自寒女出。鞭挞其夫家，聚敛贡城阙。"（同上）

又说：

"况闻内金盘，尽在卫霍室。中堂舞神仙，烟雾散玉质。煖客貂鼠裘，悲管逐清瑟。劝客驼蹄羹，霜橙压香橘。朱门酒肉臭，路有冻死骨。……"（同上）

这种诗几乎纯是现代社会党的口吻。他做这诗的时候，正是唐朝黄金时代，全国人正在被镜里雾里的太平景象醉倒了。这种景象映到他的眼中，却有无限悲哀。

他的眼光，常常注视到社会最下层，这一层的可怜人那些状况，别人看不出，他都看出；他们的情绪，别人传不出，他都传出。他著名的作品三吏三别，便是那时代社会状况最真实的影戏片。《垂老别》的：

"老妻卧路啼，岁暮衣裳单。熟知是死别，且复伤其寒。此去必不归，还闻劝加餐。"

《新安吏》的：

"肥男有母送，瘦男独伶俜。白水暮东流，青山犹哭声。莫自使眼枯，收汝泪纵横。眼枯即见骨，天地终无情。"

《石壕吏》的：

"三男邺城戍。一男附书至，二男新战死。存者且偷生，死者长已矣。"

这些诗是要作者的精神和那所写之人的精神并合为一，才能做出。他所写的是否他亲闻亲见的事实，抑或他脑中创造的影像，且不管他；总之他做这首《垂老别》时，他已经化身做那位六七十岁拖去当兵的老头子；做这首《石壕吏》时，他已经化身做那位儿女死绝衣食不给的老太婆；所以他说的话，完全和他们自己说一样。他还有《戏呈吴郎》一首七律，那上半首是：

"堂前扑枣任西邻，无食无儿一妇人。不为家贫宁有此，只缘恐惧转须亲。……"

这首诗，以诗论，并没什么好处，但叙当时一件琐碎实事，——一位很可怜的邻舍妇人偷他的枣子吃，因那人的惶恐，把作者的同情心引起了。这也是他注意下层社会的证据。

有一首《缚鸡行》，表出他对于生物的泛爱，而且很含些哲理：

"小奴缚鸡向市卖，鸡被缚急相喧争。家人厌鸡食虫蚁，未知鸡卖还遭烹。虫鸡于人何厚薄，吾叱奴人解其缚。鸡虫得失无时了，注目寒江倚山阁。"

有一首《茅屋为秋风所破歌》，结尾几句说道：

"……安得广厦千万间，大庇天下寒士俱欢颜。风雨不动安如山。呜呼！何时眼前突兀见此屋，吾庐独破被冻死亦足。"

有人批评他是名士说大话，但据我看来，此老确有这种胸襟，因为他对于下层社会的痛苦看得真切，所以常把他们的痛苦当作自己的痛苦。

四

他对于一般人如此多情，对于自己有关系的人更不待说了。我们试看他对朋友：那位因陷贼贬做台州司户的郑虔，又有诗送他道：

"……便与先生应永诀，九重泉路尽交期。"

又有诗怀他道：

"天台隔三江，风浪无晨暮。郑公纵得归，老病不识路。……"（有怀台州郑十八司户）

那位因附永王璘造反长流夜郎的李白，他有诗梦他道：

"死别已吞声，生别常恻恻。江南瘴厉地，逐客无消息。故人入我梦，明我长相忆。恐非平生魂，路远不可测。魂来枫林青，魂返关塞黑。君今在罗网，何以有羽翼。落月满屋梁，犹疑照颜色。水深波浪阔，毋使蛟龙得。"（梦李白二首之一）

这些诗不是寻常应酬话，他实在拿郑李等人当一个朋友，对于他们的境遇、所感痛苦和自己亲受一样，所以做出来的诗句句都带血带泪。

他集中想念他兄弟和妹子的诗，前后有二十来首，处处至性流露。最沉痛的如《同谷七歌》中：

"有弟有弟在远方，三人各瘦何人强。生别展转不相见，胡尘暗灭道路长。前飞驾鹅后鹙鸽，安得送我置汝旁。呜呼！三歌兮歌三发，汝归何处收兄骨。"

"有妹有妹在钟离。良人早没诸孤痴。长淮浪高蛟龙怒，十年不见来何时。扁舟欲往箭满眼，杳杳南国多旌旗。呜呼！四歌兮歌四奏，林猿为我啼清昼。"

他自己直系的小家庭，光景是很困苦的，爱情却是很秾挚的。他早年有一首思家诗：

"今夜鄜州月，闺中只独看。遥怜小儿女，未解忆长安。香雾云鬟湿，清辉玉臂寒。何时倚虚幌，双照泪痕干。"（月夜）

这种缘情旖旎之作，在集中很少见。但这一首已可证明工部是一位温柔细腻的人。他到中年以后，遭值多难，家属离合，经过不少的酸苦。乱前他回家一次，小的儿子饿死了。他的诗道：

"……老妻寄异县，十口隔风雪。谁能久不顾，庶往共饥渴。入门闻号咷，幼子饿已卒。吾宁舍一哀，里巷亦呜咽。所愧为人父，无食致夭折……"（奉先咏怀）

乱后和家族隔绝，有一首诗：

"去年潼关破，妻子隔绝久。……自寄一封书，今已十月后。反畏消息来，寸心亦何有。……"（述怀）

其后从贼中逃归，得和家族团聚，他有好几首诗写那时候的光景：《羌村三首》中的第一首：

"峥嵘赤云西，日脚下平地。柴门鸟雀噪，归客千里致。妻孥怪我在，惊定还拭泪。世乱遭飘荡，生还偶然遂。邻人满墙头，感叹亦歔欷。夜阑更秉烛，相对如梦寐。"

《北征》里头的一段：

"况我堕胡尘，及归尽华发。经年至茅屋，妻子衣百结。恸哭松声回，悲泉共鸣咽。平生所娇儿，颜色白胜雪；见耶背面啼，垢腻脚不袜。床前两小女，补绽才过膝；海图坼波涛，旧绣移曲折；天吴及紫凤，颠倒在裋褐。老夫情怀恶，呕咽卧数日。那无囊中帛，救汝寒凛栗！粉黛亦解苞，衾裯稍罗列。瘦妻面复光，痴女头自栉；学母无不为，晓妆随手抹；移时施朱铅，狼藉画眉阔。生还对童稚，似欲忘饥渴。问事竞挽须，谁能即嗔喝。翻思在贼愁，甘受杂乱聒。"

其后挈眷避乱，路上很苦。他有诗追叙那时情况道：

"忆昔避贼初，北走经险艰。夜深彭衙道，月照白水山。尽室久徒步，逢人多厚颜。……痴女饥咬我，啼畏虎狼闻。怀中掩其口，反侧声愈嗔。小儿强解事，故索苦李餐。一旬半雷雨，泥泞相牵攀。……"（彭衙行）

他合家避乱到同谷县山中，又遇着饥荒，靠草根木皮活命，在他困苦的全生涯中，当以这时候为最甚。他的诗说：

"长镵长镵白木柄，我生托子以为命。黄独无苗山雪盛，短衣数挽不掩胫。此时与子空归来，男呻女吟四壁静。……"（同谷七歌之二）

以上所举各诗写他自己家庭状况，我替他起个名字叫做"半写实派"。他处处把自己主观的情感暴露，原不算写实派的做法。但如《羌村》、《北征》等篇，多用第三者客观的资格，描写所观察得来的环境和别人情感，从极琐碎的断片详密刻画，确是近世写实派用的方法，所以可叫做半写实。这种作法，在中国文学界上，虽不敢说是杜工部首创，却可以说是杜工部用得最多而最妙。从前古乐府里头，虽然有些，但不如工部之描写入微。这类诗的好处，在：真事愈写得详，真情愈发得透。我们熟读他，可以理会得"真即是美"的道理。

五

杜工部的"忠君爱国"，前人恭维他的很多，不用我再添话。他集中对于时事痛哭流涕的作品，差不多占四分之一。若把他分类研究起来，不惟在文学上有价值，而且在史料上有绝大价值。为时间所限，恕我不征引了。内中价值最大者，在能确实描写出社会状况，及能确实讴吟出时代心理。刚才举出半写实派的几首诗，是集中最通用的作法，此外还有许多是纯写实的。试举他几首：

"献凯日继踵，两蕃静无虞。渔阳豪侠地，击鼓吹笙竽。云帆转辽海，粳稻来东吴。越裳与楚练，照耀舆台躯。主将位益崇，气骄凌上都。边人不敢议，议者死路衢。"（后出塞五首之四）

读这些诗，令人立刻联想到现在军阀的豪奢专横——尤其逼肖奉直战争前张作霖的状况。最妙处是不著一个字批评，但把客观事实直写，自然会令读者叹气或瞪眼。又如《丽人行》那首七古，全首将近二百字的长篇，完全立在第三者地位观察事实。从"三月三日天气新"到"青鸟飞去衔红巾"，占全首二十六句中之二十四句，只是极力铺叙那种豪奢热闹情状，不惟字面上没有讥刺痕迹，连骨子里头也没有。直至结尾两句：

"炙手可热势绝伦，慎莫近前丞相嗔。"

算是把主意一逗。但依然不著议论，完全让读者自去批评。这种可以说讽刺文学中之最高技术。因为人类对于某种社会现象之批评，自有共同心理，作家只要把那现象写得真切，自然会使读者心理起反应，若把读者心中要说的话，作者先替他倾吐无余，那便索然寡味了。杜工部这类诗，比白香山新乐府高一筹，所争就在此。《石壕吏》《垂老别》诸篇，所用技术，都是此类。

工部的写实诗，什有九属于讽刺类。不独工部为然，近代欧洲写实文学，那一家不是专写社会黑暗方面呢？但杜集中用写实法写社会优美方面的亦不是没有。如《遭田父泥饮》那篇：

"步屧随春风，村村自花柳。田翁逼社日，邀我尝春酒。酒酣誇新尹，畜眼未见有。回头指大男，'渠是弓弩手。名在飞骑籍，长番岁时久。前日放营农，辛苦救衰朽。差科死则已，誓不举家走。今年大作社，拾遗能住否？'叫妇开大瓶，盆中为吾取。……高声索果栗，欲起时被肘。指挥过无礼，未觉村野丑。月出遮我留，仍嗔问升斗。"

这首诗把乡下老百姓极粹美的真性情，一齐活现。你看他父子夫妇间何等亲热，对于国家的义务心何等郑重；对于社交，何等爽快何等恳切。我们若把这首诗当个画题，可以把篇中各人的心理从面孔上传出，便成了一幅绝好的风俗画。我们须知道：杜集中关于时事的诗，以这类为最上乘。

六

工部写情，能将许多性质不同的情绪，归拢在一篇中，而得调和之美。例如《北征》篇，大体算是忧时之作。然而"青云动高兴，幽事亦可悦"以下一段，纯是玩赏天然之美。"夜深经战场，寒月照白骨"以下一段，凭吊往事。"况我堕胡尘"以下一大段，纯写家庭实况，忽然而悲，忽然而喜。"至尊尚蒙尘"以下一段，正面感慨时事，一面盼望内乱速平，一面又忧虑到凭藉回鹘外力的危险。"忆昨狼狈初"以下到篇末，把过去的事实，一齐涌到心上。像这许多杂乱情绪迸在一篇，调和得恰可，非有绝大力量不能。

工部写情，往往愈拗愈紧，愈转愈深，像《哀王孙》那篇，几乎一句一意，试将现行新符号去点读他，差不多每句都须用'。'符或';'符。他的情感，像一堆乱石，突兀在胸中，断断续续的吐出，从无条理中见条理，真极文章之能事。

工部写情，有时又淋漓尽致一口气说出，如八股家评语所谓"大开大合"。这种类不以曲折见长，然亦能极其美。集中模范的作品，如《忆昔行》第二首，从"忆昔开元全盛日"起到"叔孙礼乐萧何律"止，极力追述从前太平景象，从社会道德上赞美，令意义格外深厚。自"岂闻一缣直万钱"到"复恐初从乱离说"，翻过来说现在乱离景象，两两比对，令读者胆战肉跃。

工部还有一种特别技能，几乎可以说别人学不到，他最能用极简的语句，包括无限情绪，写得极深刻。如《喜达行在所》三首中第三首的头两句：

"死去凭谁报，归来始自怜。"

仅仅十个字，把十个月内虎口馀生的甜酸苦辣都写出来，这是何等魄力。又如前文所引《述怀》篇的：

"反畏消息来。"

五个字，写乱离中担心家中情状，真是惊心动魄。又如《垂老别》里头：

"势异邺城下，纵死时犹宽。"

死是早已安排定了，只好拿期限长些作安慰，（原文是写老妻送行时语，）这是何等沉痛。又如前文所引的：

"郑公纵得归，老病不识路。"

明明知道他绝对不得归了，让一步虽得归，已经万事不堪回首。此外如：

"带甲满天地，胡为君远行。"
"万方同一概，吾道竟何之。"（秦州杂诗）
"国破山河在，城春草木深。"
"新朋无一字，老病有孤舟。"（登岳阳楼）
"古往今来皆涕泪，断肠分手各风烟。"（公安送韦二少府）

之类，都是用极少的字表极复杂极深刻的情绪。他是用洗炼工夫用得极到家，所以说："语不惊人死不休。"此其所以为文学家的文学。

悲哀愁闷的情感易写，欢喜的情感难写。古今作家中，能将喜情写得逼真的，除却杜集《闻官军收河南河北》外，怕没有第二首。那诗道：

"剑外忽闻收蓟北，初闻涕泪满衣裳。却看妻子愁何在，漫卷诗书喜欲狂。白日放歌须纵酒，青春作伴好还乡。即从巴峡穿巫峡，便下襄阳向洛阳。"

那种手舞足蹈情形，从心坎上奔迸而出，我说他和古乐府的《公无渡河》是同一样笔法。彼是写忽然剧变的悲情，此是写忽然剧变的喜情，都是用快光镜照相照得的。

七

工部流连风景的诗比较少，但每有所作，一定于所咏的景物观察入微，便把那景物做象征，从里头印出情绪。如：

"竹凉侵卧内，野月满庭隅。重露成涓滴，稀星乍有无。暗飞萤自照，水宿鸟相呼。万事干戈里，空悲清夜徂。"（倦夜）

题目是"倦夜"，景物从初夜写到中夜后夜，是独自一个人有心事睡不着，疲倦无聊中所看出的光景。所写环境，句句和心理反应。又如：

"风急天高猿啸哀，渚清沙白鸟飞回。无边落木萧萧下，不尽长江滚滚来。……"（登高）

虽然只是写景，却有一位老病独客秋天登高的人在里头。便不读下文"万里悲秋常作客，百年多病独登台"两句，已经如见其人了。又如：

"细草微风岸，危樯独夜舟。星垂平野阔，月涌大江流。……"（旅夜书怀）

从寂寞的环境上领略出很空阔很自由的趣味。末两句说："飘飘何所似，天地一沙鸥。"把情绪一点便醒。

所以工部的写景诗，多半是把景做表情的工具。像王孟韦柳的写景，固然也离不了情，但不如杜之情的分量多。

八

诗是歌的笑的好呀，还是哭的叫的好？换一句话说：诗的任务在赞美自然之美呀，抑在呼诉人生之苦？再换一句话说：我们应该为做诗而做诗呀，抑或应该为人生问题中某项目的而做诗？这两种主张，各有极强的理由；我们不能作极端的左右袒，也不愿作极端的左右袒。依我所见：人生目的不是单调的，美也不是单调的。为爱美而爱美，也可以说为的是人生目的；因为爱美本来是人生目的的一部分。诉人生苦痛，写人生黑暗，也不能说不是美。因为美的作用，不外令自己或别人起快感；痛楚的刺激，也是快感之一；例如肤痒的人，用手抓到出血，越抓越畅快。象情感怎么热烈的杜工部，他的作品自然是刺激性极强，近于哭叫人生目的那一路；主张人生艺术观的人，固然要读他。但还要知道：他的哭声，是三板一眼的哭出来，节节含着真美；主张唯美艺术观的人，也非读他不可。我很惭愧：我的艺术素养浅薄，这篇讲演，不能充分发挥"情圣"作品的价值；但我希望这位情圣的精神，和我们的语言文字同其寿命，尤盼望这种精神有一部分注入现代青年文学家的脑里头。

原文载《晨报副镌》1922年5月28—29日。
此处选自《饮冰室合集》第5册，中华书局1989年版。

参考篇目

钱　穆《龚定庵思想之分析》（《国学季刊》1935年第5卷第3号）

李长之《文学史上之司马迁》（《文潮月刊》1946年第1卷第5、6期）

林　庚《诗人李白》（《光明日报》1954年10月7日）

吴组缃《论贾宝玉典型形象》（《北京大学学报》1956年第4期）

章培恒《〈洪昇年谱〉前言》（《洪昇年谱》，上海古籍出版社，1979年版）

侯思孟《曹植的神仙思想》（《欧洲中国古典文学研究名家十年文选》，江苏人民出版社，1998年版）

第四讲

梁启超：《汉魏时代之美文》

　　西汉文辞，率宗质实。散文方面，有万古不朽的史界杰作，如《史记》；有华实并茂的哲学书，如《淮南子》。至于韵文方面，则惟以铺叙的赋为其特产。其诗歌之属，除民谣外，其章句现存时代灼然可信者，惟第二卷所录淮南小山《招隐士》一篇及第三卷所录下列诸篇。

《房中歌》十七章

《郊祀歌》十九章

《铙歌》十八章

《高帝歌》二篇

《戚夫人歌》一篇

《赵王友歌》一篇

《朱虚侯歌》一篇

《武帝歌》三篇四章

《李延年歌》一篇

《乌孙公主歌》一篇

《李陵别苏武歌》一篇

《燕王旦及华容夫人歌》各一篇

《燕王旦歌》一篇（未录）

《广川王去歌》二篇（录一）

《杨恽歌》一篇

<small>世所传四皓《采芝歌》、武帝《秋风辞》及《落叶哀蝉曲》、淮南王安《八公操》、东方朔《诫子诗》、《昭帝歌》二首、《霍去病歌》二首，来历皆不分明，吾未敢轻信。</small>

　　右诸篇，除《铙歌》外，都有作者主名，但其人却都非诗家。除《房中》《郊祀》两歌外，都不是会做诗的人做的，都不是有心去做诗的。换一句话说，虽然在文学上有相当的价值，却并不是文学家的文学。此外正正经经做的诗，说也可怜，只有韦孟、韦玄成一家祖孙所做的四首，今录其一以见当时诗品。

　　韦孟《讽谏诗》《汉书·韦贤传》："孟鲁国邹人也，家本彭城，为楚元王傅。傅子夷王及孙王戊，戊荒淫不道，孟作诗讽谏。后遂去位，徙家于邹，又作一篇。孟卒于邹。"案，孟生卒年，史不载，约当汉高祖时（西纪前二〇六）。

　　　肃肃我祖，国自豕韦。黼衣朱绂，四牡龙旗。彤弓斯征，抚宁遐荒。总齐群邦，以翼大商。迭彼大彭，勋绩惟光。至于有周，历世会同。王赧听谮，实绝我邦。

　　　我邦既绝，厥政斯逸。赏罚之行，非繇王室。庶尹群后，靡扶靡卫。五服崩离，宗周以坠。我祖斯微，迁于彭城。在予小子，勤唉厥生。厄此嫚秦，耒耜斯耕。悠悠嫚秦，上天不宁。乃眷南顾，授汉于京。

于赫有汉，西方是征。靡遵不怀，万国攸平。乃命厥弟，建侯于楚。俾我小臣，惟傅是辅。

矜矜元王，恭俭静一。惠此黎民，纳彼辅弼。享国渐世，垂烈于后。乃及夷王，克奉厥绪。咨命不永，惟王统祀。左右陪臣，斯惟皇士。

如何我王，不思守保。不惟履冰，以继祖考。邦事是废，逸游是娱。犬马悠悠，是放是驱。务此鸟兽，忽此稼苗。丞民以匮，我王以偷。所弘匪德，所亲匪俊。惟囿是恢，惟谀是信。瞻瞻谀夫，谔谔黄发。如何我王，曾不是察。既藐下臣，追欲纵逸。嫚彼显祖，轻此削黜。

嗟嗟我王，汉之睦亲。曾不夙夜，以休令闻。穆穆天子，照临下土。明明群司，执宪靡顾。正遐由近，殆其怙兹。嗟嗟我王，曷不斯思。

匪思匪监，嗣其罔则。弥弥其逸，岌岌其国。致冰匪霜，致坠匪嫚。瞻惟我王，时靡不练。兴国救颠，轨违悔过。追思黄发，秦穆以霸。岁月其徂，年其逮耇。于赫君子，庶显于后。我王如何，曾不斯览。黄发不近，胡不时鉴。

孟尚有"徙家于邹"后所作一首，体格和这首一样。他的六世孙玄成元帝时丞相的两首，一首《自劾》，一首《戒子孙》，体格也和孟所作一样。因为我不觉得他的好处，都不录了。韦孟的两首是否绝对可信，还不敢说。《汉书》云：或曰："其子孙好事，述先人之志而作。"据此，怕四首都是玄成作的，因为气息体格完全相同。这些诗完全摹仿《三百篇》，一点没有变化，而徒得其糟粕。很像明七子摹仿"盛唐"的样子，颇觉可厌。但我们不能怪他，西汉时所谓诗人之诗，恐怕都是如此。

纯粹的诗，在西汉我们是不能多见了。只有些和诗相类的作品，还可以引来比照参考。如司马相如《封禅文》，里头插有一首颂，其辞如下：

自我天覆，云之油油。甘露时雨，厥壤可游。滋液渗漉，何生不育。嘉谷六穗，我穑曷蓄。匪惟雨之，又润泽之。匪惟遍之，我泛布护之。万物熙熙，怀而慕之。名山显位，望君之来。君兮君兮，侯不迈哉。……

把这首颂和《郊祀歌》里头的"邹子乐"四章——《青阳》、《朱明》、《西颢》、《玄冥》，来同韦孟的诗参互着看，可想见西汉盛时——武帝前后文学家矜心作意做的诗，都是以摹仿《三百篇》为能事。不过邹阳、司马相如聪明些，摹仿得活泼一点；韦孟厚重些，模仿得呆滞一点。总而言之，西汉文学家用心作的诗，全摹仿《三百篇》。那些非文学专家的人——如高祖、武帝，至杨恽等，——随手做的歌谣，便用当时通行的《楚辞》腔调。讲到创作，可以说完全没有。我既作这等主张，当然牵涉到一个大问题，即五言诗发生的时代问题。要解决这个问题，便有下列几首诗的时代最要仔细研究。

第一，《史记正义》所载虞姬和项羽歌一首；

第二，《玉台新咏》所载枚乘诗九首；一、《西北有高楼》，二、《东城高且长》，三、《行行重行行》，四、《涉江采芙蓉》，五、《青青河畔草》，六、《兰若生春阳》，七、《庭中有奇树》，八、《迢迢牵牛星》，九、《明月何皎皎》

第三，《文选》所载苏武诗四首，李陵《与苏武诗》三首；（《玉台》同）

第四，近代选家所载卓文君《白头吟》一首；

第五，《文选》所载班婕妤《怨歌行》一首。（《玉台》作《怨诗》）

倘若这几首诗作者主名不错,那么,五言诗在秦汉之交已经发生,到汉景帝、武帝时已经十分成熟了。但这几首诗可疑之点,其实甚多。内中最易判明者为第一项,所谓虞姬和歌者。原文云:"汉兵已略地,四面楚歌声。大王意气尽,贱妾何聊生。"一望而知为唐以后的打油近体诗,连六朝人也不至有这等乏句,何况汉初。这诗始见于张守节《史记正义》,据云出《楚汉春秋》。《楚汉春秋》久佚,唐时所传已属赝本,节引之徒见其陋耳。而王应麟《困学纪闻》乃推为五言之祖,可谓无识。此诗之伪,近人多能知之,不俟多辨。

次则第四项也容易解决。所谓卓文君《白头吟》者,《宋书·乐志》中有其文,题曰"古辞"。原文见卷三凡《宋志》所谓"古辞"者,皆"汉世街陌谣讴"。沈约既自著其例,然则此诗在约时并无作者主名可知。《玉台新咏》亦无作者主名,且并不名为《白头吟》,仅用首句标题云"皑如山上雪"。《太平御览》、《乐府诗集》亦皆云古辞,并无卓文君之说。卓文君作《白头吟》。始见于伪《西京杂记》。但亦仅记其事,未著其词。至宋末黄鹤注杜诗,始以《杂记》傅会《宋志》,指此书为卓作。明冯惟纳《古诗纪》因之,此后盲盲相引,几成定案。然冯舒《诗记匡谬》已明辨之矣。

第二项所谓枚乘古诗九首,其八首皆在《文选·古诗十九首》中,并无作者主名。钟嵘亦不认枚乘曾有此作品,刘勰虽引当时传说,然亦仅作怀疑语。钟、刘原语俱详下文。至徐陵辑《玉台新咏》,乃贸然竟题枚作,以冠全编之首,陵时代后于钟、刘及昭明太子,谅来必有什么确证为他们所未见。我们与其信《玉台》不如稍取谨慎态度信《文选》及钟、刘等。

第五项所谓班婕妤《怨歌行》,《文选》、《玉台》同载,似无甚疑窦,但刘勰已疑之。《文选》李善注引《歌录》则云:"《怨歌行》古词。"然则此诗是否确有作者主名,久已成问题了。

剩下第三项的苏、李诗,《文选》、《玉台》都认为真的,钟嵘亦无甚异议,惟刘勰对他作怀疑之词。后世则苏轼公然攻击之谓为后人拟作,然附和者少。但我们最当注意者,相传苏、李诗并不止《文选》所载七首,还有十首见于《古文苑》、《初学记》、《艺文类聚》等书,所以这问题颇复杂不易解决,当在下文录本诗时更详论之。

以上所论,是关于这五家之诗各别可疑的资料,除虞姬一家伪迹太显不劳辨证外,其余都有虚心商榷之必要。我以为对于这些问题,要求一个总解决。什么叫做总解决?就是五言诗发生时代问题,再直捷点说,是西汉曾否有五言诗的问题。

对于这问题最持谨慎态度者,莫如刘勰《文心雕龙》。他说:"汉初四言,韦孟首唱,匡谏之义,继轨周人。孝武爱文。《柏梁》列韵,严马之徒,属辞无方。至成帝品录,三百馀篇,朝章国采,亦云周备。而辞人遗翰,莫见五言,所以李陵、班婕妤见疑于后代也。"彦和勰字之意以为西汉有四言诗,如韦孟《讽谏》,有七言诗,如《柏梁》联名,有长短杂言,如严助、司马相如诸遗什。独至五言,则成帝时命刘向总校《诗赋略》——即今《汉书·艺文志》所载"歌诗二十八家三百一十四篇",里头却没有一首。因此世俗所传李陵、班婕妤……那几首五言作品,不能不令人动疑了。彦和所发问题如此,他虽没有下斩截的判断,然其疑西汉无五言之意,已隐跃言外。我以为因刘向品录不及,便指为无,原未免过于武断,反驳的人也可以说道:"韦孟四言,《汉志》亦并未著录,难道也说是假吗?"话虽如此说,但枚乘、苏、李若有这种好诗,刘向似不容不见,见了似不容不著录。彦和所挑剔,最少也令主张西汉有五言之人消极的失却根据了。但仅靠这一点,还不能解决这问题,我们应做的工作,是要审查彦和所谓"辞人遗翰,莫见五言"这句话的正确程度何如。

一般人的幻觉,大概以为诗的发达,先有四言,次有五言,次有七言。其实不然,除《三百篇》的四言和《楚辞》的长短句,其发达次第为人所共见外,若专拿五言和七言比较,七言的历史,实远在五言之前。今试列举战国至西汉中叶七言或类似七言之作。

其一，《楚辞·招魂》篇："魂兮归来入修门些"以下，若将每句"些"字删去，便是一首极长的七言诗。《大招》篇每句删去"只"字亦然。

其二，《荀子·成相》篇："请成相，世之殃，愚暗愚暗堕贤良。……"用两句三言一句七言组成一小段音节，全篇皆如此，也可以说是有一定规则的长短句，也可以截出每小段之第三句为纯粹的七言。

其三，秦始皇时史游作《急就章》。"急就奇觚与众异，罗列诸物名姓字，分别部居不杂厕，用日约少殊快意。……"全篇俨然一首七古，后此西汉字画皆仿其体。又后来《黄庭经》之类，亦从此出。这类作品，虽没有文学上价值，但专就七言韵语的历史论，却不能把他们除外。纬书中亦最多七言句，如"玄立制命帝卯行"（《孝经·援神契》），如"太易变教民不倦"（《乾凿度》）之类。纬书大率战国秦汉间儒生方士所作。

其四，《易水》、《垓下》、《大风》诸歌，或并"兮"字计算，或将"兮"字删除，皆成七言。例如"威加海内归故乡，安得猛士守四方。"此等句法，《楚辞》中已多有例，如《九辩》的"悲忧穷戚兮独处廊，有美一人兮心不怿，去乡离家兮来远客……"若将"兮"字省去，便是七言。但其中有五个字中夹一"兮"字者，却不能照办。例如：蕙肴蒸兮兰藉，奠桂酒兮椒浆，若将"兮"字删去，"蕙肴蒸兰藉，奠桂酒椒浆"，便不是五言句法。"有美人兮心不怿，去乡离家来远客"，却恰是七言句法。

其五，汉高祖时《房中歌》，"大海荡荡水所归，大贤愉愉民所怀"，纯粹的七言。

其六，武帝时《郊祀歌·天门》章："函蒙祉、福常若期……"以下八句，《景星》章："空桑琴瑟结信成……"以下十二句，都是纯粹的七言。

其七，《柏梁台诗》真假尚难确定，若真当然是很完整的七言了。

据以上所论列，则自战国到西汉，七言作品连绵不绝。以后逐渐稀少，惟张平子《四愁》、魏文帝《燕歌行》独传。建安七子诗风盛行之后，七言几乎绝响，直至鲍照，庾信，始复兴长短句的歌行。入唐而极盛。七言发展变迁之历史大略如此。推原其所以发展较早之由，盖缘秦汉间诗歌皆从《楚辞》蜕嬗而来，音节舒促相近。即如"风萧萧兮易水寒，壮士一去兮不复还"，形式上纯祖《楚辞》，而上句合一兮字，下句去一兮字，皆成七言。由《楚辞》渡到七言，其势实比五言为顺也。

以上这段话，说得离题太远了，现在要归结到五言发展的历史。

刘彦和又云："按《召南·行露》，肇始半歌；孺子《沧浪》，亦有全曲；《暇豫》优歌，远见春秋；《邪径》童谣，近在成世。阅时取证，则五言久矣。"我以为若觅一二断句作证，则可引者原不止此。专就《诗经》论，如"胡为乎泥中"、"谁谓雀无角"、"无使尨也吠"、"期我乎桑中"、"洞酌彼行潦"、"宛在水中央"、"或尽瘁事国"，……此类句子很不少。乃至《左传》引逸诗："昔吾有先正，其言明且清"，《论语》记《接舆歌》："往者不可谏，来者犹可追"，都不能不算是五言句法的远祖。却是全首完整的五言诗，在汉以前到底找不出一首来。

汉代第一首五言诗，当推《戚夫人歌》：

"子为王，母为虏，终日舂薄暮，常与死为伍。相离三千里，当谁使告汝！"

这首歌虽有两句三言相间，大体总算是五言了。我们若肯认《大风歌》为七言之祖，也可以认这歌为五言之祖。但是除了这歌四句以外，别的却就难找了。倘若把苏、李、枚、卓那几首剔出，简直可以说，从高祖到武帝八九十年间，除戚夫人那四句外更无第二首五言。最当注意者，《房中》、《郊祀》两歌共三十六章，内中三言、四言、六言、七言都有，独无五言。勉强找，算找出四句："幡比翅回集，贰双飞常羊"、"假青风轧忽，激长至重觞。"《郊祀歌·天门》章这四句夹杂在三言、六言、七言中间，音节异常佶屈，和所传枚乘、苏、李诸作截然不同。

第二首五言是那首呢?《铙歌》十八章中《上陵》章云:

"上陵何美美,下津风以寒。问客从何来?言从水中央。桂树为君船,青丝为君笮;木兰为君棹,黄金错其间。沧海之雀赤翅鸿,白雁随。山林乍开乍合,曾不知日月明。醴泉之水,光泽何蔚蔚。芝为车,龙为马,览遨游,四海外。甘露初二年,芝生铜池中,仙人下来饮,延寿十万岁。"

这首歌虽有三、四、六言插入,但五言为多,我们姑且勉强认为五言。《铙歌》作品年代难确考,依我看,并不是一时作成的,惟这首有"甘露初二年"一句,认为宣帝时作品,当无大错,然则在枚乘、苏、李后五六十年了。他的格调音节之朴僿拙劣如此。

第三首的五言是那首呢?《汉书·五行志》载成帝时童谣云:

"邪径败良田,谗口乱善人。桂树华不实,黄爵巢其颠。昔为人所羡,今为人所怜。"

这一首真算纯粹的五言了,彦和所谓"《邪径》童谣,近在成世"即指此。其音节谐畅,和后来的五言诗几无甚分别,但虽作于成帝时,已是西汉之末了。

西汉二百年间五言诗,其时代确凿可信绝无问题者,只有这三首。内中两首还是长短句相杂,其纯粹的一首又是童谣,然则彦和"词人遗翰,莫见五言"之语并不为过了。

我们试在这种资料之下来解决苏、李、枚、卓诸诗的时代问题。凡辨别古人作品之真伪及其年代,有两种方法,一曰考证的;二曰直觉的。考证的者,将该作品本身和周围之实质的资料搜集齐备,看他字句间有无可疑之点。他的来历出处如何?前人对于他的观察如何?……等等,参伍错综而下判断。直觉的者,专从作品本身字法、句法、章法之体裁结构及其神韵气息上观察,拿来和同时代确实的作品比较,推定其是否产于此时代。譬诸侦探案件,考证的方法是搜齐人证物证,步步踏实,毫不杂以主观;直觉的方法则如利用野蛮人或狗之特别嗅觉去侦查奇案。虽像是很杳茫很危险,但有时亦收奇效。文学美术作品,往往以直觉的鉴别为最有力。例如碑帖字画等类,内行家可以一望而知为某时代作品,某人手笔,丝毫不容假借。文体亦然。东晋晚出之伪《古文尚书》,就令将传授上及其他种种罅漏,搁在一边不提,专以文字论,已可断其决非三代以上文也。《文选》所载李陵《答苏武书》,别无他种作伪实证,而识者早公认其为六朝人语。凡此之类,皆用直觉的鉴别,似武断而实非武断也。西汉承战国之后,——除少数作者摹仿《三百篇》作四言诗外——全部文学家之精力,皆务蜕变《楚辞》以作赋。就实质论,则铺叙多比兴少;就形式论,则多用自由伸缩之长短句,而未有每句之一定字数。乃若"行行重行行"、"皑如山上雪"、"携手上河梁"……诸篇,在实质方面,则陈旨婉曲,寄兴深微;在形式方面,则虽非如魏晋之讲究对偶,齐梁后之拘束声病,然而句法调法皆略有一定,音节谐畅流丽。凡此,皆与西汉其他作品绝不相类。我们用历史家的眼光忠实观察,以为西汉景、武之间未必能发生这种诗风这种诗体;倘使已经发生,便当继续盛行,又不应中断二三百年,到建安、黄初间始再振其绪。所以我对于五言诗发生时代这个问题,兼用考证的、直觉的两种方法仔细研究,要下一个极大胆的结论曰:五言诗起于东汉中叶,和建安七子时代相隔不远,——"行行重行行"等九首决非枚乘作,"皑如山上雪"决非卓文君所作;"骨肉缘枝叶"、"良时不再至"等七首决非苏武、李陵作;"新裂齐纨素"是否班婕妤作尚在未定之列。今具录诸作,先分别考定其时代,再评论其价值。

《文选》所录《古诗十九首》附一首:

<small>章末有△符者,《玉台新咏》所指为枚乘作;有▲符者,《文心雕龙》所指为傅毅作;有＊符者,陆机有拟作。</small>

行行重行行,与君生别离。相去万余里,各在天一涯。道里阻且长,会面安可知?胡马依北风,越鸟巢南枝。相去日已远,衣带日以缓。浮云蔽白日,游子不顾返。思君

令人老，岁月忽已晚。弃捐莫复道，努力加餐饭。△*

青青河畔草，郁郁园中柳。盈盈楼上女，皎皎当窗牖。娥娥红粉妆，纤纤出素手。昔为倡家女，今为荡子妇。荡子行不归，空床难独守。△*

青青陵上柏，磊磊涧中石。人生天地间，忽如远行客。斗酒相娱乐，聊厚不为薄。驱车策驽马，游戏宛与洛。洛中何郁郁，冠带自相索。长衢罗夹巷，王侯多第宅。两宫遥相望，双阙百余尺。极宴娱心意，戚戚何所迫。*

今日良宴会，欢乐难具陈。弹筝奋逸响，新声妙入神。令德唱高言，识曲听其真。齐心同所愿，含意俱未申。人生寄一世，奄忽若飙尘。何不策高足，先据要路津。无为守穷贱，轗轲长苦辛。*

西北有高楼，上与浮云齐。交疏结绮窗，李善注："疏刻穿之也。"盖窗棂之类。阿阁三重阶。上有弦歌声，音响一何悲。谁能为此曲？无乃杞梁妻！清商随风发，中曲正徘徊。一弹再三叹，慷慨有余哀。不惜歌者苦，但伤知音稀。愿为双鸣鹤，奋翅起高飞。△*

涉江采芙蓉，兰泽多芳草。采之欲遗谁？所思在远道。远顾望旧乡，长路漫浩浩。同心而离居，忧伤以终老。△*

明月皎夜光，促织鸣东壁。玉衡指孟冬，李注玉衡，北斗第五星也。众星何历历。白露沾野草，时节忽复易。秋蝉鸣树间，玄鸟逝安适。昔我同门友，高举振六翮。不念携手好，弃我如遗迹。南箕北有斗，牵牛不负轭。《诗》云："维南有箕，不可以簸扬；维北有斗，不可以挹酒浆。睆彼牵牛，不以服箱。"借众星以喻有名无实也。此引用之，故下云："虚名复何益"。良无磐石固，虚名复何益。

冉冉孤生竹，结根泰山阿。与君为新婚，兔丝附女萝。兔丝生有时，夫妇会有宜。千里远结婚，悠悠隔山陂。思君令人老，轩车来何迟。伤彼蕙兰花，含英扬光辉。过时而不采，将随秋草萎。君亮执高节，贱妾亦何为。▲

庭中有奇树，绿叶发华滋。攀条折其荣，将以遗所思。馨香盈怀袖，路远莫致之。此物何足贵，但感别经时。△*

迢迢牵牛星，皎皎河汉女。纤纤擢素手，札札弄机杼。终日不成章，泣涕零如雨。河汉清且浅，相去复几许。盈盈一水间，脉脉不得语。△*

回车驾言迈，悠悠涉长道。四顾何茫茫，东风摇百草。所遇无故物，焉得不速老。盛衰各有时，立身苦不早。人生非金石，岂能长寿考。奄忽随物化，荣名以为宝。

东城高且长，逶迤自相属。回风动地起，秋草萋以绿。四时更变化，岁暮一何速。晨风怀苦心，蟋蟀伤局促。《晨风》、《蟋蟀》皆《诗经》篇名。荡涤放情志，何为自结束。燕赵多佳人，美者颜如玉。被服罗裳衣，当户理清曲。音响一何悲，弦急知柱促。驰情整中带，李注："中带，中衣带也。"沉吟聊踯躅。愿为双飞燕，衔泥巢君屋。△*

驱车上东门，李注引"河南郡南图经"云："东有三门，最北头曰上东门。"盖纪洛阳城阙也。遥望郭北墓。白杨何萧萧，松柏夹广路。下有陈死人，杳杳即长暮。即趋也，就也。《楚辞》："去白日之昭昭，袭长夜之悠悠。"潜寐黄泉下，千载永不寤。浩浩阴阳移，年命如朝露。人生忽如寄，寿无金石固。万岁更相送，圣贤莫能度。服食求神仙，多为药所误，不如饮美酒，被服纨与素。

去者日以疏，来者日以亲。出郭门直视，但见丘与坟。古墓犁为田，松柏摧为薪。白杨多悲风，萧萧愁杀人。思还故里闾，欲归道无因。

生年不满百，常怀千岁忧，昼短苦夜长，何不秉烛游。为乐当及时，何能待来兹。愚者爱惜费，但为后世嗤。仙人王子乔，难可与等期。

凛凛岁云暮，蝼蛄夕鸣悲，凉风率已厉，游子寒无衣。锦衾遗洛浦，同袍与我违。

独宿累长夜，梦想见容辉。良人惟古欢，枉驾惠前绥。绥，引车之缰绳也。愿得常巧笑，携手同车归。既来不须臾，又不处重闱。亮无晨风翼，《尔雅》"晨风，鹯也；亮，同谅。"焉能凌风飞。眄睐以适意，引领遥相睎。徙倚怀感伤，垂涕沾双扉。

孟冬寒气至，北风何惨栗。愁多知夜长，仰观众星列。三五明月满，四五蟾兔缺。客从远方来，遗我一书札。上言长相思，下言久离别。置书怀袖中，三岁字不灭。一心抱区区，惧君不识察。

客从远方来，遗我一端绮。相去万余里，故人心尚尔。文采双鸳鸯，裁为合欢被。著以长相思，缘以结不解。李注引《仪礼》郑注云："著，谓充之以絮也。"又引《礼记》郑注云："缘，饰边也。"以胶投漆中，谁能别离此？

明月何皎皎，照我罗床帏。忧愁不能寐，揽衣起徘徊。客行虽云乐，不如早旋归。出户独彷徨，愁思当告谁？引领还入房，泪下沾裳衣。△*

兰若生春阳，涉冬犹盛滋，愿言追昔爱，情款感四时。美人在云端，天路隔无期。夜光照玄阴，长欢恋所思。谁谓我无忧，积念发狂痴。△*

右二十首，除最末一首外，皆见《文选》，不题撰人名氏，惟题"古诗"。《玉台新咏》则九首题枚乘《杂诗》。一、《西北有高楼》二、《东城高且长》三、《行行重行行》四、《涉江采芙蓉》五、《青青河畔草》六、《兰若生春阳》七、《庭中有奇树》八、《迢迢牵牛星》九、《明月何皎皎》馀七首不录。《文心雕龙》则云："古诗佳丽，或称枚叔。其《孤竹》一篇（冉冉孤生竹）则傅毅之词。"是对于枚乘之说，付诸存疑，而割出一首以属傅毅。《诗品》则为分二类，其一陆机所曾拟之十四首，认为时代最古。今存者仅十二首。一、《行行重行行》二、《今日良宴会》三、《迢迢牵牛星》四、《涉江采芙蓉》五、《青青河畔草》六、《明月何皎皎》七、《兰若生春阳》八、《青青陵上柏》九、《东城高且长》十、《西北有高楼》十一、《庭中有奇树》十二、《明月皎夜光》。《玉台》所谓枚乘九首，全在其中，馀二首已佚，不知属何题。其余"去者日以疏"等四十五首，钟未列其目，惟十九首中'客从远方来'一首在内。复举有'橘柚垂华实'一首，余四十三首不知何指。则谓"疑是建安中曹（植）、王（粲）所制"。昭明《文选》选者萧统、彦和《文心雕龙》著者刘勰、仲伟《诗品》著者钟嵘、孝穆《玉台新咏》选者徐陵同是梁人，而所传之异同如此，可见这一票古诗之作者和时代在六朝时久已成问题了。其所拟议之作者，最古者枚乘，西汉初人；次则傅毅，东汉初人，距枚乘百余年；最近者曹、王，汉魏间人，距傅毅又百余年，距枚乘且三百年。

我以为要解决这一票诗时代，须先认一个假定，即"古诗十九首"这票东西，虽不是一个人所作，却是一个时代，——先后不过数十年间所作，断不会西汉初人有几首，东汉初人有几首，东汉末人又有几首。因为这十几首诗体格韵味都大略相同，确是一时代诗风之表现。凡诗风之为物，未有阅数十年百年而不变者，如后此建安、黄初之与元嘉、永明；元嘉永明之与梁、陈宫体；乃至唐代初、盛、中晚之递嬗，宋代"西昆"、"江西"之代兴。凡此通例，不遑枚举。两汉历四百年，万不会从景、武到灵、献，诗风始终同一。"十九首"既风格首首相近，其出现时代，当然不能距离太远。读者若肯承认我这个前提，我们才可以有点边际来讨论他的出现时代了。

汉制避讳极严，犯者罪至死，惟东汉对于西汉诸帝则不讳。惠帝讳盈，而十九首中有"盈盈楼上女"、"馨香盈怀袖"等句，非西汉作品甚明，此其一；"游戏宛与洛，洛中何郁郁。……长衢罗夹巷，王侯多第宅。两宫遥相望，相阙百余尺。"明写洛阳之繁盛，西汉决无此景象。"驱车上东门，遥望郭北墓。"上东门为洛城门，郭北即北邙，显然东京人语，此其二。此就作品本身觅证，其应属东汉不应属西汉，殆已灼然无疑。然东汉历祚，亦垂二百年，究竟当属何时耶？此则在作品本身上无从得证，只能以各时代别的作品旁证推论。刘彦和以"冉冉孤生竹"一首为傅毅作，依我的观察，西汉成帝时，五言已萌芽，傅毅时候，也未尝无发生《十九首》之可能性。但以同时班固《咏史》一篇相较，风格全别。固诗见后其他亦更无相类之作，则东汉之期——明、章之间似尚未有此体。安、顺、桓、灵以后，张衡、秦嘉、蔡邕、郦炎、赵壹、孔融，各有五言作品传世。音节日趋谐畅，格律日趋严整，其时五言体制已经通行，造诣已经纯熟，非常杰作，理合应时出现。我据此中消息以估定《十九首》之年代，大概在西纪一二〇至一七〇约五十年间。比建安黄初略先一期，而紧相衔接，所以风格和建安体格相近，而其中一部分钟仲伟且疑为曹王所制也。我所估定若不甚错，那么，《十九首》一派的诗风，并非西汉初期瞥然一现中间戛然中绝，而建安体亦并非近无所承，突然产生，按诸历史进化的原则，四方八面都说得通了。

《十九首》在文学史上所占的地位，或与《三百篇》、《离骚》相埒，稍有文学常识的人都能知道，无待我赞美了。对于他最古的批评，则刘彦和谓："结体散文，直而不野。宛转附物，怊怅切情。"钟仲伟谓："文温以丽，意悲而远，惊心动魄，一字千金。"对于他的价值，差不多发挥尽致了。我为帮助读者兴味起见，且再把他仔细解剖一下。

《十九首》第一点特色在善用比兴。比兴本为《诗》六义之二，《三百篇》所恒用，《国风》中尤什居七八。降及《楚辞》，"美人芳草"，几舍比兴无他技焉。汉人尚质，西京尤甚，其作品大率赋体多而比兴少。长篇之赋，专事铺叙无论矣，即间有诗歌，也多半是径情直遂的倾泻实感。到《十九首》才把《国风》、《楚辞》的技术翻新来用，专务"附物切情"。胡马越鸟，陵柏涧石，江芙泽兰，孤竹女萝，随手寄兴，辄增妩媚。至如"迢迢牵牛星"一章，纯借牛女作象征，没有一字实写自己情感，而情感已活跃句下。此种作法，和周公的《鸱鸮》一样，实文学界最高超的技术。汉初作品如高祖之《鸿鹄歌》、刘章之《耕田歌》，尚有此种境界，后来便很少了。

论者或以含蓄蕴藉为诗之唯一作法，固属太偏，然含蓄蕴藉，最少应为诗的要素之一，此则无论何国何时代之诗家所不能否认也。《十九首》之价值，全在意内言外，使人心醉。其真意所在，苟非确知其"本事"，则无从索解。但就令不解，而优饫涵讽，已移我情。即如"迢迢牵牛星"一章，不是凭空替牛郎织女发感慨，自无待言，最少也是借来写男女恋爱。再进一步，是否专写恋爱，抑或更别有寄托而借恋爱作影子，非问作诗的人不能知道了。虽不知道，然而读起来可以养成我们温厚的情感，引发我们优美的趣味，比兴体的价值全在此。这种诗风，到《十九首》才大成。后来唐人名作，率皆如此，宋则盛行于词界，诗界渐少了。

《十九首》虽不讲究"声病"，然而格律音节，略有定程。大率四句为一解，每一解转一意。如"行行重行行"至"各在天一涯"为一解，"道路阻且长"至"越鸟巢南枝"为一解，"相去日以远"至"游子不顾返"为一解，"思君令人老"至"努力加餐饭"为一解。其用字平仄相间，按诸王渔洋《古诗声调谱》，殆十有九不可移易。试拿来和当时的歌谣乐府比较，虽名之为汉代的律诗，亦无不可，此种诗格，盖自西汉末五言萌芽之后，经历多少年，才到这纯熟谐美的境界。后此五言诗，虽内容实质屡变，而格调形式，总不能出其范围。

从内容实质上研究《十九首》，则厌世思想之浓厚——现世享乐主义之讴歌，最为其特色。《三百篇》中之变《风》、变《雅》，虽忧生念乱之辞不少，至如《山枢》之"且以喜乐，且以永日，宛其死矣，他人入室"，此等论调，实不多见。大抵太平之世，诗思安和；丧乱之余，诗思惨厉。《三百篇》中代表此两种气象的作品，所在多有。然而社会更有将乱未乱之一境，表面上歌舞欢娱，骨子里已祸机四伏。全社会人汲汲顾影，莫或为百年之计，而但思偷一日之安。在这种时代背景之下，厌世的哲学文学便会应运而生。依前文所推论，《十九首》为东汉安、顺、桓、灵间作品。若所测不谬，那么正是将乱未乱极沉闷极不安的时代了。当时思想界，则西汉之平实严正的经术，已渐不足以维持社会，而佛教的人生观已乘虚而入。桓、灵间安世高、支娄迦谶二人所译出佛经已数十部。下文所录仲长统一诗，最足表示此中消息。看第一六七页《十九首》正孕育于此等社会状况之下，故厌世的色彩极浓。"人生天地间，忽如远行客"、"万岁更相送，圣贤莫能度"、"所遇无故物，焉得不速老"、"生年不满百，常怀千岁忧"，此种思想，在汉人文学中，除贾谊《鹏鸟赋》外，似未经人道。《鹏鸟赋》不过个人特别性格特别境遇所产物，《十九首》则全社会氛围所产别物，故感人深浅不同。《十九首》非一人所作，其中如"奄忽随物化，荣名以为宝"之类，一面浸染厌世思想，一面仍保持儒家哲学平实态度者，虽间有一二，其大部分则皆如《山枢》之"且以喜乐，且以永日"，以现世享乐为其结论。"青青陵上柏"、"今日良宴会"、"东城高且长"、"驱车上东门"、"去者日以疏"、"生年不满百"诸篇其最著也。他们的人生观出发点虽在老庄哲学，其归宿点则与《列子·杨朱》篇同一论调。不独荣华富贵功业名誉无所留恋，乃至"谷神不死"、"长生久视"等观念亦破弃无余。"服食求神仙，多为药所误，不如饮美酒，被服纨与素"、"愚者爱惜费，但为后世嗤。仙人王子乔，难可与等期"，真算把这种颓废思想尽情揭穿。他的文辞既"惊心动魄，一字千金"，故所诠写的思想，也给后人以极大印象。千余年来中国文学，都带悲观消极的气象，《十九首》的作者怕不能不负点责任哩。

《十九首》之考证批评略竟，今当以次论列所谓苏、李诗者。

《文选》所录李少卿《与苏武诗》三首，李陵字少卿，广之孙，为骑都尉。武帝天汉中，将步卒五千人击匈奴，转战失利，遂降虏。单于以女妻之，立为右校王，在匈奴二十余年卒。

良时不再至，离别在须臾。屏营衢路侧，执手野踟蹰。仰视浮云驰，奄忽互相逾。风波一失所，各在天一隅。长当从此别，且复立斯须。欲因晨风发，李注云："晨风，早风也。"超案，李说误，晨风，鸟名也，送子以贱躯。

嘉会难再遇，三载为千秋。临河濯长缨，念子怅悠悠。远望悲风至，对酒不能酬。行人怀往路，何以慰我愁。独有盈觞酒，与子结绸缪。

携手上河梁，游子暮何之。徘徊溪路侧，恨恨不能辞。行人难久留，各言长相思。安知非日月，弦望自有时。李注云"弦，月半之名也。其形一旁曲一旁直，若张弓弛弦也。望，月满之名也。日在东，月在西，遥相望也。"超案，诗意谓虽一别无相见期，犹冀如日月之由弦而望，有短时间得遥遥相对也。努力崇明德，皓首以为期。

又苏子卿诗四首。苏武，字子卿，京兆人。天汉二年，以中郎将使匈奴十九年，不屈节。会昭帝与匈奴和得归国。宣帝神爵二年卒，年八十余。

骨肉缘枝叶，结交亦相因。四海皆兄弟，谁为行路人。况我连枝树，与子同一身。昔为鸳与鸯，今为参与辰。昔者长相近，邈若胡与秦。惟念当乖离，恩情日以新。鹿鸣思野草，可以喻嘉宾。我有一樽酒，欲以赠远人。愿子留斟酌，叙此平生亲。

黄鹄一远别，千里顾徘徊。胡马失其群，思心常依依。何况双飞龙，羽翼临当乖，幸有弦歌曲，可以喻中怀。请为游子吟，泠泠一何悲。丝竹厉清声，慷慨有余哀。长歌正激烈，中心怆以摧。欲展清商曲，念子不得归。俛仰内伤心，泪下不可挥。愿为双黄鹄，送子俱远飞。

结发为夫妻，恩爱两不疑。欢娱在今夕，燕婉及良时。征夫怀往路，起视夜何其。参辰皆已没，去去从此辞。行役在战场，相见未有期。握手一长叹，泪为生别滋。努力爱春华，莫忘欢乐时。生当复归来，死当长相思。

烛烛晨明月，馥馥秋兰芳。芬馨良夜发，随风闻我堂。征夫怀远路，游子恋故乡。寒冬十二月，晨起践严霜。俯观江汉流，仰视浮云翔。良友远别离，各在天一方。山海隔中州，相去悠且长。嘉会难再遇，欢乐殊未央。愿君崇令德，随时爱景光。

右七首中，《玉台新咏》惟录"结发为夫妻"一首，余不录。而《艺文类聚》及《古文苑》所载复有十首：

李陵《录别诗》八首：

  有鸟西南飞，熠熠似苍鹰。朝发天北隅，暮闻日南陵。欲寄一言去，托之笺彩缯。因风附轻翼，以遗（遗当作遣）心蕴蒸。鸟辞路悠长，羽翼不能胜。意欲从鸟逝，驽马不可乘。
  烁烁三星列，拳拳月初生。寒凉应节至，蟋蟀夜悲鸣。晨风动乔木，枝叶日夜零。游子暮思归，塞耳不能听。远望正萧条，百里无人声。豺狼鸣后园，虎豹步客庭。远处天一隅，苦困独零丁。亲人随风散，历历如流星。三苹离不结，思心独屏营。愿得萱草枝，以解饥渴情。
  寂寂君子坐，奕奕合众芳。温声何穆穆，因风动馨香。清言振东序，良时着西庠。乃命丝竹音，列席无高唱。怨意何慷慨，清歌正激扬。长哀发华屋，四坐莫不伤。
  晨风鸣北林，熠熠东南飞。愿言所相思，日暮不垂帷。明月照高楼，想见余光辉。玄鸟夜过庭，仿佛能复飞。褰裳路踟蹰，彷徨不能归。浮云日千里，安知我心怨。思得琼树枝，以解长渴饥。
  涉彼南山隅，送子淇水阳。尔行西南游，我独东北翔。辕马顾悲鸣，五步一彷徨。双凫相背飞，相远日已长。远望云中路，相见未圭璋。万里遥相思，何益心独伤。随时爱景耀，愿言莫相忘。
  钟子歌南音，仲尼欲归与。戎马悲边鸣，游子恋故庐。阳鸟归飞云，蛟龙乐潜居。人生一世间，贵与愿同俱。身无四凶罪，何为天一隅。与其苦筋力，必欲荣薄躯。不如及清时，策名于天衢。
  凤凰鸣高冈，有翼不好飞。安知凤凰德，贵其来见稀。……阙
  红尘蔽天地，白日何冥冥。……阙

苏武《答别诗》二首：

  童童孤生柳，寄根河水泥。连翩游客子，于冬服凉衣。去家千里余，一身常渴饥。寒夜立清庭，仰瞻天汉湄。寒风吹我骨，严霜切我肌。忧心常惨戚，晨风为我悲。瑶光游何速，行愿支荷迟。仰视云间星，忽若割长帷。低头还自怜，盛年行已衰。依依恋明世，怆怆难久怀。
  双凫俱北飞，一凫独南翔。子当留斯馆，我当归故乡。一别如秦胡，会见何讵央。怆恨切中怀，不觉泪沾衣。愿子长努力，言笑莫相忘。

《艺文类聚》为隋唐间欧阳询所著，《古文苑》为唐人所辑，失辑者姓名，其书以《文选》所不录者为范围。盖唐时所传苏、李诗，除《文选》七首外，复有此十二首也。明冯惟讷《古诗纪》则以前七首为原作，后十二首为后人拟作。后十二首中李陵八首之末两首，《古文苑》仅录首次联，下注"阙"字，盖唐时已佚后半。而明杨慎《升庵诗话》则有其末首之全文，云"见《修文殿御览》"。其文如下：

>红尘蔽天地，白日何冥冥。微音盛杀气，凄风从此兴。招摇西北指，天汉东南倾。嗟尔穹庐子，独行如履冰。短褐中无绪，带断续以绳。泻水置瓶中，为辨淄与渑。巢父不洗耳，后世有何称。

关于苏李诗的资料之全部如此。

《文心雕龙》云："……所以李陵、班婕妤见疑于后代"，可见这几首诗的真伪问题，盖起自六朝以前了。近代昌言其伪者，则始自苏东坡。他说："刘子玄（知几）辨《文选》所载李陵《与苏武书》非西汉文，盖齐梁间文士拟作者也。吾因悟陵与苏武赠答五言，亦后人所拟。"又说："李陵书、苏武五言，皆伪，而萧统不能辨。"章樵《古文苑注》引。但东坡未能指出其作伪实据，故不足以夺历史上相沿之信仰。间有祖其说者，或摘"独有盈觞酒"之"盈"字犯惠帝讳，或摘"俯观江汉流"、"小海隔中州"、"送子洪水阳"、"携手上河梁"等句与塞外地理不合，或摘"行役在战场"、"一别如秦胡"、"骨肉缘枝叶"、"结发为夫妻"等句为与陵、武情事不合，斯皆然矣。然为之辩护者亦自有说，如谓各诗未必皆作于塞外，谓陵诗未必皆赠武，武诗未必皆赠陵，则许多矛盾之点也可以勉强解释过去。所以仅靠这些末节，还不能判定此公案。

我是绝对不承认这几首诗为李陵、苏武作的。我所持的理由，第一，则汉武帝时决无此种诗体，具如前文所论。此诸诗与《十九首》体格略同，而谐协尤过之。如"良时不再至，离别在须臾"。如"长当从此别，且复立斯须"。如"骨肉缘枝叶"、如"努力崇明德"，……其平仄几全拘齐梁声病，故其时代又当在《十九首》之后；第二，赠答诗起于建安七子，两汉词翰，除秦嘉《赠妇》外更无第二首，然时已属汉末。至朋友相赠，则除此数章外更不一见。盖古代之诗，本以自写性情，不用为应酬之具。建安时，文士盛集邺下，声气相竞，始有投报。苏、李之世，绝对的不容有此；第三，苏、武于所传诸诗外别无他诗，固无从知其诗风为何如。至于李陵则《汉书·苏武传》，尚载有他一首歌，其辞云："行万里兮度沙漠，为君将兮奋匈奴，路穷绝兮矢刃摧，士众灭兮名已陨。老母已死，虽欲报恩将安归！"纯是武人质直粗笨口吻，几乎没有文学上价值。凡一个人前后作品，相差总不会太远，何况同时所作？作"经万里兮度沙漠……"的人，忽然会写出"风波一失所，各在天一隅"，会写出"安知非日月，弦望自有时"，我们无论如何，断不能相信。我据这三种理由，所以对于东坡所提出的抗议深表赞同。

然则这几首诗是后人有意作伪吗？又未必然。《石崇集》中《王昭君辞》一首，《李贺集》中《庾肩吾还自会稽歌》一首，都是本无此诗，而作者悬揣前人心事替他补作的。幸亏石、李二人对于这两首诗各有一篇小序声明系代作，不然被一位冒冒失失的选家，将那两首迳题为昭君作、肩吾作，又不知把多少人引入迷途了。李陵这个人，本来不算什么大人物，文学史上更不会有他的位置，徒以司马迁因他获罪，《报任安书》里头有一大段替他抱不平，引起后人对于他格外的表同情，于是好事者流，有人替他拟一篇《答苏武书》，倾吐胸中块垒；《答苏武书》之为拟作，刘知几《史通》辨之已明，现在几为学界所公认了。又有人因他送苏武归国时本有一首歌明见《汉书》，而那首歌实在做得不见高妙，因此重新替他拟作一两首，来完成这段佳话，后来又有人觉得李陵既有诗送苏武，苏武也不可无诗送李陵，于是又替苏武也作几首。在作者原是自己闹着玩，并非有意伪托，自昭明太子编入《文选》，迳题苏、李之名，却令千余年来坠入云雾了。

然则什么人拟作呢？我们虽没有法子找出作者主名，大概总是建安七子那班人。而各首又非成于一人之手，各诗气格朴茂淡远，决非晋宋以后人手笔。而汉桓灵以前，又像不会有替人捉刀的风气。建安七子既创开赠答之风，自然容易联想替古人赠答，他们又喜欢共拈一题，数人比赛着做，或者谈论之间，觉得苏李言别是一种绝好诗材。因此拈为课题，各人分拟，所以拟出的共有几首之多，各首语意多相重复，而诗的好坏亦大相悬绝。

还有该注意的一点，《文选》所录七首之中，李陵的比苏武强多了。《文心雕龙》只言"李陵、班婕妤见疑于累代"；不提苏武，《诗品》也只有李陵，并无苏武。《诗品·叙论》里头有"子卿双凫"一语，似是指苏武之"双凫俱北飞"一首，但彼文历举曹子建至谢惠连十二家，皆以年代为次，"子卿双凫"句在"阮籍咏怀"句之下，"叔夜双鸾"句之上，则子卿宜为魏人，非汉之苏武也。窃疑魏别有一人，字子卿者。今所传苏武诗六首，皆其所作，自后人以诸诗全归诸武，并其人之姓名亦不传矣。此说别无他证，不敢妄主张，姑提出俟后之好古者。因此我颇疑拟李陵的几首，是早已流行，刘勰、钟嵘对他都很重视，拟苏武的那几首，或者是较晚的时代续拟，因此批评家不甚认他的价值，但最迟的也不过魏晋间作品罢了。

至于《升庵诗话》所载"红尘蔽天地"的全首，古书中绝未曾见，杨升庵自谓出于《修文御览》，但《修文御览》早佚，升庵何从得见？升庵最好造假典骗人，这首诗之靠不住，冯已苍《诗纪匡谬》早已辩明了。

各诗的价值，要分别言之。拟李陵的"良时不再至"和"携手上河梁"两首，真算送别诗的千古绝唱！"仰视浮云驰，奄忽互相逾。风波一失所，各在天一隅。长当从此别，且复立斯须。"意深刻而语飞动，真是得未曾有。"行人难久留，各言长相思。安知非日月，弦望自有时。"把极热烈的情感像放在熏炉中用灰盖住，永远保持温度，真极技术之能事。钟仲伟谓"王粲之诗，源出李陵"。依我看，这两首的气味，绝似仲宣《七哀》，或者迳是仲宣拟作亦未可知。此外则拟苏武的"结发为夫妻"一首，甚曲折微婉；拟李陵的"有鸟西南飞"一首，劲气直达，其余则"自郐以下"了。钟仲伟举"二凫俱北飞"一首，此首最切合苏李情事，但浅薄寡味。

《十九首》和苏李的两大公案既大略解决，最后更附带说说班婕妤的问题。

《文选》所录班婕妤《怨歌行》。班况之女，少有才学，成帝选入宫，以为婕妤。后为赵飞燕所谮，黜废居长信宫。

　　新裂齐纨素，鲜洁如霜雪。裁为合欢扇，团圆似明月。出入君怀袖，动摇微风发。常恐秋节至，凉风夺炎热。弃捐箧笥中，恩情中道绝。

此诗纯用比兴，托意微婉，在古诗中固为上乘。婕妤为成帝时人，以当时童谣中"邪径良田"的体制对照，则亦有产生此类诗之可能性。但《文选》李注引《歌录》但称为"古词"，而刘勰亦谓其"见疑于后代"。然则是否出婕妤手，在六朝时本有问题，恐亦是后人代拟耳。

钟仲伟云："自王、杨、枚、马之徒，词赋竞爽，而吟咏无闻。从李都尉迄班婕妤将百年间，有妇人焉，一人而已。诗人之风，顿已缺丧。东京二百载中，惟有班固《咏史》，质木无文。降及建安，……彬彬之盛，大备于时。"仲伟不信枚乘及苏武，故西汉只数李、班两家，叹其寥落，又颇以东汉二百年斯道中绝为慨。我以为凡一体新文学之出现，其影响必及于社会，断不会仅有一两个人孤丁丁的独弹独唱，又不会没有人继续仿摹，隔二百多年才突然复活转来。所以宁采刘彦和怀疑的态度，把所传西汉五言作品都重新估定时代，庶几历史之谜，渐渐可以解答了。

以上将西汉传疑的作品都已说过，以下论东汉确有主名之作品。

东汉初期诗，流传仍极少。最著闻者如马援《武溪》之吟，梁鸿《五噫》之什，见卷三

页皆从《离骚》一转手。虽词韵极美,而体格无变。第一首五言诗,则史学大家班固之《咏史》。固小传见第二卷

> 三王德弥薄,惟后用肉刑。太仓令有罪,就逮长安城。自恨身无子,困急独茕茕。小女痛父言,死者不可生。上书诣阙下,思古歌鸡鸣。忧心摧折裂,晨风扬激声。圣汉孝文帝,恻然感至情。百男何愦愦,不如一缇萦。

我们若将《十九首》苏、李诗等重新估定年代之后,这首便算有史以来最古的五言诗了。试拿来和晚汉作品比较,真可笑已极。钟嵘批评他"质直无文",一点都不冤枉。班孟坚并不是"无文"的人,且勿论他的史笔超群绝伦,即以《两都赋》而论,固当有不朽的价值。赋末所附那五首四言、七言诗也并不坏,何以这首《咏史》独稚弱到如此?可见大辂椎轮,势难工妙。孟坚首创五言,便值得在文学史上一大纪念,进一步求工,却要让后人了。至于《十九首》中"冉冉孤生竹"一首,若果如刘勰说的为傅毅所作,那便与班固同时,但我仍未敢信。

东汉中叶,在诗界稍占位置的人曰张衡。衡字平子,南阳西鄂人,安帝时徵拜郎中,再迁太史令。顺帝阳嘉中迁侍中,为宦官所谮,出为河间王相,永和四年卒。衡为汉代大科学家,深于历学,著有《灵宪》一卷,《浑天仪》一卷。又会测算地震,著有地动仪,惜皆已佚。他的文学以赋著名,所作《两京赋》费十年功夫乃成。他的诗现存三首,除四言《怨诗》一首没有什么特别外,余两首都在文学史上很有关系。

《同声歌》:

> 邂逅承际会,得充君后房。情好新交接,恐栗若探汤。不才勉自竭,贱妾职所当。绸缪立中馈,奉礼助蒸尝。思为莞蒻席,在下蔽匡床。愿为罗衾帱,在上卫风霜。洒扫清枕席,鞮芬以狄香。重户结金扃,高下华灯光。衣解金粉御,列图陈枕张。(此句疑有误字)素女为我师,仪态盈万方。众夫所希见,天老教轩皇。乐莫斯夜乐,没齿焉可忘。

《四愁诗》。《文选》有序云,张衡不乐久处机密,阳嘉中出为河间相。时国王骄奢,不遵法度,又多豪右并兼之家。衡下车,治威严,能内察属县,奸滑行巧劫,皆密知名,下吏收捕,尽服擒。诸豪侠游客,悉惶惧逃出境,郡中大治。事讼息,狱无系囚。时天下渐弊,郁郁不得志,为《四愁诗》。屈原以美人为君子,以珍宝为仁义,以水深雪芬为小人,思以道术相报,贻于时君,而惧谗邪不得以通。其辞曰:

> 我所思兮在太山,欲往从之梁父艰,侧身东望涕沾翰。美人赠我金错刀,何以报之英琼瑶。路远莫致倚逍遥,何为怀忧心烦劳。
> 我所思兮在桂林,欲往从之湘水深,侧身南望涕沾襟。美人赠我金琅玕,何以报之双玉盘。路远莫致倚惆怅,何为怀忧心烦劳。
> 我所思兮在汉阳,欲往从之陇阪长,侧身西望涕沾裳。美人赠我貂襜褕,何以报之明月珠。路远莫致倚踟蹰,何为怀忧心烦纡。
> 我所思兮在雁门,欲往从之雪纷纷,侧身北望涕沾巾。美人赠我锦绣段,何以报之青玉案。路远莫致倚增叹,何为怀忧心烦惋。

五言诗除孟坚《咏史》外,平子的《同声歌》便是第二件古董了。孟坚那首,只能谓

之五言有韵的文,不能谓之诗。平子这首,才算有诗的气味。进化路径,历历可指。玩语意当是初迁侍中时所作,自述初承恩遇感激图报之意。全首用比体,在五言尤为首创。此诗若作赋体读之,认为男女新婚爱恋之词,便索然寡味。平子现存三诗,皆全用比兴。《怨诗》、《四愁》皆有序,明言之,此首亦应尔。

《四愁诗》最有盛名,他用美人芳草托兴,是《楚辞》意境。一唱三叹,词句不嫌复沓,是《国风》格调。然而形式上却全不袭《国风》,也不袭《楚辞》,所以有创作的价值。昔人谓《柏梁诗》为七言之祖,柏梁为真为伪,本属问题,就算是真,也没有文学上价值。纯粹的七言,总应推《四愁》首唱了。晋傅玄有《拟四愁诗》自序云:"张平子作《四愁诗》体小而俗,七言类也……"超谓平子不俗,休奕拟之乃俗耳。凡绝调皆不许人拟。

著《楚辞章句》的王逸——字叔师,南郡宜城人。安帝时,——也有一首七言诗,名为《琴思楚歌》。

盛阴修夜何难晓,思念纠戾肠摧绕,时节晚莫年齿老。冬夏更运去若颓,寒来暑往难逐追,形容减少颜色亏。时忽晻晻若骛驰,意中私喜施用为,内无所恃失本义。志愿不得心肝沸,忧怀感结重欲噫,岁月已尽去奄忽。亡官失禄去家室,思想君命幸复位,久处无成卒放牵。

叔师注《楚辞·九章》、《九辩》、《远游》等篇,全用此等句法,若将每句末"也"字删去,便成若干首七言。例如《远游》注之"哀众嫉妒迫协贤,高翔避世求道真,质性鄙陋无所因。将何引援而升云,逢遇暗主触谗佞,思虑烦冤无告陈。……"《九辩》注之"修德见过愁惧惶,孤立特止居一方,常念弗解内结藏。偕违邑里之他邦,去郢南征济沅湘。……"注文用韵起于《易经》各爻之象辞,叔师效之而一律裁为七言。《琴思》一章,疑亦某篇之注,后人摘以为诗耳。韵味当然不及《四愁》,但可见当时竞创新体也。

桓灵之间,音节谐美格律严正的五言诗体完全成立,作品流传名氏可指者数家:曰秦嘉及嘉妻徐淑、曰郦炎、曰赵壹、曰蔡邕及邕女琰。秦嘉《留郡赠妇》诗三首嘉字士会,陇西人,桓帝时为郡上计掾。

人生譬朝露,居世多屯蹇。忧难常早至,欢会常苦晚。念当奉时役,去尔日遥远。遣车迎子还,空往空复返。省书情凄怆,临食不能饭。独坐空房中,谁与相劝勉。长夜不能眠,伏枕独辗转。忧来如寻环,匪席不可卷。

皇灵无私亲,为善荷天禄。伤我与尔身,少小罹茕独。既得结大义,欢乐苦不足。念当远离别,思念叙款曲。河广无舟梁,道近隔邱陆。临路怀惆怅,中驾正踯躅。浮云起高山,悲风激深谷。良马不回鞍,轻车不转毂。针药可屡进,愁思难为数。贞士笃终始,恩义不可属。

肃肃仆夫征,锵锵扬和铃。清晨当引迈,束带待鸡鸣。顾看空室中,仿佛想姿形。一别怀万恨,起坐为不宁。何用叙我心,遗思致款诚。宝钗可耀首,明镜可鉴形。芳香去垢秽,素琴有清声。诗人感木瓜,乃欲答瑶琼。愧彼赠我厚,惭此往物轻。虽知未足报,贵用叙我情。

徐淑《答秦嘉诗》

妾身兮不令,婴疾兮来归。沈滞兮家门,历时兮不差。旷废兮侍觐,情敬兮有违。

君今兮奉命，远适兮京师。悠悠兮离别，无因兮叙怀。瞻望兮踊跃，停立兮徘徊。思君兮感结，梦想兮容晖。君发兮引迈，去我兮日乖。恨无兮羽翼，高飞兮相追。长吟兮永叹，泪下兮沾衣。

嘉诗《玉台新咏》有序，盖嘉为郡上计京师，其妻寝疾还家，不获面别，故赠此诗。《诗品》云："夫妻事既可伤，文亦凄怨。为五言者不过数家，而妇人居二，徐淑叙别之作，亚于《团扇》矣。"案，赠答诗始此。

郦炎诗二首。炎字文胜，范阳人，当灵帝时。

大道夷且长，窘路狭且促。修翼无卑栖，远趾不步局。舒吾凌霄羽，奋此千里足。超迈绝尘驱，倏忽谁能逐。贤愚岂常类，禀性在清浊。富贵有人籍，贫贱无天禄。通塞苟由己，志士不相卜。陈平敖里社，韩信钓河曲。终居天下宰，食此万钟禄。德音流千载，功名重山岳。

灵芝生河洲，动摇因洪波。兰荣一何晚，严霜瘁其柯。哀哉二芳草，不植泰山阿。文质道所贵，遭时用有嘉。绛灌临衡宰，谓谊崇浮华。贤才抑不用，远投荆南沙。抱玉乘龙骥，不逢乐与和。安得孔仲尼，为世陈四科。

赵壹诗二首。壹字元叔，汉阳西县人。灵帝光和元年举郡上计，公府十辟不就。

河清不可俟，人命不可延。顺风激靡草，富贵者称贤。文籍虽满腹，不如一囊钱。伊优北堂上，肮脏倚门边。

执家多所宜，欸唾自成珠。被褐怀金玉，兰蕙化为刍。贤者虽独悟，所困在群愚。且各守尔分，勿复空驰驱。哀哉复哀哉，此是命矣夫。

二家诗皆不韵，姑录之以见当时诗风之一种云尔。其在建安七子以前，确然能以诗名家者当推蔡邕父子。蔡邕，字伯喈，陈留圉人。灵帝建宁中，拜郎中，校书东观。董卓，为司空，辟之，迁尚书侍中。献帝初平三年（一九二）王允诛卓，邕亦遇害。邕有良史才，在东观续《汉书》未成，其著书有《月令章句》十二卷。《独断》二卷、《集》二十卷。文章书法，皆绝妙一时。诗则有《玉台新咏》所载《饮马长城窟》一首。

青青河畔草，绵绵思远道。远道不可思，宿昔梦见之。梦见在我旁，忽觉在他乡。他乡各异县，展转不可见。枯桑知天风，海水知天寒。入门各自媚，谁肯相为言。客从远方来，遗我双鲤鱼，呼童烹鲤鱼，中有尺素书。长跪读素书，书中竟何如？上有"加餐食"，下有"长相忆"。

此诗《文选》不著作者姓名，惟《玉台》则题邕作。我们并非轻信《玉台》，伯以进化法则论，五言诗自东汉初叶发生以后，经历班固、张衡、秦嘉几个阶级，到蔡邕时才算真成熟，固宜有此圆满美妙之作品。伯喈文才掩映一世，其女文姬之诗，载在《后汉书》，精工如彼，则伯喈必能诗可知。故孝穆以此诗归伯喈，我们乐予承认。不惟如此，此诗与《十九首》音节气韵极相近，我还疑《十九首》中有伯喈作品在内，不过别无他证，不便主张罢了。伯喈能书之名，震铄千古，然今汉碑中，无一种能定为蔡书，而后人则每种皆揣测为蔡书。我对于蔡诗，也抱同一的观念哩。

邕女琰，字文姬，博学有才辩，适河东卫仲道，夫亡无子，归宁于家。献帝兴平元、二年间，天下丧乱，姬为胡骑所获，没于南匈奴，在胡中十二年，生二子。曹操痛邕无嗣，乃遣使者以金璧赎之归，重嫁陈留董祀。归后感伤乱离，追怀《悲愤》，作诗二章：

汉季失权柄，董卓乱天常。志欲图篡弑，先害诸贤良。逼迫迁旧邦，拥主以自强。海内兴义师，欲共讨不祥。卓众来东下，金甲耀日光。平土人脆弱，来兵皆胡羌。猎野围城邑，所向悉破亡。斩截无孑遗，尸骸相撑拒。马旁悬男头，马后载妇女。长驱西入关，回路险且阻。还顾邈冥冥，肝脾为烂腐。所略有万计，不得令屯聚。或有骨肉俱，欲言不敢语。失意几微间，辄言"弊降虏，要当以亭刃，我曹不活汝。"岂复惜性命，不堪其詈骂。或便加捶杖，毒痛参并下。旦则号泣行，夜则悲吟坐。欲死不能得，欲生无一可。彼苍者何辜，乃遭此厄祸。边荒与华异，人俗少义理。处所多霜雪，胡风春夏起。翩翩吹我衣，肃肃入我耳。感时念父母，哀叹无穷已。有客从外来，闻之常欢喜。迎问其消息，辄复非乡里。邂逅徼时愿，骨肉来迎己。己得自解免，当复弃儿子。天属缀人心，念别无会期。存亡永乖隔，不忍与之辞。儿前抱我颈，问母"欲何之？人言母当去，岂复有还时，阿母常仁恻，今何更不慈？我尚未成人，奈何不顾思！"见此崩五内，恍惚生狂痴。号泣手抚摩，当发复回疑。兼有同时辈，相送告离别。慕我独得归，哀叫声摧裂。马为立踟蹰，车为不转辙。观者皆歔欷，行路亦呜咽。去去割情恋，遄征日遐迈。悠悠三千里，何时复交会。念我出腹子，胸臆为摧败。既至家人尽，又复无中外。城郭为山林，庭宇生荆艾。白骨不知谁，从横莫覆盖。出门无人声，豺狼号且吠。茕茕对孤影，怛咤糜肝肺。登高远眺望，魂神忽飞逝。奄若寿命尽，旁人相宽大。为复强视息。虽生何聊赖。托命于新人，竭心自勖厉。流离成鄙贱，常恐复捐废。人生几何时，怀忧终年岁。

嗟薄祜兮遭世患。宗族殄兮门户单。身执略兮入西关，历险阻兮之羌蛮。山谷眇兮路漫漫，眷东顾兮但悲叹。冥当寝兮不能安，饥当食兮不能餐。常流涕兮眥不干，薄志节兮念死难，虽苟活兮无形颜。惟彼方兮远阳精，阴气凝兮雪夏零。沙漠壅兮尘冥冥，有草木兮春不荣。人似禽兮食臭腥，言兜离兮状窈停。岁聿暮兮时迈征，夜悠长兮禁门扃。不能寐兮起屏营，登胡殿兮临广庭。玄云合兮翳月星，北风厉兮肃泠泠。胡笳动兮边马鸣，孤雁归兮声嘤嘤。乐人兴兮弹琴筝，音相和兮悲且清。心吐思兮胸愤盈，欲舒气兮恐彼惊。含哀咽兮涕沾颈。家既迎兮当归宁。临长路兮捐所生。儿呼母兮啼失声，我掩耳兮不忍听，追持我兮走茕茕，顿复起兮毁颜形。还顾之兮破人情，心怛绝兮死复生。

两诗并见《后汉书》，或疑第二首为后人拟作，范蔚宗未经别择，误行收录。此说我颇赞同，因为两诗所写，同一事实，同一情绪，绝无做两首之必要。第二首虽亦不恶，但比起第一首来却差得多了。第一首则真千古绝调，当时作家，皆善用比兴，独此诗纯为赋体，将实事实感，赤裸裸铺叙抒写，不加一毫藻饰，而缠绵往复，把读者引到与作者同一情感。我想二千年来的诗除这首和杜工部《北征》外，再没有第三首了。这首诗与《十九首》及建安七子诸作，体势韵味都不一样，这是因文姬身世所经历，特别与人不同所以能发此异彩，与时代风尚无关。要之五言诗到蔡氏父女，算完全成熟，后此虽有变化，但大体总不能出其范围了。

（附言）俗传有所谓《胡笳十八拍》者，亦题蔡文姬作。今录其头尾两拍如下：

我生之初尚无为，我生之后汉祚衰。天不仁兮降乱离，地不仁兮使我逢此时。干戈日寻兮道路危，民卒流亡兮共哀悲。烟尘蔽野兮胡虏盛，志意乖兮节义亏。对殊俗兮非我宜，遭恶辱兮当告谁，笳一会兮琴一拍，心愤怨兮无人知。右第一拍

　　胡笳本自出胡中，缘琴翻出管律同。十八拍兮曲难终，响有馀兮思无穷。是知丝竹微妙兮均造化之功，哀乐各随人心兮有变则通。胡与汉兮异域殊风，天与地隔兮子西母东，苦我怨气兮浩于长空，六合虽广兮受之应不容。右第十八拍

　　此十八首音节靡弱，意境凡近，与《后汉书》所载五言诗截然不类，其非出文姬手无疑。唐刘商《胡笳曲序》云："……文姬卷芦叶为吹笳，奏哀怨之音，后董生以琴写胡笳声为十八拍，今《胡笳弄》是也。"李肇《国史补》云："唐有董庭兰，善沉声祝声，盖大小胡笳云。"然则十八拍之音节，乃姓董者所创。其人为唐时人，名庭兰，而歌辞又当在节拍之后，去文姬时远矣。作者亦非有心冒充文姬，只是借他的事，代他拟作，无识的选家，硬要把他送给文姬，却成了真伪问题。此本不足深辩，因恐浅学误认，故述其来历如右。

　　以上所述，皆建安以前五言诗，蔡琰一首在建安后，因邕作顺次附录。五言在历史上发展的路径，大略可见了。此外四言诗在这时代，也起一种变化，读仲长统——字公理，山阳高平人。尝以尚书郎参曹操军事，建安二十四年（二一九）卒。——他的《述志》二首，最能见此中消息。

　　飞鸟遗迹，蝉蜕亡壳，腾蛇弃鳞，神龙丧角。至人能变，达士拔俗。乘云无辔，驰风无足。垂露成帏，张霄成幄，沆瀣当餐，九阳代烛，恒星艳珠，朝霞润玉。六合之内，恣心所欲。人事可遗，何为局促。

　　大道虽夷，见几者寡，任意无非，适物无可。古来绕绕，委曲如琐。百虑何为，至要在我。寄愁天上，埋忧地下。叛乱五经，灭弃风雅。百家杂碎，请用从火。抗志山栖，游心海左。元气为舟，微风为柁。翱翔太清，纵意容冶。

　　公理是晚汉一位思想家，他所著的《昌言》十二卷，和王充的《论衡》、王符的《潜夫论》有同等价值。可惜除《后汉书》所摘录那几篇外，其余都亡佚了。他的诗也只存这两首，但这两首在四言诗里是有特别地位的。自韦孟以下三百多年的四言诗，都是摹仿《三百篇》皮毛，陈腐质木得可厌。这两首诗命意结体选词，都自出机杼，完全和《三百篇》两样，与曹孟德《对酒》、《观沧海》诸篇，同为四言诗一大革命。这是技术上的特色，至于实质方面，他能代表那时候思想界沉寂不安的状况。他对于传统学术，一切怀疑，一切表示不满，虽不能自有建设，然而努力破坏。读他第二首，可以知魏晋间清淡派哲学的来龙去脉。

　　此外作者姓名虽存而时代事迹失考之诗尚有两首：
　　辛延年的《羽林郎》：

　　昔有霍家奴，姓冯名子都。依倚将军势，调笑酒家胡。胡姬年十五，春日独当垆。长裙连理带，广袖合欢襦。头上蓝田玉，耳后大秦珠。两鬟何窈窕，一世良所无。一鬟五百万，两鬟千万馀。不意金吾子，娉婷过我庐。银鞍何煜爚，翠盖空峙崛。就我求清酒，丝竹提玉壶。就我求珍肴，金盘脍鲤鱼。贻我青铜镜，结我红罗裙。不惜红罗裂，何论轻贱躯。男儿爱后妇，女子重前夫。人生有新故，贵贱不相渝。多谢金吾子，私爱

徒区区。

宋子侯的《董娇娆》诗：

> 洛阳城东路，桃李生路旁。花花自相对，叶叶自相当。春风东北起，花叶正低昂。不知谁家子？提笼行采桑。纤手折其枝，花落可飘扬。请谢彼姝子，何为见损伤。高秋八九月，白露变为霜。终年会飘堕，安得久馨香？秋时有零落，春月复芬芳。何如盛年去，丁福保云"如"，宋刻《玉台》作"时"，诸本亦皆作"时"，惟《艺文类聚》作"如"。案，此四句本言花落仍可重开，不如人之盛年一去即遭捐弃，而从前之欢爱俱忘，乃一篇立言寄慨之本旨。如作"时"字，则此句并不可解，全篇文义俱阒矣。今从《艺文类聚》改正。欢爱两相忘。吾欲竟此曲，此曲愁人肠。归来酌美酒，挟琴上高堂。

右两诗作者虽不能得其时代，细审气格，当是桓灵间作品。辛诗言"大秦珠"，当在安敦通使之后。宋诗言"洛阳城"，当在迁邺以前。

其余失名之首，除前卷所录各乐府外，尚有以下各首：

> 上山采蘼芜，下山逢故夫。长跪问故夫："新人复何如"？新人虽言好，未若故人姝。颜色类相似，手爪不相如。新人从门入，故人从阁去。新人工织缣，故人工织素。织缣日一匹，织素五丈余。将缣来比素，新人不如故。

> 四坐且莫喧，愿听歌一言。请说铜炉器，崔嵬象南山。上枝似松柏，下根据铜盘。雕文各异类，离娄自相联。谁能为此器，公输与鲁班。朱火然其中，青烟扬其间。从风入君怀，四坐莫不欢。香风难久居，空令蕙草残。

> 非与亲友别，气结不能言。赠予以自爱，道远会见难。人生无几时，颠沛在其间。念子弃我去，新心有所欢。结志青云上，何时复来还。

> 穆穆青风至，吹我罗衣裙，青袍似春草，长条随风舒。朝登津梁山，褰裳望所思。安得抱柱信，皎日以为期。

> 橘柚垂华实，乃在深山侧。闻君好我甘，窃独自雕饰。委身玉盘中，历年冀见食。芳菲不相投，青黄忽改色。人倘欲我知，因君为羽翼。

> 十五从军征，八十始得归。道逢乡里人，家中有阿谁？遥望是君家，松柏冢累累。兔从狗窦入，雉从梁上飞。中庭生旅谷，井上生旅葵。烹谷持作饭，采葵持作羹。羹饭一时熟，不知贻阿谁？出门东向望，泪落沾我衣。

> 新树兰蕙葩，杂用杜蘅草。终朝采其华，日暮不盈抱。采之欲遗谁？所思在远道。馨香易销歇，繁华会枯槁。恨望何所言，临风送怀抱。

> 步出城东门，遥望江南路。前日风雪中，故人从此去。我欲渡河水，河水深无梁。愿为双黄鹄，高飞还故乡。

钟仲伟评品古诗，于陆士衡曾经拟作之十四首外，题已见前别指"去者日以疏"等四十五首疑为建安中曹、王所制，而"橘柚垂华实"一首与焉，其余不知何指。大约此八首皆应在内，《十九首》中亦有七八首在内，然所缺尚多。乐府歌辞中之"鸡鸣高树颠"、"日出东南隅"、"青青园中葵"、"君子防未然"、"相逢狭路间"、"天上何所有"、"默默施行违"、"飞来双白鹄"、"翩翩堂前燕"、"今日乐相乐"、"皑如山上雪"、"天德悠且长"、"昭昭素明月"、"蒲生我池中"诸篇或亦皆在内。乐府与诗，本无界限，特诗之曾经傅以音符，被之弦管者斯谓之乐府耳。此诸诗迳指为曹、王制，固未必然，但恐多是建安作品，其较早者亦不过上溯桓、灵而止。

汉末五言诗有篇幅极短绝类后此之绝句者数首。录如下：

采葵莫伤根，伤根葵不生。结交莫羞贫，羞贫友不成。甘瓜抱苦蒂，美枣生荆棘。利傍有倚刀，贪人还自贼。藁砧公何在，藁砧，砆也，借射夫字。山上复有山。射出字。何当大刀头，刀头有环，借射还字。破镜飞上天。月上下弦时如破镜为半，言此当归时也。

日暮秋云阴，江水清且深。何用通音信，莲花玳瑁簪。菟丝从长风，根茎无断绝。无情尚不离，有情安可别。南山一树桂，上有双鸳鸯。千年长交颈，欢庆不相忘。高田种小麦，终久不成穗。男儿在他乡，焉得不憔悴。兰草自然香，生于大道旁。腰镰八九月，俱在束薪中。枯鱼过河泣，何时悔复及。作书与鲂鲄，相教慎出入。

大抵晚汉之诗此指广义的诗，连乐府包在内。可分二大派，第一派音节谐美，寄兴深微，词旨含蓄，其源出于《国风》、《十九首》及拟苏李诗等皆属之。第二派，音节倔强，意境俶诡，笔力横恣，其源出于《离骚》、《招魂》，乐府中之大部分皆属之。两派虽途径不同，而皆用比兴体为多。其用赋体者，则蔡文姬一诗属第一派，《孤儿行》、《焦仲卿妻》诗等属第二派。要而言之，晚汉诗虽未能尽诗的境界，然而后代许多做诗的路子，已在那时候开发出来了。

选自梁启超《中国之美文及其历史》，中华书局 1936 年版。
此处选录于东方出版社 1996 年新版。

参考篇目

陈仲子《苏李诗辨证》（《学灯》1924 年 4 月 30 日至 5 月 1 日）

罗根泽《五言诗起源说评录》（《河南大学文学院季刊》1930 年第 1 期）

古　直《汉诗研究·古诗十九首辨证、苏李诗辨证》（启智书局，1933 年版）

隋树森《古诗十九首集释·考证》（中华书局，1955 年版）

李炳海《古诗十九首写作年代考》（《东北师范大学学报》1987 年第 1 期）

赵敏俐《论班固的〈咏史诗〉与五言诗发展成熟问题》（《北方论丛》1994 年第 1 期）

第五讲

鲁迅：《魏晋风度及文章与药及酒之关系》①

我今天所讲的，就是黑板上写着的这样一个题目。

中国文学史，研究起来，可真不容易。研究古的，恨材料太少，研究今的，材料又太多，所以到现在，中国较完全的文学史尚未出现。今天讲的题目是文学史上的一部分，也是材料太少，研究起来很有困难的地方。因为我们想研究某一时代的文学，至少要知道作者的环境、经历和著作。

汉末魏初这个时代是很重要的时代，在文学方面起一个重大的变化，因当时正在黄巾和董卓大乱之后，而且又是党锢的纠纷之后，这时曹操出来了。——不过我们讲到曹操，很容易就联想起《三国志演义》，更而想起戏台上那一位花面的奸臣，但这不是观察曹操的真正方法。现在我们再看历史，在历史上的记载和论断有时也是极靠不住的，不能相信的地方很多，因为通常我们晓得，某朝的年代长一点，其中必定好人多；某朝的年代短一点，其中差不多没有好人。为什么呢？因为年代长了，做史的是本朝人，当然恭维本朝的人物；年代短了，做史的是别朝人，便很自由地贬斥其异朝的人物，所以在秦朝，差不多在史的记载上半个好人也没有。曹操在史上年代也是颇短的，自然也逃不了被后一朝人说坏话的公例。其实，曹操是一个很有本事的人，至少是一个英雄，我虽不是曹操一党，但无论如何，总是非常佩服他。

研究那时的文学，现在较为容易了，因为已经有人做过工作：在文集一方面有清严可均辑的《全上古三代秦汉三国晋南北朝文》。其中于此有用的，是《全汉文》，《全三国文》，《全晋文》。

在诗一方面有丁福保辑的《全汉三国晋南北朝诗》。——丁福保是做医生的，现在还在。

辑录关于这时代的文学评论有刘师培编的《中国中古文学史》。这本书是北大的讲义，刘先生已死，此书由北大出版。

上面三种书对于我们的研究有很大的帮助。能使我们看出这时代的文学的确有点异彩。

我今天所讲，倘若刘先生的书里已详的，我就略一点；反之，刘先生所略的，我就较详一点。

董卓之后，曹操专权。在他的统治之下，第一个特色便是尚刑名。他的立法是很严的，因为当大乱之后，大家都想做皇帝，大家都想叛乱，故曹操不能不如此。曹操曾自己说过："倘无我，不知有多少人称王称帝！"这句话他倒并没有说谎。因此之故，影响到文章方面，成了清峻的风格。——就是文章要简约严明的意思。

此外还有一个特点，就是尚通脱。他为什么要尚通脱呢？自然也与当时的风气有莫大的关系。因为在党锢之祸以前，凡党中人都自命清流，不过讲"清"讲得太过，便成固执，所以在汉末，清流的举动有时便非常可笑了。

---

① 原文有副标题："九月间在广州夏期学术演讲会的演讲"。

比方有一个有名的人，普通的人去拜访他，先要说几句话，倘这几句话说得不对，往往会遭倨傲的待遇，叫他坐到屋外去，甚而至于拒绝不见。

又如有一个人，他和他的姊夫是不对的，有一回他到姊姊那里去吃饭之后，便要将饭钱算回给姊姊。她不肯要，他就于出门之后，把那些钱扔在街上，算是付过了。

个人这样闹闹脾气还不要紧，若治国平天下也这样闹起执拗的脾气来，那还成甚么话？所以深知此弊的曹操要起来反对这种习气，力倡通脱。通脱即随便之意。此种提倡影响到文坛，便产生多量想说甚么便说甚么的文章。

更因思想通脱之后，废除固执，遂能充分容纳异端和外来的思想，故孔教以外的思想源源引入。

总括起来，我们可以说汉末魏初的文章是清峻、通脱。在曹操本身，也是一个改造文章的祖师，可惜他的文章传的很少。他胆子很大，文章从通脱得力不少，做文章时又没有顾忌，想写的便写出来。

所以曹操征求人才时也是这样说，不忠不孝不要紧，只要有才便可以。这又是别人所不敢说的。曹操做诗，竟说是"郑康成行酒伏地气绝"，他引出离当时不久的事实，这也是别人所不敢用的。还有一样，比方人死时，常常写点遗令，这是名人的一件极时髦的事。当时的遗令本有一定的格式，且多言身后当葬于何处何处，或葬于某某名人的墓旁；操独不然，他的遗令不但没有依着格式，内容竟讲到遗下的衣服和伎女怎样处置等问题。

陆机虽然评曰"贻尘谤于后王"，然而我想他无论如何是一个精明人，他自己能做文章，又有手段，把天下的方士文士统统搜罗起来，省得他们跑在外面给他捣乱。所以他帷幄里面，方士文士就特别地多。

孝文帝曹丕，以长子而承父业，篡汉而即帝位。他也是喜欢文章的。其弟曹植，还有明帝曹叡，都是喜欢文章的。不过到那个时候，于通脱之外，更加上华丽。丕著有《典论》，现已失散无全本。那里面说："诗赋欲丽"，"文以气为主"。《典论》的零零碎碎，在唐宋类书中；一篇整的《论文》，在《文选》中可以看见。

后来有一般人很不以他的见解为然。他说诗赋不必寓教训，反对当时那些寓训勉于诗赋的见解，用近代的文学眼光看来，曹丕的一个时代可说是"文学的自觉时代"，或如近代所说是为艺术而艺术（Art for Art's Sake）的一派。所以曹丕做的诗赋很好，更因他以"气"为主，故于华丽以外，加上壮大。归纳起来，汉末、魏初的文章，可说是："清峻，通脱，华丽，壮大。"在文学的意见上，曹丕和曹植表面上似乎是不同的。曹丕说文章事可以留名声于千载；但子建却说文章小道，不足论的。据我的意见，子建大概是违心之论。这里有两个原因，第一，子建的文章做得好，一个人大概总是不满意自己所做而羡慕他人所为的，他的文章已经做得好，于是他便敢说文章是小道；第二，子建活动的目标在于政治方面，政治方面不甚得志，遂说文章是无用了。

曹操曹丕以外，还有下面的七个人：孔融，陈琳，王粲，徐干，阮瑀，应玚，刘桢，都很能做文章，后来称为"建安七子"。七人的文章很少流传，现在我们很难判断；但，大概都不外是"慷慨"，"华丽"罢。华丽即曹丕所主张，慷慨就因当天下大乱之际，亲戚朋友死于乱者特多，于是为文就不免带着悲凉、激昂和"慷慨"了。

七子之中，特别的是孔融，他专喜和曹操捣乱。曹丕《典论》里有论孔融的，因此他也被拉进"建安七子"一块儿去。其实不对，很两样的。不过在当时，他的名声可非常之大。孔融作文，喜用讥嘲的笔调，曹丕很不满意他。孔融的文章现在传的也很少，就他所有的看起来，我们可以瞧出他并不大对别人讥讽，只对曹操。比方操破袁氏兄弟，曹丕把袁熙的妻甄氏拿来，归了自己。孔融就写信给曹操，说当初武王伐纣，将妲己给了周公了。操问他的出典，他说，以今例古，大概那时也是这样的。又比方曹操要禁酒，说酒可以亡国，非禁不可。孔融又反对他，说也有以女人亡国的，何以不禁婚姻？

其实曹操也是喝酒的。我们看他的"何以解忧？惟有杜康"的诗句，就可以知道。为什么他的行为会和议论矛盾呢？此无他，因曹操是个办事人，所以不得不这样做；孔融是旁观的人，所以容易说些自由话。曹操见他屡屡反对自己，后来借故把他杀了。他杀孔融的罪状大概是不孝。因为孔融有下列的两个主张：

第一，孔融主张母亲和儿子的关系是如瓶之盛物一样，只要在瓶内把东西倒了出来，母亲和儿子的关系便算完了。第二，假使有天下饥荒的一个时候，有点食物，给父亲不给呢？孔融的答案是：倘若父亲是不好的，宁可给别人。——曹操想杀他，便不惜以这种主张为他不忠不孝的根据，把他杀了。倘若曹操在世，我们可以问他，当初求才时就说不忠不孝也不要紧，为何又以不孝之名杀人呢？然而事实上纵使曹操再生，也没人敢问他，我们倘若去问他，恐怕他把我们也杀了！

与孔融一同反对曹操的尚有一个祢衡，后来给黄祖杀掉的。祢衡的文章也不错，而且他和孔融早是"以气为主"来写文章的了。故在此我们又可知道，汉文慢慢壮大起来，是时代使然，非专靠曹操父子之功。但华丽好看，却是曹丕提倡的功劳。

这样下去一直到明帝的时候，文章上起了个重大的变化，因为出了一个何晏。

何晏的名声很大，位置也很高，他喜欢研究《老子》和《易经》。至于他是怎样的一个人呢？那真相现在可很难知道，很难调查。因为他是曹氏一派的人，司马氏很讨厌他，所以他们的记载对何晏大不满。因此产生许多传说，有人说何晏的脸上是搽粉的，又有人说他本来生得白，不是搽粉的。但究竟何晏搽粉不搽粉呢？我也不知道。

但何晏有两件事我们是知道的。第一，他喜欢空谈，是空谈的祖师；第二，他喜欢吃药，是吃药的祖师。

此外，他也喜欢谈名理。他身子不好，因此不能不服药。他吃的不是寻常的药，是一种名叫"五石散"的药。

"五石散"是一种毒药，是何晏吃开头的。汉时，大家还不敢吃，何晏或者将药方略加改变，便吃开头了。五石散的基本，大概是五样药：石钟乳，石硫黄，白石英，紫石英，赤石脂；另外怕还配点别样的药。但现在也不必细细研究它，我想各位都是不想吃它的。

从书上看起来，这种药是很好的，人吃了能转弱为强。因此之故，何晏有钱，他吃起来了；大家也跟着吃。那时五石散的流毒就同清末的鸦片的流毒差不多，看吃药与否以分阔气与否的。现在由隋巢元方做的《诸病源候论》里面可以看到一些。据此书，可知吃这药是非常麻烦的，穷人不能吃，假使吃了之后，一不小心，就会毒死。先吃下去的时候，倒不怎样的，后来药的效验既显，名曰"散发"。倘若没有"散发"，就有弊而无利。因此吃了之后不能休息，非走路不可，因走路才能"散发"，所以走路名曰"行散"。比方我们看六朝人的诗，有云："至城东行散"，就是此意。后来做诗的人不知其故，以为"行散"即步行之意，所以不服药也以"行散"二字入诗，这是很笑话的。

走了之后，全身发烧，发烧之后又发冷。普通发冷宜多穿衣，吃热的东西。但吃药后的发冷刚刚要相反：衣少，冷食，以冷水浇身。倘穿衣多而食热物，那就非死不可。因此五石散一名寒食散。只有一样不必冷吃的，就是酒。

吃了散之后，衣服要脱掉，用冷水浇身；吃冷东西；饮热酒。这样看起来，五石散吃的人多，穿厚衣的人就少；比方在广东提倡，一年以后，穿西装的人就没有了。因为皮肉发烧之故，不能穿窄衣。为豫防皮肤被衣服擦伤，就非穿宽大的衣服不可。现在有许多人以为晋人轻裘缓带，宽衣，在当时是人们高逸的表现，其实不知他们是吃药的缘故。一班名人都吃药，穿的衣都宽大，于是不吃药的也跟着名人，把衣服宽大起来了！

还有，吃药之后，因皮肤易于磨破，穿鞋也不方便，故不穿鞋袜而穿屐。所以我们看晋人的画像或那时的文章，见他衣服宽大，不鞋而屐，以为他一定是很舒服，很飘逸的了，其实他心里都是很苦的。

更因皮肤易破，不能穿新的而宜于穿旧的，衣服便不能常洗。因不洗，便多虱。所以在文章上，虱子的地位很高，"扪虱而谈"，当时竟传为美事。比方我今天在这里演讲的时候，扪起虱来，那是不大好的。但在那时不要紧，因为习惯不同之故。这正如清朝是提倡抽大烟的，我们看见两肩高耸的人，不觉得奇怪。现在就不行了，倘若多数学生，他的肩成为一字样，我们就觉得很奇怪了。

此外可见服散的情形及其他种种的书，还有葛洪的《抱朴子》。

到东晋以后，作假的人就很多，在街旁睡倒，说是"散发"以示阔气。就像清时尊读书，就有人以墨涂唇，表示他是刚才写了许多字的样子。故我想，衣大，穿屐，散发等等，后来效之，不吃也学起来，与理论的提倡实在是无关的。

又因"散发"之时，不能肚饿，所以吃冷物，而且要赶快吃，不论时候，一日数次也不可定。因此影响到晋时"居丧无礼"。——本来魏晋时，对于父母之礼是很繁多的。比方想去访一个人，那么，在未访之前，必先打听他父母及其祖父母的名字，以便避讳。否则，嘴上一说出这个字音，假如他的父母是死了的，主人便会大哭起来——他记得父母了——给你一个大大的没趣。晋礼居丧之时，也要瘦，不多吃饭，不准喝酒。但在吃药之后，为生命计，不能管得许多，只好大嚼，所以就变成"居丧无礼"了。

居丧之际，饮酒食肉，由阔人名流倡之，万民皆从之，因为这个缘故，社会上遂尊称这样的人叫作名士派。

吃散发源于何晏，和他同志的，有王弼和夏侯玄两个人，与晏同为服药的祖师。有他三人提倡，有多人跟着走。他们三人多是会做文章，除了夏侯玄的作品流传不多外，王何二人现在我们尚能看到他们的文章。他们都是生于正始的，所以又名曰"正始名士"。但这种习惯的末流，是只会吃药，或竟假装吃药，而不会做文章。

东晋以后，不做文章而流为清谈，由《世说新语》一书里可以看到。此中空论多而文章少，比较他们三个差得远了。三人中王弼二十余岁便死了，夏侯、何二人皆为司马懿所杀。因为他二人同曹操有关系，非死不可，犹曹操之杀孔融，也是借不孝做罪名的。

二人死后，论者多因其与魏有关而骂他，其实何晏值得骂的就是因为他是吃药的发起人。这种服散的风气，魏，晋，直到隋，唐，还存在着，因为唐时还有"解散方"，即解五石散的药方，可以证明还有人吃了，不过少点罢了。唐以后就没有人吃，其原因尚未详，大概因其弊多利少，和鸦片一样罢？

晋名人皇甫谧作一书曰《高士传》，我们以为他很高超。但他是服散的，曾有一篇文章，自说吃散之苦。因为药性一发，稍不留心，即会丧命，至少也会受非常的苦痛，或要发狂；本来聪明的人，因此也会变成痴呆。所以非深知药性，会解救，而且家里的人多深知药性不可。晋朝人多是脾气很坏，高傲、发狂、性暴如火的，大约便是服药的缘故。比方有苍蝇扰他，竟至拔剑追赶；就是说话，也要胡胡涂涂地才好，有时简直是近于发疯。但在晋朝更有以痴为好的，这大概也是服药的缘故。

魏末，何晏他们以外，又有一个团体新起，叫做"竹林名士"，也是七个，所以又称"竹林七贤"。正始名士服药，竹林名士饮酒。竹林的代表是嵇康和阮籍。但究竟竹林名士不纯粹是喝酒的，嵇康也兼服药，而阮籍则是专喝酒的代表。但嵇康也饮酒，刘伶也是这里面的一个。他们七人中差不多都是反抗旧礼教的。

这七人中，脾气各有不同。嵇阮二人的脾气都很大；阮籍老年时改得很好，嵇康就始终都是极坏的。

阮年青时，对于访他的人有加以青眼和白眼的分别。白眼大概是全然看不见眸子的，恐怕要练习很久才能够。青眼我会装，白眼我却装不好。

后来阮籍竟做到"口不臧否人物"的地步，嵇康却全不改变。结果阮得终其天年，而嵇竟丧于司马氏之手，与孔融、何晏等一样，遭了不幸的杀害。这大概是因为吃药和吃酒之分的缘故：吃药可以成仙，仙是可以骄视俗人的；饮酒不会成仙，所以敷衍了事。

他们的态度，大抵是饮酒时衣服不穿，帽也不带。若在平时，有这种状态，我们就说无礼，但他们就不同。居丧时不一定按例哭泣；子之于父，是不能提父的名，但在竹林名士一流人中，子都会叫父的名号。旧传下来的礼教，竹林名士是不承认的。即如刘伶——他曾作过一篇《酒德颂》，谁都知道——他是不承认世界上从前规定的道理的。曾经有这样的事，有一次有客见他，他不穿衣服。人责问他；他答人说，天地是我的房屋，房屋就是我的衣服，你们为什么进我的裤子中来？至于阮籍，就更甚了，他连上下古今也不承认。在《大人先生传》里有说："天地解兮六合开，星辰陨兮日月颓，我腾而上将何怀？"他的意思是天地神仙，都是无意义，一切都不要。所以他觉得世上的道理不必争，神仙也不足信。既然一切都是虚无，所以他便沉湎于酒了。然而他还有一个原因，就是他的饮酒不独由于他的思想，大半倒在环境。其时司马氏已想篡位，而阮籍名声很大，所以他讲话就极难，只好多饮酒，少讲话，而且即使讲话讲错了，也可以借醉得到人的原谅。只要看有一次司马懿求和阮籍结亲，而阮籍一醉就是两个月，没有提出的机会，就可以知道了。

阮籍作文章和诗都很好，他的诗文虽然也慷慨激昂，但许多意思都是隐而不显的。宋的颜延之已经说不大能懂，我们现在自然更很难看得懂他的诗了。他诗里也说神仙，但他其实是不相信的。嵇康的论文，比阮籍更好，思想新颖，往往与古时旧说反对。孔子说："学而时习之，不亦说乎？"嵇康做的《难自然好学论》，却道，人是并不好学的，假如一个人可以不做事而又有饭吃，就随便闲游不喜欢读书了，所以现在人之好学，是由于习惯和不得已。还有管叔蔡叔，是疑心周公，率殷民叛，因而被诛，一向公认为坏人的。而嵇康做的《管蔡论》，就也反对历代传下来的意思，说这两个人是忠臣，他们的怀疑周公，是因为地方相距太远，消息不灵通。

但最引起许多人的注意，而且于生命有危险的，是《与山巨源绝交书》中的"非汤武而薄周孔"。司马懿因这篇文章，就将嵇康杀了。非薄了汤武周孔，在现时代是不要紧的，但在当时却关系非小。汤武是以武定天下的；周公是辅成王的；孔子是祖述尧舜，而尧舜是禅让天下的。嵇康都说不好，那么，教司马懿篡位的时候，怎么办才是好呢？没有办法。在这一点上，嵇康于司马氏的办事上有了直接的影响，因此就非死不可了。嵇康的见杀，是因为他的朋友吕安不孝，连及嵇康，罪案和曹操的杀孔融差不多。魏晋，是以孝治天下的，不孝，故不能不杀。为什么要以孝治天下呢？因为天位从禅让，即巧取豪夺而来，若主张以忠治天下，他们的立脚点便不稳，办事便棘手，立论也难了，所以一定要以孝治天下。但倘只是实行不孝，其实那时倒不很要紧的，嵇康的害处是在发议论；阮籍不同，不大说关于伦理上的话，所以结局也不同。

但魏晋也不全是这样的情形，宽袍大袖，大家饮酒。反对的也很多。在文章上我们还可以看见裴頠的《崇有论》，孙盛的《老子非大贤论》，这些都是反对王何们的。在史实上，则何曾劝司马懿杀阮籍有好几回，司马懿不听他的话，这是因为阮籍的饮酒，与时局的关系少些的缘故。

然而后人就将嵇康阮籍骂起来，人云亦云，一直到现在，一千六百多年。季札说："中国之君子，明于礼义而陋于知人心。"这是确的，大凡明于礼义，就一定要陋于知人心的，所以古代有许多人受了很大的冤枉。例如嵇阮的罪名，一向说他们毁坏礼教。但据我个人的意见，这判断是错的。魏晋时代，崇奉礼教的看来似乎很不错，而实在是毁坏礼教，不信礼教的。表面上毁坏礼教者，实则倒是承认礼教，太相信礼教。因为魏晋时所谓崇奉礼教，是用以自利，那崇奉也不过偶然崇奉。如曹操杀孔融，司马懿杀嵇康，都是因为他们和不孝有关，但实在曹操、司马懿何尝是著名的孝子，不过将这个名义，加罪于反对自己的人罢了。于是老实人以为如此利用，亵渎了礼教，不平之极，无计可施，激而变成不谈礼教，不信礼教，甚至于反对礼教。——但其实不过是态度，至于他们的本心，恐怕倒是相信礼教，当作宝贝，比曹操司马懿们要迂执得多。现在说一个容易明白的比喻罢，譬如有一个军阀，在北方——在广东的人所谓北方和我常说的北方的界限有些不同，我常称山东山西直隶河南之类为北方——那军阀从前是压迫民党的，后来北伐军势力一大，他便挂起了青天白日旗，说自己已经信仰三民主义了，是总理的信徒。这样还不够，他还要做总理的纪念周。这时候，真的三民主义的信徒，去呢，不去呢？不去，他那里就可以说你反对三民主义，定罪，杀人。但既然在他的势力之下，没有别法，真的总理的信徒，倒会不谈三民主义，或者听人假惺惺的谈起来就皱眉，好像反对三民主义模样。所以我想，魏晋时所谓反对礼教的人，有许多大约也如此。他们倒是迂夫子，将礼教当作宝贝看待的。

还有一个实证，凡人们的言论，思想，行为，倘若自己以为不错的，就愿意天下的别人，自己的朋友都这样做。但嵇康阮籍不这样，不愿意别人来模仿他。竹林七贤中有阮咸，是阮籍的侄子，一样的饮酒。阮籍的儿子阮浑也愿加入时，阮籍却道不必加入，吾家已有阿咸在，够了。假若阮籍自以为行为是对的，就不当拒绝他的儿子，而阮籍却拒绝自己的儿子，可知阮籍并不以他自己的办法为然。至于嵇康，一看他的《绝交书》，就知道他的态度很骄傲的。有一次，他在家打铁——他的性情是很喜欢打铁的——钟会来看他了，他只打铁，不理钟会。钟会没有意味，只得走了。其时嵇康就问他："何所闻而来，何所见而去？"钟会答道："闻所闻而来，见所见而去。"这也是嵇康杀身的一条祸根。但我看他做给他的儿子看的《家诫》——当嵇康被杀时，其子方十岁，算来当他做这篇文章的时候，他的儿子是未满十岁的——就觉得宛然是两个人。他在《家诫》中教他的儿子做人要小心，还有一条一条的教训。有一条是说长官处不可常去，亦不可住宿；官长送人们出来时，你不要在后面，因为恐怕将来官长惩办坏人时，你有暗中密告的嫌疑。又有一条是说宴饮时候有人争论，你可立刻走开，免得在旁批评，因为两者之间必有对与不对，不批评则不像样，一批评就总要是甲非乙，不免受一方见怪。还有人要你饮酒，即使不愿饮也不要坚决地推辞，必须和和气气的拿着杯子。我们就此看来，实在觉得很希奇：嵇康是那样高傲的人，而他教子就要他这样庸碌。因此我们知道，嵇康自己对于他自己的举动也是不满足的。所以批评一个人的言行实在难，社会上对于儿子不像父亲，称为"不肖"，以为是坏事，殊不知世上正有不愿意他的儿子像自己的父亲哩。试看阮籍嵇康，就是如此。这是，因为他们生于乱世，不得已，才有这样的行为，并非他们的本态。但又于此可见魏晋的破坏礼教者，实在是相信礼教到固执之极的。

不过何晏王弼阮籍嵇康之流，因为他们的名位大，一般的人们就学起来，而所学的无非是表面，他们实在的内心，却不知道。因为只学他们的皮毛，于是社会上便很多了没意思的空谈和饮酒。许多人只会无端的空谈和饮酒，无力办事，也就影响到政治上，弄得玩"空城计"，毫无实际了。在文学上也这样，嵇康阮籍的纵酒，是也能做文章的。后来到东晋，空谈和饮酒的遗风还在，而万言的大文如嵇阮之作，却没有了。刘勰说："嵇康师心以遣论，阮籍使气以命诗。"这"师心"和"使气"，便是魏末晋初的文章的特色。正始名士和竹林名士的精神灭后，敢于师心使气的作家也没有了。

到东晋，风气变了。社会思想平静得多，各处都夹入了佛教的思想。再至晋末，乱也看惯了，篡也看惯了，文章便更和平。代表平和的文章的人有陶潜。他的态度是随便饮酒，乞食，高兴的时候就谈论和做文章，无尤无怨。所以现在有人称他为"田园诗人"，是个非常和平的田园诗人。他的态度是不容易学的，他非常之穷，而心里很平静。家常无米，就去向人家门口求乞。他穷到有客来见，连鞋也没有，那客人给他从家丁取鞋给他，他便伸了足穿上了。虽然如此，他却毫不为意，还是"采菊东篱下，悠然见南山"。这样的自然状态，实在不易模仿。他穷到衣服也破烂不堪，而还在东篱下采菊，偶然抬起头来，悠然的见了南山，这是何等自然。现在有钱的人住在租界里，雇花匠种数十盆菊花，便做诗，叫作"秋日赏菊效陶彭泽体"，自以为合于渊明的高致，我觉得不大像。

陶潜之在晋末，是和孔融于汉末与嵇康于魏末略同，又是将近易代的时候。但他没有什么慷慨激昂的表示，于是便博得"田园诗人"的名称。但《陶集》里有《述酒》一篇，是说当时政治的。这样看来，可见他于世事也并没有遗忘和冷淡，不过他的态度比嵇康阮籍自然得多，不至于招人注意罢了。还有一个原因，先已说过，是习惯。因为当时饮酒的风气相沿下来，人见了也不觉得奇怪，而且汉魏晋相沿，时代不远，变迁极多，既经见惯，就没有大感触，陶潜之比孔融嵇康和平，是当然的。例如看北朝的墓志，官位升进，往往详细写着，再仔细一看，他是已经经历过两三个朝代了，但当时似乎并不为奇。

据我的意思，即使是从前的人，那诗文完全超于政治的所谓"田园诗人"，"山林诗人"，是没有的。完全超出于人间世的，也是没有的。既然是超出于世，则当然连诗文也没有。诗文也是人事，既有诗，就可以知道于世事未能忘情。譬如墨子兼爱，杨子为我。墨子当然要著书；杨子就一定不著，这才是"为我"。因为若做出书来给别人看，便变成"为人"了。

由此可知陶潜总不能超于尘世，而且，于朝政还是留心，也不能忘掉"死"，这是他诗文中时时提起的。用别一种看法研究起来，恐怕也会成一个和旧说不同的人物罢。

自汉末至晋末文章的一部分的变化与药及酒之关系，据我所知的大概是这样。但我学识太少，没有详细的研究，在这样的热天和雨天费去了诸位这许多时光，是很抱歉的。现在这个题目总算是讲完了。

原载1927年《北新》半月刊。
此处选自《鲁迅全集》第三卷，人民文学出版社1981年版。

参考篇目

陈寅恪《陶渊明之思想与清谈之关系》（燕京大学哈佛燕京学社刊印，1945年版）

王　瑶《文人与药》、《文人与酒》（《中古文学史论集》，上海古籍出版社，1982年版）

程千帆《唐代进士行卷与文学》（《程千帆全集》第8卷，河北教育出版社，2000年版）

王水照《北宋文人集团与地域环境的关系》（《文学遗产》1994年第3期）

赵敏俐《魏晋文学自觉说反思》（《中国社会科学》2005年第2期）

第六讲

陈寅恪：《韦庄〈秦妇吟〉校笺》

中和癸卯春三月，洛阳城外花如雪。东西南北路人绝，绿杨悄悄香尘灭。
路旁忽见如花人，独向绿杨阴下歇。凤侧鸾欹鬓脚斜，红攒黛敛眉心折。
借问女郎何处来，含颦欲语声先咽。回头敛袂谢行人，丧乱漂沦何堪说。
三年陷贼留秦地，依稀记得秦中事。君能为妾解金鞍，妾亦与君停玉趾。
前年庚子腊月五，正闭金笼教鹦鹉。斜开鸾镜懒梳头，闲凭雕栏慵不语。
忽看门外起红尘，已见街中擂金鼓。居人走出半仓皇，朝士归来尚疑误。
是时西面官军入，拟向潼关为警急。皆言博野自相持，尽道贼军来未及。
须臾主父乘奔至，下马入门痴似醉。适逢紫盖去蒙尘，已见白旗来匝地。
扶羸携幼竞相呼，上屋缘墙不知次。南邻走入北邻藏，东邻走向西邻避。
北邻诸妇咸相凑，户外崩腾如走兽。轰轰昆昆乾坤动，万马雷声从地涌。
火迸金星上九天，十二官街烟烘炯。日轮西下寒光白，上帝无言空脉脉。
阴云晕气若重围，宦者流星如血色。紫气潜随帝座移，妖光暗射台星坼。
家家流血如泉沸，处处冤声声动地。舞伎歌姬尽暗捐，婴儿稚女皆生弃。
东邻有女眉新画，倾国倾城不知价。长戈拥得上戎车，回首香闺泪盈把。
旋抽金线学缝旗，才上雕鞍教走马。有时马上见良人，不敢回眸空泪下。
西邻有女真仙子，一寸横波剪秋水。妆成只对镜中春，年幼不知门外事。
一夫跳跃上金阶，斜袒半肩欲相耻。牵衣不肯出朱门，红粉香脂刀下死。
南邻有女不记姓，昨日良媒新纳聘。琉璃阶上不闻行，翡翠帘间空见影。
忽看庭际刀刃鸣，身首支离在俄顷。仰天掩面哭一声，女弟女兄同入井。
北邻少妇行相促，旋解云鬟拭眉绿。已闻击托坏高门，不觉攀缘上重屋。
须臾四面火光来，欲下回梯梯又摧。烟中大叫犹求救，梁上悬尸已作灰。
妾身幸得全刀锯，不敢踟蹰久回顾。旋梳蝉鬓逐军行，强展蛾眉出门去。
旧里从兹不得归，六亲自此无寻处。一从陷贼经三载，终日惊忧心胆碎。
夜卧千重剑戟围，朝餐一味人肝脍。鸳帏纵入岂成欢，宝货虽多非所爱。
蓬头面垢猱眉赤，几转横波看不得。衣裳颠倒言语异，面上夸功雕作字。
柏台多士尽狐精，兰省诸郎皆鼠魅。还将短发戴华簪，不脱朝衣缠绣被。
翻持象笏作三公，倒佩金鱼为两史。朝闻奏对入朝堂，暮见喧呼来酒市。
一朝五鼓人惊起，叫啸喧争如窃议。夜来探马入皇城，昨日官军收赤水。
赤水去城一百里，朝若来兮暮应至。凶徒马上暗吞声，女伴闺中潜失喜。
皆言冤愤此时销，必谓妖徒今日死。逡巡走马传声急，又道官军全阵入。
大彭小彭相顾忧，二郎四郎抱鞍泣。沉沉数日无消息，必谓军前已衔璧。
簸旗掉剑却来归，又道官军悉败绩。四面从兹多厄束，一斗黄金一升粟。
尚让厨中食木皮，黄巢机上刲人肉。东南断绝无粮道，沟壑渐平人渐少。

六军门外倚僵尸，七架营中填饿殍。长安寂寂今何有，废市荒街麦苗秀。
采樵砍尽杏园花，修寨诛残御沟柳。华轩绣毂皆销散，甲第朱门无一半。
含元殿上狐兔行，花萼楼前荆棘满。昔时繁盛皆埋没，举目凄凉无故物。
内库烧为锦绣灰，天街踏尽公卿骨。来时晓出城东陌，城外风烟如塞色。
路旁时见游奕军，坡下寂无迎送客。霸陵东望人烟绝，树锁骊山金翠灭。
大道俱成棘子林，行人夜宿墙匡月。明朝晓至三峰路，百万人家无一户。
破落田园但有蒿，摧残竹树皆无主。路旁试问金天神，金天无语愁于人。
庙前古柏有残栭，殿上金炉生暗尘。一从狂寇陷中国，天地晦冥风雨黑。
案前神水咒不成，壁上阴兵驱不得。闲日徒歆奠飨恩，危时不助神通力。
我今愧恧拙为神，且向山中深避匿。寰中箫管不曾闻，筵上牺牲无处觅。
旋教魔鬼傍乡村，诛剥生灵过朝夕。妾闻此语愁更愁，天遣时灾非自由。
神在山中犹避难，何须责望东诸侯。前年又出杨震关，举头云际见荆山。
如从地府到人间，顿觉时清天地闲。陕州主帅忠且贞，不动干戈惟守城。
蒲津主帅能戢兵，千里晏然无犬声。朝携宝货无人问，暮插金钗唯独行。
明朝又过新安东，路上乞浆逢一翁。苍苍面带苔藓色，隐隐身藏蓬荻中。
问翁本是何乡曲，底事寒天霜露宿。老翁暂起欲陈词，却坐支颐仰天哭。
乡园本贯东畿县，岁岁耕桑临近甸。岁种良田二百廛，年输户税三千万。
小姑惯织褐绐袍，中妇能炊红黍饭。千间仓兮万丝箱，黄巢过后犹残半。
自从洛下屯师旅，日夜巡兵入村坞。匣中秋水拔青蛇，旗上高风吹白虎。
入门下马若旋风，罄室倾囊如卷土。家财既尽骨肉离，今日垂年一身苦。
一身苦兮何足嗟，山中更有千万家。朝餐山上寻蓬子，夜宿霜中卧荻花。
妾闻此父伤心语，竟日阑干泪如雨。出门惟见乱枭鸣，更欲东奔何处所。
仍闻汴路舟车绝，又道彭门自相杀。野色徒销战士魂，河津半是冤人血。
适闻有客金陵至，见说江南风景异。自从大寇犯中原，戎马不曾生四鄙。
诛锄窃盗若神功，惠爱生灵如赤子。城壕固护教金汤，赋税如云送军垒。
奈何四海尽滔滔，湛然一镜平如砥。避难徒为阙下人，怀安却羡江南鬼。
愿君举棹东复东，咏此长歌献相公。

秦妇吟一卷

天复五年乙丑岁十二月十五日敦煌郡金光明寺学仕张龟写。

戊辰之春，俞铭衡君为寅恪写韦端己秦妇吟卷子，张于屋壁。八年以来，课业馀暇，偶一讽咏，辄若不解，虽于一二字句稍有所校释，然皆琐细无关宏旨。独端己此诗所述从长安至洛阳及从洛阳东奔之路程，本写当日人民避难之惨状，而其晚年所以讳言此诗之由，实系于诗中所述从长安达洛阳一段经过。此点为近日论此诗者所未详，遂不自量，欲有所妄说。至诗中字句之甚不可解及时贤之说之殊可疑者，亦略申鄙见，附缀于后。兹请先言从洛阳东奔之路程。此段经过惜未得确知，是以于端己南游事迹不能有所考见。但依地理系统以为推证，亦有裨于明了当日徐淮军事之情势及诗中文句之校释也。

（甲）从洛阳东奔之路程

诗云：

出门惟见乱枭鸣，更欲东奔何处所。仍闻汴路舟车绝，又道彭门自相杀。野色徒销战士魂，河津半是冤人血。适闻有客金陵至，见说江南风景异。

王国维氏校本（北京大学《国学季刊》第一卷第四期）云：汴路一作洛下。罗振玉氏校本（《敦煌零拾》）云：汴路作汴洛。周云青君《秦妇吟笺注》云：

汴洛谓河南开封至洛阳也。

寅恪案，《元和郡县图志》九徐州条云：

按自隋氏凿汴以来，彭城南控埇桥（在宿县北二十里，一名符离桥，亦名永济桥，跨汴水。《舆地记》："徐州南控埇桥，以扼汴路，故其镇尤重。"唐于其地置盐铁院。建中二年，淄青帅李正己拒命，屯兵埇桥。元和四年，议者以埇桥当舟车之会，因置宿州以镇之。）以扼汴路，故其镇尤重。

同书同卷宿州条略云：

其地南临汴河有埇桥，为舳舻之会。

《白氏长庆集》四四《杭州刺史谢上表》云：

属汴路未通，取襄汉路赴任。

据此，汴路乃当时习用之名词，不可改为汴洛，亦不得释为开封至洛阳明矣。
《李文公集》一八《来南录》云：

元和三年十月翱既受岭南尚书公之命。四年正月己丑自旌善弟（第）以妻子上船于漕。〔元和四年正月〕乙未去东都，韩退之石濬川假舟送予。明日及故洛东，吊孟东野，遂以东野行。濬川以妻疾自漕口先归。黄昏，到景云山居，诘朝，登上方，南望嵩山，题姓名记别。既食，韩孟别予西归。戊戌，余病寒，饮葱酒以解表。暮宿于巩。庚子出洛下河，止汴梁口，遂泛汴流，通河于淮。辛丑及河阴，乙巳次汴州，疾又加，召医察脉，使人入卢又。二月丁未朔，宿陈留。庄人自卢又来，宿雍丘。〔二月〕乙酉次宋州。疾渐瘳。壬子至永城。甲寅至埇口，丙辰次泗州，见刺史，假舟转淮上河如扬州。庚申下汴渠入淮，风帆，及盱眙，风逆，天黑色，波水激，顺潮入新浦。壬戌至楚州，丁卯至扬州，戊辰上栖灵浮图。辛未济大江至润州。

又同书同卷《题桄榔亭》云：

> 翱与监察御史韦君词皆自东京如岭南，翱以〔元和四年〕正月十八日上舟于漕以行。韦君期以二月策马疾驱，追我于汴宋之郊。或不能及，约自宣州会我于常州以偕行。

《元和郡县图志》九徐州条云：

> 今为徐泗节度使理所。
> 西至东都一千二百二里。
> 南取埇桥路至宣州五百里。

又同书二五润州条云：

> 今为浙西观察使理所。
> 西北至东都一千八百一十里。
> 北渡江至扬州七十里。
> 正南微西至宣州四百里。

又同书二八宣州条云：

> 今为宣歙观察使理所。
> 西北至东都取和滁路二千一百五十里。
> 正北微东至润州四百里。
> 宣城县。（郭下。）
> 当涂县。
> 牛渚山，在县北三十五里，突出江中，谓之牛渚圻，津渡处也。采石戍，在县西北三十五里，西接乌江，北连建业城，在牛渚山上，与和州横江渡相对。

据此，知李翱南行自身由扬州渡江至润州，而约韦词由和州渡江至宣州，盖二途皆经埇桥，即李吉甫、白居易及《秦妇吟》所谓汴路，亦即端己《吊侯補闕》诗句注（《浣花集》四）所谓汴宋路也。端己有《道当涂县》五律一首（《浣花集》四）。夏承焘君《韦端己年谱》（《词学季刊》第一卷第四号）列之中和三年南游作中，曲滢生君《韦庄年谱》则疑此诗为光启二年西游所作。又谓此诗或有为初次东来时作之可能。然皆未详言其故。鄙见此诗若果为端己中和三年春间之作，则是由汴路南行，复取和滁路渡江也。但此诗语意太泛，不易证明。故由何处渡江一点可不必多作揣测之论。至汴路则《秦妇吟》中虽言其艰阻，而端己之南投周宝，或仍由此路。盖白乐天长庆二年赴杭州刺史任，所取之襄汉路迂迴太甚。又《浣花集》中未能确切发见其中和三年春襄汉之行踪也。姑存此疑，以俟考定。（《浣花集》三《新正日商南道中作寄李明府》一首，夏君《韦端己年谱》列于中和二年。寅恪案，端己中和二年二月后始离长安，是年新正日何缘在商南道中？疑是中和三年之作。果尔，则端己于中和三年新正日经过商南，岂取襄汉路赴润州耶？但诗语无明确之表示，故不敢遽断也。）

汴路之界说既已确定，彭门之地望因之可以推知，而野色之校改亦得佐证矣。翟理斯公子《秦妇吟之考证与校释》（原文载《通报》第二四卷第五合期。兹所据者为《燕京学报》第一卷第一期张荫麟君译本）云：

> 四川彭县有彭门山，诗中之彭门不知是指此否？

寅恪案，中和二年冬蜀中阡能之乱蔓延及于双流、新津，（见《通鉴》二五五中和二年十一月阡能党愈炽侵淫入蜀州条及崔致远《桂苑笔耕集》一《贺处斩草贼阡能表》等。）则彭门指彭州导江县之天彭阙或天彭门（见《元和郡县图志》三一彭州导江县灌口山西岭有天彭阙条。）似亦可能，但诗言东奔，而彭州在洛阳之西南，既与地望不合。诗又云："自相杀。"以官军平阡能，而谓之"自相杀"，复于措词为失体。故知彭门非指天彭门也。

考《旧唐书》一八二《时溥传》云：

> 时溥彭城人，徐之牙将。黄巢据长安，诏征天下兵进讨。中和二年（寅恪案，二年应作元年，岑氏校勘记失校。）武宁军节度使支详遣溥与副将陈璠率师五千赴难。行至河阴，军乱，剽河阴县迴。溥招合抚谕，其众复集。惧罪，屯于境上。详遣人迎犒，悉恕之。溥乃移军向徐州。既入，军人大呼，推溥为留后，送详于大彭馆。溥大出资装，遣陈璠援详归京。详宿七里亭，其夜为璠所杀，举家屠害。溥以璠为宿州刺史。竟以违命杀详，溥诛璠。（参考《旧唐书》一九下《僖宗纪》广明元年九月条，《新唐书》九《僖宗纪》中和元年八月条。一八八《时溥传》及《通鉴》二五四中和元年八月条等。）

崔致远《桂苑笔耕集》代高骈所作书牒，关于汴路区域徐州时溥泗州于涛之兵争及运道阻塞之纪载甚多，俱两《唐书》及《通鉴》等所未详，实为最佳史料。兹叙录于下，亦足征当日徐淮之间军事交通之情势也。

《桂苑笔耕集》八《致泗州于涛常侍别纸》略云：

> 况属彭门叛乱，仍当汴路艰难，独守危城，终摧敌垒。

同书九《致泗州于涛尚书别纸》略云：

> 蠢彼徐戎，聚兹馀烬，敢侵贵境，再逞奸谋。

同书一一《告报诸道征促纲运书》略云：

> 既装运舡，将扣飞檄，言遵汴道，径指圊田，必值徐戎，来侵淮口，扼断河路，攻围郡城。时溥罔遵诏旨，尚构奸谋。去年曾犯淮山，今夏又侵泗水。乃作黄巢外应，久妨诸道进军。先须划当道之豺狼，后〔方〕可殄坏堤之蝼蚁。冀使隋皇新路，杨柳舍春，汉祖旧乡，荆榛扑地。

同书同卷《答徐州时溥书》略云：

> 忽睹来示云：泗州独阻淮河，自牢城垒，使四方多阻，诸道莫通。其于淮河久阻，

道路不通，皆因贵府出兵，不是泗滨为梗。是非可辨，远近所聆。去岁夏初，早蒙侵伐，呼蚁军于涟水，拒虎旅于淮山。

同书同卷《答襄阳郤将军书》略云：

中和二年七月四日具衔高某谨复书于将军阁下：某自去年春知寇侵秦甸，帝幸蜀川，欲会兵于大梁，遂传檄于外镇，练成军伍，选定行期，便被武宁（寅恪案，武宁军节度使治徐州。）忽兴戎役，先侵泗境，后犯淮壖。细察徐州所为，是作黄巢外应。不然，则何以每见当军临发，即将凶党奔冲，又乃执称泗滨，阻绝汴路，且临淮（寅恪案，临淮郡即泗州。）则城孤气寡，劣保疲羸。彭门则地险兵强，恐行狂悖。以兹斟酌，可见端倪。况无诸道纲舡曾过泗州本路。今则皆因此寇，却滞诸纲。近则浙东浙西，远则容府广府，并未聆馈运，何济急难。

又吴融《唐英歌诗》上有七言律诗三首，其题为：

《彭门用兵后经汴路》。

又《新唐书》五八《艺文志》史部杂史类载：

郑樵《彭门纪乱》三卷，原注庞勋事。

据此，彭门相杀之语及彭门与汴路之关系，可得其确解矣。

又"野色徒销战士魂，河津半是冤人血。"二句造语既不晦涩，用意尤为深刻，信称佳构。据《旧唐书》一二十《郭子仪传》略云：

子仪既谢恩上表，因自陈曰：〔臣〕东西十年，前后百战。天寒剑折，溅血沾衣。野宿魂惊，饮冰伤骨。

则"野色徒销战士魂"句与郭表所云"野宿魂惊"之义相同，似可无须校改。然细绎上下文义，"野色"二字疑是"宿野"二字之讹倒，瞿君谓"野色"丙本作"野宿"。据《元和郡县图志》九河南道五宿州条略云：

其地南临汴河，有埇桥为舳舻之会。（前文已引）

又同书同卷泗州条略云：

秦为泗水郡地。汉兴，改泗水为沛郡。武帝分置临淮郡。后汉下邳太守理此。自晋迄后魏并为宿豫县。
宿迁县。
春秋时宋人迁宿之地，晋立宿豫县。宝应元年以犯代宗庙讳改为宿迁县。

《新唐书》三八《地理志》云：

> 泗州临淮郡上，本下邳郡，治宿预。开元二十三年徙治临淮。

则是"河津"为汴河之津，"宿野"为宿州或宿迁即泗州之野。故此二句俱指汴路区域，徐州时溥与泗州于涛之兵争。此乃依地理系统及历史事实以为推证，不得不然之结论。若有以说诗专主考据，以致佳诗尽成死句见责者，所不敢辞罪也。至"冤人"自当作冤死之人解，而周注谓"冤人"为黄巢同里冤句之人，则似可不必，盖"冤人"与"战士"为对文，冤字非地名也。

金陵，周注引《唐书·地理志》江南道升州县本江宁为释。其实唐人亦称节将治所润州之丹徒为金陵，诗中之金陵即指润州之丹徒言。《李卫公别集》一《鼓吹赋序》云：

> 余往岁剖符金陵。

李德裕曾任浙西观察使，而润州之丹徒为浙西观察使治所，故云剖符金陵。其馀例证，可参阅杜牧《樊川诗集》一《杜秋诗序》，冯集梧注，及钱大昕《廿二史考异》一七下《唐书·方镇表》五贞元三年分浙江东西为二道条等。兹不备举。端己中和三年在上元赋诗颇多，（见《浣花集》四，及夏承焘君《韦端己年谱》。）因恐读者于此句中金陵之语有所误会，特附辨正于此。

（乙）从长安至洛阳之路程

《北梦琐言》六《以歌词自娱》条云：

> 蜀相韦庄应举时，遇黄寇犯阙，著《秦妇吟》一篇。内一联云："内库烧为锦绣灰，天街踏尽公卿骨。"尔后公卿亦多垂讶，庄乃讳之，时人号秦妇吟秀才。他日撰家戒，内不许垂《秦妇吟》障子，以此止谤，亦无及也。

寅恪案，此事最为可疑，以今日敦煌写本之多，（除翟君所举五本外，王重民君近影得巴黎图书馆伯希和号三七八十及三九五三两本，故寅恪间接直接所得见者，共有七本。德化李氏尚藏一本，已售于日人，未得见，不知与所见之七本异同如何。）当时必已盛传，足征葆光子"时人号为秦妇吟秀才"之言为不妄。且此诗为端己平生诸作之冠，而其弟蔼所编之《浣花集》竟不收入，则端己"撰家戒不许垂《秦妇吟》障子"之说尤属可信。但端己晚年所以深讳言此诗，要必有故，若如孙氏所指诗中"内库烧为锦绣灰，天街踏尽公卿骨"二句为其主因，则似不然。何以言之？据《旧唐书》一八二《高骈传》载中和二年僖宗责骈之诏，亦引骈表中"园陵开毁，宗庙焚烧"之语。是当时朝廷诏书尚不以此为讳，更何有于民间乐府所言之锦绣成灰，公卿暴骨乎。即以诗人之篇什论，杜子美诸将之"早时金盌出人间"即高千里之"园陵开毁"、"洛阳宫殿化为烽"，亦等于"宗庙焚烧"。岂子美可言"园陵开毁，宗庙焚烧"于广德大历之时，而端己不得言锦绣成灰，公卿暴骨于广明中和之世耶？端己生平心仪子美，至以草堂为居，浣花名集，当得谓不识此义。即使此二句果有所甚忌讳，则删去之可也。或迳改易之，如《唐才子传》作"天街踏尽却重回"即罗氏疑为端己避谤后所改者，亦无不可也。何至并其全篇而禁绝之。今端己取全篇而悉禁绝之者，可知其忌讳所在，有关全篇主要之结构，既不能删去，复无从改易，实不仅系于此二句已也。然则其竟以内库公卿一联为说者，乃不能显言其故，遂作假托之词耳。以是愈知其所讳之深，而用心之苦矣。

寅恪昔年曾与俞君论此，所疑殊不能释。近日取两《唐书·王重荣》及《杨复光传》，与《秦妇吟》所述从长安达洛阳之路程互证，并参以其他史籍，综合推究，恍然若有所悟，于是假设一说，以求喜读《秦妇吟》者之教正。

兹节录有关史籍之文于下：

《旧唐书》一九下《僖宗纪》云：

〔中和〕二年二月（《通鉴》系此事于元年四月，详见《考异》。）泾原大将唐弘夫，大败贼将林言于兴平，俘斩万计。王处存率军二万径入京城，贼伪遁去。京师百姓迎处存，欢呼叫噪。是日军士无部伍，分占第宅，俘掠妓妾。贼自灞上分门复入，处存之众苍黄溃乱，为贼所败。黄巢怒百姓欢迎处存，凡丁壮皆杀之，坊市为之流血。自是诸军退舍，贼锋愈炽。

又同书一八二《王重荣传》云：

重荣知〔河中〕留后事，乃斩贼使，求援邻藩。既而贼将朱温舟师自同州至，黄邺之兵自华阴至，数万攻之。重荣戒励士众，大败之，获其兵仗，军声益振。朝廷遂授节钺，检校司空。时中和元年夏也。俄而忠武监军杨复光，率陈蔡之师万人与重荣合。贼将李祥守华州，重荣合势攻之，擒祥以徇。俄而朱温以同州降，贼既失同华，狂躁益炽。黄巢自率精兵数万至梁田坡。时重荣军华阴南，杨复光在渭北，犄角破贼，出其不意，大败贼军。

又同书一八四《宦官传杨复光传》云：

时秦宗权叛〔周〕岌，据蔡州。复光得忠武之师三千入蔡州，说宗权，俾同义举。宗权遣将王淑率众万人，从复光收荆襄。次邓州，王淑逗留不进，复光斩之，并其军，分为八都。鹿晏弘、晋晖、李师泰、王建、韩建等，皆八都之大将也。进攻南阳，贼将朱温、何勤东逆战，复光败之，进收邓州，献捷行在，中和元年五月也。复光乘胜追贼至蓝桥，丁母忧还。寻起复，受诏充天下兵马都监，押诸军入定关辅。王重荣为东面招讨使，复光以兵会之。

又同书二百下《黄巢传》略云：

时京畿百姓皆砦于山谷，累年废耕耘。贼坐空城，赋输无入，谷食腾踊，米斗三十千。官军皆执山砦百姓鬻于贼为食，人获数十万。〔中和〕二年王处存合忠武之师，败贼将尚让，乘胜入京师，贼遁去。处存不为备，是夜复为贼寇袭，官军不利。贼怒坊市百姓迎王师，乃下令洗城，丈夫丁壮杀戮殆尽，流血成渠。

《新唐书》一八七《王重荣传》云：

> 即拜检校工部尚书，为节度使。会忠武监军杨复光率陈蔡兵万人屯武功，重荣与连和击贼将李祥于华州，执以徇。贼使尚让来攻，而朱温将劲兵居前，败重荣兵于西关门，于是出兵夏阳，掠河中漕米数十艘。重荣选兵三万攻温，温惧，悉凿舟沉于河，遂举同州降。复光欲斩之，重荣曰：今招贼，一切释罪。且温武锐可用，杀之不祥。表为同华节度使。有诏即副河中行营招讨，赐名全忠。〔黄〕巢丧二州，怒甚，自将精兵数万壁梁田。重荣军华阴，复光军渭北，犄角攻之，贼大败。

又同书二百七《宦者传上·杨复光传》云：

> 俄起为天下兵马都监，总诸军，与东面招讨使王重荣并力定关中。

《旧唐书》一九下《僖宗纪》云：

> 中和元年九月，杨复光、王重荣以河西（中？）昭义忠武义成之师屯武功。

《通鉴》二五四云：

> 中和元年〔九月〕辛酉，忠武监军杨复光屯武功。

《北梦琐言》九《李氏女》条云：

> 唐广明中黄巢犯阙，大驾幸蜀，衣冠荡析，寇盗纵横。有西班李将军女，奔波随人，迤逦达兴元。骨肉分散，无所依托。适值凤翔奏将军董司马者，乃晦其门阀，以身托之，而性甚明敏，善于承奉，得至于蜀。寻访亲眷，知在行朝，始谓董生曰：丧乱之中，女弱不能自济，幸蒙提挈，以至于此。失身之事，非不幸也。人各有偶，难为偕老，请自此辞。董生惊愕，遂下其山矣。识者谓女子之智亦足称也。见刘山甫《闲谈》。（寅恪案，闽从事刘山甫撰《金溪闲谈》十二卷，即见《北梦琐言》。）

寅恪案，《秦妇吟》中述一妇人从长安东奔往洛阳，其行程即端己所亲历也。依《秦妇吟》所述，此妇之出长安，约在中和二年二月所谓"黄巢洗〔长安〕城"之后。盖长安经此役后，凡非巢党，殊难苟存。端己之出长安，亦当在此相距不久之时。但即在此前或此后，大多数之避难者，其从长安东奔之路线，应亦与诗中所言者不殊。此观于平时交通之情况，可以推知者也。《北梦琐言·李氏女》条所纪，亦当日避难妇女普遍遭遇，匪独限于李氏女一人也。由是言之，《秦妇吟》之秦妇，无论其是否为端己本身之假托，抑或实有其人，所经行之路线，则非有二，《金溪闲谈》之李氏女，即使其非从长安西奔达成都，（若由此路，则唐人谓之南奔也。）而从长安东奔达洛阳，但由此路线避难之妇女，所遭遇之情势，亦应有与《金溪闲谈》所述者，略相近似。据《旧唐书·杨复光传》，王重荣为东面招讨使，复光以兵会之。又据两《唐书·王重荣传》，复光与重荣合攻李祥于华州，及重荣军华阴复光军渭北，犄角败贼。是从长安东出奔于洛阳者，如《秦妇吟》之秦妇，其路线自须经近杨军防地。复依《旧唐书·僖宗纪》《新唐书·王重荣传》及《通鉴》中和元年〔九月〕

之纪事，复光屯军武功，则从长安西出奔于成都者，如《金溪闲谈》之李氏女，其路线亦须经近杨军防地，而杨军之八都大将之中，前蜀创业垂统之君，端己北面亲事之主（王建）即是其一。其馀若晋晖李师泰之徒，皆前日杨军八都之旧将，后来王蜀开国之元勋也。当时复光屯军武功，或会兵华渭之日，疑不能不有如秦妇避难之人，及李女委身之事。端己之诗，流行一世，本写故国乱离之惨状，适触新朝宫闱之隐情。所以讳莫如深，志希免祸，以生平之杰构，古今之至文，而竟垂戒子孙，禁其传布者，其故悆在斯欤？悆在斯欤？

（丙）诗句校释

其关于诗中文句之校释，尚有须略缀数语，申述鄙见者，列举如下。至其他校释，已见诸校本而可信从，或无关重要者，皆不赘述。

诗云：

> 翻持象笏作三公，倒佩金鱼为两史。

周注云：

> 两史为柏台（御史大夫）兰省（御史中丞）也。

寅恪案，《通典》二一《职官典》三宰相门中书令条略云：

> 隋初改中书为内史，置监令各一人，寻废监置令二人。大唐武德初为内史令。三年改为中书令，亦置二人。龙朔二年改为右相。

据此，两史与三公为对文，自指宰相而言。若御史中丞则官阶仅正四品下，职位太卑，非端己诗意也。

诗云：

> 昨日官军收赤水，赤水去城一百里。

寅恪案，《水经注》一九《渭水篇》云：

> 迳望仙宫东，又北与赤水会。

据此，并参考杨守敬《水经注地图》第四册南五卷南五西五上，准诸地望，此二句与《旧唐书·僖宗纪》所纪：

> 〔中和〕二年二月，泾原大将唐弘夫大败贼将林言于兴平，俘斩万计。

之事适合。诗云：

> 逡巡走马传声急，又道官军全阵入。大彭小彭相顾忧，二郎四郎抱鞍泣。

寅恪案，安友盛本作"官军"，似较他本之作"军前"者为佳。下文云"又道官军悉败绩"可证也。

又王氏校本云：

"彭"伦敦残本作"台"，巴黎图书馆伯希和号三七八十作"大鼓"。

寅恪案，"台"及"鼓"皆是"彭"之形讹，自不可据以校改。但"大彭小彭"语不易解，周注云：

"大彭小彭"谓黄巢部下之将时溥及秦彦。

盖据《旧唐书·时溥秦彦传》，二人皆彭城人也。又云：

"二郎四郎"即谓黄巢及弟揆。

举两《唐书·黄巢传》为证。

寅恪案，《旧唐书》一八二《时溥传》，前于论从洛阳东奔路程一节中已详引，兹不复录，仅就《秦彦传》取与《时溥传》并观，以见周说之难通。《旧唐书》一八二《高骈传》附《秦彦传》略云：

秦彦者，徐州人。聚徒百人，杀下邳令取其资装入黄巢军。巢兵败于淮南，乃与许勍俱降高骈，累奏授和州刺史。中和二年宣歙观察使窦潏病，彦以兵袭取之，遂代潏为观察使，朝廷因而命之。

据此，时溥虽高骈谓其为黄巢外应，（见前引《桂苑笔耕集》一一，《告报诸道征促纲运书》及《答襄阳郄将军书》。）是否诋诬之词，犹待考实。但其始终未作黄巢部下之将，则事迹甚明。秦彦虽一度入黄巢军，中和二年二月以前，早已降于高骈，奏授和州刺史。故以时地考之，中和二年二月时溥在徐州，秦彦在和州或宣州，（秦彦袭取宣州事，《通鉴》系于中和二年之末，盖难定其日月也。）二人既均不在长安，又俱非黄巢部将，何得在围城之中，闻官军将入而相顾以忧乎。故知"大彭小彭"必不谓秦彦时溥。"二郎四郎"疑与"大彭小彭"同是泛称，非实指黄巢黄揆也。

苏鹗《苏氏演义》上云：

俗呼奴为邦，今人以奴为家人也。凡邦家二字多相连而用。时人欲讳家人之名，但呼为邦而已，盖取用于下字者也。又云：仆者皆奴仆也，但《论语》云：邦君树塞门。树犹屏也。不言君但言邦，此皆委曲避就之意也。今人奴拜多不全其礼，邦字从半拜，因以此呼之。（此文疑有脱误，俟求善本校之。）

李匡乂《资暇集》下《奴为邦》条云：

呼奴为邦者，盖旧谓僮仆之未冠者曰竖。人不能直言其奴，因号奴为竖。高欢东魏用事时，相府法曹卒（寅恪案，卒当作辛，见《北齐书》二四《北史》五五《杜弼传》。）子炎（？）误犯欢奴杖之。欢讳树而威权倾于邺下，当是郡（群？）僚以竖同音，因目奴为邦，义取邦君树塞门，以句内有树字，假竖为树，故歇后为言，今兼删去君字呼之。一说邦字类拜字，言奴非唯郎主，是宾则拜。（此文疑有脱误，俟求善本校之。）

寅恪案，苏氏讳家人为邦，李氏避高欢父树生讳之说，虽未必可从，但德祥为光启中进士（见晁公武《郡斋读书志》三下。）济翁亦唐末人，与端己所处时代近同，且德祥居武功之杜阳川（亦见晁《志》），济翁所述，又显为山东之俗，则当时呼奴为邦，东西皆然。夫俗语之用，原无定字，彭邦二音相近，故书为邦者，宜亦得书为彭。是韦诗中之俗语，似可以苏李书中所记当时之音义释之，然则'大彭小彭'者，殆与大奴小奴同其义也。

又《旧唐书》九六《宋璟传》云：

> 当时（武则天时）朝列皆以二张内宠不名官，呼易之为五郎，昌宗为六郎，天官侍郎郑善果（据《通鉴考异》——长安三年九月郑杲谓宋璟奈何卿五郎条应作郑杲。）谓璟曰：中丞奈何呼五郎为卿？璟曰：以官言之，正当为卿。若以亲故，当为张五。足下非易之家奴，何郎之有？郑善果一何懦哉？

《通鉴》二百七《唐纪·则天后纪》长安三年九月郑杲谓宋璟奈何卿五郎条胡注云：

> 门生家奴呼其主为郎，今俗犹谓之郎主。

盖奴呼主为郎，主呼奴为邦，或彭。故端己以此二者对列，极为工整自然。可知此二句诗意，只谓主人及奴仆，即举家上下全体忧泣而已，非有所实指也。

诗云：

> 四面从兹多厄束，一斗黄金一升粟。尚让厨中食木皮，黄巢机上刲人肉。

升粟，罗氏校本作斗粟，王氏及翟君校本作升粟。巴黎图书馆伯希和号三七八十及三九五三俱作胜粟，周君笺注本从罗校作斗粟。

寅恪案，作斗粟虽亦可通，作升粟者疑是端己之原文。考唐人以钱帛估计米粟之价值时，概以斗言。故斗粟或斗米值若干，乃当时习用之成语。兹列举例证，如《旧唐书》七四《马周传》，《唐会要》八三《租税上》皆载贞观十一年周上疏云：

> 贞观之初，率土荒俭，一匹绢才得一斗米，而天下帖然。

《旧唐书》八《玄宗纪上》云：

> 〔开元十三年〕十二月己巳，至东都，时累岁丰稔，东都米斗十钱，青齐米斗五钱。

又同书一一《代宗纪》云：

> 永泰元年三月庚子，夜降霜，木有冰，岁饥，米斗千钱，诸谷皆贵。秋七月庚子，

雨。时久旱，京师米斗一千四百，他穀食称是。

又同书一一四《鲁炅传》云：

〔南阳郡〕城中食尽，煮牛皮筋角而食之，米斗至四五十千。

又同书一二三《刘晏传》云：

时新承兵戈之后，中外艰食，京师米价斗至一千。

又同书一八二《高骈传》云：

既而蔡贼杨行密自寿州率兵三万乘虚攻〔扬州〕城，城中米斗五十千。

又同书二百上《安禄山》附《庆绪传》云：

〔相州〕城中人相食，米斗钱七万余。

又同书二百下《黄巢传》（前文已引。又《通鉴》二五四中和二年条亦略同。）云：

谷食腾踊，米斗三十千。

《新唐书》五一《食货志》略云：

贞观初，户不及三百万，绢一匹易米一斗，至四年米斗四五钱。及两京平，又于关辅诸州纳钱度道士僧尼万人，而百姓残于兵盗，米斗至钱七千。

又同书五三《食货志》云：

贞元初关辅宿兵，米斗千钱。

又同书九七《魏征传》云：

于是帝（太宗）即位四年，岁断死二十九，几至刑措，米斗三钱。

又同书一四七《鲁炅传》云：

〔南阳郡〕城中食尽，米斗五十千。

又同书一四九《刘晏传》云：

时大兵后，京师米斗千钱。

又同书二二五上《安禄山传》附《庆绪传》云：

> 决安阳水灌〔相州〕城，城中栈而处，粮尽易口以食，米斗钱七万余。

陆宣公《翰苑集》奏议二，《请减京东水运收脚价于缘边州镇蓄储军粮状》略云：

> 故承前有用一斗钱运一斗米之言，至使流俗过言，有用一斗钱运一斗米之说。

又同集奏议三，《请依京兆所请折纳事状》云：

> 度支续奏，称据时估豌豆每斗七十价已上，大豆每斗三十价已下。

王楙《野客丛书》八云：

> 嵇叔夜《养生论》曰："夫田种者一亩十斛，谓之良田，此天下之通称也。"不知区种可百余斛，安有一亩收百斛之理？《前汉书·食货志》曰："治田勤则亩益三升，不勤损亦如之。"一亩而损益三升，又何其寡也。仆尝以二说而折之理，俱有一字之失。嵇之所谓斛，汉之所谓升，皆斗字耳。盖汉之隶文书斗为𠂉，字文绝似升字。汉史书斗字为枓字，字文又近于斛字，恐皆传写之误。

又刘复君《敦煌掇琐》中辑六六，天宝四载豆卢军和籴账所载之斗估，除二处外，余悉误作升估，以致计算几全不合。寅恪初颇致疑，以未见原写本，不敢臆断。后承贺昌群君告以古人所书斗升二字，差别至微，故易于误认，并举其近日读汉简之经验为例。寅恪复证以刘书之幸而未误之一字，即第二六一页三行之斗字，系依原写之形，尚未改易者，遂豁然通解。然则端己此诗若依罗氏校本作一斗黄金一斗粟，犹是唐人常语，不足为奇。今作一斗黄金一升粟，则是端己故甚其词，特意形容之笔，此一字颇关重要，因恐读者等闲放过，遂详引史籍以阐明之。又以敦煌写本之故，联类牵及校正《敦煌掇琐》之误，附识于此。

复次，唐人写本之多作斛胜者，乃因斗升二字形近易误之故。今巴黎图书馆伯希和号三七八十及三九五三俱作胜粟，尤足证端己诗本作升粟，而非斗粟也。至其他旧籍中升斗二字之误者，尚可多举例证，以其关系较远，且前所举诸例已足证明，故不复详具焉。

又《道藏·洞玄部》记传类（第三二七册恭上）杜光庭《录异记》三忠（此条承周一良先生举以见告者）略云：

> 僖宗幸蜀，黄巢陷长安，南北臣僚奔问者相继。无何，执金吾张直方与宰臣刘邺于惊诸朝士等，潜议奔行朝，为群盗所觉，诛戮者至多。自是陇束，内外阻绝。京师积粮尚多，巧工刘万余〔等〕窃相谓曰："大寇所向无敌，京师粮贮甚多，虽诸道不宾，外物不入，而支持之力，数年未尽。吾党受国恩深，志效忠赤，而飞窜无门，皆为逆党所使。吾将贡策，请竭其粮。外货不至，内食既尽，不一二年，可自败亡矣。"万余，黄巢怜其巧性，常侍直左右。因从容言曰："长安苑囿城隍，不啻百里。若外兵来逼，须有御备。不尔，固守为难，请自望仙门以北，周玄武白虎诸门，博筑城池，置楼橹却敌，为御捍之备，有持久之安也。"黄巢喜，且赏其忠节。即日使两街选召丁夫各十万

人筑城。人支米二升，钱四十文。日计左右军支米四千石，钱八千贯。岁余功不辍，而城未周，以至于出太仓穀以支夫食，然后剥榆皮而充御厨。城竟不就。万余惧贼觉其机，出投河阳，经年病卒。

寅恪案，杜记韦诗所言多足参证，而"陁束"及"剥榆皮而充御厨"等语，尤可注意。岂以时地相同，《广成》《浣花》两作品之间，亦有关系耶？

诗云：

六军门外倚僵尸，七架营中填饿殍。

翟君云，乙本架作策，其他校本皆作架。巴黎图书馆伯希和号三七八十作贾，旁注架。
翟君又云：

七架营之地址不可考，惟《长安志》卷六有七架亭，在禁苑中，去宫城十三里，在长安故城之东，未知即其地否。

寅恪案，《穆天子传》一云：

天子乃乐□赐七萃之士戰。

郭注云：

萃，集也，亦犹传有舆大夫，皆聚集有智力者，为王之爪牙也。

故七萃即禁军之义，唐人文中颇习用之。如《白氏长庆集》三六《附马都尉郑何除右卫将军制》云，"周设七萃"，同集三七《除户部尚书王泌充灵盐节度使制》云，"且司七萃"，李卫公《会昌一品集·别集》六《扶风马公（存亮）神道碑铭》云，"取材能于七萃"等，皆是其例，不待多举。然则策字架字俱为萃字之形误，而贾字又系架音之讹转也。盖六军门外，七萃营中，皆相对为文，若作七架营，则不可解矣。

诗云：

路旁试问金天神，金天无语愁于人。

翟君谓丁本金天神下有注云，华岳三郎。
寅恪案，周注引《西岳华山志》，黄仲琴君引《逸史》金天王叶仙师事（中山大学《文史月刊》第一卷第五期《秦妇吟补注》），皆是也。但均未征引最初出典，兹特逸录《唐大诏令集》七四《典礼类》岳渎山川门先天二年八月二日《封华岳神为金天王制》，以资参考。制云：

门下惟岳有五，太华其一。表峻皇居，合灵兴运。朕惟恭膺大宝，肇业神京，至诚所祈，神契潜感。顷者乱常悖道，有甲兵而窃发。仗顺诛逆，犹风雨之从助。永言幽赞，宁忘仰止。厥功茂矣，报德斯存。宜封华岳神为金天王。仍令龙景观道士鸿胪卿员外置越国公叶法善,备礼告祭,主者施行。

诗云:

> 旋教魇鬼傍乡村,诛剥生灵过朝夕。

寅恪案,安友盛写本作魔。其有作魔者非是。何以言之,据《北梦琐言》——《关三郎入关》条云:

> 唐咸通乱离后,坊巷讹言关三郎鬼兵入城,家家恐悚。罹其患者,令人寒热战栗,亦无大苦。〔弘〕农杨玭挈家自骆谷路入洋源,行及秦岭,回望京师,乃曰,此处应免关三郎相随也。语未终,一时股栗。斯又何哉。夫丧乱之间,阴厉旁作,心既疑矣,邪亦随之,关妖之说正谓是也。愚幼年曾省故里,传有一夷,迷(据端己诗"天遣时灾非自由"语,"迷"字疑当作"遣")鬼魇人,间巷夜聚以避之,凡有窗隙悉皆涂塞。其鬼忽来即扑人惊魇。须臾而止。

则知端己所谓"旋教魇鬼傍乡村"即《琐言》所谓"阴厉旁作"及"传有一夷,遣鬼魇人"也。

又王刘修业夫人《秦妇吟校勘续记》(《学原》第一卷第七期)谓丁巳两本"金天神",下注"华岳三郎"四字,而端己诗"天('天'即金天神之'天')遣时灾非自由"及"旋教魇鬼傍乡村"与《琐言》所记者适合,是华岳三郎与关三郎实非有二,明矣。至华岳三郎亦可称关三郎之故,岂亦潼关距华岳不远,三郎遂亦得以关为号耶?俟考。

金天神一节之本旨,在述当时"时灾"即时疫流行之事,其责望山东藩镇之残民肥己不急国难如高骈者,尚为附带之笔。至以此节乃指斥僖宗为言者,鄙意不然。盖以避黄巢之士人如端己,献诗为质于忠于唐室之大臣如周宝,岂有作斯无君之语,转自绝其进谒之路者乎?此说甚乖事理,必非端己诗旨,不待详辨也。

诗云:

> 前年又出杨震关,举头云际见荆山。如从地府到人间,顿觉时清天地闲。

寅恪案,此言脱出黄巢势力范围,转入别一天地。实为端己痛定思痛之语,其感慨深矣。端己取道出关,途中望见荆山,遂述及荆山所在地之陕虢主帅能保境安民,此亦联想措词之妙也。

据《汉书》六《武帝纪》云:

> 〔元鼎〕三年冬徙函谷关于新安。(应劭曰,时楼船将军杨仆数有大功,耻为关外民。上书乞徙东关,以家财给其用度。武帝意亦好广阔。于是徙关于新安,去弘农三百里。)

又据《水经注》一五《洛水篇》云:

> 洛水自枝渎又东出关,惠水右注之。世谓之八关水。戴延之《西征记》谓之八关泽,即《经》所谓散关邸,自南山横洛水,北属于河,皆关塞也,即杨仆家僮所筑矣。

及同书一六《穀水篇》云：

> 穀水又东迳函谷关南，东北流，皂涧水注之。水出新安县东，南流迳毋丘兴墓东，又南迳函谷关西，关高险狭，路出廛郭。汉元鼎三年楼船将军杨仆数有大功，耻居关外，请以家僮七百人筑塞，徙关于新安，即此处也。

又《元和郡县图志》五河南府新安县条略云：

> 本汉旧县，属弘农郡。
> 函谷故关在县东一里，汉武帝元鼎三年为杨仆徙关于新安。今县城之东有南北塞垣，杨仆所筑。

及同书六虢州湖城县条云：

> 荆山在县南，即黄帝铸鼎之处。

然则杨仆关正在新安之地，与下文"明朝又过新安东"之句行程地望皆相符合。颇疑"杨震关"乃"杨仆关"之讹写，殆由传写者习闻东京之"关西夫子杨伯起"，（见《后汉书》八四《杨震传》。）而不知有西京之楼船将军，遂以致误耶？

诗云：

> 明朝又过新安东，路上乞浆逢一翁。

又云：

> 乡园本贯东畿县，岁岁耕桑临近甸。岁种良田二百廛，年输户税三千万。小姑惯织褐绔袍，中妇能炊红黍饭。

寅恪案，《元和郡县图志》五河南道一河南府条云：

> 新安县畿。

据此，新安县为隶属东都河南府之畿县。此老翁既遇于新安以东之路上，自是新安县或河南府籍，故曰"乡园本贯东畿县"也。周注引《唐书·方镇表》至德元载置东畿观察使，领怀、郑、汝、陕四州，未谛。"年输户税三千万"句，翟君谓"罗校易千为十，似是"。

寅恪案，罗氏意三千万为数太多，故易以三十万，不知诗尚有：

> 明朝晓至三峰路，百万人家无一户。

之句，其实三峰之下，岂有百万户乎，词人之数字，仅代表数量众多而已，不必过于拘泥也。所可注意者，良田二百廛，及户税三千万一联，正指唐代地户两税。据《唐会要》八三

《租税上》略云：

  大历四年正月十八日敕，天下及王公已下，自今已后，宜准度支长行旨条，每年税钱上上户四千文，下下户五百文。

则广明以后，当更有增益，而周注引《通典》武德元年诏上户丁税年输十文之语，谓：

  原本作三千万，数过多，罗校易千为十，似是。户税三十万则有三万户。

据《通典》六《赋税下》大唐条云：

  蕃人（《册府元龟》作蕃胡乃原文未经改易者。）内附者，上户丁税钱十文，次户五文，下户免之。

然则《通典》此节乃专指蕃胡内附者而言，不可以概括当时一般税率。况广明以后，一般税率当更较大历时增多，岂可以武德时内附蕃胡之税率以计算广明一般平民之户数乎？丁、戊两本作"褐绌袍"，他本作"褐绝袍"，罗王校本皆易"绝"为"绌"。

寅恪案，作"绌"是也。据《敦煌掇琐》中辑六六，载天宝四载和籴准旨支二万段出武咸（威）郡帐内，有五百五十匹河南府绌。此翁本贯河南府新安县，则"绝"之校改作"绌"，信有明徵矣。又近人《秦妇吟》之解释，及韦氏年谱之编载，鄙见尚有不敢苟同者。以其无关本篇主旨，故不一一致辨，特拈端己所以讳言《秦妇吟》之公案，以待治唐五代文学史者之参究。

陈寅恪先生关于《秦妇吟》一诗的校笺，先后发表过数次：《读秦妇吟》，《清华学报》第11卷4期；《秦妇吟校笺》，1940年昆明刊本，系据前文增订改名；《秦妇吟校笺旧稿补正》，1950年《岭南学报》10卷2期；《韦庄秦妇吟校笺》，1980年上海古籍版《寒柳堂集》收录，续有补正。此处选自《寒柳堂集》，三联书店2001年版。

参考篇目

陈寅恪《长恨歌笺证》（《元白诗笺证稿》，三联书店，2001年版）
郭绍虞《杜甫戏为六绝句集解》（《文学年报》1932年第1期）
唐圭璋《云谣杂曲子校释》（《文史哲季刊》1943年第1卷1期）
高 亨《周代大武乐考释》（《文史述林》，中华书局，1980年版）
沈祖棻《阮嗣宗〈咏怀诗〉初论》（《国文月刊》1948年第65期）
邓小军《陶渊明在晋宋之际的政治态度——陶渊明〈述酒诗〉补正》（《诗史释证》，中华书局，2004年版）

第七讲
吴　梅：《顾曲麈谈·原曲》

　　余十八九岁时，始喜读曲，苦无良师以为教导，心辄怏怏。继思欲明曲理，须先唱曲，《隋书》所谓"弹曲多则能造曲"是也。乃从里老之善此技者，详细问业，往往瞠目不能答一语，或仅就曲中工尺旁谱，教以轻重疾徐之法，及进求其所以然，则曰非余之所知也，且唱曲者可不必问此。余愤甚，遂取古今杂剧传奇，博览而详核之，积四五年，出与里老相问答，咸骇而却走，虽笛师鼓员，亦谓余狂不可近。余乃独行其是，置流俗毁誉于不顾，以迄今日，虽有一知半解，亦扣槃扪烛之谈也。用贡诸世，以饷同嗜者。

　　曲也者，为宋金词调之别体。当南宋词家慢、近盛行之时，即为北调榛莽胚胎之日。王元美《艺苑卮言》云："金源人主中原，旧词之格，往往于嘈杂缓急之间，不能尽按，乃别创一调以媚之。"观此即为北调之滥觞。沿至末年，世人嫌其粗卤，江左词人，遂以缠绵顿宕之声以易之，而南词以起（如《拜月》、《琵琶》之类是也）。此南北曲之原始也。北主刚劲，南主柔媚；北字多而调促，促处见筋，南字少而调缓，缓处见眼；北宜和歌，南宜独奏。魏良辅所论《曲律》（见后第五章详论其理），极有见解，宜恪守之。

　　尝疑古今曲家，自金源以迄今日，其间享大名者，不下数百人，所作诸曲，其脍炙人口者，亦不下数十种。而独于填词之道，则缺焉不论，遂使千古才人，欲求一成法而不可得。于是宗《西厢》者，以妍媚自喜，宗《琵琶》者，以朴素自高，而于分宫配调、位置角目、安顿排场诸法，悉委诸伶工，而其道益以不彰，虽有《中原音韵》及《九宫曲谱》二书，亦止供案头之用，不足为场上之资。暗室无灯，何怪乎此道之日衰也。余深思其故，乃知有一大病也。其病维何？曰务求自秘而已矣。从来文章之事，就其高深言之，各自见到之处，父不能传诸子，师不能传诸弟，此固难言，不足深责。惟规矩准绳，必须耳提面命，才能有所步趋。今一切不讲，使人暗中扪索，保无有歧误之事。在秘而不宣者，以为填词之法，非尽人所能，且此法无人授我，我岂肯独传于人，宁箝吾舌，使人莫名其妙，而吾略为指点之，则人将以关、马、郑、白尊我矣，此所以迄无成书也。凡存此心者，不外乎鄙吝二字。夫文章天下之公器，非我之所能独私，何必靳而不与至如是哉！余少时即经过此难，遍问曲家，卒无有详示本末者。故至今日，再不敢缄默以误世人，遂将平生所得，倾筐倒箧而出之，使人知有规矩准绳，而不为诵读所误，虽元人复起，亦且韪吾言也。

　　填词一道，世人皆以为难，顾亦有极乐之处。今请先言其难。诗古文辞，专在气韵风骨，世之治此者，求其工稳，与汉、魏、唐、宋作家争衡，固非易事。若论入手之始，仅在平仄妥协而已，况高论汉魏者，有时平仄亦可不拘，是其难在胎息，不在格律之间也。曲则不然，平仄四声而外，须注意于清浊高下，字之宜阴者，不可填作阳声，字之宜阳者，又不可填作阴声。况曲牌之名，多至数百（见后第一节"论宫调"内），各隶属于各宫调之下，而宫调之性，又有悲欢喜怒之不同，则曲牌之声，亦分苦乐哀悦之致，作者须就剧中之离合忧乐，而定诸一宫，然后再取一宫中曲牌，联为一套，是入手之始。分宫配角，已煞费苦心矣。乃套数既定，则须论字格。所谓字格者，一曲中必有一定字数，必有一定阴阳清浊，某句须用上声韵，某句须用去声韵，某字须阴，某字须阳，一毫不可通借。如仙吕调之【长拍】，其第六句共四字，而此四字，又必须全用上声，故吴石渠用"我有斗酒"，万红友用"祗我与尔"，洪昉思用"两载寡侣"，蒋心馀用"睍睆好鸟"，盖不如是则不合也。又如商调之【集贤宾】，其第一句必须用平平去上平去平，故陈大声用"西风桂子香正幽"，李玄玉用"三春夜短花睡浓"，袁于令用"愁魔病鬼朝露捐"，吴骏公用"晴窗凭几倾细茶"。诸如此类，谓之字格。至于用韵，尤宜谨严。盖曲中之韵，既非诗韵，又非词韵，其间去取分合，大抵以入声分派三声，而各将一韵分清阴阳，以便初学之检取。如世传之《中原音韵》与《中州音韵》皆是也（详见后第二节"论音韵"）。惟作者必须恪守韵律，不可彼此通借。《琵琶记》之《廊会》，合歌罗、家麻为一，《玉簪记》之《琴挑》，合真文、庚青、侵寻为一，在古人犹有此失，可不慎诸？是故作曲者为音律所拘缚，左支右绌，求一套之中，无支离拙涩之语，已是十分难事，而欲文字之工，足以与古作者相颉颃，不且难之又难哉！今之曲家，往往以典雅凝炼之语，施诸曲中，虽觉易动人目，究非此道之正宗。曲之胜场，在于本色，试遍看元人杂剧，有一种涂金错采，令人不可句读否？惟明之屠赤水，所作《昙花》、《彩毫》诸记，喜搬用类书，至今藉为口实，黄韵珊至此为房科墨卷，确是至言。然则配调填字协韵而外，尤须出以本色，何其难也。调得平仄成文，又恐阴阳错乱，配得宫调合律，更虞字格难谐，及诸般妥帖，而出语苟有晦涩，又非出色当行之作。黄九烟云："三仄应须分上去，两平还要辨阴阳"，岂知所论犹未尽乎？故论其难，几令人无从下笔。论其乐事，则亦有不可胜言者。自来帝王卿相，神仙鬼怪，皆不可随意而为之，古今富贵寿考如郭令公者，能有几人？惟填词家能以一身兼之。我欲为帝王，则垂衣端冕，俨然纮綖之音；我欲为神仙，则霞佩云裙，如带朝真之驾。推之万事万物，莫不称心所愿。屠门大嚼，聊且快意。士大夫伏处蓬庐，送穷无术，惟此一种文字，足泄其抑塞磊落不平之气，借彼笔底之烟霞，吐我胸中之云梦，不亦荒唐可乐乎？且词曲之间，亦有较他种文字略宽者。例如作一赋，通篇不能重韵，而曲则不妨。如【仙吕·点绛唇】、【混江龙】一套，其间所用之曲，不过十八支，而前曲所押之韵，后曲不妨重押。又诗古文辞，一篇中总须一意到底，而曲则视全出之关目，以为变化，白中如何说法，则曲亦如何做法，往往前曲与后曲，未必可以连属者，此亦无害，是曲律虽严，亦有可以通融之处也。第就愚见论之，凡作曲切不可畏其难，且愈难愈容易好。余尝为陈佩忍去病题《徐寄尘女史西泠悲秋图》，图为悲秋瑾而作者，余用【越调·小桃红】一套，其中【下山虎】，固举世所谓难作者也。《幽闺记》【下山虎】原文云："大家体面，委实多般，有眼何曾见。懒能向前，他那里弄盏传杯，恁般腼腆，这里新人忒煞虔。待推怎地展？主婚人，不见怜，配合夫妻事，事非偶然。好恶因缘总在天。"曲中"大"字，及"懒能向前"句，"待推怎地展"句，"事非偶然"句，四声一字不可移易，可谓难矣。余词云："半林夕照，照上峰腰，小冢冬青少。有柳丝数条，记麦饭香醪，清明拜扫，怎三尺孤坟也守不牢！这冤怎样了？土中人，血泪抛，满地红心草。断魂可招，你敢也侠气英风在这遭。"以较原文，似乎青出于蓝，可见天下无难事也。

第一节　论宫调

宫调之理，词家往往仅守旧谱中分类之体，固未尝不是。但宫调究竟是何物件，举世且莫名其妙，岂非一绝大难解之事。余以一言定之曰：宫调者，所以限定乐器管色之高低也。何也？即以笛论，笛共六孔，计有七音，今人按第一孔作工，第二孔作尺，第三孔作上，第四孔作一，第五孔作四，第六孔作合，而别将第二第三两孔按住作凡，此世所通行者，曲家谓之小工调。笛色之调有七：曰小工调（即上文所言者）、曰凡字调、曰六字调、曰正工调、曰乙字调、曰尺字调、曰上字调。此七调之分别，以小工调作准。所谓凡字调者，以小工调之凡字作工字也，凡作工字，工作尺字，尺作上字，上作一字，一作四字，四作合字，合作凡字是也。所谓六字调者，以小工调之六字作工字也，六作工，凡作尺，工作上，尺作一，上作四，一作合，四作凡是也。所谓正工调者，以小工调之五字作工字也，五作工，六作尺，凡作上，工作一，尺作四，上作合，一作凡是也。所谓乙字调者，以小工调之乙字作工字也，乙作工，五作尺，六作上，凡作一，工作四，尺作合，上作凡是也。所谓尺字调者，以小工调之尺字作工字也，尺作工，上作尺，一作上，四作一，合作四，凡作合，工作凡是也。所谓上字调者，以小工调之上字作工字也，上作工，一作尺，四作上，合作一，凡作四，工作合，尺作凡是也。笛共六孔，而所用有七调，是每字皆可作工，此即古人还相为宫之遗意。今曲中所言宫调，即限定某曲当用某管色，凡为一曲，必属于某宫或某调，每一套中，又必须同是一宫或一调。若一套中前后曲不是同宫，即谓出宫，亦谓犯调，曲律所不许也（顾亦有所变化，详后）。今且将六宫十一调之名备列之。

（一）六宫：仙吕宫、南吕宫、黄钟宫、中吕宫、正宫、道宫是也。

（二）十一调：大石、小石、般涉、商角、高平、歇指、宫调、商调、角调、越调、双调是也。

今再将笛中管色分配之，则览者可知其运用矣。

（三）小工调：仙吕宫、中吕宫、正宫、道宫、大石调、小石调、高平调、般涉调属之（中有彼此互见者，即两调可通用也）。

（四）凡调：南吕宫、黄钟宫、商角调、仙吕宫属之。

（五）六调：南吕宫、黄钟宫、商角调、商调、越调（亦可小工）属之。

（六）正工调：双调属之。

（七）乙字调：双调属之。

（八）尺调：仙吕宫、中吕宫、正宫、道宫、大石调、小石调、高平调、般涉调属之。

（九）上调：南吕宫、商调、越调属之。

就上所述论之，则各宫各调之管色，可一览知之矣。或曰：古言律吕，皆指阳律（太簇、姑洗、蕤宾、夷则、无射、黄钟）、阴吕（大吕、应钟、南吕、林钟、中吕、夹钟）而言，如子之说，仅有黄钟、南吕、中吕，其他一概不及者何也？且仅以笛色分配各宫，而不言隔八相生之理，又何也？曰：子所言者，律学也。余所论者曲中应用之理，就其所存者言之，不敢以艰深文浅陋也。古今论律者，不知凡几，求一明白晓畅者，十不获一。余于律吕之道，从未问津，苟以一知半解，而谬谓洞明古今之绝学，自欺欺人，吾不能，非不为也，故止就曲中之理言明之。盖曲与律，是二事，曲中之律，与吾子所言之律，又是二事，混而为一，此古今论者，文字愈多，而其理愈晦也。

南北曲名，多至千余，旧谱分隶各宫，亦有出入。词家不明分宫合套之道，出宫犯调，不一而作，曲文虽佳，不能被入管弦者，职是故也。南词自沈宁庵《九宫谱》出，度曲家始有准绳，北曲则直至《大成谱》出，尚无确切之规矩。余为近日词家立一准的，爰取各曲所属之宫调，详列于下（合套诸法，见后第三、第四两节）：

（一）仙吕宫所属诸曲：北曲则为【端正好】（正宫内不同）、【赏花时】、【点绛唇】、【混江龙】、【油葫芦】、【天下乐】、【村里迓鼓】（亦入商调）、【元和令】（亦入商调）、【上马娇】、【游四门】、【胜葫芦】、【后庭花】（亦入中吕调）、【河西后庭花】、【柳叶儿】（与黄钟不同）、【寄生草】、【青哥儿】、【哪吒令】、【鹊踏枝】、【六幺序】、【醉扶归】、【金盏儿】（与【双调金盏子】不同）、【醉中天】、【雁儿】、【一半儿】、【忆王孙】、【玉花秋】、【四季花】（亦入商调）、【穿窗月】、【八声甘州】、【大安乐】、【双燕子】（即【商调双雁儿】）、【翠裙腰】、【六幺遍】（亦入中吕）、【上京马】、【绿窗怨】、【瑞鹤仙】、【忆帝京】、【祅神儿】（与双调不同）、【六幺令】、【锦橙梅】、【三番玉楼人】、【柳外楼】、【太常引】、【尾声】、【随煞】、【赚煞】、【赚尾】、【上马娇煞】、【后庭花煞】。

南词则引子为【卜算子】、【番卜算】、【剑器令】、【小蓬莱】、【探春令】、【醉落魄】、【天下乐】、【鹊桥仙】、【金鸡叫】、【奉时春】、【紫苏凡】、【唐多令】、【黄梅雨】、【似娘儿】、【望远行】、【鹧鸪天】（引子者，出场时所用之引子，或用笛和，或不用笛和，与曲子大异）。过曲为【光光乍】、【铁骑儿】、【碧牡丹】、【大斋郎】、【胜葫芦】、【青歌儿】、【胡女怨】、【五方鬼】、【望梅花】、【上马踢】、【月儿高】、【二犯月儿高】、【月云高】、【月照山】、【月上五更】、【蛮江令】、【凉草虫】、【蜡梅花】、【感亭秋】、【望吾乡】、【喜还京】、【美中美】、【油核桃】、【木丫牙】、【长拍】、【短拍】、【醉扶归】、【皂罗袍】、【皂袍罩黄莺】、【醉罗袍】、【醉罗歌】、【醉花阴】、【醉归花月渡】、【罗袍歌】、【排歌】、【三叠排歌】、【傍妆台】、【二犯傍妆台】、【八声甘州】、【甘州解酲】、【甘州歌】、【十五郎】、【一盆花】、【桂枝香】、【二犯桂枝香】、【天香满罗袖】、【河传序】、【拗芝麻】、【一封书】、【一封歌】、【一封罗】、【安乐神犯】、【香归罗袖】、【解三酲】、【解酲带甘州】、【解酲歌】、【解袍歌】、【解酲望乡】、【掉角儿序】、【掉角望乡】、【番鼓儿】、【惜黄花】、【西河柳】、【春从天上来】、【古皂罗袍】、【甘州八犯】、【尾声】。

（二）南昌宫所属诸曲：北曲则为【一枝花】、【梁州第七】、【隔尾】、【牧羊关】、【骂玉郎】（亦名【瑶华令】，入中吕）、【感皇恩】、【采茶歌】、【玄鹤鸣】（即【哭皇天】）、【乌夜啼】、【贺新郎】、【草池春】、【红芍药】（与中吕不同）、【菩萨梁州】、【四块玉】、【梧桐树】、【玉娇枝】、【鹌鹑儿】、【干荷叶】、【金字经】、【尾声】、【收尾】、【煞尾】、【随尾】、【随煞】、【黄钟尾】、【隔尾随煞】、【隔尾黄钟煞】、【神仗儿煞】，外附【九转货郎儿】。

南词则引子为【大胜乐】、【金莲子】、【恋芳春】、【女冠子】、【临江仙】、【一剪梅】、【一枝花】、【薄媚】、【虞美人】、【意难忘】、【称人心】、【三登乐】、【转山子】、【薄倖】、【生查子】、【哭相思】、【于飞乐】、【步蟾宫】、【满江红】、【上林春】、【满园春】、【挂真儿】。过曲为【梁州序】、【梁州新郎】、【贺新郎】、【缠枝花】、【节节高】、【大圣乐】、【奈子花】、【奈子落琐窗】、【奈子宜春】、【青衲袄】、【红衲袄】、【一江风】、【单调风云会】、【梅花塘】、【香柳娘】、【孤雁飞】、【石竹花】、【解连环】、【风检才】、【呼唤子】、【大砑鼓】、【引驾行】、【薄媚衮】、【竹马儿】、【番竹马】、【绣带儿】、【绣太平】、【绣带宜春】、【宜春乐】、【太师引】、【醉太师】、【太师垂绣带】、【琐窗寒】、【琐窗郎】、【阮郎归】、【绣衣郎】、【宜春令】、【三学士】、【学士解酲】、【刮鼓令】、【罗鼓令】、【痴冤家】、【金莲子】、【金莲带东瓯】、【香罗带】、【罗带儿】、【二犯香罗带】、【罗江怨】、【五样锦】、【三换头】、【香遍满】、【懒画眉】、【浣溪沙】、【秋夜月】、【东瓯令】、【刘泼帽】、【金钱花】、【五更转】、【刘衮】、【红衫儿】、【本宫赚】、【梁州赚】、【红芍药】、【针线箱】、【满园春】、【八宝妆】、【九嶷山】、【木兰花】、【乌夜啼】、【春色满皇州】、【恨萧郎】。

（三）黄钟宫所属诸曲：北曲则为【醉花阴】、【喜迁莺】、【出队子】、【刮地风】、【四门子】、【古水仙子】、【塞雁儿】、【神仗儿】、【节节高】、【者刺古】、【柳叶儿】、【古寨儿令】、【六幺令】（与仙吕不同）、【九条龙】、【兴隆引】、【侍香金童】、【降黄龙衮】、【文如锦】、【女冠子】（与大石不同）、【愿成双】、【倾杯序】、【彩楼春】、【昼夜乐】、【人月圆】、【红衲袄】、【贺圣朝】、【尾声】、【随尾】、【随煞】、【黄钟尾】、【神仗儿煞】。

南曲则引子为【绛都春】、【疏影】、【瑞云浓】、【女冠子】（与南吕异）、【点绛唇】（与北曲大异）、【传言玉女】、【甄仙灯】、【西地锦】、【玉漏迟】。过曲为【绛都春序】、【出队子】、【闹樊楼】、【下小楼】、【画眉序】、【滴滴金】、【滴溜子】、【神仗儿】、【鲍老催】、【双声子】、【啄木儿】、【三段子】、【归朝欢】、【水仙子】、【刮地风】（与北曲不同）、【春云怨】、【三春柳】、【降黄龙】、【衮遍】、【狮子序】、【太平歌】、【赏宫序】、【玉漏迟序】、【恨萧郎】（与南吕不同）、【灯月交辉】、【恨更长】、【侍香金童】（亦入仙吕）、【传言玉女】、【月里嫦娥】、【天仙子】（自此宫起，凡南曲中集曲，不录）。

（四）中吕宫所属诸曲：北曲则为【粉蝶儿】、【醉春风】、【迎仙客】、【石榴花】、【斗鹌鹑】（与越调不同）、【上小楼】、【快活三】、【朝天子】、【四边静】、【满庭芳】、【贺圣朝】、【叫声】、【红绣鞋】、【鲍老儿】、【红芍药】（与南吕不同）、【剔银灯】、【蔓青菜】、【普天乐】、【柳青娘】、【道和】、【醉高歌】、【十二月】、【尧民歌】、【喜春来】、【鬼三台】（与越调不同）、【播梅令】、【古竹马】（与越调不同）、【卖花声】（亦入双调）、【酥枣儿】、【齐天乐】、【红衫儿】（亦入正宫）、【山坡羊】、【四换头】、【乔捉蛇】、【骨打兔】、【尾声】、【煞尾】、【卖花声煞】、【啄木儿煞】。

南曲则引子为【粉蝶儿】（与北曲异）、【四园春】、【醉中归】、【满庭芳】、【行香子】、【菊花新】、【青玉案】、【尾犯】、【绕红楼】、【剔银灯引】、【金菊对芙蓉】。过曲为【泣颜回】、【石榴花】、【驻马听】（与北曲异）、【马蹄花】、【番马舞秋风】、【驻云飞】、【古轮台】、【扑灯蛾】、【念佛子】、【大和佛】、【鹘打兔】、【大影戏】、【两休休】、【好孩儿】、【粉孩儿】、【红芍药】（与南吕不同）、【耍孩儿】、【会河阳】、【缕缕金】、【越恁好】、【渔家傲】、【剔银灯】、【摊破地锦花】、【麻婆子】、【尾犯序】、【丹凤吟】、【十破四】、【冰车歌】、【永团圆】、【瓦盆儿】、【喜渔灯】、【舞霓裳】、【山花子】、【千秋岁】、【红绣鞋】、【驮环着】、【合生】、【风蝉儿】、【醉春风】、【贺圣朝】、【沁园春】、【柳梢青】、【迎仙客】、【杵歌】、【阿好闷】、【呼唤子】（与北曲不同）、【太平令】、【德胜序】、【宫娥泣】。

（五）正宫所属诸曲：北曲则为【端正好】、【滚绣球】、【叨叨令】、【倘秀才】、【白鹤子】、【塞鸿秋】、【脱布衫】、【小梁州】、【醉太平】、【呆骨朵】、【货郎儿】、【九转货郎儿】、【伴读书】、【笑和尚】、【芙蓉花】、【鸳鸯双】、【蛮姑儿】、【穷河西】、【梅梅雨】、【菩萨蛮】、【月照庭】、【六幺遍】、【黑漆弩】、【甘草子】、【汉东山】、【金殿喜重重】、【怕春归】、【普天乐】、【锦庭芳】、【尾声】、【收尾】、【啄木儿煞】。

南曲则引子为【燕归梁】、【七娘子】、【梁州令】、【破阵子】、【瑞鹤仙】、【喜迁莺】、【猴山月】、【新荷叶】。过曲为【玉芙蓉】、【刷子序】、【锦缠道】、【朱奴儿】、【普天乐】、【锦庭乐】、【雁过声】、【风淘沙】、【四边静】、【福马郎】、【小桃红】（与越调不同）、【绿襕衫】、【三字令】、【一撮棹】、【泣秦娥】、【倾杯序】、【长生道引】、【彩旗儿】、【白练序】、【醉太平】（亦入南吕）、【双鸂鶒】、【洞仙歌】、【雁来红】、【花药栏】、【本宫赚】、【怕春归】、【蔷薇花】、【丑奴儿近】、【安公子】、【划锹令】、【湘浦云】。

（六）道宫所属诸曲：北曲则为【凭栏人】（与越调不同）、【美中美】、【大圣乐】、【解红赚】、【尾声】。

南曲无。

道调宫向无专曲，故旧谱皆付阙如。兹从董解元《西厢记》，有【凭栏人】全套，故录补之。惟此套《大成谱》，载入黄钟宫内，是亦有异同也。南曲则仍缺之。

（七）大石调所属诸曲：北曲则为【念奴娇】、【百字令】（与词同，惟仅有散板）、【六国朝】、【卜金钱】、【归塞北】、【雁过南楼】、【喜秋风】、【怨别离】、【净瓶儿】、【好观音】、【催花乐】、【常相会】、【青杏子】（亦入小石调）、【憨郭郎】、【还京乐】、【催拍子】、【荼蘼香】、【蓦山溪】、【女冠子】、【玉翼蝉】、【鹧鸪天】、【灯月交辉】、【喜梧桐】、【初生月儿】、【随煞】、【带赚煞】、【雁过南楼煞】、【净瓶儿煞】、【好观音煞】、【玉翼蝉煞】。

南曲则引子为【东风第一枝】、【碧玉令】、【少年游】、【念奴娇】、【烛影摇红】。过曲为【沙塞子】、【本宫赚】、【念奴娇序】、【催拍】、【赛观音】、【人月圆】、【长寿仙】、【蓦山溪】、【乌夜啼】、【插花三台】、【丑奴儿令】。

（八）小石调所属诸曲：北曲则为【恼杀人】、【伊州遍】、【青杏儿】（亦入大石）、【天上谣】、【尾声】。

南曲则为【骤雨打新荷】（与北曲同，即元遗山作）。

（九）般涉调所属诸曲：北曲则为【哨遍】（与词不同）、【脸儿红】、【墙头花】、【耍孩儿煞】、【促拍令】、【瑶台月】、【三煞】、【尾声】。

南曲则为【哨遍】（与词同）。

（十）商角调所属诸曲：北曲则为【黄莺儿】（与南曲不同）、【踏莎行】、【盖天旗】、【应天长】、【垂丝钓】、【尾声】。

南曲则为【永遇乐】、【熙州三台】、【解连环】、【秋夜雨】、【渔父】。

（十一）高平调所属诸曲：北曲则为【木兰花】、【唐多令】、【于飞乐】、【青玉案】、【尾】（皆与词不同）。

南曲无。

（十二）歇指调所属诸曲：南北皆无。

（十三）宫调所属诸曲：南北皆无。

（十四）商调所属诸曲：北曲则为【集贤宾】、【逍遥乐】、【金菊香】、【醋葫芦】、【梧叶儿】、【浪里来】、【贤圣吉】、【望远行】、【贺圣朝】、【凤凰吟】、【凉亭乐】、【上京马】、【酒旗儿】、【八宝妆】、【二郎神】、【水红花】、【定风波】、【玉胞肚】、【秦楼月】、【桃花浪】、【满堂红】、【芭蕉延寿】、【水仙子】、【尾声】、【浪里来煞】、【随调煞】、【商平煞】、【商平随调煞】。

南曲则引子为【凤凰阁】、【风马儿】、【高阳台】、【忆秦娥】、【逍遥乐】、【绕池游】、【三台令】、【二郎神慢】、【十二时】。过曲为【字字锦】、【满园春】、【高阳台】、【山坡羊】、【水红花】、【梧叶儿】、【梧桐花】、【金梧桐】、【梧桐树】、【二郎神】、【集贤宾】、【莺啼序】、【黄莺儿】、【簇御林】、【摊破簇御林】、【琥珀猫儿坠】、【五团花】、【吴小四】。

（十五）角调所属诸曲：南北皆无。

（十六）越调所属诸曲：北曲则为【斗鹌鹑】、【紫花儿序】、【金蕉叶】、【调笑令】、【小桃红】、【秃厮儿】、【圣药王】、【麻郎儿】、【络丝娘】、【小络丝娘】、【东原乐】、【绵搭絮】、【拙鲁速】、【天净沙】、【鬼三台】、【耍三台】、【雪里梅】、【眉儿弯】、【送远行】、【柳营曲】、【黄蔷薇】、【庆元贞】、【古竹马】、【踏阵马】、【青山口】、【郓州春】、【看花回】、【南乡子】、【梅花引】、【尾声】、【随煞】、【天净沙煞】、【眉儿弯煞】。

南曲则引子为【浪淘沙】、【霜天晓角】、【金蕉叶】、【杏花天】、【祝英台近】、【桃柳争春】。过曲为【小桃红】、【下山虎】、【蛮牌令】、【二犯排歌】、【五般宜】、【本宫赚】、【斗虾蟆】、【五韵美】、【罗帐里坐】、【江头送别】、【章台柳】、【醉娘子】、【雁过南楼】、【山麻秸】、【花儿】、【铧锹儿】、【系人心】、【包子令】、【梅花酒】、【亭前柳】、【一匹布】、【梨花儿】、【水底鱼儿】、【吒精令】、【引军旗】、【丞相贤】、【赵皮鞋】、【秃厮儿】、【乔八分】、【绣停针】、【祝英台】、【望歌儿】、【斗宝蟾】、【忆多娇】、【江神子】、【园林杵歌】、【养花天】、【入赚】、【绵搭絮】、【入破】、【出破】（北曲越调，多用六字调。南曲越调，多用小工调）。

（十七）双调所属诸曲：北曲则为【新水令】、【驻马听】、【沉醉东风】、【雁儿落】、【得胜令】、【乔牌儿】、【甜水令】、【折桂令】、【蟾宫曲】、【锦上花】、【河西锦上花】、【碧玉箫】、【搅筝琶】、【清江引】、【步步娇】、【落梅风】、【乔木查】、【庆宣和】、【湘妃怨】、【庆东原】、【沽美酒】、【太平令】、【夜行船】、【挂玉钩】、【荆山玉】、【竹枝歌】、【春闺怨】、【牡丹春】、【对玉环】、【五供养】、【月上海棠】、【殿前欢】、【凤引雏】、【月儿弯】、【行香子】、【天仙子】、【蝶恋花】、【天娥神曲】、【醉春风】、【四块玉】、【快活年】、【朝元乐】、【沙子儿】、【海天晴】、【一机锦】、【好精神】、【农乐歌】、【动相思】、【二犯白苎歌】、【新时令】、【十捧鼓】、【秋江送】、【袄神急】、【楚天遥】、【枳郎儿】、【川拨棹】、【七弟兄】、【梅花酒】、【收江南】、【小将军】、【拨不断】、【太清歌】、【楚江秋】、【镇江迴】、【阿纳忽】、【风入松】、【一锭银】、【胡十八】、【乱柳叶】、【豆叶黄】、【胡捣练】、【万花方三叠】、【小阳关】、【枣乡词】、【石竹子】、【山石榴】、【醉娘子】、【醉也摩沙】、【相公爱】、【小拜门】、【金盏子】、【大拜门】、【也不罗】、【喜人心】、【风流体】、【忽都白】、【倘兀歹】、【青天歌】、【大德歌】、【华严赞】、【山丹花】、【鱼游春水】、【庆农年】、【秋莲曲】、【尾声】、【本调煞】、【鸳鸯煞】、【离亭宴煞】、【歇指煞】、【离亭燕带歇指煞】。

南曲则引子为【真珠帘】、【花心动】、【谒金门】、【惜奴娇】、【宝鼎现】、【金珑璁】、【捣练子】、【海棠春】、【夜行船】、【四国朝】、【玉井莲】、【新水令】、【贺圣朝】、【秋蕊香】、【梅花引】。过曲为【昼锦堂】、【红林擒】、【锦堂月】、【醉公子】、【侥侥令】、【孝顺歌】、【锁南枝】、【柳摇金】、【四块金】、【淘金令】、【金凤曲】、【摊破金字令】、【夜雨打梧桐】、【金水令】、【朝天歌】、【娇莺儿】、【朝元令】、【柳梢青】、【锦金帐】、【锦法经】、【灞陵桥】、【叠字锦】、【山东刘袞】、【雌雄画眉】、【夜行船序】、【晓行序】（北曲双调有多用小工者，南曲双调，则正工乙字多）。

又南曲中有所谓仙吕入双调者，所属诸曲颇多，此北曲中所无也。余按名为仙吕入双调，实则亦仙吕宫耳。且犯调集曲至夥，是亦不可缺也。因附于后：【惜奴娇】、【黑麻序】、【锦衣香】、【浆水令】、【嘉庆子】、【尹令】、【品令】、【豆叶黄】、【六幺令】、【福青歌】、【窣地锦裆】、【哭歧婆】、【双劝酒】、【字字双】、【三棒歌】、【破金歌】、【柳絮飞】、【普贤歌】、【雁儿舞】、【打球场】、【倒拖船】、【风入松】、【好姐姐】、【金娥神曲】、【桃红菊】、【一机锦】、【锦上花】、【步步娇】、【忒忒令】、【沉醉东风】、【园林好】、【江儿水】、【五供养】、【玉交枝】、【玉胞肚】、【川拨棹】、【玉雁子】、【絮婆婆】、【十二娇】、【玉札子】、【流拍】、【松下乐】、【武陵花】。

如上所列，则六宫十一调所属诸曲，粲若列眉，只须就本宫调联络成套，就古人所固有者排列之，则自无出宫犯调之病。惟文人好作狡狯，老于音律者，往往别出心裁，争奇好胜，于是北曲有借宫之法，南曲有集曲之法。所谓借宫者，就本调联络数牌后，不用古人旧套，别就他宫觅取数曲（但必须管色相同者），接续成套是也。如王实甫《西厢记》，用【正宫端正好】、【滚绣球】、【叨叨令】、【倘秀才】、【滚绣球】后，忽借用【般涉调耍孩儿】，以联成套数，此惟神于曲律者能之。元人中似此者正多，但可用其成法，切不可自行联套，致贻画虎之讥也。所谓集曲者，其法亦相似，取一宫中数牌，各截数句而别立一新名是也。南曲中如张伯起之【九回肠】，梁伯龙之【巫山十二峰】，皆集曲也。【九回肠】合【解三酲】、【三学士】、【急三枪】而成，三三成九，故曰【九回肠】。【十二峰】合【三仙桥】、【白练序】、【醉太平】、【普天乐】、【犯胡兵】、【香遍满】、【琐窗寒】、【刘泼帽】、【三换头】、【贺新郎】、【节节高】、【东瓯令】而成，故曰【十二峰】。诸如此类，不可胜数。余谓但求词工，不在牌名之新旧，惟既有此格，则亦不可不一言之。总之，借宫集曲，统名犯调，若用别宫别调，总须用管色相同者。例如仙吕宫与中吕宫，同用小工调，则或于仙吕曲中犯中吕，或于中吕曲中犯仙吕，皆无妨也。据此类推，庶无歧误矣（古曲间亦有误者，亦不可从也）。余集曲不备载者，以无甚深意故也。

第二节　论音韵

曲中之要，在于音韵。何谓音？即喉舌唇齿间之清浊是也。何谓韵？即十九部之阴阳是也。音有清浊，韵有阴阳，填词者必须辨别清楚，斯无拗折嗓子之诮，否则纵有佳词，终不入歌者之口也。天下之字，不出五音，五音为宫、商、角、徵、羽，分属人口，为喉、颚、舌、齿、唇。凡喉音皆属宫，颚音皆属商，舌音皆属角，齿音皆属徵，唇音皆属羽，此其大较也。宫音最浊，羽音最清，苟一分晰，异同立见。惟韵之阴阳，在平声入声，至易辨别，所难者上去二声耳。上声之阳，类乎去声，而去声之阴，又类乎上声，此周挺斋《中原音韵》但分平声阴阳，不及上去者，盖亦畏其难也。迨后，明范善溱撰《中州全韵》、清初王鵕撰《音韵辑要》，始将上去二声分别阴阳，而度曲家乃有所准绳矣。大凡曲韵与词韵相异者，词中支思与齐微，合并为一，寒山、桓欢、先天三韵，家麻、车遮二韵，监咸、廉纤二韵，亦合而为一。又词中所用入韵，有协入三声者，有独用入声者，故万不可守入派三声之例。则入声一调断不能缺，此填曲家所以万万不可用词韵也。愚意曲韵之与诗韵，虽截然不同，顾其源即出于诗韵，特以诗韵分合之耳（所谓诗韵者，指《唐韵》、《广韵》、《集韵》而言，非近时通行之诗韵也，通行诗韵不足守）。诗韵自南齐永明时，谢朓、王融、刘绘、范云之徒，盛为文章，始分平上去入为四声。汝南周子，乃作《四声切韵》，梁沈约继之为《四声谱》，此四声之始，而其书久已失传。隋仁寿初，陆法言与刘臻、颜之推、魏渊等八人，论定南北是非，古今通塞，撰《切韵》五卷。唐仪凤时，郭知元等又附益之。天宝中，孙愐诸人复加增补，更名曰《唐韵》。宋祥符初，陈彭年、邱雍重修，易名曰《广韵》。景德四年，戚纶等承诏详定考试声韵，别名曰《韵略》。景祐初，宋祁、郑戬建言以《广韵》为繁简失当，乞别刊定，即命祁、戬与贾昌朝同修，而丁度、李淑典领之，宝元二年书成，诏名曰《集韵》。是自《切韵》为始，而《唐韵》，而《广韵》，而《韵略》，而《集韵》，名虽屡易，而其书之体例，未尝更易，总分为二百六部，独用通用，所注了然，非特可用之于诗，即就其所通用各韵押之，亦无所不可，况曲韵中之分配，本以此为据乎？（如曲韵中第一部之东同韵，即合《集韵》平声之一东、二冬、三钟，上声之一董、二肿，去声之一送、二宋、三用而成者，馀皆如此。）是故填曲者，苟曲韵一时不能置辨，不妨就《集韵》中独用通用之例而谨守之，较愈于杜撰者多多也。若用词韵，则未有不偭规越矩者矣。

曲韵分合，诸家亦各不同，而要以昭文周少霞昂分知如别作一韵为最谬。知音为展铺，如音为撮唇，二音绝不相类，如何可作一韵？且自来曲韵，从未有如此分配者，此正万万不可从也。今取各家之说，汇集考订，以王鵕《音韵辑要》为主，分别部居，勒成一种曲韵，庶填曲家得有遵守。惟谫陋舛误，终不能免，知音君子，尚祈赐益焉。①

　　第一部　　东同韵　　（略）
　　第二部　　江阳韵　　（略）
　　第三部　　支时韵　　（略）
　　第四部　　齐微韵　　（略）
　　第五部　　归回韵　　（略）
　　第六部　　居鱼韵　　（略）
　　第七部　　苏模韵　　（略）
　　第八部　　皆来韵　　（略）

---

① 此部分与王鵕《音韵辑要》大同小异，故略。

第九部	真文韵	（略）
第十部	干寒韵	（略）
第十一部	欢桓韵	（略）
第十二部	天田韵	（略）
第十三部	萧豪韵	（略）
第十四部	歌罗韵	（略）
第十五部	家麻	（略）
第十六部	车蛇	（略）
第十七部	庚亭	（略）
第十八部	鸠由	（略）
第十九部	侵寻	（略）
第二十部	监咸	（略）
第廿一部	纤廉	（略）

右为部共廿一，为韵合平上去共百有二十，其分合悉据《集韵》，与周德清氏《中原音韵》，略有分合处，为南北曲家必不可少之作。其中分阴分阳，又悉依周高安、范昆白之旧，而补入者亦多。填词者就此韵用之，依谱以填句，守部以选韵，庶不致偭规越矩者矣。元音歇绝，抱璞自怜，置诸箧衍久矣，公诸世间，以饷同嗜。

统以上诸韵而论之，较诗词韵有宽处，有严处。所为宽者，诗则东与冬不能混，萧与豪又不能相合。词虽略宽，顾如魂元之类有时亦稍当区别，此则江阳一致，庚亭不分，且合平上去三声而共用之，固诗与词所万万不能者也。至其严紧之处，亦有较诗词缜密者。诗姑勿论，今专论词。词韵如支时、机微、归回三韵，素所不分，而此则各判畛域，不可假借。居鱼、苏模二韵，词家通用，而曲则又不可混（居鱼、苏模二韵，曲中向亦不分，分之自李笠翁始）。他若寒山、欢桓之与天田，监咸之与纤廉，词中有时亦并而为一，而曲则更不能稍为通融。凡此之类，皆曲中最细之处。以开口与闭口，出音各殊，鼻音与颚音，吐字宜细（曲中真文为抵颚音，庚亭为鼻音，侵寻为闭口音，此三音分立至严）。盖不分晰则发音不纯，起调毕，曲无所归束矣。惟填曲较他种文字为易者，谓一曲中平仄韵间用，无一曲纯是平韵，亦无一曲纯是仄韵，此中选择韵脚，稍觉宽耳。顾古今曲家，往往用韵有不协者，如高深甫濂所作之《玉簪记》，举世所称道者也。其中《琴挑》一折，尤为脍炙人口，而【朝元歌】四支，所用诸韵，竟是荒谬绝伦。其词云："长清短清，那管人离恨。云心水心，有甚闲愁闷。一度春来，一番花褪，怎生上我眉痕。云掩柴门，钟儿磬儿在枕上听。柏子座中焚，梅花帐绝尘。你是个慈悲方寸。长长短短，有谁评论。"词中"清"字韵是庚亭，"恨"字韵是真文，"心"字韵是侵寻，"闷"字、"褪"字、"痕"字、"门"字纯是真文，"听"字韵又是庚亭，"焚"字、"尘"字、"寸"字、"论"字又是真文。一首词中，犯韵若此，令人究不知所押何韵。忽而闭口，忽而抵颚，忽而鼻音，歌者辄宛转叶之，而此曲遂无一人能唱得到家矣（此曲唱者虽多，顾无一人佳者）。又如高则诚之《琵琶记》，亦有错误，支时与鱼模不分，歌罗与家麻并用，自谓不屑寻宫数调，其实贻误后学至巨。在古人犹可推诿也。其时词家，大抵神于音律，且既无曲韵之可遵，又乏曲律之可守，空拳赤手，俨然成此七宝之楼台，即有舛误，亦当平心宽恕。至于今日，则情形不同，《大成宫谱》出，而律度有所准绳矣。《钦定词韵》出，而韵律亦有依据矣。所难者，中秘典签，寒士未必能有，顾如沈宁庵之《南词谱》，范昆白之《中州韵》，尚可访求而得之，乃误以传讹，曾不一为考订，致使云门大乐，既如广陵之琴，韶濩钧天，不入秦王之梦。余故谓当今之世，正黄钟毁弃，瓦釜雷鸣之日也。因订此韵，为文人暗室之灯，览者当知余之苦心，则幸甚矣。

第三节　论南曲作法
（宜与前第一节论宫调参观之）

　　南曲自梁、魏创立水磨调后（俗名昆腔），其作法大有变革。良辅仅点《琵琶记》板，而不点《幽闺记》板（《幽闺》为施君美作。君美名惠，即作《水浒传》之耐庵居士也），故词家宜恪守《琵琶》。惟东嘉用韵夹杂，不尽可依，取舍从违之际，颇费裁酌，非老于词学者，不无窒碍处。旧谱中最知名者，曰《南音三籁》，曰《骷髅格》，曰《九宫谱》，俱不盛传于世。惟沈宁庵之《南九宫谱》，钮少雅之《南曲范》，藏书家间有储弆者，顾亦不多见矣。余谓诸谱论词句之格式虽详，而于填词时按谱寻声之道，尚未深论，是犹有可议也。康熙时《南词定律》一书，考订最精，且系殿板，购求尚易，填曲者当以此为样本（今人填曲，率取旧本传奇，如《西厢记》、《牡丹亭》、《桃花扇》数部作样本，或取《长生殿》与《倚晴七种》①者亦有之。余谓《牡丹亭》衬字太多，《桃花扇》平仄欠合，皆未便效法。必不得已，但学《长生殿》，尚无纰缪耳），则有所依据，不误歧途也。惟词家尚有数事，为不可不明者，余为备论之。

　　（一）词牌之体式宜别也。词牌诸名，备载第一节宫调论内。兹所谓体式者，盖自来沿误之处，自应辨别而已。每一牌必有一定之声，移动不得些微，往往有标名某宫某牌，而所作句法，全非本调者，令人无从制谱，此不得以不知音三字诿罪也（此误《牡丹亭》最多，多一句，少一句，触目皆是，故叶怀庭改作集曲也）。又传奇情节，某处宜悲戚，某处宜欢乐，某处宜用急曲，某处宜用慢曲，皆各视戏情而酌用之。今一切不论，任取一曲填之，以致丑脚或唱【懒画眉】，生旦反用【普贤歌】，张冠李戴，实为笑柄，故体式不可不知也。余略举数例，以为词家之隅反可乎？如【点绛唇】，引子也，南曲中属于黄钟宫者也。《琵琶记·陈情》（俗名《辞朝》）折内云：

月淡星稀，建章宫里千门晓。御炉烟袅，隐隐鸣梢杳。

此真黄钟引子之正格，故"建章宫里"之"里"字，并不押韵，显与北曲之【仙吕点绛唇】大异也。顾今之歌者，皆用六凡工度之，则南词之【黄钟点绛唇】，尽变为北曲之【仙吕点绛唇】矣。南词引子，乃少其一，有此理乎？又如【正宫倾杯序】，其第一句为四字叶韵者，元人所作，无不如是也。至明景泰时，邱琼山所作之《纲常记》，所用【倾杯序】第一句，为"步蹑云霄（句）际圣朝（读）叨沐恩波浩（句）"，此正元调体式。不知何人，妄以此二句改作"步蹑云霄际圣朝（句）叨沐恩波浩（句）"，既不顾其文理，又不顾其句法，直至今日，牢不可破，即淹雅如杨升庵亦承其讹。升庵《陶情乐府》内，【倾杯序】云："隔墙新月上梅花（句）绣阁吹灯罢。"可知此误由来旧矣。又如【针线箱】与【解三酲】，其实一牌也。【针线箱】八句二十八板，【解三酲】亦八句二十八板，其所以名【针线箱】者，实始于古曲之《东墙记》，记中云：

为薄情使人萦系，终日把围屏闷倚。恹恹顿觉贪春睡，一日瘦如一日。有时重整残针指，拈起东来忘却西。香闺里，无言空对，针线箱儿。（旁有点画处为板。、为头板，L

---

① 校者按，此当指黄燮清《倚晴楼七种曲》，吴书原为《倚殢七种》，故径改为《倚晴七种》。

为腰板，│为截板，当细检）

因末句有"针线箱儿"四字，遂以为名，共实与【解三酲】有何区别？昧者于是以【解三酲】属仙吕，以【针线箱】属南吕，殊不知笛色同用六调（见宫调论），如何能入仙吕？此大愤愤也。又如《西厢》之《佳期》折，所用【十二红】（即"小姐小姐多丰采"一支），系仙吕集曲，非商调集曲，其第一牌名【醉扶归】，是仙吕宫也（凡集曲总以第一牌为际准，第一牌为某宫，则以下诸曲，宜均在此宫，若犯别调之曲，亦须取笛色相同者）。既是仙吕，则笛色当用小工，今律以所犯牌名，杂出不伦，纰缪甚多，且笛色又用凡字调，则一若南吕宫矣。叶怀庭云："《佳期》曲刺谬不少，今骤然订正，恐有郢客寡和之憾，姑仍旧贯，识者无讥。"则此曲之误，怀庭固知之焉。李笠翁讥此曲为鄙俗，犹从文字着想，实则岂仅鄙俗二字足蔽之哉（《南词定律》以此曲属仙吕犯调，确当不易，并分注各牌，以【醉扶归】、【惜黄花】、【皂罗袍】、【傍妆台】、【耍鲍老】、【罗帐里坐】、【江儿水】、【玉娇枝】、【山坡羊】、【东瓯令】、【排歌】、【太平歌】诸名，逐句配合，尤为允惬）。诸如此类，不胜枚举，取其最著者言之，已如此繁夥矣。是故填词者谨守宫谱而外，第一当明体式。

（二）曲音之卑亢宜调也。南曲之声，最易辨析，而亦最不易辨析，何也？以宫调论，则每宫有每宫之声，至易分辨。以每支论，则同属一宫之曲，其声有不能分辨者，要在句法长短之间，寻其异同之处而已。如【忒忒令】之与【园林好】，【莺啼序】之与【集贤宾】，【好事近】之与【泣颜回】，乍听其声，几难分别，直至察其板式（详论见后），乃能清晰。故填词家凡遇声音易于混淆之曲，其四声阴阳，宁守定旧谱，或可免舛错耳。大抵字音与曲调，螯然相反，四声中字音，以上声为最高，而在曲调中，则上声诸字，反处极低之度。又去声之音，读之似觉最低，不知在曲调中，则去声最易发调，最易动听。故逢去上两字连用之处（谓一句中相连处），用去上者必佳，用上去者次之，所谓卑亢之间最难联贯也。凡事自上而下较易，自下而上较难。自去声至上声，由上而下也。自上声至去声，由下而上也。所以去上之声，必优美于上去。总之就曲调之高低，以律字音之卑亢，调之低者，宜用上声字，调之高者，宜用去声字。而总要一语，必须文字优美，能上声字少用，则所填诸词，无不可被弦管矣。虽然，此特为不知音者填词而发也，若词林宗匠，尽有出奇操胜之妙，局促于短辕之下，有才者反多一束缚，要之此理却是不可不知而已。余今略举一曲为例。如【皂罗袍】，仙吕宫曲也，共九句二十五板。古词云：

> 暗想朱门俊女，岂无俊杰，肯配寒儒。漫自无言意踌躇，无情却被多情误。蓝桥何处？梦儿又无。阳台何处？路儿怎疏。朝云暮雨难凭据。

词中所用"暗想"、"俊女"、"暮雨"诸字，皆是极妙之处，凡遇此等处，宜恪守之。又"漫自无言意踌躇"句，必须用仄仄平平仄平平，一字不可更动也。余姑填一曲，以为程式。

> 漫剪银钉细语，此时夜短，好卸珠襦。梦影微茫艳情纡，春纤记取檀霞注。钗头花气，嫩香乍舒，衣鞴芳泽，罗巾尚馀。柔魂待绕梨云去。

此曲于原词妙处，一丝不走，填词家须如此遵谱，方能合律。非敢谓举世皆非，而我独是也。

更有一事当注意者，前曲与后曲联缀之处，不独与别宫曲联络，有卑亢不相入之理，即同宫同调，亦有高低不同者。同一商调也，【金梧桐】之高亢，与【二郎神】之低抑，相去不可以道里计也，故自来曲家，卒未有以此二曲联为一套者。《牡丹亭·冥誓》折，所用诸曲，有仙吕者，有黄钟宫者，强联一处，杂出无序，《纳书楹》节去数曲，始合管弦，以若士之才，而疏于曲律如是，甚矣填词之难也。往在汴京时，见一时贤，示我新曲，其第一折第一支，即用【桂枝香】，第二支用【宜春令】，第三支用【麻婆子】，乱次以济，音调怪异，且使笛工每吹一曲，须换一调，唱者吹者，皆属苦事。彼时以初交，未便指点，且反称誉之，遂大喜而去。岂知【桂枝香】用小工调，【宜春令】用六字调，一高一低，格不相入，况【麻婆子】为中吕急曲，有板无腔（俗名干板，又名流水板），如何与【桂枝香】、【宜春令】等慢曲联得下去？此理不明，并填词亦可免劳矣。故填词家谨守宫谱而外，第二须明曲调之高卑，庶免扣槃扪烛之诮。

（三）曲中之板式宜检也。板拍所以为曲中之节奏，北曲无定式，视文中衬字之多少以为衡，所谓死腔活板是也。南曲则每宫每支，除引子及【本宫赚】、【不是路】外，无一不立有定式。如仙吕宫之【河传序】，共三十二板，【桂枝香】二十三板，其下板处各有一定不可移动之处，谓之板式（每曲第几字下板，毫无假借）。文人善歌者少，往往不明板式之理，或任意多加衬字（衬字谓曲中不应有之字。如《八阳》第一曲第一句，应用七字韵句，今云："收拾起大地山河一担装"，此"收拾起"三字，即衬字也。照谱填词，或于句首、句中多加二三字者是也），以至上一板与下一板，相隔太远，遂令唱者赶板不及，甚则落腔出调者，皆填词时不检板式之病也。欲免此病，只有在未填词之先，先将欲填之曲检出，细察此曲之板式，其疏密若何，若板式至简，或上句之末一板，与下句之第一板，中间间隔多字者，则下句之首，万不可再加衬字矣。今姑举一例以明之，如【仙吕·桂枝香】共十一句二十三板，《琵琶记》原词云：

> 书生愚见，忒不通变。不肯坦腹东床，漫自去哀求金殿。想他们就里，他们就里，将人轻贱。非爹胡缠，怕被人传。相府公侯女，不能嫁状元。

第一句"书生愚见"，与第二句"忒不通变"，下板处同在第一字，第四字上，而"见"字一板，与"忒"字一板，恰好相联，故【桂枝香】第二句上，不妨加几个衬字，歌时两板相去甚近，尽赶得上板也。"将人轻贱"，"非爹胡缠"二句，亦然。而"被人传"之"被"字一板，与上句"缠"字一板，又是相联，故亦可加入衬字。"相府公侯女，不能嫁状元"二句，其"女"字一板，与"不"字一板，又是相联，亦可加入衬字。再以《红梨记》【桂枝香】证之，自然豁然贯通矣。《红梨·亭会》折云：

> 月圆如镜，好笑我贪杯酩酊。忽听窗外喁喁，似唤我玉人名姓。我魂飞魄惊，魂飞魄惊。便欲私窥动静，争奈我酒魂难省。到今日睡懵腾，只落得细数三更漏。没奈何长吁千百声。

词中所用"好笑我"、"便欲"、"争奈我"、"到今日"、"只落得"、"没奈何"皆衬字也，而皆就板式紧密处加入之，歌者全不费力，且反有疏密清逸之致，此真词林老手也（《红梨》为明徐复祚笔，颇多俊语）。总之，板式紧密处，皆可加衬字，板式疏宕处，则万万不可。汤临川作《牡丹亭》，不知此理，任意添加衬字，令歌者无从句读。当时凌初成、冯犹龙、臧晋叔诸子，为之改窜，虽入歌场，而文字遂逊原本十倍，此由于不知板也。故填词家谨守宫谱而外，第三当知板式之疏密。

（四）曲牌之套数宜酌也。南曲套数，至无一定，然自梁伯龙《江东白苎》词后，其联络贯串处，又似有一定不可更改之处。大抵小出可以不拘（所谓小出者，为丑净过脉戏，俗谓之饶戏，或用【驻云飞】数支，每支换韵者，如《长生殿·看袜》之类，或用【水底鱼】数支，有换韵有不换韵，如《长生殿·陷关》之类是也），大出则全套曲牌，各有定次，前后联串，不能倒置（若用集曲，则亦可不拘。如《独占》之【十二红】，散曲之【巫山十二峰】，《思乡》之【雁鱼锦】是也），作者顺其次序按谱填之，不可自作聪明，致有冠履倒易之诮，惟用同牌曲四支，与【换头】并用者，则【尾声】可以不用矣。《琵琶》中如《规奴》之【祝英台】四支、《梳妆》之【风云会四朝元】四支、《登程》之【甘州歌】四支及《紫钗》中《插钗》之【绵搭絮】四支皆是也。顾间亦有用【尾声】者，文人笔墨歌舞之际，一时收束不来，明知破例为之而已。盖南曲套数之收束，全在【尾声】之得宜，沈宁庵作《南曲谱》，其于【尾声】，再三注意。词人填词时，直至【尾声】处，已是强弩之末，其能兴会淋漓，如前所云收束不来者，十中难见一二也。故填词家若欲套数得宜，牌名匀称者，宜取元明以来传奇、散曲效法之。所谓效法者，当择传奇、散曲中之佳者，如《琵琶》、《幽闺》、《浣纱》诸记，皆可效法。先将所填曲中情节，悲欢喜怒之异辨析清楚，然后择定用某宫某套（如仙吕宫之【忒忒令】一套宜清新绵邈，越调之【小桃红】一套宜陶写冷笑，皆详《南曲谱》中），再将《南词定律》检出所用各曲，依谱填之，则自无位置舛错之病矣。虽然，此特为守定旧谱成套而言也。若欲自立新套，则【尾声】不可不注重矣。即如仙吕一宫，其旧套所存者尚多，如【步步娇】、【醉扶归】、【皂罗袍】、【好姐姐】、【尾声】一套，或【忒忒令】一套，或【叠字锦】一套，普通所用者，不下六七套，按成例而谱之，只须画依样之葫芦，不必别出心裁，但求四声阴阳之稳惬，文字能造优美之地，则誉之者众矣。至于自联套数，则前后位置，颇宜斟酌，而【尾声】平仄，尤须因时制宜，不可拘定旧式焉。余略为联贯数套，以宫调次之，为学者之一助，则事逸而功倍，于词家稍省脑力耳（学者即就旧本套数用之，已是有馀。苟于宫调犯换之理，不甚明了，正不必标新立异也）。如仙吕宫若用【八声甘州】（联第二换头）、【赚】二支、【解三酲】二支，则【尾声】应用

仄平平，平平仄，平平仄仄仄平平，仄仄平平平仄平。（凡【尾声】总用十二板，无论句法若何，统计总不出此数，故又谓【十二时】又谓【意不尽】）

若用【八声甘州】二曲、【解三酲】二曲，或单用【八声甘州】四曲，俱不用【尾声】。若用【河传序】二曲、【赚】一曲、【解三酲】二曲，则【尾声】应用

仄平平，平平仄，平平仄仄仄平平，仄仄平平仄仄平。

若用【木丫牙】一曲、【美中美】一曲、【油核桃】一曲，不用【尾声】。若用【上马踢】、【摊破月儿高】、【蛮江令】、【凉草虫】、【蜡梅花】各一曲，不用【尾声】。如正宫若用【倾杯序】二曲、【赚】一曲、【朱奴儿】二曲，则【尾声】应用

平平仄仄平平仄，仄仄仄平平平仄，仄平仄平平去上。

若用【白练序】二曲、【红芍药】二曲，【尾声】同前。若用【金殿喜重重】二曲、【赚】二曲、【丑奴儿】二曲，则【尾声】应用

平平仄仄平平仄，平仄平平仄平，仄仄平平仄仄平。

如【大石调】，若用【摧拍】，以【一撮棹】收之，或用【三字令】，亦以【一撮棹】

收之，俱不用【尾声】。若用【摧拍】二曲、【亭前柳】二曲、【犯越调下山虎】二曲，亦不用【尾声】。若用【赛观音】二曲、【人月圆】二曲，亦不用【尾声】。如中吕调，若用【尾犯序】四曲、【鲍老催】二曲，则【尾声】应用

　　　　平平仄，平仄平，仄仄平平仄仄，仄仄平平平仄平。

若用【尾犯序】四曲、【赚】一曲、【玉芙蓉】二曲、【刷子序】二曲，【尾声】同前。若用【山花子】二曲、【大和佛】一曲、【舞霓裳】一曲、【红绣鞋】一曲，【尾声】同前。若用【驮环着】一曲、【合生】一曲、【瓦盆儿】一曲、【越恁好】一曲，【尾声】亦同前。若用【合生】二曲、【包子令】二曲、【梅花酒】二曲，不用【尾声】。如南吕调，若用【琐窗寒】二曲、【太师引】二曲，不用【尾声】。若用【石竹花】二曲、【红衫儿】四曲，亦不用【尾声】。如黄钟宫，若用【渔父第一】、【刮地风】各一曲，不用【尾声】。若【刮地风】后，再用【滴溜子】者，则【尾声】应用

　　　　平平仄仄平平仄，仄平仄，仄仄平平，仄仄平平平仄平。

若用【灯月交辉】二曲、【赚】一曲、【鲍老催】二曲，则【尾声】应用

　　　　平平仄仄平平仄，仄平平仄平平仄，仄仄仄平平仄。

略举数宫为例，盖以见【尾声】之不可忽也。故填词家谨守宫谱而外，第四当知套数之不宜随意。

以上四条，为南曲家必须留意处，非谓以此范天下之才人也。套式之最不可遵守者，莫如李日华之《南西厢》及汤若士之玉茗"四梦"。何也？《西厢》之所以改为南曲者，以王实甫北词，止便于弦索，而不利于笙笛，止便于弋阳俗腔，而不利于昆调雅奏。日华即以北词之句读，改作南词之音律，可谓煞费苦心。顾以字句之勉强，本宫套中，不能联络者，往往借别宫调中，与北词原文句法相类之曲（如【寄生草】改为【江儿水】之类），任填一曲，乃至套式前后，高亢不伦。李笠翁谓日华为功首罪魁，至为允当。若如玉茗"四梦"，其文字之佳，直是赵璧隋珠，一语一字，皆耐人寻味。唯其宫调舛错，音韵乖方，动辄皆是。一折之中，出宫犯调，至少终有一二处（详论见后第四章）。学者苟照此填词，未有不声律怪异者。在若士家藏元曲至多，但取腕下之文章，不顾场中之点拍。若士自言曰："吾不顾捩尽天下人嗓子。"噫！是何言也。故读"四梦"者，但当学其文，不可效其法，此为金玉之语。余恐《西厢》、"四梦"之贻误人也（尤西堂目"四梦"为南曲之野狐禅，洵然），用特表而出之。

第四节　论北曲作法

南词重板眼，北词重弦索，此世所通知者也。惟北词调促而辞繁，下词至难稳惬，且衬字无定法，板式无定律，初学填词几于无从入手。又不尚词藻，专重白描，胡元方言，尤须熟悉（汤若士于胡元方言极熟，故北词直入元人堂奥，诸家皆不能及）。句法字法，别有一种蹊径，与南曲之温柔典雅，大相悬绝（《西厢》"系春心情短柳丝长，隔花阴人远天涯近"，语妙今古。顾在当时，不甚以此等艳语为然，谓之行家生活，即明人谓案头之曲，非场中之曲也。实甫曲如"颠不剌的见了万千，似这般可喜娘罕曾见"及"鹘伶渌老不寻常"等语，却是当行出色。关汉卿《续西厢》，人瑞大肆讥弹，实皆元人本色处，圣叹不之知耳）。故作南曲，词章佳者，尚易动笔，若作北曲，则语语不可夹入词赋话头，以俚俗为文雅，虽词章才子，对此无所措手矣。试遍检明清传奇，南曲佳者至多，北词佳者绝少，皆坐此病（《长生殿》中北曲，间有佳者，顾亦不多。若如《桃花扇》之《寄扇》【哀江南】，直是秦柳小词，非北词正格也），非寝馈于元曲者深，则不能纯任自然也（元曲

有二种,一为杂剧,一为散套。散套尚文雅,杂剧尚本色)。昔洪昉思与吴舒凫论填词之法。舒凫云:"须令人无从浓圈密点。"时昉思之女之则在座曰:"如此,则天下能有几人可造此诣?"由此观之,本色之难可知矣。夫不能化俗为雅,而仅以涂泽为工,此《昙花》、《彩毫》诸记之所以盛行于世也。余姑将北词中应知之理,条论如下。

(一)要识曲谱。北曲之谱,较南曲为难识,何也?南曲衬字不多,且有一定格式,一检《南词定律》,正衬分明。即与他谱小有出入,而以板式较之,自无同异之可疑,虽辨体略难,固犹未甚至也。若北曲则诸家所定之谱,颇有出入,偶一较对,何去何从?清初如《大成宫谱》、《钦定曲谱》之类,虽多所发明,而按诸各家之说,其间尚费斟酌,且《啸馀谱》、《吴骚合编》等书,其于北词,往往不点板式,而以衬作正,以正误衬,不一而足,令人无从遵守,故《啸馀谱》之北曲谱,则断断不可从也。李玄玉之《北词广正谱》,征引颇多(今坊间尚易购取),且《大成宫谱》采择此谱者,几如全袭其书,学者苟无《大成谱》,则此书可作范本焉。唯识谱之法,顾亦甚难,于无可遵守之中而思一法,则取近来时伶所熟悉诸套用之,切忌生套(谓不常见之套数也)。此其间有数便也。腔格既熟,滞齿棘喉之音,自然可免,一便也。若者为衬,若者为正,谱中所聚讼之处,可就脚本中工尺旁谱中决之,二便也(凡衬字,歌者必迫速带去,俗谓之抢,此南北曲皆然,唯北曲中,间有加一二板者)。板之疏密处,既可检得,而于填词用衬字时,何处可增,何处可减,亦可以自行去取,三便也。工尺旁谱,既有成例,将来脱稿填谱,即可将此作对本子,而依字配声,其出入变动处,得所依傍(凡填谱必依曲文之四声清浊阴阳,而后定工尺,详见后第三章),四便也。虽然,此特画依样之葫芦耳。至于自辨谱体,则须多看多较,才有把握。

(二)要明务头。务头之说,解者纷纷。周德清《中原音韵》简末,附论务头一卷,洋洋数千言,而其理愈晦,究不知于意云何。周氏之言曰:"要知某调某句某字是务头,可施俊语于其上。"据此则每一调之务头,皆有一定之字格矣。顾周氏书中,所列之定格四十首,则又不尽然,往往注明务头在第几句上,似乎可以随意为之。且既云某调某句是务头,可施俊语,然则凡不是务头处,皆可放笔填词,潦草塞责乎?此必不然者也。李笠翁别解务头曰:"凡一曲中最易动听之处,是为务头。"此论尤难辨别,试问以笛管度曲,高低抑扬,焉有不动人听者乎?况北词闪赚抗坠,更较南词易于入耳,则所谓最易动听四字,亦殊无据。盖为此务头二字,正不知绞尽多少才人心血,而迄无有涣然冰释之一日,可谓奇矣。余寻绎再三,竭十余年之功,始有豁然之境,乃为之说曰:务头者,曲中平上去三音联串之处也。如七字句,则第三、第四、第五之三字,不可用同一之音。大抵阳去与阴上相连,阴上与阳平相连,或阴去与阳上相连,阳上与阴平相连亦可。每一曲中,必须有三音相连之一二语,或二音(或去上,或去平,或上平,看牌名以定之)相连之一二语,此即为务头处。今即以《啸馀谱》中所列定格四十首证之。白仁甫【寄生草】云:"长醉后方何碍,不醒时有甚思。糟醃两个功名字,醅渰千古朝廷事,曲埋万丈虹蜺志。不达时皆笑屈原非,但知音尽说陶潜是。"词中用"醒"、"时"二字为阴上与阳平相连,"古朝"与"屈(作上)原"四字亦然。"有甚"二字为阴上与阳去,"尽说陶"三字,为阳去阴上阳平相连,皆是务头也。又白仁甫【醉中天】云:"疑是杨妃在,怎脱马嵬灾。曾与明皇捧砚来,美脸风流杀。叵奈挥毫李白,觑着娇态,洒松烟点破桃腮。"此词咏佳人黑痣,文极佳妙。"马嵬"、"与明"四字,为阴上与阳平相连。"捧砚"为阴上与阳去相连,"点破桃"三字,为阴上阳去阳平相连,皆是务头也。又宫大用【醉扶归】云:"十指如枯笋,和袖捧金尊。挡杀银筝字不真,揉撚天生钝。纵有相思泪痕,索把拳头揾。"词中"指如"、"杀银"、"把拳"六字,皆为阳上与阴平相连,"字不真"为阳去阴上阴平相连,皆是务头也。《啸馀谱》共有定格四十首,而取其第一、第二、第三三首论之,已明晰如彼矣。以下三十七首,学者可用我说求之,则无所不合也。余故复为之细说曰：《啸馀谱》谓要知某调某句某字是务头者，盖填词家宜知某调某句某字是务头也。换言之，谓当先自定以某句某字为务头，而为之定去上，析阴阳也。又谱中谓可施俊语于其上者，盖务头上须用俊语实之，不可拘牵四声阴阳之故，遂至文理不顺也。非谓务头上可用俊语，以外可不必用俊语也。自此理不明，学者遂各执一词，以逞其臆说，纷纷议论，几如聚讼，而其理愈不能明晰，浴至今日，暗室久已无灯矣。呜呼！瞽人语日，难以指形，夏虫语冰，焉能证实，此所以卒无启明之人欤？

（三）要联套数。北曲之套数，前后联串之处，最为谨严，较南曲之律为密。南曲长套，其增减之处，苟在同宫，间可自行去取，北词则须有依据。所谓依据，不外元人之词，大抵排场之繁简冷热，悉依曲牌之多寡以为差。元剧中每一种剧，大半以一角色任之，盖北词一套，须以一人独唱，非如南词之不拘何人，皆可分唱也。且元剧率以四折为断，而此四折之曲，不可使他角色分劳。如《汉宫秋》四折，生唱到底，《玉箫女》四折，旦唱到底，其馀各种，无不如是者。故牌名之联贯，总宜布置停匀，不致太多太少，否则少则谓之闪撒，多则谓之絮叨（闪撒、絮叨，元人方言）。一则唱不够，座客不及细听，而已毕曲矣；一则唱不动，所谓铁喉钢舌，才能藏事是也。二者交讥，则套数要宜留意矣。元人散曲，往往有长至二十支者，此因歌者可以稍事休息，虽长不致费力。若剧中则至多不过十二三支而已。余今为之立一定式，每宫各列二套，第一为最多最长者，第二为至少至短者。学者即就此二套中择用之，而依其句法，顺其四声，自无畸重畸轻之病矣（务头及四声不可移易之处，皆在字下标以重点（·），俾阅者了然也）。

（1）黄钟宫。最长者，以明陈大声《秦淮游赏》词。词云："【醉花阴】深浅荷花二三里，仿佛似王维画里。凉雨过，晚风微。小舫轻移，来往垂杨底。好风景，喜追陪，万斛尘襟皆荡洗。【喜迁莺】人生佳会，与词林三五相知。忘机，尽都是儒冠布衣。睥睨乾坤更许谁，湖海气。一会家藏阄赌令，一会家射覆分题。【出队子】五陵佳气，笑谈间出众奇。一个个子瞻文藻许相齐。司马才华可并推，杜牧疏狂堪共比。【幺篇】东吴佳丽，水云乡事事宜。几行沙鸟傍人飞。数点征帆带雨归，一片渔歌花外起。【刮地风】多少兴亡残照里，锁苍烟禾黍高低。慨凄凉自古繁华地，物换星移。一处处古台幽砌，一丛丛野花荒荠。梁家争，晋家霸，你兴我废。从前不索题，笑呵呵且自衔杯。【四门子】列金钗十二云鬟立。绮罗交，珠翠围，秦淮十里南风醉。问仙姝来不来。金缕歌，象板催，乐陶陶尽拚沈醉归。锦瑟又弹，凤管又吹，一弄儿歌声润美。【水仙子】将将将日坠西，见见见雪浪惊涛拍岸回，纷纷纷宿鸟飞还，闪闪闪残霞飘坠，呀呀呀两三家半掩扉。喜喜喜送黄昏远寺钟声碎，看看看灯火见依稀。【尾】载酒重来是何日，重来时切莫相违。常言道闲处光阴能享几。"最短者，以元王伯成《天宝遗事》，剧中一套，止有五支。其词云："【倾杯序】蜀道中间，马嵬侧近，讨根讨苗绝地。帅首独专，众心皆悦，军政特听，将令频催。弟兄死别，郎舅绝亲，夫妻生离。偏愁荒是，不知死的太真妃。【幺篇换头】何济。宝髻鬅鬆，玉容寂寞，惜芳姿不胜憔悴。似太皞春终，艳阳时过，白帝风摇，青女霜欺。急淹泪眼，忙启樱唇，紧皱蛾眉。似莺吟凤语，悄悄奏帝王知。【幺篇第三换头】陛下，着哀告敢为敢做的陈元礼，更不弱如当世当权的郭子仪。又不曾背叛朝廷，篡图天下，又不曾违犯国法，误失军期。平白地处死，无罪遭诛，性命好容易。君王听道罢，屈即便依随。【幺篇第四换头】将军，大为天子欣然退，要转吾当不敢违。施些存恤之心，减些雷霆之怒，生些恻隐之心，罢些虎狼之威。唇亡齿寒，龙斗鱼伤，兔死狐悲。将军听道罢，出语忒忠直。【随尾】娘娘若依条断遣怕连三妹，陛下若按法施行庆八姨。有句话明白索奏知，免致迁延捱时刻。杨国忠如今若斩讫，更有个亲人不伶俐。万马千军踏践毕，恁时舒心领戈戟，慢慢驱兵灭反贼，说破微臣昧死罪。妃子娘娘问道是谁？远在儿孙近在你。"

（2）正宫。正宫曲中套数之长者至多。如元鲍吉甫《秦少游》剧，用牌至二十支（亦【端正好】、【滚绣球】一套）。白仁甫《梧桐雨》剧，用牌至十九支，唯其中多用借宫（说见后），并非全属本调，则亦不足依据也。今以元吴昌龄《忆妓词》为长套之正格，其词云："【端正好】墨点柳眉鬟，酒晕桃腮嫩，破春娇半颗朱唇。海棠颜色江梅韵，宫额芙蓉印。【滚绣球】藕丝裳翡翠裙，芭蕉扇竹叶尊。衬凌波玉钩三寸，露春葱十指如银。秋波两点匀，春山八字分。颤巍巍雾鬟云鬓，搓圆颈玉软香温，轻拈翠靥花生晕，斜插犀梳月破云。误落风尘。【倘秀才】是丽春园苏卿后身，敢西厢下莺莺影神。便有丹青也画不真。妆梳诸样巧，笑语暗生春。他有那千般儿的可人。【脱布衫】常记得五言诗暗寄回文，千金夜占断青春。厮陪奉娇香腻粉，喜相逢柳营花阵。【凌波曲】这些时春寒绣裯，月暗重门。梨花暮雨已黄昏，把香衾自温。金杯不洗心头闷，青鸾不寄云边信。玉容不见意中人，空教人害损。【随煞尾】记一宵欢爱成秦晋，早千里关山劳梦魂。漏永更深烛影昏，柳映花遮曙色分，酒酽花浓锦帐新，倚玉偎香翠被温。有一日重会菱花镜里人，将我受过的凄凉正了本。"此曲绝佳，亦本色，亦妍丽，直是元人真相。吴昌龄以《夜月走昭君》一剧得名。《太和正音谱》评其词"如庭草交翠"，信然。最短者，以白无咎《遣兴词》，仅有一支，然非小令。其词云："【黑漆弩】侬家鹦鹉洲边住，是个不识字渔父。浪花中一叶扁舟，睡煞江南烟雨。"此词亦不减"西塞山前"风致也。

（3）仙吕宫。最长者，以元于伯渊《忆美人》词，词云："【点绛唇】漏尽铜龙，香销金凤，花梢弄，斜月帘栊，唤起无聊梦。【混江龙】绣帏春重，趁东风培养出牡丹丛。流苏斗帐，龟甲屏风。七宝妆奁明彩钿，一帘香雾袅薰笼。翠云半鬈，朱凤斜松。眉儿扫杨柳双湾浅碧，口儿点樱桃一颗娇红。眼如珠光摇秋水，脸似莲花笑春风。鸾钗插花枝蹀躞，凤翘悬珠翠玲珑。胭脂蜡红腻锦犀盒，蔷薇露滴注玻璃瓮。端详了艳质，出落着春工。【油葫芦】鸾镜出函百炼铜。端详玉容，似嫦娥光落广寒宫。衬桃腮巧注铅华莹，启朱唇呵暖兰膏冻。傅粉呵则太白，施朱呵则太红。髩蝉低娇怯香云重，端的是占断了绮罗丛。【天下乐】半点儿花钿笑靥中。娇红酒晕浓。天生下没包弹可意种。翰林才咏不成，丹青手画不同。可知道汉宫中最爱宠。【哪吒令】露春纤玉葱，扫眉尖翠峰。含清香玉容，整花枝翠丛。插金钗玉虫，褪罗衣翠绒。镂金妆七宝环，玉簪挑双珠凤，比西施宜淡宜浓。【鹊踏枝】翠玲珑，玉玎珰。一步一金莲，一笑一春风。梳洗罢风流有万种。殢人娇玉软香融。【寄生草】倾城貌，绝代容。弄春情漏泄的秋波送，秋波送搬斗的春山纵，春山纵勾拨的芳心动。髩花腮粉可人怜，翠衾鸳枕和谁共。【幺】情尤重，意转浓。恰相逢似晋刘晨误入桃源洞，乍相交似楚巫娥登赴阳台梦。害相思似瘦阑成愁赋香奁咏。你这般玉精神花模样赛过玉天仙，我则待锦缠头珠络索盖一座花胡同。【金盏儿】脸霞红，眼波横，见人羞推整钗头凤。柳情花意媚东风，钿窝儿里粘晓翠，腮斗儿上晕春红。包藏着风月约，出落的雨云踪。【后庭花】绣床铺绿剪绒，花房深红守宫。豆蔻蕊梢头嫩，绛纱香臂上封。恨匆匆寻些闲空。美甘甘两意浓，喜孜孜一笑中。【六幺令】几时得鸳帏里锦帐中，折桂乘龙。鱼水相逢，琴瑟和同。五百年姻眷交通。顺毛儿扑撒上丹山凤，点春罗一抹香浓。莺雏燕乳供欢宠。莺花烂缦，云雨溟濛。【幺】云鬟髻鬆，星眼朦胧。锦被重重，罗袜弓弓，粉汗溶溶。风流受用，孟光合配梁鸿。怎教他齐眉举案劳尊重，俏书生别有家风。金荷烧尽良宵永，怜香惜玉，倚翠偎红。【赚煞】花月巧梳妆，脂粉闲调弄，没乱煞看花眼肿。偏是他心有灵犀一点通，恼春光蜂蝶娇慵，莫不是蕊珠宫，天上飞琼，会向瑶台月下逢。投至得隔墙窥宋，停灯款梦，只怕他俊庞儿娇怯海棠风。"此曲摹写闺襜，至为华赡。李中麓评云："妆点饱满，的是元人丰度"，自是知言。大凡【仙吕点绛唇】一套，用【六幺序】或【葫芦草混】诸牌者，必须长套方可。至若短套，则关汉卿之"雨过山横秀"亦是佳作，顾犹未若元杨西庵之《春情》词之佳也。其词云："【仙吕赏花时】花点苔钱绣不匀，莺唤杨枝语未真。帘外絮纷纷。日长人困，风暖兽烟温。【幺】一自檀郎共锦茵，再不曾暗掷金钱卜远人，香脸笑生春。旧时衣裉，宽放出二三分。【赚煞】调养就旧精神，妆点出娇风韵，将息好护春纤的一双玉笋。拂绰了香冷妆奁宝镜尘，舒展开系东风两叶眉颦。晓妆新，高绾起乌云，再不管暖日珠帘鹊噪频。从今后鸦鸣不嗔，灯花休问，一任他子规声啼破海棠魂。"

（4）南吕宫。南吕一宫，论其套数之长短，颇难合一，大都以隔尾联络之。如元无名氏之《货郎担》杂剧，【一枝花】、【梁州第七】以后，即接【九转货郎儿】九支。而九支又每支换韵，与【一枝花】、【梁州】无一同韵者，直至【尾声】，方与【一枝花】、【梁州】谐韵，是此九支【货郎儿】，乃是夹套格局，非南吕宫本格也。南吕本格，止有【一枝花】、【梁州第七】、【尾声】之一套而已。他若用【牧羊关】、【骂玉郎】、【感皇恩】、【采茶歌】、【玄鹤鸣】、【乌夜啼】诸曲者，无一套不用隔尾，是又联套格局，亦非南吕本格也。余故仅列一套，至其长短及牌名多少，令学者自便云。元张小山《春愁》曲云："【一枝花】莺穿残杨柳枝，虫蠹损蔷薇刺。蝶扇干芍药粉，蜂蜇断海棠丝。怕近花时。白日伤心事，清宵有梦思。间阻了洛浦神仙，没乱煞苏州刺史。【梁州第七】俏因缘别来久矣，巧魂灵梦寝求之。一春多少伤心事。着情疼热，痛口嗟咨。往来迢递，终始参差。一简书写就了情词，三般儿寄与娇姿。麝脐熏五花瓣翠羽香钿，猫眼嵌双转轴乌金戒指，獭髓调百和香紫蜡胭脂。念兹在兹，愁和泪频传示，更嘱付两三次。诉不尽心问无限思，倒羞了燕子莺儿。【尾声】无心学写钟王字，遣兴闲观李杜诗。风月关情随人志。酒不到半卮，饭不到半匙，瘦损了青春少年子。"此曲用韵最严，《中原音韵》，以支时音另立一部，至为窄少。李中麓评此词："韵窄而字不重，句高而情更款，通首全对，极尽才人能事。"余谓此词，不让东篱《秋思》也。

（5）中吕宫。本宫长套至多，余取张小山《春暮》词云："【粉蝶儿】花落春归，怨啼红杜鹃声脆，遍园林景物狼藉。草茸茸，花朵朵，柳摇深翠，开遍荼蘼。近清明困人天气。【醉春风】粉暖倩蜂须。泥香衔燕嘴。迟迟月影上帘钩，犹自未起起。为想别离，倦余梳洗，暗生憔悴。【迎仙客】香篆息，镜尘迷。绣床几番和闷倚。金钏松，翠鬟委。屈指归期，粉脸流红泪。【红绣鞋】花开尽空闲鸳砌，日初长静掩朱扉。系垂杨何处玉骢嘶。落谁家风月馆，知那里燕莺期。话叮咛不记得。【十二月】正交颈鸳鸯拆离，恰双栖鸾凤分飞。效比翼鹣鹣独宿，乐于飞燕燕孤栖。传芳信归鸿杳杳，盼音书双鲤迟迟。【尧民歌】呀，因此上美甘甘风月久相违，冷清清云雨杳无期。静巉巉灯火掩深闺，清耿耿离魂绕孤帏。伤悲，雕鞍去不归，都则为辜负韶华日。【耍孩儿】自别来无一纸真消息，日近长安那里。倚危楼险化作望夫石。暮云烟树凄迷。春心几度凭归雁，望眼终朝怨落晖，愁无寐。昏秋水揉红泪眼，淡春山蹙损蛾眉。【幺】想当初教吹箫月下欢，笑藏阄花底杯。如今花月成淹滞，月团圆紧把浮云闭。花灿烂频遭骤雨催，成何济。花开须谢，月满须亏。【尾声】叹春归人未归，盼佳期未有期。要相逢料得别无计，则除是一枕馀香梦儿里。"短者为陈大声《冬闺怨别》词，即王元美《艺苑卮言》中，所称字句流丽者也。词云："【粉蝶儿】三弄梅花，戍楼中角声吹罢。月轮儿斜照窗纱。托香腮，浥泪眼，一篝灯下。展转嗟呀，耳旁厢都做了一场闲话。【石榴花】我只为绿窗前断送好年华，许多时脂粉不曾搽。九回肠番倒越窄狭。几乎害杀，鬼病增加。一会价告苍穹问个龟儿卦，不明白甲乙交叉。猛然间提起香罗帕，肯分的绣朵并头花。【尾声】俏文君再把香车驾，又恐是琴心调弄争差罢。一任他向垂杨系马，我则是庭院春残数落花。"此套向有两稿，一为南北合套，即《吴骚合编》所选者是也。此见大声集中。

（6）道宫。此宫向缺，惟北词谱有此名类，所隶之曲止有五支，故无长短套之可分。仅取董解元《弦索西厢》中一套而已："【凭栏人】忆多才，自别来约过一载，何日里却得同谐。紫损愁怀，怕黄昏愁倚朱门，到良宵独立空阶，趁落英遍苍苔。东风摇荡，一帘飞絮，满地香埃。【换头】欲问俺心头闷答孩，太平车儿难载。都是俺今年浮灾，烦恼杀人也猜。

闷恹恹心绪如麻,瘦岩岩病体如柴。鬓云乱,慵整金钗。劳劳攘攘,身心一片,没处安排。【本宫赚】据俺当初,把你冤家命看待。谁知道,到今赢得相思债。相思债,是前生负偿他还着后嗽,你试寻思,怪那不怪。都是命乖,争奈心头那不快,好难消解。【换头】近来,病的形骸,镜中觑了自涩耐。伤心处,故人与俺彼此天涯客。天涯客,我于伊志诚没倦息,你于我坚心莫更改。且与他捱,下稍知他看怎奈,闷愁越大。【美中美】困把阑干倚,羞折花枝戴。这段闲烦恼,是自家买。劳劳攘攘,不是自家心窄。春色褪花梢,春恨侵眉黛。遥望着秦川道,云山隔。【换头】白日浑闲夜难熬,独自兀谁睬。闷对西厢月,添香拜。去年此夜,犹自月圆人在。不似去年人,猛把阑干拍。有个长安信,教谁带。【大圣乐】花憔玉悴,兰消月瘦,不似旧时标格。闲愁似海,况是暮春天色。落红万点,风儿细细,雨儿微筛。这些光景,与人妆点愁怀。【换头】闷抵着牙儿,空守定妆台。眼也倦开,泪漫漫地盈腮。似恁凄凉,何时是了,心头暗暗疑猜。纵芳年未老,应也头白。【尾声】红娘怪我缘何害。非关病酒,不是伤春,只为冤家不到来。"

（7）大石调。此调隶曲亦不多。元人用此调,其最著者,以郑德辉《㑇梅香》杂剧为长,而李文蔚《燕青博鱼》剧次之,皆不便钞录,以衬字而按谱难也。今长套取元朱廷玉《送别词》:"【青杏子】游宦又驱驰,意徘徊执手临歧。欲留难恋应无计。昨宵好梦,今朝幽怨,何日归期。【归塞北】肠断处,取次作分离。五里短亭人上马,一声长叹泪沾衣。回首各东西。【初问口】万叠云山,千重烟水,音书纵有凭谁寄。恨萦牵,愁堆积。天天不管人憔悴。【怨别离】感情风物正凄凄。晋山青,汾水碧。谁返扁舟芦花外。归棹急,惊散鸳鸯相背飞。【擂鼓体】一鞭行色苦相催。皆因些子,浮名薄利,自叹飘流无定迹。好在阳关图画里。【催拍带赚煞】未饮离杯心如醉,须信道送君千里。怨怨哀哀,凑凄苦苦啼啼。唱道分破鸾钗,叮咛嘱咐好将息。不枉了男儿堕志气,消得英雄眼中泪。"短者取廷玉《咏梅》词:"【青杏子】客里过黄钟,阿谁道冰落穷冬。玉壶怪得冰澌冻。云低四野,霜催万木,雪老千峰。【望江南】寻梅友,联辔控青骢。乘兴不辞溪路远,赏心相约灞桥东。临水见幽丛。【幺篇】清兼雅,装就道家风。蕾破嫩黄金的皪,枝横柔碧玉玲珑。不与杏桃同。【尾】果为斯花堪珍重,时复暗香浮动。萧然鼻观通,依约罗浮旧时梦。"

（8）小石调。此调隶曲至少,据《正音谱》止有四支,而小令且在内矣。元明作者,寥寥不可多见,唯白仁甫兰谷集中,有【恼杀人】一套,今取以为式。馀则未见也。"【恼杀人】又是红轮西堕,残霞万顷银波。江上晚景寒烟,雾蒙蒙,雨细细,阻隔离人萧索。【幺篇】宋玉悲秋愁闷,江淹梦笔寂寞。人间岂无成与破。想离别情绪,世界里只有俺一个。【伊州遍】为忆小卿,牵肠割肚,凄惶悄然无底末。受尽平生苦,天涯海角,身心无着归个。恨冯魁趋恩夺爱,狗行狼心,全然不怕夭折挫。到如今划地吃耽阁。禁不过,更那堪晚来,暮云深锁。【幺篇】故人杳杳,长江风送,胡笳呖呖声韵聒。一轮浩月朗,几处鸣榔,时复唱和渔歌。转无那,沙汀蓼岸,渔灯相照如梭。古渡停画舸,无语泪珠堕。呼仆隶,指拨水手,在意扶舵。【尾】兰舟定把芦花过,橹声省可里高声和。恐惊散宿鸳鸯,两分飞也似我。"

（9）般涉调。此调向无独立成套者,大抵皆为别宫所借用居多。今取朱廷玉《伤春》一套,其他则寥寥矣。"【哨遍】唤起琐窗离恨。闹花深处鸣啼鹫,独立望郊原,但凝眸堪画宜诗。是则是,年年景物,岁岁风光,无比正三二。偏得东君造化,绿裁翡翠,红染胭脂。断云微雨养花天,暖日和风困人时。妆点人愁,将近清明,才过上巳。【急曲子】好光阴都空过了,美姻缘越怎推辞。倒教俺传情寄恨,审问了三回五次。是他司马不伤春,白甚自家如此。【尾声】试嚅腹,重三思。文君纵有当垆志,也被相如定害死。"

（10）商角调。此调所隶之曲,止有五支,庾吉甫《怀古》词最为著名。他作又少,唯元睢景臣有《秋色》一套,其词至佳,特录以为式云:"【黄莺儿】秋色,秋色。野火烘霞,孤鸿出塞。俺则见寂寞园林，荷枯柳败。【踏莎行】水馆烟中，暮山云外。泊孤舟，古渡侧。息风霾，净尘埃。宝刹清凉境界。僧相待借眠何碍。【垂丝钓】风清月白，有感心酸不耐。更触目凄凉景物，供将愁闷来。月被云埋，风鸣天籁。【应天长】僧舍窄，蚊帐矮。独拥单衾，一宵如半载。旧恨新愁深似海。情缘在，人无奈，几般儿可怪。【随煞】促织絮，恼情怀，砧杵韵，无聊赖。檐马奢，殿铎鸣，疏雨滴，西风杀。能断送楚台云，会禁持异乡客。"

(11) 高平调。此调隶曲，止有【木兰花】、【唐多令】、【于飞乐】、【青玉案】四支而已。元明人未有联成套数者，故缺。

(12) 歇指调。缺。

(13) 宫调。缺。

(14) 商调。此调长套最多，名作亦最多，唯短套甚少。乔梦符之《玉箫女》、金文质之《娇红记》，皆绝妙好词也。今取元汤菊庄长短两套，以为此调之式。其长套云："【集贤宾】莺花寨近来谁战讨，这儿郎悬宝剑佩金貂。燕子楼屯凯甲，鸡儿巷拥枪刀。丽春园万马萧萧，鸣珂巷众口嗷嗷。将一座玩江楼等闲白占了，他道是特钦丹诏。穿花擒凤鸟，跨海斩鲸鳌。【逍遥乐】六韬三略，也则待制胜量敌，却做了幽期密约。阵马咆哮，比贩茶船煞是粗豪。将俺这软弱苏卿禁害倒。统领着鸦青神道，冲散了蜂媒蝶使，烘散了燕子莺儿，拆散了凤友鸾交。【梧叶儿】虽不是糟糠妇，休猜做花月妖。又不曾谙海岛惯风涛，把舵春纤嫩，扶篙筋力小，您待去征辽。没话说军期误了。【金菊香】他将这绛绡衣笼罩着锦征袍，银锁甲缨联着珠络索，铁兜鍪压损了金凤翘。改尽了丰标，全不似海棠娇。【醋葫芦】枪来呵玉臂擎，箭来呵罗袜挑。丁香舌吐似剑吹毛，连环炮被儿里聒破脑。知音的都道，我不信建头功先奏个女妖娆。【幺篇】绞青丝缠做弩铉，裁香罗衲做战袍。补旗幡绞断翠裙腰，金疮药细将脂粉调，都道是风流功效。他只待五花诰飞下紫宸朝。【幺篇】叫喳喳锦缆移，闹垓垓画桨摇。那里取明眸皓齿姆军梢，更做道孙武子教来武艺高。止不过提铃喝号，抵多少碧桃花下坐吹箫。【幺篇】他恋着蓬窗下风致佳，舵楼中景物饶。棹歌声里乐陶陶，辱没煞铺红苫翡翠巢。怕不道相偎相抱，那里也芙蓉帐暖度春宵。【幺篇】晚风凉鬐策鸣，晚星沉鼙鼓敲。热乐似银筝象板紫檀槽，子学得君起早时臣起早。白鸥冷笑，倒惹得漫漫杀气蜃楼高。【随调煞尾】您奶奶得了些卖阵钱，你哥哥落了些劳军钞。他向那海神庙多买下些好香烧，但只愿一年一度征海岛。休忘了将军旗号，他是个玉关外旧日的莽班超。"其短套云："【集贤宾】倚龙泉一声长太息，游子在天涯。添一岁长一分白发，治一经饱一世黄齑。风凛凛岁晚江空，雪漫漫天阔云低。梅花笑人犹未归，不尽的严凝景致。玉壶春滟滟，银海夜凄凄。【逍遥乐】客窗深闭，止不过香爇龙涎，茶烹凤髓，纸帐低垂。早难道翠倚红偎，冷暖年来只自知。捱不彻凄凉滋味。鸳鸯无梦，鸿雁无音，乌鹊无依。【金菊香】看别人吹箫跨凤上瑶池，更有谁乘兴扬舲访剡溪。真乃是平地白云三万里，堪画堪题，水晶宫翻做素琉璃。【本调随煞】调琴演楚骚，研硃点周易，风流似党家，终日醉如泥。磨龙墨，拂鸾笺，呵冻笔，挥写出乾坤清气。教人道老袁安犹自说兵机。"

(15) 角调。缺。

(16) 越调。长套取元宋方壶《送别》词："【斗鹌鹑】落日遥岑，淡烟远浦。萧寺疏钟，戍楼暮鼓。一叶扁舟，数声去橹。那惨戚，那凄楚。恰待欢娱，顿成间阻。【紫花儿序】瘦岩岩香销玉减，冷清清夜永更长，孤另另枕剩衾馀。羞花闭月，落雁沉鱼。踌躇，谁寄萧娘一纸书。无情无绪，水淹蓝桥，梦断华胥。【调笑令】肺腑，恨怎舒。三叠阳关愁万缕。幽期密约欢娱处，动离愁暮云无数。今夜月明何处宿，依依古岸黄芦。【秃厮儿】欢笑地不堪举目，回首处景物萧疏。星前月下共谁语，漫嗟吁，何如。【圣药王】别太速，情最苦，松金减玉瘦身躯。鬼病添，神思虚，心如刀剜泪如珠，意懒上香车。【收尾】眼睁睁怎忍分飞去，痛杀我吹箫伴侣。不甫能恰住了送行客一帆风，又添起助离愁半江雨。"短套取孔东塘《桃花扇·修札》词："【斗鹌鹑】你那里笔下诌文，俺这里胸中画策。舌战群雄，让俺不才。柳毅传书，何妨下海。丢却俺的痴骏，用着俺的诙谐。悄去明来，万人喝采。【紫花儿序】书中意不须细解，何用明白，费俺唇腮。一双空手，也去当差，行乖。凭着俺舌尖儿，把他的人马来骂开，仍倒回八百里外。只问他防贼自作贼，该也波该。【尾声】一封书信权宜代，仗柳生舌尖口快。阻回那荜元帅万马踏晨霜，保住这好江城三山腾暮霭。"又有【看花回】一套，昉于施君美《幽闺记》，汤若士《邯郸记·西谍》折中亦用之，其词聱牙诘屈，至不能分正赠，此亦越调中之别格也。缺此不录，则失却光明大宝珠矣。今取《长生殿·合围》折词，以为程式，盖正赠易于分晰也。"【看花回】统貔貅雄镇边关，双眸觑破番和汉。掌儿中握定江山，先把这四周围爪牙迭办。【绵搭絮】须要把紫缰轻挽，双手把紫缰轻挽，骗上马将盔缨抵按。闪旗影云殿，没揣的动龙蛇，一直的通霄汉。按奇门布下了这九连环，觑定了这小中原在眼，消不得俺众路强藩。【幺篇】这一员身材剽悍，那一员结束牢拴。这一员莽兀剌拳毛高鼻，那一员恶支沙雕目胡颜。这一员会急进格邦的弓开月满，那一员会滴溜扑碌的锤落星寒。这一员会咭吒克察的枪风闪烁，那一员会淅沥飒剌的剑雨澎滩。【青山口】端的是人如猛虎离山涧，显英雄天可汗。振军威扑通通鼓声，惊魂破胆。排阵势韵悠悠角声人疾马闲。抵多少雷轰电转，可正是海沸也那河翻。折末的铜作壁，铁作垒，有什么攻不破也，攻不破也雄关。摆围墙这间，这间，四下里来挤攒，挤攒。马蹄儿泼剌剌旋风赳，不住的把弓来紧弯，弦来急攀。一回呵滚沙场兔鹿儿无头赶，都难动弹，可不是撒顽。【圣药王】呀呀呀，疾忙里一壁厢将翅摩霄的玉爪腾空散，一壁厢把足驾雾的金葵逐路拦。霎时间兽积，兽积如山。【庆元贞】斟起这酪浆儿满满的浮金盏，满满的浮金盏。更把那连毛带血肉生餐。笑拥着番姬双颊丹，把琵琶忒楞楞弹也么弹，唱新声菩萨蛮。【古竹马】听罢了令，疾翻身跃登锦鞍。侧着帽摆手轻摆，各自里回还，镇守定疆藩。摆搠些旗竿，装摺着轮辐。听候传番，施逞凶顽。天降摧残，地起波澜。把渔阳凝盼，一飞羽箭，争赴兵坛，专等你抱赤心的将军，将军来调拣。【煞尾】没照会先去了那擎肘汉家官，有机谋暗添上这助臂番儿汉。等不的宴华清霓裳法曲终，早看俺闹鼙鼓渔阳骁将反。"此套纯仿若士《邯郸》，故通篇句字，与旧谱不合者正多。唯时俗相沿，此套反居正格之列。学者须照此填词，始能谐合丝竹耳。

（17）双调。此调中以【新水令】、【步步娇】一套为最熟，初学填词，无不自此入手，似乎尽人知其音律矣。顾亦有必须明白者，如【新水令】之末句，必须用平仄去平上，【步步娇】首句，必须用去上平平平平去之类，学者恐未尽知也。唯此套作者如林，元明以来，其流传人口者，已不下二千馀套，其间平仄声律，往往颇有异同。学者逞笔所之，置一切于不问，迨脱稿后，苟遍检前贤诸作，亦未尝无暗中相合之处，盖作者至多也。余故不为立式，亦如诗馀中之【金缕曲】、【念奴娇】，虽欲定律，无从订正焉。兹别取双调中之佳者，列长短二套，以示则云。长套取马东篱致远《秋思》词："【夜行船】百岁光阴一梦蝶，重回首往事堪嗟。昨日春来，今朝花谢，急罚盏夜阑灯灭。【乔木查】秦宫汉阙，都做了衰草牛羊野。不恁渔樵无话说。纵荒坟横断碑，不辨龙蛇。【庆宣和】投至狐踪与兔穴，多少豪杰。鼎足三分半腰折，知他是魏耶，晋耶。【落梅风】天教富，莫太奢，没多时好天良夜。看财奴硬将心似铁，空辜负锦堂风月。【风入松】眼前红日又西斜，疾似下坡车。晓来青镜添白雪，上床与鞋履相别。休笑俺巢鸠计拙，葫芦提一怎妆呆。【拨不断】利名竭，是非绝。红尘不向门前惹。绿树偏宜屋角遮，青山正补墙头缺，竹篱茅舍。【离亭宴带歇拍煞】蛩吟一觉才宁贴，鸡鸣万事无休歇。争名利何年是彻。密匝匝蚁排兵，乱纷纷蜂酿蜜，急攘攘蝇争血。裴公绿野堂，陶令白莲社。爱秋来那些：和露摘黄花，带霜烹紫蟹，煮酒烧红叶。人生有限杯，几个登高节。分付俺顽童记者：便北海探吾来，道东篱醉了也。"短套取元乔梦符《忆别》词："【乔牌儿】求凤琴慢弹，么凤曲休咀。楚阳台更隔着连云栈。桃源蜀道难。【搅筝琶】无边岸，黑海似煎煤。愁万结柔肠，泪双垂叶眼。愁和泪到更阑，直熬得烛灭香残。望情人必然来梦问，争奈这枕冷衾寒。【落梅风】粘金雁，弹翠鬟，想不曾做心儿打扮。近新来为咱情绪懒，不梳妆也自然好看。【沉醉东风】风铃响猛猜做珮环，柳烟颦只疑是眉攒。想犀梳似新月牙，忆宫额似芙蓉瓣，见桃花似见容颜。觑得越女吴姬尽等闲，厌听那银筝象板。【本调煞】相思成病何时漫，更拼得不茶不饭，直熬过海枯石烂。"

　　以上所列各词，除东塘、昉思二套外，都为元明诸家散曲，有世所不经见者。据此填词，自无揿折嗓子之诮。元乔梦符论作曲之法，以凤头、猪肚、豹尾为喻，盖以词藻言也，而词中阴阳四声，必须守定。上例诸式，足为模范。或谓【前腔】、【幺篇】中，尽有与上曲四声不同者，何也？曰守法是死，填词是活，前言认定某句为务头，即是变化所在。唯每曲末句之韵，宜上宜去，允宜斟酌耳。所谓守定四声者，谓一句中四声，须认定守之，非必定第几字须某声，第几字须某声也，其间挪移之处，总须有古人成作可援，此余所以备列之也。

该文原发表于1914年《小说月报》。
此处选录于《吴梅词曲论著集》，南京大学出版社2008年版。

参考篇目

孙楷第《元曲新考》（《沧州集》，中华书局，1965年版）
郑振铎《宋金元诸宫调考》（《文学年报》1932年第1期）
钱南扬《宋元南戏考》（《燕京学报》1930年第7期）
向　达《敦煌俗讲考》（《燕京学报》1934年第16期）
王季思《元人杂剧的本色派和文采派》（《学术研究》1964年第3期）
陈　多《戏史何以需辨》（《戏史辨》，中国戏剧出版社，1999年版）

第八讲
胡　适：《红楼梦考证》

一

　　《红楼梦》的考证是不容易做的，一来因为材料太少，二来因为向来研究这部书的人都走错了道路。他们怎样走错了道路呢？他们不去搜求那些可以考定《红楼梦》的著者、时代、版本等的材料，却去收罗许多不相干的零碎史事来附会《红楼梦》里的情节。他们并不曾做《红楼梦》的考证，其实只做了许多《红楼梦》的附会！这种附会的"红学"又可分作几派：

　　第一派说《红楼梦》"全为清世祖与董鄂妃而作，兼及当时的诸名王奇女"。他们说董鄂妃即是秦淮名妓董小宛，本是当时名士冒辟疆的妾，后来被清兵夺去，送到北京，得了清世祖的宠爱，封为贵妃。后来董妃夭死，清世祖哀痛的很，遂跑到五台山去做和尚去了。依这一派的话，冒辟疆与他的朋友们说的董小宛之死，都是假的；《清史》上说的清世祖在位十八年而死，也是假的。这一派说《红楼梦》里的贾宝玉即是清世祖，林黛玉即是董妃。"世祖临宇十八年，宝玉便十九岁出家；世祖自肇祖以来为第七代，宝玉便言'一子成佛，七祖升天'，又恰中第七名举人；世祖谥'章'，宝玉便谥'文妙'，文章两字可暗射。""小宛名白，故黛玉名黛，粉白黛绿之意也。小宛是苏州人，黛玉也是苏州人；小宛在如皋，黛玉亦在扬州。小宛来自盐官，黛玉来自巡盐御史之署。小宛入宫，年已二十有七；黛玉入京，年只十三有余，恰得小宛之半。……小宛游金山时，人以为江妃踏波而上，故黛玉号'潇湘妃子'，实从'江妃'二字得来。"（以上引的话均见王梦阮先生的《红楼梦索隐》的"提要"。）

　　这一派的代表是王梦阮先生的《红楼梦索隐》。这一派的根本错误已被孟莼荪先生的《董小宛考》（附在蔡子民先生的《石头记索隐》之后，页一三一以下）用精密的方法一一证明了。孟先生这篇《董小宛考》里证明董小宛生于明天启四年甲子，故清世祖生时，小宛已十五岁了；顺治元年，世祖方七岁，小宛已二十一岁了；顺治八年正月二日，小宛死，年二十八岁，而清世祖那时还是一个十四岁的孩子。小宛比清世祖年长一倍，断无入宫邀宠之理。孟先生引据了许多书，按年分别，证据非常完备，方法也很细密。那种无稽的附会，如何当得起孟先生的摧破呢？例如《红楼梦索隐》说：

　　　　渔洋山人题冒辟疆妾圆玉、女罗画三首之二末句云"洛川淼淼神人隔，空费陈王八斗才"，亦为小宛而作。圆玉者，宛也；玉旁加以宛转之义，故曰圆玉。女罗，罗敷女也。均有深意。神人之隔，又与死别不同矣。（"提要"页一三）

孟先生在《董小宛考》里引了清初的许多诗人的诗来证明冒辟疆的妾并不止小宛一人；女罗姓蔡，名含，很能画苍松墨凤；圆玉当是金晓珠，名玥，昆山人，能画人物。晓珠最爱画洛神（汪舟次有《晓珠手临洛神图卷跋》，吴蘭次有《乞晓珠画洛神启》），故渔洋山人诗有

"洛川淼淼神人隔"的话。我们懂得孟先生与王梦阮先生两人用的方法的区别，便知道考证与附会的绝对不相同了。

《红楼梦索隐》一书，有了《董小宛考》的辨正，我本可以不再批评它了。但这书中还有许多绝无道理的附会，孟先生都不及指摘出来。如他说："曹雪芹为世家子，其成书当在乾嘉时代。书中明言南巡四次，是指高宗时事，在嘉庆时所作可知。……意者此书但经雪芹修改，当初创造另自有人。……揣其成书亦当在康熙中叶。……至乾隆朝，事多忌讳，档案类多修改。《红楼》一书，内廷索阅，将为禁本。雪芹先生势不得已，乃为一再修订，俾愈隐而愈不失其真。"（"提要"页五至六）但他在第十六回凤姐提起南巡接驾一段话的下面，又注道："此作者自言也。圣祖二次南巡，即驻跸雪芹之父曹寅盐署中，雪芹以童年召对，故有此笔。"下面赵嬷嬷说甄家接驾四次一段的下面，又注道："圣祖南巡四次，此言接驾四次，特明为乾隆时事。"我们看这三段"索隐"，可以看出许多错误。第一，第十六回明说二三十年前"太祖皇帝"南巡时的几次接驾；赵嬷嬷年长，故"亲眼看见"。我们如何能指定前者为康熙时的南巡而后者为乾隆时的南巡呢？第二，康熙帝二次南巡在二十八年（西历一六八九），到四十二年曹寅才做两淮巡盐御史。《索隐》说康熙帝二次南巡驻跸曹寅盐院署，是错的。第三，《索隐》说康熙帝二次南巡时，"曹雪芹以童年召对"；又说曹雪芹成书在嘉庆时。嘉庆元年（西历一七九六），上距康熙二十八年，已隔百零七年了。曹雪芹成书时，他可不是一百二三十岁了吗？第四，《索隐》说《红楼梦》成书在乾嘉时代，又说是在嘉庆时所作：这一说最谬。《红楼梦》在乾隆时已风行，有当时版本可证（详考见后文）。况且袁枚在《随园诗话》里曾提起曹雪芹的《红楼梦》；袁枚死于嘉庆二年，《诗话》之作更早的多，如何能提到嘉庆时所作的《红楼梦》呢？

第二派说《红楼梦》是清康熙时的政治小说。这一派可用蔡子民的《石头记索隐》作代表。蔡先生说：

> 《石头记》……作者持民族主义甚挚。书中本事在吊明之亡，揭清之失，而尤于汉族名士仕清者寓痛惜之意。当时既虑触文纲，又欲别开生面，特于本事之上，加以数层障幂，使读者有"横看成岭侧成峰"之状况（《石头记索隐》页一）。书中"红"字多隐"朱"字。朱者，明也，汉也。宝玉有"爱红"之癖，言以满人而爱汉族文化也；好吃人口上胭脂，言拾汉人唾余也。……当时清帝虽躬修文学，且创开博学鸿词科，实专以笼络汉人，初不愿满人渐染汉俗，其后雍乾诸朝亦时时申诫之。故第十九回袭人劝宝玉道："再不许吃人嘴上擦的胭脂了，与那爱红的毛病儿。"又黛玉见宝玉腮上血渍，询知为淘澄胭脂膏子所溅，谓为"带出幌子，吹到舅舅耳里，又大家不干净惹气"，皆此意。宝玉在大观园中所居曰怡红院，即爱红之义。所谓曹雪芹于悼红轩中增删本书，则吊明之义也。……（页三至四）书中女子多指汉人，男子多指满人。不但"女子是水作骨肉，男人是泥作的骨肉"与"汉"字"满"字有关系也；我国古代哲学以阴阳二字说明一切对待之事物，《易》坤卦象传曰，"地道也，妻道也，臣道也"，是以夫妻君臣分配于阴阳也。《石头记》即用其义。第三十一回，……翠缕说："知道了！姑娘（史湘云）是阳，我就是阴。……人家说主子为阳，奴才为阴。我连这个大道理也不懂得！"……清制，对于君主，满人自称奴才，汉人自称臣。臣与奴才，并无二义。以民族之对待言之；征服者为主，被征服者为奴。本书以男女影满汉，以此。（页九至十）

这些是蔡先生的根本主张。以后便是"阐证本事"了。依他的见解，下面这些人是可考的：

一、贾宝玉，伪朝之帝系也；宝玉者，传国玺之义也，即指胤礽（康熙帝的太子，后被废）。（页十至二十）

二、《石头记》叙巧姐事，似亦指胤礽，巧字与礽字形相似也。……（页二三至二五）

三、林黛玉影朱竹垞（朱彝尊）也。绛珠，影其氏也。居潇湘馆，影其竹垞之号也。……（页二至二七）

四、薛宝钗，高江村（高士奇）也。薛者，雪也。林和靖诗，"雪满山中高士卧，月明林下美人来。"用薛字以影江村之姓名（高士奇）也。……（页二八至四二）

五、探春影徐健庵也。健庵名乾学，乾卦作"☰"，故曰三姑娘。健庵以进士第三人及第，通称探花，故名探春。（页四二至四七）

六、王熙凤影余國柱也。王即柱字偏旁之省，國字俗写作"国"，故熙凤之夫曰琏，言二王字相连也。……（页四七至六一）

七、史湘云，陈其年也。其年又号迦陵。史湘云佩金麒麟，当是"其"字"陵"字之借音。氏以史者，其年尝以翰林院检讨纂修《明史》也。……（页六一至七一）

八、妙玉，姜西溟（姜宸英）也。姜为少女，以妙代之。《诗》曰，"美如玉"，"美如英"。玉字所以代英字也。（从徐柳泉说）……（页七二至八七）

九、惜春，严荪友也。……（页八七至九一）

一〇、宝琴，冒辟疆也。……（页九一至九五）

一一、刘老老，汤潜庵（汤斌）也。（页九五至百十）

蔡先生这部书的方法是：每举一人，必先举他的事实；然后引《红楼梦》中情节来配合。我这篇文里，篇幅有限，不能表示他的引书之多和用心之勤，这是我很抱歉的。但我总觉得蔡先生这么多的心力都是白白的浪费了，因为我总觉得他这部书到底还只是一种很牵强的附会。我记得从前有个灯谜，用杜诗"无边落木萧萧下"来打一个"日"字。这个谜，除了做谜的人自己，是没有人猜得中的，因为做谜的人先想着南北朝的齐和梁两朝都是姓萧的；其次把"萧萧下"的"萧萧"解作两个姓萧的朝代；其次，二萧的下面是那姓陈的陈朝。想着了"陈"字，然后把偏旁去掉（无边）；再把"東"字里的"木"字去掉（落木）。剩下的"日"字，才是谜底！你若不能绕这许多弯子，休想猜谜！假使做《红楼梦》的人当日真个用王熙凤来影余国柱，真想着"王即柱字偏旁之省，國字俗写作国，故熙凤之夫曰琏，言二王字相连也"，——假使他真如此思想，他岂不真成了一个大笨伯了吗？他费了那么大气力，到底只做了"国"字和"柱"字的一小部分；还有这两个字的其余部分和那最重要的"余"字，都不曾做到"谜面"里去！这样做的谜，可不是笨谜吗？用麒麟来影"其年"的其，"迦陵"的陵；用三姑娘来影"乾学"的乾：假使真有这种影射法，都是同样的笨谜！假使一部《红楼梦》真是一串这么样的笨谜，那就真不值得猜了！

我且再举一条例来说明这种"索隐"（猜谜）法的无益。蔡先生引蒯若木先生的话，说刘老老即是汤潜庵：

> 潜庵受业于孙夏峰（孙奇逢，清初的理学家），凡十年。夏峰之学本以象山（陆九渊）阳明（王守仁）为宗。《石头记》，"刘老老之女婿曰王狗儿，狗儿之父曰王成。其祖上曾与凤姐之祖，王夫人之父认识，因贪王家势利，便连了宗"，似指此。

其实《红楼梦》里的王家既不是专指王阳明的学派，此处似不应该忽然用王家代表王学。况且从汤斌想到孙奇逢，从孙奇逢想到王阳明学派，再从阳明学派想到王夫人一家，又从王家想到王狗儿的祖上，又从王狗儿转到他的丈母刘老老，——这个谜可不是比那"无边落木萧萧下"的谜还更难猜吗？蔡先生又说《石头记》第三十九回刘老老说的"抽柴"一段故事是影汤斌毁五通祠的事；刘老老的外孙板儿影的是汤斌买的一部《廿一史》；他的外孙女青儿影的是汤斌每天吃的韭菜！这种附会已是很滑稽的了。最妙的是第六回凤姐给刘老老二十两银子，蔡先生说这是影汤斌死后徐乾赠送的二十金；又第四十二回凤姐又送老老八两银子，蔡先生说这是影汤斌死后惟遗俸银八两。这八两有了下落了，那二十两也有了下落了；但第四十二回王夫人还送了刘老老两包银子，每包五十两，共是一百两；这一百两可就没有下落了！因为汤斌一生的事实没有一件可恰合这一百两银子的，所以这一百两虽然比那二十八两更重要，到底没有"索隐"的价值！这种完全任意的去取，实在没有道理，故我说蔡先生的《石头记索隐》也还是一种很牵强的附会。

第三派的《红楼梦》附会家，虽然略有小小的不同，大致都主张《红楼梦》记的是纳兰成德的事。成德后改名性德，字容若，是康熙朝宰相明珠的儿子。陈康祺的《郎潜纪闻二笔》（即《燕下乡脞录》）卷五说：

> 先师徐柳泉先生云："小说《红楼梦》一书即记故相明珠家事；金钗十二，皆纳兰侍卫（成德官侍卫）所奉为上客者也。宝钗影高澹人，妙玉即影西溟（姜宸英）。……"徐先生言之甚详，惜余不尽记忆。

又俞樾的《小浮梅闲话》（《曲园杂纂》三十八）说：

> 《红楼梦》一书，世传为明珠之子而作。……明珠子名成德，字容若。《通志堂经解》每一种有纳兰成德容若序，即其人也。恭读乾隆五十一年二月二十九日上谕："成德于康熙十一年壬子科中式举人，十二年癸丑科中式进士，年甫十六岁。"（适按此谕不见于《东华录》，但载于《通志堂经解》之首。）然则其中举人止十五岁，于书中所述颇合也。

钱静方先生的《红楼梦考》（附在《石头记索隐》之后，页一二一至一三〇）也颇有赞成这种主张的倾向。钱先生说：

> 是书力写宝黛痴情。黛玉不知所指何人。宝玉固全书之主人翁，即纳兰侍御也。使侍御而非深于情者，则焉得有此情影？余读《饮水词钞》，不独于宾从间得许合之欢，而尤于闺房内致缠绵之意。即"黛玉葬花"一段，亦从其词中脱卸而出。是黛玉虽影他人，亦实影侍御之德配也。

这一派的主张，依我看来，也没有可靠的根据，也只是一种很牵强的附会。一、纳兰成德生于顺治十一年（西历一六五四），死于康熙二十四年（一六八五），年三十一岁。他死时，他的父亲明珠正在极盛的时代（大学士加太子太傅，不久又晋太子太师），我们如何可说那眼见贾府兴亡的宝玉是指他呢？二、俞樾引乾隆五十一年上谕说成德中举人时止十五岁，其实连那上谕都是错的。成德生于顺治十一年；康熙壬子，他中举人时，年十八；明年癸丑，他中进士，年十九。徐乾学作的《墓志铭》与韩菼作的《神道碑》，都如此说。乾隆帝因为硬要否认《通志堂经解》的许多序是成德做的，故说他中进士时年止十六岁（也许成德应试时故意减少三岁，而乾隆帝但依据履历上的年岁）。无论如何，我们不可用宝玉中举的年岁来附会成德。若宝玉中举的年岁可以附会成德，我们也可以用成德中进士和殿试的年岁来证明宝玉不是成德了！三、至于钱先生说的纳兰成德的夫人即是黛玉，似乎更不能成立。成德原配卢氏，为两广总督兴祖之女，续配官氏，生二子一女，卢氏早死，故《饮水词》中有几首悼亡的词，钱先生引他的悼亡词来附会黛玉，其实这种悼亡的诗词，在中国旧文学里，何止几千首？况且大致都是千篇一律的东西。若几首悼亡词可以附会林黛玉，林黛玉真要成"人尽可夫了"！四、至于徐柳泉说大观园里十二金钗都是纳兰成德所奉为上客的一班名士，这种附会法与《石头记索隐》的方法有同样的危险。即如徐柳泉说妙玉影姜宸英，那么，黛玉何以不可附会姜宸英？晴雯何以不可附会姜宸英？又如他说宝钗影高士奇，那么，袭人也可以影高士奇，凤姐更可以影高士奇了。我们试读姜宸英祭纳兰成德的文：

> 兄一见我，怪我落落；转亦以此，赏我标格。……数兄知我，其端非一。我常箕踞，对客欠伸，兄不余傲，知我任真。我时嫚骂，无问高爵，兄不余狂，知余疾恶。激昂论事，眼睁舌拼，兄为抵掌，助之叫号。有时对酒，雪涕悲歌，谓余失志，孤愤则那？彼何人斯，实应且憎，余色拒之，兄门固扃。

妙玉可当得这种交情吗？这可不更像黛玉吗？我们又试读郭琇参劾高士奇的奏疏：

> ……久之，羽翼既多，遂自立门户。……凡督抚藩臬道府厅县以及在内之大小卿员，皆王鸿绪等为之居停哄骗而夤缘照管者，馈至成千累万；即不属党护者，亦有常例，名之曰平安钱。然而人之肯为贿赂者，盖士奇供奉日久，势焰日张，人皆谓之门路真，而士奇遂自忘乎其为撞骗，亦居之不疑，曰，我之门路真。……以觅馆餬口之穷儒，而今忽为数百万之富翁。试问金从何来？无非取给于各官。然官从何来？非侵国帑，即剥民膏。夫以国帑民膏而填无厌之谿壑，是士奇等真国之蠹而民之贼也。……（《清史馆本传》，《耆献类征》六十）

宝钗可当得这种罪名吗？这可不更像凤姐吗？我举这些例的用意是要说明这种附会完全是主观的，任意的，最靠不住的，最无益的。钱静方先生说的好："要之，《红楼》一书，空中楼阁。作者第由其兴会所至，随手拈来，初无成意。即或有心影射，亦不过若即若离，轻描淡写，如画师所绘之百像图，类似者固多，苟细按之，终觉貌是而神非也。"

二

我现在要忠告诸位爱读《红楼梦》的人："我们若想真正了解《红楼梦》，必须先打破这种种牵强附会的《红楼梦》谜学！"

其实做《红楼梦》的考证，尽可以不用那种附会的法子。我们只须根据可靠的版本与可靠的材料。考定这书的著者究竟是谁，著者的事迹家世，著书的时代，这书曾有何种不同的本子，这些本子的来历如何。这些问题乃是《红楼梦》考证的正当范围。

我们先从"著者"一个问题下手。

本书第一回说这书原稿是空空道人从一块石头上抄写下来的，故名《石头记》；后来空空道人改名情僧，遂改《石头记》为《情僧录》；东鲁孔梅溪题为《风月宝鉴》；后因曹雪芹于悼红轩中，披阅十载，增删五次，纂成目录，分出章回，又题曰《金陵十二钗》，并题一绝，即此便是《石头记》的缘起。诗云：

> 满纸荒唐言，一把辛酸泪。都云作者痴，谁解其中味？

第百二十回又提出曹雪芹传授此书的缘由。大概"石头"与空空道人等名目都是曹雪芹假托的缘起，故当时的人多认这书是曹雪芹做的。袁枚的《随园诗话》卷二中有一条说：

> 康熙间，曹练亭（练当作楝）为江宁织造，每出拥八驺，必携书一本，观玩不辍。人问："公何好学？"曰："非也。我非地方官而百姓见我必起立，我心不安，故藉此遮目耳。"素与江宁太守陈鹏年不相中，及陈获罪，乃密疏荐陈。人以此重之。
>
> 其子雪芹撰《红楼梦》一书，备记风月繁华之盛。中有所谓大观园者，即余之随园也。明我斋读而羡之（坊间刻本无此七字）。当时红楼中有某校书尤艳，我斋题云（此四字坊间刻本作"雪芹赠云"，今据原刻本改正）：
>
> 病容憔悴胜桃花，午汗潮回热转加；犹恐意中人看出，强言今日较差些。威仪棣棣若山河，应把风流夺绮罗，不似小家拘束态，笑时偏少默时多。

我们现在所有的关于《红楼梦》的旁证材料，要算这一条为最早。近人征引此条，每不全录；他们对于此条的重要，也多不曾完全懂得。这一条记载的重要，凡有几点：

> 一、我们因此知道乾隆时的文人承认《红楼梦》是曹雪芹做的。
> 二、此条说曹雪芹是曹楝亭的儿子。（又《随园诗话》卷十六也说"雪芹者，曹练亭织造之嗣君也。"但此说实是错的，说详后。）
> 三、此条说大观园即是后来的随园。

俞樾在《小浮梅闲话》里曾引此条的一小部分，又加一注，说：

> 纳兰容若《饮水词集》有《满江红》词，为曹子清题其先人所构楝亭，即雪芹也。

俞樾说曹子清即雪芹，是大谬的。曹子清即曹楝亭，即曹寅。
我们先考曹寅是谁。吴修的《昭代名人尺牍小传》卷十二说：

> 曹寅，字子清，号楝亭。奉天人，官通政司使，江宁织造。校刊古书甚精，有扬州局刻《五韵》《楝亭十二种》盛行于世。著《楝亭诗钞》。

《扬州画舫录》卷二说：

> 曹寅，字子清，号楝亭，满洲人，官两淮盐院。工诗词，善书，著有《楝亭诗集》。刊秘书十二种，为《梅苑》《声画集》《法书考》《琴史》《墨经》《砚笺》《刘后山（当作刘后村）千家诗》《禁扁》《钓矶立谈》《都城纪胜》《糖霜谱》《录鬼簿》。今之仪征余园门榜"江天传舍"四字，是所书也。

这两条可以参看。又韩菼的《有怀堂文稿》里有《楝亭记》一篇说：

> 荔轩曹使君性至孝。自其先人董三服，官江宁，于署中手植楝树一株，绝爱之，为亭其间，尝憩息于斯。后十余年，使君适自苏移节，如先生之任，则亭颇坏，为新其材，加垩焉，而亭复完。……

据此可知曹寅又字荔轩，又可知《饮水词》中的楝亭的历史。

最详细的记载是章学诚的《丙辰札记》：

> 曹寅为两淮巡盐御史，刻古书凡十五种，世称"曹楝亭本"是也。康熙四十三年，四十五年，四十七年，四十九年，间年一任，与同旗李煦互相番代。李于四十四年，四十六年，四十八年，与曹互代；五十年，五十一年，五十二年，五十五年，五十六年，又连任，较曹用事为久矣。然曹至今为学士大夫所称，而李无闻焉。

不幸章学诚说的那"至今为学士大夫所称"的曹寅，竟不曾留下一篇传记给我们做考证的材料，《耆献类征》与《碑传集》都没有曹寅的碑传。只有宋和的《陈鹏年传》（《耆献类征》卷一六四，页一八以下）有一段重要的纪事：

> 乙酉（康熙四十四年），上南巡（此康熙帝第五次南巡）。总督集有司议供张，欲于丁粮耗加三分。有司皆慑服，唯唯。独鹏年（江宁知府陈鹏年）不服，否否。总督怏怏，议虽寝，则欲抶去鹏年矣。
>
> 无何，车驾由龙潭幸江宁。行宫草创（按此指龙潭之行宫），欲抶去之者因以是激上怒。时故庶人（按此即康熙帝的太子胤礽，至四十七年被废）从幸，更怒，欲杀鹏年。
>
> 车驾至江宁，驻跸织造府。一日，织造幼子嬉而过于庭，上以其无知也，曰："儿知江宁有好官乎？"曰："知有陈鹏年"。时有致政大学士张英来朝，上……使人问鹏年，英称其贤。而英则庶人之所傅，上乃谓庶人曰："尔师傅贤之，如何杀之？"庶人犹欲杀之。
>
> 织造曹寅免冠叩头，为鹏年请。当是时，苏州织造李某伏寅后，为寅娃（娃字不见于字书，似有儿女亲家的意思），见寅血被额，恐触上怒，阴曳其衣，警之。寅怒而顾之曰："云何也？"复叩头，阶有声，竟得请。出，巡抚宋荦逆之曰："君不愧朱云折槛矣！"

又我的朋友顾颉刚在《江南通志》里查出江宁织造的职官如下表：

康熙二年至二十三年	曹　玺
康熙二十三年至三十一年	桑　格
康熙三十一年至五十二年	曹　寅
康熙五十二年至五十四年	曹　颙
康熙五十四至雍正六年	曹　頫
雍正六年以后	隋赫德

又苏州织造的职官如下表：

康熙二十九年至三十二年	曹　寅
康熙三十二年至六十一年	李　煦

这两表的重要，我们可以分开来说：

一、曹玺，字元壁，是曹寅的父亲。顾颉刚引上元、江宁两县志道："织局繁剧，玺至，积弊一清。陛见，陈江南吏治极详，赐蟒服，加一品，御书'敬慎'扁额。卒于位。子寅。"

二、因此可知曹寅当康熙二十九年至三十二年时，做苏州织造；三十一年至三十二年，他兼任江宁织造；三十二年以后，他专任江宁织造二十年。

三、康熙帝六次南巡的年代，可与上两表参看：

康熙二三	一次南巡	曹玺为苏州织造
二八	二次南巡	
三八	三次南巡	曹寅为江宁织造
四二	四次南巡	同上
四四	五次南巡	同上
四六	六次南巡	同上

四、顾颉刚又考得"康熙南巡，除第一次到南京驻跸将军署外，余五次均把织造署当行官"。这五次之中，曹寅当了四次接驾的差。又《振绮堂丛书》内有《圣驾五幸江南恭录》一卷，记康熙四十四年的第五次南巡，写曹寅既在南京接驾，又以巡盐御史的资格赶到扬州接驾；又记曹寅进贡的礼物及康熙帝回銮时赏他通政使司通政使的事，甚详细，可以参看。

五、曹颙与曹頫都是曹寅的儿子。曹寅的《楝亭诗钞别集》有"郭振基序"，内说："侍公函丈有年，今公子继任织部，又辱世讲。"是曹颙之为曹寅儿子，已无可疑。曹頫大概是曹颙的兄弟（说详下）。

又《四库全书提要》谱录类食谱之属存目里有一条说：

《居常饮馔录》一卷。（编修程晋芳家藏本）

国朝曹寅撰。寅字子清，号楝亭，镶蓝旗汉军。康熙中，巡视两淮盐政，加通政司衔。是编以前代所传饮膳之法汇成一编。一曰，宋王灼《糖霜谱》；二三曰，宋东溪遁叟《粥品》及《粉面品》；四曰，元倪瓒《泉史》；五曰，元海滨逸叟《制脯鲊法》；六曰，明王叔承《酿录》；七曰，明释智舷《茗笺》；八九曰，明灌畦老叟《蔬香谱》及《制蔬品法》。中间《糖霜谱》，寅已刻入所辑《楝亭十种》；其他亦颇散见于《说郛》诸书云。

又《提要》别集类存目里有一条：

《楝亭诗钞》五卷，附《词钞》一卷。（江苏巡抚采进本）国朝曹寅撰。寅有《居常饮馔录》，已著录。其诗一刻于扬州，计盈千首；再刻于仪征，则寅自汰其旧刻，而吴尚中开雕于柬园者。此本即仪征刻也。其诗出入于白居易、苏轼之间。

《提要》说曹家是镶蓝旗人，这是错的。《八旗氏族通谱》有曹锡远一系，说他家是正白旗人，当据以改正。但我们因《四库提要》提起曹寅的诗集，故后来居然寻着他的全集，计《楝亭诗钞》八卷，《文钞》一卷，《词钞》一卷，《诗别集》四卷，《词别集》一卷（天津公园图书馆藏）。从他的集子里，我们得知他生于顺治十五年戊戌（一六五八）九月七日，他死时大概在康熙五十一年（一七一二）的下半年，那时他五十五岁。他的诗颇有好的，在八旗的诗人之中，他自然要算一个大家了（他的诗在铁保辑的《八旗人诗钞》——改名《熙朝雅颂集》——里，占一全卷的地位）。当时的文学大家，如朱彝尊、姜宸英等，都为《楝亭诗钞》作序。

以上关于曹寅的事实，总结起来，可以得几个结论：

一、曹寅是八旗的世家，几代都在江南做官。他的父亲曹玺做了二十一年的江宁织造；曹寅自己做了四年的苏州织造，做了二十一年的江宁织造，同时又兼做了四次的两淮巡盐御史。他死后，他的儿子曹颙接着做了三年的江宁织造。他的儿子曹頫接下去做了十三年的江宁织造。他家祖孙三代四个人总共做了五十八年江宁织造。这个织造真成了他家的"世职"了。

二、当康熙帝南巡时，他家曾办过四次以上的接驾的差。

三、曹寅会写字，会做诗词，有诗词集行世；他在扬州曾曾领《全唐诗》的刻印，扬州的诗局归他管理甚久；他自己又刻有二十几种精刻的书（除上举各书外，尚有《周易本义》《施愚山集》等；朱彝尊的《曝书亭集》也是曹寅捐资倡刻的，未刻完而死）。他家中藏书极多，精本有三千二百八十七种之多（见他的《楝亭书目》，京师图书馆有钞本）。可见他的家庭富有文学美术的环境。

四、他生于顺治十五年，死于康熙五十一年（一六五八——七一二）。

以上是曹寅的略传与他的家世。曹寅究竟是曹雪芹的什么人呢？袁枚在《随园诗话》里说曹雪芹是曹寅的儿子。这一百多年以来，大家多相信这话，连我在这篇考证的初稿里也信了这话。现在我们知道曹雪芹不是曹寅的儿子，乃是他的孙子。最初改正这个大错的是杨钟羲先生。杨先生编有《八旗文经》六十卷，又著有《雪桥诗话》三编，是一个最熟悉八旗文献掌故的人。他在《雪桥诗话续集》卷六页二三说：

敬亭（清宗室敦诚字敬亭）……尝为《琵琶亭传奇》一折，曹雪芹（霑）题句有云："白傅诗灵应喜甚，定教蛮素鬼排场。"雪芹为楝亭通政孙，平生为诗，大概如此，竟坎坷以终。敬亭挽雪芹诗有"牛鬼遗文悲李贺，鹿车荷锸葬刘伶"之句。

这一条使我们知道三个要点：

一、曹雪芹名霑。
二、曹雪芹不是曹寅的儿子，是他的孙子（《中国人名大辞典》页九九〇作"名霑，寅子"。似是根据《雪桥诗话》而误改其一部分）。
三、清宗室敦诚的诗文集内必有关于曹雪芹的材料。

敦诚字敬亭，别号松堂，英王之裔。他的轶事也散见《雪桥诗话》初、二集中。他有《四松堂集》诗二卷，文二卷，《鹪鹩轩笔麈》一卷。他的哥哥名敦敏，字子明，有《懋斋诗钞》。我从此便到处访求这两个人的集子，不料到如今还不曾寻到手。我今年夏间到上海，写信去问杨钟羲先生，他回信说，曾有《四松堂集》，但辛亥乱后遗失了。我虽然很失望，但杨先生既然根据《四松堂集》说曹雪芹是曹寅之孙，这话自然万无可疑。因为敦诚兄弟都是雪芹的好朋友，他们的证见自然是可信的。

我虽然未见敦诚兄弟的全集，但《八旗人诗钞》（《熙朝雅颂集》）里有他们兄弟的诗一卷。这一卷里有关于曹雪芹的诗四首，我因为这种材料颇不易得，故把这四首全钞于下：

赠曹雪芹（敦敏）

碧水青山曲径遐，薜萝门巷足烟霞。寻诗人去留僧壁，卖画钱来付酒家。
燕市狂歌悲遇合，秦淮残梦忆繁华。新愁旧恨知多少，都付酕醄醉眼斜。

访曹雪芹不值（敦敏）

野浦冻云深，柴扉晚烟薄。山村不见人，夕阳寒欲落。

佩刀质酒歌（敦诚）

秋晓遇雪芹于槐园，风雨淋涔，朝寒袭袂。时主人未出。雪芹酒渴如狂，余因解佩刀沽酒而饮之。雪芹欢甚，作长歌以谢余。余亦作此答之。

我闻贺鉴湖，不惜金龟掷酒垆。又闻阮遥集，直卸金貂作鲸吸。嗟余本非二子狂，腰间更无黄金珰。秋气酿寒风雨恶，满园榆柳飞苍黄。主人未出童子睡，斝乾瓮涩何可当！相逢况是淳于辈，一石差可温枯肠。身外长物亦何有？鸾刀昨夜磨秋霜。且酤满眼作软饱，……令此肝肺生角芒。曹子大笑称"快哉！"击石作歌声琅琅。知君诗胆昔如铁，堪与刀颖交寒光。我有古剑尚在匣，一条秋水苍波凉。君才抑塞倘欲拔，不妨斫地歌王郎。

寄怀曹雪芹（敦诚）

少陵昔赠曹将军，曾曰魏武之子孙。嗟君或亦将军后，于今环堵蓬蒿屯，扬州旧梦久已绝，且著临邛犊鼻裈。爱君诗笔有奇气，直追昌谷披篱樊。当时虎门数夕晨，西窗剪烛风雨昏。接䍦倒著容君傲，高谈雄辨虱手扪，感时思君不相见。蓟门落日松亭尊。劝君莫弹食客铗，劝君莫叩富儿门。残杯冷炙有德色，不如著书黄叶村。

我们看这四首诗，可想见他们弟兄与曹雪芹的交情是很深的。他们的证见真是史学家说的"同时人的证见"，有了这种证据，我们不能不认袁枚为误记了。

这四首诗中，有许多可注意的句子。

第一，如"秦淮残梦忆繁华"，如"于今环堵蓬蒿屯，扬州旧梦久已绝，且著临邛犊鼻裈"，如"劝君莫弹食客铗，劝君莫叩富儿门；残杯冷炙有德色，不如著书黄叶村"，都可以证明曹雪芹当时已很贫穷，穷得很不像样了，故敦诚有"残杯冷炙有德色"的劝诫。

第二，如"寻诗人去留僧壁，卖画钱来付酒家"，如"知君诗胆昔如铁"，如"爱君诗笔有奇气，直追昌谷披篱樊"，都可以使我们知道曹雪芹是一个会作诗又会绘画的人，最可惜的是曹雪芹的诗现在只剩得"白傅诗灵应喜甚，定教蛮素鬼排场"两句了。但单看这两句，也就可以想见曹雪芹的诗大概是很聪明的，很深刻的。敦诚弟兄比他做李贺，大概很有点相像。

第三，我们又可以看出曹雪芹在那贫穷潦倒的境遇里，很觉得牢骚抑郁，故不免纵酒狂歌，自寻排遣。上文引的如"雪芹酒渴如狂"，如"相逢况是淳于辈，一石差可温枯肠"，如"新愁旧恨知多少，都付酕醄醉眼斜"，如"鹿车荷锸葬刘伶"，都可以为证。

我们既知道曹雪芹的家世和他自身的境遇了，我们应该研究他的年代。这一层颇有点困难，因为材料太少了。敦诚有挽雪芹的诗，可见雪芹死在敦诚之前。敦诚的年代也不可详考。但《八旗文经》里有几篇他的文字，有年月可考：如"拙鹊亭记"作于辛丑初冬，如"松亭再征记"作于戊寅正月，如"祭周立崖"文中说："先生与先公始交时在戊寅己卯间；是时先生……每过静补堂，……诚尝侍几杖侧。……迨庚寅先公即世，先生哭之过时而哀。……诚追述平生，……回念静补堂几杖之侧，已二十余年矣。"今作一表，如下：

　　　　乾隆二三，戊寅（一七五八）。
　　　　乾隆二四，己卯（一七五九）。
　　　　乾隆三五，庚寅（一七七〇）。
　　　　乾隆四六，辛丑（一七八一）。自戊寅至此，凡二十三年。

清宗室永忠（臞仙）为敦诚作葛巾居的诗，也在乾隆辛丑。敦诚之父死于庚寅，他自己的死期大约在二十年之后，约当乾隆五十余年。纪昀为他的诗集作序，虽无年月可考，但纪昀死于嘉庆十年（一八〇五），而序中的语意都可见敦诚死已甚久了。故我们可以猜定敦诚大约生于雍正初年（约一七二五），死于乾隆五十余年（约一七八五——一七九〇）。

敦诚兄弟与曹雪芹往来，从他们赠答的诗看起来，大概都在他们兄弟中年以前，不像在中年以后。况且《红楼梦》当乾隆五十六七年时已在社会上流通了二十余年了（说详下）。以此看来，我们可以断定曹雪芹死于乾隆三十年左右（约一七六五）。至于他的年纪，更不容易考定了。但敦诚兄弟的诗的口气，很不像是对一位老前辈的口气。我们可以猜想雪芹的年纪至多不过比他们大十来岁，大约生于康熙末叶（约一七一五——一七二〇）。当他死时约五十岁左右。

以上是关于著者曹雪芹的个人和他的家世的材料。我们看了这些材料，大概可以明白《红楼梦》这部书是曹雪芹的自叙传了。这个见解，本来并没有什么新奇，本来是很自然的。不过因为《红楼梦》被一百多年来的红学大家越说越微妙了，故我们现在对于这个极平常的见解反觉得他有证明的必要了。我且举几条重要的证据如下：

第一，我们总该记得《红楼梦》开端时，明明的说着：

　　作者自云曾历过一番梦幻之后，故将真事隐去，而借"通灵"说此《石头记》一书也。……自己又云：今风尘碌碌，一事无成，忽念及当日所有之女子，一一细考较去，觉其行止见识皆出我之上。我堂堂须眉，诚不若彼裙钗。……当此日，欲将已往所赖天恩祖德，锦衣纨袴之时，饫甘餍肥之日，背父兄教育之恩，负师友规训之德，以致今日一技无成半生潦倒之罪，编述一集，以告天下。

这话说的何等明白！《红楼梦》明明是一部"将真事隐去"的自叙的书。若作者是曹雪芹，那么，曹雪芹即是《红楼梦》开端时那个深自忏悔的"我"！即是书里的甄贾（真假）两个宝玉的底本！懂得这个道理，便知书中的贾府与甄府都只是曹雪芹家的影子。

第二，第一回里那石头说道：

　　我想历来野史朝代，无非假借汉唐的名色；莫如我石头所记，不借此套，只按自己的事体情理，反到新鲜别致。

又说：

> 更可厌者"之乎者也"，非理即文，大不近情，自相矛盾：竟不如我这半世亲见亲闻的这几个女子，虽不敢说强似前代书中所有之人，但观其事迹原委，亦可消愁破闷。

他这样明白清楚的说"这书是我自己的事体情理"，"是我这半世亲见亲闻的"；而我们偏要硬派这书是说顺治帝的，是说纳兰成德的！这岂不是作茧自缚吗？

第三，《红楼梦》第十六回有谈论南巡接驾的一大段，原文如下：

> 凤姐道："……可恨我小几岁年纪。若早生二三十年，如今这些老人家也不薄我没见世面了。说起当年太祖皇帝仿舜巡的故事，比一部书还热闹，我偏偏的没赶上。"
>
> 赵嬷嬷（贾琏的乳母）道："嗳哟，那可是千载难逢的！那时候我才记事儿。咱们贾府正在姑苏扬州一带，监造海船，修理海塘。只预备接驾一次，把银子花的像淌海水是的。说起来——"
>
> 凤姐忙接道："我们王府里也预备过一次。那时我爷爷专管各国进贡朝贺的事，凡有外国人来，都是我们家养活。粤闽滇浙所有的洋船货物，都是我们家的。"
>
> 赵嬷嬷道："那是谁不知道的？……如今还有现在江南的甄家，——嗳哟，好势派！——独他们家接驾四次，要不是我们亲眼看见，告诉谁也不信的。别讲银子成了粪土；凭是世上有的，没有不是堆山积海的。'罪过可惜'四个字，竟顾不得了。"
>
> 凤姐道："我常听见我们太爷说，也是这样的。岂有不信的？只纳罕他家怎么就这样富贵呢？"
>
> 赵嬷嬷道："告诉奶奶一句话：也不过拿着皇帝家的银子往皇帝身上使罢了，谁家有那些钱买这个虚热闹去？"

此处说的甄家与贾家都是曹家。曹家几代在江南做官，故《红楼梦》里的贾家虽在"长安"，而甄家始终在江南。上文曾考出康熙帝南巡六次，曹寅当了四次接驾的差，皇帝就住在他的衙门里。《红楼梦》差不多全不提起历史上的事实，但此处却郑重的说起"太祖皇帝仿舜巡的故事"，大概是因为曹家四次接驾乃是很不常见的盛事，故曹雪芹不知不觉的——或是有意的——把他家这桩最阔的大典说了出来。这也是敦敏送他的诗里说的"秦淮旧梦忆繁华"了。但我们却在这里得着一条很重要的证据。因为一家接驾四五次，不是人人可以随便有的机会。大官如督抚，不能久任一处，便不能有这样好的机会。只有曹寅做了二十年江宁织造，恰巧当了四次接驾的差。这不是很可靠的证据吗？

第四，《红楼梦》第二回叙荣国府的世次如下，

> 自荣国公死后，长子贾代善袭了官，娶的是金陵世家史侯的小姐为妻，生了两个儿子：长名贾赦，次名贾政。如今代善早已去世，太夫人尚在。长子贾赦袭了官，为人平静中和，也不管家务。次子贾政，自幼酷喜读书，为人端方正直；祖父钟爱，原要他以科甲出身的。不料代善临终时，遗本一上，皇上因恤先臣，即时令长子袭官外，问还有几子，立刻引见；遂又额外赐了这政老爷一个主事之职，令其入部学习；如今已升了员外郎。

我们可用曹家的世系来比较：

> 曹锡远，正白旗包衣人。世居沈阳地方，来归年月无考。其子曹振彦，原任浙江盐法道。
> 孙：曹玺，原任工部尚书；曹尔正，原任佐领。
> 曾孙：曹寅，原任通政使司通政使；曹宜，原任护军参领兼佐领；曹荃，原任司库。
> 元孙：曹颙，原任郎中；曹𫖯，原任员外郎；曹颀，原任二等侍卫，兼佐领；曹天祐，原任州同（《八旗氏族通谱》卷七十四）。

这个世系颇不分明。我们可试作一个假定的世系表如下：

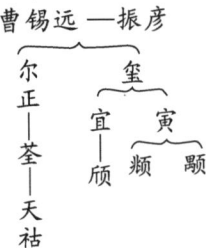

曹寅的《楝亭诗钞别集》中有"辛卯三月闻珍儿殇，书此忍恸，兼示四侄寄东轩诸友"诗三首，其二云："世出难居长，多才在四三。承家赖犹子，努力作奇男。"四侄即颀，那排行第三的当是那小名珍儿的了。如此看来，颙与𫖯当是行一与行二。曹寅死后，曹颙袭织造之职。到康熙五十四年，曹颙或是死了，或是因事撤换了，故次子曹𫖯接下去做。织造是内务府的一个差使，故不算做官，故《氏族通谱》上只称曹寅为通政使，称曹𫖯为员外郎。但《红楼梦》里的贾政，也是次子，也是先不袭爵，也是员外郎。这三层都与曹𫖯相合。故我们可以认贾政即是曹𫖯；因此，贾宝玉即是曹雪芹，即是曹𫖯之子，这一层更容易明白了。

第五，最重要的证据自然还是曹雪芹自己的历史，和他家的历史。《红楼梦》虽没有做完（说详下），但我们看了前八十回，也就可以断定：一、贾家必致衰败，二、宝玉必致沦落。《红楼梦》开端便说，"风尘碌碌，一事无成"；又说，"一技无成，半生潦倒"；又说，"当此蓬牖茅椽，绳床瓦灶"；这是明说此书的著者——即是书中的主人翁——当著书时，已在那穷愁不幸的境地。况且第十三回写秦可卿死时在梦中对凤姐说的话，句句明说贾家将来必到"树倒猢狲散"的地步。所以我们即使不信后四十回（说详下）抄家和宝玉出家的话，也可以推想贾家的衰败和宝玉的流落了。我们再回看上文引的敦诚兄弟送曹雪芹的诗，可以列举雪芹一生的历史如下：

一、他是做过繁华旧梦的人。
二、他有美术和文学的天才，能做诗，能绘画。
三、他晚年的境况非常贫穷潦倒。

这不是贾宝玉的历史吗？此外，我们还可以指出三个要点。第一是曹雪芹家自从曹玺、曹寅以来，积成一个很富丽的文学美术的环境。他家的藏书在当时要算一个大藏书家，他家刻的书至今推为精刻的善本。富贵的家庭并不难得；但富贵的环境与文学美术的环境合在一家，在当日的汉人中是没有的，就在当日的八旗世家中，也很不容易寻找了。第二，曹寅是刻

《居常饮馔录》的人，《居常饮馔录》所收的书，如《糖霜谱》《制脯鲊法》《粉面品》之类，都是专讲究饮食糖饼的做法的。曹寅家做的雪花饼，见于朱彝尊的《曝书亭集》（页二十一，页二十二）有"粉量云母细，糁和雪糕匀"的称誉。我们读《红楼梦》的人，看贾母对于吃食的讲究，看贾家上下对于吃食的讲究，便知道《居常饮馔录》的遗风未泯，雪花饼的名不虚传！第三，关于曹家衰落的情形，我们虽没有什么材料，但我们知道曹寅的亲家李煦在康熙六十一年已因亏空被革职查追了。《雍正朱批谕旨》第四十八册有雍正元年"苏州织造胡凤翚奏折"内称：

> 今查得李煦任内亏空各年余剩银两，现奉旨交督臣查弼纳查追外，尚有六十一年办六十年分应存剩银六万三百五十五两零，并无存库，亦系李煦亏空……所有历年动用银两数目，另开细折，并呈御览。……

又第十三册有"两淮巡盐御史谢赐履奏折"内称：

> 窃照两淮应解织造银两，历年遵奉已久。兹于雍正元年三月十六日，奉户部咨行，将江苏织造银两停其支给；两淮应解银两，汇行解部。……前任盐臣魏廷珍于康熙六十一年内未奉部文停止之先，两次解过苏州织造银五万两。……再本年六月内奉有停止江宁织造之文。查前盐臣魏廷珍经解过江宁织造银四万两，臣任内……解过江宁织造银四万五千一百二十两。……臣请将解过苏州织造银两在于审理李煦亏空案内并追；将解过江宁织造银两行令曹頫解还户部。……

李煦做了三十年的苏州织造，又兼了八年的两淮盐政，到头来竟因亏空被查追。胡凤翚折内只举出康熙六十一年的亏空，已有六万两之多；加上谢赐履折内举出应退还两淮的十万两：这一年的亏空就是十六万两了！他历年亏空的总数之多，可以想见。这时候，曹頫（曹雪芹之父）虽然还未曾得罪，但谢赐履折内已提及两事：一是停止两淮应解织造银两，一是要曹頫赔出本年已解的八万一千余两。这个江宁织造就不好做了。我们看了李煦的先例，就可以推想曹頫的下场也必是因亏空而查追，因查追而抄没家产。关于这一层，我们还有一个很好的证据。袁枚在《随园诗话》里说《红楼梦》里的大观园即是他的随园。我们考随园的历史。可以信此话不是假的。袁枚的《随园记》（《小仓山房文集》十二）说随园本名隋园，主人为康熙时织造隋公。此隋公即是隋赫德，即是接曹頫的任的人（袁枚误记为康熙时，实为雍正六年）。袁枚作记在乾隆十四年己巳（一七四九），去曹頫卸织造任时甚近，他应该知道这园的历史。我们从此可以推想曹頫当雍正六年去职时，必是因亏空被追赔，故这个园子就到了他的继任人的手里。从此以后，曹家在江南的家产都完了，故不能不搬回北京居住。这大概是曹雪芹所以流落在北京的原因。我们看了李煦、曹頫两家败落的大概情形，再回头来看《红楼梦》里写的贾家的经济困难情形，便更容易明白了。如第七十二回凤姐夜间梦见人来找他，说娘娘要一百匹锦，凤姐不肯给，他就来夺。来旺家的笑道："这是奶奶日间操心常应候宫里的事。"一语未了，人回夏太监打发一个小内监来说话。贾琏听了，忙皱眉道："又是什么话！一年他们也够搬了。"凤姐道："你藏起来，等我见他。"好容易凤姐弄了二百两银子把小内监打发开去。贾琏出来，笑道："这一起外祟，何日是了？"凤姐笑道："刚说着，就来了一股子。"贾琏道："昨儿周太监来，张口就是一千两。我略慢应了些，他不自在。将来得罪人之处不少。这会子再发三二百万的财，就好了！"又如第五十三回写黑山村庄头乌进孝来贾府纳年例，贾珍与他谈的一段话也很可注意：

>贾珍皱眉道："我算定你至少也有五千银子来。这够做什么的！……真真是叫别过年了！"
>
>乌进孝道："爷的地方还算好呢。我兄弟离我那里只有一百多里，竟又大差了。他现管着那府（荣国府）八处庄地，比爷这边多着几倍，今年也是这些东西，不过二三千两银子，也是有饥荒打呢。"
>
>贾珍道："如何呢？我这边到可已，没什么外项大事，不过是一年的费用。……比不得那府里（荣国府）这几年添了许多化钱的事，一定不可免是要化的，却又不添银子产业。这一二年里赔了许多。不和你们要，找谁去？"
>
>乌进孝笑道："那府里如今虽添了事，有去有来。娘娘和万岁爷岂不赏吗？"
>
>贾珍听了，笑向贾蓉等道："你们听听他说的可笑不可笑？"
>
>贾蓉等忙笑道："你们山坳海沿子上的人，那里知道这道理？娘娘难道把皇上的库给我们不成？……就是赏，也不过一百两金子，才值一千多两银子，够什么？这二年，那一年不赔出几千两银子来？头一年省亲，连盖花园子，你算算那一注化了多少，就知道了。再二年，再省一回亲，只怕精穷了！"……
>
>贾蓉又说又笑，向贾珍道："果真那府里穷了。前儿我听见二婶娘（凤姐）和鸳鸯悄悄商议，要偷老太太的东西去当银子呢。"

借当的事又见于第七十二回：

>鸳鸯一面说，一面起身要走。贾琏忙也立起身来说道："好姐姐，略坐一坐儿，兄弟还有一事相求。"说着，便骂小丫头："怎么不泡好茶来！快拿干净盖碗，把昨日进上的新茶泡一碗来！"说着，向鸳鸯道："这两日因老太太千秋，所有的几千两都使完了。几处房租地租统在九月才得。这会子竟接不上。明儿又要送南安府里的礼，又要预备娘娘的重阳节；还有几家红白大礼，至少还要二三千两银子用，一时难去支借。俗语说的好，求人不如求己。说不得，姐姐担个不是，暂且把老太太查不着的金银家伙，偷着运出一箱子来，暂押千数两银子，支腾过去。"

因为《红楼梦》是曹雪芹"将真事隐去"的自叙，故他不怕琐碎，再三再四的描写他家由富贵变成贫穷的情形。我们看曹寅一生的历史，决不像一个贪官污吏；他家所以后来衰败，他的儿子所以亏空破产，大概都是由于他一家都爱挥霍，爱摆阔架子；讲究吃喝，讲究场面，收藏精本的书，刻行精本的书；交结文人名士，交结贵族大官，招待皇帝，至于四次五次；他们又不会理财，又不肯节省；讲究挥霍惯了，收缩不回来：以至于亏空，以至于破产抄家。《红楼梦》只是老老实实的描写这一个"坐吃山空""树倒猢狲散"的自然趋势。因为如此，所以《红楼梦》是一部自然主义的杰作。那班猜谜的红学大家不晓得《红楼梦》的真价值正在这平淡无奇的自然主义的上面，所以他们偏要绞尽心血去猜那想入非非的笨谜，所以他们偏要用尽心思去替《红楼梦》加上一层极不自然的解释。

总结上文关于"著者"的材料，凡得六条结论：

>一、《红楼梦》的著者是曹雪芹。
>
>二、曹雪芹是汉军正白旗人，曹寅的孙子，曹頫的儿子，生于极富贵之家，身经极繁华绮丽的生活，又带有文学与美术的遗传与环境。他会做诗，也能画，与一班八旗名

士往来。但他的生活非常贫苦,他因为不得志,故流为一种纵酒放浪的生活。

三、曹寅死于康熙五十一年。曹雪芹大概即生于此时,或稍后。

四、曹家极盛时,曾办过四次以上的接驾的阔差;但后来家渐衰败,大概因亏空得罪被抄没。

五、《红楼梦》一书是曹雪芹破产倾家之后,在贫困之中做的。做书的年代大概当乾隆初年到乾隆三十年左右,书未完而曹雪芹死了。

六、《红楼梦》是一部隐去真事的自叙:里面的甄、贾两宝玉,即是曹雪芹自己的化身;甄贾两府即是当日曹家的影子。(故贾府在"长安"都中,而甄府始终在江南。)

现在我们可以研究《红楼梦》的"本子"问题。现今市上通行的《红楼梦》虽有无数版本,然细细考较去。除了有正书局一本外,都是从一种底本出来的。这种底本是乾隆末年间程伟元的百二十回全本,我们叫他做"程本"。这个程本有两种本子,一种是乾隆五十七年壬子(一七九二)的第一次活字排本,可叫做"程甲本"。一种也是乾隆五十七年壬子程家排本,是用"程甲本"来校改修正的,这个本子可叫做"程乙本"。"程甲本"我的朋友马幼渔教授藏有一部,"程乙本"我自己藏有一部。乙本远胜于甲本,但我仔细审察,不能不承认"程甲本"为外间各种《红楼梦》的底本。各本的错误矛盾,都是根据于"程甲本"的。这是《红楼梦》版本史上一件最不幸的事。

此外,上海有正书局石印的一部八十回本的《红楼梦》,前面有一篇德清戚蓼生的序,我们可叫他做"戚本"。有正书局的老板在这部书的封面上题着"国初钞本红楼梦",又在首页题着"原本红楼梦"。那"国初钞本"四个字自然是大错的。那"原本"两字也不妥当。这本已有总评,有夹评,有韵文的评赞,又往往有"题"诗,有时又将评语抄入正文(如第二回),可见已是很晚的抄本,决不是"原本"了。但自程氏两种百二十回本出版以后,八十回本已不可多见。戚本大概是乾隆时无数展转传抄本之中幸而保存的一种,可以用来参校程本,故自有他的相当价值,正不必假托"国初钞本"。

《红楼梦》最初只有八十回,直至乾隆五十六年以后始有百二十回的《红楼梦》。这是无可疑的。程本有程伟元的序,序中说:

> 《石头记》是此书原名。……好事者每传抄一部置庙市中,昂其价得数十金,可谓不胫而走者矣。然原本目录一百二十卷,今所藏只八十卷,殊非全本。即间有称全部者,及检阅仍只八十卷,读者颇以为憾。不佞以是书既有百二十卷之目,岂无全璧?爰为竭力搜罗,自藏书家甚至故纸堆中,无不留心。数年以来,仅积有二十余卷。一日,偶于鼓担上得十余卷,遂重价购之,欣然翻阅,见其前后起伏尚属接榫(榫音笋,削木入窍名榫,又名榫头)。然漶漫不可收拾。乃同友人细加釐剔,截长补短,抄成全部,复为镌板,以公同好。《石头记》全书至是始告成矣。……小泉程伟元识。

我自己的程乙本还有高鹗的一篇序,中说:

> 予闻《红楼梦》脍炙人口者,几廿余年,然无全璧,无定本。……今年春,友人程子小泉过予,以其所购全书见示,且曰:"此仆数年铢积寸累之苦心,将付剞劂,公同好。于闲且惫矣,盍分任之?"予以是书虽稗官野史之流,然尚不谬于名教,欣然拜诺,正以波斯奴见宝为幸,遂襄其役。工既竣,并识端末,以告阅者。时乾隆辛亥(一七九一)冬至后五日铁岭高鹗叙,并书。

此序所谓"工既竣",即是程序说的"同友人细加釐剔,截长补短"的整理工夫,并非指刻板的工程。我这部程乙本还有七条"引言",比两序更重要,今节抄几条于下:

一、是书前八十回,藏书家抄录传阅,几三十年矣。今得后四十回,合成完璧。缘友人借抄争睹者甚夥,抄录固难,刊板亦需时日,姑集活字刷印,因急欲公诸同好,故初印时不及细校,间有纰缪,今复聚集各原本,详加校阅,改订无讹。惟阅者谅之。

二、书中前八十回,抄本各家互异。今广集核勘,准情酌理,补遗订讹。其间或有增损数字处,意在便于披阅,非敢争胜前人也。

三、是书沿传既久,坊间缮本及诸家所藏秘稿,繁简歧出,前后错见。即如六十七回此有彼无,题同文异,燕石莫辩。兹惟择其情理较协者,取为定本。

四、书中后四十回系就历年所得,集腋成裘,更无他本可考,惟按其前后关照者,略为修辑,使其有应接而无矛盾。至其原文,未敢臆改。俟再得善本,更为厘定,且不欲尽掩其本来面目也。

引言之末,有"壬子花朝后一日,小泉、兰墅又识"一行。兰墅即高鹗。我们看上文引的两序与引言,有应该注意的几点:

一、高序说"闻《红楼梦》脍炙人口者,几廿余年。"引言说"前八十回,藏书家抄录传阅,几三十年。"从乾隆壬子上数三十年,为乾隆二十七年壬午(一七六二)。今知乾隆三十年间此书已流行,可证我上文推测曹雪芹死于乾隆三十年左右之说大概无大差错。

二、前八十回,各本互有异同。例如引言第三条说"六十七回此有彼无,题同文异"。我们试用戚本六十七回与程本及市上各本的六十七回互校,果有许多异同之处,程本所改的似胜于戚本。大概程本当日确曾经过一番"广集各本核勘,准情酌理,补遗订讹"的工夫,故程本一出即成为定本,其余各钞本多被淘汰了。

三、程伟元的序里说,《红楼梦》当日虽只有八十回,但原本却有一百二十卷的目录。这话可惜无从考证。(戚本目录并无后四十回)我从前想当时各钞本中大概有些是有后四十回目录的,但我现在对于这一层很有点怀疑了(说详下)。

四、八十回以后的四十回,据高程两人的话,是程伟元历年杂凑起来的,——先得二十余卷,又在鼓担上得十余卷,又经高鹗费了几个月整理修辑的工夫,方才有这部百二十回本的《红楼梦》。他们自己说这四十回"更无他本可考";但他们又说:"至其原文,未敢臆改。"

五、《红楼梦》直到乾隆五十六年(一七九一)始有一百二十回的"全本"出世。

六、这个百二十回的全本最初用活字版排印,是为乾隆五十七年壬子(一七九二)的程本。这本又有两种小不同的印本:一、初印本(即程甲本)。"不及细校,间有纰缪"。此本我近来见过,果然有许多纰缪矛盾的地方。二、校正印本,即我上文说的程乙本。

七、程伟元的一百二十回本的《红楼梦》,即是这一百三十年来的一切印本《红楼梦》的老祖宗。后来的翻本,多经过南方人的批注。书中京话的特别俗语往往稍有改换;但没有一种翻本(除了戚本)不是从程本出来的。

这是我们现有的一百二十回本《红楼梦》的历史。这段历史里有一个大可研究的问题，就是"后四十回的著者究竟是谁？"

俞樾的《小浮梅闲话》里考证《红楼梦》的一条说：

> 《船山诗草》有"赠高兰墅鹗同年"一首云："艳情人自说红楼。"注云："《红楼梦》八十回以后，俱兰墅所补。"然则此书非出一手。按乡会试增五言八韵诗，始乾隆朝。而书中叙科场事已有诗，则其为高君所补，可证矣。

俞氏这一段话极重要。他不但证明了程排本作序的高鹗是实有其人，还使我们知道《红楼梦》后四十回是高鹗补的。船山即是张船山，名问陶，是乾隆、嘉庆时代的一个大诗人。他于乾隆五十三年戊申（一七八八）中顺天乡试举人；五十五年庚戌（一七九〇）成进士，选庶吉士。他称高鹗为同年，他们不是庚戌同年，便是戊申同年。但高鹗若是庚戌的新进士，次年辛亥他作"《红楼梦》序"不会有"闲且惫矣"的话；故我推测他们是戊申乡试的同年。后来我又在《郎潜纪闻二笔》卷一里发现一条关于高鹗的事实：

> 嘉庆辛酉京师大水，科场改九月，诗题"百川赴巨海"，……闱中罕得解。前十本将进呈，韩城王文端公以通场无知出处为憾。房考高侍读鹗搜遗卷，得定远陈黼卷，亟呈荐，遂得南元。

辛酉（一八〇一）为嘉庆六年，据此，我们可知高鹗后来曾中进士，为侍读，且曾做嘉庆六年顺天乡试的同考官。我想高鹗既中进士，就有法子考查他的籍贯和中进士的年份了。果然我的朋友顾颉刚先生替我在《进士题名录》上查出高鹗是镶黄旗汉军人，乾隆六十年乙卯（一七九五）科的进士，殿试第三甲第一名。这一件引起我注意题名录一类的工具，我就发愤搜求这一类的书。果然我又在《清代御史题名录》里，嘉庆十四年（一八〇九）下，录得一条：

> 高鹗，镶黄旗汉军人，乾隆乙卯进士，由内阁侍读考选江南道御史，刑科给事中。

又《八旗文经》二十三有高鹗的"《操缦堂诗稿》跋"一篇，末署乾隆四十七年壬寅（一七八二）小阳月。我们可以总合上文所得关于高鹗的材料，作一个简单的"高鹗年谱"如下：

> 乾隆四七（一七八二），高鹗作"《操缦堂诗稿》跋"。
> 乾隆五三（一七八八），中举人。
> 乾隆五六—五七（一七九一—一七九二），补作《红楼梦》后四十回，并作序例。《红楼梦》百廿回全本排印成。
> 乾隆六〇（一七九五），中进士，殿试三甲一名。
> 嘉庆六（一八〇一），高鹗以内阁侍读为顺天乡试的同考官，闱中与张问陶相遇，张作诗送他，有"艳情人自说红楼"之句；又有诗注，使后世知《红楼梦》八十回以后是他补的。
> 嘉庆一四（一八〇九），考选江南道御史，刑科给事中，——自乾隆四七至此，凡二十七年，大概他此时已近六十岁了。

后四十回是高鹗补的，这话自无可疑。我们可约举几层证据如下：

第一，张问陶的诗及注，此为最明白的证据。

第二，俞樾举的"乡会试增五言八韵诗始乾隆朝，而书中叙科场事已有诗"一项。这一项不十分可靠，因为乡会试用律诗，起于乾隆二十一二年，也许那时《红楼梦》前八十回还没有做成呢。

第三，程序说先得二十余卷，后又在鼓担上得十余卷。此话便是作伪的铁证，因为世间没有这样奇巧的事！

第四，高鹗自己的序，说的很含糊，字里行间都使人生疑。大概他不愿完全埋没他补作的苦心，故引言第六条说："是书开卷略志数语，非云弁首，实因残缺有年，一旦颠末毕具，大快人心；欣然题名，聊以记成书之幸。"因为高鹗不讳他补作的事，故张船山赠诗直说他补作后四十回的事。

但这些证据固然重要，总不如内容的研究更可以证明后四十回与前八十回决不是一个人作的。我的朋友俞平伯先生曾举出三个理由来证明后四十回的回目也是高鹗补作的。他的三个理由是：一、和第一回自叙的话都不合，二、史湘云的丢开，三、不合作文时的程序。这三层之中，第三层姑且不论。第一层是很明显的：《红楼梦》的开端明说"一技无成，半生潦倒"；明说"蓬牖茅椽，绳床瓦灶"；岂有到了末尾说宝玉出家成仙之理？第二层也很可注意。第三十一回的回目"因麒麟伏白首双星"确是可怪！依此句看来，史湘云后来似乎应该与宝玉做夫妇，不应该此话全无照应。以此看来，我们可以推想后四十回不是曹雪芹做的了。

其实何止史湘云一个人？即如小红，曹雪芹在前八十回里极力描写这个攀高好胜的丫头；好容易他得着了凤姐的赏识，把他提拔上去了；但这样一个重要人才，岂可没有下场？况且小红同贾芸的感情，前面既经曹雪芹那样郑重描写，岂有完全没有结果之理？又如香菱的结果也决不是曹雪芹的本意。第五回的"十二钗副册"上写香菱结局道：

根并荷花一茎香，平生遭际实堪伤。自从两地生孤木，致使芳魂返故乡。

两地生孤木，合成"桂"字。此明说香菱死于夏金桂之手，故第八十回说香菱"血分中有病，加以气怨伤肝，内外挫折不堪，竟酿成干血之症，日渐羸瘦，饮食懒进，请医服药无效"。可见八十回的作者明明的要香菱被金桂磨折死。后四十回里却是金桂死了，香菱扶正；这岂是作者的本意吗？此外，又如第五回"十二钗册"上说凤姐的结局道："一从二令三人木，哭向金陵事更哀"。这个谜竟无人猜得出，许多批《红楼梦》的人也都不敢下注解。所以后四十回里写凤姐的下场竟完全与这"二令三人木"无关。这个谜只好等上海灵学会把曹雪芹先生请来降坛时再来解决了！此外，又如写和尚送玉一段，文字的笨拙，令人读了作呕。又如写贾宝玉忽然肯做八股文，忽然肯去考举人，也没有道理。高鹗补《红楼梦》时，正当他中举人之后，还没有中进士。如果他补《红楼梦》在乾隆六十年之后，贾宝玉大概非中进士不可了！

以上所说，只是要证明《红楼梦》的后四十回确然不是曹雪芹做的。但我们平心而论，高鹗补的四十回，虽然比不上前八十回，也确然有不可埋沉的好处。他写司棋之死，写鸳鸯之死，写妙玉的遭劫，写凤姐的死，写袭人的嫁，都是很精采的小品文字。最可注意的是这些人都写作悲剧的下场。还有那最重要的"木石前盟"一件公案，高鹗居然忍心害理的教黛玉病死，教宝玉出家，作一个大悲剧的结束，打破中国小说的团圆迷信。这一点悲剧的眼光，不能不令人佩服。我们试看高鹗以后，那许多续《红楼梦》和补《红楼梦》的人，哪一人不是想把黛玉晴雯都从棺材里扶出来，重新配给宝玉？哪一个不是想做一部"团圆"的《红楼梦》的？我们这样退一步想，就不能不佩服高鹗的补本了。我们不但佩服，还应该感谢他，因为他这部悲剧的补本，靠着那个"鼓担"的神话，居然打倒了后来无数的团圆《红楼梦》，居然替中国文学保存了一部有悲剧下场的小说！

以上是我对于《红楼梦》的"著者"和"本子"两个问题的答案。我觉得我们做《红楼梦》的考证，只能在这两个问题上着手；只能运用我们力所能搜集的材料，参考互证，然后抽出一些比较的最近情理的结论。这是考证学的方法。我在这篇文章里，处处想撇开一切先入的成见；处处存一个搜求证据的目的；处处尊重证据，让证据做向导，引我到相当的结论上去。我的许多结论也许有错误的。——自从我第一次发表这篇考证以来，我已经改正了无数大错误了——也许有将来发见新证据后即须改正的。但我自信，这种考证的方法，除了"董小宛考"之外，是向来研究《红楼梦》的人不曾用过的。我希望我这一点小贡献，能引起大家研究《红楼梦》的兴趣，能把将来的《红楼梦》研究引上正当的轨道上去；打破从前种种穿凿附会的"红学"，创造科学方法的《红楼梦》研究！

十三·二七初稿
十·十一·十二改定稿

〔附记〕

初稿曾附录《寄蜗残赘》一则：

《红楼梦》一书，始于乾隆年间。……相传其书出汉军曹雪芹之手。嘉庆年间，逆犯曹纶即其孙也。灭族之祸，实基于此。

这话如果确实，自然是一段很重要的材料。因此我就去查这一桩案子的事实。

嘉庆十八年癸酉（一八一三），天理教的信徒林清等勾通官里的小太监，约定于九月十五日起事，乘嘉庆帝不在京城的时候，攻入禁城，占据皇宫。但他们的区区两百个乌合之众，如何能干这种大事？所以他们全失败了，林清被捕，后来被磔死。

林清的同党之中，有一个独石口都司曹纶和他的儿子曹福昌都是很重要的同谋犯。那年十月己未的上谕说：

前因正黄旗汉军兵丁曹福昌从习邪教，与知逆谋。……兹据讯明，曹福昌之父曹纶听从林清入教，经刘四等告知逆谋，允为收众接应。曹纶身为都司，以四品职官习教从逆，实属猪狗不如，罪大恶极！……

那年十一月中，曹纶等都被磔死。

清礼亲王昭梿是当日在紫禁城里的一个人，他的《啸亭杂录》卷六记此事有一段说：

有汉军独石口都司曹纶者，侍郎曹瑛后也（瑛字一本或作寅），家素贫，尝得林清伙助，遂入贼党。适之任所，乃命其子曹福昌勾结不轨之徒，许为城中内应。……曹福昌临刑时，告刽子手曰："我是可交之人，至死不卖友以求生也！……"

《寄蜗残赘》说曹纶是曹雪芹之孙，不知是否根据《啸亭杂录》说的。我当初已疑心此曹瑛不是曹寅，况且官书明说曹瑛是正黄旗汉军，与曹寅不同旗。前天承陈筱庄先生（宝

泉)借我一部《靖逆记》(兰簃外史纂,嘉庆庚辰刻),此书记林清之变很详细。其第六卷有"曹纶传",记他家世系如下:

> 曹纶,汉军正黄旗人。曾祖金铎,官骁骑校;伯祖瑛,历官工部侍郎;祖碱,云南顺宁府知府;父廷奎,贵州安顺府同知。……延奎三子,长绅,早卒;次维,武备院工匠;次纶,充整仪卫,擢治仪正,兼公中佐领,升独石口都司。

此可证《寄蜗残赘》之说完全是无稽之谈。

十一,十二。

［附录一］

跋"《红楼梦》考证"

一

我在"《红楼梦》考证"的改定稿（《胡适文存》初排本卷三，页一八五—二四九）里，曾根据于《雪桥诗话》《八旗文经》《熙朝雅颂集》三部书，考出下列的几件事：

一、曹雪芹名霑，不是曹寅的儿子，是曹寅的孙子（页二一二）。
二、曹雪芹后来很贫穷，穷的很不像样了。
三、他是一个会作诗又会绘画的人。
四、他在那贫穷的境遇里，纵酒狂歌，自己排遣那牢骚的心境（以上页二一五至二一六）。
五、从曹雪芹和他的朋友敦诚弟兄的关系上看来，我说"我们可以断定曹雪芹死于乾隆三十年左右（约一七六五）。"又说"我们可以猜想雪芹……大约生于康熙末叶（约一七一五——七二〇）；当他死时，约五十岁左右。"

我那时在各处搜求敦诚的《四松堂集》，因为我知道《四松堂集》里一定有关于曹雪芹的材料。我虽然承认杨钟羲先生（《雪桥诗话》）确是根据《四松堂集》的，但我总觉得《雪桥诗话》是"转手的证据"，不是"原手的证据"。不料上海北京两处大索的结果，竟使我大失望。到了今年，我对于《四松堂集》，已是绝望了。有一天，一家书店的伙计跑来说，"《四松堂集》找着了！"我非常高兴，但是打开书来一看，原来是一部《四松草堂诗集》，不是《四松堂集》。又一天，陈肖庄先生告诉我说，他在一家书店里看见一部《四松堂集》。我说，"恐怕又是《四松草堂》罢？"陈先生回去一看，果然又错了。

今年四月十九日，我从大学回家，看见门房里桌子上摆着一部退了色的蓝布套的书，一张斑驳的旧书笺上题着"四松堂集"四个字！我自己几乎不信我的眼力了，连忙拿来打开一看，原来真是一部《四松堂集》的写本！这部写本确是天地间唯一的孤本。因为这是当日付刻的底本，上有付刻时的校改，删削的记号。最重要的是这本子里有许多不曾收入刻本的诗文。凡是已刻的，题上都印有一个"刻"字的戳子。刻本未收的，题上都贴着一块小红笺。题下注的甲子，都被编书的人用白纸块贴去，也都是不曾刻的——我这时候的高兴，比我前年寻着吴敬梓的《文木山房集》时的高兴，还要加好几倍了！

卷首有永憲（也是清宗室里的诗人，有《神清室诗稿》）、刘大观、纪昀的序，有敦诚的哥哥敦敏作的小传。全书六册，计诗两册，文两册，《鹪鹩笔庵麈》两册。《雪桥诗话》《八旗文经》《熙朝雅颂集》所采的诗文都是从这里面选出来的。我在考证里引的那首"寄怀曹雪芹"，原文题下注一"霑"字，又"扬州旧梦久已绝"一句，原本绝字作觉，下贴一笺条，注云，"雪芹曾随其先祖寅织造之任"。《雪桥诗话》说曹雪芹名霑，为栋亭通政孙。即是根据于这两条注的。又此诗中"蓟门落日松亭尊"一句，尊字原本作樽，下注云，"时余在喜峰口"。按敦敏作的小传，乾隆二十二年丁丑（一七五七），敦诚在喜峰口。此诗是丁丑年作的。又考证引的"佩刀质酒歌"虽无年月，但其下第二首题下注"癸未"，大概此诗是乾隆二十七年壬午作的。这两首之外，还有两首未刻的诗：

一、赠曹芹圃〔注〕即雪芹

满径蓬蒿老不华，举家食粥酒常赊。衡门僻巷愁今雨，废馆颓楼梦旧家。司业青钱留客醉，步兵白眼向人斜。阿谁买与猪肝食，日望西山餐暮霞。

这诗使我们知道曹雪芹又号芹圃。前三句写家贫的状况，第四句写盛衰之感。（此诗作于乾隆二十六年辛巳。）

二、挽曹雪芹〔注〕甲申

四十年华付杳冥，哀旌一片阿谁铭？孤儿渺漠魂应逐（〔注〕：前数月，伊子殇，因感伤成疾），新妇飘零目岂瞑？牛鬼遗文悲李贺，鹿车荷锸葬刘伶（适按，此二句又见于《鹪鹩庵笔麈》，杨钟羲先生从《笔麈》里引入《诗话》；杨先生也不曾见此诗全文）。故人惟有青山泪，絮酒生刍上旧坰。

这首诗给我们四个重要之点：

一、曹雪芹死在乾隆二十九年甲申（一七六四）。我在考证说他死在乾隆三十年左右只差了一年。

二、曹雪芹死时只有"四十年华"这自然是个整数，不限定整四十岁。但我们可以断定他的年纪不能在四十五岁以上。假定他死时年四十五岁，他的生时当康熙五十八年（一七一九）。考证里的猜测还不算大错。

关于这一点，我们应该声明一句。曹寅死于康熙五十一年（一七一三），下距乾隆甲申，凡五十一年。雪芹必不及见曹寅了。敦诚"寄怀曹雪芹"的诗注说"雪芹曾随其先祖寅织造之任"，有一点小误。雪芹曾随他的父亲曹頫在江宁织造任上。曹頫做织造，是康熙五十四年到雍正六年（一七一五——一七二八）；雪芹随在任上大约有十年（一七一九——一七二八）。曹家三代四个织造，只有曹寅最著名。敦诚晚年编集，添入这一条小注，那时距曹寅死时已七十多年了，故敦诚与袁枚有同样的错误。

三、曹雪芹的儿子先死了，雪芹感伤成病，不久也死了。据此，雪芹死后，似乎没有后人。

四、曹雪芹死后，还有一个"飘零"的"新妇"。这是薛宝钗呢，还是史湘云呢？那就不容易猜想了。

《四松堂集》里的重要材料，只是这些。此外还有一些材料，但都不重要。我们从敦敏作的小传里，又可以知道敦诚生于雍正甲寅（一七三四），死于乾隆戊申（一七九一），也可以修正我的考证里的推测。

我在四月十九日得着这部《四松堂集》的稿本。隔了两天，蔡子民先生又送来一部《四松堂集》的刻本，是他托人向晚晴簃诗社里借来的。刻本共五卷：

卷一、诗一百三十七首。
卷二、诗一百四十四首。
卷三、文三十四篇。
卷四、文十九篇。
卷五、《鹪鹩庵笔麈》八十一则。

果然凡底本里题上没有"刻"字的,都没有收入刻本里去。这更可以证明我的底本格外可贵了。蔡先生对于此书的热心,是我很感谢的。最有趣的是蔡先生借得刻本之日,差不多正是我得着底本之日。我寻此书近一年多了,忽然在三日之内两个本子一齐到我手里!这真是"踏破铁鞋无觅处,得来全不费工夫"了。

十一·五·三

二

——答蔡孑民先生的商榷——

蔡孑民先生的"《石头记索隐》第六版自序"是对于我的"《红楼梦》考证"的一篇"商榷篇",他说:

> 知其(《红楼梦》)所寄托之人物,可用三法推求:一、品性相类者。二、轶事有征者。三、姓名相关者。于是以湘云之豪放而推为其年,以惜春之冷僻而推为苏友:用第一法也。以宝玉逢魔魇而推为允礽,以凤姐哭向金陵而推为余国柱:用第二法也。以探春之名与探花有关而推为健庵,以宝琴之名与孔子学琴于师襄之故事有关而推为辟疆:用第三法也。然每举一人,率兼用三法或两法,有可推证,始质言之。其他如元春之疑为徐元文,宝蟾之疑为翁宝林,则以近于孤证,始不列入。自以为审慎之至,与随意附会者不同。近读胡适之先生"《红楼梦》考证",列拙著于"附会的红学"之中,谓之"走错了道路",谓之"大笨伯","谜学";谓之"很牵强的附会";我实不敢承认。

关于这一段"方法论",我只希望指出蔡先生的方法是不适用于《红楼梦》的。有几种小说是可以采用蔡先生的方法的。最明显的是《孽海花》。这本是写时事的书,故书中的人物都可用蔡先生的方法去推求:陈千秋即是田千秋,孙汶即是孙文,庄寿香即是张香涛,祝宝廷即是宝竹坡,潘八瀛即是潘伯寅,姜表字剑云即是江标字剑霞,成煜字伯怡即是盛昱字伯熙。其次,如《儒林外史》,也有可以用蔡先生的方法去推求的。如马纯上之为冯粹中,庄绍光之为程绵庄,大概已无可疑。但这部书里的人物,很有不容易猜的;如向鼎,我曾猜是商盘,但我读完《质园诗集》三十二卷,不曾寻着一毫证据,只好把这个好谜牺牲了。又杜少卿之为吴敬梓,姓名上全无关系;直到我寻着了《文木山房集》,我才敢相信。此外,金和跋中举出的人,至多不过可供参考,不可过于信任(如金和说《吴敬梓诗集》未刻,而我竟寻着乾隆初年的刻本)。《儒林外史》本是写实在人物的书,我们尚且不容易考定书中人物,这就可见蔡先生的方法的适用是很有限的了。大多数小说是决不可适用这个方法的。历史的小说如《三国志》,传奇的小说如《水浒传》,游戏的小说如《西游记》,都是不能用蔡先生的方法来推求书中人物的。《红楼梦》所以不能适用蔡先生的方法,顾颉刚先生曾举出两个重要理由:

一、别种小说的影射人物,只是换了他姓名,男还是男,女还是女,所做的职业还是本人的职业。何以一到《红楼梦》就会男变为女,官僚和文人都会变成宅眷?

二、别种小说的影射事情,总是保存他们原来的关系。何以一到《红楼梦》,无关系的就会发生关系了？例如蔡先生考定宝玉为允礽，黛玉为朱竹垞，薛宝钗为高士奇，试问允礽和朱竹垞有何恋爱的关系？朱竹垞与高士奇有何吃醋的关系？

顾先生这话说的最明白，不用我来引申了。蔡先生曾说"然而安徽第一大文豪（指吴敬梓）且用之，安见汉军第一大文豪必不出此乎？"这个比例（类推）也不适用，正因为《红楼梦》与《儒林外史》不是同一类的书。用"品性，轶事，姓名"三项来推求《红楼梦》里的人物，就像用这个方法来推求《金瓶梅》里西门庆的一妻五妾影射何人：结果必是一种很牵强的附会。

我对于蔡先生这篇文章，最不敢赞同的是他的第二节。这一节的大旨是：

> 惟吾人与文学书，最密切之接触，本不在作者之生平，而在其著作。著作之内容，即胡先生所谓"情节"者，决非无考证之价值。

蔡先生的意思好像颇轻视那关于"作者之生平"的考证。无论如何，他的意思好像是说，我们可以不管"作者之生平"，而考证"著作之内容"。这是大错。蔡先生引《托尔斯泰传》中说的"凡其著作无不含自传之性质；各书之主人翁……皆其一己之化身；各书中所叙他人之事，莫不与其己身有直接之关系"。试问作此传的人若不知"作者之生平"，如何能这样考证各书的"情节"呢？蔡先生又引各家关于 *Faust* 的猜想，试问他们若不知道 Goethe 的"生平"，如何能猜想第一部之 Gretchen 为谁呢？

我以为作者的生平与时代是考证"著作之内容"的第一步下手工夫。即如《儿女英雄传》一书，用年羹尧的事做背景，又假造了一篇雍正年间的序，一篇乾隆年间的序。我们幸亏知道著者文康是咸丰、同治年间人；不然，书中提及《红楼梦》的故事，又提及《品花宝鉴》（道光中作的）里的徐度香与袁宝珠，岂不都成了灵异的预言了吗？即如旧说《儒林外史》里的匡超人即是汪中。现在我们知道吴敬梓死于乾隆十九年，而汪中生于乾隆九年，我们便可以断定匡超人决不是汪中了。又旧说《儒林外史》里的牛布衣即是朱草衣。现在我们知道朱草衣死在乾隆二十一二年，那时吴敬梓已死了二三年了，而《儒林外史》第二十回已叙述牛布衣之死，可见牛布衣大概另是一人了。

因此，我说，要推倒"附会的红学"，我们必须搜求那些可以考定《红楼梦》的著者，时代，版本等等的材料。向来《红楼梦》一书所以容易被人穿凿附会，正因为向来的人都忽略了"作者之生平"一个大问题。因为不知道曹家有那样富贵繁华的环境，故人都疑心贾家是指帝室的家庭，至少也是指明珠一类的宰相之家。因为不深信曹家是八旗的世家，故有人疑心此书是指斥满洲人的。因为不知道曹家盛衰的历史，故人都不信此书为曹雪芹把真事隐去的自叙传。现在曹雪芹的历史和曹家的历史既然有点明白了，我很盼望读《红楼梦》的人都能平心静气的把向来的成见暂时丢开，大家揩揩眼镜来评判我们的证据是否可靠，我们对于证据的解释是否不错。这样的批评，是我所极欢迎的。我曾说过：

> 我在这篇文章里，处处想撇开一切先入的成见；处处存一个搜求证据的目的；处处尊重证据，让证据做向导，引我到相当的结论上去。

此间所谓"证据"，单指那些可以考定作者，时代，版本等等的证据；并不是那些"红学家"随便引来穿凿附会的证据。若离开了作者，时代，版本等项，那么，引《东华录》与引《红礁画桨录》是同样的"不相干"；引许三礼、郭琇与引冒辟疆、王渔洋是同样的"不相干"。若离开了"作者之生平"而别求"性情相近,轶事有征,姓名相关"的证据,那么,古往今来无数万有名的人,哪一个不可以化男成女搬进大观园里去?又何止朱竹垞、徐健庵、高士奇、汤斌等几个人呢?况且板儿既可以说是《廿四史》,青儿既可以说是吃的韭菜,那么,我们又何妨索性说《红楼梦》是一部《草木春秋》或《群芳谱》呢?

亚里士多德在他的《尼可马铿伦理学》里(部甲,四,一〇九九 a),曾说

  讨论这个学说(指柏拉图的"名象论")使我们感觉一种不愉快,因为主张这个学说的人是我们的朋友。但我们既是爱智慧的人,为维持真理起见,就是不得已把我自己的主张推翻了,也是应该的。朋友和真理既然都是我们心爱的东西,我们就不得不爱真理过于爱朋友了。

我把这个态度期望一切人,尤其期望我所最敬爱的蔡先生。

十一·五·十

[附录二]

考证《红楼梦》的新材料

一、残本《脂砚斋重评〈石头记〉》

去年我从海外归来，便接着一封信，说有一部钞本《脂砚斋重评〈石头记〉》愿让给我。我以为"重评"的《石头记》大概是没有价值的，所以当时竟没有回信。不久，新月书店的广告出来了，藏书的人把此书送到店里来，转交给我看。我看了一遍，深信此本是海内最古的《石头记》钞本，遂出了重价把此书买了。

这部"脂砚斋重评本"（以下称"脂本"）只剩十六回了，其目如下：

第一回至第八回
第十三回至第十六回
第二十五回至第二十八回

首页首行有撕去的一角，当是最早藏书人的图章。今存图章三方，一为"刘铨冨子重印"，一为"子重"，一为"髣眉"。第二十八回之后幅有跋五条。其一云：

《红楼梦》虽小说，然曲而达，微而显，颇得史家法。余向读世所刊本，辄逆以己意，恨不得起作者一谭。睹此册，私幸予言之不谬也。子重其宝之。青士、椿余同观于半亩园并识。乙丑孟秋。

其一云：

《红楼梦》非但为小说别开生面，直是另一种笔墨。昔人文字有翻新法，学《梵夹书》。今则写西法轮齿，仿《考工记》。如《红楼梦》实出四大奇书之外，李贽、金圣叹皆未曾见也。戊辰秋记。

此条有"福"字图章，可见藏书人名刘铨福，字子重。以下三条跋皆是他的笔迹。其一云：

《红楼梦》纷纷效颦者无一可取。唯《痴人说梦》一种及二知道人《红楼梦说梦》一种尚可玩，惜不得与佟四哥三弦子一弹唱耳。此本是《石头记》真本，批者事皆目击，故得其详也。癸亥春日白云吟客笔。（有"白云吟客"图章）
李伯孟郎中言翁叔平殿撰有原本而无脂批，与此文不同。

又一条云：

脂砚与雪芹同时人，目击种种事，故批笔不从臆度，原文与刊本有不同处，尚留真面，惜止存八卷。海内收藏家更有副本，愿抄补全之，则妙矣。五月廿七日阅又记。

(有"铨"字图章)

另一条云：

> 近日又得妙复轩手批十二巨册。语虽近凿，而于《红楼梦》味之亦深矣。云客又记。（有"阿癐癐"图章）
> 此批本丁卯夏借与绵州孙小峰太守，刻于湖南。

第三回有墨笔眉批一条，字迹不像刘铨福，似另是一个人，跋末云：

> 同治丙寅（五年，一八六六）季冬月左绵痴道人记。

此人不知即是上条提起的绵州孙小峰吗。但这里的年代可以使人们知道跋中所记干支都是同治初年。刘铨福得此本在同治癸亥（一八六三），乙丑（一八六五）有椿余一跋，丙寅有痴道人一条批，戊辰（一八六八）又有刘君的一跋。

刘铨福跋说"惜止存八卷"，这一句话不好懂。现存的十六回，每回为一卷，不该说止存八卷。大概当时十六回分装八册，故称八卷；后来才合并为四册。

此书每半页十二行，每行十八字。楷书。纸已黄脆了，已经装衬。第十三回首页缺去小半角，衬纸与原书接缝处印有"刘铨冨子重印"图章，可见装衬是在刘氏收得此书之时，已在六十年前了。

二、脂砚斋与曹雪芹

脂本第一回于"满纸荒唐言，一把辛酸泪"一诗之后，说：

> 至脂砚斋甲戌抄阅再评，仍用《石头记》。出则既明，且看石上是何故事。

"出则既明"以下与有正书局印的戚钞本相同。但戚本无此上的十五字。甲戌为乾隆十九年（一七五四），那时曹雪芹还不曾死。

据此，《石头记》在乾隆十九年已有"抄阅再评"的本子了。可见雪芹作此书在乾隆十八九年之前。也许其时已成的部分只有这二十八回。但无论如何，不能不把《红楼梦》的著作时代移前。俞平伯先生的"红楼梦年表"（《红楼梦辩》八）把作书时代列在乾隆十九年至二八年（一七五四——一七六三），这是应当改正的了。

脂本于"满纸荒唐言"一诗的上方有朱评云：

> 能解者方有辛酸之泪哭成此书，壬午除夕，书未成，芹为泪尽而逝。余尝哭芹，泪亦待尽。每意觅青埂峰再问石兄，余不遇癞头和尚何！怅怅！……甲午八月泪笔。（乾隆三九，一七七四。）

壬午为乾隆二十七年，除夕当西历一七六三年二月十二日（据陈垣《中西回史日历》检查）。

我从前根据敦诚《四松堂集》"挽曹雪芹"一首诗下注的"甲申"二字，考定雪芹死于乾隆甲申（一七六四），与此本所记，相差一年余。雪芹死于壬午除夕，次日即是癸未，次年才是甲申。敦诚的挽诗作于一年以后，故编在甲申年，怪不得诗中有"絮酒生刍上旧坰"的话了。现在应依脂本，定雪芹死于壬午除夕。再依敦诚挽诗"四十年华付杳冥"的话，假定他死时年四十五，他生时大概在康熙五十六年（一七一七）。我的考证与平伯的年表也都要改正了。

这个发现使我们更容易了解《红楼梦》的故事。雪芹的父亲曹𫖯卸织造任在雍正六年（一七二八），那时雪芹已十二岁，是见过曹家盛时的了。

脂本第一回叙《石头记》的来历云：

> 空空道人……从头至尾抄录回来，问世传奇：因空见色，由色生情，传情入色，自色悟空，遂易名为情僧，改《石头记》为《情僧录》。至吴玉峰题曰《红楼梦》；东鲁孔梅溪则题曰《风月宝鉴》。后因曹雪芹于悼红轩中披阅十载，增删五次，纂成目录，分出章回，则题曰《金陵十二钗》。

此上有眉评云：

> 雪芹旧有《风月宝鉴》之书，乃其弟棠村序也。今棠村已逝，余睹新怀旧，故仍因之。

据此，《风月宝鉴》乃是雪芹作《红楼梦》的初稿，有其弟棠村作序。此处不说曹棠村而用"东鲁孔梅溪"之名，不过是故意作狡狯。梅溪似是棠村的别号，此有二层根据：第一，雪芹号芹溪，脂本屡称芹溪，与梅溪正同行列。第二，第十三回"三春去后诸芳尽，各自须寻各自门"二句上，脂本有一条眉评云："不必看完，见此二句，即欲堕泪。梅溪。"顾颉刚先生疑此即是所谓"东鲁孔梅溪"。我以为此即是雪芹之弟棠村。

又上引一段中，脂本比别本多出"至吴玉峰题曰《红楼梦》"九个字。吴玉峰与孔梅溪同是故设疑阵的假名。

我们看这几条可以知道脂砚斋同曹雪芹的关系了。脂砚斋是同雪芹很亲近的，同雪芹弟兄都很相熟。我并且疑心他是雪芹同族的亲属。第十三回写秦可卿托梦于凤姐一段，上有眉评云：

> "树倒猢狲散"之语，全犹在耳，曲指三十五年矣。伤哉！宁不恸杀！

又可卿提出祖茔置田产附设家塾一段上有眉评云：

> 语语见道，字字伤心。读此一段，几不知此身为何物矣。松斋。

又此回之末凤姐寻思宁国府中五大弊，上有眉评云：

> 旧族后辈受此五病者颇多。余家更甚。三十年前事，见书于三十年后，今（令？）余想恸血泪盈□（此处疑脱一字）。

又第八回贾母送秦钟一个金魁星，有朱评云：

> 作者今尚记金魁星之事乎？抚今思昔，肠断心摧。

看此诸条，可见评者脂砚斋是曹雪芹很亲的族人，第十三回所记宁国府的事即是他家的事，他大概是雪芹的嫡堂弟兄，或从堂弟兄，——也许是曹颙或曹頫的儿子。松斋似是他的表字，脂砚斋是他的别号。

这几条之中，第十三回之一条说：

> 曲指三十五年矣。

又一条说：

> 三十年前事，见书于三十年后。

脂本抄于甲戌（一七五四），其"重评"有年月可考者，有第一回（钞本页十）之"丁亥春"（一七六七），有上文已引之"甲午八月"（一七七四）。自甲戌至甲午，凡二十年。折中假定乾隆二十九年（一七六四）为上引几条评的年代，则上推三十五年为雍正七年（一七二九），曹雪芹约十三岁，其时曹頫刚卸任织造（一七二八），曹家已衰败了，但还不曾完全倒落。

此等处皆可助证《红楼梦》为记述曹家事实之书，可以摧破不少的怀疑。我从前在"《红楼梦》考证"里曾指出两个可注意之点：

第一，十六回凤姐谈"南巡接驾"一大段，我认为即是康熙南巡，曹寅四次接驾的故事。我说：

> 曹家四次接驾乃是很不常见的盛事，故曹雪芹不知不觉的——或是有意的——把他家这桩最阔的大典说了出来。（《考证》页四一）

脂本第十六回前有总评，其一条云：

> 借省亲事写南巡，出脱心中多少忆昔感今！

这一条便证实了我的假设。我又曾说赵嬷嬷说的贾家接驾一次，甄家接驾四次，都是指曹家的事。脂本于本回"现在江南的甄家……接驾四次"一句之傍，有朱评云：

> 甄家正是大关键，大节目。勿作泛泛口头语看。

这又是证实我的假设。

第二，我用《八旗氏族通谱》的曹家世系来比较第二回冷子兴说的贾家世次，我当时指出贾政是次子，先不袭职，又是员外郎，与曹頫一一相合，故我认贾政即是曹頫（《考证》四十三—四十四）。这个假设在当时很受朋友批评。但脂本第二回"皇上……赐了这政老爹一个主事之衔，令其入部习学，如今现已升了员外郎"一段之傍有朱评云：

> 嫡真实事，非妄拥也。

这真是出于我自己意料之外的好证据了！

故《红楼梦》是写曹家的事，这一点现在得了许多新证据，更是颠扑不破的了。

三、秦可卿之死

第十三回记秦可卿之死，曾引起不少人的疑猜。今本（程乙本）说：

> ……人回东府蓉大奶奶没了。……彼时合家皆知，无不纳闷，都有些伤心。

戚本作

> 彼时合家皆知，无不纳叹，都有些伤心。

坊间普通本子有一种却作

> 彼时合家皆知，无不纳闷，都有些疑心。

脂本正作

> 彼时合家皆知，无不纳罕，都有些疑心。

上有眉评云：

> 九个字写尽天香楼事，是不写之写。

又本文说：

> 这四十九日，单请一百单八众禅僧在大厅上拜大悲忏。……另设一坛于天香楼上。

此九字旁有夹评云：

> 删却，是未删之笔。

又本文云：

> 又听得秦氏之丫鬟名唤瑞珠者，见秦氏死了，他也触柱而亡。

旁有夹评云：

> 补天香楼未删之文。

天香楼是怎么一回事呢？

此回之末，有朱笔题云：

> "秦可卿淫丧天香楼"，作者用史笔也。老朽因有魂托凤姐贾家后事二件嫡是安富尊荣坐享人能想得到处，其事虽未漏，其言其意则令人悲切感服，姑赦之，因命芹溪删去。

又有眉评云：

> 此回只十页，因删去天香楼一节，少却四五页也。

这可见此回回目原本作

> 秦可卿淫丧天香楼，
> 王熙凤协理宁国府。

后来删去天香楼一长段，才改为"死封龙禁尉"，平仄便不调了。

秦可卿是自缢死的，毫无可疑。第五回画册上明明说：

> 画着高楼大厦，有一美人悬梁自缢（此从脂本）。其判云：
> 情天情海幻情身，情既相逢必主淫。
> 漫言不肖皆荣出，造衅开端实在宁。

俞平伯在《红楼梦辨》里特立专章，讨论可卿之死（中卷，页一五九——一七八）。但顾颉刚引《红楼佚话》说有人见书中的焙茗，据他说，秦可卿与贾珍私通，被婢撞见，羞愤自缢死的。平伯深信此说，列举了许多证据，并且指出秦氏的丫鬟瑞珠触柱而死，可见撞见奸情的便是瑞珠。现在平伯的结论都被我脂本证明了。我们虽不得见未删天香楼的原文，但现在已知道：

一、秦可卿之死是"淫丧天香楼。"
二、她的死与瑞珠有关系。
三、天香楼一段原文占本回三分之一之多。
四、此段是脂砚斋劝雪芹删去的。
五、原文正作"无不纳罕，都有些疑心"，戚本始改作"伤心"。

四、《红楼梦》的"凡例"

《红楼梦》各本皆无"凡例"。脂本开卷便有"凡例"，又称"红楼梦旨义"，其中颇有可注意的话，故全抄在下面。

〔凡例〕

《红楼梦》旨义。是书题名极多。□□《红楼梦》，是总其全部之名也。又曰《风月宝鉴》，是戒妄动风月之情。又曰《石头记》，是自譬石头所记之事也。此三名皆书中曾已点睛矣。如宝玉作梦，梦中有曲，名曰《红楼梦十二支》，此则《红楼梦》之点睛。又如贾瑞病，跛道人持一镜来，上面即錾《风月宝鉴》四字，此则《风月宝鉴》之点睛。又如道人亲眼见石上大书一篇故事，则系石头所记之往来，此则《石头记》之点睛处。然此书又名曰《金陵十二钗》，审其名则必系金陵十二女子也。然通部细搜检去，上中下女子岂止十二人哉？若云其中自有十二个，则又未尝指明白系某某。极（？）至《红楼梦》一回中亦曾翻出金陵十二钗之簿籍又有十二支曲可考。

    书中凡写长安，在文人笔墨之间，则从古之称；凡愚夫妇儿女子家常口角，则曰中京，是不欲着迹于方向也。盖天子之邦，亦当以中为尊。特避其东南西北四字样也。

    此书只是着意于闺中。故叙闺中之事切，略涉于外事者则简，不得谓其不均也。

    此书不敢干涉朝廷。凡有不得不用朝政者，只略用一笔带出，盖实不敢以写儿女之笔墨唐突朝廷之上也。又不得谓其不备。

以上四条皆低二格抄写。以下紧接"此书开卷第一回也，作者自云……"一长段，也低二格抄写。今本第一回即从此句起，而脂本的第一回却从"列位看官，你道此书从何而来"起。"此书开卷第一回也"以下一段，在脂本里，明是第一回之前的引子，虽可说是第一回的总评，其实是全书的"旨义"，故紧接"凡例"之后，同样低格抄写。其文与今本也稍稍不同，我们也抄在"凡例"之后，凡脂本异文，皆加符号记出：

    此〔书〕开卷第一回也。作者自云，〔因〕曾历过一番梦幻之后，故将真事隐去，而撰此《石头记》一书也，故曰"甄士隐梦幻识通灵"。但书中所记何事，〔又因何而撰是书哉？〕自云，〔今〕风尘碌碌，一事无成，忽念及当日所有之女子，一一细推了去，觉其行止见识皆出〔于〕我之上，〔何〕堂堂之须眉诚不若彼〔一干〕裙钗，实愧则有余，悔则无益〔之〕大无可奈何之日也！当此时，〔则〕自欲将已往所赖〔上赖〕天恩，〔下承〕祖德，锦衣纨绔之时，饫甘餍美之日，背父母教育之恩，负师兄（今本作友）规训之德，已致今日一事（今本作技）无成，半生潦倒之罪，编述一记（今本作集）以告普天下〔人〕。虽（今本作知）我之罪固不能免（此五字今本作"负罪固多"）。然闺阁中〔本自〕历历有人，万不可因我不肖（此处各本多"自护己短"四字），则一并使其泯灭也。虽今日之茅椽蓬牖，瓦灶绳床，其风晨月夕，阶柳庭花，亦未有伤于我之襟怀笔墨者，何为不用假语村言，敷演出一段故事来，以悦人之耳目哉？（此一长句与今本多不同）故曰"风尘怀闺秀"，〔乃是第一回题纲正义也。开卷即云"风尘怀闺秀"，则如作者本意原为记述当日闺友闺情，并非怨世骂时之书矣。虽一时有涉于世态，然亦不得不叙者，但非其本旨耳。阅者切记之。

    诗曰：
    浮生着甚苦奔忙？盛席华筵终散场。
    悲喜千般同幻渺，古今一梦尽荒唐。
    谩言红袖啼痕重，更有情痴抱恨长。
    字字看来皆是血，十年辛苦不寻常。〕

    我们读这几条凡例，可以指出几个要点：一、作者明明说此书是"自譬石头所记之事"，明明说"系石头所记之往来"。二、作者明明说"此书只是着意于闺中"，又说"作者本意原为记述当日闺友闺情，并非怨世骂时之书"。三、关于此书所记地点问题，凡例中也有明白的表示。曹家几代住南京，故书中女子多是江南人，凡例中明明说"此书又名曰《金陵十二钗》，审其名则必系金陵十二女子也"。我因此疑心雪芹本意要写金陵，但他北归已久，虽然"秦淮残梦忆繁华"（敦敏赠雪芹诗），却已模糊记不清了，故不能不用北京作背景。所以贾家在北京，而甄家始终在江南。所以凡例中说，"书中凡写长安，……家常口角则曰中京，是不欲着迹于方向也。……特避其东南西北字样也。"平伯与颉刚对于这个地点问题曾有很长的讨论（《红楼梦辨》，中，五九—八十），他们的结论是"说了半天还和没有说一样，我们究竟不知道《红楼梦》是在南或是在北"（页七九）。我的答案是：雪芹写的是北京，而他心里要写的是金陵；金陵是事实所在，而北京只是文学的背景。

至如大观园的问题，我现在认为不成问题。贾妃本无其人，省亲也无其事，大观园也不过是雪芹的"秦淮残梦"的一境而已。

五、脂本与戚本

现行的《红楼梦》本子，百廿回本以程甲本（高鹗本）为最古，八十回本以戚蓼生本为最古，戚本更古于高本，那是无可疑的。平伯在数年前对于戚本曾有很大的怀疑，竟说它"决是辗转传抄后的本子，不但不免错误，且也不免改窜。"（《红楼梦辨》，上，一二六）。但我曾用脂砚斋残本细校戚本，始知戚本一定在高本之前，凡平伯所疑高本胜于戚本之处（一三五至一三七）皆戚本为原文，而高本为改本。但那些例子都很微细，我在此文里不及讨论，现在要谈几个更重要之点。

我用脂本校戚本的结果，使我断定脂本与戚本的前二十八回同出于一个有评的原本，但脂本为直接抄本，而且戚本是间接传抄本。

何以晓得两本同出于一个有评的原本呢？戚本前四十回之中，有一半有批评，一半没有批评；四十回以下全无批评。我仔细研究戚本前四十回，断定底本是全有批评的，不过抄手不止一个人，有人连评抄下，有人躲懒便把评语删了。试看下表：

第一回	有评	第二回	无评
第三回	有评	第四回	无评
第五回	有评	第六回	无评
第七回	有评	第八回	无评
第九回	有评	第十回	无评
第十一回	无评		
第十二回至廿六回	有评		
第廿七回至卅五回	无评		
第卅六回至四十回	有评		

看这个区分，我们可以猜想当时抄手有二人，先是每人分头抄一回，故甲抄手专抄奇数，便有评；乙抄手抄偶数，便无评；至十二回以下甲抄手连抄十五回，都有评；乙抄手连抄九回，都无评。

戚本前二十八回，所有评语，几乎全是脂本所有的，意思与文字全同，故知两本同出于一个有评的原底本。试更举几条例为铁证。戚本第一回云：

> 一家乡官，姓甄（真假之甄宝玉亦借此音，后不注）名费废，字士隐。

"脂本"作

> 一家乡官，姓甄（真○后之甄宝玉亦借此音，后不注）名费（废），字士隐。

戚本第一条评注误把"真"字连下去读，故改"后"为"假"，文法遂不通。第二条注"废"字误作正文，更不通了。此可见两本同出一源，而戚本传抄在后。

第五回写薛宝钗之美，戚本作

> 品格端方，容貌丰美，人多谓黛玉所不及（此句定评），想世人目中各有所取也。按黛玉宝钗二人一如娇花，一如纤柳，各极其妙，此乃世人性分甘苦不同之故耳。

今检脂本，始知"想世人目中"以下四十二字都是评注，紧接"此句定评"四字之后。此更可见二本同源，而戚本在后。

平伯说戚本有脱误，上举两例便可证明他的话不错。

我因此推想得两个结论：

一、《红楼梦》的最初底本是有评注的。

二、最初的评注至少有一部分是曹雪芹自己作的，其余或是他的亲信朋友如脂砚斋之流的。

何以说底本是有评注的呢？脂本抄于乾隆甲戌，那时作者尚生存，全书未完，已是"重评"的了，可以见甲评以前的底本便有评注了。戚本的评注与脂本的一部分评注全同，可见两本同出的底本都有评注。又高鹗所据底本也有评注。平伯指出第三十七回贾芸与宝玉的书信末尾写着：

> 男芸跪书一笑，

检戚本始知"一笑"二字是评注，误入正文，程甲本如此，程乙本也如此。平伯说，"高氏所依据的抄本也有这批语，和戚本一样，这都是奇巧的事"（《红楼梦辨》，上，一四四）。其实这并非"奇巧"，只证明高鹗的底本也出于那有评注的原本而已（高程刻本合删评注）。

原底本既有评注，是谁作的呢？作者自加评注本是小说家的常事；况且有许多评注全是作者自注的口气，如上文引的第一回"甄"字下注云：

> 真○后之甄宝玉亦借此音，后不注。

这岂是别人的口气吗？又如第四回门子对贾雨村说的"护官符"口号，每句下皆有详注，无注便不可懂，今本一律删去了。今抄脂本原文如下：

> 上面皆是本地大族名宦之家的谚俗口碑，其口碑排写得明白，下面皆注着始祖官爵并房次。石头亦曾照样抄写一张。今据石上所抄云：
> 贾不假，白玉为堂金作马。（宁国、荣国二公之后，共二十房分，除宁、荣亲派八房在都外，现原籍住者十二房。）（适按，二十房，误作十二房，今依戚本改正。）

> 阿房宫，三百里，住不下金陵一个史。（保龄侯尚书令史公之后，房分共十八，都中现住者十房，原籍现住八房。）（适按，十八，戚本误作二十。）
>
> 丰年好大雪，珍珠如土金如铁。（紫微舍人薛公之后，现领内府帑银行商，共八房分。）
>
> 东海缺少白玉床，龙王来请金陵王。（都太尉统制县伯王公之后，共十二房，都中二房，余在籍。）（适按，在籍二字误脱，今据戚本补。）

这四条注都是作者原书所有的，现在都被删除了。脂本里，这四条注也都用朱笔写在夹缝，与别的评注一样抄写。我因此疑心这些原有的评注之中，至少有一部分是作者自己作的。又如第一回"无材补天，幻形入世"两句有评注云：

> 八字便是作者一生惭恨。

这样的话当然是作者自己说的。

以上说脂本与戚本同出于一个有评注的原本，而戚本传抄在后。但因为戚本传抄在后，《红楼梦》的底本已经过不少的修改了，故戚本有些地方与脂本不同。有些地方也许是作者自己改削的；但大部分的改动似乎都是旁人斟酌改动的；有些地方似是被抄写的人有意删去或无意抄错的。

如上文引的全书"凡例"，似是抄书人躲懒删去的，如翻刻书的人往往删去序跋以节省刻资，同是一种打算盘的办法。第一回序例，今本虽保存了，却删去了不少的字，又删去了那首"字字看来皆是血，十年辛苦不寻常"很好的诗。原本不但有评注，还有许多回有总评，写在每回正文之前，与这第一回的序例相像，大概也是作者自己作的。还有一些总评写在每回之后，也是墨笔楷书，但似是评注者加的，不是作者原有的了。现在只有第二回的总评保存在戚本之内，即戚本第二回前十二行及诗四句是也。此外如第六回，第十三回，十四回，十五回，十六回，每回之前皆有总评，戚本皆不曾收入。又第六回，二十五回，二十六回，二十七回，二十八回，每回之后皆有"总批"多条，现在只有四条（二十七回及二十八回后）被收在戚本之内。这种删削大概是抄书人删去的。

有些地方似是有意删削改动的。如第二回说元春与宝玉的年岁，脂本作

> 第二胎生了一位小姐，生在大年初一，这就奇了。不想次年又生了一位公子。

戚本便改作了

> 不想后来又生了一位公子。

这明是有意改动的了。又戚本第一回写那位顽石

> 一日正当嗟悼之际，俄见一僧一道远远而来，生得骨格不凡，丰神迥异，来至石下，席地而坐，长谈，见一块鲜明莹洁美玉，且又缩成扇坠大小的可佩可拏。那僧托于掌上，……

这一段各本大体皆如此；但其实文义不很可通，因为上面明说是顽石，怎样忽已变成宝玉

了？今检脂本，此段多出四百二十余字，全被人删掉了。其文如下：

> 俄见一僧一道远远而来，生得骨格不凡，丰神迥别，说说笑笑，来至峰下，坐于石边，高谈快论。先是说些云山雾海，神仙玄幻之事，后便说到红尘中荣华富贵。此石听了，不觉打动凡心，也想要到人间去享一享这荣华富贵，但自恨粗蠢，不得已，便口吐人言，向那僧道说道："大师，弟子蠢物，不能见礼了。适问（闻）二位谈那人世间荣耀繁华，心切慕之。弟子质虽粗蠢，性却稍通。况见二师仙形道体，定非凡品，必有补天济世之材，利物济人之德。如蒙发一点慈心，携带弟子，得入红尘，在那富贵场中，温柔乡里，受享几年，自当永佩洪恩，万劫不忘也。"二仙师听毕，齐憨笑道："善哉，善哉！那红尘中却有些乐事，但不能永远依恃。况又有'美中不足，好事多磨'八个字紧相连属，瞬息间则又乐极悲生，人非物换。究竟是到头一梦，万境归空。到不如不去的好。"这石凡心已炽，那里听得进这话去？乃复苦求再四，二仙知不可强制，乃叹道："此亦静极思动，无中生有之数也。既如此，我们便携你去受享受享。只是到不得意时，切莫后悔。"石道，"自然，自然。"那僧又道："若说你性灵，却又如此质蠢，并更无奇贵之处。如此，也只好踮脚而已。也罢，我如今大施佛法，助你〔一〕助。待劫终之日，复还本质，以了此案。你道好否？"石头听了，感谢不尽。那僧便念咒书符，大展幻术，将一块大石登时变成一块鲜明莹洁的美玉，且又缩成扇坠大小的可佩可拿。

这一长段，文章虽有点噜苏，情节却不可少。大概后人嫌他稍繁，遂全删了。

六、脂本的文字胜于各本

我们现在可以承认脂本是《红楼梦》的最古本，是一部最近于原稿的本子了。在文字上，脂本有无数地方远胜于一切本子。我试举几段作例。

〔第一例〕第八回

> 一、脂砚斋本
> 宝玉与宝钗相近，只闻一阵阵凉森森甜丝丝的幽香，竟不知系何香气。
> 二、戚本
> 宝玉此时与宝钗就近，只闻一阵阵凉森森甜甜的幽香，竟不知是何香气。
> 三、翻王刻诸本（亚东初本）（程甲本）
> 宝玉此时与玉钗相近，只闻一阵香气，不知是何气味。
> 四、程乙本（亚东新本）
> 宝玉此时与宝钗挨肩坐着，只闻一阵阵的香气，不知何味。

戚本把"甜丝丝"误抄作"甜甜"，遂不成文。后来各本因为感觉此句有困难，遂索性把形容字都删去了。高鹗最后定本硬改"相近"为"挨肩坐着"，未免太露相，叫林妹妹见了太难堪！

〔第二例〕第八回

> 一、脂本
> 话犹未了，林黛玉已摇摇的走了进来。

二、戚本
话犹未了，林黛玉已抢走了进来。
三、翻王刻本
话犹未了，林黛玉已摇摇摆摆的来了。
四、程乙本
话犹未完，黛玉已摇摇摆摆的进来。

原文"摇摇的"是形容黛玉的瘦弱病躯，戚本删了这三字，已是不该的了。高鹗竟改为"摇摇摆摆的"，这竟是形容詹光单聘仁的丑态了，未免太唐突林妹妹了！

〔第三例〕第八回

一、脂本与戚本
黛玉……一见了（戚本无"了"字）宝玉，便笑道，"嗳哟，我来的不巧了！"宝玉等忙起身笑让坐。宝钗因笑道，"这话怎么说？"黛玉笑道，"早知他来，我就不来了。"宝钗道，"我更不解这意。"黛玉笑道，"要来时一群都来，要不来一个也不来，今儿他来了，明儿我再来（戚本作"明日我来"），如此间错开了来着，岂不天天有人来了，也不至于太冷落，也不至于太热闹了？姐姐如何反不解这意思？"

二、翻王刻本
黛玉……一见宝玉，便笑道："嗳呀！我来的不巧了！"宝玉等忙起身让坐。宝钗因笑道："这话怎么说？"黛玉道："早知他来，我就不来了。"宝钗道："我不解这意。"黛玉笑道："要来时，一齐来；要不来，一个也不来。今儿他来，明儿我来，如此间错开了来，岂不天天有人来了，也不至太冷落，也不至太热闹？姐姐如何不解这意思？"

三、程乙本
黛玉……一见宝玉，便笑道："哎哟！我来的不巧了！"宝玉等忙起身让坐。宝钗笑道："这是怎么说？"黛玉道："早知他来，我就不来了。"宝钗道："这是什么意思？"黛玉道："什么意思呢？来呢，一齐来；不来，一个也不来。今儿他来，明儿我来，间错开了来，岂不天天有人来呢？也不至太冷落，也不至太热闹。姐姐有什么不解的呢？"

高鹗最后改本删去了两个"笑"字，便像林妹妹板起面孔说气话了。

〔第四例〕第八回

一、脂本
宝玉因见他外面罩着大红羽缎对衿褂子，因问"下雪了么？"地下婆娘们道："下了这半日雪珠儿了。"宝玉道："取了我的斗篷来了不曾？"黛玉便道："是不是！我来了，你就该去了！"宝玉笑道："我多早晚说要去了？不过是拿来预备着。"

二、戚本
……地下婆娘们道："下了这半日雪珠儿。"宝玉道："取了我的斗篷来了不曾？"黛玉道："是不是！我来了，他就讲去了！"宝玉笑道："我多早晚说要去来着？不过拿来预备。"

三、翻王刻本
……地下婆娘们说，"下了这半日了。"宝玉道："取了我的斗篷来了。"黛玉便笑道:"是不是?我来了,你就该去了!"宝玉道:"我何曾说要去?不过拿来预备着。"

四、程乙本

……地下老婆们说,"下了这半日了。"宝玉道:"取了我的斗篷来。"黛玉便笑道:"是不是?我来了,他就该走了!"宝玉道:"我何曾说要去?不过拿来预备着。"

戚本首句脱一"了"字,末句脱一"着"字,都似是无心的脱误。"你就该去了。"戚本改的很不高明,似系误"该"为"讲",仍是无心的错误。"我多早晚说要去了?"这是纯粹北京话。戚本改为"我多早晚说要去来着?"这还是北京话。高本嫌此话太"土",加上一层翻译,遂没有味儿了("多早晚"是"什么时候")。

最无道理的是高本改"取了我的斗篷来了不曾"的问话口气为命令口气。高本删"雪珠儿"也无理由。

〔第五例〕第八回

一、脂本与戚本
李嬷嬷因说道:"天又下雪,也好早晚的了,就在这里同姐姐妹妹一处顽顽罢。"
二、翻王刻本
天又下雪,也要看早晚的,就在这里和姐姐妹妹一处顽顽儿罢。
三、程乙本
天又下雪,也要看时候儿,就在这里和姐姐妹妹一处顽顽儿罢。

这里改的真是太荒谬了。"也好早晚的了",是北京话,等于说"时候不很早了"。高鹗两次改动,越改越不通。高鹗是汉军旗人,应该不至于不懂北京话。看他最后定本说"时候儿",又说"顽顽儿",竟是杭州老儿打官话儿了!

这几段都在一回之中,很可以证明脂本的文字的价值远在各本之上了。

七、从脂本里推论曹雪芹未完之书

从这个脂本里的新证据,我们知道了两件已无可疑的重要事实:

一、乾隆甲戌(一七五四),曹雪芹死之前九年,《红楼梦》至少已有一部分写定成书,有人"抄阅重评"了。

二、曹雪芹死在乾隆壬午除夕(一七六三年二月十三日)。

我曾疑心甲戌以前的本子没有八十回之多,也许只有二十八回,也许只有四十回。为什么呢?因为如果甲戌以前雪芹已成八十回,那么,从甲戌到壬午,这九年之中雪芹做的是什么书?难道他没有继续此书吗?如果他续作的书是八十回以后之书,那些书稿又在何处呢?

如果甲戌已有八十回稿本流传于朋友之间,则他以后十年间续作的稿本必有人传观抄阅,不至于完全失散。所以我疑心脂本当甲戌时还没有八十回。

戚本四十回以下完全没有评注。这一点使我疑心最初脂砚斋所据有评的原本至多也不过四十回。

高鹗的壬子本引言有一条说:

> 如六十七回，此有彼无，题同文异。

平伯曾用戚本校高本，果见此回很大的异同。这一点使我疑心八十回本是陆续写定的。

但我仔细研究脂本的评注，和戚本所无而脂本独有的"总评"及"重评"，使我断定曹雪芹死时他已成的书稿决不止现行的八十回，虽然脂砚斋说：

> 壬午除夕，书未成，芹为泪尽而逝。

但已成的残稿确然不止这八十回书。我且举几条证据看看。

一、史湘云的结局，最使人猜疑。第三十一回目"因麒麟伏白首双星"一句话引起了无数的猜测。平伯检得戚本第三十一回有总评云：

> 后数十回，若兰在射圃所佩之麒麟，正此麒麟也。提纲伏于此回中，所谓草蛇灰线在千里之外。

平伯误认此为"后三十回的《红楼梦》"的一部分，他又猜想：

> 在佚本上，湘云夫名若兰，也有个金麒麟，或即是宝玉所失，湘云拾得的那个麒麟，在射圃里佩着。（《红楼梦辨》，下，二四。）

但我现在替他寻得了一条新材料。脂本第二十六回有总评云：

> 前回倪二、紫英、湘莲、玉菡四样侠文，皆得传真写照之笔。惜卫若兰射圃文字迷失无稿，叹叹！

雪芹残稿中有"卫若兰射圃"一段文字，写的是一种"侠文"，又有"佩麒麟"的事。若兰姓卫，后来做湘云的丈夫，故有"伏白首双星"的话。

二、袭人与蒋琪官的结局也在残稿之内。脂本与戚本第二十八回后都有总评云：

> 茜香罗，红麝串，写于一回。棋官（戚本作"盖琪官"，脂本一律作棋官）虽系优人，后回与袭人供奉玉兄、宝卿，得同终始者，非泛泛之文也。

平伯也误认这是指"后三十回"佚本。这也是雪芹残稿之一部分。大概后来袭人嫁琪官之后，他们夫妇依旧"供奉玉兄宝卿，得同终始。"高鹗续书大失雪芹本意。

三、小红的结局，雪芹也有成稿。脂本第二十七回总评云：

> 凤姐用小红，可知晴雯等埋没其人久矣，无怪有私心私情。且红玉后有宝玉大得力处，此于千里外伏线也。

二十六回小红与佳蕙对话一段有朱评云：

> 红玉一腔委曲怨愤，系身在怡红，不能遂志，看官勿错认为芸儿害相思也。狱神庙

> 红玉、茜雪一大回文字，惜迷失无稿。

又二十七回凤姐要红玉跟她去，红玉表示情愿。有夹缝朱评云：

> 且系本心本意。狱神庙回内方见。

狱神庙一回，究竟不知如何写法。但可见雪芹曾有此"一大回文字"。高鹗续书中全不提及小红，遂把雪芹极力描写的一个大人物完全埋没了。

四、惜春的结局，雪芹似也有成文。第七回里，惜春对周瑞家的笑道：

> 我这里正和智能儿说，我明儿也剃了头，同他做姑子去呢？

有朱评云：

> 闲闲笔，却将后半部线索提动。

这可见评者知道雪芹"后半部"的内容。

五、残稿中还有"误窃玉"的一回文字。第八回，宝玉醉了睡下，袭人摘下通灵玉来，用手帕包好，塞在褥下，这一段后有夹评云：

> 交代清楚。塞玉一段又为"误窃"一回伏线。

误窃宝玉的事，今本无有，当是残稿中的一部分。

从这些证据里，我们可以知道雪芹在壬午以前，陆续作成的《红楼梦》稿子决不止八十回，可惜这些残稿都"迷失"了。脂砚斋大概曾见过这些残稿，但别人见过此稿的大概不多了，雪芹死后遂完全散失了。

《红楼梦》是"未成"之书，脂砚斋已说过了。他在二十五回宝玉病愈时，有朱评云：

> 叹不得见玉兄悬崖撒手文字为恨。

戚本二十一回宝玉读《庄子》之前也有夹评云：

> 宝玉之情，今古无人可比，固矣。然宝玉有情极之毒，亦世人莫忍为者。看至后半部则洞明矣……宝玉看此为世人莫忍为之毒，故后文方有"悬崖撒手"一回。若他人得宝钗之妻，麝月之婢，岂能弃而为僧哉？

脂本无廿一回，故我们不知道脂本有无此评。但看此评的口气，似也是原底本所有。如此条是两本所同有，那么，雪芹在早年便已有了全书的大纲，也许已"纂成目录"了。宝玉后来有"悬崖撒手""为僧"的一幕，但脂砚斋明说"叹不得见"这一回文字，大概雪芹只有此一回目，尚未有书。

以上推测雪芹的残稿的几段，读者可参看平伯《红楼梦辨》里论"后三十回的《红楼梦》"一长篇。平伯所假定的"后三十回"佚本是没有的。平伯的错误在于认戚本的"眉评"为原有的评注,而不知戚本所有的"眉评"是狄楚青先生所加,评中提及他的"笔记",可以为证。平伯所猜想的佚本其实是曹雪芹自己的残稿本,可惜他和我都见不着此本了!

一九二八·二·十二—十六

选自杨犁编《胡适文萃》,作家出版社1991年版。这几篇考证《红楼梦》的文章分别写于1921年3—11月,1922年5月,1928年2月;分别收入《胡适文存》一集、二集和三集。1930年11月,作者从总计约150万字的三集《胡适文存》中选了22篇论文编成《胡适文选》,这几篇文章合为一篇编入文选。

参考篇目

王国维《太史公行年考》(《观堂集林》卷11,中华书局,1959年版)

浦江清《屈原生卒年月日的推算问题》(《浦江清文录》,人民文学出版社,1989年版)

钱　穆《刘向歆父子年谱自序》(《燕京学报》1928年第7期)

孙　望《王度考》(《学术月刊》1957年第3期)

唐圭璋《柳永事迹新证》(《文学研究》1957年第3期)

陈贻焮《李商隐恋爱事迹考辨》(《唐诗论丛》,1980年版)

第九讲
朱东润：《〈国风〉出于民间论质疑》

一

　　《诗》三百五篇，论者以为出于民间，然考之于《诗》，有未敢尽信者。《雅》、《颂》之诗，自少数篇什作用有别外，其余多为朝廷郊庙乐歌之词，自古迄今，未有异论。然论者犹可诿为《雅》、《颂》诸篇，不及全诗二分之一，自可举其大凡，谓《诗》三百五篇为民间之作。今果能确然指认《国风》百六十篇，或其中之大半，不出于民间者，则《诗》出于民间之说，自然瓦解，而谓一切文学来自民间者，至此亦失其一部之依据，无从更为全称肯定之主张。

　　《礼记·王制》云："天子五年一巡狩……命太师陈诗以观民风。"此为太师陈诗之说。《汉书·艺文志》云："《书》曰：'诗言志，哥咏言。'故哀乐之心感而哥咏之声发。诵其言谓之诗，咏其声谓之哥。故古有采诗之官，王者所以观风俗，知得失，自考正也。"《食货志》云："孟春之月，群居者将散，行人振木铎，徇于路以采诗，献之大师，比其音律，以闻于天子。"皆为采诗之说。何休《春秋公羊解诂》宣公十五年云："男女有所怨恨，相从而歌，饥者歌其食，劳者歌其事；男年六十，女年五十无子者，官衣食之，使之民间求诗，乡移于邑，邑移于国，国以闻于天子。"何氏此言亦主民间求诗之说。大抵汉人之言，多如此者。若《史记·自序》所谓"诗三百篇，大抵贤圣发愤之所为作也"一语，殆成孤响。史公年代早于班固、何休，其言容有所受，然谓《诗》大抵皆为贤圣所作，亦未可信。

　　宋人论《诗》，颇多新说，然其主《国风》出于民间者如故。朱熹《诗集传·序》云："凡《诗》之所谓《风》者，多出于里巷歌谣之作，所谓男女相与咏歌，各言其情者也。"《诗集传》释《国风》云："国者诸侯所封之域，而风者民俗歌谣之诗也。"要之朱熹之言，仍就民间立论，然其言"《小序》曰：'《关雎》、《麟趾》之化，王者之风，故系之周公。南，言化自北而南也。《鹊巢》、《驺虞》之德，诸侯之风也，先生之所以教，故系之召公。'斯言得之矣。"斯则朱熹之意，以为《周南》、《召南》之诗，自与寻常出于里巷者有异。清陶正靖《诗说》校正之云："宫人女子之作，何缘得流播民间，而太师又何自采而陈之？愚谓《二南》固正风，然以为民俗之歌谣，则无不可通者。以为正风之始，必归于民间，则輵轕缭戾而不可通者多矣。若其德化之美，有所自来，固不必以某篇为宫人作，某篇为后妃作也。"陶氏此言，驳朱甚力；然《毛诗序》论《关雎》，言"后妃之德也"，论《葛覃》，言"后妃之本也"，未尝言《关雎》、《葛覃》为后妃自作；《诗集传》论《关雎》以为宫中之人所作，论《葛覃》以为后妃所自作，要为创说，陶氏驳之固宜。

　　方玉润《诗经原始》，益阐诗出民间之说，谓《关雎》、《葛覃》同为民间之诗，前赋初昏，后赋归宁。至于近人，则于此说，更事推阐，于所谓民间歌谣者，复分为诸类：（一）恋歌，《静女》、《中谷》、《将仲子》是也；（二）结婚歌，《关雎》、《桃夭》、《鹊巢》是也；

（三）悼歌及颂贺歌，《蓼莪》、《麟之趾》、《螽斯》是也；（四）农歌，《七月》、《甫田》、《大田》、《行苇》、《既醉》是也。其他分类之法，容不尽同，然谓《国风》及大、小《雅》之一部出于民间者则一。持《国风》出于民间论者，观之昔贤则如彼，求之今人则如此，然有所未安者。《诗》三百五篇以前及其同时之著作，凡见于钟鼎简策者，皆王侯士大夫之作品。何以民间之作，止见于此而不见于彼？此其可疑者一也。即以《关雎》、《葛覃》论之，谓《关雎》为言男女之事者是矣，然君子、淑女，何尝为民间之通称？琴瑟钟鼓，何尝为民间之乐器？在今日文化日进，器用日备之时代，此种情态，且不可期之于胼手胝足之民间，何况在三千年以前生事方绌之时代。谓《葛覃》为归宁之作者，此则出自本文，尤无可疑，然《葛覃》云："言告师氏，言告言归。"民间何从得此师氏，随在夫家，出嫁之女，犹必事事秉命而行？此其可疑者二也。文化之绌绎，苟以某一时代之偶然现象论之，纵不免有后不如前之叹，然果自大体立论，则以人类智识之牖启，日甚一日，后代之文化较高于前代，殆无疑议，何以三千年前之民间，能为此百六十篇之《国风》，使后世之人，惊为文学上伟大之创作，而三千年后之民间，犹辗转于《五更调》、《四季相思》之窠臼，肯首吟叹而不能自拔？此其可疑者三也。即以此三端论之，非确能认定三千年前之民间，其文化，其生活，皆远胜于今日，而其作品，自《诗》篇以外，不为其他任何之表现者，则此《诗》出于民间之说，殆未能确立。

元遗山《陶然集诗序》尝因极论古今人诗之变，于此问题，作一解答，其言如次：

> 诗之极致，可以动天地，感鬼神，故传之师，本之经，真积之力久而有不能复古者。自"匪我愆期，子无良媒"，自伯之东，首如飞蓬，"爱而不见，搔首踟蹰"，"既见复关，载笑载言"之什观之，皆以小夫贱妇，满心而发，肆口而成，见取于采诗之官，而圣人删诗，亦不敢尽废。后世虽传之师，本之经，真积力久而不能止焉者，何古今难易不相侔之如是耶？盖秦以前民俗淳厚，去先王之泽未远，质胜则野，故肆口成文，不害为合理。使今世小夫贱妇，满心而发，肆口而成，适足以污简牍，尚可辱采诗官之求取耶？

遗山之论，举"秦以前民俗淳厚，去先王之泽未远"数语，以解释《诗》中所谓小夫贱妇之作，自今观之，其理由之不能成立，更无疑问。李献吉《诗集自序》尝举王叔武之言，谓"夫途巷蠢蠢之夫，固无文也，乃其讴也咢也，呻也吟也，行咶而坐歌，食咄而寤嗟，此唱而彼和，无不有比焉兴焉，无非情焉，斯足以观义矣。故曰：诗者天地自然之音也。"献吉举此，特欲证实序首"真诗乃在民间"一语，顾以事实考之，则途巷蠢蠢之夫，一切讴咢呻吟咶歌咄嗟唱和之作，与后世之所谓诗者固不同科，即与三千年前《诗》篇之比兴合观，其性质纵有类似，论其工拙文野之别，则又相去远甚。谓后代之小夫贱妇，及途巷蠢蠢之夫，必远逊于三千年前之小夫贱妇及途巷蠢蠢之夫者，于事实固不合；而后代途巷之作，远逊于《诗》三百五篇所载，则又不容异议。在此种矛盾之状态中，必欲求一解释，与其左支右绌，不能自圆其说，则姑假定《诗》三百五篇不出于小夫贱妇及途巷蠢蠢之夫之手，而考诸故籍，求之本文，推之人情，以证明之，似亦未始非解纷之道也。

关于献诗之说，见于《国语》者如次：

> 故天子听政，使公卿至于列士献诗，瞽献曲，史献书，师箴，瞍赋，矇诵，百工谏，庶人传语，近臣尽规，亲戚补察，瞽史教诲，耆艾修之，而后王斟酌焉，是以事行而不悖。——《国语·周语上》邵公谏厉王语

> 吾闻古之王者，政德既成，又听于民，于是乎使工诵谏于朝，在列者献诗，使勿兜，风听胪言于市，辨祆祥于谣，考百事于朝，问谤誉于路，有邪而正之，尽戒之术也。——《国语·晋语六》范文子戒赵文子语

观诸《国语》，知诗之为物，自出于公卿诸大夫列士之间，盖当时在列者以上始知有诗，其不在列者，则百工谏，庶人传语，未尝言诗也。

春秋以前，士为统治阶级之通称，今以《诗》三百五篇考之，历历可见。《大雅·文王》云："凡周之士，不显亦世。""思皇多士，生此王国。"又云："济济多士，文王以宁。"《卷阿》七章云："蔼蔼王多吉士，维君子使，媚于天子。"《周颂·清庙》云："济济多士，秉文之德。"《鲁颂·泮水》六章云："济济多士，克广德心。"凡此诸诗，皆可证也。士之为王陪辅者，则谓之卿士。《大雅·假乐》云："百辟卿士，媚于天子。"《常武》云："赫赫明明，王命卿士，南仲太祖。"《小雅·十月之交》云："皇父卿士。"《商颂·长发》云："降予卿士，实维阿衡，实左右商王。"《诗》中卿士二字皆连称，独《大雅·荡》四章云："尔德不明，以无陪无卿。"《毛传》："无卿士也。"则卿自为卿士之略称。

今以《毛诗序》及《毛传》考之，自卿士二字连称外，士每与君子、大夫诸名连称。《东山·序》云："士大夫美之，故作是诗也。"《既醉·序》云："醉酒饱德，人有士君子之行焉。"《毛传》或举大夫二字先士，《采蘋传》云："大夫士祭于宗室，奠于牖下。"《伐木·传》云："大夫士友其宗族之仁者。"《车攻·传》云："天子发然后诸侯发，诸侯发然后大夫士发。"又云："其馀以与大夫士以习射于泽宫。"

《北山》诗："偕偕士子，朝夕从事。"《传》云："士子，有王事者也。"《硕人》诗："庶士有朅。"《传》云："庶士，齐大夫送女者。"《文王》诗："殷士肤敏，裸将于京。"《传》云："殷士，殷侯也。"《缁·传》亦云："诸侯入为天子卿士，受采禄。"今总《诗序》、《毛传》以论，知士之为言，有广义，有狭义：自狭义言之，则其地位下于大夫一等；自广义言之，则大夫可以称士，诸侯可以称士，乃至天子之卿士亦可以称士。以今日通行语解之，则所谓统治阶级也。故《国语》所谓列士献诗，在列者献诗，其义要当于统治阶级称诗而已。《国风》诸诗果为诸侯卿大夫列士间之诗，则其不得称为民间之诗者可知矣。说者或谓《国语》仅称献诗，安知其所献者不指民间之诗？今欲知诸诗之不出于民间，自非求之本文不可，请更言之。

鲁、齐、韩、毛诸家诗说，传世者惟有毛氏；今文三家遗说，后人掇拾于残破之余，其全已不可见。请先举毛氏之说，而以三家诗说附之，以见古人相传之诗说。

二

《毛诗·序》于诗之作者，有直著其人所作，使人一见而知者，《绿衣·序》云："卫庄姜伤己也，妾上僭，夫人失位而作是诗也。"有不直著其人所作，使人求之而知者，《汝坟·序》云："道化行也，文王之化，行乎汝坟之国，妇人能闵其君子，犹勉之以正也。"今据其所说，列为次表。又《毛诗序》于国人所作，或泛称国人，《丘中有麻·序》云："国人思之而作是诗也。"或直陈其国之名，《墙有茨·序》云："卫人刺其上也。"今概列国人一目，凡直陈国名者附注。至诗之作者，不见序中无可推求者，概不列入，凡可考者六十九篇。

《毛诗序·国风》作者表

国别	国君或夫人	王族或公族	大夫	大夫之妻	君子	国人	百姓	孝子	民人
周南				汝坟 王基、孙毓述毛，并谓大夫行役，其妻所作。					
召南				草虫 殷其靁					
邶	绿衣 燕燕 日月 终风 泉水		式微 《序》谓黎侯之臣。 旄丘 《序》谓黎之臣子。			击鼓 雄雉 新台 二子乘舟			
鄘	载驰	柏舟				墙有茨 卫人。 鹑之奔奔 卫人。 蝃蝀			
卫	竹竿 河广		芄兰			硕人 木瓜 卫人。			
王		葛藟	黍离 君子于役		君子扬扬 兔爰 周人。 丘中有麻				
郑			清人 公子素作。		扬之水	缁衣 遵大路 有女同车 褰裳			出其东门
齐			南山 甫田			敝笱 齐人。 载驱 齐人。 猗嗟 齐人。	卢令		
魏			园有桃			硕鼠		陟岵	
唐			无衣		椒聊 鸨羽	山有枢 扬之水 羔裘 晋人。			
秦	渭阳		终南			黄鸟 无衣 秦人。 小戎 序云："国人则矜其车甲、妇人能闵其君子焉。"盖指国人之妇言，附列于此。			

(续表)

国别	国君或夫人	王族或公族	大夫	大夫之妻	君子	国人	百姓	孝子	民人
陈					防有鹊巢				
桧			羔裘			隰有苌楚			
曹						下泉 曹人。			
豳	七月 鸱鸮			东山 破斧 伐柯 九罭 狼跋					

今就《毛诗序》言，凡作者可考而得其主名者如此。自国君、夫人以降，至王族、公族、大夫及大夫之妻，其为统治阶级无疑。其他自君子、国人二目以外，凡百姓、孝子、民人各一见。《书·尧典》云："九族既睦，平章百姓，百姓昭明，协和万邦，黎民于变时雍。"《郑注》："百姓，百官。"要之百姓与黎民对举，其为统治阶级亦无疑议。《陟岵》之诗，《序》云："孝子行役，思念父母也。"孝子不知为何等人，今以《诗序》言行役诸语推之。《殷其雷·序》云："周南之大夫，远行从征，不遑宁处。"《雄雉·序》云："军旅数起，大夫久役。"《伯兮·序》云："言君子行役，为王前驱。"《黍离·序》云："周大夫行役，至于宗周。"《鸨羽·序》云："君子下从征役，不得养其父母。"《北山·序》云："大夫刺幽王也，役使不均，已劳于从事，而不得养其父母焉。"《渐渐之石·序》云："乃命将率东征，役久，病于外。"以此七例言之，则行役之人，要为大夫、君子之流，而久役于外，不得养其父母，尤为大夫、君子之所深痛。以《鸨羽》、《北山》之例，推论《陟岵》之作者，要亦大夫、君子之流，不容更为例外。故《陟岵》之作者，果以《毛诗序》推之，亦属统治阶级，殆无疑议。君子、国人两目，自待申述，可疑者独《出其东门》一篇，《毛诗序》以为民人所作者耳。然以《郑风》之《女曰鸡鸣》、《褰裳》、《风雨》、《溱洧》、《有女同车》、《子衿》诸诗推之，则《出其东门》之作者，自为士人，与民间亦无涉，《毛诗序》偶用民字，不足计。

据《毛诗序》，君子之作凡六篇。君子或以为大夫之美称，或以为卿、大夫、士之总称，或以为有盛德者之称，或以为妇人称其丈夫之词。今就《诗》论《诗》，则君子二字，可以上赅天子、诸侯，下赅卿、大夫、士，殆为统治阶级之通称。至于盛德之说，则为引申之义，大夫之称，自为妻举其夫社会地位而言，此种风习，近世犹然，自不得以其社会地位之名称，遂认为与丈夫二字同义。今就《诗》之本文，以证君子二字为统治阶级通称之说。《瞻彼洛矣》云："君子至止，福禄如茨。韎韐有奭，以作六师。"《假乐》云："假乐君子，显显令德。宜民宜人，受禄于天。保右命之，自天申之。""君子"二字指天子言，就本文可知，其他例证尚多。《终南》云："君子至止，锦衣狐裘，颜如渥丹，其君也哉！"《采菽》云："君子来朝，何锡予之？虽无予之，路车乘马。"君子二字指诸侯言。《载驰》云："大夫君子，无我有尤。"《鸤鸠》云："淑人君子，正是国人。正是国人，胡不万年？"君子二字指大夫言。要之自《诗》本文言之，则君子为统治阶级之通称。更求之于《诗序》、《毛传》，其事显然，而例尤不胜举。《既醉·序》士君子连称；《女曰鸡鸣·传》："君子无故不彻琴瑟。"今《曲礼》亦云："士无故不彻琴瑟。"则士与君子二名互训可知。要之君子之为统治阶级，兼包天子、诸侯、卿、大夫、士各种不同之阶级，殆无疑议。君子又有在位、不在位之别，故《伐檀·序》云："在位贪鄙，无功而受禄，君子不得进仕尔。"《候人·序》

云："共公远君子而近小人焉。"《鸤鸠·序》云："在位无君子，用心之不壹也。"《隰桑·序》云："小人在位，君子在野，思见君子，尽心以事之。"君子而不在位，亦自为常有之现象。即以欧洲各国论之，贵族而不执政者甚多，盖执政之位置有定额而贵族之蕃殖无定额也，然正不害其为贵族，故君子不在位，仍不失其为统治阶级；至于远君子而近小人，此则自幽、厉以后，迄于春秋，亦为常有之事。自当日统治阶级之诗人观之，自不胜其痛心疾首。后代之士，或昧于当时之情状，当亦不胜同情于诗人。实则诗中之小人，往往为久不在位或久被统治之人，故小人之登庸，与其视为君德之消长，无宁视为统治阶级之动摇。读《节南山》之诗，至"式夷式夷，无小人殆，琐琐姻亚，则无膴仕！"不妨视为争夺政权之词，不必遂执小人二字，诋为凶残也。

《诗序》言国人所作者凡二十七篇，故国人二字之的训，实为最关重要之事。今就《诗》之本文及《序》、《传》考之，则国人实与国之君子，国之士大夫同义，亦为统治阶级之通称，请举四例以明之。

　　例一《载驰》三章："许人尤之，众穉且狂。"四章："大夫君子，无我有尤。百尔所思，不如我所之！"许人与许之大夫、君子同指。
　　例二《蝃蝀·序》云："淫奔之耻，国人不齿也。"《传》云："夫妇过礼则虹气盛，君子见戒而惧，讳之，莫之敢指。"国人与君子同指。
　　例三《小戎·序》云："国人则矜其车甲，妇人能闵其君子焉。"国人与君子同指。
　　例四《緜·传》云："古公处豳，狄人侵之。事之以皮币，不得免焉；事之以犬马，不得免焉；事之以珠玉，不得免焉。乃属其耆老而告之曰：'狄人之所欲者，吾土地也！吾闻之，君子不以其所养人者害人，二三子何患乎无君？'去之，逾梁山，邑于岐山之下。豳人曰：'仁人之君，不可失也。'从之如归市。"豳人与豳之耆老同指。

大抵《毛诗》人字，往往作君子或在位者解。《绿衣》诗云："我思古人，实获我心。"《传》云："古之君子，实得我之心也。"人指君子言。《相鼠》诗云："人而无仪。"《序》云："卫文公能正其群臣而刺在位。"人指在位言。《假乐》诗云："宜民宜人。"《传》云："宜安民，宜官人也。"人指服官职之人言。乃至《瞻卬》言："人有土田，女反有之。人有民人，女覆夺之。"上人字自指统治阶级言，按诸文义可知。至于一般被统治阶级，《诗》中或称民人（《瞻卬》），或称庶民（《灵台》），或称庶人（《抑》），或称下民（《鸱鸮》），尚待籀绎，不遑枚举，独国人二字，指统治阶级，殆无疑议。是则就《毛诗》论，凡此六十九篇，得其主名之诗，要皆出自统治阶级，可无疑也。此六十九篇以外，九十一篇《风》诗之作者，《毛诗序》、《传》皆未尝明言，止可推论，未容武断，姑缺。

三

自《毛诗》外，当更论及三家诗。三家之论，今已残缺，王先谦《诗三家义集疏》于三家诗义无可考之篇，辄认为三家同毛，无异议。今于三家论《国风》诸篇作者，得其主名之诗，条列于次，其不可考者从缺。

《邶·柏舟》，《鲁》说以为卫宣夫人作，见《列女传·贞顺篇》。《燕燕》，《鲁》说以为卫定姜作，见《列女传·母仪篇》。《式微》，《鲁》说以为黎庄夫人作，见《列女传·贞顺篇》。《载驰》，《鲁》说以为许穆夫人作，见《列女传·仁智篇》。《大车》，《鲁》说以为息夫人作，见《列女传·贞顺篇》。此五诗，三家以为君夫人之诗也。

《关雎》，《鲁》说以为毕公作，见《古文苑》张超《诮青衣赋》；韩说以为贤人作，见《后汉·明帝纪》李注引《韩诗薛君章句》。《鸱鸮》，《鲁》说以为周公作，见《史记·鲁世家》；《齐》说同。《黍离》，《韩诗》以为尹吉甫子伯封作，见《御览》九百九十三引陈思王《令禽恶鸟论》。此三诗，三家以为大臣及大臣之子之诗也。

《汝坟》，《鲁》说以为周南大夫之妻作，见《列女传·贤明篇》。《二子乘舟》，《韩》说以为卫公子伋傅母作，见《新序·节士篇》。《硕人》，《鲁》说以为卫庄姜傅母作，见《列女传·母仪篇》。此三诗，三家以为大夫之妻及公子与君夫人傅母之诗也。

《蟋蟀》，《齐》说以为君子作，见《盐铁论·道有篇》。《芣苢》，《韩》说以为君子之妻作，见《文选》刘孝标《辨命论》李注引《韩诗薛君章句》。此二诗，三家以为君子及君子之妻之诗也。又《芣苢》，《鲁》说以为蔡人之妻作，见《列女传·贞顺篇》。国人与君子同指，此又一旁证也。

《淇奥》，《鲁》说以为卫人作，见徐干《中论》。《行露》，《鲁》说以为申人之女作，见《列女传·贞顺篇》。《驺虞》，《鲁》说以为邵国之女作，见蔡邕《琴操》。《伐檀》，《鲁》说以为魏国之女作，见《御览》五百七十八引蔡邕《琴操》。此四诗，三家以为国人及国人之女之诗也。独《甘棠》诗，《史记·燕召公世家》云："召公卒而民人思召公之政，怀甘棠不敢伐。"此民人二字之偶见《鲁》说者。然刘向《说苑·贵德篇》云："百姓叹其美而致其敬，甘棠之不伐，政教恶乎不行？"则史公之言，成为孤证，不能确指为民间。《相鼠》，《鲁》说以为妻谏夫之诗，见《白虎通·谏诤篇》，不知此妻为大夫之妻与否，然诗斥为"人而无仪"、"人而无礼"，则其所斥之人必为在位者可知，与《毛序》所谓刺在位者相合。

四

今日论诗，果以汉人诗说为本，则考之鲁、齐、韩、毛之说，凡《国风》百六十篇之中，其作家可考而得其主名者，其人莫不属于统治阶级，其诗非民间之诗也。然汉人诗说，不尽可恃，文中子尝言："白黑相渝，能无微乎？是非相扰，能无散乎？故《齐》、《鲁》、《毛》、《韩》，《诗》之末也。《大戴》、《小戴》，《礼》之衰也。《书》残于古、今，《诗》失于《齐》、《鲁》。"自宋儒兴而攻击《毛诗序》者尤众，《毛诗序》可疑，则三家诗说之残佚不全，撷拾于劫灰之馀者，尤不可尽信，故居今日必欲持汉人诗说以为立论之根据者，无是理也。实则即由汉儒上溯儒家论《诗》之说，又岂可尽信。孟子论《诗》，间有缺失，近人言之已详。即由孟子上溯孔子所谓"《诗》三百，一言以蔽之，曰思无邪"一语，亦何尝不全凭主观，不顾现实。故苏辙《诗传》曰："昔之为《诗》者，未必知此也，孔子读《诗》至此，而有合于其心焉，是以取之，盖断章云尔。"所谓合于其心者，全凭主观之谓也。

居三千年后读《诗》三百五篇，而欲知其作者之身世，求之汉儒，则汉儒不可尽信，求之直觉，则先后暌隔，旷逾千载，不特时代远不相及，而西周之社会何如，尤往往非今人所能设想，斯则主观之不可信，或且远逾于汉儒。故读《诗》而求其主名，势不得不探讨于名物章句之末，冥搜孤往，冀于一见。然亦有求之旧说，则诸家合符，的然无疑，而名物章句之间，反无从窥测者，则旧说之不可尽废可知矣。今举《国风》百六十篇中，由名物章句而确知其为统治阶级之诗者于次，凡八十篇。

（甲）由其自称之地位境遇而可知者

《葛覃》 三章："言告师氏，言告言归。"《毛传》："师，女师也。"班固《白虎通·

嫁娶篇》："妇人所以有师者何？觉事人之道也。"王先谦《诗三家义集疏》："《内则》：'大夫以上，立师、慈、保三母。'亦证此为大夫家婚姻之事矣。"要之《毛序》称为后妃之本，后妃固不必亲污、瀚，后人称为民间之诗，民间何尝有师氏？自以称为大夫之妻之诗为当。

《小星》　首章："夙夜在公，实命不同。"在公，谓从于公也，此小臣从公之诗。《韩诗外传》一："家贫亲老者不择官而仕，故君子桥褐趋时，当务为急。传云：'不逢时而仕，任事而敦其虑，为之使而不入其谋，贫焉故也！'《诗》曰：'夙夜在公，实命不同。'"

《泉水》　首章："有怀于卫，靡日不思。娈彼诸姬，聊与之谋。"《毛序》："卫女思归也，嫁于诸侯，父母终，思归宁而不得，故作是诗以自见也。"父母终之说，无可考，然其为卫女思归之诗，玩本文可见。

《北门》　首章："王事适我，政事一埤益我。"二章："王事敦我，政事一埤遗我。"此服官职者之诗。

《载驰》　《毛序》及诸家诗说皆以为许穆夫人作。朱熹《诗序辨说》云："此亦经明白而序不误者，又有《春秋传》可证。"

《河广》　首章："谁谓河广，一苇杭之。谁谓宋远，跂予望之。"《毛序》："宋襄公母归于卫，思而不止，故作是诗也。"陈奂《诗毛氏传疏》："《序》云'思而不止'者，思，忧思；不止，犹不已也。当时卫有狄人之难，宋襄公母归在卫，见其宗国颠覆，君灭国破，忧思不已，故篇内皆叙其望宋渡河救卫，辞甚急也。"言者或以为思子之作。要之为卫女归宗而后思宋之诗无疑。

《园有桃》　首章："心之忧矣，我歌且谣。不知我者，谓我士也骄。"此为士之诗。《毛序》："大夫忧其君国小而迫，而俭以啬，不能用其民，而无德教，日以侵削，故作是诗也。"《毛》说颇赘，然谓大夫之作可通，士之称可以包大夫也。

《蟋蟀》　首章："今我不乐，日月其除。无已太康，职思其居。好乐无荒，良士瞿瞿。"此士之诗也。姚际恒《诗经通论》："观诗中'良士'二字，既非君上，亦不必尽是细民，乃士大夫之诗也。"又三章："役车其休。"《笺》："庶人乘役车，役车休，农功毕，无事也。"马瑞辰《毛诗传笺通释》卷十一："按古者役不逾时，《月令》：孟秋'乃命将帅'。则孟冬正当旋役之时。《采薇》诗：'曰归曰归，岁亦阳止。'《杕杜》诗：'日月阳止，女心伤止，征夫遑止。'皆古者岁暮还役之证。役车当谓行役之车。"据此知役车其休之句，与庶人无涉。

《渭阳》　《毛序》以为康公念母之诗。《诗集传》："或曰，穆姬之卒不可考，此但别其舅而怀思耳。"此诗是否康公所作，于本文无可考，然一章云："何以赠之，路车乘黄？"次章云："何以赠之，琼瑰玉佩？"民间无此豪举，其为统治阶级之诗无疑。

《权舆》　首章："于我乎夏屋渠渠，今也每食无馀。"二章："于我乎每食四簋，今也每食不饱。"此为统治阶级不满于现状之诗，显然可见。

《七月》　旧说皆以《七月》为周公居东之作，于本文无可考。崔述《丰镐考信录》以此诗为太王以前豳之旧诗。今案诗中兼用周正，知非太王以前之诗也。或者以为农歌，亦未尽。按八章："跻彼公堂，称彼兕觥，万寿无疆。"《毛传》解公堂为学校。《笺》云："国君间于政事而飨群臣，于飨而正齿位，故因时而誓焉，饮酒既乐，欲大寿无竟，是谓《豳颂》。"《笺》解公堂为国君飨群臣之所，于义甚明。八章之公，与四章"献豜于公"之公同指，谓国君也。或据六章"采荼薪樗，食我农夫"，七章"嗟我农夫"之我，皆为农夫自我，因目为农歌，非也。《甫田》一章："倬彼甫田，岁取十千。我取其陈，食我农人。"与此篇为同一阶级之作品。采荼取陈，以食农夫，其所以对被统治阶级之待遇可知。作诗之人，大致即《縣·传》所谓豳之耆老之类。其人"上则承事国君，下则奴使农夫"，今日所称为头人、酋长之流亚也。

（乙）由其自称之服御仆从而可知者

《卷耳》 二章："我姑酌彼金罍。"《毛传》："人君黄金罍。"许慎《五经异议六》言罍制云："金罍，大器也。天子以玉，诸侯大夫以金，士以梓。"据此则作诗者为大夫以上之人。或谓金罍不必为黄金罍，民间容有金属之罍，不得执旧说相绳，然二章云"我仆痛矣"，作诗者既有仆从，其为统治阶级无疑。

《著》 首章："俟我于著乎而，充耳以素乎而，尚之以琼华乎而。"次章言"琼莹"，三章言"琼英"。《毛传》以首章言士亲迎，二章言卿大夫亲迎，卒章言人君亲迎，颇近支离，故《笺》不从其说，以为三章共述人臣亲迎之礼。按《淇奥》诗云："有匪君子，充耳琇莹。"琇莹即琼莹，盖当时统治阶级之服御如此，其诗为统治阶级之诗可知。

《击鼓》 三章："爰居爰处，爰丧其马。"按春秋有车战而无骑士，旧说四丘为甸，甸六十四井，出长毂一乘，马四匹，牛十二头，甲士三人，步卒七十二人。据此知一车四马，甲士三人，此三人者，一为车右，一为御，一为中军，与《清人》诗所谓"左旋右抽，中军作好"者合。诗人自言"爰丧其马"，其位置必不在甲士以下可知，则亦统治阶级也。

《竹竿》 此诗相传为卫女思归之诗，诸家无异词。四章："驾言出游，以写我忧。"则此诗卫女所自作也。三章："佩玉之傩。"按佩玉为统治阶级之习尚，《礼记·玉藻》云："古之君子必佩玉。"又云："君子无故玉不去身，君子于玉比德焉。"君子佩玉，则其妻女亦必佩玉可知。

（丙）由其关系人之地位而可知者

诗人所言，有与其地位无涉，而于其关系人之地位，则言之至明者，因亦可以推定诗人之地位。

《汝坟》 首章："未见君子，惄如调饥。"次章："既见君子，不我遐弃。"作诗者自称其夫为君子，则其地位可知。

《草虫》 首章："未见君子，忧心忡忡，亦既见止，亦既觏止，我心则降。"说与前同。

《殷其靁》 首章："振振君子，归哉归哉。"说与前同。

《摽有梅》 首章："摽有梅，其实七兮。求我庶士，迨其吉兮。"庶士为有地位者之称，故《硕人》末章云："庶士有朅。"《閟宫》七章云："宜大夫庶士，邦国是有。"作诗者称其求婚之男为庶士，其地位可知。

《燕燕》 《燕燕》一诗，说者不一其辞，或以为卫庄姜作，或以为定姜作，据末章云："先君之思，以勖寡人。"其为君夫人之诗无疑。

《雄雉》 二章："展矣君子，实劳我心。"亦为妇人称其夫之辞，说与前同。

《式微》 首章："式微式微，胡不归？微君之故，胡为乎中路？"次章："微君之躬，胡为乎泥中？"旧说以为黎侯失国而寓于卫，其臣劝之之诗。要之为人臣之辞。

《鹑之奔奔》 二章："人之无良，我以为君。"为人臣之诗。

《氓》 三章："于嗟女兮，无与士耽！士之耽兮，犹可说也；女之耽兮，不可说也！"四章："女也不爽，士贰其行。士也罔极，二三其德！"作诗者称其见绝之男为士，其地位可知。

《君子于役》 首章："君子于役，不知其期。"亦为妇人称其夫之辞，说与前同。

《君子阳阳》 首章："君子阳阳，左执簧，右招我由房。"说与前同。

《有女同车》 首章："彼美孟姜，洵美且都！"二章："彼美孟姜，德音不忘。"姜为当时贵姓，齐、吕、申、许之族。作诗者称其同车之女为孟姜，其地位可知。

《褰裳》　二章："子不我思，岂无他士！"作诗者称其相交之男为士，其地位可知。

《风雨》　首章："既见君子，云胡不夷？"《毛序》以为"思君子也，乱世则思君子不改其度焉。"朱熹《诗集传》则谓"风雨晦冥，盖淫奔之时；君子，指所期之男子也。"二说相去绝远。崔述《读风偶识》云："风雨之见君子，拟诸《草虫》、《隰桑》之间，初无大异。"其言近是。要之称其关系人为君子，则诗人之地位可知。

《唐·扬之水》　首章："素衣朱襮，从子于沃。既见君子，云何不乐！"《毛序》："刺晋昭公也。昭公分国以封沃，沃盛强，昭公微弱，国将叛而归沃焉。"以三章"我闻有命，不敢以告人"之句证之，其为大夫君子奔走新朝之诗无疑。

《东门之池》　首章："彼美淑姬，可与晤歌。"姬为当时贵姓，作诗者称其晤歌之女为淑姬，其地位可知。

《晨风》　首章："未见君子，忧心钦钦。如何如何，忘我实多。"旧说以为秦臣之词，要之统治阶级之诗也。

（丁）由其关系人之服御而可知者

《伯兮》　首章："伯也执殳，为王前驱。"马瑞辰《毛诗传笺通释》："《周礼》：'司戈盾祭祀，授旅贲殳。'《说文》：'殳，以杸殊人也。'《礼》：'以殳积竹，八觚，长丈二尺，建于兵车，旅贲以先驱。'是执殳先驱，为旅贲之职。胡氏绍曾谓伯以卫人仕于王朝，居旅贲之官，是也。"胡承珙《毛诗后笺》卷五云："此执殳之旅贲则为士。《曲礼》：'列国之大夫入天子之国曰某士。'注云：'三命以下于天子为士。'卫之君子为王前驱者，自是诸侯大夫，于王朝则为士耳。"两家谓卫之大夫仕于王朝为士之说，姑置不论。要之执殳为士之事，则《伯兮》之伯为士；作此诗者之夫为士，则其地位可知。

《子衿》　二章："青青子佩，悠悠我思。"《毛传》："佩，佩玉也。士佩瓀珉而青组绶。"作诗者所思之人为佩玉之士，则其地位可知。

《山有枢》　二章："子有廷内，弗洒弗埽。子有钟鼓，弗鼓弗考。"三章："子有酒食，何不日鼓瑟？"按《诗》钟鼓每与淑人、君子连称。《曲礼》亦云："士无故不彻琴瑟。"作诗者所称之人为有钟鼓及瑟之统治阶级，可以想见，则作诗者之地位可知。

《唐·无衣》　首章："岂曰无衣，七兮，不如子之衣安且吉兮！"次章则言："岂曰无衣，六兮。"《毛传》："侯伯之礼七命，冕服七章。""天子之卿六命，车旗衣服，以六为节。"《序》言："美晋武公也，武公始并晋国，其大夫为之请命乎天子之使而作是诗也。"诸家无异议。此诗为统治阶级之诗可知。

（戊）由其所歌咏之人之地位境遇而可知者

诗人所言，有于其本身或其关系人之地位、境遇、服御、仆从，全无关涉，而于其歌咏所及，可就被歌咏者之地位、境遇、服御、仆从，想见被歌咏者之身分。大抵在阶级制度较严，身分相去悬绝之时，彼采荼食陈之农夫，不至咏歌委蛇窈窕之人士，固可知也。然以此推定作诗者为统治阶级之作者，其确实可信之程度，固较甲、乙、丙、丁四项之绝对可信者为略逊，独谓其诗为统治阶级之诗，则无疑议。

《关雎》　举《关雎》之君子、淑人，坐实为文王、太姒，其说自欧阳修《诗本义》创之，汉人无是说也。然观诗中淑人、君子之称，钟鼓琴瑟之器，诗人所指，自为统治阶级。崔述《读风偶识》谓："《关雎》一篇，言夫妇也，乃君子自求良配而他人代写其哀乐之情耳。"其言得之。

《樛木》　首章："乐只君子，福履绥之。"其为歌咏统治阶级之诗可知。

《兔罝》　首章："赳赳武夫，公侯干城。"次章言"公侯好仇"，三章言"公侯腹心"，所歌咏者为公侯腹心之臣可知。

《麟之趾》　首章："麟之趾，振振公子。"次章言"公姓"，三章言"公族"，所歌咏者为公族可知。

《采蘩》　首章："于以用之，公侯之事。"所歌咏者可知。

《羔羊》　首章："羔羊之皮，素丝五纯。退食自公，委蛇委蛇！"《传》："大夫羔裘以居。"羔裘为大夫之服，见于《诗》者不一。退食自公，马瑞辰《毛诗传笺通释》引刘履恂说："退食自公，谓自公食而退。"则所歌咏者之身分可见，此诗为统治阶级之诗可知。

《野有死麕》　首章："有女怀春，吉士诱之。"吉士，士也，亦为统治阶级。

《何彼秾矣》　首章："曷不肃雝，王姬之车！"次章："平王之孙，齐侯之子。"此诗为歌咏贵族嫁娶无疑。

《匏有苦叶》　《毛序》以为刺卫宣公之诗。魏源《诗古微·卫风答问》据三家诗说，以为卫贤者感遇自重之词。观三章云："士如归妻，迨冰未泮。"无论托喻之旨何若，要之作诗者之心象，不出于士族之仪式，则其为统治阶级之诗可知。

《君子偕老》　此诗首称君子偕老，次称"副笄六珈，委委佗佗，如山如河，象服是宜。"真有君夫人之气象，统治阶级之诗也。

《桑中》　首章："美孟姜矣。"次章："美孟弋矣。"三章："美孟庸矣。"姜为当时贵姓；弋，朱熹《诗集传》考为与姒同，后人多从其说，亦贵姓，杞之族；庸未闻，《诗集传》疑亦贵姓。《毛序》云："卫之公室淫乱，男女相奔，至于世族在位，相窃妻妾，期于幽远。"其言得之。世族在位，皆统治阶级也。此诗诸家以为刺诗，朱熹《诗集传》以为淫奔者所自作，如从其说，则此诗当入（丙）项。

《淇奥》　首章："有匪君子，如切如磋，如琢如磨。"言其德。次章："有匪君子，充耳琇莹，会弁如星。"言其服御。其为统治阶级无疑。诸家皆以为卫武公耄年国人诵美之诗。

《清人》　三章："左旋右抽，中军作好。"《郑笺》："左，左人，谓御者；右，车右也；中军，谓将也。"要之此诗为歌咏将帅之诗。

《女曰鸡鸣》　首章："女曰鸡鸣，士曰昧旦。"诗人所歌咏者之地位已显然。次章："琴瑟在御，莫不静好。"三章："知子之来之，杂佩以赠之。知子之顺之，杂佩以问之。知子之好之，杂佩以报之。"统治阶级之服御，于兹可见。

《溱洧》　首章："士与女，方秉蕳兮。女曰观乎，士曰既且。"又云："维士与女，伊其相谑，赠之以芍药。"自指统治阶级而言。《诗集传》以为淫奔者自叙之辞。姚际恒《诗经通论》云："篇中士女字甚多，非士与女所自作明矣。"其义较长。

《东方未明》　首章："东方未明，颠倒衣裳。颠之倒之，自公召之。"次章："倒之颠之，自公令之。"《毛序》以为"朝廷兴居无节，号令不时。"三家无异议。此诗自为当时官吏刺国君之兴居不时者。

《南山》　首章："鲁道有荡，齐子由归。"诸家相传以为"齐子"指文姜。陈奂《诗毛氏传疏》解之云："文姜称齐子者，犹云齐侯之子，为鲁侯之妻也；归谓嫁也，嫁于鲁侯也。"此诗之所歌咏者可知。

《敝笱》　首章："齐子归止，其从如云。"说与前同。

《载驱》　首章："鲁道有荡，齐子发夕。"说与前同。

《猗嗟》　首章："猗嗟昌兮，颀而长兮，抑若扬兮，美目扬兮，巧趋跄兮，射则臧兮。"次章："猗嗟名兮，美目清兮，仪既成兮，终日射侯，不出正兮，展我甥兮。"《传》："外孙曰甥。"《笺》："展，诚也。姊妹之子曰甥。容貌技艺如此，诚我齐之甥。言诚者，拒时人言齐侯之子。"甥字自指鲁庄公言。

《葛屦》　首章："掺掺女手，可以缝裳。要之襋之，好人服之。"《毛传》："好人，好

197

女手之人。"其言不可通。故《诗集传》云："好人，犹大人也。"马瑞辰《毛诗传笺通释》亦云："好人犹言美人，谓君也。""好人服之"，服指服用，即谓君子服用之。"马氏又引《汉书叙传》师古注谓媞与姼通，然《叙传》言："姼姼公主，乃女乌孙。"则姼姼指女子。《葛屦》次章云："好人提提，宛然左辟，佩是象揥，维是褊心，是以为刺。"象揥非男子所御，据《君子偕老》次章"玉之瑱也，象之揥也"可知。如此则此诗之所歌咏者为君夫人。姚际恒《诗经通论》云："此诗疑其时夫人之妾媵所作，以刺夫人。"其言得之。

《汾沮洳》 首章："彼其之子，美无度；美无度，殊异乎公路！"次章三章言"公行"、"公族"。此诗所指，自为统治阶级。

《伐檀》 首章："不稼不穑，胡取禾三百廛兮？不狩不猎，胡瞻尔庭有悬貆兮？彼君子兮，不素餐兮！"此诗近人解之者颇多，然以愚观之，《毛序》"在位贪鄙无功而受禄，君子不得进仕尔"之语，亦自迳直。盖当时之统治阶级，有在位者，有不在位者，自退居在野之贵族及其徒侪观之，此取禾悬貆之贵族，真若不胜其贪鄙，故其徒侪遂作此诗，所以扬此而抑彼。"坎坎伐檀"三句，自为起兴，与全章无涉。此诗所言，止可作统治阶级中之相互嫉视观，不必竟作平民之讽刺观也。

《有杕之杜》 首章："彼君子兮，噬肯适我。中心好之，曷饮食之！"其为统治阶级之诗可知。

《车邻》 首章："未见君子，寺人之令。"次章："既见君子，并坐鼓瑟。"《毛序》以为美秦仲之诗。

《驷驖》 首章："驷驖孔阜，六辔在手。公之媚子，从公于狩。"次章："奉时辰牡，辰牡孔硕。公曰左之，舍拔则获。"此为歌咏秦君狩猎之诗。

《小戎》 首章："言念君子，温其如玉。在其板屋，乱我心曲。"次章："言念君子，温其在邑。方何为期，胡然我念之！"《毛序》："国人则矜其车甲，妇人能闵其君子焉。"其言得之。又次章："四牡孔阜，六辔在手，骐骝是中，騧骊是骖。"则君子之地位尤可知。君子二字，自指其夫之社会地位言，不必即指为与丈夫同义，于此得一旁证。

《终南》 首章："君子至止，锦衣狐裘，颜如渥丹，其君也哉！"锦衣狐裘，为国君之服。《玉藻》："君衣狐白裘，锦衣以裼之。"此为歌咏秦君之诗。

《秦·黄鸟》 首章："谁从穆公？子车奄息。"次章言"子车仲行"，三章言"子车鍼虎"。《左传》文公六年："秦伯任好卒，以子车氏之三子奄息、仲行、鍼虎为殉，皆秦之良也。国人哀之，为之赋《黄鸟》。"诗称三人为"百夫之特"、"百夫之防"、"百夫之御"，则其为统治阶级之诗可知。

《候人》 首章："彼候人兮，何戈与祋；彼其之子，三百赤芾。"祋与殳同，解见前，士所执也。候人，官名，《周礼·夏官司马》："候人上士六人，下士十有二人。"又云："候人各掌其方之道治与其禁令，以设候人，若有方治，则帅而致于朝，及归，送之于竟。"《玉藻》："一命缊韨幽衡，再命赤韨幽衡，三命赤韨葱衡。"故《毛传》谓："大夫以上赤芾。"三百犹三百人，言其数之多也。此诗首章全以候人与之子对举，极言黜陟之异，亦统治阶级之诗也。

《鸤鸠》 首章："淑人君子，其仪一兮；其仪一兮，心如结兮。"三章："淑人君子，其仪不忒；其仪不忒，正是四国。"此为歌咏在位之诗。

《九罭》 首章："我觏之子，衮衣绣裳。"次章："鸿飞遵渚，公归无所。"此为歌咏在位之诗。

《狼跋》 首章："公孙硕肤，赤舄几几。"次章："公孙硕肤，德音不瑕。"说与前同。

（己）由其所歌咏之人之服御仆从而可知者

《鹊巢》 此诗或以为民间嫁娶之诗，然首章云："之子于归，百两御之。"百两之盛，自非民间所有。《毛传》云："百两，百乘，诸侯之子嫁于诸侯，送御皆百乘。"三家诗说皆以为国君之礼，夫人自乘其家之车也。要之此诗所指，必为统治阶级嫁女之事，无可疑者，是否即指诸侯之女嫁于诸侯，无考。

《采蘋》 《采蘋》之诗，与《采蘩》类，所谓"《风》有《采蘩》、《采蘋》"是也。三章："于以奠之，宗室牖下。"《毛传》："宗室，大宗之庙也，大夫士祭于宗庙，奠于牖下。"核以《礼记·王制》"庶人祭于寝"之句，则此诗所言者，为统治阶级无疑。

《旄丘》 三章："狐裘蒙茸，匪车不东。"《毛传》："大夫狐苍裘。"《礼记》："君子狐青裘。"《郑注》："君子，大夫、士也。"青，苍也。狐青裘即狐苍裘也。此诗所歌咏者为统治阶级可知。

《定之方中》 全诗言卫文公徙居楚丘，建城市营宫室之事。三章："灵雨既零，命彼倌人。"《毛传》："倌人，主驾者。"此诗所言，自为统治阶级可知。故章末又云："匪直也人，秉心塞渊，騋牝三千。"诸家以为美卫文公之诗，殆可信。

《干旄》 首章："孑孑干旄，在浚之郊。素丝纰之，良马四之。彼姝者子，何以畀之？"《毛传》："注旄于干首，大夫之旃也。"《郑笺》："《周礼》：'孤卿建旜，大夫建物。'首皆注旄焉。时有建此旄来，至浚之郊，卿大夫好善也。"干旄、干旌，皆非民间之物；良马四之、五之、六之，亦非民间常有。所谓彼姝者子，殆亦士君子之不在位者。要之此诗所歌咏者为统治阶级可知。

《芄兰》 首章："芄兰之支，童子佩觿。虽则佩觿，能不我知。"次章："芄兰之叶，童子佩韘。虽则佩韘，能不我甲。"按《说苑》："能治烦决乱者佩觿，能射御者佩韘。"盖汉人相传之说如是。《毛序》："刺惠公也。骄而无礼，大夫刺之。"三家无异说。今观觿韘非民间童子之佩，首章："容兮遂兮，垂带悸兮。"从容暇逸，尤非民间之态，此诗所言，必为统治阶级也。

《缁衣》 首章："缁衣之宜兮，敝，予又改为兮。"马瑞辰《毛诗传笺通释》："按《周官·典命》：'凡甸冠弁服后。'《郑注》：'冠弁，委貌。其服，缁布衣，诸侯以为视朝之服。'引《诗·缁衣》为证。又《论语》：'缁衣羔裘。'《邢疏》：'谓朝服也。'是缁衣本诸侯视朝之服。"诗盖言统治阶级之事。

《大叔于田》 首章："叔于田，乘乘马。"次章："叔于田，乘乘黄。"三章："叔于田，乘乘鸨。"全诗言其士马之盛。首章"献于公所"一句，尤足以见叔之身分，亦统治阶级之诗也。

《郑·羔裘》 首章："羔裘如濡，洵直且侯。"按《论语·乡党》："羔裘玄冠不以吊。"羔裘，君子之服也。《礼记·玉藻》："羔裘豹饰，缁衣以裼之。"此诗所言，盖士大夫之流，故三章云："彼其之子，邦之彦兮。"

《唐·羔裘》 首章："羔裘豹袪，自我人居居。岂无他人？维子之故。"说与前同。

《桧·羔裘》 首章："羔裘逍遥，狐裘以朝。岂不尔思？劳心忉忉。"《毛传》、《郑笺》皆以羔裘狐裘者指桧君。诸诗言狐裘羔裘者皆指大夫，此诗独指国君，盖旧说相传如此，未敢必也。要之为统治阶级之诗。

右八十篇由名物章句，确知其为统治阶级之诗，皆有明证，然《国风》统治阶级之诗，正不止此。今不必乞灵于经传相传之说，仅以类推之法言之。知《周南·麟之趾》之所歌颂者为公族之盛，则《周南·螽斯》之言"宜尔子孙"者略可知矣。如《召南·鹊巢》之言统治阶级嫁娶之事，则《召南·桃夭》之言"之子于归，宜其室家"者，略可知矣。知《邶·燕燕》之"泣涕如雨"，"伫立以泣"，为君夫人之诗；《鄘·载驰》之"女子善怀，亦各有行"，为卫女许穆夫人之诗，则知卫之贵族妇女，感伤郁伊，彷徨凄恻，蔚成国俗。

因以推论《邶》之《柏舟》、《绿衣》、《日月》、《终风》，可识为卫之贵族妇女所作，不必待《毛序》之言庄姜，三家诗说之言宣姜、定姜而略可知矣。知《卫·硕人》"硕人其颀"之指君夫人，证之《小雅·白华》"啸歌伤怀，念彼硕人"之句，斯知"硕人"为统治阶级之美称，则《邶·简兮》之"硕人俣俣"，与《卫·考槃》之"硕人之宽"，其所指者略可知矣。知《郑·大叔于田》之为统治阶级田猎之诗，则《郑·叔于田》之言田猎者可知矣。知《郑》之《有女同车》、《褰裳》、《风雨》、《溱洧》为统治阶级男女悦慕之诗，则相习成风，而《郑》之《将仲子》、《山有扶苏》、《狡童》、《东门之墠》、《野有蔓草》之所言者，同为统治阶级男女悦慕之事，略可知矣。反之而《郑·出其东门》之言"出其东门，有女如云。虽则如云，匪我思存。缟衣綦巾，聊乐我员"者，殆为郑之士族，特立独行，不满于当世风尚之诗，亦略可知矣。知《齐·著》之为统治阶级之诗，以《汉书·地理志》"临甾名营丘，故《齐诗》曰：'子之营（毛作还）兮，遭我虖嶩之间兮。'又曰：'竢我于著乎而。'此亦其舒缓之体也"一节证之。则《齐·还》之诗，略可知矣。知《秦·终南》之言"君子至止，衣锦狐裘"，证之《卫·硕人》之言"硕人其颀，衣锦褧衣"，锦衣殆为统治阶级之衣，则《郑·丰》"衣锦褧衣，裳锦褧裳，叔兮伯兮，驾予与行"之亦言统治阶级，略可知矣。知《秦·小戎》之言君子好勇，以《汉书·地理志》"安定、北地、上郡、西河，皆迫近戎狄，修习战备，高上气力，以射猎为先。故《秦》诗曰：'在其板屋。'又曰：'王于兴师，修我甲兵，与子偕行。'及《车辚》、《四载》、《小戎》之篇，皆言车马田狩之事"一节证之，则《秦·无衣》之为统治阶级勇于从戎之诗，可知矣。知《陈·东门之池》之为统治阶级男女悦慕之诗，则《陈》之《东门之阳》、《防有鹊巢》、《月出》、《泽陂》之所言者，同为统治阶级男女悦慕之事，略可知矣。反之而《陈·衡门》之言"岂其取妻，必齐之姜"，"岂其取妻，必宋之子"，殆为陈之士族，特立独行，不满于当时风尚者，亦略可知矣。知《豳》之《九罭》、《狼跋》为歌咏在位者之诗，则《豳》之《破斧》、《伐柯》诸诗之所言者，亦略可知矣。

凡前所论，自《螽斯》、《桃夭》以降，共二十篇，皆可自统治阶级之诗而推定者，其他可推而不及推、不待推者尚多。然以类推之法论诗，遽断为统治阶级之诗，或且疑其牵率，虽言之者持之有故，未必能求人共晓。要之此《国风》百六十篇之诗，其中一半以上为统治阶级之诗，则可断言。然则，谓国风出于民间者，其言未可信也。

五

今谓《国风》出于民间之说为不可信，此言不特获罪于古之论师，并获罪于今之君子，请设为七难以当弹射，凡愚见所及可以自全其说者，附之。

难者甲曰："《卫·氓》首章云：'氓之蚩蚩，抱布贸丝。'《毛传》：'氓，民也。'此民间诗之铁证也。《王·中谷有蓷》，《毛序》云：'闵周也，夫妇日以衰薄，凶年饥馑，室家相弃尔。'统治阶级宁有凶年饥馑，室家相弃之事？此亦民间诗也。《伐檀》，《鲁说》云'今贤者隐退伐木，小人在位。'见《御览》五百七十八引蔡邕《琴操》。贤者至于伐木，其在民间可知，则《伐檀》亦民间诗也。"

应之曰："不然，'氓之蚩蚩'之氓，《韩说》云：'氓，美貌。'见《释文》引《韩诗》。马瑞辰《毛诗传笺通释》卷六解之云：'盖以氓、藐一声之转，以氓为藐之假借。《尔雅》："藐藐，美也。"《说文》："懇，美也。"藐即懇之假音也。'马氏又谓以氓为美，与蚩蚩义不相贯，因言'氓又通作萌，《贾子·火政篇》："萌之为言盲也。"氓为盲昧无知之称，诗当与男子不相识之初则称氓，约与婚姻则称子。子者，男子美称也。'据此则此氓字之义，本不作民，何从更言民间之诗。《易林·蒙之困》云：'氓伯以婚，抱布自媒。'言氓伯者，氓亦为形容之词。此其一。《中谷有蓷》首章曰：'中谷有蓷，暵其干矣。'次章曰：'中谷有蓷，暵其脩矣。'三章曰：'中谷有蓷，暵其湿矣。'首章中谷二句，《毛传》标兴，自为兴语，凡兴语不必皆与下文相涉。自来论师，多于干、脩、湿三字求之，令人有求深反浅之叹，且即此谷中，始言干矣，旋言湿矣，真不知共有几谷，乃为此干湿之纷纷也。因知凶年饥馑之说，特为汉代论师见此干湿二字，望文生义之辞，殊不足信；独室家相弃之事，就本文'有女仳离'之句可知，然亦无从知其为民间也。此其二。《伐檀》共三章，章首三句皆为兴，与全诗无涉，观《小雅·伐木》一诗，章首'伐木丁丁'之句，《毛传》标兴，则此诗首三句之当标兴可知矣。姚际恒《诗经通论》三云：'再四思之，此首三句，非赋非比，乃兴也。兴体不必尽与下所咏合，不必固执求之，只是咏君子者，适见有伐檀为车用，置于河干，而河水正清且涟猗之时，即所见以为兴，而下乃咏其事也。'其言得之。观此知《伐檀》与民间亦无涉。此其三。"

难者乙曰："古者妇人称其夫为君子。《小戎·序》云：'国人则矜其车甲，妇人能闵其君子焉。'此《毛序》以君子为夫之证也。《汝坟·序笺》云：'言此妇人被文王之化，厚事其君子。'此《郑笺》以君子为夫之证也。朱熹《诗集传》言之更明。《君子偕老》，《集传》云：'君子，夫也。'《君子于役》，《集传》云：'君子，妇人目其夫之辞。'《晨风》，《集传》云：'君子，指其夫也。'《小戎》，《集传》云：'君子，妇人目其夫也。'凡此诸家，皆谓君子为妻称其夫之辞。今指君子为统治阶级之通称，于是于凡有君子二字之篇，概指为统治阶级之诗，武断甚矣！"

应之曰："不然，君子二字在《诗》三百五篇之时代，为统治阶级之通称，上自天子、诸侯，下至卿、大夫、士，皆可称为君子，前已言之。《毛序》、《郑笺》以君子为妇人目其夫之辞，毛郑未尝训君子为夫也。且就《诗》言《诗》，《君子偕老》言：'副笄六珈，委委佗佗。'则君子指人君言。《汝坟》、《草虫》、《殷其靁》、《君子于役》之君子，皆为行役之君子，大夫行役为《国风》习见之事实，则此诸诗之君子，指大夫言。《君子阳阳》之君子，则'左执簧'，'左执翿'，《小戎》之君子则'四牡孔阜，六辔在手'，其为统治阶级，皆可就其服御而知。大抵其时妇人之称其夫，皆止就其社会地位而言；统治阶级之妻，称其夫为君子，被统治阶级之妻，不称其夫为君子也。正同后代官腔，妻则称夫为老爷，夫亦称妻为太太，如是而已。至《诗集传》所称，稍嫌率略。《风雨》，《诗集传》云：'君子，指所期之男子也。'然则，君子可以训夫，亦可以训所期之男子耶？《小弁》之诗相传为逐子所作，诗云：'君子秉心，惟其忍之。心之忧矣，涕既陨之。'君子指其父言，则君子可以训父耶？《四月》之诗，自述作诗之旨云：'君子作歌，维以告哀。'则君子又可以训我耶？今以君子二字，指其人之社会地位言，则无往而不通也。"

难者丙曰："《氓》，《溱洧》诸诗，皆以士女对言，士指男子，不必作士大夫之士论，今指诸诗为统治阶级之诗，过矣。"

应之曰："不然，士、女对举之诗，莫详于《都人士》一篇。首章云：'彼都人士，狐裘黄黄。其容不改，出言有章。行归于周，万民所望。'又云：'彼都人士，台笠缁撮。彼君子女，绸直如发。''彼都人士，充耳琇实。彼君子女，谓之尹吉。''彼都人士，垂带而厉。彼君子女，卷发如虿。'都人士皆与君子女对举。《毛诗传笺通释》卷二十三云：'按《逸周书·大匡解》云："士惟都人孝悌子孙。"是都人乃美士之称。《郑风》"洵美且都""不见子都"，都皆训美，美色谓之都，美德亦谓之都，都人犹言美人也。诗以都人士与君子女相对成文，君子女谓女有君子之行者，犹《大雅》"釐尔士女"，《笺》谓"女而有士行者"，是知都人士亦谓士有都人之德者。'要之士与女为对称，观首章：'狐裘黄黄'，'出言有章,行归于周，万民所望。'此士之为贵族可知。三章：'充耳琇实。'琇实为君子之服御，见前；'谓之尹吉'，尹、吉为周之贵姓。笺：'吉读为姞，尹氏、姞氏，周室婚姻之旧姓也。'女为贵姓，则士之为统治阶级可知。以《都人士》之例推之，则《氓》、《溱洧》之诗可知，且《国风》中男女悦慕之诗，大抵皆统治阶级之诗也。"

难者丁曰："《氓》、《褰裳》、《有女同车》、《风雨》、《东门之池》、《子衿》、《桑中》、《溱洧》诸诗，以及《将仲子》、《山有扶苏》、《狡童》、《东门之墠》、《野有蔓草》、《东门之杨》、《防有鹊巢》、《月出》、《泽陂》之诗，凡《诗集传》所称为淫诗者，今尽归之统治阶级。然则，将谓男女悦慕之感为统治阶级之所专有，自统治阶级以外，即无男女悦慕之感乎？考之人情，必不然矣。"

应之曰："男女悦慕之感，为生人所同具，自无统治阶级与被统治阶级之别，然而其悦慕之焦点，不必尽同，而所以表现此男女悦慕之感者，则往往因其人生活之裕绌而有异。苟自此表现之方法观之，则其人所属之阶级，有可以窥见者，至若《国风》诸诗，如《桑中》之言孟姜、孟弋、孟庸，《东门之池》之言淑姬，《有女同车》之言佩玉琼琚，氓、《溱洧》诸诗之士女并称者，往往可自族姓、服御、身分诸点断定其人必为统治阶级，固无论矣。大凡言男女悦慕之事者，其人文化愈浅，生事愈绌者，则其所悦慕者，自以此满足生理欲望者为止，稍进则言体段，言容色，再进则言举止，最上则言性情，凡吾国文字中描摹男女悦慕之感之能事，至此竟矣。近日流行《桃花江》曲之言'爱情火样烧，灵魂天上飘'，此则自为异国情调，徒流行于青年之口，终与吾国人之情感，格不相入者也。苟以通行之文字衡之，则《四季相思》之类，所能言者，自不外此生理欲望，其上不过体段、容色而止。此非独文野之程度异也，凡男女之间，其最足以引起兴感，满足欲望者，莫急于此，而胼手胝足之人，又决无此馀裕，无此馀绪，以领略举止性情之美，彼既不暇知，即不能知，惟其不能知，故终不能言。故凡文字之中，仅仅言及满足欲望与体段之美者，其作者必为胼手胝足之人，不然，则其所写者必为胼手胝足之人也。今以《国风》诸诗言之，几曾有一语言及此生理欲望与体段之美者？请先言《有女同车》：'颜如舜华'，'颜如舜英'，容色之美也；'将翱将翔'，举止之美也；'德音不忘'，性情之美也；以此而言男女悦慕之情，此则自为男女悦慕之升华，视《四季相思》之类，相距不可以道里计，此所以《诗集传》虽斥为淫奔之诗，而后世论者万万不能悦服者也。至若所以表现此悦慕之感者，则在此文化愈浅，生事愈绌之人，其所以求爱之方法必愈简单，求爱之时期，必愈短促。何则？其人无此馀裕，无此心绪故也。及文化愈深，生事愈裕，则求爱之方法必愈复杂，其求爱之时期必愈长久。《野有死麕》之诗：'野有死麕，白茅包之。''野有死鹿，白茅纯束。'此求爱之吉士，方法已不甚单纯。三章：'舒而脱脱兮，无感我帨兮，无使尨也吠。'此怀春之女子，态度亦极其从容，固非三家村中所能想像。至若《溱洧》之诗：'溱与洧，方涣涣兮，士与女，方秉蕳兮。女曰，观乎？士曰，既且，且往观乎。洧之外，洵讦且乐，惟士与女，其伊相谑，赠之以芍药。'此种生活裕余，士女杂遝之状，跃然纸上，而男女悦慕，优游容与之情态，真足令后世之读者，不胜其神往。至若以求爱之时期论，或则如《野有蔓草》之"零露溥兮"，'零露瀼瀼'；或则如《月出》之'月出皎兮'，'月出皓兮'；或则引领鹄立，致忘昏晓，如《静女》之'爱（同薆）而不见，搔首踟蹰'；求之不得，则如《泽陂》之'寤寐无为，涕泗滂沱'；'寤寐无为，中心悁悁'；'寤寐无为，辗转伏枕'；此人皆若天老地荒，日居月诸，惟有此男女悦慕之情，可以摇荡性灵，辉丽万有者。此则又《诗集传》虽斥为淫奔之诗，而后世万万不能悦服者也。然此种境地，自非有闲阶级，其求爱之方法，决不能如此复杂，其求爱之时期，亦不能如此长久也。考之《左传》襄公二十六年，郑伯如晋，子展赋《将仲子兮》；二十七年郑伯享赵孟于垂陇，子太叔赋《野有蔓草》，昭公十六年郑六卿饯韩宣子于郊，子齹赋《野有蔓草》，子大叔赋《褰裳》，子游赋《风雨》，子旗赋《有女同车》，子柳赋《萚兮》。郑国诸卿，皆一时之选，岂有于折冲樽俎之时，自诵其国胼手胝足者之诗，以自彰其荒陋之理，然而竟赋之者，则此诸诗本非胼手胝足者之诗，而此男女悦慕之情，出之以升华之词，真若此情可以质天地而泣鬼神者。故襄公二十七年伯有赋《鹑之贲贲》，而赵孟斥之曰：'床笫之言不逾阈，况在野乎？非使人之所得闻也。'及子太叔赋《野有蔓草》，赵孟则曰：'吾子之惠也。'所以然者，赵孟知《野有蔓草》之诗与床笫之言，虽同为男女悦慕之事，而其间文野迥别，不可以同日语也。昭公十六年，六卿赋诗，韩宣子喜曰：'郑其庶乎！二三君子，以君命贶起，赋不出郑志，皆昵燕好也。'后人不审当日诸人意境，于是于此诸诗，横加穿穴，凿孔栽须，殊不知'昵燕好'三字，正为此诸诗下一铁注，然此昵燕好之诗，当时赋者听者，不过以为情感深刻，至性流露，发之虽出诸男女，推之则迤及邦交，故曰'昵燕好'，自与满足欲望，歌咏体段者，悬若霄壤，万万不以为淫诗，不然，韩宣子决不至有'赋不出郑志'之说。以韩宣子之贤，岂有直指淫诗为邻国之贶，而子产等诸人乃仆仆再拜，不以为耻者乎？要之此《国风》男女悦慕之诗，与通常所谓淫词者相去远绝，而有此余裕，有此心绪，以为此诗者，自非被统治阶级所得言也。"

难者戊曰："今谓《国风》诸诗为统治阶级之作，然诗中言穷困迫蹙者，不一其词，何也？《中谷有蓷》之诗，今姑不言，请举《北门》等诗言之。《北门》一章云：'终窭且贫，莫知我艰。'《氓》四章云：'自我徂尔，三岁食贫。'《鸨羽》一章云：'王事靡盬，不能蓺稷黍，父母何怙！'《权舆》一章云：'于我乎，昔也每食四簋，今也每食不饱。'《衡门》一章云：'泌之洋洋，可以乐（同疗）饥。世宁有居贫不饱之统治阶级？甚矣，子之惑也。"

应之曰："诸诗之作，大抵皆在东周以后，斯时之社会组织，日成崩溃之势，于是在此统治阶级边缘之人物，遂不期然而感受生活上之压迫，发之于诗，则《兔爰》、《权舆》之类是也。大抵此种生活上之压迫，首先感受其影响者，在东周之时代则为士族，又加以所富有之感伤情绪，于是啼饥号寒，令人不忍卒听，然其为统治阶级，则又百口所莫辨，此亦天下之至悲也。《兔爰》之诗，作者以其出身之高，自比于离罗之雉，坐视草莽之兔，爰爰徐行，见社会之崩溃，有感于生事之日蹙，至欲一瞑不视，故其诗曰：'有兔爰爰，雉离于罗。我生之初尚无为，我生之后，离此百忧，尚寐无吪！'《毛序》曰：'君子不乐其生焉。'真是一语道破。知《兔爰》则能知《权舆》，此两诗所写之情绪，本无二致故也。《衡门》一诗之作者，修养较深，故值社会之变，辄抱空言以自慰，诗中所谓'衡门之下，可以栖迟。泌之洋洋，可以乐（同疗）饥。''岂其食鱼，必河之鲂。岂其取妻，必齐之姜。'皆此物此志也。《北门》之'王事适我'，与《鸨羽》之'王事靡盬'，于诗人之身分，皆已确实写出，故《北门·毛序》云：'言卫之忠臣，不得其志尔。'《鸨羽·毛序》云：'君子下从征役，不得养其父母，而作是诗也。'至于'终窭且贫'，'父母何怙'之句，则为此感伤之情绪之表现，适足以见其地位，不得据此疑其诗为非统治阶级之诗也。《氓》诗之'三岁食贫'，论者自不能以文害辞，锯树捉鸦。不然，何以《氓》二章方言'以尔车来，以我贿迁'，四章又言'淇水汤汤，渐车帷裳'岂有三年以前，则积资盈车，三年以后，亦专车来归，乃独在此两者之中，食贫三年者乎？《郑笺》解之云：'我自是往之女家，女家乏谷食，已三岁贫矣。'真不知适自何来，遽得此语。世宁有三岁乏谷食而不死者乎？不思之甚也！马瑞辰《毛诗传笺通释》卷六云：'食贫犹居贫，《笺》训食为谷食，非也。古人妇人先贫贱后富贵者不去，诗言食贫，正以不当去之义责之。'马说近是，稍嫌拘泥。实则食贫二字，自为妇人诉淬之常事，世宁有据《古诗为焦仲卿妻作》'昼夜勤作息，伶俜萦苦辛'二语，遂谓府吏一家，食贫居穷之理乎？"

难者己曰："《诗》三百五篇，果言其非出于民间，则当总此三百五篇言之，不得仅言

《国风》，即就此《国风》百六十篇言之，据《诗》言《诗》，可指为统治阶级之诗者不过八十篇，即更以推类之法言之，共不过百篇，奈何据此百篇之诗，遂疑此百六十篇出于民间之论乎？"

应之曰："《诗》之大、小《雅》、三《颂》，旧说未尝以为民间之诗，新说亦仅仅指其最小之一部分为民间之诗，故果能摇动此《国风》出于民间之立足点者，则全《诗》三百五篇之不必出于民间可知。谓大、小《雅》、三《颂》之不必出于民间，此为不争之论，独谓《国风》不必出于民间，正恐获罪于古之论师，今之君子，此种避轻就重之苦心，仆未尝不自笑其愚也。至谓仆据此八十篇乃至百篇之诗，而致疑于《国风》出于民间之论，先生之责是也，而窃怪先生之不恕也。凡仆所论绝去一切依傍，自名物章句之微，就诗言诗而疑其不出于民间者，于《国风》百六十篇中得八十篇，已得其半矣，放之人情，证之以类推之法，又得二十篇，合之共得百篇，已得八分之五矣。今问先生果能绝去一切倚傍，自名物章句之微，就《诗》言《诗》而的然知其为必出于民间者，凡若干篇？而顾以之见责耶？且因先生之言，真欲令人谓全部《国风》百六十篇，皆不出于民间，其故有二。一则任何时代、任何人之作品，果能就诗言诗，而的然得其主名者，最多度亦不过八分之五。即如先生所作，无论长篇短章，凡此充箱盈箧者，果使涂抹作者姓名，使人绝去一切依傍，就其名物章句之微，而的然知为先生之作者，未必有八分之五也；即使先生不凭记忆，仅仅就其名物章句之微，而的然自知为先生之作者，亦未必有八分之五也。在此情形之下，决不敢谓此充箱盈箧之物，为非先生所作，则亦何妨据此已知之八分之五，而谓《国风》百六十篇，为统治阶级之作乎？次则在阶级制度悬绝之下，统治阶级决不能注意被统治阶级之作品。号称民国，二十四年于兹矣，对于真真民间之作品，注意者几人？收集歌谣，虽蔚成风气，然其起因，实远在千百年之前，而其成绩之溮陋，则无可讳言。流行武汉一带之民间作品，如《二十三年干荒歌》、《当兵开差荐（应作饯）行新调》，以及古寺废垒中'这个军队真好笑，一日要上三遍操'之诗，知识分子能举之者几人？此事亦不足怪。何则？此种作品，本不在其视野以内也。三千年后犹如此，而谓三千年前之统治阶级，已能注意民间作品，而且朝会公谦之时，必赋之以见志，此吾之所不敢信也。果欲主张全部《国风》皆不出于民间者，其理由如此，然追求真理之准则，不得强不知以为知。微先生无以发吾之狂言。"

难者庚曰："文化之演进，民智之腐启，固无间于中外。西方诗体有 Ballad，吾国译之为民歌，民歌之兴，盖在中古时期，其诗四句、八句之后，往往间以合唱之句，体调大抵与《国风》类似，而其多言男女之情，田猎之事，亦约略相同也。故 H. A. Giles 著 *A History of Chinese Literature*，即以此名译《国风》。吾闻西方民歌出于民间，则《国风》亦出于民间，略可知矣。今谓《国风》大多出于统治阶级，衡以西方诗歌演进之途辙，未可谓合也。"

应之曰："中西文学演进之途辙，可以偶合而不必尽合，苟能深考中西诗歌、散文、小说、戏曲演进之途辙者，必能知之。自不得引西方民歌之往事，以为《国风》出于民间之证。《国风》之义，未必与民歌同，译者著笔，偶下一字，亦无从据此冥想，谓为同物也。且所谓民歌出于民间之说，西方亦有放弃而主张民歌不出于民间之说者。CHILD 教授云：'民歌者，原来非下等阶级之产物及其所有物也。'[①] 又云：'事之最显然者，现代最文明之民族，其所有之民歌，大半皆来自曾经此种民歌称述其事迹气运之阶级，所谓上层阶级是也，迨文明既经滋长，即将此种民歌，逐出于曾受高度修养及教育者记忆之中，使之残留而为未受教育者所专有。'[②] 彼之所以为此言者，亦以此种民歌，原无写本，其后乃陆续搜求于

---

① Ballad：*Encyclopaedia Britannica*，1929。
② T. F. Henderson：*Ballad in Literature*，p. 80。

田夫野老之口，始得写定，因言其虽得之于田夫野老，而其最初并不出于田夫野老之故。今西方民歌之搜集，以丹麦为最盛，T. F. Henderson 尝论之云：'在丹麦国中，往者民歌尝为上流社会所爱护，遂以滋长，数百年间，迄为该国文学上及文化上之主要媒介物，此固确可信者。及至民歌大部仅残存于一般民众传说之中，此则殊难认为民歌应有或应当之命运。与其谓为佳事，无宁谓为不幸也'。① 要之民歌不出自民间之说，渐为学者所公认，故一九二九年第十四版《大英百科全书》，备引其论。今必欲拾其已陈之刍狗，来相比附，为《国风》出于民间之证，似亦未之考也。"

六

知《国风》之大半不出于民间，则古今相传之问题，即可得一答案。遗山《陶然集序》所谓"匪我愆期，子无良媒"等什，今既知其确非小夫贱妇之作，则知其所以与于三百五篇之列者，初不因其"满心而发，肆口而成"，特因其出于统治阶级，自不可与遗山所谓"今世小夫贱妇"同视。至于李献吉所谓讴哑呻吟呫嗫咄嗟之作，今日固未尝以之为诗，昔日亦未尝以之为诗也。虽然此其所关者犹浅，请更得而言之。

旧皆以为《国风》之一部，为言民间疾苦之诗，故读《隰有苌楚》之诗，"隰有苌楚，猗傩其枝，夭之沃沃，乐子之无知"章，《诗集传》以为"政烦赋重，人不堪其苦，叹其不如草木之无知而无忧也。"实则《国风》，大、小《雅》中所习见者，乃为统治阶级间利害之冲突，即如此诗所见，亦止为一部分统治阶级之没落，而非被统治阶级之呼号。今以《桧风》论之，《隰有苌楚》之次为《匪风》。首章云："匪风发兮，匪车偈兮，顾瞻周道，中心怛兮！"正可见此不在位之统治阶级，不安于本国之政治状态，而感念当时之共主，于此时期中之被统治阶级无与也。何则？此胼手胝足之人，方呻吟于统治阶级支配之下，因知识之缺乏，未必能知所以致此之故，疾苦颠连，未尝有所觉悟，惟其绝无觉悟，正亦未必呼号，故此三百五篇中所见之疾苦，往往为此一部分统治阶级没落之呼声，观《左传》昭公三年叔向告晏子之言，此种没落之情况，已可概见。叔向云："乐、郤、胥、原、狐、续、庆、伯，降在皂隶。政在家门，民无所依。君日不悛，以乐慆忧。公室之卑，其何日之有！"又云："晋之公族尽矣。肸闻之，公室将卑，其宗族枝叶先落，则公室从之。肸之宗十一族，唯羊舌氏在而已。肸又无子，公室无度，幸而得死。"叔向之语，正可为《国风》下一注脚。乐、郤、胥、原而有诗，必《兔爰》、《权舆》之类也；叔向而有诗，必《蟋蟀》、《山有枢》之类也。然晋大国，虽值中落，犹可自立，若曹、桧之小邦，则统治阶级，稍见杌陧，辄感念天下之共主，此所以有《匪风》、《下泉》之诗也。

既知《国风》之未必出于民间，则一切文学出于民间之论，即无从建立。大抵吾国文学，有出于民间者，《云谣集杂曲子》以及变文、宝卷、话本之类是也。有不必出于民间者，《诗》三百五篇之类是也。《楚辞》之一部，或有疑为当时民间之作者，实则春秋、战国间，楚之文化，殆在中原文化之下，就令《九歌》如王逸所说，本为楚人祠神之歌，亦必出之于彼时负有一部分文化责任之巫觋，与一般之民众无涉。何则？彼时楚之民间，无此素养故也。此种种不同之文学，所由之来路既各异，而其演进之途径，亦必不同。有出于民间而其后为上层阶级所采用，且一经改造，面目迥异者，如《杂曲子》之演进而为令词、慢调，话本之演进而为近代之小说是也。亦有出于上层阶级，而其后为一般民众所采用，凡今日涂墙抹壁之五、七言诗，以及旧日小说中之骈词、偶调，皆是物也。即此以观，斯知各种阶级之

---

① T. F. Henderson: *Ballad in Literature*, p. 96。

各种文学，其相互间之关系，每每成为交流之状态，自不得谓一切文学出于民间，其后各个单位为上层阶级所采用，永永成为一往不复，有去无来之状态。此则又因《国风》之不必出于民间而可知也。

自来相传以为《国风》出于民间，今一旦扩而清之，谓其多为统治阶级之作品。此其事疑若不情，然而"影响剿说，藏头露尾，如贫人借富人之衣，庄农作大贾之饰"，则诚何如一旦扩清之为愈？大抵民间文学之立足点，在将来而不在过去，与其争不可必信之传说，何如作前途无限之展望？吾人果能溯已往以衡来今，则知今后之民间文学，其发展乃正无穷。何则？凡一种阶级能为文学上之表现者，其人必有相当之素养，与最低限度之余裕，而其中又必有格格欲吐，务求一倾而快之情感，然后始能见之于文学。自文体解放以后，劳苦大众已与文字歌曲为长足之接近，而其人又以社会组织之变更，自乡村流入都会，自田间流入工厂，接近知识之机会已多，其生事虽未必较优，然正以此不可终日之生活，更增进其格格欲吐，务求一倾而快之情感，凡此种种文学上必需之条件已略备，一旦其生活略有余暇，无论于文字方面，歌曲方面，定有必然之表现。昔人有言："治世之音安以乐，其政和；乱世之音怨以怒，其政乖。"自今以后，其将何出？吾尝盱衡《诗》三百五篇之作，悬拟未来而有不能尽言者矣。

该文原发表于1932年《武大文哲》季刊。
此处选录于《诗三百篇探故》，上海古籍出版社1981年版。

参考篇目

胡念贻《关于〈诗经〉中大部分是否民歌问题》（《文学遗产增刊》1959年第8辑）

屈万里《论〈国风〉非民间歌谣的本来面目》（《中央研究院历史语言研究所集刊》第34本，1963年版）

顾颉刚《论诗三百篇所录全为乐歌》（《古史辨》第3册，上海古籍出版社，1982年版）

郭沫若《从周代农事诗论到周代社会》（《青铜时代》，人民出版社，1954年版）

闻一多《说鱼》（《闻一多全集》第3卷，湖北人民出版社，1994年版）

褚斌杰《〈诗经〉中的周代天命观及其发展变化》（《古典新论》，湖南人民出版社，2004年版）

第十讲
顾颉刚：《孟姜女故事的转变》

孟姜女的故事，论其年代已经流传了二千五百年，按其地域几乎传遍了中国本部，实在是一个极有力的故事。可惜一班学者只注意于朝章国故而绝不注意于民间的传说，以至失去了许多好的材料。但材料虽失去许多，至于古今传说的系统却尚未泯灭，我们还可以在断编残简之中把它的系统搜寻出来。

孟姜女即《左传》上的"杞梁之妻"，这是容易知道的，因为杞梁之妻哭夫崩城屡见于汉人的记载，而孟姜之夫"范希郎"的一个名字还保存得"杞梁"二字的声音，这个考定可说是没有疑义，于是我们就从《左传》上寻起：

《左传》襄公二十三年传云：

齐侯（齐庄公）还自晋，不入，遂袭莒，门于且于；伤股而退，明日，将复战，期于寿舒。杞殖华还载甲夜入且于之隧，宿于莒郊。明日，先遇莒子于蒲侯氏。莒子重赂之，使无死，曰："请有盟！"华周对曰，"贪货弃命，亦君所恶也，昏而受命，日未中而弃之，何以事君！"莒子亲鼓之，从而伐之，获杞梁，莒人行成。

齐侯归，遇杞梁之妻于郊，使吊之。辞曰："殖之有罪，何辱命焉！若免于罪，犹有先人之敝庐在，下妾不得与郊吊！"齐侯吊诸其室。

这是说，齐侯打莒国，杞梁华周（即杞殖华还，当是一名一字）作先锋，杞梁打死了。齐侯回去时，在郊外遇见他的妻子，向她吊唁，她不以郊吊为然，说道："若杞梁有罪，也不必吊；倘使没有罪，他还有家啊，我不应该在郊外受你的吊。"齐侯听了她的话，便到他的家里去吊了。在这一节上，我们只看见杞梁之妻是一个谨守礼法的人，她虽在哀痛的时候，仍能以礼处事，神智不乱，这是使人钦敬的。至于她在夫死之后如何哀伤，《左传》上一点没有记出。她何以到了郊外，是不是去迎接她的丈夫的灵柩，《左传》上也没有说明，华周有没有和杞梁同死，在《左传》上的确也看不出来。

这是公元前 549 年的事。从此以后，这事就成了一件故事，这件故事在当时如何扩张，如何转变，可惜我们现在已经无从知道。

过了二百年，到战国的中期，有《檀弓》一书（今在《小戴礼记》中，大约是孔子的三四传弟子所记）出世。这书上所记曾子的说话中也提着这一段事：

哀公使人吊蒉尚，遇诸道，辟于路，画宫而受吊焉。曾子曰："蒉尚不如杞梁之妻之知礼也！齐庄公袭莒于夺（夺即隧），杞梁死焉。其妻迎其柩于路而哭之哀。庄公使人吊之。对曰：'君之臣不免于罪，则将肆诸市朝而妻妾执。君之臣免于罪，则有先人之敝庐在，君无所辱命！'"

这一段话较《左传》所记的没有什么大变动，只增加了"其妻迎其柩于路而哭之哀"一语。但这一语是极可注意的。它说明她到郊外为的是迎柩，在迎柩的时候哭得很哀伤。《左传》上说的单是礼法，这书上就涂上感情的色彩了。这是很重要的一变，古今无数孟姜女的故事都是在这"哭之哀"的三个字上转出来的。

比《檀弓》稍后的记载，是《孟子》上记的淳于髡的话：

> 淳于髡曰："……昔者王豹处于淇，而河西善讴；绵驹处于高唐，而齐右善歌；华周杞梁之妻善哭其夫而变国俗。有诸内，必形诸外。为其事而无其功者，髡未尝睹之也。……"（《告子》下）

在这一段上，使得我们知道齐国人都喜欢学杞梁之妻（华周之妻，或在那时的故事中亦是一个善哭的人，或华周二字只是牵连及之，均不可知；但在这件故事中无关重要，我们可以不管）的哭调，成了一时的风气。又使得我们知道杞梁之妻的哭，与王豹的讴、绵驹的歌，处于同等的地位，一样的流行。我们从此可以窥见这件故事所以能够流传的缘故，齐国歌唱的风气确是一个有力的帮助。

于是我们去寻战国时歌唱中哭调的记载，看除了杞梁之妻外，再有何人以此擅名的。现在已得到的，是以下数条：

> 雍门子以哭见于孟尝君。已而陈辞通意，抚心发声，孟尝君为之增欷歔悒，流涕狼戾不可止。（《淮南子·览冥训》）
>
> 韩娥秦青薛谭之讴，侯同曼声之歌，愤于志，积于内，盈而发音，则莫不比于律而和于人心。（《淮南子·氾论训》）
>
> 薛谭学讴于秦青，未穷青之技，自谓尽之，遂辞归，秦青弗止，饯于郊衢，抚节悲歌，声振林木，响遏行云。薛谭乃谢求反，终身不敢言归。秦青顾谓其友曰："昔韩娥东之齐，匮粮，过雍门，鬻歌假食，既去而余音绕梁欐，三日不绝，左右以其人弗去。过逆旅，逆旅人辱之。韩娥因曼声哀哭。一里（一本作十里）老幼悲愁，垂涕相对，三日不食。遽而追之。娥还，复为曼声长歌。一里老幼喜跃抃舞，弗能自禁，忘向之悲也。乃厚赂发之。故雍门之人至今善歌哭，放娥之遗声。"（《列子·汤问篇》。《列子》一书虽伪，但它原是集合战国时诸书而成，故此条可信为战国的记载。）

这三段中，都很明白的给与我们以"齐人善唱哭调"的史实。雍门，高诱、杜预都说是齐城门；雍门的人既因韩娥而善哭，雍门子周（《说苑》名周）又以善哭有名，可见齐都城中的哭的风气的普遍。秦青、薛谭之讴，淮南既说其"愤于志，积于内"，薛谭的学讴又因秦青的"扶节悲歌"而不归，又可见他们所作的歌讴也多带有愤悱悲哀的风味的。用现在的歌唱来看，悲歌哀哭秦腔为最。秦腔中用"哭头"（唱前带哭的一呼，不用音乐的补助）处极多，凄清高厉，声随泪下，足使听客欷歔不欢。齐国中既通行一种哭调，而淳于髡又说这种哭调是因杞梁之妻的善哭其夫而相习以成风气的，那么，我们可以怀疑这话的"倒果为因"了。杞梁之妻在夫亡之后，《左传》上绝没有说到她哭，绝没有提到她悲伤，而战国时的书上忽有她"哭之哀"记载，忽有她"善哭而变国俗"的记载，而战国时正风行着这种哭调，又正有韩娥、秦青、雍门周一班善唱哭调的歌曲家出来，这岂不是杞梁之妻的哭调中有韩娥、秦青、雍门周的成分在内吗？又岂不是杞梁之妻的故事中所加增的哀哭一段事是战国时音乐界风气的反映吗？《淮南子·修务训》云：

> 邯郸师有出新曲者，托之李奇；诸人皆争学之。后知其非也，而皆弃其曲。

邯郸师为什么要这样呢？《修务训》在前面说明道：

> 世俗之人多尊古而贱今，故为道者必托之于神农黄帝而后能入说。乱世暗主高远其所从来，因而贵之，为学者蔽于论而尊其所闻，相与危坐而称之，正领而诵之。

读此，可知音乐界的"托古改制"，与政治界原无二致，为的是要引人注意，受人的尊敬。所以杞梁之妻的哭和她的哭的变俗，很有出于韩娥一辈人所为的可能。既不是韩娥一辈人所托，也尽有听者把他们的哭调与杞梁之妻的故事混合为一的可能。何以故？歌者和听者对于杞梁之妻的观念，原即是世主和学者对于神农黄帝的观念。

用了这个眼光去看战国和西汉人对于杞梁之妻的赞歌和称述，没有不准的。上文所举的两段战国时的话——"哭之哀"和"善哭而变国俗"——不用说了，我们再去看西汉人的说话。

《韩诗外传》的作者韩婴，是西汉文景时人，外传上（卷六）引淳于髡的话，作：

> 杞梁之妻悲哭，而人称咏。

"称咏"即是歌吟。这是说把她的悲哭作为歌吟。

《文选》所录古诗十九首中的第五首，《玉台新咏》（卷一）归入枚乘《杂诗》第一首。枚乘亦是西汉文景时人。诗云：

> 西北有高楼，上与浮云齐，
> 交疏结绮窗，阿阁三重阶。
> 上有弦歌声，音响一何悲？
> 谁能为此曲，无乃杞梁妻？
> 清商随风发，中曲正徘徊，
> 一弹再三叹，慷慨有余哀。
> 不惜歌者苦，但伤知音稀，
> 愿为双鸣鹤，奋翅起高飞！

这写一个路人听着高楼上的弦歌声而凝想道，"哪一位能唱出这样悲伤慷慨的歌呢？恐怕是杞梁之妻吧？"他叙述这歌声道："清商随风发"，"慷慨有余哀"，可见这种歌声是很激越的。又说"中曲正徘徊，一弹再三叹"（叹，是和声），可见这种歌声很缓慢的，羡声很多的，与"曼声哀哭"的韩娥之声如出一辙。

王褒是西汉宣帝时人。他做的洞箫赋（《文选》卷十七）形容箫声的美妙道：

> 钟期、牙、旷怅然而愕立兮；杞梁之妻不能为其气！

钟子期、伯牙、师旷是丝乐方面著名的人。杞梁之妻是歌曲方面著名的人。他形容箫声的美，说它甚至使得钟子期等愕立而不敢奏，杞梁之妻失气而不敢歌。在此。可见杞梁之妻的歌是以"气"擅长的。这亦即是"曼声"之义。曼声，是引声长吟；长吟必须气足，故云

"为其气"。十年前，我曾见秦腔女伶小香水的戏，她善长哭头，有一次演《烧骨记》，一个哭头竟延长至四五分钟，高亢处如潮涌，细沉处如泉滴，把怨愤之情不停地吐出，愈久愈紧练，愈紧练愈悲哀，不但歌者须善于运气，即听者的吸息亦随着她的歌声在胸膈间荡转而不得吐。现在用来想象那时的杞梁妻的歌曲，觉得甚是亲切。

所以杞梁之妻的故事的中心，在战国以前是不受郊吊，在西汉以前是悲歌哀哭。

在西汉的后期，这个故事的中心又从悲歌而变为"崩城"了。

第一个叙述崩城的事的人，就现在所知的是刘向。他在《说苑》里说：

> 杞梁华舟进斗，杀二十七人而死。其妻闻之而哭，城为之阤，而隅为之崩。（《立节篇》）
> 昔华舟杞梁战而死，其妻悲之，向城而哭，隅为之崩，城为之阤。（《善说篇》）

叙述得较详细的，是他的《列女传》（卷四，《贞顺传》）。这书里说：

> 庄公袭莒，殖战而死。庄公归，遇其妻，使使者吊之于路，杞梁妻曰："令殖有罪，君何辱命焉！若令殖免于罪，则贱妾有先人之敝庐在，下妾不得与郊吊！"于是庄公乃还车诣其室，成礼，然后去。
> 杞梁之妻无子，内外无五属之亲。既无所归，乃就（一本作枕）其夫之尸于城下而哭之。内诚感人，道路过者莫不为之挥涕。十日（一本作七日）而城为之崩。既葬曰："吾何归矣！夫妇人必有所倚者也：父在则倚父，夫在则倚夫，子在则倚子。今吾上则无父，中则无夫，下则无子，内无所依以见吾诚，外无所依以立吾节，吾岂能更二哉！亦死而已！"遂赴淄水而死。
> 君子谓杞梁之妻贞而知礼。诗云："我心伤悲，聊与子同归。"

下面颂她道：

> 杞梁战死，其妻收丧。
> 齐庄道吊，避不敢当。
> 哭夫于城，城为之崩。
> 自以无亲，赴淄而薨。

其实刘向把《左传》做上半篇，把当时的传说做下半篇，二者合而为一，颇为不伦。因为春秋时知识阶级之所以赞美她，原以郊外非行礼之地，她能却非礼的吊，足见她是一个很知礼的人；现在说她"就其夫之尸于城下而哭"，难道城下倒是行礼的地方吗？一哭哭了十天，以至城崩身死，这更是礼法所许的吗？礼本来是节制人情的东西，它为贤者抑减其情，为不肖者兴起其情，使得没有过与不及的弊病，所以《檀弓》上说道：

> 弁人有其母死而孺子泣者。孔子曰："哀则哀矣，而难为继也。夫礼，为可传也，为可继也。故哭踊有节。"（《檀弓》上）
> 子游曰，"……直情而径行者，戎狄之道也。礼道则不然。"（《檀弓》下）
> 孔子恶野哭者（《檀弓》上）。郑玄注："为其变众。周礼：衔枚氏'掌禁野叫呼叹鸣于国中者，行歌哭于国中之道者'。"陈皓注："郊野之际，道路之间，哭非其地，又且仓卒行之，使人疑骇，故恶之也。"

由此看来，杞梁之妻不但哭踊无节，纵情灭性，为戎狄之道而非可继之礼，并且在野中叫呼，使人疑骇，为孔子所恶而衔枚氏所禁。她既失礼，又犯法，岂非和"知礼"二字差得太远了！况且中国之礼素严男女之防，非惟防着一班不相干的男女，亦且防着夫妇。所以在礼上，寡妇不得夜哭，为的是犯"思情性"（性欲）的嫌疑。鲁国的敬姜是春秋战国时人都称为知礼的，试看她的行事：

> 穆伯（敬姜夫）之丧，敬姜昼哭。文伯（敬姜子）之丧，昼夜哭（《国语》作暮哭）。孔子曰："知礼矣！"（陈注："哭夫以礼，哭子以情，中节矣。"）
> 文伯之丧，敬姜据其床而不哭，曰："……今及其死也，朋友诸臣未有出涕者，而内人（妻妾）皆行哭失声。斯子也，必多旷于礼矣夫！"（以上《檀弓》下）
> 公父文伯卒，其母戒其妾曰："吾闻之，'好内，女死之'。……今吾子夭死，吾恶其以好内闻也。二三妇……请无瘠色，无洵涕，无捐膺，无忧容，……是昭吾子也！"仲尼闻之曰："……公父氏之妇智也夫！欲明其子之令德。"（《国语·鲁语》下）

由此看来，杞梁之妻不但自己犯了"思情性"的嫌疑，并且足以彰明其丈夫的"好内"与"旷礼"，将为敬姜所痛恨而孔子所羞称。这样的妇人，到处犯着礼法的愆尤，如何配得列在"贞顺"之中？如何反被《檀弓》表彰了？我们在这里，应当说一句公道话：这崩城和投水的故事，是没有受过礼法熏陶的"齐东野人"（淄水在齐东）想象出来的杞梁之妻的悲哀，和神灵对于她表示的奇迹，刘向误听了"野人"的故事，遂至误收在"君子"的列女传。但他虽误听误收，而能使得我们知道西汉时即有这种的传说，这是应当对他表示感谢的。

从此以后，大家一说到杞梁之妻；总是说她哭夫崩城，把"却郊吊"的一事竟忘记了——这本是讲究礼法的君子所重的，和野人有什么相干呢！

王充是东汉初年的一个大怀疑家，他欢喜用理智去打破神话。他根本不信有崩城的事，所以他在《论衡·感虚篇》中驳道：

> 传书言杞梁氏之妻向城而哭，城为之崩。此言杞梁从军不还，其妻痛之，向城而哭，至诚悲痛，精气动城，故城为之崩也。夫言向城而哭者，实也；城为之崩者，虚也。夫人哭悲莫过雍门子，雍门子哭对孟尝君，孟尝君为之于邑。盖哭之精诚，故对向之者悽怆感动也。夫雍门子能动孟尝之心，不能感孟尝衣者，衣不知恻怛，不以人心相关通也。今城，土也，士犹衣也，无心腹之藏，安能为悲哭感动而崩！使至诚之声能动城士，则其对林木哭能折草破木乎？向水火而泣能涌水灭火乎？夫草木水火与土无异，然杞梁之妻不能崩城明矣。或时城适自崩，杞梁妻适哭下，世好虚，不原其实，故崩城之名至今不灭。

他不以故事的眼光看故事，而以实事的眼光看故事，他知道"城为之崩"是虚，而不知道他所认为实事的"向城而哭"亦即由崩城而来，这不能不说是他的错误。至于"城适自崩，杞梁妻适哭下"，欲为理性的解释，反而见其多事。但我们在这里，也可知道一点传说流行，大家倾信的状况。（《变动篇》中也有驳诘的话。不复举。）

东汉的末年，蔡邕推原胡琴曲的本事，著有《琴操》一书，这书中（卷下）载着一段"苎（即杞）梁妻叹"的故事。苎梁妻叹是琴曲名，是琴师作曲以状杞梁之妻的叹声的，但他竟说是杞梁之妻自做的了。原文如下：

> 芑梁妻叹者，齐邑芑梁殖之妻所作也。庄公袭莒，殖战而死。妻叹曰："上则无父，中则无夫，下则无子，外无所依，内无所倚，将何以立！吾节岂能更二哉？亦死而已矣！"于是乃援琴而鼓之曰：
>
> 乐莫乐兮新相知！
> 悲莫悲兮生别离！
> 哀感皇天城为堕！
>
> 曲终，遂自投淄水而死。

这一段故事虽是和《列女传》所记差不多，但有很奇怪的地方。她死了丈夫不哭，反去鼓琴，有类于庄子的妻死鼓盆而歌。歌凡三句：上二句是《楚辞·九歌》"少司命"一章中语，似乎和他们夫妇的事实不切；下一句是自己说"我的哀可以感动皇天，使城倒堕"，堕城只是口中所唱之辞。歌曲一完，她就投水死了，也没有十日或七日的话。把它和《列女传》相较，觉得《列女传》的杞梁妻太过费力，而《琴操》的杞梁妻则太过飘逸了。

自东汉末以至六朝末，这四百余年之中，这件故事的中心——崩城——没有什么改变，看以下诸语可见：

> 邹衍匹夫，杞氏匹妇，尚有城崩霜陨之异。（《后汉书》卷五十七刘瑜传）
> 臣伏以为犬马之诚不能动人，譬人之诚不能动天。崩城陨霜，臣初信之；以臣心况，徒虚语耳。（《文选》卷三十七，曹植《求通亲亲表》）
> 贞夫沦莒役，杜吊结齐君。惊心眩白日，长洲崩秋云。精微贯穹旻，高城为颓坟。（《乐府诗集》卷七十三，宋吴迈远杞梁妻）

以前只是说崩城，到底崩的是哪地方的城，还没有提起过。西晋崔豹的《古今注》（卷中）首说是杞都城。

> 杞梁妻，杞植妻妹明月之所作也。杞植战死，妻叹曰："上则无父，中则无夫，下则无子，生人之苦至矣！"乃抗声长哭，杞都城感之而颓，遂投水而死。其妹悲其姊之贞操，乃为作歌，名曰《杞梁妻》焉。

这一段以杞殖作"杞植"，又忽然跑出一个妻妹明月来作曲（这或因夫死不应鼓琴之故），与蔡邕《琴操》说不同，暂且不论。最奇怪的，是"杞都城感之而颓。"杞梁只是姓杞，并非杞君，他和杞都城有什么相关？况杞国在今河南开封道中间的杞县，莒国在今山东济宁道东北的莒县，两处相去千里，何以会得杞梁战死于莒国而其妻哭倒了杞城？这分明是杞地的人要拉拢杞梁夫妇做他们的同乡先哲，所以立出这个异说。

在后魏郦道元的《水经注》（卷二十六沭水条莒县）中，却说所崩的城是莒城：

> 沭水……东南过莒县东。……《列女传》曰"……妻乃哭于城下，七日而城崩"，故《琴操》云"……哀感皇天，城为之坠"，即是城也。其城三重，并悉崇峻；惟南开一门，内城方十二里，郭周四十余里。

杞梁之妻所哭倒的，无论是东汉人没有指实的城，是崔豹的杞城，是郦道元的莒城，总之在中国的中部，不离乎齐国的附近。杞梁夫妇的事实，无论如何改变，他们也总是春秋时的人，齐国的臣民。谁知到了唐朝，这个故事竟大变了！最早见的，是唐末诗僧贯休的《杞梁妻》：

> 秦之无道兮四海枯，
> 筑长城兮遮北胡。
> 筑人筑土一万里，
> 杞梁贞妇啼呜呜。
> 上无父兮中无夫，
> 下无子兮孤复孤。
> 一号城崩塞色苦，
> 再号杞梁骨出土。
> 疲魂饥魄相逐归，
> 陌上少年莫相非！①

这诗有三点可惊人的：
（1）杞梁是秦朝人。
（2）秦筑长城，连人筑在里头，杞梁也是被筑的一个。
（3）杞梁之妻一号而城崩，再号而其夫的骸骨出土。

这首诗是这件故事的一个大关键。它是总结"春秋时死于战事的杞梁"的种种传说，而另开"秦时死于筑城的范郎"的种种传说的。从此以后，长城与他们夫妇就结成了不解之缘了。

这件故事所以会得如此转变，当然有很多复杂的原因在内。就我所推测得到的而言，这原因至少有二种：一是乐府中《饮马长城窟行》与《杞梁妻歌》的合流；一是唐代的时势的反映。

《饮马长城窟行》最早的一首（即"青青河畔草，绵绵思远道"之篇），《文选》上说是古辞，《玉台新咏》说是蔡邕所作。此说虽未能考定，但看乐府诗集（卷三十八）此题下所录诗有魏文帝、陈琳……直至唐末十六家的作品，便可知道这种曲调是三国六朝以至唐代一直流行的。他们所咏的大概分两派，雄壮的是杀敌凯还，悲苦的是筑城惨死。建筑长城的劳苦伤民，虽战国秦汉间的民众作品并无流传，但这原是想象得到的。（《水经注》引杨泉《物理论》云："秦筑长城，死者相属，民歌曰：'生男慎勿举……'其冤痛如此。"杨泉是晋代人，这四句歌恐即由陈琳诗传讹，故不举。）三国时陈琳所作，即属于悲苦的方面。诗云：

> 饮马长城窟，水寒伤马骨。……
> 长城何连连，连连三千里。
> 边城多健少，内舍多寡妇。
> 作书与内舍，"便嫁莫留住！
> 善事新姑嫜，时时念我故夫子！"
> 报书往边地，"君今出语一何鄙！
> 身在祸难中，何为稽留他家子！
> 生男慎莫举，生女哺用脯。

---

① 见《乐府诗集》卷七十三，尚未检他的《禅月集》。

>君独不见长城下，死人骸骨相撑柱！
>结发行事君，慊慊心意关。
>明知边地苦，贱妾何能久自全！"

这说的是夫妇惨别之情，虽没有说出人名，但颇有成为故事的趋势。唐代王翰作此曲，其下半篇云：

>回来顾马长城窟，长城道旁多白骨。
>问之耆老何代人，云是秦王筑城卒。
>黄昏塞北无人烟，鬼哭啾啾声沸天。
>无罪见诛功不赏，孤魂流落此城边。

这把长城下的白骨，指明是秦王的筑城卒了。《乐府诗集》又有僧子兰一诗，子兰不知何时人，看集上把他放在王建之后，或是晚唐人。诗云：

>游客长城下，饮马长城窟。
>马嘶闻水腥，为浸征人骨。
>岂不是流泉，终不成潺湲。
>洗尽骨上土，不洗骨中冤。
>骨若不流水，四海有还魂。
>空流呜咽声，声中疑是言。

这更是把陈琳的"君独不见长城下，死人骸骨相撑柱"一语发挥尽致。拿这几篇与贯休的《杞梁妻》合看，真分不出是两件事了。它们为什么会得这般的接近？只因古诗的乐府，原即现在的歌剧，流传既广，自然容易变迁。《饮马长城窟行》本无指实的人，恰好杞梁之妻有崩城的传说，所以就使她做了"贱妾何能久自全"的寡妇，来一吐"鬼哭啾啾声沸天"的怨气。于是这两种歌曲中的故事就合流而成一系了。

  唐代的时势怎样呢？那时的武功是号为极盛的，太宗高宗玄宗三朝，东伐高丽、新罗，西征吐蕃、突厥，又在边境设置十节度使，带了重兵，垦种荒田，防御外蕃，兵士终年勤劳于外，他们的悲伤，看杜甫的《兵车行》《新婚别》诸诗均可见。他们离家之后，他们的夫人所度的岁月，自然更是难受。他们魂梦中系恋着的，或是在"玉门关"，或是在"辽阳"，或是在"渔阳"，或是在"黄龙"，或是在"马邑，龙堆"，反正都是在这延亘数千里的长城一带。长城这件东西，从种族和国家看来固然是一个重镇，但闺中少妇的怨愤所归，她们看着便与妖孽无殊。谁人是逞了自己的野心而造长城的？大家知道是秦始皇。谁人是为了丈夫惨死的悲哀而哭倒城的？大家知道是杞梁之妻。这两件故事由联想而并合，就成为"杞梁妻哭倒秦始皇的长城"。于是杞梁遂非做了秦朝人而去造长城不可了！她们再想，杞梁妻何以要在长城下哭呢？长城何以为她倒掉呢？这一定是杞梁被秦始皇筑在长城之下，必须由她哭倒了城，白骨才能出土。于是遂有"筑人筑土一万里"，"再号杞梁骨出土"的话流传出来了！她们大家有一口哭倒长城的怨气，大家想借着杞梁之妻的故事来消自己的块垒，所以杞梁之妻就成为一个"丈夫远征不归的悲哀"的结晶体。

  在这等征战和徭役不息的时势之中，所有的故事，经着那时人的感情的渲染和涂饰，都容易倾向到这一方面。我们再可以寻出一个卢莫愁，做杞梁之妻的故事的旁证。

莫愁，是六朝人诗中的一个欢乐的女子，这个意义单看她的名字已甚明白。《玉台新咏》（卷九）载歌词一首（《乐府诗集》作梁武帝《河中之水》歌）云：

> 河中之水向东流，洛阳女儿名莫愁。
> 莫愁十三能织绮，十四采桑南陌头；
> 十五嫁为卢家妇，十六生子字阿侯。
> 卢家兰室桂为梁，中有郁金苏合香。
> 头上金钗十二行，足下丝履五文章。
> 珊瑚挂镜烂生光，平头奴子提履箱。
> 人生富贵何所望，恨不嫁与东家王！

这写得莫愁的生活豪华极了，福气极了。但试看唐代沈佺期的古意：

> 卢家少妇郁金堂，海燕双栖玳瑁梁。
> 九月寒砧催木叶，十年征戍忆辽阳。
> 白狼河北音书断，丹凤城南秋夜长。
> 谁为含愁独不见，更教明月照流黄？

照这样说，她便富贵的分数少，而边思闺怨的分数多了。"莫愁"当可变成"多愁"，何况久已负了悲哭盛名的杞梁之妻呢！

所以从此以后，杞梁妻的故事的中心就从哭夫崩城变而为"旷妇怀征夫"。

较贯休时代稍后的马缟（五代后唐时人），他做的《中华古今注》是根据崔豹的《古今注》的。他的书不过推广崔书，凡原来所有的几乎一个字也没有改。所以他们的"杞梁妻"一条（卷下）也因袭着崔书。但即使因袭，终究因时代的不同，传说的鼓荡而生出的一点改变，他道：

> 《杞梁妻歌》，杞梁妻妹朝日之作也。杞植战死，妻曰："上无考，中无夫，下无子，人之苦至矣！"乃抗声长哭。长城感之颓。遂投水而死。其妹悲姊之贤贞操，乃为作歌，名曰《杞梁妻贤》。……

这和崔豹书有三点不同：（1）杞梁妻妹的名字由"明月"改作"朝日"了。（2）歌名不曰《杞梁妻》而曰《杞梁妻贤》（这"贤"字或系"焉"字之误）。（3）哭倒的城不曰"杞都城"而曰"长城"。妹名和歌名不必计较，城名则甚可注意。杞梁之妻哭夫于莒齐之间，杞城感之而倒已是可怪，怎么隔了二千里的长城又会闻风而兴起呢？杞梁战死的时候，不但秦无长城，即齐国和其他各国也没有长城。怎么因了她的哭而把未造的城先倒掉了呢？我们在此，可以知道杞梁之妻哭倒长城，是唐以后一致的传说，这传说的势力已经超过了经典，所以对于经典的错迕也顾不得了。

北宋一代，她的故事的样式如何，现在尚没有发现材料，无从知道。南宋初，郑樵在他的《通志·乐略》中曾经论到这事。他道：

> 《琴操》所言者何尝有是事！琴之始也，有声无辞，但善音之人欲写其幽怀隐思而无所凭依，故取古之人悲忧不遇之事而以命操，或有其人而无其事，或有其事而非其人，或得古人之影响从而滋蔓之。君子之所取者但取其声而已。……又如稗官之流，其理只在唇

215

舌间，而其事亦有记载。虞舜之父、杞梁之妻，于经传所言者不过数十言耳，彼则演成万千言……。顾彼亦岂欲为此诬罔之事乎！正为彼之意向如此，不说无以畅其胸中也。

这真是一个极闳通的见解，古今来很少有人把这样正当的眼去看歌曲和故事的。可惜"演成万千言"的"杞梁之妻"今已失传，否则必可把唐代妇人的怨思悲愤之情从"畅其胸中"的稗官的口里留得一点。

较《通志》稍后出的是《孟子疏》，《孟子疏》虽署着北宋孙奭的名字，但经朱熹的证明，这是一个邵武士人做了而假托于孙奭的，这人正和朱熹同时。他的书非常浅陋，有许多通常的典故也都未能解出，却敢把流行的传说写在里面，冒称出于《史记》。如离娄篇"西子蒙不洁"章，他疏云：

案《史记》云，"西施每入市，人愿见者先输金钱一文。"

这便是《史记》上所没有的。这样著书，在学问上真是不值一笑，但在故事的记载上使得我们知道宋代时对于西施曾有这样的一个传说。这个传说中的看西施正和现在到上海大世界看"出角仙人"一样，这是非常可贵的。他能如此说西施，便能如此说杞梁之妻。所以他说：

或云，齐庄公袭莒，战而死。其妻孟姜向城而哭城为之崩。

杞梁之妻的大名到这时方才出现了，她是名孟姜！这是以前的许多书上完全没有提起过的。自此以后，这二字就为知识阶级所承认，大家不称她为"杞梁之妻"而称她为"孟姜"了。

孟姜二字怎么样出来的，这也是值得去研究的。周代时妇人的名字，大都把姓放在底下，把排行或谥法放在上面。如"孟子"、"季姬"，便是排行连姓的。如"庄姜"、"敬嬴"，便是谥法连姓的。孟姜二字，孟是排行，姜是齐女的姓，译作现在的白话，便是"姜大姑娘"。这确是周代人当时惯用的名字，为什么到了南宋才始由民众传说中发见出来？

在《诗经》的《鄘风·桑中》篇，有以下的一章：

爰采唐矣，沫之乡矣。
云谁之思？美孟姜矣。
期我乎桑中，要我乎上宫，送我乎淇之上矣。

又《郑风·有女同车》篇二章中，也都说到孟姜：

有女同车，颜如舜华。
将翱将翔，佩玉琼琚。
彼美孟姜，洵美且都！
有女同行，颜如舜英。
将翱将翔，佩玉将将。
彼美孟姜，德音不忘！

姚际恒在《诗经通论》（卷五）里解释道：

> 是必当时齐国有长女美而贤,故诗人多以孟姜称之耳。

这话甚为可信。依他的解释,当时齐国必有一女子,名唤孟姜,生得十分美貌。因为她的美的名望大了,所以私名变成了通名,凡是美女都被称为孟姜。正如西施是一个私名,但因为她极美,足为一切美女的代表,所以这二字就成为美女的通名。(现在烟店里的美女唤做烟店西施,豆腐店里的美女,唤做豆腐西施——江、浙一带如此,未知他处然否。)又嫌但言孟姜,她的美还不显明,故在上面再加一个"美"字,唤做"美孟姜"。如此,则"美孟姜"即为美女之意更明白了。孟姜本为齐女之名,但《鄘风》也有,《郑风》也有,可见此名在春秋时已传播得很远。以后此二字虽不见于经典,但是诗歌中还露出一点继续行用的端倪。如汉诗《陇西行》(《玉台新咏》卷一)云:

> 好妇出迎客,颜色正敷愉,……取妇得如此,齐姜亦不如!

又曹植《妾薄命行》(《玉台新咏》卷九)云:

> 御巾挹粉君傍,中有霍纳都梁,鸡舌五味杂香。进者何人,齐姜,恩重爱深难忘。

可见在汉魏的乐府中,"齐姜"一名又成了好妇美女的通名,则孟姜二字在秦汉以后民众社会的歌谣与故事中继续行用,亦事之常。杞梁是齐人,他的妻又是一个有名的女人(有名的女子必有被想象为美女的可能性)。后人用了孟姜一名来称杞梁之妻,也很是近情。这个名字,周以后潜匿在民众社会中者若干年;直到宋代,才给知识阶级承认而重见于经典。孟姜成了杞梁之妻的姓名,于是通名又回复到私名了。

〔附记〕作者近日事务非常冗忙,为践专号的宿诺,勉强抽出三天工夫,匆促作成这半篇。以下半篇,得暇即做。但说不定何日有暇,续文下期如能登出,那是最好。但不能登出亦是在意料中的,请读者原谅!

再,读者如有材料供给我,请送本校三院研究所国学门歌谣研究会较交。

1924 年 11 月 19 日

[附]

孟姜女故事研究①

一、孟姜女故事历史的系统

（1）此故事最早见的，是《左传》。襄公二十三年（前549）传说，齐将杞梁在莒国战死；齐侯回来，在郊中遇见杞梁之妻，使吊之。她以为郊中不是吊丧的地方，把他却去。因此齐侯到她的家里吊了。在这一段记载里，只见得她是一个知礼的妇人。还有和杞梁同战的华还结果如何，书上没有记载。

（2）次见的是《檀弓》。它引曾子的话道："杞梁死，其妻迎其柩于路而哭之哀。"这是说明她遇见齐侯为的是迎柩；"哭之哀"三字又涂上了感情的色彩了。

（3）其次是《孟子》上的淳于髡的话。他道："王豹处于淇而河西善讴，绵驹处于高唐而齐右善歌，华周杞梁之妻善哭其夫而变国俗。"他把杞梁妻的哭和王豹绵驹的歌讴同举，并说因她的哭夫而变了国俗，可见齐国唱她的哭调的风气是很盛行的。据战国时的记载，雍门周以哭见孟尝君，孟尝君为之流涕狼戾；韩娥过雍门，曼声哀哭，一里老幼悲愁，其后雍门人善放娥之遗声：可见齐都中人的好唱哭调原是战国时的风气。所以我们可以怀疑淳于髡这话是倒果为因的：因为齐国有此风气，所以成了杞梁之妻的哭；她的哭中原有韩娥们的成分，她的故事中加入的哀哭一段事原是战国时音乐界风气的反映。

（4）在西汉时，她的故事依然向着这方面发展。枚乘杂诗说："上有弦歌声，音响一何悲？谁能为此曲，无乃杞梁妻？"王褒洞箫赋形容箫声的妙，说："钟期牙旷怅然而愕立兮，杞梁之妻不能为其气。"

（5）到西汉的后期，这个故事的中心忽从悲歌而变为崩城。刘向在《说苑》及《列女传》中都说她在夫死后向城而哭，城为之崩；《列女传》中并说她因无人可靠，赴淄水而死。这样的任性迳行，和却郊吊的知礼的态度大不相同，刘向采入书中，可见"齐东野人"的传说的力量胜过了经典中的记载了。

（6）她哭崩的城的所在，东汉初年王充《论衡》里首说是杞城，并说给她哭崩了五丈（变动篇）。杞国当杞梁死时是在缘陵（今山东昌乐县），离临淄很近，从莒到齐可以经过，这说如当实事看也说得通。顺从这一说的，有东汉末邯郸淳说的"杞崩城隅"（《曹娥碑》），西晋时崔豹说的"杞都城感之而颓"（《古今注》）。

（7）三国时，她的故事忽然出了一个非常可怪之论。曹植在《黄初六年令》中说"杞妻哭梁，山为之崩"，又于《精微篇》中说"杞妻哭死夫，梁山为之倾"，可见那时有她哭崩梁山的传说。这种传说在王充时还没有，所以他驳崩城之说时尚说："哭能崩城，复能坏山乎！"他从大处极力地一驳，哪知不久就从他驳诘的理由中生出了新的传说来了。梁山崩是春秋时的一件大事（成公五年，纪元前586），当然在山陕间可以构成一种传说。这种传说和杞妻的传说结合，主要的理由固然为了她的哀哭的感天，但一半也因了杞梁的字"梁"，与杞梁的氏"杞"而崩杞城一样。这种传说似乎并不普遍（曹植文中既说"崩山陨霜"，又说"崩城陨霜"），后来便歇绝了。李白诗中虽有"梁山感杞妻，恸哭为之倾"（《东海有勇

---

① 古史辨自序中删去之一部分。

妇》）的话，说不定他是沿袭曹植所用的典故。（清韩城县志云，"孟姜女祠在大崩邨，今废，"或是这件故事的尾声。）

（8）东汉末，蔡邕著的《琴操》有《杞梁妻叹》一曲，这是第一次把她的歌辞写出的。歌道："乐莫乐兮新相知！悲莫悲兮生别离！哀感皇天城为堕！"上二句是楚辞少司命中语，下一句是她自己说堕城，都很奇突。此后叙述她的歌曲的，有西晋崔豹《古今注》和五代马缟《中华古今注》。崔豹说此歌是她的妹明月所作，马缟说是她的妹朝日所作。

（9）后魏郦道元在《水经注》中说她哭崩的城是莒城（沭水条）。这或因《列女传》中有"枕其夫之尸于城下而崩"的话，杞梁既死于莒，其妻也应该到莒去哭，所以由他自己改定的。这句话因为没有传说在背后衬托，所以没有势力；只有明杨仪及清王照圆一班读书人才在《明良记》和《列女传》注中引了。

（10）《同贤记》[不知何人撰，见《琱玉集》引；日本写本《琱玉集》题天平十九年，即唐玄宗天宝六年（747），可见此书是中唐以前人所作，《同贤记》又在其前]说燕人杞良避始皇筑长城之役，逃入孟超后园，孟超女仲姿浴于池中，仰见之，请为其妻。杞良辞之，她说："女人之体不得再见丈夫"，就告知父亲嫁他。夫发礼毕，良回作所，主典怒其逃走，打杀之，筑城内，仲姿既知，往向城哭。死人白骨交横，不能辨别，乃刺指血滴白骨，云，"若是杞良骨者，血可流入"。沥至良骸，血迳流入！便收归葬之。这个记载比较了以前的传说顿然换了一副新面目。第一，它把杞梁改名为良，并且变成了秦朝的燕人而筑长城了。第二，它把杞梁之妻的姓名说出了，是姓孟名仲姿。第三，杞良是避役被捉打杀，筑在长城内的，所以她要向长城而哭。第四，筑入长城内的死尸是很多的，所以她要滴血认骨。这几点都很可注意。孟仲姿的姓名或是从孟姜讹变的，也许孟姜是从孟仲姿讹变的，现在没有证据，未能断定。说杞良为燕人，想因燕近长城之故，或者这一种传说是从燕地起来的。滴血认骨是六朝时盛行的一种信仰，萧综私发齐东昏墓一件事是一个证据。至于杞梁筑长城，孟仲姿哭长城，这里面自有复杂的原因。其一，是由于事实上的。隋唐间开边的武功极盛，长城是边疆上的屏障，戍役思家，闺人怀远，长城便是悲哀所集的中心。杞梁妻是以哭夫崩城著名的，但哭崩杞城和莒城与当时民众的情感不生什么关系，在他们的情感里非要求她哭崩长城不可。其二，是由于乐曲上的。乐曲里说到城的，大抵是描写筑城士卒的痛苦。如陈琳《饮马长城窟行》说"君独不见长城下，死人骸骨相撑拄"，王翰的诗说"长城道傍多白骨，……云是秦王筑城卒，……鬼哭啾啾声沸天"，张籍《筑城曲》说"千人万人齐抱杵，……军吏执鞭催作迟，……杵声未定人皆死；家家养男当门户，今日作君城下土"，都是。在这些歌词中，都有招他们的闺人去痛哭崩城的倾向。杞梁妻既以哭城和崩城著名，自然会得请她作这些歌词中的主人，把她的故事变为哭长城而收取了白骨归家了。

（11）文选集注残卷（日本写本；罗振玉影印，题为"唐写"。其中引及李善及五臣注，最早亦在中唐以后）曹植《求通亲亲表》的注中说，孟姿居近长城，正在后园池中游戏，杞梁避役到此，她反顾见之，请为夫妻。梁以不敢望贵人相采辞之。她说："妇人之体不可再为男子所见，"遂与之交。后闻其死，往收其骸骨，知他筑在城中，便向城哭，城为之崩。城中骨乱难识，乃以泪点之，变成血。这段故事和《同贤记》所载极相像，说孟姿居近长城，和《同贤记》说杞良为燕人亦相近；又称孟仲姿为孟姿，和孟姜一名更接近了。

（12）敦煌石室中的藏书是唐至宋初人所写的。里边有一首小曲，格律颇近于捣练子，曲中称杞梁为"犯梁"，称其妻为"孟姜女"，又说"造得寒衣无人送，不免自家送征衣。长城路，实难行，……愿身强健早还归"这是开始从"夫死哭城"而变为"寻夫送衣"，孟姜女一名也坐实了。寻夫送衣一件事也是有来历的。我们读汉以后的诗，便可见用捣衣作题的特别多，这是因为沙场征戍客也特别多之故。如谢惠连的"裁用笥中刀，缝为万里衣"，柳恽的"念君方远徭,望妾理纨素",庾信的"玉阶风转急,长城雪应暗",杜甫的"宁辞捣衣倦,一寄塞垣深",都是;但这是制衣付寄而不是自行。后来忍不住了(或是寻不到送衣的人),唐王建的《送衣曲》便道:"去秋送衣渡黄河,今秋送衣上陇坂;妇人不知道径处,但问新移军近远;……愿郎莫着裹尸归,愿妾不死长送衣!"她是一年一度的自己送去了。妇人送衣和杞梁妻有什么关系?唐皮日休《卒妻悲》云,"河隍戍卒去,一半多不回,……处处鲁人髽,家家杞妇哀",原来她们把自己的哀感算做杞梁妻的哀感,她们要借了她的故事来消除自己的块垒呢!至于"孟姜"一名,三见诗经鄘风和郑风,又都加上一个"美"字,说不定在春秋时即以为美女的通名,像现在说西施或嫦娥一样。《大雅》又称古公亶父妻为"姜女",或许后来此名即与在民众口头的孟姜即与相并合。杞梁之妻的名,或由孟姜移转变为孟姿,以至孟仲姿(孟姜或由姜嫄致误,详说下陕西条)。

(13)唐宋周朴作《塞上行》,直用民众传说,云:"长城哭崩后,寂寞到如今。"同时僧贯休做的《杞梁妻》也是这般,说:"秦之无道兮四海枯,筑长城兮遮北胡,筑人筑土一万里,杞梁贞妇啼呜呜;……再号杞梁骨出土,疲魂饥魄相逐归。"后人不知道那时的传说,单见贯休这诗,以为是他的无知妄作。例如顾炎武在《日知录》中骂的"并《左传》《孟子》而未读";汪价在《中州杂俎》中骂的"乘谬舛错,皆由僧贯休诗误也"。他们不知道一种传说能够使得文人引用,它的力量一定是大得超过了经典。贯休诗中这样说,正可见唐代盛行的孟姜女故事的面目是这样的呢。

(14)北宋祥符中(1008—1016)王梦徵作安肃的《姜女庙记》(一作《孟姜女练衣塘碑刻》),此碑至明隆庆间发见。这是我们知道的孟姜女庙的最早的一个。又同官的孟姜女庙是北宋嘉祐中(1056—1063)县令宗谔重修的。因为她的人格日益伟大,所以列入了祀典。

(15)南宋初,郑樵在《通志·乐略》中说稗官之流把杞梁之妻演成万千言,可见那时有把这件故事作为小说或平话的。

(16)约略与《通志》同时的《孟子疏》说:"或云,齐庄公袭莒,战而死;其妻孟姜向城而哭,城为之崩。"这是杞梁之妻的孟姜一名见于经典的开始。

(17)南宋周煇著的《北辕寻》记淳熙四年(1177)贺金国生辰事,中云:"至雍丘县,过范郎庙,其地名孟庄,庙塑孟姜女偶坐,配享者蒙恬将军也。"这是范郎之名见于载籍的第一次。雍丘原即西周时的杞国,那地又有孟庄,说不定这个庙宇是从她的姓和最初所说哭崩的城上转出来的(现在唱本和小说都说孟姜是孟家庄人)。至于杞梁的变为范郎乃是形讹("杞"字一变而为文选集注的"扣",再变而为敦煌小曲的"犯",三变而为与犯同音的"范")而兼音变。

(18)元陶宗仪著的《辍耕录》中所载院本名目,在"打略拴搐"类里有《孟姜女》。院本是金国的剧本,或者这本戏是12世纪中的产物。这是我们所知道的孟姜女戏剧中的最早一本。明沈憬著的《南九宫谱》中引《孟姜女传奇》二则:一是筑城者唱的,中有"本是簪缨裔,……儒身挂荷衣"之句,可见其中说秦始皇用了儒生筑城;一是范郎的母亲唱的,中有"懊恨孤贫命,图一子晚景温存"之句,可见其中说范郎是由寡母抚育成人。(元末高则诚做的《琵琶记》说"譬如范杞郎差去筑城池,他的娘亲怨望谁?"辞意与此同。)南曲谱虽未说明这一本传奇是何代人所作,但南曲导源于宋,南曲谱所引的曲文多是很古的,明徐渭《南词叙录》所录"宋元旧篇"中有《孟姜女送寒衣》,疑即是此。如果这一个假设不误,这本戏可以定为我们所知道的孟姜女戏的第二本。元钟嗣成做的《录鬼簿》中,彰德人郑廷玉条下有孟姜女送寒衣,这是北曲中的整本孟姜女戏,可惜也失传了。在北曲中偶然说到孟姜的地方,可以注意的有二条:一是马致远做的《任风子》,说"想当时范杞良筑在长城内";一是武汉臣做的《生金阁》,说"杀坏了范杞梁"。在这两条中,可以知道元代的孟姜女故事对于范郎有斩杀的传说，又可见杞梁既因"杞"而改姓了范，但名中仍保存了杞字，变成了一个重床叠屋的姓名。后范希郎，三郎，范四郎，范士郎，范喜郎，范杞良，范纪良，万喜良许多不同的名字就都在这上生发出来了。

（19）从明代的中叶到末叶，这一百八十年中忽然各地都兴起了孟姜女立庙运动。这个运动缘何而起，我至今还没有明白，不过借此可见"孟姜女哭崩长城，携取了范杞梁尸骨"的一个传说的势力扩大极了，逼得文人学者不能不承认它的历史上的地位了。天顺五年（1461）编成的《大明一统志》说，"孟姜女本陕之同官人，秦时以夫死长城，自负遗骨以葬于县北三里许，死石穴中"。这大概是志书中正式记载这个后起的传说的第一回吧？同官之说，前所未闻；孟姜女成了同官人，于是她从齐籍转入了秦籍。弘治五年（1492），杞县西滩堡建孟姜女庙，在周煇所见之外又多了一处（见《古今图书集成》，职方典三七八）。正德十四年（1519），张镇做安肃县知县，从古迹中剔得孟姜女祠，把它重建起来。在郑昱作的记中，说这是孟姜女的故里，有"濯衣塘"。这把她说成了燕国人，恐与《同贤记》所说的"燕人杞良"和文选集注所说的"居近长城"有些渊源，在记载中虽见得很晚，但这个传说的起源是很早的。嘉靖十三年（1534），湖南巡抚林大辂修澧州孟姜女祠。澧州人李如圭在祠记中说孟姜女是秦时澧州人，范郎供役长城，她在嘉山筑台而望，久待不归，乃亲去寻夫，这又把她说成了楚国人了。李如圭是知道同官的古迹的，所以他替这两种传说作伐，说澧州是她的生处，同官是她的死所。其后陕西人马理做的同官孟姜庙碑记、孟姜女补传及孟姜女集等就完全采用了这一说，甘心牺牲了一统志同官产之说了。隆庆三年（1569）周以庠做安肃知县，梦见了孟姜女，又寻得了北宋的石刻，就立孟姜女墓碑，又建忠节堂，祀他们夫妇。照这样说，孟姜女是生于安肃，又是葬于安肃的了。万历二十二年（1594），重修同官县庙。就是这一年，山海关尹张栋建贞女祠于山海关。她与山海关发生关系是最后起的传说，但到现在三百余年中是最占势力的。张时显做的碑文（1596）说她姓许，居长，故名许孟姜；范郎到辽筑城，她前去寻觅，知道他已死，就痛哭而绝。又黄世康做的碑文（见鬼冢志附录）上也说她姓许，嫁给关中范植；范郎去后，寡姑亦死，她葬姑寻夫，见了白骨，痛哭三日夜而死；扶苏、蒙恬表封他们官爵，把他们合葬，这一天，飞沙凝成了望夫石，海中涌出了一个圆岛，就在岛上筑坟，石上建庙。在这个传说上应当注意的，她忽然姓许，和她的丈夫合葬在山海关。至此，她的坟墓已有了四处：一是同官，二是安肃，三是山海关，还有一个早被人们忘却的临淄旧墓。崇祯十三年（1640），山海关副使范志完又把山海关的庙宇重修了。在不记年代的庙宇中，又有潼关一处。詹詹外史（冯梦龙的别号）的《情史》中说孟姜负骨归家。到潼关，筋力竭了，坐山旁而死，土人替她立庙。于是她的死所又多出了潼关一处，想来那地也是有她的坟墓的。

（20）在明代中，各地的民间的孟姜女传说像春笋一般地透发出来，得到文人学士的承认。但是他们的承认是有条件的，因为他们已经读了书了，闻见广了，多少有些辨别推究的能力了。他们对于这种传说的态度，可以分做两种。第一是硬并，要把向来不同的传说并合到一线上。例如上面举的同官和澧州各有孟姜女的传说，李如圭要把它们并合起来，说她是生在澧州而死在同官。如此，这两个传说便可相容而不相冲突了。但这个伎俩是要穷的，例如安肃，山海关，潼关的传说，他便没有方法再去并合。何况同官的传说原说她是同官人，他何得牺牲了这个传说的一半，硬把澧州的并合上去！第二是硬分，要把变迁得面目不同的传说分别为漠不相关的两件事。例如《情史》中把杞梁妻和孟姜分做两人，黄世康碑文中说孟姜哭夫"有如杞妇，还追袭莒之魂"，王世懋《孟姜祠歌》说："精灵直偶杞梁妇。"这种办法，固然是最简便的解决方法，但又不免太不顾事实了。

（21）清宣统二年（1910），上海推广马路，开至老北门城脚，得一石棺，中卧三尺余石像，当胸镌篆书"万杞梁"三字。上海的城是嘉靖三十二年（1553）筑的，这像当是筑城的所凿。筑城时何以要凿这一个像，这不得不取孟姜仙女宝卷的话作解答。宝卷上说秦始皇筑长城，太白星降童谣，说"姑苏有个万喜良，一人能抵万民亡；后封长城做大王，万里长城永坚刚"，于是秦皇下令捉他，筑在城内。这是江苏的传说，为的是太湖一带"范"和"万"的音不分，范姓转而为万，又加上了厌胜的信仰，以为造长城要伤一万生民，只有用了姓万的人葬在城内才可替代。上海既在这个传说的区域之内，筑城的年代又正值这件故事风靡一世，各处都造像立庙的时候，所以就凿了石像埋在城底，以求城墙的坚固。在这个传说里，说万喜良是苏州人，孟姜女是松江人。这也是现在最占优势力的传说。

（22）清代学者是最渊博的，他们很瞧不起明代学者的浅陋，所以孟姜女的故事在明代虽蓬蓬勃勃地透露了出来，但一到了清代便不由得不从地平线上重压到地平线下去了。他们对于这件事的意见，可以分为四派。第一派是只信《左传》而不信他书的，如顾炎武（《日知录》）、朱书（《游历记存》）等。他们说她既能却郊吊，又何至于路哭；齐君既能遣吊，又何至于使杞梁暴骨沟中。他们寻它的变迁，谁人始说崩城，谁人始说崩长城，分得十分清楚。他们对于这些变迁，虽是只骂前人的附会，但这件故事的演化的情状已能作大致的揭发了。第二派，信得宽了一点，可以信到汉人之说了，如钱曾（《读书敏求记》）、梁玉绳（《瞥记》）等。他们说崩的城是齐城，贯休之误是由于不考列女传。冯梦龙的《东周列国志》也是这样说。第三派是再宽一点，肯信哭崩长城之说了，但因要维持孟姜们是春秋时的齐人故，所以说这个长城是齐的长城而不是秦的长城。例如《职方典》山海关条说："不知其谓长城者，乃泰山之下长城，非辽东之长城。"长清县志又据了《管子》"长城之阳，鲁也；长城之阴，齐也，"而说春秋时已有长城。其实若被她哭崩的城确是齐长城，何以哭崩秦长城的话未起时只听到崩杞城，崩莒城之说而听不到崩齐长城之说呢？第四派转了一个方向，说孟姜女不即是杞梁妻，也不是从杞梁妻传误的，乃是汉书匈奴传中说的筑城的汉将之妻，她是在丈夫死后把城墙修完的范夫人。主张这一说的有俞樾（《小浮梅闲话》）和何出光（《木兰祠赛神曲》）。他们把"范"字和"城"字固做对了，可惜把"杞梁"和"崩城"又做错了。

（23）从清代到现在，这件故事的方式大概如下：①查拿逃走；②花园遇见；③临婚被捕；④辞家送衣；⑤哭倒长城；⑥秦皇想娶她；她要求造坟造庙和御祭；⑦祭毕自杀，秦皇失意而归。惟在蒙古车王府所藏唱本中见有数本，都说秦皇怜其贞节，赏与玉带，并无欲得之意；又陕西唱本说皇封她为贞烈女孟姜，云南唱本也说秦王封她为一品贞节夫人，令澧州建造节孝牌坊：这三说较为别异。至于在生的地点上，以苏州（万）松江（孟）为最有力，华州，余杭（范）澧州（孟）次之；在死的地点上，几乎一致地说是山海关，只有一小部分说是潼关和长安。李如圭所考定的一个是早已不通行的了。

二、地域的系统

以上所说的是就这一件故事的纵的系统上看。如果我们更就横的系统看，那就可以再得到以下许多。（用现在政治区域来分固未善，但在故事的区域未确定时只得暂用分省的办法。）

（1）山东

它是这件故事的出发点。事实发生在齐郊。哭调是在齐都中盛行的。《檀弓》和《孟子》的作者也都是山东人。汉代起来的传说说她投的淄水和崩的杞城也都在山东。所以在这件故事的初期七百余年（公元前549—公元200）之中，它的根据地全没有离开过山东的中部。就是后来郦道元说的莒城，也是在山东（今莒县）。

在这个区域内的古迹，杞梁故宅在益都县，杞梁墓在临淄县。又从张夏到泰安道中经过的长城铺（属长清县）说是孟姜故里，其地有姜女庙。临朐县南的穆陵关（齐长城的关）也有杞梁妻哭崩之说。她投水之处说在益都故宅西北20里。总之，这些古迹都在临淄（齐都）的四围。

但是这个区域中的传说，现在是衰微极了，不但不能伸张它的势力到外面来，反而顺受了上面的传说的侵略。据济宁的传说，孟姜女是松江人；万喜良是苏州人，为避筑城逃到孟家入赘，年余后始因孟公庆寿而破露，捕埋城下；孟姜哭倒长城时，自身也压死在城下。那地又有美孟姜歌，也称她的夫为万喜良。在这种上面，很可见它受了江苏南部的影响。又齐东县十二贤歌称孟姜为许孟姜，这当是受的河南和直隶的影响。

在泰安买到的唱本，是北京的鼓词。济南瑞林斋有刻本哭长城岭儿调，其中事实和鼓词相同，只有说用了罗裙包夫骨而埋葬是小异。

(2) 山西、陕西和湖北

三国时，曹植始言杞妻哭崩梁山。梁山向来说为河西韩城，清崔述始依了《诗经》和《左传》的证据说在河东（山西）；但他又说"当跨河在冀雍之界上，故能阻塞河流"。大约山西和陕西的山虽给黄河破了开来，但山脉相连，河东梁山的对岸的山也可以加以同样的称谓。如果确是这样，我们可以说这件故事的区域是在今山西的西南部和陕西的东部。在这一个区域中，她的故事真多极了。

先说山西。曲沃县侯马镇南浍河桥土岸上有手迹数十，是她送寒衣时经过浍水，水涨不得渡，以手拍南岸而哭，水就浅了下去；这手迹便是拍岸时所留遗。现在岸已崩徙，迹仍不灭。从这条路线上看，她寻夫时是从西南到东北的。又潞安也有姜女祠。

从侯马往西南，是陕西的潼关。明人冯梦龙的《情史》和汉口的送衣哭夫卷说她负骨归家，到潼关时力竭而死，潼关人替她立庙。这是说她死在潼关。江苏的仙女宝卷说她到潼关去寻夫，大哭崩城。这是说被她哭崩的城是潼关。

从潼关往西是华州。广西刻本《花幡记》和厦门刻本哭倒万里长城歌都说范杞郎是华州人。我起初寻不出它的原因，后来知道了：孟子说"华周杞梁之妻"，周和州同音，所以《汉书古今人表》便写作"华州"。以误传误的结果，于是"华周和杞梁的两位夫人"竟变作了"华州人杞梁的夫人"了。

华州的西南是长安。云南唱本中说她到长安，对城踢脚大哭，北门城墙一齐崩倒。广西的《花幡记》也说她哭倒了长安的长城八百里。长安并没有长城，或许从这"长"字变化出来的。

长安的北面是耀县，耀县的北面是同官县，同官县的北面是宜君县。那三处是这件故事的最重要的地点，故事的性质也极悲壮。大意是说：孟姜负夫骸骨归来，沿着北洛水南奔；追兵将到，她逃到北高山（同官北50里）中，渴极了，大哭，忽然地下涌出泉水来了（因为它的声音永远像呜咽一般，故名哭泉；又因是她的节烈之气所感，故名烈泉）。她又走了一回，倦得利害，逃不动了，追兵紧随在她的后面；正在无奈之际，忽然山峰转移，遮回了她，把追兵隔断了（后来这山就叫做女回山）。她走到同官水湾，气力已竭，把丈夫骸骨放在西山（一作金山）石穴下，自己坐在旁边死了。士人敬重她的贞节，就地埋葬；又塑了夫妇两像，立庙祭祀。石穴中有洞隙，祭祀的时候可以看见金钗的影子。这座庙在同官北三里，宜君南三十里，壤地交错，又涉及耀县，所以在这三县的志书上都有记载。《关中胜绩图志》说，"女回山横断无路，忽道从峡口出"，可见其险。《耀州志》驳遮回之说，以为是负骸回经其间故名，这也不过用了常理来驳辨奇迹罢了。这件故事，犹存着汉代人烈性感天的想象，和崩山之说极相近。

明《一统志》说孟姜女是同官人。清《陕西通志》也这样说；又说适范植仅三日（《郡国志》同）。《耀州志》引乔世宁《孟姜女传》，说"秦法，役怠者辄填城土中死"，和《同贤记》所载相同，异乎江、浙间厌胜之说。明季三原人马理作《孟姜女补传》《祠碑记》《孟姜女集》，为孟姜女故事的一个汇集，其中录同官传说尤多。但他和乔世宁一样地信了李如圭的话，一口咬定孟姜女是澧州人；他的碑记中又称为："前秦澧州人"，甚可异。他的文中称孟姜之夫为范喜，又范郎，又范喜郎，想来是以"喜"为名，以"郎"为称谓的。乔世宁说："其夫范氏，亡其名，称曰范郎"，也是以郎为称谓之词。最近西安文明堂刻本《钱角坟》十张纸说孟姜女配范三郎，婚后未满一个月就别了。她送寒衣去时，始皇封她为贞烈女孟姜。兴平万世堂刻本《王桂英哭杀场》中也是这样说，但又称她为孟长姜。秦腔中有哭长城剧本，但未见其书，不知道是怎样的。

再有一件奇怪的事情。明黄世康做的山海关孟姜碑文起首说她是"关中范植妇"，原和陕西通志的话一样，但下面说她"出秦岭而西，循漆川而北"，则便不可解。她住在关中，要到山海关寻夫，须向东北方绕走，何以竟向西北走去呢？这恐怕是他误抄了陕西的传说，而陕西的传说乃是向西北的长城去收骨的（看他们说孟姜是同官人，又说她负骨沿北洛水南旋可知）。那么，陕西人说的哭崩的城，一定不是山海关和潼关，更说不到是杞城和莒城了。

至于同官一带的孟姜女故事何以会得这般发达，我敢作一假设，大约是由姜嫄转误的。《诗经·绵》篇说"民之初生，自土沮漆"，《生民》篇又说"厥初生民，时维姜嫄"，可见姜嫄原是沮漆间的伟大人物。沮水出宜君县北，漆水出同官县东北；两水把同官夹在里面，到耀县而合流。或者年代久远，姜嫄的奇迹渐渐失去，适有杞梁妻崩城和崩山的传说起来，那地的人就把她顶替了。如果这个假设将来有证实的时候，我敢说孟姜女一名亦即由姜嫄而来。

韩城县的大崩村也有孟姜女庙。照我们想，梁山在韩，这应当是崩山之说的残遗。但县志上说："孟姜女石上手迹在大崩村长城旁，孟姜女寻夫，哭而城崩"，那么这个古迹也是归到崩城上的。或者崩城之说的势力太强了，他们只得把这大崩村的本地风光丢掉了。甘肃方面的材料，除了敦煌写本小曲以外，没有得到什么。这自然因为交通不便之故。从前的玉门关的征戍客积了多少愁怨，《送寒衣》的故事一定是极占势力的，将来这一方面大有发见许多新材料的希望呢。

湖北汉口宏文堂刻有送衣哭夫卷，又题"宣讲适用送寒衣"。卷中说河南灵宝县人范杞良早丧父，年十八，母为娶姜家女孟姜。过了两天，他就被官差拉去筑城。范母念儿心切，过了三年，病死了。孟姜负土成坟既毕，就包了衣履寻夫。她过了陕州，到潼关，向陕西行去。走了十余天，思念亡姑，在途痛哭，忽然面前起了一阵旋风，向北而行。她祷告之下，知道这是婆婆的鬼魂，就随着旋风走。又过了二十余天，逢见一老人，名塞翁；他告她，筑城的八十万人夫，不上一年已都拖死了，死后就填在城中；并告她，孝子的骨是洁白的，范杞良既孝，可滴血在洁白的骨上。她一路受仙人点化，菩萨保佑。到长城后且哭且寻。第三天上还寻不到，她就把身子向城上撞去。忽然间天崩城裂，长城倒坏了三千余丈，反把孟姜倒退了三里远，晕死在地。她醒转时，望见长城已成平地，即走进城基，滴血试骨。寻得了丈夫的尸骸，哭了一会，忽然想起被朝廷察觉，拿去问罪，岂不是连这尸骸也不得回乡，便慌忙打开衣包，捆束好了背起就走，叫唤范郎冥魂跟着南行。她由神灵暗护，日夜行走，翻山过岭，脚不停留，七天七夜到了潼关。她两眼血淋，坐在落雁崖前，寸步难行。男女们数千人上山来看，她将夫骨放在身边，痛哭诉情，听的人没有一个不流泪的。过了三天三夜，她死了。潼关人敬重她，把他们夫妇尸骸合葬崖下，造烈女祠。在这一本卷里，是说她往西寻夫的，黄世康所说"出秦岭而西，循漆川而北"，正是她的路线。但什么地方是她取骨的所在，依然没有指出。我们可以说，这个故事大概是同官的故事的分化，潼关的冢墓是全抄金山严的老文章的。湖北的西北部接着河南和陕西，说不定这件故事是灵宝至潼关间的故事，而从丹江和汉水流入湖北的。

湖北方面的材料现在得到的很少，仅知道汉口的戏剧中有《五仙女临凡》一本，是演孟姜女的，其中有"仙女下凡"及"哭长城"等节目。这戏当是用汉调唱的，看戏名可见其情节和江苏的《仙女宝卷》相近。

(3) 直隶京兆和奉天

在这一个系统上，发见的材料中时代最早的是《同贤记》所说的"燕人杞良"。现在徐水（安肃），山海关和绥中三处根据地，但都是不相统属的。

徐水县治北里许，路西有村名小新安，相传是孟姜故里，村中有濯衣塘，说是孟姜女的浣衣处。旁有孟姜女祠，明正德间建；隆庆间掘得宋碣，又建忠节堂。堂侧有姜女墓。她的生死都在一地，和同官的传说相似。这地方所以有此传说，或者因范阳（故城在县治北固城镇）和范郎在文字上有些关系而然，但这只是一个极薄弱的假设而已。这个地点在故事中并不占势力，只因从前驿道所经（今京汉路仍之），容易给人看见，所以在游记上提到的也很多。

静海县在徐水东约二百里，那地有两种《姜女卷》，也许留得一点徐水的传说。卷一大一小，僧人也唪诵。大卷未见。小卷说许孟姜七岁即念佛行善；十五岁，由父母命嫁范杞良。刚三日，范即被点赴役。他不耐苦，逃归，给官兵追回，在长城捉打杀，筑长城内。他托梦给她，她就织了一领赭黄袍，又织寒衣（卷中描写织的花纹极详）。织就后亲自送去，把黄袍献与始皇，始皇要娶她，她请在葬夫后。她到长城堤下痛哭，土地与城隍把城墙推倒了。她滴血认骨，要求始皇用黄金棺殡殓，一下子撩了罗裙跳入水中。始皇敬重她，造了一座姜女庙。静海又有一歌云："孟姜织黄袍，三百六十条；只为范杞郎；一年织一遭。"这把捣衣变成了织衣，想来静海方面织黄袍的女工是很多的，从她们的意想里构成了这类的歌和卷。那地又有一谜，内有句云"哭倒长城十万里"。如果这样，她不但把长城完全哭倒，而且已超过了原有的长城十余倍了。

山海关也是道途所经，那地的风景尤好，而且是长城的终点，所以这个后起的地点可以压倒许多先前所称道的地点。关东八里有望夫石，石上有乱杵迹。这在当地人的心目中自然是以为孟姜是住在山海关的：因为她在本乡盼望这个远戍的丈夫，所以有望夫石；因为她想预备寄寒衣时就在望夫石上捣衣，所以留下了许多乱杵迹。但这个地点给外来的人知道了，他们心中原有从南到北的孟姜女的，而山海关已是北方的边境，就把她的居住地武断为她的行程的终点，说这石是在她死后指定的，于是望夫的名义和捣衣的杵迹都没有了着落了。海涯外一里许有一小岛，夏天水涨时微露顶面，但无论怎样的大浪总打不倒顶上草青处，冬天水冰之后是滑不可登的，这就是孟姜女的墓。《临榆县志》说："有石出海上，形肖冢，人以为姜女坟"，言外颇有不信任之意。孟姜女庙就筑在望夫石上。那边的碑记一致地说她姓许，从陕西到此，痛哭而死。黄世康的碑文中又有"飞沙凝石，遂变望夫之形；圆岛涌波，忽示佳城之势"的奇迹。明陈绾姜女坟诗云："屠躯虽死志未灰，化作望夫石礧礧；江枯海竭眼犹青，望入九原何日起。"这也是替后起的望夫石传说圆谎的。照这段故事看，范郎的白骨她早已滴血寻得了，还立在石上遥望有什么意义。又现在的唱本传说，凡是说她到山海关收尸的，总说秦始皇想娶她，这或者因孟姜女庙和秦皇岛太接近了，容易生出这个联想之故。据说京奉车过山海关长城时，常有几个年老的近处人在车上指着城缺，说："现在这火车能够通过万里长城，全亏了孟姜女的一哭啊！"下面就紧接着讲这件故事。可见在他们的意思中，以为铁路的过道是孟姜女哭崩的。

直隶古北口有姜女祠。这和山海关一样，为的是一个关隘。

北京的《大鼓书》中有"孟姜女寻夫",分《离乡》、《入梦》、《宿店》、《路叹》、《认骨》五折。结果,她是投海死的。又有哭城牌子曲,说她千里寻夫,被神风刮到山海关;始皇知道,赏给她羊脂玉带,表扬她的贞节。又有歇后语二则,表示范郎的被埋和孟姜的善哭。又从老妇人口中,知道她由葫芦中出生,这是江浙间的传说传到北方的。

奉天东南部的绥中县有孟姜祠,祠前有望夫石,相传即其墓。土人说秦始皇欲纳她为妃,她触石而死。绥中在山海关东北百余里,这个古迹当然是山海关的分支。在那地人的意思里,这方石有三种用处:一是望夫,二是尽节,三是葬身。

山海关为往来东三省必经之路,这件故事的势力既大,想起由此分化的当不止绥中一支。又朝鲜离直隶奉天均近,去年马衡先生往游,购得朝鲜文梁山伯唱本而归,孟姜女的故事也未必没有流传。这都待将来的发见呢。

(4) 河南

从《北辕录》中,知道宋代雍丘的孟庄有范郎庙,并以蒙恬配享,表示她哭崩的是秦的长城。雍丘即今杞县,在河南东部;孟庄在县治西二十里。这个孟庄后来就成为唱本、剧本中的孟家庄。当时所以在此立庙,或者因孟姜的"孟"字和孟庄有些关系而来。如果确是如此,那么,那个地方的人一定说孟姜是生长在杞县的了。杞县西滩堡有孟姜女庙,明弘治五年建。这不知是否即孟庄的一个?

元代彰德人郑廷玉作的《孟姜女》杂剧,想来总写出些河南的故事,可惜已失传了。现在河南流行的孟姜女唱本有一种是极有势力的,东自开封,中经许昌,西至南阳,一律通行,不但有刻本,且有卖歌的乞丐歌唱着,民众口中成诵的也不少。这可以说是统一河南全境的唱本。其中事实的大概,是:江宁县富翁许员外,无子,晚得一女,因爷姓许,娘姓孟,认的干娘姓姜,故叫许孟姜。她在十六岁时,配给城南同庚的范希郎。过门后不到一个月,秦始皇点民夫修边墙,就把他点了去。她有一天梦见丈夫,恐其苦寒,就辞别翁姑前往送衣。途中艰苦难行,为观音所救,送至边墙。她询问土夫,才知道丈夫不能受苦,给他们处死,葬在边墙里了。一时昏晕过去;阎王不收,又醒了过来。她望城痛哭,惊动了上天张玉皇,传旨打倒边墙,让她领取尸首。一霎时,龙王雷公将边墙打倒了二三里。她滴血认尸后,正包裹欲走,忽然秦始皇来了;他见她美貌,要封她在昭阳。她要求四件事:①银顶金棺成殓;②文武百官穿孝;③昏君随后拄哀杖;④埋到东海岸上。他件件依了。工毕时,就拉了罗裙蒙面,跳入江心。龙王把她救回龙宫,认作干女儿。这个唱本,把杞县一说完全丢了,反把她俩认为江宁人。我很怀疑这是江苏北部的故事而流入河南的。这有三个证据:第一,"江宁"在清代是江苏北部的省会;第二,"东海"想是指淮海一带的海,今江苏徐海道也有东海县(即海州);第三,"江心"怕也是指宁扬一带的江。总之,这三个地方都是江苏所有而是河南所没有的。江苏的徐州和河南的归德壤地相连,或许是从那里传过去的。倘使果是如此,则大可借此窥见江苏北部的这一件故事的面目了。(关于这一方面,至今没有集到一点材料。)

江苏南部最通行的《孟姜女唱春调》十二月的和四季的,开封的人也歌唱,"万"字不改为"范"。借此可见河南的故事受江苏方面的影响之大。

云南传说范希郎是陈州人(今为淮阳县),这也许和杞县有些关系。厦门《御前清曲》说范杞郎是叶州人,倘不是指叶县,便是华州的误写。汉口《送衣哭夫》卷说范杞良是陕州灵宝县人,那里离山西的曲沃和陕西的潼关都近,恐有些来历。

以上三说,都是说孟姜的丈夫是河南人的。

(5) 湖南和云南

湖南的孟姜女故事似乎到明代才露脸的,但很不可轻视。临澧境内的姜女汊,为澧水所经；它的南岸有小山，顶有姜女庙，建筑已旧。临澧东境为澧县，县治东四十余里有新洲（一作东南三十里新城镇），洲有嘉山，一名孟姜山，面临澧水，风景秀丽。上有姜女庙，甚堂皇。庙前一峰名望夫台，是孟姜女望范郎处。山下有石四方，各尺许，光明可照，传为姜女镜石，石上有很清楚的脚迹（今石已堕入水中）。台旁有小竹，名绣竹，一名刺竹，叶子破碎得像丝缕一般。相传孟姜女到台上望夫，一路做着针黹，随手把针划叶，后来就变成了新种。孟姜女的故宅在山麓。明嘉靖十三年（1534），湖南巡抚林大辂和澧州知州汪倬增修庙宇，名贞烈祠，又有百练堂。里人李如圭作祠记，说孟姜女是秦时本州人，夫范郎往筑长城，她在山上筑台而望；久久不归，她不惮险远，亲往寻觅，但寻夫之后莫知所终。李如圭是到过同官，听得那边的故事的，于是他并合了两处的话，说她是生活在澧州而死在同官的。后人信这说的很多，澧州便真成了她的出生地了。

这件故事，依我的猜测，和舜妃是有关系的。《山海经·中山经》云："洞庭之山，帝之二女居之，是常游于江渊，澧沅之风，交潇湘之渊，是在九江之间，出入必以飘风暴雨。"这是说洞庭的女神常游于江澧沅湘之间，以至常有风雨，原为楚人对于洞庭多风雨的一种神话的解释。《楚辞·九歌》中有《湘君》和《湘夫人》二篇，叙述相思望远之情，非常的轻迅昳丽。篇中都有"捐余玦（一作袂）兮江中，遗余佩（一作褋）兮醴浦"的话，醴即澧。湘君和湘夫人当然都是湘水之神，篇中有"帝子降兮北渚"的话，或即《山海经》的"帝之二女"。自战国末以"帝"为人王阶位的称号，又适有舜娶尧二女的传说，于是秦博士就说湘君是尧女。适会舜有野死之说，于是《述异记》和《博物志》等书都说舜崩于苍梧之野，尧之二女娥皇女英追之不及，相与恸哭，以涕挥竹，竹上文为之斑斑然；其他又有相思宫，望帝台（这种话虽初见于晋人的书，但看秦博士的话，这种传说是早应有的）。因为有这个传说，所以洞庭东岸有黄陵庙祀尧女。又因尧女有这样一段哀艳的故事，和杞梁妻很相像，所以容易起人联想，例如庾信哀江南赋云"城崩杞妇之哭，血染湘妃之泪"，又拟咏怀云："啼枯湘水竹，哭坏杞梁城"，都是。临澧和澧县在洞庭之西，正是帝女湘君游嬉的地方，与黄陵庙遥遥相对。说不定舜妃的故事传去之后，他们把帝子湘君忘了；孟姜女的故事传去之后，他们又把舜妃忘了，把舜妃那一套家伙都赠与她了：所以舜妃有望帝台而孟姜女有望夫台，舜妃挥泪于竹而成斑文而孟姜女也把针划叶而成绣竹。

湖南西部的乾城县的民歌说孟姜女寻夫有"踢一脚来哭一声，万里城墙齐齐崩"的话。城崩由于脚踢，和云南传说相同。

湖南的孟姜女故事在东面几省似乎毫没有势力，但西面的云南省则颇受到它的影响。昆明的孟姜女故事的唱词有三种：①《孟姜女寻夫》，是卖唱的瞎子们唱的；②《孟姜女哭夫》是小孩子们唱的。这两种都是小曲；③《孟姜女全传》，分《鸳鸯配》、《尽忠义》、《阴曹府》、《平山岭》四卷，很像弹词，是和着金钱板、道琴等乐器而唱的。全传书首叙述历代沿革，至"嘉庆皇帝登龙位"而止，自是嘉庆间人作的。内容大概说：秦朝湖广澧州孟家庄富翁孟老者，妻王氏，生女孟姜女。孟姜年十六，父亲已近八十，亟欲替她招赘。一天，老者得梦，土地指示他，明天有一少年来借宿，可招为婿。果然，翌日有一自称应考归家的范希郎叩门借宿，老者问明来历，知道是陈州范员外第三公子，就把他招赘了。成婚三日，忽有钦差牟合来拿逃兵，他们才知道秦王筑长城，范郎被征当兵，因他生得伶俐，秦王赐给他令箭，飞虎旗，叫他管十万人马。他在沙场贪了玩耍，天天打阵摸混江（当是赌名），把赐来的东西都输去了。秦王知道大怒，贬他亲自筑城。日挑土，夜挑砖，受苦不过，逃了回来，哪知竟结下了这重姻缘。这时范郎被捕，姜女送了一程，痛苦而回。他到了京师，秦王令御林军将他四十军棍打死，尸骸筑在长城之内，使他永世不得翻身。姜女在家等了三年，杳无信息，朝夕啼哭，哭声惊动了森罗大王，命判官查生死簿，知道范郎是娄金狗转世，姜女是鬼金羊转世；范郎阳寿未绝，死后居枉死城中。他便放他出来，令他托梦与妻，他告她，他的父名范德仲；又请她前往长安收取尸骨。她醒来，就别父母向长安而去。到平山袁达关，为强盗所抢，锁闭后堂。幸牢头好心私放。到界牌路不能辨路，跌死尘埃，太白星君下凡救她，把她渡过洋子江，又赐她乌鸦一对领路，她跟着到长安。乌鸦站在长城上，她就对城踢脚大哭，北门城墙一齐崩倒。她滴血认骨，滴到第七尸：认到了。巡城官周易感她的孝（义见下），带她上朝启奏。秦王嘉其千里寻夫的大孝，传旨将尸领回，封她为一品贞节夫人，令澧州知州当衙建造节孝牌坊，上写"冰壶玉洁节孝孟姜女坊"十大字。她到澧州，知州迎旨，吩咐人马轿子送她归家。她到家时，知道二亲都已身亡，愈加悲哭。忽然想起范郎托梦的话，陈州有他的父母兄长，就派人接到澧州，合为一家。姜女寿至九十九岁。这一个传说如果确与澧州方面的一样（过袁达关时，叙述湖广及澧州的钱粮和风景等甚详，想来未必是云南人作的），那么，孟姜寻得了夫骨之后原是安安稳稳地回家的，说不定澧州还有她的坟墓呢。

云南南部的个旧县有歌云，"你是山中一块柴，拿来人间做骨牌，……低头吃水孟姜女。"可见云南有把她的故事画上骨牌的；画中作低头吃水之状，当是受陕西哭泉的影响。

四川和贵州方面的材料全没有得到（云南刻本《孟姜女全传》虽标"西蜀荣焕堂刻本"，但据陈松年的证明，乃由荣焕堂的主人系川籍之故）。云南既能隔省而受湖南和陕西的影响，想来那两省的传说也是属于这一系统的。

（6）广东和广西

广东海丰客家族说孟姜女是一个孝女。她的父亲给人埋在长城下，她傍城大哭，城墙为她倒塌了八百里。她把父尸觅到了。后来补筑倒塌的城墙，终于随筑随崩，故至今长城依然留着缺处。又海丰十二月山歌也说"哭崩长城八百里"（广西花幡记也这样说）。海丰《邪歌》有"四角面巾涂里拖，中央绣出孟姜女"的话，可见这件故事有登入绣货的。又有二谜，把孟姜女做谜面。海丰东面的潮州，歌曲中有《送寒衣》，见《百代公司留声片目录》。

以上诸项，别的都很平常，惟独说孟姜女为孝女是一件可惊诧的事实。这个疑窦直到见了广西的唱本时方才明白。广西刻本《歌饯临风》中列孟姜女为"二十四孝"之一，但只说她寻丈夫的骸骨；又《花幡记》也以目莲救母，孟宗哭竹等起，而以她的送寒衣为行孝之一。读了这些，才知道那边的人民不但称子女善事父母为孝，即妻妾的善事夫君也是一例的称为孝的。后得云南的《孟姜女全传》，说城官和秦王都为她的孝心所感动，始知道西南各省关于这一义是很普遍的。孟姜的变为孝女而寻父尸，当然由此转讹。

福佬族对于这件故事的传说，是：秦始皇有一宝鞭，给他一打，天下的石都归到长城下。孟姜女的丈夫被点，身弱不能做工。不久死去，给人埋在城下。孟姜女寻到长城，知其已死，大哭不已，感动了天地，上帝命五雷下降，把城墙裂开，由她取了骸骨。

广东三点会祭陈玉兰姑嫂时，须读一篇很长的哀歌，里面也有孟姜女寻夫的故事。

广西象县的传说，是：范西郎为秦始皇点去造长城，吃不惯苦，私下逃走。六月六日那一天，风俗上不论男女，为要被除炎热晦气，都要到莲塘洗澡。孟姜女在家中莲塘举行被除，刚刚解开罗裙，忽见对面塘边有一男子伸首私窥。她因私处已给他瞧见，除死以外只有嫁给他的一法，就嫁与了。谁知结婚未满三朝，给官差侦知，把他拿去，舂在城墙内。她到长城，寻了七天七夜，横尸太多，寻不到，感动了太白金星，趁她昏死的时候，把她的灵魂引到丈夫被舂的地方，并教说她滴血之法。她醒来时，照了他的话，还是寻不到。她寻急大哭，哀声震动了天地，城就崩倒了。她寻得了骸骨，负归埋葬。在这一则故事里，还保存了《同贤记》所写的形式。

象县的《孟姜女十二月歌》，意境与江苏唱春调所叙相同，完全是闺怨之辞，不说到寻夫的事实。其中称夫为范士郎。

桂林文茂堂刻本《孟姜女花幡记》有较完备的叙述。它说，东京秦王抽民丁筑长城，华州范杞郎只十五岁，也被抽去。他不堪其苦，夜行日藏地逃入务州（亦作武州）。务州富家女孟姜女正在思嫁，她到泗水烧香，许下三愿：凡见她在杨柳树下脱衣裳的，见她在百花楼上巧梳妆的，见她针嘴穿线绣鸳鸯的，就愿意嫁给他，六月中，她在园中池塘洗浴，把衣衫挂在杨柳树上，轻轻下水，忽见树上有人，忙穿了衣问他，知道他是范郎。她便叫他下水，和她成双。他不肯，她加以恫吓：说，"如若不然，便要报官捉你这个长安逃出的民丁了！"范郎惊怕，只得在杨柳树下依了她的请求。她带他见父母，说明情由，交拜成亲。那时夫妇谐和，如鱼得水。一天蒙恬点工，少了范郎一人。追到武州褚光县，知道他躲在孟家庄已历两个月了。他捉去后，就被蒙恬腰斩，筑在长城里。他的灵魂变了凤凰，衔书与孟姜，嘱她早嫁。她不听，做了寒衣亲自送去。一路经过泗州堂、蟒蛇村、饿虎村、雪雨村、山林、桂香村，到泗州，遭逢诸般苦辱。泗州没有船渡，龙王差夜叉把他渡过了。到长城后，不见范郎，在城边哭了七天七夜，哭倒了长安的长城八百里。感动了太白星，指示她觅尸的法子。觅到后解下衣衫包了；把三尺白罗汉作花幡，引了亡魂走出长安。蒙恬奏知始皇，捉孟姜上殿。始皇见她貌美，要册立她为皇后。她要求三件事：①斩蒙恬伸夫冤；②唤僧道做斋诵经；③御驾亲祭范郎，送他归天。始皇一一依了。她捧了香炉，在江边祝告范郎："有灵有威神灵现，鬼灵无感嫁君王！"说话未了，范郎显灵立在黑云头，一朵黄云托起了孟姜女，升天去了。蒙恬鬼魂呼冤，她说："我们都是星宿，是五行的相剋呢！"这一篇故事极可注意：第一，她在杨柳树下逼范郎成亲，和《文选集注》所引同；第二，她包了尸骨，用花幡引亡魂出长安，与贯休诗"疲魂饥魄相逐归"语意同。恐怕广西的传说还保存得唐代的这件故事的大概。那时的孟姜女是一个活泼泼的女子，并不曾受过诗礼的化育；那时寻尸的结果是要归葬，并没有要挟秦始皇去办国葬呵。这个唱本里又有几处应当注意的：一是崩的长城在长安，二是泗州和武州（或务州之讹）的地名。书中说及泗州六次，务州二次，武州一次。而且孟姜女一出门已到了泗州堂，经了许多山村快到长城时又是泗州，可见作者眼底的天下是很小的。泗州在安徽的东北，错入江苏的西北部。武州，历史上共有六个，其中一个是下邳（见隋书地理志），离泗州极近，不知是否即此。如果是此，那么，这和河南最通行的一个唱本怕有些关系了。务州，当是武州之讹。如果武州反是务州之讹，那么，浙江金华县是隋置的婺州，或许是"婺"字传误的。又按，务州之说在南部诸省中甚有力，不但孟姜女的故事如此，广东海丰的梁山伯与祝英台的节义全歌也说"务州梁家一子儿。"

（7）福建

南宋时，莆田人郑樵在《通志》中说稗官演杞梁之妻的故事成万千言，邵武士人所作的《孟子疏》又以"孟姜"二字入疏，想见当时福建方面这个传说的有力。

福州平讲曲有姜姬英女运骸一本，言华周死于莒，她的妻姜姬英借足了金银亲往赎尸，挈婢同行，途中历尽艰苦，至九龙山，为强盗所追，华周鬼魂救之得脱。这是杞梁妻故事的分化。

近年福州儒家班中有《孟姜女》一本，中分《长亭别》《遇盗》《过关歌》等阕。过关歌有旧唱和新唱两种：旧唱即是浙江的《孟姜女四季歌》；新唱也是闺怨体。《遇盗》中有"恨恶仆起谋心将婢来害，可怜奴孤身失落山林"之句，和浙江、江苏的故事相同。

厦门调有《捉杞郎》，见百代公司唱片目。厦门的《御前清曲》是采元明杂剧散套译为土语的，因康熙中曾一度进御故名。曲中说及这件故事的有五阕，一为《路叹》，二为《到长城》，三为《见蒙恬将军》，四、五为《哭夫》；中说范杞郎是叶州门道村的秀才，早丧父母。厦门又有通行的唱本两种：一即桂林《花幡记》；一是《孟姜女哭倒万里长城歌》，厦门人敕桃仙用土语编的。歌中说，武州孟家庄的姜女在家思嫁，在城隍庙烧香许愿。六月到园中洗浴，遇见杞郎，成了婚配（情节与《花幡记》同）。蒙恬点军，不见杞郎。屈指一算，知道他逃在孟家，便派兵捉获，押到长城斩了，葬在城内。他的灵魂变了莺歌，到姜女处报说他死了。她做了衣送去，经过了泗州堂、百花巷、西山当，大东山，恶蛇村，猛虎埔，麒丽墩，太行山、树林堂，洋子江、三条路，碰到了许多危险；由神灵保护，始得过去。太白金星化做白鹤，把她引到了长城。她问番官，知道杞郎已死，大哭，哭倒了长城数百里。杞郎神魂灵应，三十六骨化为一堆。她滴血觅得后，用衫裙包骨，脱乌巾做幡，烧化纸钱，引魂远去。蒙恬把她捉到宫中，秦王要娶她做后；她要求了建庙宇，杀蒙恬、亲身下愿几件事情，他都依了。三个月后杞良庙宇造好，姜女入庙行香，蒙恬破腹斩首以祭。杞郎神魂化做祥云，她就逃入。秦王见其白日上天，骂为妖精。她在云头回骂三声，骂得他两脚浮浮，落在东海里做了一头春牛，年年春天给人看，留下了万古的恶名。这篇故事是大体根据于《花幡记》的。

（8）浙江

平湖县治东二十九里有苦竹山，又名捣衣山，离乍浦镇二里，高丈余，广数亩。山下有孟姜捣衣石，旧名一片石。乍浦八景，其六曰"孟姜捣石"。乍浦又有孟姜故居。这一说只见于《平湖县志》，或者是早已忘却的传说了。《花幡记》说姜女住在务州。务州若是婺州之误，那么金华或许也有孟姜故居。

绍兴一带是孟姜女故事极盛行的地方。"目连戏"中有《孟姜女》戏，戏中的故事大概是：有两个贼到一个员外的家里偷南瓜，回来剖开，里边乃是一个人。他们怕了，送回去。员外把这孩子养大，名为万喜良。后来秦始皇造万里长城，要有一万人筑在城里，惟有万喜良一人可以抵当万人，便下令捉拿。孟姜女也不是人生的，是在葫芦里生的。又绍兴中秋祀月必供南瓜，相传古时有月华堕入瓜内，剖开看时成一女子，即孟姜。这些传说有两点是该注意的：其一，万喜良和孟姜的本体就是神仙，不像他处的传说必须死后成神或神人投胎；其二，是把这件故事落在厌胜的模型里，不像别的地方说范郎因私逃被杀或体弱病死而筑在长城内的。厌胜的传说，江浙一带都很流行。就绍兴说，明知府汤绍恩在三江筑应宿闸不成，梦神告须用木龙血胶合；正踌躇间，忽见一学童的书包上署名莫龙，顿悟神语，执置之石下，闸基乃固，后在闸旁立莫龙庙祀他。近年造沪杭甬铁路到曹娥江，预备筑铁桥，适教育厅调查学龄儿童，一时谣言蜂起，说凡是调查到的儿童都要填塞在桥底的。因为有了这种背景，所以这件故事也就跟着变了。

绍兴流行的《孟姜女四季歌》，即是福州的《过关歌》旧唱；不知道这是哪里作了流到那里的。至《十二月花名歌》，则是江苏的歌而流入浙江的，因为唱春调是江苏的调子。这歌几乎在浙江全境内通行。

浙江的《孟姜女》唱本似乎都是江苏过去的，惟宁波老凤英斋刻的《孟姜女五更调》是用宁波话做的。

绍兴道士作法事，内有"翻九楼"一项，高搭了桌子翻弄花样，花样中的一种唤作"孟姜女纺花"。平湖"羊皮戏"（剪羊皮作的影戏）中亦有孟姜女送衣事。又男巫祭神和石匠工作时所唱辞也都有此。模数算命和鸟衔牌算命中也都有画孟姜女的牌。又骨牌游戏中有一种排列猜枚的方式，唤做"孟姜女寻夫"。

上海印的唱本和演的戏剧，有几种说范纪良是余杭人。余杭离平湖不远，或许是捣衣山的故事所演化的。今将《戏考》中万里寻夫和弹词本《孟姜女》合叙于下：秦朝的兵部尚书余杭人范启忠与赵高不睦，死后其妻蔡氏继逝，单传一子纪良，在家读书。始皇要造万里长城，赵高借此报仇，说长城工程浩大，须伤百姓万人；范纪良是一个奇异之人，若得他祭襁，可抵万人之用。始皇准奏，令蒙恬前往捉拿。吏部尚书李洪和范启忠交好，派人急速送信。纪良逃到松江，进孟隆德花园歇息。隆德亦曾官上大夫，因始皇无道，告老还家。他只有一女名孟姜，因曾梦见观音，对她说必须见她肌肤的人才可嫁，故父母和她议婚她都不愿。这一天，她在园中扑蝶，用力过猛，扇落池内。她正挽起衣袖，探水取扇，纪良怕她跌下，不觉喊声小心。她见了他，询问来历，他直说了。她因臂膊已给他瞧见，便禀明父母嫁他。不意仆人呼唤傧相喜娘，消息漏出，给蒙恬捕去，始皇令在长城下斩了。孟姜备了寒衣，亲自送去，由仆人孟兴婢女春兰伴送。途中孟兴起了不良之心，将春兰推落涧中，逼孟姜和他成亲。她假说要取山腰红花为媒，把他也推落涧中去了。她独行到了顺天，关官疑她是流娼，要她唱曲，她就唱了一首《四季歌》（即福州过关歌旧唱）。她到长城，知道丈夫已死，大哭，哭崩了城墙的一角。蒙恬见了她，送至朝中。始皇欲封她为妃。她要求三事：①将范纪良尸首礼葬；②满朝文武挂孝；③礼毕到望萍桥望乡。始皇一一依了。礼毕，她回转行台，修书与母诀别，就到桥上跳水而死。孟隆德接到这信，由别房过继螟蛉；范家也立了嗣。在这个故事里，多出了范郎父亲的和赵高结怨，观音的托梦给孟姜女，孟兴的杀婢欺主，关官的勒迫唱曲等等，和江苏的故事同了一半。

（9）江苏

江苏南部的孟姜女故事是最后起而现在最占势力的。凡是这一方面的故事，都说孟姜女是华亭县人，万喜良是苏州元和县人。因为江苏的文化发达，上海书肆操着全国书籍的发行权，所以上海石印的孟姜女唱本直销到浙江、福建、湖北、山东、河南、山西诸省，无形中改变了全国民众对于这件故事的记忆。现在北京的秦腔女演员演孟姜女剧，也说孟姜的丈夫姓万而是元和县人了，她过关时也唱花名歌词了；湖北熊佛西在美国寄回来的长城之神的剧本也以万喜良为名了，孟姜女的嫁他也以"扑蝶落扇，臂为他见"为原因了。

江苏南部民间最流行的是唱春调的《孟姜女十二月花名》，或是由十二月花名节缩而成的《四季花名》。这种歌也传到浙江、湖北、河南等处，浙西尤通行。歌中全是闺怨之词，借了孟姜女的名字而写出思妇的悲哀，和这件故事的本身并没有什么关系。例如"桑篮挂拉桑树上，勒把眼泪勒把桑"，不即是唐人诗中的"提笼忘采叶，昨夜梦渔阳"吗？"满满斟杯奴不喝，无夫饮酒不成双"，也不即是诗经中的"岂无膏沐，谁适为容"吗？但新编的《孟姜女特别花名》（上海久益斋石印本）和《最新孟姜女十二月花名》（南京刻本）都是有本事的了。又苏州恒志书社刻本《孟姜女五更调》说"听唱好新闻，新闻有名声"，又把这件故事认作新闻了。

河南唱本说范和孟都是江宁人，不知道在江宁本地有这个传说没有？普通都说孟姜为华亭人，当是由华州演变来的。孟姜生于南瓜中的传说，民众间亦承认，但不及绍兴的普遍。又苏州有"裙带鱼（狭长的海鱼）为孟姜女的脚带所变成"的传说。

有一个最通行的唱本名《孟姜女万里寻夫》，不知道印过了几千万册了，几乎每个书摊上都找得到，各省也都传去了。这唱本上说，秦始皇造长城，没有神仙不能造成，伤百姓太多；天上神仙知道了，化了凡人送信，说苏州万喜良可抵一万人。始皇听得大悦，立了皇榜捉他。榜文挂到苏州，万员外打发儿子逃生。他逃到松江，匿在孟家花园的树下。这天孟姜到园游玩，一阵狂风，把她的扇子吹入池中；唤婢不来，她就脱去了衣服下池捞取。忽见树下有人，问知其故，她便说："我是立过海誓山盟愿的，见我白肉的是我的夫君；现在我就嫁给你。"同到父母处，说了。正在挂灯结彩，给外面知道，把孟家围住。喜良捆绑上船，到长城时已患病；筑城三天就死了。孟姜准备寒衣，叫孟兴送去。孟兴知道喜良已死，到苏州嫖赌完了。孟姜梦见喜良，得悉实情，决心自送寒衣。过了终七，辞别父母而行。她经苏州后，到浒墅关，关官逼她唱曲，她就唱了《十二月花名》。一路走去，经过望亭，无锡，高桥，六社，横林，戚墅，丁堰，常州。她到清凉寺中叩祷，观音命韦驮和城隍保护，土地引路，限于七日七夜内到长城。从此经丹阳、镇江、黄河、到长城。她向城大哭；喜良阴魂显圣，城倒露出尸骨，她滴血认了。驮子报了上去，把她解至金殿。始皇见她貌美，要封为正宫。她要求三事：①制长桥一座，十里长，十里阔；②十里方山造坟墩；③万岁身穿麻衣到坟前祭奠。他件件都依了。工竣后，排驾起行，过了长城，上长桥，过了长桥到坟前。祭毕，始皇要她同回宫廷，她骂了他一顿，投入长桥下死了。皇后知道，封他们夫妇为大王和天仙，又骂始皇无道。他大怒，绑皇后到法场。太后知道，赦回皇后，封赠喜良们。这个故事除了末段的滑稽趣味以外，可注意的是它所用的地名。它记苏州到常州的驿站很清楚（即今沪宁路所过的几个站），但常州以西就只知道丹阳、镇江两个大城，过了镇江就只道是黄河与长城了。在这样寒伧的地理知识上，可以见出作者确是一个苏州的民众文学家。

还有一本《孟姜仙女》宝卷，也是很通行的。现在所知道的它的流传的地方，已有浙江、广东、广西诸省了。卷中说，冬至节，诸仙叩贺玉帝退班后，各自游行三界。仙姬宫管蚕桑的七姑星，门鸡宫管禾苗的芒童仙官，游到南天门前，望见下界杀气冲天。芒童仙知道秦皇要造万里长城，立愿去救万民灾祸。七姑仙劝住他，不听。她心中不安，要救仙弟的难，也下凡了。芒童仙投到苏州万家，名喜良，父万天心，母郑氏。七姑仙到华亭，不愿受胎产的血污狼藉，见孟家庄冬瓜甚大，就遁入瓜中。这一颗冬瓜，是孟家仆人孟兴所种，但瓜藤牵到隔邻姜家而生。孟家主人孟隆德是一个财主，没有子女。姜家只有一个年近八十的老婆婆，孤苦非凡。这天孟兴去采瓜，姜婆因生在她的地方，和他争夺。地保判断，两家对分。孟兴正要切下时，仙女在瓜中着急大叫。他们大胆问明，在边上剖开，只见里面端坐着一个女孩。孟兴把女孩抱去；姜婆抢不到手，奔到县署声冤。县主断此女为两家公有，取名孟姜女；姜婆死了。孟姜长成，父母要替她招赘；她说愿意修行侍亲。其实，她很明白，她此来是为接应仙弟的，不过借此推托而已。一天，玉帝登坛，查悉他们私自下凡之事，大怒，命太白金星降下童谣。始皇听得童谣中有"姑苏有个万喜良，一人能抵万民亡"的话，就出皇榜捉拿。喜良逃到松江，见座花园，挨进暂停。其时孟姜念佛课毕，到花园散心，忽然一阵狂风，把她吹跌莲池之内。她连叫救命，惊动喜良，跑出挽她起来。孟公出来，问了他的来历，孟姜心中明白，是为了结这一段尘缘来的。孟公向他说亲，即行喜礼。不料给钦差知道，在合卺时捕去了。他到了长城，城官因其代万民而死，侍奉十分殷勤。李斯奏请郊天祭地，赐万喜良王爵，封为长城万里侯万王尊神。始皇从之，亲往致祭（祭文上写"正统十年"）他一路受尽惊吓，已病半月，此时魂不附体，如木偶一般。太监武士等替他换了衣冠蟒袍，扛在长城地坑中，四面泥土掩定。他一灵回家，托梦给父母，说封了万里侯，死也甘心了。他又到孟姜处去，见她正在哭着，说："当年劝你不要下凡，你不听我，现在害得奴同来受苦！"他托梦与她，嘱其亲到长城，请始皇敕建万王神庙。她辞别父母，哭泣上路。到了潼关，大哭一声，城头坍了；原来喜良显灵，把他的尸骨露了出来。潼关总兵把她解到金殿；始皇见其美，要她嫁与。她要求三事：①造丘坟；②造万王庙；③御驾亲祭。他一一依了。一个月后完工，始皇亲祭，焚帛烧锭，火光熊熊。她渐渐近火，始皇正唤她留心，她已跳到火里，化作一阵青烟，上天去了。始皇叫苦连天，命人寻看尸骨，但毫无踪影。他疑心孟姜是仙女，又在万王庙旁造起仙女宫来。孟隆德与万天心本是好友，此时万家老夫妇把住宅舍与常州清凉寺，遣散童仆，住在孟家。四老一同念佛修道，南海大士前往点度。孟姜上天，和喜良相见，携手同归，拜见四位父母。大士降临，带领他们同见玉帝。家童使女从长城归来，只见四老盘足而坐，音乐喧天，冉冉脱凡上天去了。大士向玉帝说情，赦芒童和七姑无罪，复原职；四老也派了天官职事。这一篇故事，婆子气重极了，只因"宣卷"的事本是在婆子社会中流行的。它说万喜良本是为救万民来的，孟姜女本是为救仙弟来，而又未经投胎,不昧本性,一切的痛苦都是她预料到的。太白星的降童谣是为完成喜良们的志愿的,她跌到池内是给风吹下的(无扑蝶的游戏,也没有裸浴的轻荡),喜良葬在长城内是穿了蟒袍封为"万里侯万王"的,万、孟两家父母都是由大士超度到天宫的,这是何等的慈祥,何等的有礼仪,何等的美满呵!

还有两种章回小说,是脱胎于上面说的唱本、宝卷、戏本的,都是上海石印本:一唤做《孟姜女万里寻夫全传》,凡十六回;一唤做《哀情小说孟姜女》(又名万里寻夫贞节传),凡十二回。这二种也都流传到直隶、河南、湖北诸省。

万里寻夫全传中说,孟姜女是孟隆德晚年所生,长益美慧。她从一绣花娘学绣,这人是一个节义妇人,教她读书,数年中学成了满腹经史。万喜良在苏州,以学问著名。其时始皇要造长城,有一散仙恐其伤百姓过多,知道喜良是仙人转世,该受此劫,就往见始皇,说万喜良可抵代一万个夫役的死。始皇就行文到楚国,令楚王捉拿,楚畏秦强,只得到苏州张贴榜文。万员外嘱儿子易服逃生,县尹往查,说是喜良游学齐、鲁去了。秦使回国,始皇大怒,传旨无论何国一体严拿。这时孟姜十六岁了,父母正要同她招婿,她得了一梦,梦见花园中莲并蒂,鸳鸯交颈;正在赏玩时,却起了一个霹雳,风雹齐下,把莲花打碎,鸳鸯打死了。她醒来,到父母处说起此事;他们也说得到了同样的梦。这天,孟姜绣倦,进花园纳凉,忽见一双飞舞的蝴蝶,上前扑着。不料用力过猛,跌入池内;两腿沾泥。因在夜间,就脱衣洗澡,全身白肉为万喜良所见。她抬头见他,羞得无地自容,穿衣唤他,问明情由,便要嫁与。喜良不肯,她拉他到父母处,以死求婚,他只得应允了。消息泄漏,钦差趁结婚时前往搜查,终于在柴房内搜出。喜良到长城做工三天,就死了。督工官命人把他埋在城内,不到数天城工已完,以前坍塌的地方也都修好。始皇欢喜,封他为督理长城之职,派王贯代主祭他。孟家派孟兴前去探视,他到时正值御祭,回来不敢声张,只说姑爷卧病。他们又派他把寒衣和银两送去。他到苏州眠花宿柳,一年后用光了才回去,说姑爷死了。这夜孟姜梦见喜良,具悉孟兴诓骗之事。明天要捉他时,他早已逃走了。她立志前往寻骨,过了七七,和仆孟和、婢小秀同行。喜良托梦时,曾给她一双黑鞋。醒来时就变了一对小鸦,她喂养着。起行之日,不知路径,在灵前祷祝,只见那对小鸦朝着她乱叫。她们起身后,就由它们领路。先到苏州,拜见了翁姑。有一天,忽地出来一个打棍人,把孟和打死,把小秀丢在山腰,原来这正是孟兴。他逼她成亲,她心生一计,把手巾包了石子,失手落在涧中,说包内有黄金二十两。他贪财心切,顺崖下取,给孟姜投石打死了。她孤身半夜走到辛店,听得一家有机声书声,请求借宿。这读书的小孩名韩信,刚七岁,已立了灭秦的大志了。她到木德川,行李给贼人抢光。到曹家店,幸遇店主相助,得了些盘缠。到浒墅关,关官不放;她唱了《十二月花名》,他也落泪了。出关后,遇见一个挈着小孩的老妇,给她一封枣子,陪她在望亭睡眠。她半夜醒时,面前睡着大小二虎,她惊骇晕去。明天醒时,只见留着一个简贴,上写"浒墅关土地奉了菩萨法旨令本关山神母子前来搭救,所食枣名火枣,是仙家的妙品,食过十二枚便可一年不饥不渴"。自此以后,她不吃东西,行路也有精神。她在路上日诵经卷,黑夜也不停宿,只管往前走。有一天,她走过一条有妖怪的山路,给她天宫中的姐妹麻姑和许飞琼救了,从云中送到无锡。孟姜由此过高桥、六社、横林、戚墅、丁堰到常州。常州南门有个清凉寺,她叩门求宿,招待她的两个女冠原来是华周杞梁之妻。她们自哭夫之后,虽蒙齐君抚恤,终是穷无所依。二人往山中挖菜煮食,忽然挖出一个何首乌,吃后白发变黑,皱纹平舒,不饮不渴,年纪不过二十外,众人都称她们为仙人。活到一百余岁,亲丁俱无,又加乐毅伐齐,国内大乱,恐为强暴所污,到清凉寺出家。自从到此以来,已经一百余年了,这天,孟姜女进殿哭拜菩萨,梦见菩萨命韦驮和各府州县城隍土地在七日七夜之内送她到长城;又令浒墅关山神将劫贼押到长城,将赃物跪献与她。华周杞梁之妻听得了菩萨的命令，十分钦敬，说她这样贞烈，自愧不如。她到丹阳，见慈航寺香火极盛，进去参拜，忽然霹雳一声，把能言的活菩萨打死，现出白毛老猿的本相，原来它受不起她的一拜，送行的韦驮把它打死呢。在这里，她又遇见了高渐离之妻。从此到金山，因无钱渡江，到大王庙祷祝，大王把她在蒲团上送过去了。她到黄河，又无法渡过，愤激投下，韦驮把她送过去了。第七天上，果然到得长城。她依了神示，找到了六角亭，拍着城墙大哭，把头碰去，许多神灵着了急，赶紧推倒一段城墙。她昏晕醒来，见死了的劫贼跪在旁边，将衣包跪献。她把包打开，把骨殖一段段地拾取，放在衣服里，缺少一双鞋子，两双小鸦落下来，就是鞋了。这时守城官奏知朝廷，始皇派赵高提捉。孟姜见了赵高，破口大骂。赵怒，命将喜良骨烧化成灰。兵卒去时，见有两虎守着，不敢走近。赵高带孟姜见始皇，不易孝服；始皇爱其美，命王贯替他说亲。孟姜要求三件事：①造十里长桥；②造十里方阔的坟茔；③皇帝和大臣往祭。始皇一一依了。这座桥跨过了鸭绿江，好似飞虹亘天。祭后，始皇要孟姜同归。她一直跑到长桥，大骂始皇，高叫丈夫，跳下去了。始皇叫人打捞，不知去向，原来她的尸紧贴在江岸呢。始皇回京后，她又自己漂上岸来。守城官把她盛殓，暗暗地埋在喜良坟内。皇后骂了昏王，险些遭斩，给太后救下。万员外听得孟姜死耗，立主招魂，又为他过继一子，到松江搬取隆德夫妇同居，弄孙自娱。这本小说大约是一个略略通文的人做的，所以知道那时的苏州属于楚国，又知道有高渐离、韩信诸人。最奇怪的，他会使孟姜女和杞梁妻会面，并使杞梁妻自愧不如。

哀情小说《孟姜女》里，用的新名词很多，分明是这十几年中的作品。起首与宝卷一样，叙述孟姜的诞生神话。下说万纪良的父万启忠与赵高不睦，辞职退隐。太白星降下童谣。赵高公报私仇；李斯谏阻无效。皇榜挂到苏州，纪良由家人万祥陪伴逃出。中途，万祥给土匪杀害了，包袱银两悉被抢去。纪良到孟家花园，与孟姜相遇。正在合卺时，即被蒙恬捕去。解到长城，封侯受祭，埋于城内。他的魂到孟姜处，听她正哭述天宫谏阻下凡的事，他恐和她见面后她要寻死，不如让她到长城去吃一番辛苦，造一座庙宇的好，就不托梦与她，飞向外面去了。孟姜亲送寒衣，途中婢为仆害，仆又受孟姜的诳而落涧，她一人独行，作歌自叹（闽、浙通行的《四季歌》）。过把城关（即长城总关），关官疑她是歌妓，要她唱曲，她就唱了《十二月花名》。她一路哭泣，到了潼关，还觅不到，披散了头发撞去；万杞良阴魂把城一推，城就开了。蒙恬送孟姜上殿，始皇要娶她。她要求三事：①殓杞良，埋长城下；②万岁亲自祭奠，文武挂孝；③丘坟前造一座万里长城侯万王神庙。始皇都依了。祭毕，她和他携手至望萍桥上，纵身向河中跳下，即化为仙体，和纪良同驾云头到松江会见四老，告别，上天宫归位。尸首捞不着，李斯请建仙女庙。这是全把宝卷作底而用他种有力的传说（如万父和赵高结怨，孟姜女途中唱歌，跳水而死）把它修饰的。

三、研究的结论

这一件故事仅仅断续地研究了一年多，所得的材料亦仅由同志钱南扬（肇基）、钟敬文、刘半农、郑鹤声、郑宾于（孝观）、常维钧（惠）诸先生供给，虽已激起了许多人的"小题大做"的批评，但我自己觉得，这实在是极不完全的。（读者不要疑我为假谦虚；只要画一地图，就立刻可以见出材料的贫乏，如安徽、江西、贵州、四川等省的材料便全没有得到；就是得到的省份每省也只有两三县，因为这两三县中有人高兴和我通信。）我想，如能把各处的材料都收集到，必可借了这一个故事，帮助我们把各地交通的路径，文化迁流的系统，宗教的势力，民众的艺术，……得到一个较清楚的了解。这比了读呆板的历史，不知道可以得益到多少倍。至于小题大做，乃是不成问题的，因为天下事只有做不做，没有小不小，只要你肯做，便无论什么小问题都会有极丰富的材料，一粒芥菜子的内涵可以同须弥山一样的复杂（但这是生着势利眼的人们所不能理会的）。现在试从这一点贫乏的材料中提出几项故事的大趋势瞧一下（里边有许多未考定的事实；因便于称说，不悉列明）：

第一，就历史的文化中心上看这件故事的迁流的地域。春秋战国间，齐鲁的文化最高，所以这件故事起在齐都，它的生命日渐广大。西汉以后，历代宅京以长安为最久，因此这件故事流到了西部时，又会发生崩梁山和崩长城的异说。从此沿了长城而发展：长城西到临洮，故敦煌小曲有孟姜寻夫之说；长城东至辽左，故《同贤记》有杞梁为燕人之说。北宋建都河南，西部的传说移到了中部，故有杞县的范郎庙。湖南受陕西的影响，合了本地的舜妃的信仰，故有澧州的孟姜山。广西、广东一方面承受北面传来的故事，一方面又往东推到福建、浙江，更由浙江传至江苏。江浙是南宋以来文化最盛的地方，所以那地的传说虽最后起，但在三百年中竟有支配全国的力量。北京自辽以来建都了近一千年，成为北方的文化中心，使得它附近的山海关成为孟姜女故事的最有势力的根据地。江浙与山海关的传说联结了起来，遂形成了这件故事的坚确不拔的基础，以前的根据地完全失掉了势力。除非文化中心移动时，这件故事的方式是不会改变的了。

第二，就历代的时势和风俗上看这件故事中加入的分子。战国时，齐都中盛行哭调，需要悲剧的材料，杞梁战死而妻迎柩是一个很好的题目，所以就采了进去。西汉时，天人感应之说成为一种普遍的信仰，在那时人的想象中构成了奇迹，如荆轲刺秦王的白虹贯日，邹衍下狱的六月飞霜，东海孝妇冤死的三年不雨，都是。杞妻的哭，到这时便成了崩城和坏山的感应，以致避兵而回，因渴泉涌。六朝、隋唐间，人民苦于长期战争中的徭役，一时的乐曲很多向着这一方面的情感而流注，但歌辞里原只有抒写普泛的情感而没有指实的人物。"此中有人，呼之欲出"，于是杞梁的崩城便成了崩长城，杞梁的战死便成了逃役而被打杀了。同时，乐府中又有捣衣，送衣之曲，于是她又作送寒衣的长征了。再从别地的风俗传说上看这件故事中加入的分子。陕西有姜嫄的崇拜，故杞梁妻会变成孟姜女。湖南有舜妃的崇拜，故孟姜女会有望夫台和绣竹。广西有被除的风俗，故孟姜女会在六月中下莲塘洗澡。静海有织黄袍的女工，故孟姜女会得织就了精工的黄袍而献与始皇。江浙间盛行着厌胜的传说，故万喜良会得抵代一万个筑城工人的生命。西南诸省有称妻妾事夫为孝的名词，故孟姜女会得变成了寻夫崩城的孝女。其他如滴血认骨之说，如仙人下凡救劫之说，如葬姑寻夫之说，也莫不有它的来历。

第三，就民众的感情与想象上看这件故事的酝酿力。一件故事，一定要先有了它的凭借的势力，才有发展的可能。所以与其说是这件故事中加入外来的分子，不如说从民众的感情与想象上酝酿着这件故事的方式。例如上条所举，杞梁妻哀哭的故事是由于齐都中哭调的酝酿，崩城和坏山的故事是由于天人感应之说的酝酿，孟姜女送寒衣哭长城的故事是由于《饮马长城窟行》《筑城曲》《捣衣曲》《送衣曲》等歌诗的酝酿。又如望夫石，有它的地方是很多的。唐张籍《望夫石》诗云："望夫处，江悠悠；化为石，不回头。"白居易《蜀路石妇》诗云："道旁一石妇，无记复无铭；传是此乡女，为妇孝且贞，十五嫁邑人，十六夫征行；夫行二十载，妇独守孤茕。"又《续古诗》云："戚戚复戚戚，送君还行役；……生作闺中妇，死作山头石！"宋苏辙《望夫台》诗云："江上孤峰石为骨，望夫不来空独立，……江移岸改安可知，独与高山化为石。"明《一统志》云："石妇山在广德州城南五十里，旧传谢氏女望夫而化为石，因名。"这些东西正与澧州、山海关、绥中的望夫台和望夫石一例：不过澧州等处已把它指定为孟姜女的遗迹，而当涂（张籍所咏）、忠州（苏辙所咏）等处则没有指实，或指定了别人（如谢氏）罢了。推原它们所以不被指定为孟姜女的遗迹之故，只因她的故事是活动的（崩城和送衣都须出门）。而谢氏等因望夫而化石则是固定的。我们由此可以知道，民众的感情中为了充满着夫妻离别的悲哀，故有捣衣寄远的诗歌，酝酿为孟姜女寻夫送衣的故事；有登高望夫的心愿，酝酿为孟姜女筑台远望的故事（以及谢氏等望夫化石的故事）；有骸骨撑拄的猜想，酝酿为孟姜女哭崩长城滴血觅骨的故事。所以我们与其说孟姜女故事的本来面目为民众所改变，不如说从民众的感情与想象中建立出一个或若干个孟姜来。孟姜女故事的基础是建设于夫妻离别的悲哀上与祝英台故事的基础建设于男女慈爱的悲哀上有相同的地位。因为民众的感情与想象中有这类故事的需求，所以这类故事会得到了凭借的势力而日益发展。

第四，就传说的纷异上看这件故事的散乱的情状。从前的学者，因为他们看故事时没有变化的观念而有"定于一"的观念，所以闹得到处狼狈。例如上面举的，他们要把同官和澧州的不同的孟姜女合为一人，要把前后变名的杞梁妻和孟姜女分为二人，要把范夫人当作孟姜女而与杞梁妻分立，要把哭崩的城释为莒城或齐长城，都是。但现在我们搜集了许多证据，大家就可以明白了：故事是没有固定的体的，故事的体便在前后左右的种种变化上。例如孟姜女的生地，有长清、安肃、同官、澧州、务州（武州）、乍浦、华亭、江宁诸说；她的死地，有益都、同官、澧州、潼关、山海关、绥中、东海、鸭绿江诸说。又如她的死法，有投水、跳海、触石、腾云、哭死、力竭，城墙压死，投火化烟，及寿至九十九诸说。又如哭倒的城，有五丈、二三里、一千余丈、八百里、万里、十万里诸说。又如被她哭崩的城的地点，有杞城、长城、穆陵关、潼关、山海关、韩城、绥中、长安诸说；寻夫的路线，有渡涂河而北行，出秦岭而西行，经泗州到长城、经镇江到山海关、经把城关到潼关诸说。又如他们所由转世的仙人，范郎有火德星、娄金狗、芒童仙官诸说，孟姜有金德星、鬼金羊、七姑星诸说。这种话真是杂乱极了，怪诞极了，稍有知识的人应当知道这是全靠不住的。但我们将因它们的全靠不住而一切推翻吗？这也不然。因为在各时各地的民众的意想中是确实如此的，我们原只能推翻它们的史实上的地位而决不能推翻它们的传说上的地位。我们既经看出了它们的传说上的地位，就不必用"定于一"的观念去枉费心思了。

第五，就传说的自身解释上看这件故事的改变的样子。例如"孟姜"二字都是可以用作姓的，所以《孟姜仙女》卷就解释道，孟家种的瓜生在姜家地上，姜婆与孟公争夺瓜中的女儿，县官司断她为两家公有，便用了两家的姓作她的名。北方的孟姜又姓许，所以河南唱本也解释道，"他爹姓许来娘姓孟，认了干娘本姓姜。"我们由此可以知道，有许多传说是本来没有的，只为了解释的需要而生出来的。即如孟姜女的婚配，最早的记载只说她因杞梁窥见了她的身体，妇人之体不得再见丈夫，故毅然嫁与。后来为了解释她何以给他窥见身体之故，便想出了许多方法，或说她坠扇入池，将臂拾取，为他所见；或说她入水取扇，污了一身的泥，就此洗浴，为他所窥；或说她被狂风吹落池中，为他所救；或说她忆春思嫁，烧香许愿，愿嫁与见她脱衣裳的人；或说她虔心事神，观音托梦，嘱她嫁与见她肌肤的人。又如范郎筑在城内，最早的记载不过说他逃避工役，故处死填城，后来为了解释他何以要处死填城之故，或说万喜良自愿替代万民灾难；或说仙人有意降下童谣，说只有他能抵万人生命；或说赵高和他父亲不睦，故意要杀他祭禳长城。因为各人有解释传说的要求，而各人的思想知识悉受时代和地域的影响，所以故事中就插入了各种的时势和风俗的分子。

第六，就这件故事的意义上回看民众与士流的思想的分别。杞梁妻的故事，最先为却郊吊，这原是知礼的知识分子所愿意颂扬的一件故事。后来变为哭之哀，善哭而变俗，以至于痛苦崩城，投淄而死，就成了纵情任欲的民众所乐意称道的一件故事了。它的势力侵入了知识分子，可见在这件故事上，民众的情感已经战胜了士流的礼教。后来民众方面的故事日益发展，故事的意义也日益倾向于纵情任欲的方面流注去：她未嫁时是思春许愿的，见了男子是要求在杨柳树下配成双的，后来万里寻夫是经父母翁姑的苦劝而终不听的；秦始皇要娶她时，她又假意绸缪，要求三事，等到骗到了手之后而自杀。但这件故事回到知识分子方面时，就只变了一个面目，变得循规蹈矩了：她的婚姻是经父母配合的，丈夫行后她是奉事寡姑而不敢露出愁容的，姑死后是亲自负土成坟而后寻夫的；到后来也没有戏弄秦始皇的一段事。因为两方面的思想有这样的冲突，所以一个知礼的杞梁之妻会得变成了自由慈爱的主张者，敢把自己的生命牺牲于爱情之下；但又因知识分子的牵制，所以虽有城崩的失礼而仍保留着却郊吊的知礼，虽有冒险远行的失礼而仍保留着尽孝终养的知礼。我们只要一看书本碑碣上的记载，使可见出两败俱伤的痕迹；倒不如通行于民众社会的唱本口说保存得一个没有分裂的人格了。

从以上诸条看来，我们可以知道一件故事虽是微小，但一样地随顺了文化中心而迁流，承受了各时各地的时势和风俗而改变，凭借了民众的情感和想象而发展。我们又可以知道，它变成的各种不同的面目，有的是单纯地随着说者的意念的，有的是随着说者的解释的要求的。我们更就这件故事的意义上回看过去，又可以明了它的各种背景和替它立出主张的各种社会的需要。

我们懂得了这件故事的情状，再去看传说中的古史，便可见出它们的意义和变化是一样的。孟姜女的生于葫芦或南瓜中，不即是伊尹的生于空桑中吗？范喜郎为火德星转世，死后归复仙班，不即是传说的"乘东维、骑箕尾而比于列星"吗？秦始皇被骂后两脚浮浮，落在东海里做春牛，不即时"尧殛鲧于羽山，其神化为黄熊，以入于羽渊，实为夏郊"吗？范杞郎死而化为凤凰或鹦鹉，也不即是女娃的溺死而化为精卫（帝女雀）吗？饿虎、毒蛇、雨雪诸村，也不即是《山海经》上的有食人的窫窳的少咸之山，有攫人的孰湖的崦嵫之山，冬夏有雪的申首之山吗？（用楚辞中的《招魂》和《大招》看来就更像。）读者不要疑惑我专就神话方面说，以为古史中原没有神话的意味，神话乃是小说不经之言。须知现在没有神话意味的古史，却是从神话的古史中淘汰出来的。清刘开《广列女传》的"杞植妻"条云："杞植之妻孟姜。植婚三日，即被调至长城，久役而死。姜往哭之，城为之崩，遂负骨归葬而死。"我们只要看了这一条，便可知道民间的种种有趣味的传说全给他删去了，剩下来的只有一个无关痛痒的轮廓，除了万免不掉的崩城一事之外确没有神话的意味了。况且就是崩城的神话也何尝不可作为非神话的解释，有如王充所云"或时城适自崩，杞梁妻适哭其下"（《论衡·感虚》篇）呢。所以若把《广列女传》所述的看作孟姜的真事实；把唱本、小说、戏本……中所说的看作怪诞不经之谈，固然是去伪存真的一团好意，但在实际上却本末倒置了。我们若能了解这一个意思，就可历历看出传说中的古史的真相，而不至再为学者们编定的古史所迷误。

1927 年 1 月

《孟姜女故事的转变》原载《歌谣周刊》第 69 号，1924 年。
《孟姜女故事研究》原载《现代评论》第二周年增刊，1927 年。
此处选录自《顾颉刚民俗学论集》，上海文艺出版社 1998 年版。

参考篇目
浦江清《八仙考》（《浦江清文录》，人民文学出版社，1989 年版）
游国恩《论陌上桑》（《游国恩学术论文集》，中华书局，1989 年版）
冯沅君《古优解》（《冯沅君古典文学论文集》，山东人民出版社，1980 年版）
董每戡《说"傀儡"》（《董每戡文集》，广东高等教育出版社，1999 年版）
郑振铎《净与丑》（《中国文学研究》上，人民文学出版社，2000 年版）
孙楷第《宋朝说话人的家数问题》（《沧州集》，中华书局，1965 年版）

第十一讲
郑振铎：《汤祷篇》

　　古史的研究，于今为极盛：有完全捧着古书，无条件的屈服于往昔的记载之下的；也有凭着理智的辨解力，使用着考据的最有效的方法，对于古代的不近人情或不合理的史实，加以驳诘，加以辨正的。顾颉刚先生的《古史辨》便是属于后者的最有力的一部书。顾先生重新引起了人们对王充、郑樵、崔述、康有为诸人的怀疑的求真的精神。康氏往往有所蔽，好以己意强解古书，割裂古书；顾先生的态度，却是异常的恳挚的；他的"为真理而求真理"的热忱，是为我们友人所共佩的。他的《古史辨》已出了三册，还未有已。在青年读者们间是有了相当的影响的。他告诉他们，古书是不可尽信的；用时须加以谨慎的拣择。他以为古代的圣人的以及其他的故事，都是累积而成的，即愈到后来，那故事附会的成分愈多。他的意见是很值得注意的。也有不少的跟从者曾做了同类的工作。据顾先生看来，古史的不真实的成分，实在是太多了。往往都是由于后代人的附会与添加的。——大约是汉朝人特别的附加的多吧。但我以为，顾先生的《古史辨》，乃是最后一部的表现中国式的怀疑精神与求真理的热忱的书，她是结束，不是开创，他把郑崔诸人的路线，给了一个总结束。但如果从今以后，要想走上另一条更近真理的路，那只有别去开辟门户。像郭沫若先生他们对于古代社会的研究便是一个好例。他们下手，他们便各有所得而去。老在旧书堆里翻筋斗，是绝对跳不出如来佛的手掌心以外的，此亦一是非，彼亦一是非，旧书堆里的纠纷，老是不会减少的。我以为古书固不可尽信为真实，但也不可单凭直觉的理智，去抹杀古代的事实。古人或不至像我们所相信的那末样的惯于作伪，惯于凭空捏造多多少少的出来；他们假使有什么附会，也必定有一个可以使他生出这种附会来的根据的。愈是今人以为大不近人情，大不合理，却愈有其至深且厚，至真且确的根据在着。自从人类学、人种志和民俗学的研究开始以来，我们对于古代的神话和传说，已不仅视之为原始人里的"假语村言"了；自从萧莱曼在特洛伊城废址进行发掘以来，我们对于古代的神话和传说，也已不复仅仅把他们当作是诗人们的想象的创作了。我们为什么还要常把许多古史上的重要的事实，当作后人的附会和假造呢？

　　我对于古史并不曾用过什么苦功；对于新的学问，也不曾下过一番好好的研究的工夫。但我却有一个愚见，我以为《古史辨》的时代是应该告一个结束了！为了使今人明了古代社会的真实的情形，似有另找一条路走的必要。如果有了《古史新辨》一类的东西，较《古史辨》似更有用，也许更可以证明《古史辨》所辨正的一部分的事实，是确切不移的真实可靠的。这似乎较之单以直觉的理智，或以古书考证，为更近于真理，且似也更有趣些。

　　在这里，我且在古史里拣选出几桩有趣的关系重大的传说，试试这个较新的研究方法。这只是一个引端；我自认我的研究是很粗率的。但如果因此而引起了学者们的注意，使他们有了更重要、更精密的成绩出来，我的愿望便满足了。

　　更有一点，也是我做这种工作的重要的原因：在文明社会里，往往是会看出许多的"蛮性的遗留"的痕迹来的；原始生活的古老的"精灵"常会不意地侵入现代人的生活之中；特别在我们中国，这古老的"精灵"更是胡闹得利害。在这个探讨的进行中，我也要不客气地随时举出那些可笑的"蛮性的遗留"的痕迹出来。读者们或也将为之哑然一笑，或觉要瞿然深思着的吧。

第一篇讨论的是汤祷于桑林的故事。

一、汤　祷

一片的大平原：黄色的干土，晒在残酷的太阳光之下，裂开了无数的小口，在喘着气；远远的望过去，有极细的土尘，高高的飞扬在空中，仿佛是绵绵不断的春雨所织成的帘子。但春雨给人的是过度的润湿之感，这里却干燥得使人心焦意烦。小河沟都干枯得见了底，成了天然的人马及大车的行走的大道。桥梁剩了几块石条，光光的支撑在路面的高处，有若枯骸的曝露，非常的不顺眼，除了使人回忆到这桥下曾经有过碧澄澄的腻滑的水流，安闲舒适的从那里流过。正如"画饼充饥"一样，看了画更觉得饿火上升得利害，这样桥梁也使人益发的不舒服，一想起绿油油的晶莹可爱的水流来。许多树木在河床边上，细幽灵似的站立着，绿色早已焦黄萎落了，秃枝上厚厚的蒙罩了一层土尘。平原上的芊芊绿草是早已不曾蔓生的了。稻田里的青青禾苗，都现出枯黄色，且有了黑斑点。田边潴水的小池塘，都将凹下的圆底，赤裸裸的现出在人们的眼前。这里农民们恃为主要的生产业的桑林，原是总总林林的遍田遍野的丛生着，那奇丑的矮树，主干老是虬结着的，曾经博得这里农民们的衷心的爱护与喜悦的，其茸茸的细叶也枯卷在枝干上。论理这时是该肥肥的浓绿蔽满了枝头的。没有一个人不着急。他们吁天祷神。他们祀祖求卜，家家都已用尽了可能的努力，然而"旱魃"仍是报冤的鬼似的，任怎样禳祷也不肯去，农民们的蚕事是无望的了。假如不再下几阵倾盆的大雨，连食粮也都成了严重的问题；秋收是眼看的不济事了。

没有下田或采桑的男妇，他们都愁闷的无事可作的聚集在村口，窃窃的私语着。人心惶惶然，有些激动。左近好几十村都是如此。村长们都已到了城里去。

该是那位汤有什么逆天的事吧？天帝所以降下了那末大的责罚，这该是由那位汤负全责的！

人心骚动着。到处都在不稳的情态之下。

来了，来了，村长们从城里拥了那位汤出来了。还有祭师们随之而来，人们骚然的立刻包围上了，密匝匝的如蜜蜂的归巢似的，人人眼睛里都有些不平常的诡怪的闪光在闪露着。

看那位汤穿着素服，披散了发，容色是戚戚的，如罩上了一层乌云，眼光有些惶惑。

太阳蒸得个个人气喘不定。天帝似在要求着牺牲的血。

要雨，我们要的是雨，要设法下几阵雨！

祷告！祷告！要设法使天帝满足！

该有什么逆天的事吧？该负责设法挽回！

农民们骚然的在吵着喊着；空气异然的不稳。

天帝要牺牲，要人的牺牲！要血的牺牲！我们要将他满足，要使他满足！——仿佛有人狂喊着。

要使他满足！——如雷似的呼声四应。

那位汤抬眼望了望；个个人眼中似都闪着诡异的凶光。他额际阵阵的滴落着豆大的黄汗，他的斑白的鬓边，还津津的在焦聚汗珠。

诸位——他要开始喊叫，但没有一个听他。

抬祭桌——一人倡，千人和，立刻把该预备的东西都预备好了。

堆柴——又是一声绝叫，高高的柴堆不久便竖立在这大平原的地面上了。

那位汤要喊叫，但没有一个人理会他。他已重重密密的被包围在铁桶似的人城之中。额际及鬓上的汗珠尽望下滴。他眼光惶然的似注在空洞的空气中，活像一只待屠的羊。

有人把一件羊皮袄，披在那位汤的背身上，他机械的服从着，被村长们领到祭桌之前，又机械的匍匐在地，有人取了剪刀来，剪去了他的发，剪去了他的手指甲。

发和爪都抛在祭盆里烧着，一股的腥焦的气味。

四边的祷祈的密语，如雨点似的渐沥着，村长们、祭师们的咒语，高颂着。空气益发紧张了，人人眼中都闪着诡异的凶光。

黄澄澄的太阳光，睁开了大眼瞧望着这一幕的活剧的进行。还是一点雨意也没有。但最远的东北角的地平线上，已有些乌云在聚集。

祈祷咒诵的声音营营的在杂响着，那位汤耳朵里嗡嗡的一句话也听不进。他匍匐在那里，看见的只是祭桌的腿，燔盘的腿，以及臻臻密密的无量数的人腿，如桑林似的植立在那里。他知道他自己的命运；他明白这幕活剧要进行到什么地步。他无法抵抗，他不能躲避。无穷尽的祷语在念诵着；无数的礼仪的节目在进行着。燔盘里的火焰高高的升在半空；人的发爪的焦味儿还未全散。他额际和鬓边的汗珠还不断地在集合。

村长们、祭师们护掖他立起身来。在群众的密围着向大柴堆而进，他如牵去屠杀的羊儿似的驯从着。

东北风吹着，乌云渐向天空漫布开来。人人脸上有些喜意。那位汤也有了一丝的自慰。但那幕活剧还在进行。人们拥了那位汤上了柴堆。他孤零零的跪于高高的柴堆之上。四面是密密层层的人。祭师们、村长们又在演奏着种种的仪式，跪着、祷着，立着，行着。他也跪祷着，头仰向天；他只盼望着乌云聚集得更多，他只祷求雨点早些下来，以挽回这个不可救的局面。风更大了，吹拂得他身上有些凉起来。额际的汗珠也都被吹干。

祭师们、村长们又向燔火那边移动了。那位汤心上一冷。他知道他们第二步要做什么。他彷徨的想跳下柴堆来逃走。但望了望那末密密匝匝的紧围着的人们，个个眼睛都是那末诡怪的露着凶光，他又不禁倒抽了一口冷气，他知道逃脱是不可能的。他只是盼望着雨点立刻便落下来，好救他出于这个危局。

祭师们、村长们又从燔火那边缓缓地走过来了；一个祭师的领袖手里执着一根火光熊熊的木柴。那位汤知道他的命运了；反而闭了眼，不敢向下看。

乌云布满了天空；有豆大的雨点从云罅里落了下来，人人仰首望天。一阵的欢呼！连严肃到像死神似的祭师们也忘形的仰起了头，冰冷的水点，接续的滴落在他们的颊上，眉间，如向日葵似的开放了心向夏雨迎接着。那位汤听见了欢呼，吓得机械的张开了眼。他觉得有湿漉漉的粗点，洒在他新被剪去了发的头皮上。雨是在继续的落下！他几乎也要欢呼起来，勉强的抑制了自己。

雨点更粗更密了，以至于组成了滂沱的大水流。个个人都淋得满身的湿水。但他们是那末喜悦！

空气完全不同了，空中是充满了清新的可喜的泥土的气息，使人们嗅到了便得意。个个人都跪倒在湿泥地上祷谢天帝。祭师的领袖手上的烧着的木柴也被淋熄了；燔火也熄了。

万岁，万岁！万岁！——他们是用尽了腔膛里的肺量那末欢呼着。

那位汤又在万目睽睽之下，被村长们、祭师们护掖下柴堆。他从心底松了一口气：暗暗的叫着惭愧。人们此刻是那末热烈的拥护着他！他立刻又恢复了庄严的自信的容色，大跨步的向城走去。人们紧围着走。

那位汤也许当真的以为天帝是的确站在他的一边了。

万岁，万岁！万岁！！的欢呼声渐远。

大雨如天河决了口似的还在落下；聚成了一道河流，又蠢蠢的在桥下奔驰而东去。小池塘也渐渐的积上了土黄色的混水。树林野草似乎也都舒适的吐了一口长气。桑林的萎枯的茸茸的细叶，似乎立刻便有了怒长的生气。

只有那位柴堆还傲然的植立在大雨当中，为这幕活剧的惟一存在的证人。

二、本　事

以上所写的一幕活剧，并不是什么小说——也许有点附会，但并不是全然离开事实的。这幕活剧的产生时代，离现在大约有三千二百五十年，剧中的人物便是那位君王汤。这类的活剧，在我们的古代，演的决不止一次两次，剧中的人物，也决不止那位汤一人。但那位幸运儿的汤，却因了太好的一个幸运，得以保存了他的生命，也便保存了那次最可纪念的一幕活剧的经过。

汤祷的故事，最早见于《荀子》、《尸子》、《吕氏春秋》、《淮南子》及《说苑》。《说苑》里记的是：

> 汤之时，大旱七年，雒坼川竭，煎沙烂石，于是使人持三足鼎祝山川，教之祝曰：政不节邪？使人疾邪？苞苴行邪？谗夫昌邪？宫室崇邪？女谒盛邪？何不雨之极也？言未已，而天大雨。

这里只是说，汤时大旱七年，他派人去祭山川，教之祝辞，"言未已，而天大雨"，并无汤自为牺牲以祷天之说；但《说苑》所根据的是《荀子》，《荀子》却道：

> 汤旱而祷曰：政不节与？使民疾与？何以不雨至斯极也！宫室荣与？妇谒盛与？何以不雨至斯极也！苞苴行与？谗夫兴与？何以不雨至斯极也！

《荀子》说的是汤旱而祷，并没有说"使人持三足鼎祝山川"；这一节话，或是刘向加上去的，但向书实较晚出；《吕氏春秋》记的是：

> 汤克夏而正天下。天大旱五年不收。汤乃以身祷于桑林曰：余一人有罪，无及万夫。万夫有罪，在余一人。无以一人之不敏，使上帝鬼神伤民之命。于是剪其发，磨其手，以身为牺牲，用祈福于上帝。民乃甚说，雨乃大至！

这是最重要的一个记载，其来源当是很古远的，决不会是《吕氏春秋》作者的杜撰；《说苑》取《荀子》之言，而不取《吕氏春秋》，或者是不相信这传说的真实性罢？但汤祷于桑林的传说，实较"六事自责"之说为更有根据，旁证也更多：

《淮南子》：

> 汤之时，七年旱，以身祷于桑林之际，而四海之云凑，千里之雨至。

又李善《文选注》引《淮南子》：

> 汤时大旱七年，卜用人祀天。汤曰：我本卜祭为民，岂乎自当之。乃使人积薪，剪发及爪，自洁居柴上。将自焚以祭天。火将燃，即降大雨。(《思玄赋注》)

《尸子》：

> 汤之救旱也，乘素车白马，著布衣，婴白茅，以身为牲，祷于桑林之野。当此时也，弦歌鼓舞者禁之。

这都是说，汤自己以身为牺牲，而祷于桑林的；《淮南子》更有"自洁居柴上"之说。这也许更古。皇甫谧的《帝王世纪》，则袭用《淮南》、《吕览》之说：

《帝王世纪》：

> 汤自伐桀后，大旱七年，殷史卜曰：当以人祷。汤曰：吾所为请雨者民也，若必以人祷，吾请自当。遂斋戒，剪发断爪，以身为牲，祷于桑林之社，言未已，而大雨，方数千里。

在离今三千二百五十余年的时候，这故事果曾发生过么？我们以今日的眼光观之，实在只不过是一段荒唐不经的神话而已。这神话的本质，是那末粗野，那末富有野蛮性！但在古代的社会里，也和今日的野蛮人的社会相同，常是要发生着许多不可理解的古怪事的。愈是野蛮粗鄙的似若不可信的，倒愈是近于真实。自从原始社会的研究开始了之后，这个真理便益为明白。原始社会的生活是不能以今日的眼光去评衡的；原始的神话并不如我们所意想的那末荒唐无稽的。

但在我们的学术界里，很早的时候，便已持着神话的排斥论，惯好以当代的文明人的眼光去评衡古代传说。汤祷的事，也是他们辩论对象之一。底下且举几个有力的主张。

三、曲 解

《史记》在《殷本纪》里详载汤放网的故事，对于这件祷于桑林的大事，却一个字也不提起。以后，号为谨慎的历史学者，对此也纷纷致其驳诘，不信其为实在的故事。崔述的《商考信录》尝引宋南轩张氏，明九我李氏的话以证明此事的不会有：

> 张南轩曰：史载成汤祷雨，乃有剪发断爪，身为牺牲之说。夫以汤之圣，当极旱之时，反躬自责，祷于林野，此其为民吁天之诚，自能格天致雨，何必如史所云。且人祷之古，理所不通。圣人岂信其说而毁伤父母遗体哉！此野史谬谈，不可信者也。

> 李九我曰：大旱而以人祷，必无之理也。闻有杀不辜而致常旸之咎者矣，未有旱而

可以人祷也！古有六畜不相为用，用人以祀，惟见于宋襄、楚灵二君，汤何如人哉！祝史设有是词，独不知以理裁，而乃以身为牺，开后世用人祭祀之原乎？天不信汤平日之诚，而信汤一日之祝，汤不能感天以自修之实，而徒感天以自责之文，使后世人主，一遇水旱，徒纷纷于史巫，则斯言作俑矣。

崔氏更加以案语道：

> 余按《公羊》桓五年，传云：大雩者，旱祭也。注云：君亲之南郊，以六事谢过自责曰：政不一与？民失职与？宫室崇与？妇谒盛与？苞苴行与？谗夫倡与？使童男各八人舞呼雩，故谓之雩。然则，以六事责，乃古雩祭常礼，非以为汤事也。僖三十一年传云：三望者何？望祭也。然则曷祭？祭泰山、河、海。注云：《韩诗传》曰：汤时大旱，使人祷于山川是也。然而，是汤但使人祷于山川，初未尝身祷，而以六事自责也。况有以身为牺者哉！且雩祭天，祷雨也，三望，祭山川也；本判然两事。虽今《诗传》已亡，然观注文所引，亦似绝不相涉者；不识传者何以误合为一，而复增以身为牺之事，以附会之也。张、李二子之辨当矣。又按诸子书，或云尧有九年之水，汤有七年之旱，或云尧时十年九水，汤时八年七旱。尧之水见于经传者多矣，汤之旱何以经传绝无言者？尧之水不始于尧，乃自古以来，积渐泛滥之水，至尧而后平耳。汤之德至矣，何以大旱至于七年？董子云：汤之旱，乃桀之余虐也。纣之余虐，当亦不减于桀；周克殷而年丰，何以汤克夏而反大旱哉？然则，汤之大旱且未必其有无，况以身为牺，乃不在情理之尤者乎！故今并不录。

张、李二氏不过是"空口说白话"，以直觉的理性来辨证。崔氏却利害得多了，他善于使用考据家最有效的武器，他以《公羊注》所引的《韩诗传》的两则佚文，证明《荀子》、《说苑》上的汤祷的故事，乃是"误合"二事为一的；而"以身为牺之事"则更是"附会"上去的。他很巧辨，根据于这个巧辨，便直捷的抹杀古史上的这一件大事。但古代所发生的这末重要的一件大事，实在不是"巧辨"所能一笔抹杀的。

他们的话，实在有点幼稚得可笑；全是以最浅率的直觉的见解，去解释古代的历史的，但以出于直觉的理解，来辩论古史实在是最危险的举动。从汉王充起到集大成的崔述为止，往往都好以个人的理性，来修改来辨证古史。勇于怀疑的精神果然是可以钦佩，却不知已陷于重大的错误之中。古史的解释决不是那末简单的；更不能以最粗浅的，后人的常识去判断古代事实的有无。站在汉，站在宋，乃至站在清，以他们当代的文化已高的社会的情况作标准去推测古代的社会情况，殆是无往而不陷于错误的。汤祷的故事便是一个好例。他们根本上否认"人祷"。张南轩说："人祷之占，理所不通。"李九我说："大旱而以人祷，必无之理也。"崔东壁且更进一步而怀疑到汤时大旱的有无的问题。他还否认汤曾亲祷，只是"使人祷于山川"（至于"六事自责"的事，原是这个传说里不重要的一部分，即使是后来附会上去的，也无害于这传统的真实性。故这里不加辨证）。他们的受病之源，大约俱在受了传统的暗示，误认汤是圣人，又认为天是可以诚格的。故张氏有"此其为民吁天之诚，自能格天致雨"之说，李氏有"汤何如人哉！——天不信汤平日之诚，而信汤一日之祝"之说。崔氏更有"纣之余虐，当亦不减于桀，周克殷而年丰，何以汤克夏而反大旱哉"之言。这些话都是幼稚到可以不必辨的。我们可以说，"人祷"的举动，是古代的野蛮社会里所常见的现象。"大旱而以人祷"，并不是"必无之理"。孔子尝云："始作俑者其无后乎！"也恰恰是倒果为因的话。最古的时候必以活的人殉葬，后世"圣人"，乃代之以俑（始作俑者，其必有后也！——我们该这末说才对）。这正如最古的时候，祷神必以活人为牺牲一样。后来乃代以发和爪——身体的一部分——或代以牛和羊，希腊往往为河神而养长了头发；到了发长时，乃剪下投之于河，用以酬答河神的恩惠（Pausanias 的 *The Description of Greece* 书里屡言及此）。这可见希腊古时是曾以"人"祷河的。后乃代之以发。我们古书里所说的"秦灵公八年，初以君主妻河"（见《史记·六国表》）及魏文侯时邺人为河伯娶妇的事（见《史记·滑稽列传》）皆与此合。希腊神话里更有不少以人为牺牲的传说。最有名的一篇悲剧 *Iphigenia*（Euripides 作）便是描写希腊人竟将妙龄的女郎 Iphigenia（主帅 Agamemnon 之女）作为牺牲以求悦于 Artemis 女神的。所以，祈雨而以"人"为牺牲的事，乃是古代所必有的。汤的故事恰好遗留给我们以一幅古代最真确的生活的图画。汤之将他自己当作牺牲，而剪发断爪，祷于桑林，并不足以表现他的忠心百姓的幸福，却正是以表现他的万不得已的苦衷。这乃是他的义务，这乃是他被逼着不能不去而为牲的——或竟将真的成了牺牲品，如果他运气不好，像希腊神话里的国王 Athamas：这位 Athamas 也是因了国内的大饥荒而被国民们杀了祭神的。所以，那位汤，他并不是格外的要求讨好于百姓们，而自告奋勇的说道："若以人祷，请自当！"他是君，他是该负起这个祈雨的严重的责任的！除了他，别人也不该去。他却不去不成！虽然"旱"未必是"七年"，时代未必便是殷商的初期，活剧里主人公也许未必便真的是汤，然而中国古代之曾有这幕活剧的出现，却是无可置疑的事。——也许不止十次百次！

四、"蛮性的遗留"

我们看《诗经·大雅》里的一篇《云汉》，那还不是极恐怖的一幕大旱的写照么？"倬彼云汉，昭回于天。王曰：於乎！何辜今之人！天降丧乱，饥馑荐臻。靡神不举，靡爱斯牲。圭璧既卒，宁莫我听？"这祷辞是那末样的迫切。剧中人物也是一位王：为了大旱之故，而大饥馑，天上还是太阳光满晒着，一点雨意都没有。于是"王"不得不出来祷告了。向什么神都祷告过了，什么样的牺牲（肥牛白羊之类吧），都祭用过了，许多的圭璧也都陈列出来过了，难道神还不见听么？

"旱既大甚，蕴隆虫虫，不殄禋祀，自郊徂宫，上下奠瘗，靡神不宗。后稷不克，上帝不临：耗斁下土，宁丁我躬。"这是说，天还不下雨，什么都干枯尽了。"王"是从野外到庙宇，什么地方都祷求遍了，什么神都祭祀过了；却后稷不听，上帝不临。仍然是没有一点雨意。宁愿把"王"自己独当这灾害之冲罩，不要再以旱来耗苦天下了。这正如汤之祷辞："余一人有罪，无及万夫；万夫有罪，在余一人。无以一人之不敏，使上帝鬼神，伤民之命"，是相合的。古代社会之立"君"或正是要为这种"挡箭牌"之用罢。

"旱既大甚，则不可推。兢兢业业，如霆如雷。周余黎民，靡有孑遗。昊天上帝，则不我遗。胡不相畏，先祖于摧。"大旱是那末可怕，一切都枯焦尽了，人民们恐怕也要没有孑遗了；上帝怎么不相顾呢？祖先怎么不相佑呢？

"旱既大甚，则不可沮。赫赫炎炎，云我无所。大命近止，靡瞻靡顾。群公先正，则不我助。父母先祖，胡宁忍予。"旱是那末赫赫炎炎的不可止。既逃避不了，和死亡也便邻近了。"群公先正"怎么会不我助呢？祖先们又怎么忍不我助呢？

"旱既大甚，涤涤山川。旱魃为虐，如惔如焚。我心惮暑，忧心如熏。群公先正，则不我闻。昊天上帝，宁俾我遯！"水涸了，山秃了，旱魃是如燎如焚的在肆虐。"王"心里是那末焦苦着；为什么上帝和祖先都还不曾听到他的呼号而一为援手呢？

"旱既大甚，蕴勉畏去。胡宁瘨我以旱，憯不知其故。祈年孔夙，方社不莫。昊天上帝，则不我虞。敬恭明神，宜无悔怒。"不知什么原故，天乃给这里的人们以大旱灾呢？王很早的便去祈年了；祭四方与社又是很克日不莫。上帝该不至为此而责备他；他那样的致敬恭于神，神该没有什么悔和怒罢？

"旱既大甚，散无友纪。鞫哉庶正，疚哉冢宰。趣马师氏，膳夫左右。靡人不周，无不能止。瞻卬昊天，云如何里！"大旱了那末久，什么法子都想遍了。什么人也都访问遍，却都没法可想，仰望着没有纤云的天空，到底是怎么一回事呢！

"瞻卬昊天，有嘒其星。大夫君子，昭假无赢。大命近止，无弃尔成。何求为我，以戾庶正！瞻卬昊天，曷惠其宁！"夜间是明星一粒粒的炯炯的天，一点雨意也没有。假如是为了王一人的原故，便请不要降灾于天下而只降灾于一人吧！"何求为我，以戾庶正"的云云。和汤的"无以一人之不敏，使上帝鬼神伤民之命"的云云，口气是完全同一的。

在周的时代，为了一场的旱灾的作祟，国王还是那末样的张皇失措，那末样的焦思苦虑，那末样的求神祷天，那末样的引咎自责；可见在商初的社会里，而发生了汤祷的那样的故事是并不足为怪的。

不仅此也，从殷、周以来的三千余年间，类乎汤祷的故事，在我们的历史上，不知发生了多少。天下有什么"风吹草动"的灾异，帝王们便须自起而负其全责；甚至天空上发现了什么变异，例如彗星出现等等的事，国王们也便都要引为自咎的下诏罪己，请求改过。底下姑引我们历史上的比较有趣的同类的故事若干则，以示其例。

在《尚书·金縢》及《史记》里，说是在周成王三年的秋天，大熟未获，天大雷电以风，禾尽偃，大木斯拔。王大恐，与大夫尽弁，以启金縢之匮，见周公请代武王之事，执书以泣，乃出郊迎周公。天乃雨，反风，禾尽起，岁则大熟。这段记载，未免有些夸大，但充分地可以表现出先民们对于天变的恐惧的心理，以及他们的相信改过便可格天的观念。

周敬王四十年夏，荧惑守心。心为宋的分野。宋景公忧之。司星子韦道：可移于相。公道：相，吾之股肱。子韦道：可移于民。公道：君者待民。子韦道：可移于岁。公道：岁饥民困，吾谁为君？子韦道：天高听卑，君有君人之言三，荧惑宜有动。于是候之，果徙三度。这还是以诚感天的观念。但荧惑守心，而司星者便戚戚然要把这场未来的灾祸移禳给相、给民或给岁，以求其不应在国王的身上。可见他们是相信，凡有天变，身当之者便是国王他自己。这种移祸之法，后来往往见于实行。汉代常以丞相当之；臣民们也往往借口于此以攻击权臣们。

秦始皇二十年，燕太子丹遣荆轲入秦，欲乘间刺始皇。轲行时，白虹贯日。在汉代的时候，一切的天变都成了皇帝的戒惧和自责的原因。破落户出身的刘邦，本来不懂这些"为君"的花样，所以他也不管这些"劳什子"。但到了文、景之时，便大不相同了。"汉家气象"，渐具规模。文帝二年的冬天，"日有食之"，他便诚惶诚恐的下诏求言道：

> 朕闻之，天生蒸民，为之置君以养治之。人主不德，布政不均，则天示之灾，以诫不治。乃十一月晦，日有食之，适见于天，灾孰大焉！朕护保宗庙，以微眇之身托于士民君王之上，天下治乱，在朕一人。唯二三执政犹吾股肱也。朕下不能治育群生，上以累三光之明，其不德大矣。令至，其悉思朕之过失，及知见思之所不及，匄以告朕。及举贤良方正能直言极谏者，以匡朕之不逮。

这还不宛然的汤的"余一人有罪"的口吻么？此后二千余年，凡是遇天变，殆无不下诏求言者，其口吻也便都是这一套。

过了不多时候，皇帝们又发明了一个减轻自己责任的巧妙的方法，便是把丞相拿来做替死鬼。凡遇天变的时候，便罢免了一位丞相以禳之。汉成帝阳朔元年二月，晦，日食。京兆尹王章便乘机上封事，言日食之咎，皆王凤专权蔽主之过。最可惨者：当成帝绥和二年春二月，荧惑守心。郎贲丽善为星，言大臣宜当之。帝乃召见丞相翟方进，赐册责让，使尚书令赐上尊酒十石养牛一。方进即日自杀。这真是所谓"移祸于枯桑"了。

灵帝光和元年，秋七月，青虹见玉堂殿庭中。帝以灾异诏问消复之术。蔡邕对道："臣伏思诸异，皆亡国之怪也。天于大汉，殷勤不已，故屡出祅变，以当谴责。欲令人君感悟，改危即安。……宜高为堤防，明设禁令，深惟赵、霍，以为至戒，则天道亏满，鬼神福谦矣！"这话恰足以代表二千余年来儒者们对于灾异的解释。

晋孝武帝太元二十年夏五月，有长星见自须女，至于哭星。帝心恶之，于华林园举酒祝之曰："长星！劝汝一杯酒。自古何有万岁天子邪？"

晋安帝元兴十四年冬十一月，彗星出天津，入太徽，经北斗，络紫微，八十余日而灭。魏崔浩谓魏主嗣道："晋室陵夷，危亡不远。彗之为异，其刘裕将篡之应乎？"

唐高祖武德九年六月，太白经天，李世民杀其兄建成、弟元吉。

唐太宗贞观二年春三月，关内旱饥，民多卖子。诏出御府金帛，赎以还之。尝谓侍臣道："使天下又安，移灾朕身，是所愿也。"所在有雨，民大悦。

贞观十一年秋七月，大雨，谷洛溢，入洛阳宫，坏官寺民居，溺死者六千余人。诏：水所毁宫，少加修缮，才令可居。废明德宫、云圃院，以其材给遭水者。令百官上封事，极言朕过。

唐高宗总章元年，夏四月，彗星见于五车。帝避正殿，减膳彻乐。许敬宗等道：彗星见东北，高丽将灭之兆也。帝道："朕之不德，谪见于天，岂可归罪小夷！且高丽之百姓，亦朕之百姓也。"

唐中宗景龙四年，夏六月，李隆基将起兵诛诸韦。微服和刘幽求等入苑中。逮夜，天星散落如雪。幽求道："天意若此，时不可失！"于是葛福顺直入羽林营，斩诸韦典兵者以徇。

唐德宗兴元元年，春正月，陆贽言于帝道："昔成汤以罪己勃兴，楚昭以善言复国。陛下诚能不吝改过以谢天下，则反侧之徒革心向化矣。"帝然之。乃下制道："致理兴化，必在推诚，忘己济人，不吝改过。小于长于深宫之中，暗于经国之务。……天谴于上，而朕不悟，人怨于下，而朕不知，驯至乱阶，变兴都邑。万品失序，九庙震惊。上累祖宗，下负烝庶。痛心靦貌，罪实在予。"

唐宣宗大中八年，春正月，日食，罢元会。

唐昭宗大顺二年，夏四月，彗星出三台，入太微，长十丈余。赦天下。

唐昭宣帝天祐二年，夏四月，彗星出西北，长竟天。朱全忠专政，诛杀唐宗室殆尽。

宋太宗端拱三年，彗星出东井。司天言，妖星为灭契丹之象。赵普立刻上疏，谓此邪佞之言，不足信。帝乃照惯例避殿减膳大赦。宋真宗咸平元年，春，正月。彗星出营室北，吕端言应在齐鲁分。帝道："朕以天下为忧，岂直一方邪？"诏求真言，避殿减膳。

宋仁宗景祐元年，八月，有星孛于张冀。帝以星变，避殿减膳。

宋仁宗宝元元年，春正月，时有众星西北流，雷发不时，下诏，求直言。

宋哲宗元符三年三月，以四月朔，日当食，诏求直言。已预先知道要日食，推算之术可算已精，却更提早的先求直言。这殊为可笑！筠州推官崔鶠乃上书道："夫四月，阳极盛，阴极衰之时，而阴于阳，故其变为大，惟陛下畏天威，听明命，大运乾刚，大明邪正，则天意解矣。"

宋徽宗大观三年，有郭天信的，以方伎得亲幸，深以蔡京为非。每奏天文，必指陈以撼京。密白日中有黑子。帝为之恐，遂罢京。

宋高宗建炎三年六月，大霖雨，吕颐浩、张浚都因之谢罪求去。诏郎官以上言阙政。赵鼎乘机上疏道："凡今日之患，始于安石，成于蔡京。今安石，犹配享神宗，而京之党未除，时政之缺，莫大于此。"帝从之，遂罢安石配享。寻下诏以四失罪己。

宋理宗宝祐三年，正月，迅雷。起居郎牟子才上书言元夕不应张灯，遂罢之。

元世祖至元三十年，冬十月，彗出紫微垣。帝忧之，夜召不忽术入禁中，问所以销天变之道，不忽术道："风雨自天而至，人则栋宇以待之；江河为地之限，人则舟楫以通之；天地有所不能者，人则为之。此人所以与天地参也。且父母怒，人子不敢疾怨，起敬起孝。故《易》曰：君子以恐惧修省。《诗》曰：敬天之怒。三代圣王，克谨天戒，鲜有不终。汉文之世，同日山崩者二十有九；日食地震，频岁有之。善用此道，天亦悔祸，海内又安。此前代之龟鉴也。愿陛下法之。"因诵文帝日食求言诏。帝悚然道："此言深合朕意。"

元仁宗延祐四年，夏四月，不雨。帝尝夜坐，谓侍臣道："雨旸不时，奈何？"萧拜佑道："宰相之地也。"帝道："卿不在中书邪？"拜佑惶愧。顷之，帝露香祷于天。既而大雨，左右以雨衣进。帝道："朕为民祈雨，何避焉！"

明神宗万历九年，夏四月，帝问张居正道："淮、凤频年告灾，何也？"居正答道："此地从来多荒少熟。元末之乱，从起于此。今当破格赈之。"又言："江南北旱，河南风灾，畿内不雨，势将蠲赈。惟陛下量入为出，加意撙节，如宫费及服御，可减者减之，赏赉，可裁者裁之。"

明思宗崇祯十二年，二月。风霾，亢旱，诏求直言。

像这一类的故事和史实是举之不尽的。那些帝王们为什么要这样的"引咎自责"呢？那便是很值得研究的一个重要的问题；从汤祷起到近代的"下诏求言"止，他们是一条线下去的。又，不仅天变及水旱灾该由皇帝负责，就是京都墙圈子里，或宫苑里有什么大事变发生，皇帝也是必须引咎自责的。像宋宁宗嘉泰元年春三月，临安大火，四日乃灭。帝诏有司赈恤被灾居民，死者给钱瘗之。又下诏自责。避正殿减膳。命临安府察奸民纵火者，治以军法。内降钱十六万缗，米六万五千余石，赈被灾死亡之家。宋理宗嘉熙元年夏五月，临安又大火，烧民庐五十三万。士民上书，咸诉济王之冤。进士潘妨对策，亦以为言，并及史弥远。这可见连火灾也被视为是上天所降的谴罚，并被利用来当作"有作用"的诤谏之资的了。又像元英宗至治二年，夏六月，奉元行宫正殿灾。帝对群臣道："世皇建此宫室，而朕毁，实朕不能图治之故也。"连一国宫中殿宇的被毁，皇帝也是不自安的。

他们这些后代的帝王，虽然威权渐渐的重了，地位渐渐的崇高了，不至于再像汤那末的被迫的剪去发和爪，甚至卧在柴堆上，以身为牺牲，以祈祷于天。但这个远古的古老的习惯，仍然是保存在那里的。他们仍要担负了灾异或天变的责任；他们必须下诏罪己，必须避殿减膳，以及其他种种的"花样"。也有些皇帝们，正兴高采烈的在筹备封禅，想要自己奢夸的铺张一下，一逢小小的灾变，往往便把这个高兴如汤泼雪似的消灭了。像在雍熙元年的时候，赵光义本已下诏说，将以十一月，有事于泰山，并命翰林学士扈蒙等详定仪注。不料，在五月的时候，乾元、文明二殿灾。他遂不得不罢封禅，并诏求直言。

我们可以说，除了刚从流氓出身的皇帝，本来不大懂得做皇帝的大道理的（像刘邦之流），或是花花公子，养尊处优惯了，也不把那些"灾异"当作正经事看待（像宋理宗时，临安大火。士民皆上书诉济王之冤。侍御史蒋岘却说道：火灾天数，何预故王。请对言者严加治罪）之外，没有一个"为君""为王"的人，不是关心于那些灾异的。也许心里在暗笑，但表面上却非装出引咎自责的严肃的样子来不可的。天下的人民们，一见了皇帝的罪己求言诏，也像是宽了心似的；天大的灾患，是有皇帝在为他们做着"挡箭牌"的；皇帝一自谴，一改过，天灾便自可消灭了。这减轻了多少的焦虑和骚动！我们的几千年来的古老的社会，便是那样的一代一代的老在玩着那一套的把戏。

原始社会的"精灵"是那样的在我们的文明社会里拨弄着种种的把戏！——虽然表面上是已戴上了比较漂亮的假面具。

真实的不被压倒于这种野蛮的习俗之下的，古来能有几个人？王安石的"天变不足畏"，恐怕要算是最大胆的政治改革者的最大胆的宣言！

五、"祭师王"

但我们的古代的帝王，还不仅要负起大灾异、大天变的责任，就在日常的社会生活里，他所领导的也不仅止"行政"、"司法"、"立法"等等的"政权"而已；超出于这一切以上的，他还是举国人民们的精神上的领袖——宗教上的领袖。他要担负着举国人民们的对神的责任；他要为了人民们而祈祷；他要领导了人民们向宗教面前致最崇敬的礼仪。在农业的社会里，最重要的无过于"民食"，所以他每年必须在祈年殿祷求一次；他必须"亲耕"，他的皇后，必须亲织。我们看北平城圈子里外的大神坛的组织，我们便明白在从前的社会里——这社会的没落，离今不过二十余年耳！为万民之主的皇帝们所要做的是什么事。这里是一幅极简单的北平地图，凡无关此文的所在，皆已略去；于是我们见到的是这样：这里有天地日月四坛，有先农坛，有社稷坛，有先蚕坛，有太庙，有孔庙。一个皇帝所要管领的一国精神上的、宗教上的事务，于此图便可完全明了。他要教育士子；他要对一国的"先师"——孔子——致敬礼，所以有国子监，有孔庙；他要祭献他的"先公列祖"，所以他有太庙。他所处的是一个农业的社会，一切均以农业的活动为中心，所以有先农坛；而天坛里，特别有祈年殿的设备。又在传说的习惯里，他所崇敬的最高的天神们，还脱离不了最原始的本土宗教的仪式（虽然佛、回、耶诸一神教皆早已输入了），所以他所列入正式的祀典的，除了"先师"孔子以外，便是天、地、日、月等的自然的神祇，而于天，尤为重视。这样的自然崇拜的礼仪，保存着的，恐怕不止在三千年以上的了。

最有趣味的是关于孔子的崇拜。在汉代，这几乎是"士大夫"们要维持他们的"衣食"的一种把戏吧，便把孔子硬生生抬高而成为一个宗教主。刘邦初恶儒生，但得了天下之后，既知不能以"马上治之"便以太牢祠孔子。行伍出身的郭威，也知道怎样的致敬孔子。广顺二年，夏六月，他到了曲阜，谒孔子庙，将拜左右道："孔子，陪臣也，不当以天子拜之。"威道：孔子，百世帝王之师，敢不敬乎？遂拜；又拜孔子墓，禁樵采，记孔子、颜渊之后，以为曲阜令及主簿。以后，差不多每一新朝成立或每一新帝即位时，几乎都要向孔子致敬的。连还没有脱离游牧生活的蒙古人，也被中国的士大夫们教得乖巧了，知道诏中外崇奉孔子（元世祖至元三十一年事）。知道下制加孔子号曰大成（元成宗元贞十一年事。制曰：先孔子而圣者，非孔子无以明，后孔子而圣者，非孔子无以法。所谓祖述尧、舜，宪章文、武、仪范百王，师表万世者也。可加大成至圣文宣王，遣使阙里，祀以太牢。於戏，父子之亲，君臣之义，永为圣教之遵。天地之大，日月之明，奚罄名言之妙！尚资神化，祚我皇元）。朱元璋是一个最狡猾的流氓，但到了得天下之后，便也知道敬孔拜圣（洪武十五年，元璋诣国子学，行释菜礼。初，他将释菜，令诸儒议礼。议者道：孔子虽圣，人臣也，礼宜一奠再拜。他道：圣如孔子，岂可以职位论哉！然他对于孟子，却又是那样的不敬。这其间是很可以明白重要的消息的。他们那些狡滑的流氓，所以屈节拜孔子者，盖都是欲利用其明君臣之分的一点）。在汉代，皇帝们还常常亲自讲学。像汉宣帝甘露三年，诏诸儒讲五经异同于石渠阁。萧望之等平奏，上亲称制临决。立梁邱《易》、夏侯《尚书》、谷梁《春秋》博士。又汉明帝永平十五年，帝到了山东曲阜，便诣孔子宅，亲御讲堂，命皇太子诸王说经。又汉章帝建初四年，诏太常将大夫博士郎官及诸儒，会白虎观，议五经同异。帝亲称制临决，作《白虎议奏》。是这些皇帝们竟也要和太常博士们争宗教上或学问上的领导权了。

总之，我们昔时的许多帝王们，他们实在不仅仅是行政的领袖，同时也还是宗教上的领袖；他们实在不仅仅是"君"，且也还是"师"；他们除了担负政治上的一切责任以外，还要担任一切宗教上的责任。汤祷的故事，便是表现出我们的原始社会里担负这两重大责任的"祭师王"，或"群师"所遇到的一个悲剧的最显然的例子。

六、金　枝

为什么古代的行政领袖同时必须还要担负了宗教上的一切责任呢？英国的一位渊博的老学者 Sir James George Frazer 尝著了一部硕大深邃的《金枝》（*The Golden Bough: a Study in Magic and Religion*）专门来解释这个问题。单是说起"王的起源"（Origin of the King，《金枝》的第一部分）的一个题目，已有了两厚册。所以关于理论上的详细的探讨，只须参读那部书（当然还有别的同类的书），已可很明了的了（《金枝》有节本，只一册，Macmillan and Co 出版）。本文不能也不必很详细的去译述它。但我们须知道的，在古代社会里，"王"的名号与"祭师"的责任常是分不开的。在古代的意大利，一个小小的 Nemi 地方的林地里，有被称为《月神之镜》（*Diana's Mirror*）的湖，那风景，是梦境似的幽美。在那湖的北岸，有林中狄爱娜（Diana Nemorensis）的圣地在着。在这圣地里。长着一株某种的树；白日的时候，甚至夜间，常见有一个人在树下守望着；他手里执着一把白雪雪的刀。他是一位祭师，也是一个杀人者；他所防备的人便是迟早的要求来杀了他而代替他做祭师的人。这便是那个圣庙所定的规律。候补的祭师，只有杀了现任的那位祭师，方才可以承继其位置。当他杀了那祭师时，他便登上了这个地位，直到他自己后来也被一位更强健或更机诈的人所杀死。他所保守着的祭师地位，同时还带有"王"号（林中之王）。但所有的王冠，是没有比他戴得更不舒服。时时都有连头被失去的危险。凡是筋力的衰弱，技术的荒疏，都足以使他致命。然而这结果总有一天会来到的。他必须是一个逃奴，他的后继者也必须是一个逃奴。当一个逃奴到了这个所在时，他必须先在某树上折下一支树枝——那是很不容易的事——然后方有权利和现任的祭师决斗。如果决斗而死，不必说，如果幸而胜，他便继之而登上了林中之王的宝座。这致命的树枝，便是所谓"金枝"者是。这个惨剧的进行，直到罗马帝国还未已。后来罗马的皇帝因为要掠夺那庙里的富有的宝物，便毁了那个圣地，而中止了这个悲剧的再演。

这个"金枝"的故事，在古代是独一无二的。但在这里所应注意的只是：为什么一个祭师乃被称为林中之王呢？为什么他的地位乃被视为一个国王的呢？"在古代的意大利和希腊，一个王号和祭师的责任的联合，乃常见的事。"在罗马及在拉丁的别的城里，总有一位号为"祭王"或"祭仪之王"的祭师，而他的妻也被称为"祭仪之后"。在共和国的雅典，其第二位每年的主国事者，是被称为王的，其妻也被称为后，二者的作用都是宗教的。有许多别的希腊共和国也都有名义上的王，他们的责任都似祭师。有几邦，他们有几个这类的名号上的王，轮流服务。在罗马，"祭王"的产生，据说是在王制废止以后，为的是要执行从前国王所执行的祭礼。希腊诸邦之有祭师式的王，其起源也不外此。只有斯巴达，他是希腊有史时代的惟一的王国，在其国中，凡一切国家的大祭皆是为天之子的国王所执行的。而这种祭师的作用和国王的地位的联合，乃是每个人都知道的事。在小亚细亚，在古代的条顿民族，差不多都是如此的（以上就应用 J. G. Frazer 的话）。而我们古昔的国王，如在上文所见者，其联合行政的与宗教的责任而为一的痕迹尤为显明。

国王的职责还不仅做一个祭师而已，在野蛮社会里，他们还视国王为具有魔力的魔术家，或会给人间以风，以雨，以成熟的米谷的神。但也如古代宗教主的受难，或神的受难一样，国王也往往因人民们的愿望的不遂而受了苦难。民俗学者，及比较宗教学者，常称教堂里的"散福"（即散发面包于信徒们）为"吃耶稣"（在英国）。为了这曾引起宗教的信徒们的大冲动过。在我们的社会里，僧尼们也常散送祭过神道的馒头糕饼等物给施主家，以为吃了可以得福。而在古代的野蛮社会里，便有了极残酷的真实的"吃耶稣"一类的事实发生。国王身兼"教主"往往也免不了要遭这场难。又，野蛮人在祈祷无效，极端的失望之余，往往要迁怒于神道身上；求之不应，便鞭打之，折辱之，以求其发生灵应。至今我们的祈雨者还有打龙王一类的事发生。希腊古代神话里，曾有一个可怖的传说：Athamas 做了 Achai 地方的国王。古代的 Achai 人在饥荒或瘟疫时，常要在 Laphyatius 山的高处，把国王作为牺牲，祭献给 Zeus。因为他们的先人告诉过他们，只有国王才能担负了百姓们的罪。只有他一个人能成为他们的替罪的，在他的身上，一切毒害本地的不洁都放在他们身上。所以，当国王 Athamas 年纪老了时，Achai 地方发生了一场大饥荒；那个地方的 Zeus 的祭师，便将他领到 Laphyatius 山的高处而作为 Zeus 的牺牲（见《小说月报》二十一卷第一号，我编的《希腊罗马神话与传说中的英雄传说》）。我们的汤祷的故事和此是全然不殊的。汤的祷辞："余一人有罪，无及万夫，万夫有罪，在余一人"的云云，也可证其并不是什么虚言假语。

后来的帝王，无论在哪一国，也都还负有以一人替全民族承担的灾患的这种大责任。我们在希腊大悲剧家 Saphocles 的名剧 *Oedipus the King* 里，一开幕便见到 Thebes 城的长老们和少年人，妇人们，已嫁的未嫁的，都集合于王宫的门前，有的人是穿上了黑衣。群众中扬起哭喊之声，不时的有人大叫道：

"奥狄甫士！聪明的奥狄甫士！你不能救护我们么，我们的国王？"这城遭了大疫，然而他们却向国王去找救护！但在比较文化进步的社会里，这一类的现象已渐渐的成为"广陵散"。国王也渐渐的不再担负这一类的精神上的或宗教上的大责任了。然而我们的古老的社会，却还是保存了最古老的风尚。一个国王，往往同时还是一位"祭师"，且要替天下担负了一切罪过和不洁——这个不成文的法律到如今才消灭了不久！

七、尾 声

最后，还要讲一件很有趣味的事：在我们中国，不仅是帝王，即负责的地方官，几千年来也都还负着"君"、"师"的两重大责任。他们都不仅是行政的首领；他们且兼是宗教的领袖。每一个县城，我们如果仔细考察一下，便可知其组织是极为简单的。在县衙的左近，便是土谷祠；和县长抗颜并行的便是城隍，也是幽冥的县官。还有文昌阁、文庙，那是关于士子的；此外，还有财神庙、龙王庙、关帝庙、观音阁等。差不多每一县都是如此的组织或排列着的。这还不和帝王之都的组织有些相同么？一县的县官，其责务便俨然是一位缩小的帝王。他初到任的时候，一定要到各庙上香。每一年元旦的时候他要祭天，要引导着打春牛。凡遇大火灾的时候，即使是半夜，他也必须从睡梦中醒来，穿起公服，坐在火场左近，等候到火光熄灭了方才回衙。如果有大旱、大水等灾，他便要领导着人民们去祈雨，去求晴；或请龙王，或迎土偶。他出示禁屠；他到各庙里行香。他首先减膳禁食。这并不因为他是一位好官，所以如此的为百姓们担忧；这乃是每一位亲民的官都要如此的办着的。他不仅要负起地方行政的责任，也要负起地方上的一切的灾祥的以及一切的宗教上的责任。每一县官如此，每一府的府官，推而上之，乃至每一省的省官也是如此。他们是具体而微的"帝王"；"帝王"是规模放大的"地方官"。他们两者在实质上是无甚殊异的。

韩愈是一代的大儒；他尝诋毁宗教，反对迷信，谏宪宗迎佛骨；然当他做了潮州刺史的时候，便写出像《祭鳄鱼文》一类的文章出来，立刻摆出了"为官""为师"的气味出来。

还有许多地方官闹着什么驱虎以及求神判案的种种花样的，总之，离不开"神"的意味，固不必说，简直像崔子玉、包拯般的日间审阳，夜里理阴的"半神"似的人物了。

直到了今日，我们在我们的这个社会里，还往往可发见许多可发笑的趣事。当张宗昌主持着山东的政务时，阴雨了好久。他便在泰山顶上架了两尊大炮，对天放射，用以求晴。这虽然未免对天太不客气，但据说，果然很有效，不久便雨止天晴。

好几个省的政务官至今还领导着大大小小的官去祭孔。他们是不甘放弃了"师"的责任的。

据说，当今年黄河决口时，某省的主席下了一道严令，凡沿河各县的县长，都要把铺盖搬到河堤上去防守，不准回衙，直到河防出险了为止。

有一次，某市发生了大火灾，某公安局长亲自出发去扑救，监守在那里不去，直到火熄了下去。

他们，据说，都还是"好官"！

至今，每逢旱灾的时候，还有许多地方是禁屠的。

以上只是随手举出的几个例子，如果读者们看报留心些，不知道可以找到多少的怪事奇闻出来。

我们的社会，原来还是那末古老的一个社会！原始的野蛮的习惯，其"精灵"还是那末顽强的在我们这个当代社会里作祟着！打鬼运动的发生，于今或不可免。

民国二十一年十二月二日写毕于北平

该文原发表于1933年《东方杂志》。
此处选录于《20世纪中国民俗学经典·神话卷》，社会科学文献出版社2002年版。

参考篇目

闻一多《伏羲考》（《闻一多全集》第3卷，湖北人民出版社，1994年版）

苏雪林《〈九歌·河伯〉与古代河神祀典之关系》（《现代评论》第204期）

孙作云《诗经恋歌发微》（《文学遗产增刊》第5期，1957年版）

桀　溺《牧女与蚕娘——论一个中国文学的题材》（《牧女与蚕娘——法国汉学家论中国诗》，上海古籍出版社，1990年版）

傅道彬《兴与象——关于原型的古老诠释》（《晚唐钟声》，东方出版社，1996年版）

第十二讲
闻一多:《宫体诗的自赎》①

宫体诗就是宫廷的,或以宫廷为中心的艳情诗,它是个有历史性的名词,所以严格的讲,宫体诗又当指以梁简文帝为太子时的东宫及陈后主、隋炀帝、唐太宗等几个宫廷为中心的艳情诗。我们该记得从梁简文帝当太子到唐太宗晏驾中间一段时期,正是谢朓已死,陈子昂未生之间一段时期。这其间没有出过一个第一流的诗人。那是一个以声律的发明与批评的勃兴为人所推重,但论到诗的本身,则为人所诟病的时期。没有第一流诗人,甚至没有任何诗人,不是一桩罪过,那只是一个消极缺憾。但这时期却犯了一桩积极的罪,它不是一个空白,而是一个污点。为什么?就因为他们制造了些有如下面这样的宫体诗。

> 长筵广未同,上客娇难逼,还杯了不顾,回身正颜色。(高爽《咏酌酒人》)
> 众中俱不笑,座上莫相撩。(邓铿《奉和夜听妓声》)

这里所反映的上客们的态度,便代表他们那整个宫廷内外的气氛。人人眼角里是淫荡,

> 上客徒留目,不见正横陈。(鲍泉《敬酬刘长史咏名士悦倾城》)

人人心中怀着鬼胎,

> 春风别有意,密处也寻香。(李义府《堂堂词》)

对姬妾娼妓如此,对自己的结发妻亦然(刘孝威《都县寓见人织率尔赠妇》便是一例)。于是发妻也就成了倡家。徐悱写得出《对房前桃树咏佳期赠内》那样一首诗,他的夫人刘令娴为什么不可以写一首《光宅寺》来赛过他?索性大家都揭开了,

> 知君亦荡子,贱妾自倡家。(吴均《鼓瑟曲有所思》)

因为也许她明白她自己的秘诀是什么。

> 自知心所爱,出入仕秦宫,谁言连尹屈②,更是莫敖通?(简文帝《艳歌篇十八韵》)

---

① 本文原载《当代评论》第十期,发表后作者曾有所修改,此据开明版《闻一多集·唐诗杂论》及修改稿有所修订。

② 修改稿及开明版《闻一多全集》均作"谁言连屈尹",此据《玉台新咏》卷七、《乐府诗集》卷三十九、逯钦立《先秦汉魏晋南北朝诗》"梁诗"卷二十改作"连尹屈"。

简文帝对此并不诧异，说不定这对他，正是件称心的消息。堕落是没有止境的。从一种变态到另一种变态往往是个极短的距离，所以现在像简文帝《娈童》，吴均《咏少年》，刘孝绰《咏小儿采莲》，刘遵《繁花应令》，以及陆厥《中山王孺子妾歌》一类作品，也不足令人惊奇了。变态的又一类型是以物代人为求满足的对象。于是绣领、袙腹、履、枕、席、卧具……全有了生命，而成为被玷污者。推而广之，以至灯烛、玉阶、梁尘，也莫不踊跃的助他们集中意念到那个荒唐焦点，不用说，有机生物如花草莺蝶等更都是可人的同情者。

    罗荐已擘鸳鸯被，绮衣复有葡萄带，残红艳粉映帘中，戏蝶流莺聚窗外。（上官仪《八咏应制》）

  看看以上的情形，我们真要疑心，那是作诗，还是在一种伪装下的无耻中求满足。在那种情形下，你怎能希望有好诗！所以常常是那套褪色的陈词滥调，诗的本身并不能比题目给人以更深的印象。实在有时他们真不像是在作诗，而只是制题。这都是惨淡经营的结果：《咏人聘妾仍逐琴心》（伏知道），《为寒床妇赠夫》（王胄）。特别是后一例，尽有"闺情"、"秋思"、"寄远"一类的题面可用，然而作者偏要标出这样五个字来，不知是何居心。如果初期作者常用的"古意"、"拟古"一类暧昧的题面，是一种遮羞的手法，那么现在这些人是根本没有羞耻了！这由意识到文词，由文词到标题，逐步的鲜明化，是否可算作一种文字的裸裎狂。我不知道，反正赞叹事实的"诗"变成了标明事类的"题"之附庸，这趋势去《游仙窟》一流作品，以记事文为主，以诗副之的形式，已很近了。形式很近，内容又何尝远？《游仙窟》正是宫体诗必然的下场。

  我还得补充一下宫体诗在它那中途丢掉的一个自新的机会。这专以在昏淫的沈迷中作践文字为务的宫体诗，本是衰老的、贫血的南朝宫廷生活的产物，只有北方那些新兴民族的热与力才能拯救它。因此我们不能不庆幸庾信等人之入周与被留，因为只有这样，宫体诗才能更稳固的移殖在此方，而得到它所需的营养。果然被留后的庾信的《乌夜啼》、《春别诗》等篇，比从前在老家作的同类作品，气色强多了。移殖后的第二、三代本应不成问题。谁知那些北人骨子里和南人一样，也是脆弱的，禁不起南方那美丽的毒素的引诱，他们马上又屈服了。除薛道衡《昔昔盐》、《人日思归》，隋炀帝《春江花月夜》三两首诗外，他们没有表现过一点抵抗力。炀帝晚年可算热忱的效忠于南方文化了，文艺的唐太宗，出人意料之外，比炀帝还要热忱。于是庾信的北渡完全白费了。宫体诗在唐初，依然是简文帝时那没筋骨、没心肝的宫体诗。不同的只是现在词藻来得更细致，声调更流丽，整个的外表显得更乖巧、更酥软罢了。说唐初宫体诗的内容和简文时完全一样，也不对。因为除了搬出那僵尸"横陈"二字外，他们在诗里也并没有讲出些什么。这又教人疑心这辈子人已失去了积极犯罪的心情。恐怕只是词藻和声调的试验给他们羁縻着一点作这种诗的兴趣（词藻声调与宫体有着先天与历史的连系）。宫体诗在当时可说是一种不自主的、虚伪的存在。原来从虞世南到上官仪是连堕落的诚意都没有了。此真所谓"萎靡不振"！

  但是堕落毕竟到了尽头，转机也来了。

  在窒息的阴霾中，四面是细弱的虫吟，虚空而疲倦，忽然一声霹雳，接着的是狂风暴雨！虫吟听不见了，这样便是卢照邻《长安古意》的出现。这首诗在当时的成功不是偶然的。放开了粗豪而圆润的嗓子，他这样开始，

> 长安大道连狭斜，青牛白马七香车，玉辇纵横过主第，金鞭络绎向侯家！龙衔宝盖承朝日，凤吐流苏带晚霞，百丈游丝争绕树，一群娇鸟共啼花。……

这生龙活虎般腾踔的节奏，首先已够教人们如大梦初醒而心花怒放了。然后如云的车骑，载着长安中各色人物 panorama 式的一幕幕出现，通过"五剧三条"的"弱柳青槐"来"共宿娼家桃李蹊"。诚然这不是一场美丽的热闹。但这颠狂中有战栗，堕落中有灵性。

> 得成比目何辞死，愿作鸳鸯不羡仙。

比起以前那光是病态的无耻，

> 相看气息望君怜，谁能含羞不肯前！（简文帝《乌栖曲》）

如今这是什么气魄！对于时人那虚弱的感情，这真有起死回生的力量。最后，

> 节物风光不相待，桑田碧海须臾改，昔时金阶白玉堂，即今唯见青松在！

似有"劝百讽一"之嫌。对了，讽刺，宫体诗中讲讽刺，多么生疏的一个消息！我几乎要问《长安古意》究竟能否算宫体诗。从前我们所知道的宫体诗，自萧氏君臣以下都是作者自身下流意识的口供，那些作者只在诗里，这回卢照邻却是在诗里、又在诗外，因此他能让人人以一个清醒的旁观的自我，来给另一自我一声警告。这两种态度相差多远！

> 寂寂寥寥杨子居，年年岁岁一床书，独有南山桂花发，飞来飞去袭人裾。

这篇末四句有点突兀，在诗的结构上既嫌蛇足，而且这样说话，也不免暴露了自己态度的偏狭，因而在本篇里似乎有些反作用之嫌。可是对于人性的清醒方面，这四句究不失为一个保障与安慰。一点点艺术的失败，并不妨碍《长安古意》在思想上的成功。他是宫体诗中一个破天荒的大转变。一手挽住衰老了的颓废，教给他如何回到健全的欲望；一手又指给他欲望的幻灭。这诗中善与恶都是积极的，所以二者似相反而实相成。我敢说《长安古意》的恶的方面比善的方面还有用。不要问卢照邻如何成功，只看庾信是如何失败的。欲望本身不是什么坏东西。如果它走入了歧途，只有疏导一法可以挽救，壅塞是无效的。庾信对于宫体诗的态度，是一味的矫正，他仿佛是要以非宫体代宫体。反之，卢照邻只要以更有力的宫体诗救宫体诗，他所争的是有力没有力，不是宫体不宫体。甚至你说他的方法是以毒攻毒也行，反正他是胜利了。有效的方法不就是对的方法吗？

矛盾就是人性，诗人作诗本不必对自己的行为负责。原来《长安古意》的"年年岁岁一床书"，只是一句诗而已，即令作诗时事实如此。大概不久以后，情形就完全变了，骆宾王的《艳情代郭氏答卢照临》便是铁证。故事是这样的，照邻在蜀中有一个情妇郭氏，正当她有孕时，照邻因事要回洛阳去，临行相约不久回来正式成婚。谁知他一去两年不反，而且在三川有了新人。这时她望他的音信既望不到，孩子也丢了。"悲鸣五里无人问，肠断三声谁为续！"除了骆宾王给寄首诗去替她申一回冤，这悲剧又能有什么更适合的收场呢？一个生成的哀艳的传奇故事，可惜骆宾王没赶上蒋防、李公佐的时代，我的意思是：故事最适宜于小说，而作者手头却只有一个诗的形式可供采用。这试验也未尝不可作，然而他偏偏又忘了《孔雀东南飞》的典型。凭一枝作判词的笔锋（这是他的当行），他只草就了一封韵语的书

札而已。然而是试验，就值得钦佩。骆宾王的失败，不比李百药的成功有价值吗？他至少也替《秦妇吟》垫过路。

这以"一抔之土未干，六尺之孤何托"教历史上第一位英威的女性破胆的文士，天生一副侠骨，专喜欢管闲事，打抱不平，杀人报仇，革命，帮痴心女子打负心汉，都是他干的。《代女道士王灵妃赠道士李荣》里没讲出具体的故事来，但我们猜得到一半，还不是卢、郭公案那一类的纠葛？李荣是个有才名道士（见《旧唐书·儒学·罗道琮传》，卢照邻也有过诗给他）。故事还是发生在蜀中。李荣往长安去了，也是许久不回来。王灵妃急了，又该骆宾王给去信促驾了。不过这回的信却写得比较象首诗。其所以然，倒不在

> 梅花如雪柳如丝，年去年来不自持，初言别在寒偏在，何悟春来春更思

一类响亮句子，而是那一气到底而又缠绵往复的旋律之中，有着欣欣向荣的情绪，《代女道士王灵妃赠道士李荣》的成功，仅次于《长安古意》。

和卢照邻一样，骆宾王的成功，有不少成分是仗着他那篇幅的。上文所举过的二人的作品，都是宫体诗中的云岗造像，而宾王尤其好大成癖（这可以他那以赋为诗的《帝京篇》、《畴昔篇》为证）。从五言四句的《自君之出矣》，扩充出卢、骆二人洋洋洒洒的巨篇，这也是宫体诗的一个剧变。仅仅篇幅大，没有什么，要紧的是背面有厚积的力量撑持着。这力量前人谓之"气势"，其实就是感情。有真实的感情，所以卢、骆的来到，能使人们麻痹了百余年的心灵复活；有感情，所以卢、骆的作品，正如杜甫所预言的，"不废江河万古流"。

从来没有暴风雨能持久的。果然持久了，我们也吃不消，所以我们要它适可而止。因为，它究竟只是一个手段，打破郁闷烦躁的手段，也只是一个过程，达到雨过天青的过程。手段的作用是有时效的，过程的期间也不宜太长，所以在宫体诗的园地上，我们很侥幸碰见了卢、骆，可也很愿意早点离开他们——为的是好和刘希夷会面。

> 古来容光人所羡，况复今日遥相见？愿作轻罗着细腰，原为明镜分娇面。（《公子行》）

这不是什么十分华贵的修词，在刘希夷也不算最高的造诣。但在宫体诗里，我们还没听见过这类的痴情话。我们也知道他的来源《同声诗》和《闲情赋》。但我们要记得，这样越过齐、梁，直向汉晋人借贷灵感，在将近百年以来的宫体诗里也很少人干过呢！

> 与君相向转相亲，与君双栖共一身，原作贞松千岁古，谁论芳槿一朝新！百年同谢西山日，千秋万古北邙尘。（《公子行》）

这连同它的前身——杨方《合欢诗》，也不过是常态的、健康的爱情中，极平凡、极自然的思念，谁知道在宫体诗中也成为了不得的稀世的珍宝。回返常态确乎是刘希夷的一个主要特质，孙翌编《正声集》时把刘希夷列在卷首，便已看出这一点来了。看他即便哀艳到如：

> 自怜妖艳姿，妆成独见时，愁心伴杨柳，春尽乱如丝。（《春女行》）
> 携笼长叹息，逶迤恋春色，看花若有情，倚树疑无力，薄暮思悠悠，使君南陌头，相逢不相识，归去梦青楼。（《采桑》）

也从没有不归于正的时候。感情返到正常状态是宫体诗的又一重大阶段。唯其如此，所以烦躁与紧张都消失了，只剩下一片晶莹的宁静。就在此刻，恋人才变成诗人，憬悟到万象的和

谐，与那一水一石一草一木的神秘的不可抵抗的美，而不禁受创似的哀叫出来：

  可怜杨柳伤心树！可怜桃李断肠花！（《公子行》）

但正当他叫着"伤心树"、"断肠花"时，他已从美的暂促性中认识了那玄学家所谓的"永恒"——一个最缥缈，又最实在，令人惊喜，又令人震怖的存在，在它面前一切都变渺小了，暂忽了，一切都没有了。自然认识了那无上的智慧，就在那彻悟的一刹那间，恋人也就是哲人了。

  洛阳城东桃李花，飞来飞去落谁家？洛阳女儿好颜色，坐见落花长叹息：——今年花落颜色改，明年花开复谁在！……古人无复洛城东，今人还对落花风，年年岁岁花相似，岁岁年年人不同。（《代悲白头翁》）

相传刘希夷吟到"今年花落……"二句时，吃一惊，吟到"年年岁岁……"二句，又吃一惊。后来诗被宋之问看到，硬要让给他，诗人不肯，就生生的被宋之问给用土囊压死了。于是诗谶就算验了。编故事的人的意思，自然是说，刘希夷泄露了天机，论理该遭天谴。这是中国式的文艺批评，隽永而正确，我们在千载之下，不能，也不必改动它半点。不过我们可以用现代语替它诠释一遍，所谓泄露天机者，便是悟到宇宙意识之谓。从蜣蜋转丸式的宫体诗一跃而到庄严的宇宙意识，这可太远了，太惊人了！这时的刘希夷实已跨近了张若虚半步，而离绝顶不远了。

  如果刘希夷是卢、骆的狂风暴雨后宁静爽朗的黄昏，张若虚便是风雨后更宁静更爽朗的月夜。《春江花月夜》本用不着介绍，但我还是忍不住要谈谈。就宫体诗发展的观点看，这首诗，尤有大谈的必要。

  春江潮水连海平，海上明月共潮生，滟滟①随波千万里，何处春江无月明！江流宛转绕芳甸，月照花林皆似霰，空里流霜不觉飞，汀上白沙看不见。

在这种诗面前，一切的赞叹是饶舌，几乎是渎亵。它超过了一切的宫体诗有多少路程的距离，读者们自己也知道。我认为用得着一点诠明的倒是下面这几句：

  ……江畔何人初见月？江月何年初照人？人生代代无穷已，江月年年只相似，不知江月待何人，但见长江送流水！

更复绝的宇宙的意识！一个更深沈，更寥廓，更宁静的境界！在神奇的永恒前面，作者只有错愕，没有恐惧，只有憧憬，没有悲伤。从前卢照邻指点出"昔时金阶白玉堂，即今唯见青松在"时，或另一个初唐诗人——寒山子更尖酸的吟着"未必长如此，芙蓉不耐寒"时，那都是站在本体旁边凌视现实。那态度我以为太冷酷，太傲慢，或者如果你愿意，也可以带点狐假虎威的神气。在相反的反向，刘希夷又一味凝视着"以有涯随无涯"的徒劳，而徒劳的为它哀毁着，那又未免太萎靡，太怯懦了。只张若虚这态度不亢不卑、冲融和易才是最纯正的，"有限"与"无限"，"有情"与"无情"——诗人与"永恒"猝然相遇，一见如故。

---

  ① 修改稿及开明版《闻一多全集》均作"激滟"，此据中华书局 1960 年版《全唐诗》卷一百十七及作者所编《唐诗大系》原稿改作"滟滟"。

于是谈开了——"江畔何人初见月？江月何年初照人？……江月年年只相似，不知江月待何人？"对每一问题，他得到的仿佛是一个更神秘的更渊默的微笑，他更迷惘了，然而也满足了。于是他又把自己的秘密倾吐给那缄默的对方：

  白云一片去悠悠，青枫浦上不胜愁。

因为他想到她了，那"妆镜台"边的"离人"。他分明听见她的叹喟：

  此时相望不相闻，愿逐月华流照君！

他说自己很懊悔，这飘荡的生涯究竟到几时为止！

  昨夜闲潭梦落花，可怜春半不还家，——江水流春去欲尽，江潭落月复西斜！

他在怅惘中，忽然记起飘荡的许不止他一人，对此清景，大概旁人，也只得徒唤奈何罢？

  斜月沈沈藏海雾，碣石潇湘无限路，不知乘月几人归，落月摇情满江树！

这里一番神秘而又亲切的、如梦境的晤谈，有的是强烈的宇宙意识，被宇宙意识升华过的纯洁的爱情，又由爱情辐射出来的同情心，这是诗中的诗，顶峰上的顶峰。从这边回头一望，连刘希夷都是过程了，不用说卢照邻和他的配角骆宾王，更是过程的过程。至于那一百年间梁、陈、隋、唐四代宫廷所遗下的那份最黑暗的罪孽，有了《春江花月夜》这样一首宫体诗，不也就洗净了吗？向前替宫体诗赎清了百年的罪，因此，向后也就和另一个顶峰陈子昂分工合作，清除了盛唐的路，——张若虚的功绩是无从估计的。①

卅年八月廿二日陈家营

原载 1930 年《当代评论》。
选录自《闻一多全集》第 6 卷，湖北人民出版社 1993 年版。

参考篇目

程千帆《张若虚〈春江花月夜〉的被理解和被误解》（《文学评论》1982 年第 4 期）
傅璇琮《闻一多与唐诗研究》（《清华大学学报·哲学社会科学版》1986 年第 2 期）
王水照《苏轼豪放派的涵义和评价问题》（《中华文史论丛》1984 年第 2 期）
黄天骥《元剧的"杂"及其审美特征》（《文学遗产》1998 年第 3 期）
罗宋强《我国古代诗歌风格论中的一个问题》（《文学评论丛刊》第 5 辑，中国社会科学出版社，1980 年版）

---

① 修改稿文末附：刘孝威《奉和逐凉》、《咏佳丽》、《望隔墙花》三篇诗题。

第十三讲

龙榆生：《两宋词风转变论》

一、引　论

　　词以两宋为极则，而论者或主北宋，或主南宋。此皆域于门户之见，未察风气转变之由，而妄为轩轾者也。

　　前人论词，皆以作家为标准。如张炎、陆辅之、沈义父辈，其所评骘，虽各有所偏，而于南北宋间，初未强分畛域。自张南湖（綖）论词派，有"婉约"、"豪放"之说，而词苑之纷争以起。朱锡鬯（彝尊）氏为"浙派"开山，实始标举姜、张，崇尚南宋。其《词综·发凡》云：

　　世人言词，必称北宋。然词至南宋始极其工，至宋季而始极其变。

自是言词，咸以南北宋对举。周止庵（济）氏《介存斋论词杂著》云：

　　两宋词各有盛衰：北宋盛于文士，而衰于乐工；南宋盛于乐工，而衰于文士。

又云：

　　北宋有无谓之词以应歌，南宋有无谓之词以应社。

又云：

　　北宋词多就景叙情，故珠圆玉润，四照玲珑，至稼轩、白石，一变而为即事叙景，使深者反浅，曲者反直。

凡此所言，一似南北宋词，俨有"鸿沟"之界。至其《宋四家词选·序论》又称：

　　北宋主乐章，故情景但取当前，无穷高极深之趣。南宋则文人弄笔，彼此争名，故变化益多，取材益富。然南宋有门径，有门径故似深而转浅；北宋无门径，无门径故似易而实难。

　　南北宋词之大较如此。所谓"词至北宋而始大，至南宋而遂深"者，盖各有其环境关系，非可以一概言之也。刘融斋（熙载）氏《艺概》又就其技巧上为差别之谈云：

> 北宋词用密亦疏，用隐亦亮，用沈亦快，用细亦阔，用精亦浑。南宋只是掉转过来。

其说与周氏亦相仿佛。清代论词学者，往往蔽于宗派之见，议论纷歧，龂龂于南、北宋之争，而恒忽略客观之事实。如上述诸家之说，其影响于词苑者至深。其言或当或否，或能示吾人以研寻之径，或反予吾人以惑乱之邮。执一先生之言，局于一隅以自限，吾未见其可也。两宋词风之转变，各有其时代关系，"物穷则变"，阶段显然。既非"婉约"、"豪放"二派之所能并包，亦不能执南北以自限。吾虑世之学词者，将"南北"二字，横亘胸中，而不能观其通，转滋瞀乱也。聊申微旨，以明风气转变之由，与夫各作家得失利病之所在，期与海内宏达，其商榷焉。

二、南唐词风在北宋之滋长

西蜀、南唐，为五代歌词繁殖之地。变"胡夷里巷之曲"而为士大夫之词，其风大扇于温庭筠，而韦庄、冯延巳继成两大系，分据吴、蜀词坛。于是小令尊前，玉箫低唱，佳人绣幌，丽锦频抽，"娱宾遣兴"之资，盖莫不以此相竞矣。蜀地僻处边陲，五代干戈之际，恒与外人间隔。观赵崇祚所辑《花间集》，作者十之七八为蜀人，或流寓蜀中，则知西蜀词坛固自别为风气，而与其他各地，殊鲜流通。谓北宋初期作家多受《花间》影响者，是犹未考当时情势，以作者皆工小词而漫为之说也。

从词学上之系统言之，则北宋初期作家，实承南唐之遗绪。南唐中主以疆土日蹙，曾徙都洪州（南昌），又尝读书于庐山。中主故工词，马令《南唐书》称："元宗（中主）尝作《浣溪纱》二阕，手写赐乐人王感化。"而其臣冯延巳，尤喜为乐府词。据陆游《南唐书》云：

> 元宗尝因曲宴内殿，从容谓曰："'吹皱一池春水'，何干卿事？"延巳对曰："安得如陛下'小楼吹彻玉笙寒'之句？"

似此君臣谐谑，乃各标举小词，则知南唐词风，其盛况乃不亚于西蜀。陈世修序延巳《阳春集》云：

> 公以金陵盛时，内外无事，朋僚亲旧，或当燕集，多运藻思，为乐府新词，俾歌者倚丝竹而歌之，所以娱宾而遣兴也。

以"乐府新词"、"娱宾遣兴"，此种风气，实开北宋初期作家之先河。且如欧阳修、晏殊、晏几道皆籍江西，江西故南唐属地，二主一冯，流风遗韵，必有存者。宋下江南，后主夷为降虏，南都文物，悉随后主入汴梁。《宋史·乐志》称："宋初置教坊，得江南乐。"后主词所谓"教坊还唱别离歌"者，已并歌词所依之声，亦相随而俱北。歌词种子之移植，其线索可得而寻也。

北宋声歌繁衍之地，自推汴梁。欧、晏诸家既早闻风而起，而历居显要，出入汴京，为"乐府新词"，以"娱宾遣兴"，一时相尚，固亦文人才士之所优为。欧阳修咏西湖《采桑子》有小引云：

> 因翻旧阕之辞，写以新声之调，敢陈薄伎，聊佐清欢。（《乐府雅词》）

以"薄伎"佐"清欢"，至宋初已大行于各地。其词既多出于文人之手，故一以清壮雅丽为归，而冯氏《阳春》一集，遂为一时所宗尚。刘攽《贡父诗话》云：

> 元献（晏殊）尤喜冯延巳歌词，其所自作，亦不减延巳乐府。

刘熙载《艺概》又称：

> 冯延巳词，晏同叔得其俊，欧阳永叔得其深。

此一脉之相承，并以"清讴"为主，而极其致于晏几道。几道自序《小山词》云：

> 补亡一编，补乐府之亡也。叔原往者浮沉酒中，病世之歌词，不足以析酲解愠。试续南部诸贤绪余，作五、七字语，期以自娱。不独叙其所怀，兼写一时杯酒间闻见所同游者意中事。尝思感物之情，古今不易。窃以谓篇中之意昔人所不遗，第于今无传尔。故今所制，通以"补亡"名之。始时，沈十二廉叔、陈十君龙家有莲、鸿、苹、云，品清讴娱客。每得一解，即以草授诸儿。吾三人持酒听之，为一笑乐而已。已而君龙疾废卧家，廉叔下世。昔之狂篇醉句，遂与两家歌儿酒使俱流转于人间。自尔邮传滋多，积有窜易。

由此自序观之，则小晏填词之动机，实以世行歌曲，不足以餍高尚文人之听觉，乃更以高格调摹写身世所经悲欢离合之情，而又"积有窜易"，益求技术上之精巧，乃至无可指摘。故黄庭坚称其"嬉弄于乐府之余，而寓以诗人之句法。清壮顿挫，能动摇人心"（黄庭坚《小山集·原序》）。令词境界之高，盖至小晏而叹"观止"矣。所谓"诗人句法"，即《阳春》以下逮《珠玉》、《六一》诸家，所以异于闾巷俚歌。《花间集·序》所称之"诗客曲子词"，亦于此始极其致。惟其"清壮顿挫，能动摇人心"，足为诗人"析酲解愠"，而未必为俚俗所共欣赏。故必得名门家妓，如莲、鸿、苹、云之属，乃能"品清讴"，资笑乐。迨习之既久，始"与两家歌儿酒使，俱流转于人间"。此与南宋姜夔、张镃诸人之自制曲，恒由家妓歌以侑尊者，后先辉映。特此属令词，彼多慢曲耳。

北宋慢曲未盛之先，作者多致意于提高令词之风格，而尤着重于句法之变化。例如几道《阮郎归》：

> 天边金掌露成霜，云随雁字长。绿杯红袖趁重阳，人情似故乡。　　兰佩紫，菊簪黄，殷勤理旧狂。欲将沉醉换悲凉。清歌莫断肠。

况周颐云："绿杯二句，意已厚矣。'殷勤理旧狂'，五字三层意。'狂'者，所谓一肚皮不合时宜，发见于外者也。狂已旧矣，而理之，而殷勤理之，其狂若有甚不得已者。'欲将沈醉换悲凉'，是上句注脚。'清歌莫断肠'，仍含不尽之意。此词沉着厚重，得此结句，便觉竟体空灵。小晏神仙中人，重以名父之贻，贤师友相与沉濯，其独造处，岂凡夫肉眼所能梦见?"(《蕙风词话》二)《小山词》针镂之密,与意境之厚,洵如况氏所云。学者举一反三,可悟令词之极则,固以提高风格为主,而句法之变化,亦宜深切讲求者也。

小晏而后,慢曲盛行。而诸家间作小词,终以"嬉弄于乐府之余,而寓以诗人之句法"为极轨。而后起之最工者,莫如贺铸。贺氏《东山寓声乐府》,张耒称其"盛丽如游金、张之堂,而妖冶如揽嫱、施之袪,幽洁如屈、宋,悲壮如苏、李"(《东山词·序》)。铸又自言:"吾笔端驱使李商隐、温庭筠,当奔命不暇。"(叶梦得《建康集·贺铸传》)以诗人句法入词,小晏而后,贺氏其嗣响矣。其《陌上郎》(《生查子》)云:

> 西津海鹘舟,径度沧江雨。双橹本无情,鸦轧如人语。挥金陌上郎,化石山头妇。何物系君心?三岁扶床女。

如此风调,不几与南朝乐府相仿佛乎?又如《半死桐》(《思越人》,亦名《鹧鸪天》)云:

> 重过阊门万事非,同来何事不同归?梧桐半死清霜后,头白鸳鸯失伴飞。　　原上草,露初晞,旧栖新垄两依依。空床卧听南窗雨,谁复挑灯夜补衣!

情感之浓挚,笔力之沉着,小晏而下,谁与抗手?吾谓令词之发展,由《阳春》以开欧、晏,至小晏而集大成。令、慢递嬗之交,贺氏实其后劲。此南唐词风,影响北宋文坛之最为深切著明者也。

上述一系统之词,其内容多悲欢离合之情,其技术则"寓以诗人之句法",其风格则"沉着重厚",而其应用,则在士大夫间,藉为"析酲解愠"之资,而授诸贵家歌儿之口,此北宋初期词风之所以特盛于文人学士也。

三、教坊新曲促进慢词之发展

小令在北宋初期,既发达至最高之境,渐不为普遍社会所理解,而教坊乃竞造新声。里巷间谣歌淫冶之词,亦乘时竞作。《宋史·乐志》云:

> 宋初置教坊,得江南乐,已汰其坐部不用。自后因旧曲创新声,转加流丽。

宋翔凤《乐府余论》叙慢词之兴起云:

> 慢词盖起宋仁宗朝,中原息兵,汴京繁庶,歌台舞席,竞赌新声。耆卿(柳永)失意无俚,流连坊曲,遂尽收俚俗语言,编入词中,以便伎人传习。一时动听,散播四方。其后东坡、少游、山谷辈相继有作,慢词遂盛。

今所称慢词,宋人谓之"今体慢曲子"。王灼《碧鸡漫志》云:

> 今大石调《念奴娇》,世以为天宝间所制曲,予固疑之。然唐中叶,渐有今体慢曲子。

据此，则慢词起宋仁宗朝之说，殊不可信。然仁宗期，汴京繁庶，新声竞作，为慢词发达之主因，则吾人未能加以否认。令词行于士大夫杯酒交欢之际，慢曲则盛于娼馆酒楼间。虽柳永与晏殊同作曲子，其形式与作风固俨然二派。叶梦得《避暑录话》称：

> 柳耆卿为举子时，多游狭邪，善为歌辞。教坊乐工每得新腔，必求永为辞，始行于世，于是声传一时。余仕丹徒，尝见一西夏归朝官云："凡有井水处，即能歌柳词。"

陈师道《后山诗话》又言：

> 柳三变游东都南北二巷，作新乐府，骩骳从俗，天下咏之。

此与吴曾《能改斋漫录》"柳三变好为淫冶讴歌之曲，传播四方"，皆可互证。慢词至柳永而大盛，而《宋史·乐志》恒以"慢曲"与"急曲"对举。"慢曲"多为教坊所造新腔，而柳词又多"淫冶讴歌之曲"，则慢曲者，当时其声调之靡曼，所谓"迟其声以媚之"者，庶几近之。后人率以"长调"当之，失其旨矣。柳氏慢词之创制，出于教坊乐工之要求，"骩骳从俗"，即所以迎合社会普遍心理。《艺苑雌黄》称：

> 柳之乐章，人多称之。然大概非羁旅穷愁之词，则闺门淫媟之语。若以欧阳永叔、晏叔原、苏子瞻、黄鲁直、张子野、秦少游辈较之，万万相辽。彼其所以传名者，直以言多近俗，俗子易悦故也。

北宋词风之转变，实以教坊新腔为最大枢纽。而柳氏以"薄于操行"，一扫卑视里巷歌谣之心理，不惜士大夫之唾骂，转为乐工填词。于是盛行士大夫间之令词，始渐为流传四方之慢曲所压倒。惟其易取悦于俗耳，故其发展乃有不可遏抑之势。柳永之外，以慢曲擅长者，如张先、秦观，莫不受其影响。盖慢词之创制，必倚新声，而教坊官妓与娼馆酒楼，则新声之策源地，而歌词之传达所也。《后山诗话》称：

> 张子野（先）老于杭，多为官伎作词。

《避暑录话》又云：

> 秦少游亦善为乐府，语工而入律，知乐者谓之作家。元丰间，盛行于淮、楚。

苏轼对《淮海词》，颇以气格为病（《避暑录话》）。又尝谓少游云："不意别后，公却学柳七作词！"柳、秦二家词，皆以应歌为主，故不期然而与之俱化。又如秦、黄（庭坚）二集中之俳体，亦多采俚俗语言，填入词中，其作用固在迎合社会普遍心理，而使听者之易入，不似《阳春》一派令词，仅为士大夫间"娱宾遣兴"之资也。

北宋词风，至柳永出而一大变。永以穷愁潦倒，至日与儇子纵游娼馆酒楼间，无复检约，自称云："奉圣旨填词柳三变。"（《艺苑雌黄》）李易安称其"变旧声作新声，出《乐章集》，大得声称于世。虽协音律，而词语尘下（《苕溪渔隐丛话》引）。推其"词语尘下"之故，则又以"变旧声作新声"，必借助于教坊乐工，而教坊乐工之要求，固不在仅求士大夫之欣赏而已也。词体之恢张，非永之日与乐工接近，深识声词配合之理，谁能开此广大法门？且柳固旷代才人，文学修养迥非恒流可比。其《乐章集》中，虽"大概非羁旅穷愁之词，则闺门淫媟之语"（《艺苑雌黄》）。然前者"为我"，后者"依他"，所抒写之情境与作用不同，正不容相提并论。近人冯煦尝称：

> 耆卿词曲处能直，密处能疏，界处能平，状难状之景，达难达之情，而出之以自然，自是北宋巨手。（《宋六十一家词选·例言》）

郑文焯益畅其说，谓：

> 柳三变乃以专诣名家，而当时转述其俳体，大共非訾。至今学者，竟相与咋舌瞠目，不敢复道其一字。……冥撢其一词之命意所注，确有层折，如画龙点睛，神观飞越，只在一二笔，便尔破壁飞去也。（陈锐《裛碧斋词话》引文焯《论柳词书》）

柳词之佳处，正在此而不在彼。由冯、郑二家之说，可以推见柳词技术之高，盖不仅创调至多，足为北宋词坛生色而已也。

柳氏既极意于慢词，而自成一系统，其功用则在使歌词复与民众接近，而变旧声为新声，使词体恢张，有驰骋才情之余地。其长篇巨幅，开阖变化，顿挫淋漓，开后来法门不少。迨秦观起，而以清丽和婉出之，风格益遒上，而慢词复归于淳雅，为士大夫所乐闻。作风转变之由，其来者渐，皎然可睹矣。

四、曲子律之解放与词体之日尊

北宋令词，至二晏而臻极诣。柳永极意慢曲，别辟法门，于是词体形式上之进展，与技术上之讲求，并窦奥全开，渐进于无以复加之境。而歌词流行既广，骎欲夺五、七言诗体之席而代之，于是"以诗为词"之作家，乘时而起。假社会流行之新兴体制，以抒写作者之浩气逸怀，音律渐疏，而内容日趋充实，疆宇益见扩大，作者之性情抱负，得充分表现于"曲子词"中，词体日尊，而距原始曲情益远。此亦词学发展必至之境，不容以其非"本色"而少之也。

在苏轼以前，填词者率出之以游戏。如欧、晏诸作者，并以诗文余力为之。或由环境关系，为乐工官妓而倚新声，亦辄以"小道"目之，不敢自跻于"大雅"之林也。胡寅序向子諲《酒边词》云：

> 词曲者，古乐府之末造也。古乐府者，诗之旁行也。诗出于《离骚》、《楚辞》，而《离骚》者，变风变雅之怨而迫、哀而伤者也；其发乎情则同，而止乎礼义则异。名之曰曲，以其曲尽人情耳。方之曲艺，犹不逮焉，其去曲礼，则益远矣。然文章豪放之士，鲜不寄意于此者，随亦自扫其迹，曰谑浪游戏而已也。唐人为之最工者，柳耆卿后出，掩众制而尽其妙，好之者以为不可复加。及眉山苏氏一洗绮罗香泽之态，摆脱绸缪宛转之度，使人登高望远，举首高歌，而逸怀浩气超然乎尘垢之外。于是《花间》为皂隶，而柳氏为舆台矣。

由胡氏之言，知在东坡以前之作者，虽心好词曲，而必自托于"谑浪游戏"。此其故由于词所依声，原出"胡夷里巷之曲"，士大夫之所作，既仍须迎合社会普遍心理，不得不偏重男女慕悦，或伤离念远之情，为保持身份尊严，遂不能无所规避。小山、淮海虽或"寓以诗人句法"，风格渐高，而鲜有以严肃态度，着意尊体者。东坡出而以灵气仙才，开径独往。其能别树一帜之故，正以其确认词曲虽出于教坊里巷，亦不妨假以自写胸怀，固不仅为发抒儿女私情而设。东坡词卒得压倒柳氏者在此，所以能独建一宗，历万古而不敝者亦在此。

王灼《碧鸡漫志》卷二云：

> 东坡先生非心醉于音律者，偶尔作歌，指出向上一路，新天下耳目，弄笔者始知自振。

苏词之妙谛，王氏此语尽之矣。晁补之亦称：

> 居士词，人谓多不谐音律。然横放杰出，自是曲子内缚不住者。（《词林纪事》引）

"横放杰出"，足征东坡在词苑之解放精神。宋人论词，恒以声律与词情并重。其严于声律者，往往曲谱亡而声价亦随之以减。独此"逸怀浩气"，永留于天地间，足以"开拓万古之心胸，推倒一世之豪杰"。东坡词派之所以后来转盛者，正以其精神所寄，不随曲调以即于消沉也。元好问云：

> 唐歌词多宫体，又皆极力为之。自东坡一出，情性之外，不知有文字，真有"一洗万古凡马空"意象。虽时作宫体，亦岂可以宫体概之？人有言：乐府本不难作，从东坡放笔后便难作。此殆以工拙论，非知坡者。所以然者，诗《三百》所载小夫贱妇、幽忧无聊赖之语，时猝为外物感触，满心而发，肆口而成者尔。其初果欲被管弦，谐金石，经圣人手以与六经并传乎？小夫贱妇且然，而谓东坡翰墨游戏，乃求与前人角胜负，误矣。自今观之，东坡圣处，非有意于文字之为工，不得不然之为工也。坡以来，山谷、晁无咎、陈去非、辛幼安诸公，俱以歌词取称，吟咏情性，留连光景，清壮顿挫，能起人妙思。亦有语意拙直，不自缘饰，因病成妍者，皆自坡发之。（《遗山文集·新轩乐府·序》）

词至东坡，又为一大转变。其境界之超绝，绝非"曲子词"之所能笼罩。元氏所谓"不自缘饰，因病成妍"者，尤见苏氏词派之特殊精神，而"以诗为词"之"优入圣域"已。

自东坡别出手眼，树之风声，同辈如王安石，后起如晁补之、黄庭坚、叶梦得、向子諲、陈与义等，相与辅翼而倡导之。既而流入中州，与"深裘大马之风"相融洽，遂开金源一代之盛。辛弃疾以豪杰之士复挟之以南，开南宋豪壮一派之风，解除音律之束缚。以自成其"长短不葺"之新诗体，千汇万状，使人知此体亦无所不包，非东坡"横放杰出"之才，谁能辟此疆宇耶？

北宋词风，至东坡为第三转变。其特点则在破除狭隘之观念，与音律之束缚，使内容突趋丰富，体势益见恢张。刘辰翁所称"词至东坡，倾荡磊落，如诗如文，如天地奇观"（《须溪集·辛稼轩词序》）者，足以想见其伟大。惟其悍然不顾一切，假斯体以表现自我之人格与性情抱负，乃与当时流行歌曲，或应乐工官妓之要求，以为笑乐之资者，大异其旨趣。虽目之以"别派",未足以掩其精光也。

五、大晟府之建立与典型词派之构成

词至东坡而大,而当世咸以"要非本色"(《后山诗话》)讥之,以其多不协音律故也。柳氏《乐章》,最为东坡所诋病。然其流传之广,与其在民间之潜势力,直至宣、政之际,犹未全衰。王灼称当时作家,如沈公述、李景元、孔方平、处度叔侄、晁次膺、万俟雅言七人者,源流皆从柳氏来,病于无韵。又谓:"田中行极能写人意中事,杂以鄙俚,曲尽要妙,当在万俟雅言之右,然庄语辄不佳。"又谓:"元祐间,王齐叟彦龄,政和间,曹组元宠,皆能文,每出长短句,脍炙人口。彦龄以滑稽语噪河朔。组潦倒无成,作《红窗迥》及杂曲数百解,闻者绝倒,滑稽无赖之魁也。"(《碧鸡漫志》二)由柳氏之"骫骳从俗",以至曹组诸人之"滑稽无赖",类皆为求取悦于俗耳,与东坡恰立反对地位。苏词高处,"出神入天"(王灼说),自不易为时俗所理解。其他滑稽尘下之作,又不足以登大雅之堂。折中于二者之间,于音律和谐之内,益求词句之浑雅。于是典型词派兴焉。

典型词派之作家,以周邦彦称首,周济所谓"清真集大成者"(《宋四家词选·序论》)是也。清真词成就之原因,一由其"好音乐,能自度曲"(《宋史·文苑传》);一由其"尽力于辞章",植基深厚。词以协律为主,而长调尤尚铺叙。辞赋家以铺叙为主,更以其法变而入歌词,乃极壮丽之观,而为士大夫所同矜尚。清真之造诣,洵非诸家之所及已。

词风之转变,恒随乐曲为推移。柳氏《乐章》以应教坊乐工之要求,冀得取悦于俗耳,而不免"词语尘下"。至徽宗朝,制礼作乐,乃出于朝廷之命,所造曲自不能为淫靡之音。且当时掌管乐制之官,如周邦彦、万俟咏等,皆词林宗匠,故所作一以雅丽出之。大晟府之设置,所以促成乐曲之发展,亦即北宋后期词风转变之总枢也。《碧鸡漫志》卷二云:

> 崇宁间,建大晟乐府,周美成作提举官,而制撰官又有七。万俟咏雅言,元祐诗赋科老手也。……政和初,召试补官,置大晟乐府制撰之职。新广八十四调,患谱弗传,雅言请以盛德大业及祥瑞事迹制词实谱。有旨:依月用律,月进一曲。自此新谱稍传。时田为不伐亦供职大乐,众谓乐府得人云。

张炎《词源》亦云:

> 崇宁立大晟府,命周美成诸人讨论古音,审定古调,沦落之后,少得存者,由此八十四调之声稍传。而美成诸人又复增演慢曲、引、近,或移宫换羽,为三犯、四犯之曲,按月律为之,其曲遂繁。

大晟所造新曲既多,其影响于当世词坛者必大。且主持其事者,又为"负一代词名"(《词源》)之周美成,与"诗赋科老手"之万俟雅言,其涵养既深,故能戛戛独造,凡所制作,遂为后代典型。近人王国维论清真词云:

> 读先生之词,于文字之外,须兼味其音律。……今其声虽亡,读其词者,犹觉拗怒之中,自饶和婉,曼声促节,繁会相宜,清浊抑扬,辘轳交往,两宋之间,一人而已。(《清真先生遗事》)

周词风格之高，乃多受乐曲影响，则北宋后期词风之转变，实由大晟府有以促进之，殆非"向壁虚造"之谈矣。

张炎称：清真"所作之词，浑厚和雅，善于融化诗句，而于音谱且间有未谐"（《词源》）。可见协律之难，而以浑雅之作协律，尤为不易。清真笔力之变化与技术之精巧，为后来开无数法门。沈义父《乐府指迷》云：

> 凡作词，当以清真为主。盖清真最为知音，且无一点市井气，下字运意，皆有法度，往往自唐、宋诸贤诗句中来，而不用经史中生硬字面，此所以为冠绝也。

据此，知清真词之特点，一在"知音"，二在备诸法度，三在修辞之醇雅，此其所以为典型之作欤？

总之，慢词发展至清真，既无柳永"词语尘下"之病，又无苏轼"多不协律"之讥，为文人学士所乐闻，亦为伶工歌妓所喜习。故其流传之广且久，据张炎《山中白云词》之所记载，盖至元初而其曲度犹存于朱唇皓齿间。至其遗韵流风，允为百代词人法式，信为北宋词坛之光荣结局矣！

六、南宋国势之衰微与豪放词派之发展

自金兵南侵，二帝北狩，江山仅余半壁，繁华尽付流水。一时慷慨悲歌之士，莫不攘臂激昂，各抱恢复失地之雄心，藉展"直捣黄龙"之素愿。而高宗误信谗佞，不惜靦颜事仇，逼处临安，以度其"小朝廷"生活。坐令士气消阻，一蹶而不可复振。不平则鸣，于是横放杰出之歌词，宛若天假之，以泄一代英雄抑塞磊落不平之气（参考拙撰《苏辛词派之渊源流变》）。此时外逼于强寇，内误于权奸。在长短句中所表现之热情，非嫉谗邪之蔽明，即痛仇雠之莫报，苍凉激壮，一振颓风。然词风转变之由，一方固由时势造成，一方亦有渊源可述。

南宋初期作家，如向子諲、张元幹辈，皆上接东坡之系统。胡寅序向氏《酒边词》，力崇东坡，而推"芗林居士步趋苏堂而哜其胾"。元幹为子諲甥，人称其长于悲愤（毛晋《芦川词跋》）。其渊源所自，从可推知。稼轩南来，领袖一代。其直接所受影响，当由于金国之好尚苏词。稼轩以二十三岁，自金归宋（《宋史·辛弃疾传》）。其词格之养成，必于居金国时早植根柢。《宋史》称其"少师蔡伯坚（松年）"。而元好问谓："百年以来乐府，推伯坚与吴彦高（激），号吴蔡体。"（《中州集》）彦高为米芾婿。东坡喜誉米诗（《宋史·文苑传》）。彼此声气相通，彦高当挟苏氏词风以北。《中州》一集，和东坡诗词韵者至多。伯坚以《念奴娇》"《离骚》痛饮"一阕负盛名，其词激昂慷慨，即用东坡赤壁词韵。且题云："用韵者六人。"（《明秀集》）于此足见苏词之大盛于金，而稼轩词格之养成，其来有自矣。近人况周颐谓："金词清劲能树骨。"（《蕙风词话》）北人"深裘大马"之风，正合为"横放杰出"之词。东坡词风之由南而北，复由稼轩挟以归南，转相流播，益以地域土风、民情国势之推移摩荡，复与南渡初期向、张诸家之风气相禽合，以造成悲凉感愤、盘礴磊砢之稼轩词派，此又词坛风气之一大转关也。

且自金兵入汴，风流文物扫地都休。士大夫救死不遑，谁复究心于歌乐？大晟遗谱，既已荡为飞烟，而"横放杰出"之词风，更何有于音律之束缚？此南宋初期之作者，惟务发抒

其淋漓悲壮之情怀，不暇顾及文字之工拙与音律之协否，盖已纯粹自为其"句读不葺之诗"。视东坡诸人之作，尤为解放，亦时会使之然也。

宋室南渡以来，既以时势关系，与乐谱之散佚，不期然而词风为之一变。稼轩郁起，"激昂排宕，不可一世"（彭孙遹说），且名将如岳飞，亦以悲壮激烈之词，倡导于前。于是一时英雄志士，如张孝祥、朱熹、陈亮、刘过、韩元吉、陆游之属，更从而辅翼鼓吹之，藉以激励人心，恢宏士气。然成就之大与用力之专，无有能过稼轩者，盖"稼轩当弱宋末造，负管、乐之才，不能尽展其用，一腔忠愤无处发泄。观其与陈同甫抵掌谈论，是何等人物！故其悲壮慷慨、抑郁无聊之气，一寄于词。"（《词苑丛谈》引梨庄说）以稼轩一派为"豪杰之词"，名符其实矣。

稼轩词绍东坡之遗绪，又以身世关系，从而发辉光大之。周济称："稼轩不平之鸣，随处辄发，有英雄语，无学问语，故往往锋颖太露。然其才情富艳，思力果锐，南北两朝实无其匹，无怪其流传之广且久。"（《介存斋论词杂著》）苏、辛词风之差异，于此可见一斑。至其特殊风格，则宋末刘辰翁所为《辛稼轩词·序》，言之最为中肯。略云：

> 词至东坡，倾荡磊落，如诗如文，如天地奇观，岂与群儿雌声学语较工拙？然犹未至用经用史，牵雅、颂入郑、卫也。自辛稼轩前，用一语如此者必且掩口。及稼轩横竖烂熳，乃知禅宗棒喝，头头皆是；又如悲笳万鼓，平生不平事并厄酒，但觉宾主酣畅，谈不暇顾，词至此亦足矣。……嗟乎！以稼轩为坡公少子，岂不痛快灵杰可爱哉？而愁髻龋齿作折腰步者阚然笑之。《敕勒》之歌拙矣，"风吹草低"之句与《大风》起语，高下相应，知音者少。顾稼轩胸中今古，止用资为词，非不能诗，不事此耳。斯人北来，喑呜鸷悍，欲何为者？而逸摈销沮，白发横生，亦如刘越石。陷绝失望，花时中酒，托之陶写，淋漓慷慨，此意何可复道！而或者以流连光景，志业之终恨之，岂可向痴人说梦哉？（《豫章丛书》本《须溪集》）

由此可知稼轩词之特点，一为英雄抱负之充分表现，二为语汇之无所不包，慷慨淋漓，一洗儿女情态，而距原始里巷歌词之情调，便已判若天渊。"宋人以东坡为词诗，稼轩为词论"（毛晋《稼轩词·跋》），真词坛之别开生面者。刘克庄又称："公所作大声鞺鞳，小声铿鍧，横绝六合，扫空万古。其秾丽绵密者，亦不在小晏、秦郎之下。"（《后村诗话》）辛词虽间有秾丽之作，然终以激昂横鬯为主，与小山、淮海，迥不相侔矣。

宋室偏安局定，士气日即销沉，而悲壮词风，未全歇绝。至于末季，犹有刘克庄、刘辰翁诸人，推重稼轩，勉绵坠绪。然自姜夔一派清空俊雅之词作，风气即早转移矣。

七、文士制曲与典雅词派之昌盛

词依声而成。北宋以教坊新腔，而有柳永一派"讴歌淫冶"之词作。至大晟制曲，而周邦彦"浑厚和雅"（张炎说）之典型词派以兴。苏、辛激扬排宕之风，应运而起，渐与音乐脱离关系，虽别开生面，而就词之本体言之，固不能不目之以"别派"。知音识曲之士，慨旧谱之散亡，思所以挽救之，乃各潜心乐律，腔由自度，音节闲雅，歌词典丽，制作悉由文士，讴歌尽付名姬，以环境与需要之不同，而风格随之转变。姜、吴一派之昌盛，盖有由矣。

南宋迁都临安，凤擅湖山之胜。偏安局定，士习苟安，激昂蹈厉之风，恒触时忌。于是名门世胄权相遗贤，异轨同奔，极意声乐。池台亭榭之盛，声色歌舞之娱，燕衎湖山，聊以永日。文人才士既各有所依归，杯酒交欢，聊吟结社。于是对于音律之研索、文字之推敲，乃各竭精殚思，以相角胜。其影响于词风者至巨，而关系于世运者尤深。世人对南宋姜、吴一派词，或过于矜尚，或妄加诋毁，皆非穷本探源之论，而为蔽于一曲之言也。

论南宋词者，或主白石，或书梦窗。张炎谓："词要清空，不要质实。清空则古雅峭拔，质实则凝涩晦昧。姜白石词如野云孤飞，去留无迹。吴梦窗词如七宝楼台，眩人眼目，碎拆下来，不成片段。此清空质实之说。"（《词源》）就二家风格言之，虽清空、质实殊途，然其并重音律而崇典雅则一也。白石故"知音，通阴阳律吕、古今南北乐部。凡管弦杂调，皆能以词谱其音"（张羽《白石道人传》）。又喜自度曲，而与范成大、张镃厚善。范、张固豪家，以声伎驰誉苏、杭者也。白石《暗香·序》云：

> 辛亥之冬，予载雪诣石湖（成大别业在苏州），止既月，授简索句，且征新声，作此两曲。石湖把玩不已，使工妓隶习之，音节谐婉。

又《玉梅令》题云：

> 石湖家自制此声，未有语实之，命予作。

据此，知石湖家故多妙解音律者，而又有工妓肄习歌声。其作曲作歌及唱曲听歌之人，又皆为特殊阶级，故宜其清空峭拔，不同凡响也。《砚北杂志》称：

> 小红，顺阳公青衣也，有色艺。顺阳公之请老，姜尧章诣之。一日，授简征新声，尧章制《暗香》、《疏影》两曲。公使二妓肄习之，音节清婉。姜尧章归吴兴，公寻以小红赠之。

姜诗有"小红低唱我吹箫"之语，可想见姜、范二家契合之雅，与姜词风格峭拔之由。又白石《齐天乐·序》云：

> 丙辰岁，与张功父（镃）会饮张达可之堂。闻屋壁间蟋蟀有声，功父约予同赋，以授歌者。

功父为张循王诸孙。周密称其"能诗，一时名士大夫莫不交游。其园池、声伎、服玩之丽甲天下"（《齐东野语》）。功父又能自制曲，恒令家妓歌以侑尊。《浩然斋雅谈》云：

> 放翁（陆游）在朝日，尝与馆阁诸人，会饮于张功父南湖园。酒酣，主人出小姬新桃者，歌自制曲以侑尊。

由此可证南宋达官富厚之家，又往往为新曲产生之地，各蓄歌妓以度新声，文士知音从而商订。于是词家文字益求典雅，声律益务精严。此证之白石道人歌曲，其自制曲必旁缀音谱，以便工妓之肄习，可以推知也。

范、张分居苏、杭，而白石往来其间，或自度曲以付二家歌妓肄习，或依二家所制新声而为之填词实谱。由是词家必兼通乐律，乃为世所矜尚。观诸载籍所记，范、张家皆能自造新声，而范之《石湖词》、张之《南湖诗余》，所用曲调反多寻常旧曲。即如《玉梅令》，亦必藉白石之词，而其调始传。此又可证南宋词家之注重音律，往往以达官贵人之嗜好，为其创制之主因。一如周美成、万俟雅言之居大晟，制词实谱，而其曲遂繁也。

白石而后，词家益致意于音律之考求。张炎称其"先人（张枢）晓畅音律，有《寄闲集》，旁缀音谱，刊行于世。每作一词，必使歌者按之，稍有不协，随即改正"（《词源》）。沈义父记与梦窗讲论作词之法，亦言"音律欲其协，不协则成长短之诗"（《乐府指迷》）。枢为功父诸孙（朱孝臧《南湖诗余·跋》），家风不坠。梦窗曳裾侯门，亦尝往来于苏、杭间，集中有寿荣王及贾相（似道）词，又多自制曲。其对音律之讲求，当亦不免受贵家工妓之影响。且临安为帝都所在，人文荟萃之区，结社联吟，蔚为风气。周济谓"南宋有无谓之词以应社"，而社作以"咏物"为多。声律之商量，字面之锻炼，张炎所谓"字字敲打得响，歌诵妥溜，方为本色语"（《词源》）者，可见一时风尚之所在矣。

由白石、梦窗以下迄张炎、周密，又自成一系统。而杨缵、张枢，以知音为词流所宗尚，领袖群伦。《浩然斋雅谈》称：

　　公（缵）洞晓律吕，尝自制琴曲二百操。……所度曲多自制谱，后皆散失。

《癸辛杂识》又云：

　　余（周密）尚登紫霞翁（缵别号）门，翁妙于琴律。时有昼鱼周大夫者，善歌。每令写谱参订。虽一字之误，翁必随证其非。余尝叩之云："五凡工尺，有何妙理，而能暗诵默记如此？既未按管，又安知其误耶？"翁叹曰："君特未深究此事，其间义理之妙，又有甚于文章，不然，安能强记之乎？"

据此，则南宋歌词，又往往参以琴曲，宜其与北宋之作，音节多殊也。炎与密同受声律之学于紫霞翁，密又盛称炎父枢家歌乐之盛。其《蘋洲渔笛谱·一枝春》叙云：

　　寄闲（枢）饮客春窗，促坐款密。酒酣意洽，命清吭歌新制。

又《瑞鹤仙·叙》云：

　　寄闲结吟台，出花柳半空间，远迎双塔，下瞰六桥，标之曰"湖山绘幅"，霞翁饮客落成之。初筵，翁俾余赋词，主客皆赏音。酒方行，寄闲出家姬侑尊，所歌则余所赋也，调闲婉而辞甚习，若素能之者。坐客惊诧敏妙，为之尽醉。

家妓娴习声歌，即席赋词，便尔发之朱唇皓齿。其制词订律，又悉出诸文人，故所作非沉博绝丽，即清空拔峭。此又南宋词风转变之一大关纽也。

上述一系统之词，以所依之声，恒出文人自度，严于订律，精于铸词，其肄习者多世族家姬，其欣赏者又为达官贵戚，或文人雅士，湖山沉醉，以遣劳生。凌夷至于宋亡，乃一变而为危苦凄酸之调。南宋姜、张一派词，风格之典雅，与其锻炼之精深、音律之闲婉，盖非偶然矣。

八、结　论

综观上所论列，两宋词风转变之由，各有其时代与环境关系，南北宋亦自因时因地，而异其作风。必执南北二期，强为画界，或以豪放婉约，判作两支，皆"囫囵吞枣"之谈，不足与言词学进展之程序。吾人研究词学，不容先存门户之见，尤不可拘于一曲以自封。循吾说以观宋词，或可稍空障碍。然而挂一漏万之讥，内知难免矣。

该文原发表于 1934 年 10 月《词学季刊》第 2 卷。
此处选录于《20 世纪中国学术文存·词曲研究》，湖北教育出版社 2004 年版。

参考篇目

游国恩《屈赋考源》（《武汉大学文哲季刊》1935 年第 1 卷第 3 号）

钱　穆《杂论唐代古文运动》（《新亚学报》1957 年第 3 卷第 1 期）

郑振铎《元代"公案剧"产生的原因及其特质》（《郑振铎全集》第 4 卷，花山文艺出版社，1998 年版）

汪辟疆《近代诗人述评》（《南京大学学报》1962 年第 1 期）

胡　适《五十年来中国之文学》（《申报》五十周年纪念特刊《最近之五十年》，1923 年版）

第十四讲
吴 宓：《诗学总论》

今欲论诗，应先确定诗之义。惟诗与文既相对而言，故诗之定义，须示其有别于文之处。但英文之所谓诗 Poetry 实应译为韵文，盖所包甚广，如戏曲亦在其中。非若吾国，诗之外尚有词与曲等另列也。英文之文 Prose，又曰散文，乃指无韵之文。英文诗不用韵者甚多。诗与文之真正区别，说见后。至若吾国之骈文，如以英文按之，则界在诗文之间，未可勉强划分也。

古今人所作诗之定义极多，不可殚述。如 R. M. Alden 著之 Introduction to Poetry 开卷即胪列二十余条皆名人所作。然作者下笔之时，各有其特别着眼之点、注重之处，志在申明己意，专论诗中之某事。故每一定义，虽各有其精神独到之处，而究各有所偏，未足以概诗之全体。今以己意，并参酌各家之说，作成诗之定义，力求平正浑括，再由英文译成中文。如下：

诗者，以切挚高妙之笔，或笔法具有音律之文，或文字表示生人之思想感情者也。Poetry is the intense and elevated expression of thought and feeling in metrical language.

此定义须详细解释。今先设文之定义如下。文者，以文字表示生人之思想感情者也。此数语用之于诗亦合，特未显诗文二者之间，究何所区别耳。或疑华次华斯（William Wordsworth）有言，诗者，激烈感情之自然发泄于外者也。Poetry is the spontaneous overflow of powerful feelings 语出其所著 Preface to the Second Edition of Lyrical Ballads（1800）则诗当专主表示感情而不及思想矣。不知安诺德（Matthew Arnold）亦有言，诗乃评判人生者也。Poetry is the criticism of life 语出其所著 The Study of Poetry（1880）此则谓诗专重理智思想而不及感情矣。其实二子之说，各有所偏。只举一端，而不见全体。即如韩愈祭十二郎文，岂非感情之作。而如陶潜之饮酒诗，何尝不说理。又如卢梭之《忏悔录》、狄昆西（De Quincey）之《吸食鸦片之英国人自述》，岂非任情之文。而蒲伯（Pope）之《批评论》（Essay on Criticism），及莎士比亚之《天仇记》（Hamlet）剧中第三幕第一场最著名独唱、论生死之一段，乃正说理之诗。故文与诗，各皆表示思想及感情，兼有其二，不废其一。特若比较论之，则文重思想，诗重感情，略有所偏耳。惟然，故文主以理服人，而诗则主以情动人。同一字也，文中用之，则以其确切之本义为训（Intellectual Denotaion）。诗中用之，则指其就吾人日常习惯，所能引起之感情而言（Emotional Association or Connotation）。例如父字，用之于文，则仅明甲为乙之子之关系而已。而用之于诗，则并宣乙于甲生身之恩、教训之德、慈爱之怀等等。而读诗者，立即忆及我自己之父子种种情形及平日相待之感情矣。又如"某日，王生不携仆从，由西安赴上海，行途凡三千四百六十五里。"此文也，述事以外，无他意。而柳宗元诗"一身去国六千里"，则极写放逐孤臣感愤之意，长途险阻艰难之苦。六千里者，不必其以里计程、而适为六千之整数，犹书极长之路、极远之地而已。然即此用字之不同，亦属比较言之耳。论诗与文之区别，只能究其极端，而辨其大不同之处。固有似诗之文，亦有文中之诗，界在二者之间，罔两因依者，实难强定。惟不当以例外末节，而破坏大体之界说耳。

由是言之，则诗与文之差别，仅诗用（一）切挚高妙之笔，（二）具有音律之文，而文则无之耳。（一）者属于内质，（二）者属于外形。以下当分别释之。惟兹有须郑重申明者，则内质与外形之美，常合一而不可分离是也。质（Matter）与形（Form）之说，实始于亚里士多德之形而上学，谓质与形合，而成一物。去质或形，则无此物，故形质并重。譬如方砖，乃砖质而方形者也。如掷为碎块，则非复方砖矣，然犹是砖也。苟去砖之色泽形相等等，则并此砖而无之矣。故形与质不可分离，相合而互成其美，缺一则均归消灭，未可以意为之高下轻重也。天下之美人美器、妙文妙诗，皆合其外形之美与内质之美而成。美人之肤色，似属外形。然去此肤色，则血肉之躯已无存，更何有于美乎？以诗言之，诗所表示之思想感情，其内质之美也。韵律格调，则外形之美也。如有高妙之思想感情，尚是浑沌未成形之质，苟得以精美之韵律格调表而出之，则为极佳之诗，否则不能。故韵律格调，正所以辅成思想感情之美，并非灭绝之、摧抑之也。思想感情不佳，徒工于韵律格调，必不能为上等之诗，此固显而易见。然若划除一切韵律格调，使不留存，则所余者已不能为诗矣，尚何有于美乎？故善为诗者，既博学行德，以自成其思想感情之美，更揣摩谐练，以求得韵律格调之美。夫然后其所作乃璀璨深厚，光焰万丈。中国之屈原、杜甫，西方之但丁、弥儿顿，皆是也。若不讲思想感情，徒事韵律格调，则或流于摹仿，或堕入纤巧。中西之下等诗人，皆此类也，然彼固犹能为诗人也。若举韵律格调而殄除之，是直破坏诗之本体，使之不存。虽有极佳之思想感情，何所附丽？何由表达？至若并思想感情亦不讲求，专以粗浅卑劣之思，激躁刻薄之情，毫无学问书卷之益，绝少温柔敦厚之气，此则既无外形之美，而亦何尝有内质之美哉？甚矣其惑也。故今之作粗劣之白话诗，而以改良中国之诗自命，举国风从，滔滔皆是者，推原其本，实由于不知形与质不可分离之理，应并重而互成其美，不应痛攻而同归消灭。惟昧于此理，故扰攘恣睢，去正途愈远，入魔障益深。呜呼哀哉！吾尝介绍英文诗，亦欲借此以明诗之根本道理精神，及格律程式之要。苟能贯通而彻悟，则中国诗之前途，或有一线生机乎？此外似相反而实相成，可合一而不可分离之事。如天才与人工、自然与修琢等。皆与内质外形之问题相类。通人利用而成其美，盲俗攻掊而益其乱。此类之事例极多，今均不赘论。读者可推而知之也。

今将上所言诗与文之差别，分条释之。

（一）所谓切挚（Intense）之笔者，犹言加倍写法，或过甚其词之谓。盖词人感情深强，见解精到，故语重心急，惟恐不达其意，使人末由宣喻者，故用此笔法。如前所引柳宗元诗"一身去国六千里，万死投荒十二年"。又陈其年诗"百年骨肉分三地，万死悲哀并九秋"。夫二人之艰难困苦，虽至其极，然尚未死。即人死亦只一次，乃曰万死，是切挚之笔也。又如杜甫之"穷年忧黎元，叹息肠内热。取笑同学翁，浩歌弥激烈"。又"谁能久不顾，庶往共饥渴。入门闻号眺，幼子饿已卒。吾宁舍一哀，里巷亦呜咽"。是切挚之笔也。又如西德尼（Sir Philip Sidney）所作《爱情之路》（*Via Amoris*）之诗，其末二句谓吾自计不如此路，数百年中，常得亲美人之玉趾，虽然，吾不恨也。（I envy you no lot……Hundreds of years you Stella's feet may kiss!）又如莎士比亚之《世路》（*The World's Way*）一诗，开端即云，厌见此种种，吾惟求速死。（Tired with all these, for restful death I cry）又如无名氏（Anon）所作《大勇之士》（*The Grean Adventurer*）一诗，谓极高之山，极深之海，萤所不能度之微隙，蝇所不能栖之狭地，爱我之人皆可逾越经行而至。又如胡德（Thomas Hood）之《缝衣歌》（*Song of the Shirt*）此歌今人已译为中文诗谓米薪原作面包竟若是之贵，而人之血肉竟若是之贱乎？是均切挚之笔也。综上诸例观之，可知切挚有二法，或加增其数量，或改易其事理。所谓改易其事理者，即诗人感情深挚激切之时，所言确与真理实象不合，与世中常情相悖，而写来又但觉其逼真，而颠扑不破是也。或疑诗人可不诚耶？曰非是之谓也。作文贵诚，作诗尤贵诚。作文尚可伪托，作诗断难假冒。西德尼曰 Look in thy heart, and write. 盖作诗非"语语自我心中爬剔而出"不可也。所谓切挚，即诚也。惟兹所言改易其事理一层，实本于心理之变态，正惟不合于常情，乃愈见其诚耳。如孝子苫块昏盲，遂忘饥渴寒热。常人而忘饥渴寒热，则系矫情作伪。若孝子当锥心泣血、昏迷失次之后，而犹不忘饥渴寒热，则其所为种种，皆作伪欺人矣。诗人之诚与不诚，其关系正类此。故上言切挚之二法，均正著诗人之诚，而不可以不诚疑之也。

（二）所谓高妙（Elevated）之笔者，犹言提高一层写法。即不实指，不平铺，不直叙，不顺写，不白描，不明断，不详释，不遍举，不密绘，不条分缕析，不量尺度寸，不浅俚凡近，不蹈常习故，不因袭陈腐，不以法律科学机械之法，论人叙事写景绘物，而透过一层，直达垓心。而又选择凝炼，直传一人一事一景一物之本性、之精神、之要旨、之菁华，略其边幅，不留渣滓。于是能见人之所不能见，达文之所不能达，使读诗者，立刻领悟，而别有会心，咸具同感。其方法在以想像力（Imagination）造成一种幻境（Illusion）。而此幻境以文字为其媒质（Medium）。

以上云云，今不逐句详释。读者以所知之诗按之，必可了解。略举数例。如杜甫之"摘花不插鬓，采柏动盈掬。天寒翠袖薄，日暮倚修竹"。此写人笔法之高妙也。"翻身向天仰射云，一笑正坠双飞翼。明眸皓齿今何在，血污游魂归不得。清渭东流剑阁深，去住彼此无消息。"此写事笔法之高妙也。"锦江春色来天地，玉垒浮云变古今。"又"无边落木萧萧下，不尽长江滚滚来。"此写景笔法之高妙也。"数回细写愁仍破，万颗浑圆讶许同。"又"此皆骑战一敌万，缟素漠漠开风沙。其余七匹亦殊绝，迥若寒空动烟雪。"此写物笔法之高妙也。更如华次华斯之（*Ode to Milton*）云，Thy soul was like a star, and dwelt apart：etc. 此写人笔法之高妙也。如前举莎士比亚之《世路》（*The World's Way*）云，And captive Good attending captain Ⅲ. 此写事笔法之高妙也。如摆伦之《王孙哈鲁纪游诗》（*Childe Harold*）诗云，All heaven and earth are still—though not in sleep But breathless。此写景笔法之高妙也。如雪莱（Shelley）之《云雀曲》（*To a Skylark*）云，From the earth thou springest, Like a cloud of fire。此写物笔法之高妙也。反之，诗中亦有笔法极不高妙，因而为人所诟病者。如华次华斯之《荆棘》（*The Thorn*）诗云，I've measured it from side to side, Tis three feet long, and two feet wide。又其 *Peter Bell* 诗云，Only the ass, with motion dull, Upon the pivot of his skull, Turns round his long left ear。皆为其至友辜律己（Coleridge）所讥，谓不成为诗，则以其描叙之呆板笨拙，而粗俗猥鄙犹其余事也。

诗为美术之一，凡美术皆描摹人生（Imitation of human life）者也。惟其描摹之法，非以印板写照，重拓复本，毕肖原形，毫厘不爽之谓。盖如是则理固不宜而势亦不能。其法乃于观察种种，积久成多之后，融聚一处，整理而修缮之，另形表而出之以示人（Re-presentation）。故美术皆造成人生之幻境（Illusion）。而此幻境与实境（Actuality）迥异。盖实境者，某时某地，某人所经历之景象、所闻见之事物也。幻境则无其时，无其地，且凡人之经历闻见未尝有与此全同者，然其中所含人生之至理、事物之真象，反较实境为多。实境似真而实幻，幻境虽幻而实真。譬如屋外之山，实境也。画中之山，则幻境也。吾友适间所乘之马，实境也。缟素漠漠开风沙之马，则幻境也。实境迷离闪烁，不易了解。幻境通明透彻，至易领悟。实境成于偶然，而凌乱无理。幻境出之化工，故层次位置关系极清。凡美术皆示人以幻境，而不问实境。至若究二者之关系，则幻境乃由实境造出，取彼实境整理而修缮之，即得幻境矣。整理修缮之法，要者有二。一曰剪裁，二曰渲染。剪裁（Selection）直译曰选择者，不将实境中所有之形色事物，均取而纳之幻境。但选其佳者、合用者，而弃其不佳者、不合用者，即足。譬如为美人画像，则不可存其面上之黑痣。叙英雄之行事，则不必记其每餐所食之蔬肴。小说书中所谓有话即长、无话即短是也。渲染（Improvement）直译曰改善者，实境中之形色事物，不必存其原来之真，而尽情改易，变不佳为佳，化无用为有用。然后入之幻境，以符作者之意旨，譬如白居易作《长恨歌》，欲读者感动而怜爱歌中之女主人，遂谓杨太真养在深闺人未识是也。又如《琵琶记》中蔡邕，岂《后汉书》中之蔡邕哉？余可类推。既经此层步骤，故美术中之幻境，比之原有之实境，必较为精美，较为清晰，较为趣味浓深。试以诗中之境界，与吾生所见者，相比而证之，必见其然也。

美术中幻境之价值，不在其与实境相去之远近，而在其本身是否完密（Complete），无一懈可击。使读者置身其间，视如真境。真境者，其间之人之事之景之物，无一不真。盖天理、人情、物象，今古不变，到处皆同，不为空间时间等所限。故真境（Reality）与实境迥别，而幻境之高者即为真境。故凡美术，皆求造成一无殊真境之幻境，惟诗亦然。昔者亚里士多德著《诗学》（Poetics），谓史专叙一时一地三数人之事，而诗则叙古今天下所有之人之事。故二者相较，诗高于史云云。实即此处所言之理，盖史者实境之纪录，而诗则幻境之真相也。

凡幻境之造成，必有其媒质（Medium）以为接引之具。幻境只能在此媒质中出现，不能舍此而独存。譬如光之传达由于空气中之以太，苟无空气无以太，则无光。又如木之传声，比水与空气为敏速清朗。何哉？媒质之异也。故幻境与其媒质，至有密切之关系。各种美术，皆主造幻境，故各有其专用之媒质。今列表如下。

（美术）	（媒质）	（美术之类）
雕刻	体　面	空间之美术
绘画	线　黑白　色	空间之美术
音乐	声音	时间之美术
诗	文字	时间之美术
建筑	位置空间中之节奏	节奏之（Rhythmic）美术
舞	动作时间中之节奏	节奏之（Rhythmic）美术

诗之媒质为文字，诗附丽于文字。每种文字之形声规律，皆足以定诗之性质。故诗不可译，以此国文字与彼国文字为异种之媒质也。又各种美术之媒质既不同，故不可以此美术之媒质，强用之于彼美术。譬犹以声音作画，势有所不能。夫诗亦犹是也，不可以作画作乐之法而作诗也。若然，是乱其畛域（Confusion of the genre）而灭其本质也。此雷兴（Lessing）所以有《拉奥空》（Laocoon）之作，而白璧德有《新拉奥空》（New Laocoon）之作也。今之形象派（Imagists）以作画之法作诗，而象征派（Symbolists）则时以作乐之法作诗，故谬误层出。其诗少可诵者，而他人尤不宜效其法也。

诗人能造幻境，端赖其想像力（Imagination）。释之为心相，亦实应直译曰想，简而且确。吾国人现多喜用双字，冗杂繁复，皆由不究字义之过，故笼统含糊。惟以想像力一名，今已多用之者。苟译为想，反滋误解，故勉曰想像力。想像力者，质言之，即设身处地，无中生有之天才也，故能造成幻境。想像力愈强者，其所造之幻境亦愈真。诠释想像力者极多，其说今不备述。心理学者以想像力为记忆之一种，与梦略同。各人自身从未见闻感受之事物，决不能入梦。梦中之境界，不过撷取异时异地所见闻感受者，集而纳之一处，遂合成新幻之楼台。想像力亦然，故想像力有集合归纳之功用。文学家之论想像力，则谓凡具想像力者，能见他人之所不能见。所谓能见他人之所不能见者何物耶？曰，事物间之同异而已。例如杜甫诗"人生不相见，动如参与商"。人生两朋友之不易相逢，与参商之不易相逢同。但此层之同，常人不能见，惟杜甫有想像力，故独能见之。又"细柳新蒲为谁绿"杜甫，人也，具有灵性，故感慨兴亡，伤今昔情形之异。柳与蒲，物也，无灵性。故不能感慨兴亡，不能见今昔情形之异。故杜甫处此而兴趣都非，而蒲柳处此犹茂绿如恒。此人与物赋性之不同也。此层之不同，常人不能见，独杜甫能见之。如彭士（Burns）之《田鼠》（To a Mouse）诗，既谓田鼠之巢倾，将如人之苦寒而无家者。此人与田鼠之同也。而末章又言田鼠但知有目前之苦乐，而不伤既往，不忧后来，故尚比人为差幸也。此人与田鼠之异也。凡此皆见人之所不能见也。辜律己谓想像力之作用，先一一解离分析，然后重行结合构造。此即上文所言整理修缮之法也。诗人富有想像力，见常人之所不能见，故人每以诗人为狂，缘狂人之想像力亦强，故见神见鬼。昔柏拉图谓狂有四种，而诗人居其一。见其语录《斐德罗Phaedrus 篇》。而莎士比亚亦谓见 Midsummer Night's Dream, Act V, Scene i. 疯人、情人、诗人，皆为想像力所充塞。实乃一而三、三而一者也。诗人凝目呆视，忽天忽地，无中生有，造名赋形（The lunatic, the lover and the poet Are of imagination all compact, etc.）云云，皆可互证也。

以上已申明诗与文内质之差别，今进而论其外形之差别，即诗必具有音律（Metre），而文则无之也。然文与诗皆有节奏（Rhythm）。试究其本原。盖天下之物，全同则无美，全异则亦无美。纯整则无美，纯散则亦无美。惟异中有同，或寓整于散，而美始生。所谓 Unity in Variety 之理，乃凡百美术之起点也。譬如市街之上，一片瓦砾荒墟。或房屋大小形色，各各不同，毫无次序条理之可言。则观之徒乱人意，美感何从而生？然使行遍全城，所见房屋，皆同式同样之五层洋楼。鳞集栉比，毫无别异，则生烦厌之心，而亦难得美感。惟若其房屋有高有低，有大有小，忽中式忽西式，而色泽形式，亦有变化。而变化之中，确有条理可寻，则观者必觉其美焉。又如击钉入木之声，忽高忽低，忽轻忽重，忽断忽续，忽长忽短，忽疾忽徐，忽响忽息，使人闻之心烦意乱。而榨机吸水者，拍拍续响，每次皆然，亦使闻者厌倦。故知全同全异之形，不足以悦目。全同全异之声，不足以悦耳。惟同中有异、异中有同者始能之。若是者何也？即日见某形之后，稍转而复见此同一之形，目能辨之。其间又杂以他形。又耳闻某声之后，过顷而复闻此同一之声，耳能辨之。其间又杂以他声，如是则生美感。而谓之曰有节奏（Rhythm）。转言之，某形式某声相重而叠见，而与他形式他声相间而错出，合此二者而成节奏。故节奏者，重叠（Repetition）错综（Alternation）之排列也。若其为形之上下前后左右等位置之排列，则为空间之节奏。若其为声之长短高低轻重等次序之排列，则为时间之节奏。而皆本乎异中有同，寓整于散之原理，而动人之美感者也。今以此按之于诗文。古希腊拉丁之诗文，以长音之部分（Long Syllable）与短音之部分（Shoft Syllable）相间相重者也。英国之诗文，以重读之部分（Accented Syllable）与轻读之部分（Unaceented Syllable）相间相重者也。吾国之诗文，以平声之字与仄声之字相间相重者也。惟每一相间相重之处，其间隔（Interval）之长短无定，以图表之如下。

甲甲乙甲乙甲甲乙乙乙乙乙甲甲乙乙甲乙乙乙甲乙甲甲（第一图）
仄平仄仄仄平仄平仄平仄仄仄平平仄（无定式）

然既相间相重，固已为节奏矣。故知节奏者，文亦有之，不独诗有之。节奏不能为诗文之差别也明矣。文有节奏，故有抑扬顿挫之音，高下疾徐之调。

今设使其二者相间相重之处之间隔有定。如下图，则名之曰音律（Metre）。

275

甲甲乙乙甲甲乙乙甲甲乙乙甲甲乙乙甲甲乙乙甲甲乙乙（第二图）
平平仄仄平平仄□仄仄平平仄仄平□（错综式）

甲甲乙甲甲乙甲甲乙甲甲乙甲甲乙甲甲乙甲甲乙甲甲乙（第三图）
仄仄平平平仄仄□平平仄仄仄平平□（对称式）

　　故音律者，节奏之整饬而有规则者也（Reguylar rhythm）。其法或每一相重相间之间隔全同，如第二图之甲甲与乙乙均隔二字是也。或成一定之比例，如第三图之甲甲与乙，为二与一之定比例是也。音律乃节奏之一种，特节奏之最整者耳。故凡有节奏者，皆可成音律。音律（Metre）原为尺度之义，用之于建筑绘画音乐等诸凡空间时间之排列，固无不可。但常例以此字专用于诗，以名诗中整饬有规则之节奏，而不推之于他种美术。间亦用于音乐，而义自略异。故此后亦只论论诗中之音律。文中有音律否？曰无之。何以知其然也？试任取英国文一篇，寻其重读之所在。或取中国文一篇，寻其平仄之排置。所得者必类于第一图，而绝异于第二图第三图也。若按之于诗，则所得者，必为第二图第三图之形无疑。惟中国之五七古诗及歌行等，似不符此例。然五七古之平仄，无规则之中，尚自有其规则。出于天籁，合乎自然。总之，五七古等中平仄之排比，较之散文，要为整饰多多，况有句之长及韵之限制耶。以中西比较，只能观其大体之相同，阐明其中之要理。未可末节逐处牵强附会也。由是知节奏者，诗与文之所同具，而音律者，乃诗之所独有。故可以音律别诗与文。如前述定义之所云，无音律者，不能谓之诗。否则其所号为诗者，实无殊于文也。譬如开水之中，不入茶叶，则只可以开水称，而不可名为茶。非谓开水不可饮也，但名不可假也。如指开水为茶，则将何以名茶乎？即强为之，然世人之自饮其茶者必犹多，而不愿以开水代茶也。今之作诗而欲尽去平仄者，可以憬然而知止矣。

　　由上言之，诗之音律有三种。（一）如希腊拉丁文之诗，以长音短音之部分定之，故名长短音律（Quantity Metre）。（二）如英文之诗，以字中重读轻读之处定之，故名轻重音律（Accent Metre）。（三）如吾国之诗，以平仄，即字音之高下（Pitch）定之，然其为用一也。音律之单位曰节（Foot）。诗之每行曰一句（Verse）。此句与文法句读之句迥异。如遥怜小儿女，未解忆长安。又独有宦游人，偏惊物候新。以文法论之，则十字为一句。而以此所谓诗句之句论之则五字为一句，十字为二句矣。取诗一句，将其音律画出，是曰 to scan。其事曰 Scansin。则该句必可分为数段，各段之音律全同。此一段即为一节，例如上文第二图可分为甲甲乙乙　甲甲乙乙　甲甲乙乙等，而每一甲甲乙乙即一节也。第三图可分为甲甲乙　甲甲乙　甲甲乙等，而每一甲甲乙即一节也。一句共有数节，各节又相同。故一句之音律，可以其节之式，再加倍数，以简单表明之。例如上文第二图，可以六　甲甲乙乙表之。犹言该句共有六次叠见之甲甲乙乙也。第三图可以八　甲甲乙表之，其义亦同。惟所应注意者，诗中之音律属于时间之节奏，即其中所以相同相重者，无非时间之隔离与划分而已。兹更详释之。

　　（一）在希腊拉丁文之诗，读一长音之部分所需之时，适为读一短音之部分所需之时之一倍。设读一长音之部分需时二秒始竣，则读一短音之部分需时一秒即足。今试以线之长短，表读音之时间之久暂，则桓吉尔（Virgil）之《伊尼德》（Aeneid）开卷第一句（Verse）可以图示之如下。

　　今设线之一段为一秒时，则谓二秒之长音与一秒之短音相间相重也可。谓每四秒中，有长音一次也亦可。或谓每隔二秒，再有长音出现，也亦无不可。通用之符号，系以 ‒ 表长音。以 ‿ 表短音。犹吾国旧例。以 一 表平声字，以 丨 表仄声字也。前既言节为音律之单位，故欲表示音律，首须标明每节中有长音若干、短音若干。希腊诗于每种之节，各与以专名。拉丁诗中沿用之。英文诗亦沿用之，惟义稍异。见下。兹列其最要之数种于下。

（节之名称）	（符号）	节之名称	（符号）
Iambus（-bic）	⌣—	Anapest（—tic）	⌣⌣—
Trochee（-chaic）	—⌣	Dactyl（—llic）	—⌣⌣
Spondee（-daic）	——		

集相同之数节而成一句。故欲表示某句之音律，只须先举每节之名称或符号，再言如是者此句中共有若干节，即可。兹列希腊文之数目字如下，拉丁诗亦沿用之。英文诗同，见上注。

Mono（一）	Bi（二）	Tri（三）	Tetra（四）
Penta（五）	Hexa（六）	Hepta（七）	Octa（八）

故如上所举桓吉尔之诗，乃连缀六个—⌣⌣而成一句。故可名为 Dacyllic hexametre。上一字须用形容词。若其连缀五个⌣—而成一句，则当名为 Iambic pentametre 也。余可类推。

（二）在英国之诗，则情形大异。英文最初之诗，毫无韵律，仅于每句中，置字首子音相同之字（Alliteration）三个，前半句有其二，后半句有其一。借是以略求整饬，而成相间相重之道。然备极散漫，其句之长短，句中字数之多少，均毫无定准。今举《珠》（*Pearl*）诗中之二句为例，其时已至十四世纪之中叶，然犹简陋如此也。其诗第一句用 W 起首之字三。第二句用 d 起首之字之三。

What wryde has hyder my juel wayned
And don me in del and gret daunger?

按英文之 Alliteration（字首子音相同者）其最简之式，如 do done den day 等，即吾国文之双声也。而英文之 Assonance（字中母音相同）其最简之式，如 day say way nay 等，即吾国文之叠韵也。《诗经》中用双声叠韵字极多，亦可与此英国古诗比较也。

自后英国之诗逐渐发达，作者取拉丁古诗为模型，而造音律。故其所造者为长短音律。惟英国文字本与拉丁文截然不同。英文中长音短音之分不严，虽欲力效拉丁古诗之音律，而终有刻鹄之诮。况中世纪之拉丁诗，亦渐用轻重音律以代长短。故其后英国诗人多有彻悟者，知所造音律，非本于英国文字之性质，决不合用。英国文字本有读轻读重之处之分，遂以读重之部分（Accented Syllable）当拉丁古诗之长音，而以英诗读轻之部分（Unaccented Syllable）当拉丁古诗之短音，制为轻重音律，通用至今，永为定法。惟当其变更之始，长短音律实与轻重音律，并为世用。如弥儿顿作《失乐园》（*Paradise Lost*）犹效拉丁古诗而用长短音律。降至十九世纪，如英国丁尼生（Tennyson）作 *Idylls of the King*，美国郎法罗（Longfellow）作 *Evangeline* 皆仍用长短音律于英诗，然终嫌勉强，庸手不能仿效也。英诗始创音律之时，其表示节句，均沿用拉丁旧名。实希腊字迨既改定为轻重音律之后，犹沿用不衰，迄于今日。虽众皆知英诗以读音轻重之相间相重，定其音律。易言之，即每经若干秒之时，而重读之音（Accent of Stress）出现一次，亦沿用希腊拉丁之名词如故。并不顾名思义，而自审其不当也。例如格莱（Gray）诗 *The cur few tolls the knell of parting day* 固亦称为 Iambic pentametre，然与上文所言拉丁诗之 Iambic pentametre 相去极远，不待辨而明矣。不但此也，英诗且移用拉丁诗长音之符号—而表读重之处（Accent），又以拉丁诗短音之符号 ⌣ 表读轻之处。故如兹所引格莱之诗句，应表之如下。每节与节之间，例以极细之竖线隔断。此句共五节。

The cur′—few tolls′ the knell′ of par′—ting day
⌣ — | ⌣ — | ⌣ — | ⌣ — | ⌣ —

亦有虑其含混。用读重之符号代—以别之者。即如下。
⌣ ′ | ⌣ ′ | ⌣ ′ | ⌣ ′ | ⌣ ′

晚近二十年来，或又以 Iambic pentametre 等名词，用之英诗中。既与原来字义相去甚远，且繁复冗长，难于记忆，不便抄写，遂倡为新法，以符号简单表示之。其法略如代数公式，以 X 表读重之部分，以 A 表读轻之部分。故 AX 即 Iambus 也，XA 即 Trochee 也，AAX 即 Anapest 也，XAA 即 Dactyl 也，XX 即 Spondee 也。然后再加数目字于前，以表该句中共有若干节，以代希腊数目字。例如 5AX 即 Iambic pentametre 也，6XAA 即 Dactyllic hexametre 也。余类推。此法极简便，惟文人作者，以其新出而不雅驯，故犹或不肯用之。

（三）其在吾国之诗，以平仄为音律。平仄之分，由于字音之高低（Pitch）。就物理学论之，凡音之高低，由于每秒中音波振动数之多寡。音之轻重，则由于音波波幅之宽狭。去声音最高，上声次之，平声又次之，入声最低。合上去入为仄声。约略言之，则可云仄声高而平声低。故与音乐上之高调低调 Soprano, Alto, Tenor Bass 相类。惟平上去入之间，其详确之关系，尚待今之物理学家试验测定。如取若干组之平上去入之音，如吴五误屋、鱼语御玉之类。——测定其每秒音波之振动数，然后取其平均数，则可定平上去入声之振动数之相互比例为若干。即可按之于西乐谱，而知平上去入各当音乐谱中之何级何调，而其间声音高低之差，究为几何也。至平仄之中，音之长短有无关系，尚不能断。盖平声低而长，入声低而短，去声高而长，上声高而短。约略言之，则平声长而仄声短。既云平声低而长、仄声高而短，则音之长短，是否亦足以定平仄？此事仍属疑问，尚待研究者也。然吾国以平仄为诗之音律，利用相间相重之法，以成时间中极有规则之节奏，此则与希腊拉丁及英国之诗，均全相同，可谓不谋而合也已。兹更列比较表如下。

（一）希腊拉丁诗之音律，以长音及短音之部分，相重相间而成。（物理学上无关系）
（二）英国诗之音律，以重读及轻读之部分，相重相间而成。以音波波幅之宽狭定之。
（三）吾国诗之音律，以仄（高）声及平（低）声字相重相间而成。以音波振动数之多寡定之。

以上于诗之定义，每段阐发无遗。或疑吾国有韵为诗，无韵为文，何不可以韵之有无，别诗与文耶？曰此中西不同之处也。在昔希腊拉丁之诗，皆恃长短音律而不用韵（Rhyme）。所谓韵者，即数句之诗，句末之字之尾音皆相同也。至中世时，拉丁诗渐有用韵者。韵之兴也，盖与轻重音律同时。自有以轻重音律代长短音律者，而韵即与之俱来，不能分离。英国诗最初只有字首子音相同之字，固无韵也。其后摹仿拉丁古诗之长短音律，自不用韵。十四世纪中，即有用韵者，前所举之《珠》（*Pearl*）诗是也。迨乔塞（Chaucer）始大用韵。自后英诗凡用轻重音律者，必皆有韵。故有韵无韵之诗同时并行，作者各持一是，或互相攻诋。迟至十七世纪，如弥儿顿作 *L' Allegro* 及 *Il Penseroso* 虽亦用韵，然其作《失乐园》（*Paradise*

Lost）乃不用韵。且于其序中，斥韵为 the invention of a barbarous age，谓诗人才绌而欲自掩其丑，乃创为韵，其实诗不必有韵也云云。是时今文古文二学派之争方烈，弥儿顿为古文派巨子，故其所言如此。至十八世纪之初，而韵大行，无或訾议者矣。盖轻重音律已经通用故也。自后韵之有无，则随诗之体裁及作者之精神而定。大率摹古之作，而雄浑高亢者，则以英文强效长短音律而不用韵。述今之作，而平易曲尽者，则径用轻重音律而必用韵，至今犹然。如弥儿顿作《失乐园》系用 Iambic Pentametre 而无韵，此体名曰 Blank Verse。又如蒲伯作《批评论》（*Essay on Criticism*）亦用 Iambic Pentametre。而每二句必同韵，此体名曰 Heroic Couplet。此二体乃英诗中之最重要而常见者也。总之，英文诗之无韵者多多。其故则由昔日摹仿希腊拉丁诗之长短音律而然。故不能以韵之有无。而当以具有音律（Metre）与否，为诗文之差别也。希腊拉丁诗用长短音律，故不宜用韵。英诗除摹古者外，皆用轻重音律。既用轻重音律，故不能不用韵。此皆由于其文字之本性而然。吾国文字之本性，与以上截然不同。既适于用韵，行之数千年而已然，经验可以证明。故今仍当存之，决不可强学希腊拉丁古诗或借口英诗之 Blank Verse 而径倡废韵也。

           本文原载于《学衡》第 9 期，1922 年 9 月。
           此处选自《吴宓诗话》，商务印书馆 2005 年版。

参考篇目

  陈寅恪《西游记玄奘弟子故事之演变》（《历史语言研究所集刊》，1930 年第 2 本第 2 分本）

  尧　子《读〈西厢记〉与 Romeo and Julie》（《光华大学半月刊》1935 年第 4 卷第 2、3 期）

  吴熊和《高丽唐乐与北宋词曲》（《中华文史论丛》1992 年第 50 辑）

  叶维廉《道家美学、中国诗与美国现代诗》（《中国诗歌研究》2003 年第 2 辑）

  曹　旭《诗品东渐及对日本和歌的影响》（《文学评论》1991 年第 6 期）

  王小盾《越南俗文学文献和敦煌文学研究、文体研究的前景》（《中国社会科学》2003 年第 1 期）

第十五讲
朱自清：《诗言志辨·比兴》

一、毛诗郑笺释兴

《诗大序》说：

> 诗有六义焉：一曰风，二曰赋，三曰比，四曰兴，五曰雅，六曰颂。

《周礼·春官·大师》称为"六诗"，次序相同。孔颖达《毛诗正义》说：

> 然则风雅颂者，诗篇之异体，赋比兴者，诗文之异辞耳。大小不同而得并为六义者，赋比兴是诗之所用，风雅颂是诗之成形，用彼三事，成此三事，是故同称为"义"，非别有篇卷也①。

赋比兴又单称诗三义，见于钟嵘《诗品序》。风雅颂的意义，历来似乎没有什么异说，直到清代中叶以后，才渐有新的解释②。赋比兴的意义，特别是比兴的意义，却似乎缠夹得多；《诗集传》以后，缠夹得更厉害，说《诗》的人你说你的，我说我的，越说越糊涂。在诗论上，我们有三个重要的，也可说是基本的观念："诗言志"③，"比兴"，"温柔敦厚"的"诗教"④。后世论诗，都以这三者为金科玉律。"诗教"虽托为孔子的话，但似乎是《诗大序》的引申义。它与比兴相关最密。《毛传》中兴诗，都经注明，《国风》里计有七十二首之多；而照《诗大序》说，"风"是"风化"、"风刺"的意思，《正义》云："皆谓譬喻不斥言也。"那么，比兴有"风化"、"风刺"的作用，所谓"譬喻"，不止于是修辞，而且是"谲谏"了。温柔敦厚的诗教便指的这种作用。比兴的缠夹在此，重要也在此。

《毛诗》注明"兴也"的共一百一十六篇，占全诗（三〇五篇）百分之三十八。《国风》一百六十篇中有兴诗七十二；《小雅》七十四篇中就有三十八，比较最多；《大雅》三十一篇中只有四篇；《颂》四十篇中只有两篇，比较最少⑤。《毛传》的"兴也"，通例注在首章次句下。《关雎》篇首章云："关关雎鸠，在河之洲。窈窕淑女，君子好逑。""兴也"便在

---

① 说本《郑志》。"南"当别出，与风雅颂为四，今不具论。
② 如阮元《释颂》说"颂"就是"样子"，也就是舞容（《揅经室集》卷一）；章炳麟《小疋大疋说下》说"'雅''乌'古同声……其初秦声乌乌"（《文录》卷一）；还有，顾颉刚先生以《国风》为各国的土乐（《古史辨》三（下）647至648面）；傅斯年先生以雅为地名（中央研究院史语所《集刊》第一本第1.106）等。
③ 《今文尚书·尧典》。
④ 《礼记·经解》篇。
⑤ 南宋吴泳曰："毛氏自《关雎》而下总百十六（原作百六十）篇，首系之兴，《风》七十，《小雅》四十，《大雅》四，《颂》二，注曰'兴也'。"（《困学纪闻》三）

"在河之洲"下。但也有在首句或三句四句下的。一百十六篇中，发兴于首章次句下的共一百零二篇，于首章首句下的共三篇①，于首章三句下的共八篇②，于首章四句下的共二篇③。在哪一句发兴，大概凭文义而定，就是常在兴句之下。但有时也在非兴句之下，那似乎是凭叶韵。如《汉广》篇首章云：

> 南有乔木，不可休思。汉有游女，不可求思。……

按文义论，"兴也"该在次句下，现在却在四句下。又《终风》篇首章云：

> 终风且暴。顾我则笑。……

《绵》篇首章云：

> 绵绵瓜瓞。民之初生，自土沮漆。……

"兴也"都不在首句下，却依次在次句和三句下。这些似乎是依照叶韵，将"兴也"排在第二个韵句下。古代著述，体例本不太严密的④。

还有不在首章发兴的，但只有两篇如此。《秦风·车邻》篇首章有传，而"兴也"在次章次句下；《小雅·南有嘉鱼》篇首章次章都有传，而"兴也"在三章次句下。最特殊的是《鲁颂·有駜》篇，首章云：

> 有駜有駜，駜彼乘黄。夙夜在公，在公明明。振振鹭，鹭于下。鼓咽咽，醉言舞。于胥乐兮！

"駜彼乘黄"下有传，而"鹭于下"下云：

> 振振，群飞貌。鹭，白鸟也。"以兴"絜白之士。咽咽，鼓节也。

这里没有说"兴也"，只说"以兴"。而《小雅·鹿鸣》篇首章次句下《传》云：

> 兴也。苹，萍也。鹿得萍，呦呦然鸣而相呼，恳诚发乎中。"以兴"嘉乐宾客，当有诚恳相招呼以成礼也。

这里"兴也"之外，也说"以兴"。那么，《有駜》篇也可算是兴诗了。不注"兴也"，是因为前有"駜彼乘黄"一喻⑤，与别的"兴"之前无他喻者不一例。但是为什么偏要在六句"鹭于下"下发兴，创一特例呢？原来《周颂》有《振鹭》篇，首四句云：

---

① 《江有汜》、《芄兰》、《月出》。
② 《葛覃》、《行露》、《采葛》、《东方之日》、《鸱鸮》、《采苓》、《黄鸟》（《小雅》）、《绵》。
③ 《汉广》、《桑柔》。
④ 《匏有苦叶》、《东方之日》、《伐木》三篇也如此。
⑤ 《传》以为喻。

> 振鹭于飞，于彼西雝。我客戾止，亦有斯容。

《传》于次句下云：

> 兴也。振振，群飞貌。鹭，白鸟也。雝，泽也。

诗意以"振鹭"比"客"，毛氏特地指出鹭是"白鸟"，正是所谓"以兴絜白之士"的意思。"振振鹭，鹭于飞"也就是"振鹭于飞"，后者既然是兴，前者自然也该是兴了。《车邻》篇次章和《南有嘉鱼》篇三章之所以是兴，理由正同。《车邻传》以"阪有漆，隰有栗"为兴。按《唐风·山有枢》篇首章云："山有枢，隰有榆"，《传》："兴也。"次章云："山有栲，隰有杻"；三章云："山有漆，隰有栗"，与"阪有漆"二句只差一字。《传》既于"阪有漆"二语下发兴，当也以"山有漆"二语为兴；那么，《山有枢》篇首章的"兴也"是贯到全篇各章的了。《南有嘉鱼传》以"南有樛木，甘瓠累之"为兴。按《周南·樛木》篇首章云："南有樛木，葛藟累之"，《传》："兴也。"《南有嘉鱼》篇只将"葛藟"换了"甘瓠"，别的都一样，所以《传》也称为兴。总之，《车邻》、《南有嘉鱼》、《有驰》三篇，都因为有类似"编次在前的兴诗"里的句子，《传》才援例称为兴，与别的兴诗不一样。

类似的例子还有《小雅》的《鸳鸯》与《白华》二篇。《鸳鸯》篇是兴诗，次章云："鸳鸯在梁，戢其左翼"；《白华》篇七章也以此二句始。但《白华》篇原是兴诗，首章既已注了"兴也"，七章就可以不用注了。再有《召南·草虫》篇首章云：

> 喓喓草虫，趯趯阜螽。未见君子，忧心忡忡。亦既见止，亦既觏止。我心则降。

《传》于次句发兴。而《小雅·出车》篇五章云：

> 喓喓草虫，趯趯阜螽。未见君子，忧心忡忡。既见君子，我心则降。赫赫南仲，薄伐西戎。

这里前六句与《草虫》篇首章几乎全同。《出车》篇不是兴诗，这一章却不指出是兴，而且全然无传，也许是偶然的疏忽罢。至于《郑风·扬之水》篇首章次章的首二句和《王风·扬之水》篇次章首章全同，而《王风》题为兴诗，在《郑风》却不然，是不合理的，疑心"兴也"两字传写脱去①。

《毛传》"兴也"的"兴"有两个意义，一是发端②，一是譬喻；这两个意义合在一块儿才是"兴"。《诗》文里"兴"字共见了十六次，但只有一次有传，在《大雅·大明》篇"维予侯兴"下，云：

> 兴，起也。

《说文》三篇上《舁部》同。"兴也"的"兴"正是"起"的意思。这个"兴"字大概出于

---

① 《唐风·扬之水》篇也是兴诗。《传》于《邶》、《鄘》两《柏舟》，《邶》、《小雅》两《谷风》，《唐》两《有杕之杜》，都定为兴诗。又《秦·无衣》是兴，《唐·无衣》却非兴，疑亦脱"兴也"字。

② 惠周惕《诗说》上："毛氏独以首章发端者为兴。"

孔子"兴于诗"（《论语·泰伯》）、"诗可以兴"（《阳货》）那两句话①。何晏《论语集解》引包咸说前一句云："兴，起也。言修身当先学《诗》。"又引孔安国说后一句云："兴，引譬连类。"兴是譬喻，而这种譬喻还能启发人向善，有益于修身，所以说"兴于诗"。"起"又即发端。兴是发端，只须看一百十六篇兴诗中有一百十三篇都发兴于首章（《有駜》篇是特例，未计入），就会明白。朱子《诗传纲领》说"兴者，托物兴辞"，"兴辞"其实也该是发端的意思。

兴是譬喻，"又是"发端，便与"只是"譬喻不同。前人没有注意兴的两重义，因此缠夹不已。他们多不敢直说兴是譬喻，想着那么一来便与比无别了。其实《毛传》明明说兴是譬喻：

> 《关雎传》兴也。……后妃说乐君子之德，……慎固幽深，"若"雎鸠之有别焉。
> 《旄丘传》兴也。……诸侯以国相连属，忧患相及，"如"葛之蔓延相连及也。
> 《竹竿传》兴也。……钓以得鱼，"如"妇人待礼以成为室家。
> 《南山传》兴也。……国君尊严，"如"南山崔崔然。
> 《山有枢传》兴也。……国君有财货而不能用，"如"山隰不能自用其财。
> 《绸缪传》兴也。……男女待礼而成，"若"薪刍待人事而后束也。
> 《葛生传》兴也。……葛生延而蒙楚，蔹生蔓于野，"喻"妇人外成于他家。
> 《晨风传》兴也。……先君招贤人，贤人往之，駃疾"如"晨风之飞入北林。
> 《菁菁者莪传》兴也。……君子能长育人材，"如"阿之长莪菁菁然。
> 《卷阿传》兴也。……恶人被德化而消，"犹"飘风之入曲阿也。

陈奂《诗毛氏传疏·葛藟》篇也引了这些例，说道：

> 曰"若"曰"如"曰"喻"曰"犹"，皆比也。《传》则皆曰兴。比者，比方于物。兴者，托事于物②。作诗者之意，先以托事于物，继乃比方于物，盖言兴而比已寓焉矣。

这真是"从而为之辞"，《传》意本明白，一"疏"反而糊涂了。但《传》意也只是《传》意而已，至于"作诗者之意"，是很难说的。有许多诗篇的作意，我们现在老实还不懂。按我们懂的说，和《毛诗》学、三家诗学也有大异其趣的地方。《毛传》所谓兴，恐怕有许多是未必切合"作诗人之意"的。但这一层本文不能详论，只想鸟瞰一下。

《毛传》兴诗中明言为譬喻的，只有《周颂·振鹭》一篇，已见前引，明言以"振鹭于飞"比客的样子；但喻义是否说客是"絜白之士"，就不能确知了。其次，以平行句发兴的，也可确定为譬喻，虽然喻义也难尽知。如《南有樛木》篇云：

> 南有樛木，葛藟累之。乐只君子，福履绥之。

---

① 《周礼》"六诗"的名称，似乎原出于乐歌；所谓"兴"，跟《毛诗》"兴也"的"兴"不同。第三章中将提及。
② 《周礼·大师》郑玄注引郑众说。

又如《蘀兮》篇云：

> 蘀兮蘀兮，风其吹女。叔兮伯兮，倡予和女。

又如《甫田》篇云：

> 无田甫田，维莠骄骄。无思远人，劳心忉忉。

又如《黍苗》篇云：

> 芃芃黍苗，阴雨膏之。悠悠南行，召伯劳之。

《左传》隐公十一年引周谚云："山有木，工则度之。宾有礼，主则择之。"《荀子·大略》篇引语曰："流丸止于瓯臾。流言止于智者。"都是平行的譬喻①。与所引《诗经》各句比着看，《诗经》各句也是平行的譬喻，是无疑的。但《诗经》中这种平行句并不多。其次，是兴句之下接着正句，并不平行，有时可知为譬喻，有时不可确知，而《毛传》都解为譬喻。前者喻义已多难明，后者更不用说了。前者例如《节南山》篇云：

> 节彼南山，维石岩岩。赫赫师尹，民具尔瞻。

又如引过的《绵》篇，都显然是譬喻。后者如《关雎》、《桃夭》、《麟趾》等篇都是的。但这两者也不多。以上所谓譬喻，指显喻而言。

其次，兴句孤悬，不接下句，是否譬喻，还不可知，《毛诗》也都解为譬喻。这里说"毛诗"，因为这些诗大多数必得将《传》与《序》合看，才能明白毛氏的意思；《传》老是接着《序》说，所以有时非常简略，有时非常突兀，单看是不容易懂的。如《邶风·柏舟传》云：

> 泛彼柏舟，亦泛其流（兴也。泛泛，流貌。柏木，所以宜为舟也。亦泛泛其流，不以济度也）。耿耿不寐，如有隐忧（耿耿，犹儆儆也。隐，痛也）。

《传》没有说出喻义，似乎让读者自行参详，其实不是的。《序》云：

> 《柏舟》，言仁而不遇也。卫顷公之时，仁人不遇，小人在侧。

柏舟泛流正是比"仁人不遇"的，合看《序》与《传》，就明白了。这个喻义切合不切合另是一事，可是《毛诗》的意思如此。又如《北风传》云：

> 北风其凉，雨雪其雱（兴也。北风，寒凉之风。雱，盛貌）。惠而好我，携手同行（惠，爱；行，道也）。其虚其邪，既亟只且（虚，虚也。亟，急也）！

---

① 陈骙《文则》称为"对喻"。参看唐钺《修辞格》第6面及黎锦熙《修辞学·比兴》第49面。

《传》述兴义太略，但《序》里说得清清楚楚的：

> 《北风》，刺虐也。卫国并为威虐，百姓不亲，莫不相携持而去焉。

全诗里这种简略的《传》有很多处，不但兴诗为然。还有，如前面引过的《齐风·南山篇传》云：

> 南山崔崔，雄狐绥绥（兴也。南山，齐南山也。崔崔，高大也。国君尊严，如南山崔崔然。雄狐相随，绥绥然无别，失阴阳之匹）。鲁道有荡，齐子由归（荡，平易也。齐子，文姜也）。即曰归止，曷又怀止（怀，思也）！

说是"国君""失阴阳之匹"，而"齐子，文姜也"，又经注明，够具体的，却偏不说出国君是谁，岂不突兀？其实《序》里早说出"刺襄公也，鸟兽之行，淫乎其妹"了。这样看，《序》便不能作于《毛传》之后了①。这一类兴句若可称为譬喻，当是隐喻，与前一类不同。又其次，兴句也是孤悬，而《序》、《传》中全见不出是譬喻。如《周南·卷耳序》、《传》云：

> 《卷耳》，后妃之志也，又当辅佐君子求贤审官。知臣下之勤劳，内有进贤之志而无险诐私谒之心。朝夕思念，至于忧勤也。
> 采采卷耳，不盈顷筐（忧者之兴也。采采，事采之也。卷耳，苓耳也。顷筐，畚属，易盈之器也）。嗟我怀人，寘彼周行（怀，思；寘，置；行，列也）。

《毛诗正义》云：

> 不云"兴也"而云"忧者之兴"，明有异于馀兴也。馀兴言菜，即取采菜喻，言生长即以生长喻。此言采菜而取忧为兴，故特言"忧者之兴"；言"兴"取其"忧"而已，不取其采菜也。

照《传》、《疏》的意思，后妃忧在进贤，"朝夕思念，至于忧勤"，专心致志，念兹在兹，日常的事都不在意，所以采卷耳采来采去，还采不满一浅筐子。这采菜不能满筐一件事，正以见后妃的"忧勤"，正是后妃"忧勤"的一例。而举一可以例馀，别的日常的事也就可想而知了。举一例馀本与隐喻有近似的地方②，称为兴诗似乎也还持之有故。又《小雅·大东序》、《传》云：

> 《大东》，刺乱也。东国困于役而伤于财。谭大夫作是诗以告病焉。
> 有饛簋飧，有捄棘匕（兴也，饛，满簋貌。飧，熟食，谓黍稷也。捄，长貌。匕，所以载鼎实。棘，赤心也）。周道如砥，其直如矢（如砥，贡赋平均也。如矢，赏罚不偏也）。君子所履，小人所视。睠言顾之，潸焉出涕。

---

① 辨《序》的大抵举《序》、《传》不合之处为言。但《传》本有反言兴义的例。《秦风·终南传》："宜以戒不宜也"，又《黄鸟传》所说兴义，都可证。
② 参看 Stephen J. Brown: *The World of Imagery*, pp. 152—153.

按《序》、《传》的说法，这是一篇伤今思古的诗①，好像戏词儿说的"思想起，当年事，好不惨然"。但"当年事"多如乱麻，从哪儿说起呢？于是举出"吃饱饭"这一件以例其馀。陈奂说此篇云："兴者，陈古以言今，亦兴体也；馀皆托物以为喻。"他申毛义是不错的。《葛覃》、《伐木》、《鸳鸯》等篇的兴义也和以上两篇大同小异②。又其次，也许是最可注意的，像《鸱鸮》、《鹤鸣》两篇兴诗，兴句之下，并无正句，全篇都是譬喻。但并非全篇皆兴。只有发端才是兴，兴以外的譬喻是比。这层下文详论。

《诗毛氏传疏·周南·南有樛木》篇云：

> 案樛木下曲而垂，葛藟得而上蔓之。喻后妃能下逮其众妾，得以亲附焉。《传》于首章言兴以晐下章也，全《诗》仿此。

但《南有樛木》篇二、三两章的首二句是复沓首章的；首章的是兴句，二、三两章的自然也可说是兴句。而且这种兴句在别篇章首时，《传》也还认为是兴句，上文讨论过的《车邻》、《南有嘉鱼》、《有駜》三篇都是如此。就中《车邻》篇次章"阪有漆，隰有栗"既是兴句，三章的"阪有桑，隰有杨"是复沓次章的，也便连带成为兴句了。兴诗中全篇各章复沓的共五十三篇，快到一半了，这些都可说是"首章言兴以晐下章"的。又兴诗通例多以一"事"为喻，如"关关雎鸠，在河之洲"，"风雨凄凄，鸡鸣喈喈"；一以雎鸠为主，一以鸡鸣为主，可都是一件事。间有并举二事的，但必是一类。这种兴句往往是平行的，如"山有扶苏，隰有荷华"，"葛生蒙楚，蔹蔓于野"。只有前引《南山》篇，兴句明是串言一事，以雄狐为主，而《传》却分为两喻，是仅有的例外。《毛传》兴诗的标准并不十分明确。以这些兴诗为例，似乎还可以定出好些兴诗来。最显著的是《小雅·皇皇者华》篇，首章云：

> 皇皇者华，于彼原隰。駪駪征夫，每怀靡及。

次句下《传》云：

> 皇皇，犹煌煌也。高平曰原，下湿曰隰。忠臣奉使，能光君命，无远无近，"如"华不以高下易其色。

《传》明用"如"字，明以"皇皇者华"二句为喻句，却不说是兴。又《邶风·燕燕》篇，《序》以为卫庄姜送戴妫。首章云：

> 燕燕于飞。差池其羽。之子于归，远送于野。瞻望弗及，泣涕如雨。

次句下《传》云：

> 燕燕，鳦也。燕之于飞，必差池其羽。

---

① 《郑笺》："此言古者天子之恩厚也。"
② 《鸳鸯笺》："言兴者，广其（指'交于万物有道'）义也。""广其义"就是举一例馀。陈奂说《葛覃》篇，谓"兴义与《鸳鸯》篇同"。说《卷耳》篇又谓《葛覃》篇"即事以言兴"，《卷耳》篇"离事以言兴"。前者是举一事以例馀事，后者是举一事以见其情；其实无须细分。

《郑笺》云：

> 差池其羽，谓张舒其尾翼。"以兴"戴妫将归，顾视其衣服。

这也言之成理。古人却不敢说《传》的标准不明确，《螽斯》正义引《郑志》答张逸云：

> 若此无人事，实兴也。文义自解，故不言之，凡说不解者耳。众篇皆然。

这明是曲为回护，代圆其说了。

《郑笺》说兴诗，详明而有系统，胜于《毛传》，虽然"作诗者之意"还是难知。郑玄以为"《诗》之兴"是"像似而作之"[①]。《传》说"兴也"，《笺》大多数说"兴者，喻"。如《葛覃笺》云：

> 葛者，妇人之所有事也。此因葛之性以兴焉。"兴者"，葛延蔓于谷中，"喻"女在父母之家，形体浸浸日长大也。叶萋萋然，"喻"其容色美盛也。

又如《桃夭笺》云：

> "兴者，喻"时妇人皆得以年盛时行也。

《螽斯》正义说："《笺》言'兴者喻'，言《传》所兴者，欲以喻此事也。'兴''喻'名异而实同。"有时也说"兴者犹"，有时单说"犹"，有时又说"以喻"，但是都很少。《笺》又参照《毛传》兴诗的例，增加了些兴诗。《燕燕》篇之外，如《小雅·四月》篇首"四月维夏，六月徂暑"二语《笺》云：

> 徂，犹始也。四月立夏矣，至六月乃始盛暑。"兴"人为恶亦有渐，非一朝一夕。

这也是明说"兴"的。还有，如《召南·殷其靁》篇"殷其靁，在南山之阳"。《笺》云：

> 靁"以喻"号令。于南山之阳又"喻"其在外也。召南大夫以王命施号令于四方，"犹"靁殷殷然发声于山之阳。

说"以喻"，说"犹"，也正与说《毛传》兴诗的语例相同。这一类可以说是《郑笺》增广的兴诗。《郑笺》虽然详明有系统，可是所说的兴诗喻义，与《毛传》一样，都远出常人想象之外。黄侃《文心雕龙札记·比兴》篇论兴云："自非受之师说，焉得以意推寻！"是不错的。所谓"师说"，只是"知人论世"。"知人论世"的结果为什么会远出常人想象之外呢？这却真非一朝一夕之故了。

[①] 《周礼·天官·司裘》"大丧，廞裘，饰皮车"注。

二、兴义溯源

春秋时列国大夫聘问，通行赋诗言志，详见《左传》。赋诗多半是自唱，有时也教乐工去唱；唱的或是整篇诗，或只选一二章诗①。当时人说话也常常引诗为证。所赋所引的诗，大多数在"诗三百"里。赋一章诗的似乎很多。《左传》襄公二十八年，卢蒲癸说："赋诗断章，余取所求焉。"杜预注："譬如赋诗者，取其一章而已。""余取所求焉"也就是《国语》师亥说的"诗所以合意"（《鲁语》下）。赋诗只取一二章，并且只取一章中一二句，以合己意，叫做"断章取义"，引诗也是如此。这些都是借用古诗，加以引申，取其能明己意而止。"作诗人之意"是不问的。最显著的例是《左传》成公十二年晋郤至对楚子反的话：

> 世之治也，诸侯间于天子之事，则相朝也。于是乎有享宴之礼。享以训共俭，宴以示慈惠。共俭以行礼而慈惠以布政。政以礼成，民是以息，百官承事，朝而不夕。此公侯之所以扞城其民也。故《诗》曰："赳赳武夫，公侯干城。"及其乱也，诸侯贪冒，侵欲不忌，争寻常以尽其民，略其武夫以为己腹心股肱爪牙。故《诗》曰："赳赳武夫，公侯腹心。"天下有道，则公侯能为民干城而制其腹心。乱则反之。

这四句诗都在《周南·兔罝》篇里，前二句在首章，后二句在三章。那三章诗是复沓的，"赳赳武夫"二句（次章下句作"公侯好仇"），三章句法相同，意思自然一样。郤至为了自己辩论的方便，硬将这四句说成相反两义，当然是穿凿，是附合支离。不过他是引诗为证，不是说诗；主要的是他的论旨，而不是诗的意义。看《左传》的记载，那时卿大夫对于"诗三百"大约都熟悉，各篇诗的本义，在他们原是明白易晓，正和我们对于皮黄戏一般。他们听赋诗，听引诗，只注重赋诗的人引诗的人用意所在；他们对于原诗的了解，是不会跟了赋诗引诗的人而歪曲的。好像后世诗文用典，但求旧典新用，不必与原义尽合；读者欣赏作者的技巧，可并不会因此误解原典的意义。不过注这样诗文的人该举出原典，以资考信。毛郑解《诗》却不如此。"诗三百"原多即事言情之作，当时义本易明。到了他们手里，有意深求，一律用赋诗引诗的方法去说解，以断章之义为全章全篇之义，结果自然便远出常人想象之外了。而说比兴时尤然。

《左传》所记赋诗，见于今本《诗经》的，共五十三篇：《国风》二十五，《小雅》二十六，《大雅》一，《颂》一。引诗共八十四篇：《国风》二十六，《小雅》二十三，《大雅》十八，《颂》十七。重见者均不计②。再将两项合计，再去其重复的，共有一百二十三。《国风》四十六，《小雅》四十一，《大雅》十九，《颂》十七，占全诗三分之一强，可见"诗三百"当时流行之盛之广了。赋诗各篇中《毛传》定为兴诗的二十六，引诗中二十一；两项合计，去重复，共四十篇，占兴诗全数三分之一弱。赋诗显用喻义的九篇，有七篇兴诗③。引诗显用喻义的十篇，有五篇兴诗④。现在只举《左传》明言喻义而与《毛诗》相合的五篇，依《左传》中次序。先说赋诗。文公四年《传》云：

---

① 参看《左传》僖二十三年"公赋《六月》"句下《正义》引刘炫说。又《左传》襄三十年，季武子如宋，"赋《常棣》之七章以卒"，杜预注："七章以卒，尽八章。"诗至八章为止，"七章以卒"就是赋七、八两章。

② 据劳孝舆《春秋诗话》计算，但补了一篇《葛藟》进去。

③ 《湛露》、《摽有梅》、《鸿雁》、《黍苗》、《常棣》、《野有蔓草》、《鹊巢》。

④ 《葛藟》、《行露》、《谷风》、《桑柔》、《蓼莪》。

> 卫宁武子来聘。公与之宴，为赋《湛露》及《彤弓》。不辞，又不答赋。使行人私焉。对曰："臣以为肄业及之也。昔诸侯朝正于王，王宴乐之，于是乎赋《湛露》，则天子当阳，诸侯用命也。……"

按《毛诗·湛露·序》、《传》云：

> 《湛露》，天子宴诸侯也。
> 湛湛露斯，匪阳不晞（兴也。湛湛，露茂盛貌。阳，日也。晞，干也。露虽湛湛然，见阳则干）。厌厌夜饮，不醉无归（《传》略）。

合看《序》、《传》，正是"天子当阳，诸侯用命"的意思。又襄公十三年《传》说齐国再伐鲁国，鲁国派穆叔聘晋，并求援助。他"见范宣子，赋《鸿雁》之卒章。宣子曰：'匄在此，敢使鲁无鸠乎？'"（杜注：鸠，集也）按《鸿雁·序》云：

> 《鸿雁》，美宣王也。万民离散，不安其居。而能劳来还定安集之，至于矜寡，无不得其所焉。

诗卒章《传》云：

> 鸿雁于飞，哀鸣嗷嗷（未得所安集，则嗷嗷然）。维此哲人，谓我劬劳。维彼愚人，谓我宣骄（宣，示也）。

"安集"之义，正本《左传》。又襄公十九年《传》云：

> 季武子如晋拜师，晋侯享之。范宣子为政，赋《黍苗》。季武子兴，再拜稽首曰："小国之仰大国也，如百谷之仰膏雨焉。若常能膏之，其天下辑睦，岂唯敝邑！"

按《黍苗·序》、《传》云：

> 《黍苗》，刺幽王也。不能膏润天下卿士，不能行召伯之职焉。
> 芃芃黍苗，阴雨膏之（兴也。芃芃，长大貌）。悠悠南行，召伯劳之（悠悠，行貌）。

所谓"不能膏润天下卿士"，也本子《左传》。

次记引诗。文公七年《传》云：

> 宋成公卒。……昭公将去群公子。乐豫曰："不可。公族，公室之枝叶也。若去之，则本根无所庇阴矣。葛藟犹能庇其本根，故君子以为比，况国君乎！……"

按《葛藟·序》、《传》云：

> 《葛藟》，王族刺平王也。周室道衰，弃其九族焉。
>
> 绵绵葛藟，在河之浒（兴也。绵绵，长不绝之貌。水崖曰浒）。终远兄弟，谓他人父（兄弟之道已相远矣）。谓他人父，亦莫我顾。

所谓"弃其九族"、"兄弟之道已相远"，都本于《左传》。陈奂云："此诗因葛藟而兴，又以葛藟为比，故《毛传》以为兴，《左传》则以为比。"《左传》的"比"只是譬喻，与《毛传》的兴兼包"发端"一义者不同，陈说甚确。但他下文又说："盖言兴而比已寓焉矣"，那却糊涂了。又襄公三十一年《传》云：

> 北宫文子相卫襄公以如楚，宋之盟故也。过郑，印段迋劳于棐林，如聘礼而以（用）劳辞。文子入聘。子羽为行人。冯简子与子大叔逆客。事毕而出，言于卫侯曰："郑有礼，其数世之福也，其无大国之讨乎！《诗》云：'谁能执热，逝不以濯？'礼之于政，如热之有濯也；濯以救热，何患之有！……"

按《桑柔》五章《传》云：

> 为谋为毖，乱况斯削（毖，慎也）。告尔忧恤，诲尔序爵。谁能执热，逝不以濯（濯所以救热也，礼所以救乱也）？其何能淑！载胥及溺！

"谁能执热"二句《传》几乎全与《左传》同。《桑柔》是兴诗，但这两句却是《大序》所谓"比"。以上五例，一方面看出断章取义或诗以合意的情形，一方面可看出《毛诗》比兴受到了《左传》的影响。但春秋时赋诗引诗，是即景生情的；在彼此晤对的背景之下，尽管断章取义，还是亲切易晓。《毛诗》一律用赋诗引诗的方法，却没了那背景，所以有时便令人觉得无中生有了。《郑笺》力求系统化，力求泯去断章的痕迹，但根本态度与《毛传》同，所以也还不免无中生有的毛病。

《诗序》主要的意念是美刺，《风》、《雅》各篇序中明言"美"的二十八，明言"刺"的一百二十九，两共一百五十七，占《风》、《雅》诗全数百分之五十九强。其中兴诗六十七，美诗六，刺诗六十一，占兴诗全数百分之五十八弱。美刺并不限于比兴，只一般的是诗的作用，所谓"诗言志"最初的意义是讽与颂，就是后来美刺的意思。古代天子听政，使公卿至于列士献诗，庶人传语[1]。《诗经》说到作诗之意的有十二篇，都不外乎讽与颂[2]。不过这十二篇只有两篇《风》诗，其余全在大小《雅》里。《风》诗大概不出于民间[3]，但与《小雅》的一部分都非"献诗"，是可无疑的。刘安所谓"《国风》好色而不淫，《小雅》怨诽而不乱"，多少说着了这部分诗的性质与作用。这是歌谣，可是贵族的歌谣。春秋用《风》诗比较的晚。《左传》僖公二十四年引用《曹风·候人》，这是开始。劳孝舆《春秋诗话》二云：

---

[1] 《国语·周语（上）》邵公谏厉王语，又《晋语（六）》范文子谓赵文子语，又《左传》襄十四年师旷对晋平公语。
[2] 详《诗言志》篇。
[3] 朱东润《国风出于民间论质疑》（《读诗四论》）。

春秋至僖公二十四年为八十年矣。至此始引用列国之风，前所引者皆《雅》《颂》。可知《风》诗皆随时所作，如《硕人》、《清人》之类是也。而左氏不悉标出者，大抵《风》诗未必有切指之题。《小序》之傅会，可尽信哉！

赋《风》诗却以文公十三年郑子家赋《载驰》篇为始见。劳氏因此推想"《风》诗皆随时所作"，举《硕人》、《清人》等篇为例。但作诗时代，《左传》有记载的只有《硕人》、《清人》、《载驰》、《黄鸟》四篇①。据这四篇而推论其余的一百五十六篇《风》诗皆春秋中叶后随时所作，实难征信。大约《风》诗（和《小雅》一部分）入乐较晚，而当时诗以声为用，入乐以后，才得广传，因此引的赋的也便晚了。不过劳氏说，"《风》诗未必有切指之题，《小序》之傅会，可尽信哉"却是重要的意见。原来自从僖公二十四年以后，引《风》诗赋《风》诗的都很不少。《雅》《颂》本多讽颂之作，断章取义与原义不致相去太远；《风》诗却少讽颂之作，断章取义往往与原义差得很远。这在当时是无妨的。后来《毛诗》却一律用赋诗引诗的方法说解，在《风》诗（及《小雅》的一部分）便更觉支离傅会了。而譬喻的句子（比兴）尤其是这样。

"美刺"之称实在本于《春秋》家。公羊、穀梁解经多用"褒贬"字，也用"美恶"字。《公羊》隐公七年《传》云：

> "滕侯卒。"何以不名？微国也。微国则其称"侯"何？不嫌也。《春秋》贵贱不嫌同号，"美恶"不嫌同辞。

又如僖公十年"晋杀其大夫里克"《传》云：

> 然则曷为不言惠公之入？晋之不言出入者，踊（何休注，豫也）为文公讳也。齐小白入于齐，则曷为不为桓公讳？桓公之享国也长，"美"见乎天下，故不为之讳本"恶"也。文公之享国也短，美未见乎天下，故为之讳本恶也。

这都是"美恶"并言，是实字，是名词。"美恶"是当时成语，有时也用为形容词和副词"②。又《穀梁》僖公元年《传》云：

> "齐师、宋师、曹师城邢。"是向之师也。使之如政事然，"美"齐侯之功也③。

又如僖公九年《传》云：

> "九月戊辰，诸侯盟于葵丘。"桓盟不日，此何以日？"美"之也。为见天子之禁，故备之（日）也。

---

① 隐三年，闵二年，闵二年，文六年。
② 《左传》襄二十三年："美疢不如恶石"，《国语·晋语（一）》："彼将恶始而美终"，《荀子·富国》篇："故使或美或恶。"皆以"美"、"恶"对文，知为成语。
③ 照范宁注，上文："齐师、宋师、曹师次于聂北救邢"一语，不称"齐侯"而称"齐师"，是责备齐桓公没有救邢的诚意。这一句所称"齐师"，就是向日次于聂北的齐师。虽仍称"齐师"，但提另叙述，便又不同，这回是称美桓公存邢之功了。

这是专说"美"的，"美"字虚用，是动词。"恶"字如此虚用的例，两传中未见。却有"刺"字，只《穀梁传》中一见。庄公四年《传》云：

> "冬，公及齐人狩于郜。""齐人"者，齐侯也。其曰"人"何也？卑公之敌，所以卑公也。不复仇而怨不释，刺释怨也。

这里"美"和"刺"该就是《毛诗》所本。但两传所称"美恶"、"美刺"，都不免穿凿之嫌，毛郑大概也受到了影响。《诗经》中可也一见"美刺"的"刺"字。《魏风·葛屦》篇末述作诗之意云：

> 维是褊心，是以为刺。

这是刺诗的内证，足为美刺说张目。按美，善也①，《诗序》中也偶用"嘉"字②。刺，责也③，《诗序》中也偶用"责"、"诱"、"规"、"诲"等字④，更常用"戒"字。如《秦风·终南序》云，"戒襄公也"。首章"终南何有？有条有枚"。《传》也说，"宜以戒不宜也"。《序》、《传》相合显然。可是《诗序》据献诗讽颂的史迹，却采用了《春秋》家的名称，似乎也不是无因的。《孟子·滕文公》下云：

> 兴衰道微，邪说暴行有作。臣弑其君者有之，子弑其父者有之。孔子惧，作《春秋》。……孔子成《春秋》而乱臣贼子惧。

赵岐注："言乱臣贼子惧《春秋》之贬责也。"又《离娄》下云：

> 王者之迹熄而《诗》亡。《诗》亡然后《春秋》作。晋之《乘》，楚之《梼杌》，鲁之《春秋》，一也，其事则齐桓、晋文，其文则史。孔子曰："其义则丘窃取之矣。"

焦循《孟子正义》说："诸史无义而《春秋》有义"，是确切的解释。所谓"义"是什么呢？孙奭《疏》云：

> 盖《春秋》以义断之，……以赏罚之意寓之褒贬，而褒贬之意则寓于一言耳。

在史是褒贬，在诗就是讽颂。孟子似乎是说，献诗的事已经衰废了，孔子寓讽颂之意于史，作《春秋》，赏善罚恶，以垂教于天下后世，所以"乱臣贼子惧"。《诗》与《春秋》在《孟子》书中，相关既如此之密切，那么，序《诗》的人参照诗文，采用"美刺"的名称，也是很自然的事了。

孔子时赋诗不行，雅乐败坏，诗和乐渐渐分家。所以他论诗便侧重义一方面。他说：

---

① 《国语·晋语（一）》："彼将恶始而美终。"韦昭注。
② 《大雅·假乐·序》："嘉成王也。"
③ 《瞻卬》篇"天何以刺"《传》。
④ 《卫风·旄丘·序》："责卫伯也。"《陈风·衡门·序》："诱僖公也。"《小雅·沔水·序》："规宣王也。"《鹤鸣·序》："诲宣王也。"

> "诗三百",一言以蔽之,曰:"思无邪。"(《论语·为政》)

《论语集解》引包咸曰:"归于正。"按"思无邪"见《鲁颂·駉》篇末章,下句是"思马斯徂"。《笺》云:"徂,犹行也。……牧马使可走行。"全诗咏牧马事。陈奂于首章说云:"思,词也。斯,犹其也。'无疆'、'无期',颂祷之词。'无斁'、'无邪',又有劝戒之义焉。'思'皆为语助。""无邪"只是专心致志的意思,孔子当是断章取义。他又说:

> 兴于诗,立于礼,成于乐。(《泰伯》)

又说:

> 小子何莫学夫诗!诗可以兴,可以观,可以群,可以怨。迩之事父,远之事君。(《阳货》)

这都是从"无邪"一义推演出来的。孔子以"无邪"论诗,影响后世极大。《诗大序》所谓"正得失",所谓"先王以是经夫妇,成孝敬,厚人伦,美教化,移风俗",所谓"发乎情,止乎礼义",都是"无邪"一语的注脚。《毛诗》、《郑笺》的基石,可以说便是这个意念。至于《传》、《笺》的方法,却受于孟子为主①,但曲解了孟子。孟子时雅乐衰亡,新声大作,诗乐完全分家,诗更重义一方面。他说诗虽然还不免有断章取义之处,但他开始注重全篇的说解了。《万章(上)》,咸丘蒙问道:

> 《诗》云:"普天之下,莫非王土。率土之滨,莫非王臣。"而舜既为天子矣,敢问瞽瞍之非臣如何?

孟子答道:

> 是诗也,非是之谓也。劳于王事而不得养父母也。曰"此莫非王事,我独贤劳也"。故说《诗》者不以文害辞,不以辞害志。以意逆志,是为得之。如以辞而已矣,《云汉》之诗曰:"周余黎民,靡有孑遗。"信斯言也,是周无遗民也。

这是论《小雅·北山》诗。全诗主旨在咸丘蒙所举四句之下的"大夫不均,我从事独贤"二句,孟子的意见是对的。咸丘蒙是断章取义,孟子却就全篇说解。这是一个新态度。春秋赋诗,虽有全篇,所重在声,取义甚少。引诗却有说全篇意义的。如《左传》隐公三年,君子曰:"《风》有《采蘩》、《采蘋》,《雅》有《行苇》、《泂酌》,昭忠信也。"杜注云:"明有忠信之行,虽薄物皆可为用。"但只此一例,出于偶然。到了孟子,才有意地注重全篇之义;他和咸丘蒙论《北山》诗,和公孙丑论《小弁》、《凯风》的怨亲不怨亲〔《告子(下)》〕,都是就全篇而论。而在对咸丘蒙的一段话里,更明显地表示他的主张。"以文害

---

① 《困学纪闻》卷三云:"申、毛之《诗》皆出于荀卿子,而《韩诗外传》多述荀书。今考其言'采采卷耳'、'鸤鸠在桑'、'不敢暴虎,不敢冯河'得《风》、《雅》之旨。"那么鲁、毛二家说《诗》,韩引《诗》都有取于荀子的引《诗》义了。不过荀子只是引《诗》立论,本意不在说《诗》,与孟子不同。鲁、毛诸家说《诗》的方法,当仍是受于孟子为主。

辞"、"以辞害志"便指断章取义而言,他反对那样的说诗。"以意逆志"赵注云:

> 人情不远,以己之意逆诗人之志,是为得其实矣。

《说文》二下《辵部》:"逆,迎也。"《周礼·天官·司会》"以逆都鄙官府之志",《司书》"以逆群吏之征令",郑玄都注云:"逆受而钩考之。"又《地官·乡师》"以逆其役事",郑注也道:"逆犹钩考也。"以己之意"迎受"诗人之志而加以"钩考",与"诗所以合意"正相反。如何以己之意"钩考"诗人之志呢?赵氏举出"人情不远"之说,是很好的。但还得加一句,逆志必得靠文辞。文辞就是字句。"以文害辞"、"以辞害志",固然不成,但离开字句而猜全篇的意义也是不成的。孟子论《北山》等三诗,似乎只靠文辞说解诗义;他并不曾指出这些是何时何人的诗①。到此为止的"以意逆志"是没有什么流弊的。但孟子还说了一番话:

> ……以友天下之善士为未足,又尚(上)论古之人。颂(诵)其诗,读其书,不知其人,可乎?是以论其世也。是尚友也(《万章(下)》)。

这一段只重在"尚论古之人","诵诗"、"读书"与"知人论世"各是一事,并不包含"诵诗"、"读书"必得"知人论世"才能了解的意思。《毛诗》、《郑笺》跟着孟子注重全篇的说解,自是正路。但他们曲解"知人论世",并死守着"思无邪"一义胶柱鼓瑟的"以意逆志",于是乎就不是说诗而是证史了。断章取义而以"思无邪"论诗,是无妨的。根据"文辞"、"以意逆志",或"知人论世""以意逆志"也可以多少得着"作诗人之意",因为人情是不相远的。他们却据"思无邪"一义先给"作诗者之志"定下了模型,再在这模型里"以意逆志",以诗证史,人情自然顾不到,结果自然便远出常人想象之外了。固然《传》、《笺》以诗证史,也自有他们的客观标准,便是《诗经》中的国别与篇次②;郑氏根据了这些,系统地附合史料,便成了他的《诗谱》。但国别与篇次都是在诗外的不确切的标准,与诗义相关极少,不足为据。就在这种附合支离的局面下,产生了赋比兴的解释;而比兴义去常情更远,最为缠夹,可也最受人尊重。

三、赋比兴通释

《周礼·大师》"教六诗……"郑玄注云:

> 赋之言"铺",直铺陈今之政教善恶。

《诗大序》孔颖达《正义》引此,云:

> 诗文直陈其事不譬喻者,皆赋辞也。

这"赋"字似乎该出于《左传》的赋诗。《左传》赋诗是自唱或使乐工唱古诗,前文已详。

---

① 赵注以《小弁》篇为尹吉甫子伯奇的诗。
② 参看《古史辨》卷三下顾颉刚《毛诗序之背景与旨趣》。

但还有别一义。隐公元年传记郑庄公与母姜氏"隧而相见"云：

> 公入而赋："大隧之中，其乐也融融。"姜出而赋："大隧之外，其乐也泄泄。"

孔颖达《正义》云："赋诗，谓自作诗也。"又僖公五年传云：

> （士蒍）退而赋曰："狐裘尨茸。一国三公，吾谁适从！"

杜注："士蒍自作诗也。"前者是直铺陈其事，后者却以譬喻发端。这许是赋诗的较早一义，也未可知①。又《小雅·常棣·正义》引《郑志》答赵商云：

> 凡赋诗者或造篇，或诵古。

"造篇"除上举二例外，还有卫人赋《硕人》篇，许穆夫人赋《载驰》篇，郑人赋《清人》篇，秦人赋《黄鸟》篇等，却似乎是献诗一类②。就中只《黄鸟》篇各章皆用譬喻发端，其余三篇多是直铺陈其事。至于"诵古"，凡聘问赋诗都是的。"诵"也有"歌"意，《诗经·节南山》"家父作诵"，可证。

郑玄注《周礼》"六诗"，是重义时代的解释。风、赋、比、兴、雅、颂似乎原来都是乐歌的名称，合言"六诗"，正是以声为用。《诗大序》改为"六义"，便是以义为用了。但郑氏训"赋"为"铺"，假借为"铺陈"字，还可见出乐歌的痕迹。《大雅·卷阿》篇有"矢诗不多"一语，据上文"以矢其音"《传》："矢，陈也。"《楚辞·九歌·东君》"展诗兮会舞"，王逸训"展"为"舒"；洪兴祖《补注》："展诗犹陈诗也。""矢诗"、"展诗"也就是"赋诗"，大概"赋"原来就是合唱。古代多合唱，春秋赋诗才多独唱，但乐工赋的时候似乎还是合唱的③。不过《大雅·烝民》篇有云：

> 仲山甫之德，柔嘉维则。……天子是若，明命使赋。
> 王命仲山甫，……出纳王命，王之喉舌。赋政于外，四方爰发。

前章《传》云："赋，布也。"下章"赋"字，义当相同。春秋列国大夫聘问，也有"赋命"、"赋政"之义，歌诗而称为"赋"，或与此义有相关处，可以说是借诗"赋命"，也就是借诗言志。果然如此，赋比兴的"赋"多少也带上了政治意味，郑氏所注"直铺陈今之政教善恶"，便不是全然凿空立说了。

荀子《赋》篇称"赋"，当也是"自作诗"之义。凡《礼》、《知》、《云》、《蚕》、《箴》五篇及《佹诗》一篇。前五篇像譬喻，又像谜语，只有《佹诗》多"直陈其事"之语。班固《两都赋序》云："赋者，古诗之流也。"王芑孙《读赋卮言导源》篇合解荀、班云：

---

① 《左传》聘问赋诗的记载，始于僖二十三年。
② 详见《诗言志》篇。
③ 北京大学文科研究所逯钦立君有《六义参释》一稿。本章试测赋比兴的初义，都根据他所搜集的材料，特此致谢。

曰"傀",旁出之辞,曰"流",每下之说。夫既与诗分体,则义兼比兴,用长箴颂矣。

这里说赋是诗的别体或变体,与赋比兴的"赋"义便无干了。

《汉书》三十《艺文志》云:

> 春秋之后,周道寖坏。聘问歌咏,不行于列国,学诗之士,逸在布衣,而贤人失志之赋作矣。大儒孙卿及楚臣屈原离谗忧国,皆作赋以风,咸有恻隐古诗之义。其后宋玉、唐勒,汉兴枚乘、司马相如下及扬子云,竞为侈丽闳衍之词,没其风谕之义。是以扬子悔之曰:"诗人之赋丽以则,辞人之赋丽以淫。"

赋的演变成为两派。《两都赋序》又说汉兴以来,言语侍从之臣及公卿大臣作赋,"或以抒下情而通讽谕,或以宣上德而尽忠孝",是"雅颂之亚"。"孝成之世论而录之,盖奏御者千有馀赋"。赋虽从《诗》出,这时受了《楚辞》的影响,声势大盛①,它已离《诗》而自成韵文之一体了。钟嵘《诗品序》以"寓言写物"为赋,便指这种赋体而言。但赋的"自作诗"一义还保存着,后世所谓"赋诗"、"赋得"都指此。《艺文志》分赋为四类。刘师培说"杂赋十二家"是总集,余三类都是别集。三类之中,"屈平以下二十家,均缘情托兴之作";"陆贾以下二十一家,均聘辞之作";"荀卿以下二十五家,均指物类情之作"②。汉以后变而又变,又有齐、梁、唐初"俳体"的赋和唐末及宋"文体"的赋。前者"以铺张为靡而专于词",后者"以议论为便而专于理"。这是所谓"古赋"③。唐、宋取士,更有律赋,调平仄,讲对仗,限于八韵。这些又是赋体的分化了。

"比"原来大概也是乐歌名,是变旧调唱新辞。《周礼·大师》郑注云:

> 比见今之失,不敢斥言,取比类以言之。兴见今之美,嫌于媚谀,取善事以喻劝之④。

释"比"是演述《诗大序》"主文而谲谏"之意。朱子释《大序》此语,以为"主于文词而托之以谏"⑤;"主文"疑即指比兴。郑氏释兴当也是根据《论语》"兴于诗"、"诗可以兴"二语。他又引郑司农(众)云:

> 比者,比方于物也。兴者,托事于物。

《毛诗正义》解"司农"语云:

> "比者,比方于物",诸言"如"者皆比辞也。
> "兴者,托事于物",则兴者,起也。取譬引类,起发己心,《诗》文诸举草木鸟兽以见意者,皆兴辞也。

---

① 《文心雕龙·诠赋》篇:"赋也者,受命于诗人,拓宇于《楚辞》(者)也。"
② 《左盦集》卷八《汉书艺文志书后》。
③ 《四库提要·总集类》三元祝尧编:《古赋辨体》条。
④ 《周礼·大司乐》"兴道讽诵言语"注:"兴者,以善物喻善事也。"
⑤ 见《吕氏家塾读诗记》三。

郑玄以美刺分释兴比，但他的笺兴诗，仍多是刺意。他自己先不能一致，自难教人相信。《毛诗正义》说："其实作文之体，理自当然，非有所'嫌''惧'也"，也是不信的意思。这一说可以不论。郑众说太简，难以详考；孔颖达所解，可供参考而已。他以"兴"为"取譬引类"，甚是，但没有确定"发端"一义，还是缠夹不清的。以"诸言'如'者"为"比"，当本子六朝经说，《文心雕龙·比兴》篇所举"比"的例可见。如此释"比"，界划井然，可是又太狭了。按《诗经》"诸言'如'者"约一百四十多句，不言"如"，又非兴句，而可知为譬喻者，约一百四十多联（间有单句）——《小雅》中为多。照孔《疏》，这一百四十多联便成了比兴间的瓯脱地，两边都管不着了。这些到底是什么呢？也许孔氏的意见和陈奂一样，将这些联的譬喻都算作"兴"。陈氏曾立了三条例。一是"实兴而《传》不言兴者"①，这是根据《郑志》答张逸的话，前已引。许多在篇首的喻联，便这样被算作兴了。二是诸章"各自为兴"。如《齐风·南山》篇，《小雅·白华》篇，除首章为兴外，他说其余诸章"各自为兴"。这样，许多在章首的喻联也就被算作兴了。三是一章之中，"多用兴体"，如《秦风·蒹葭》篇以及《邶风·匏有苦叶》篇，《小雅·伐木》篇都是的。至如《小雅·鹤鸣》篇，是"全诗皆兴"。那么，许多在章中的喻联又被算作兴了。

他这三条例也有相当的根据。第一例根据《笺》言兴而《传》不言兴的诗，前已论及。但这是《传》疏而《笺》密，后来居上之故。郑氏不愿公然改《传》，所以答张逸说"文义自解，（《传》）故不言之"，那是饰词，实不足凭。陈氏却因郑氏说相信那些诗"实兴"，恐怕不是毛氏本意。第二条根据"首章言兴以咳下章"的通例。但那通例实在通不过去。因为好些兴诗都夹着几章赋，而《雅》中兴诗尤多如此，这是没法概括的。第三例没有明显的根据，也许只因为《传》、《笺》说解这些喻联，与说解兴句的方法和态度是一样的。那确是一样的。这些喻联不常有《传》，但如《桑柔》五章中"谁能执热，逝不以濯？"《传》解为礼以救乱，见前引。又《鹤鸣》首章末"它山之石，可以为错"《传》云：

> 错，石也，可以琢玉。举贤用滞，则可以治国。（《序》，诲宣王也。）

又《匏有苦叶》篇次章之首"有弥济盈，有鷕雉鸣"《传》云：

> 弥，深水也。盈，满也。深水，人之所难也。鷕，雌雉鸣声也。卫夫人有淫佚之志，授人以色，假人以辞，不顾礼义之难至，使宣公有淫昏之行。（《序》，刺卫宣公也。公与夫人并为淫乱。）

又《伐柯》篇首章《传》云：

> 伐柯如何？匪斧弗克（柯，斧柄也。礼义者，亦治国之柄）。取妻如何？匪媒不得（媒所以用礼也。治国不能用礼则不安）。（《序》，美周公也。周大夫刺朝廷之不知也。）

前两例是隐喻，末一例是显喻。《笺》例太多，从略。这样"以意逆志"，这样穿凿附会，确与说兴诗一样。可是孔《疏》所谓"比"，《传》、《笺》也还是用这种方法与态度说解。现在且还是只引《传》。如《简兮》篇次章之首"有力如虎，执辔如组"《传》云：

---

① 《邶风·燕燕·传疏》。

组，织组也。武力比于虎，可以御乱御众。有文章，言能治众，动于近，成于远也。（《序》，刺不用贤也。卫之贤者仕于伶官，皆可以承事王者也。）

又《大明》篇七章之首"殷商之旅，其会如林。矢于牧野，维予侯兴。"《传》云：

> 旅，众也。如林，言众而不为用也。矢，陈；兴，起也。言天下之望周也。（《序》，文王有明德，故天复命武王也。）

这不也是一样的"以意逆志"，穿凿附会吗？与陈氏（和孔氏？）所谓"兴"有什么区别呢？他那三条例看来还是白费的。那一百四十多联譬喻，和那一百四十多"如"字句，实在是《大序》所谓"比"。那些喻联实在太像兴了，后世总将"比"、"兴"连称，也并非全无道理的。"比"，类也，例也①。但这个"比"义也当从《左传》来；前引文公七年《传》"君子以〔葛藟〕为比"，便是它的老家。"比"字有乐歌背景、经典根据和政教意味，便跟只是"取也（他）物而以明之"（《墨子·小取》）的"譬"不同。

"兴"似乎也本是乐歌名，疑是合乐开始的新歌。王逸《楚辞章句》说：

> 《离骚》之文，依《诗》取兴，引类譬喻。故善鸟香草以配忠贞，恶禽臭物以比谗佞，"灵修""美人"以媲于君，"宓妃""佚女"以譬贤臣，虬龙鸾凤以托君子，飘风云霓以为小人。其词温而雅，其义皎而朗。

所谓"依《诗》取兴"，当是依"思无邪"之旨而取喻；《楚辞》体制与《诗经》不同，不分章，不能有"兴也"的"兴"。朱子《楚辞集注》说："《诗》之兴多而比赋少，《骚》则兴少而比赋多。"② 他所举的兴句如《九歌·湘夫人》中的：

> 沅有茝兮醴有兰，思公子兮未敢言。

朱子的"兴"是"托物兴词，初不取义"的，与《毛传》不一样。王氏也说茝兰异于众草，"以兴湘夫人美好亦异于众人"。这里虽用了《毛传》的"兴"字，其实倒是不远人情的譬喻。《楚辞》其实无所谓"兴"。王氏注可也受了"思无邪"一义的影响，自然也不免附会之处③，但与《史记·屈原传》尚合，大体不至于支离太甚。所以直到现在，一般还可接受他的解释。

《楚辞》的"引类譬喻"实际上形成了后世"比"的意念。后世的比体诗可以说有四大类。咏史，游仙，艳情，咏物④。咏史之作以古比今，左思是创始的人。《诗品》上说他"得讽谕之致"。何焯《义门读书记·文选第二卷》评张景阳《咏史》云：

> 咏史不过美其事而咏叹之，隐栝本传，不加藻饰，此正体也。太冲多自摅胸臆，乃

---

① 伪《鬼谷子·反应》篇："事有比"注："比，谓比例。"又，"比者，比其辞也"注："比谓比类也。"
② 《离骚序》附注。
③ 朱子《楚辞集注序》论王书有云："或以迂滞而远于性情，或以迫切而害于义理。"
④ 六朝吴歌、西曲的谐声词格，也是比的一种，但通常认为俳谐，今不论。

又其变。

游仙之作以仙比俗，郭璞是创始的人。《诗品》中说他"辞多慷慨，乖远玄宗。……乃是坎壈咏怀，非《列仙》之趣也"。李善《文选注》二十一也说：

> 凡游仙之篇，皆所以滓秽尘网，锱铢缨绂，飡霞倒景，饵玉玄都。而璞之制，文多自叙。虽志狭中区，而辞无（兼）俗累。见非前识，良有以哉。

艳情之作以男女比主臣，所谓遇不遇之感。中唐如张籍《节妇吟》，王建《新嫁娘》，朱庆馀《近试上张水部》，都是众口传诵的。而晚唐李商隐"无题"诸篇，更为煊赫，只可惜喻义不尽可明罢了。咏物之作以物比人，起于六朝。如鲍照《赠傅都曹别》述惜别之怀，全篇以雁为比。又韩愈《鸣雁》述贫苦之情，全篇也以雁为比。这四体的源头都在王注《楚辞》里。只就《离骚》看罢：

> 汤、禹严而求合兮，挚、咎繇而能调。苟中情其好修兮，又何必用夫行媒！

这不是以古比今么？

> 前望舒使先驱兮，后飞廉使奔属。鸾皇为余先戒兮，雷师告余以未具。吾令凤鸟飞腾兮，继之以日夜。飘风屯其相离兮，帅云霓而来御。

这不是以仙比俗么？

> 唯草木之零落兮，恐美人之迟暮。

这不是以男女比君臣么？

> 余以兰为可恃兮，羌无实而容长。委厥美以从俗兮，苟得列乎众芳。椒专佞以慢慆兮，樧又欲充夫佩帏。既干进而务入兮，又何芳之能祗！

这不是以物比人么？《九章》的《橘颂》更是全篇以物比人的好例。《诗经》中虽也有比体，如《硕鼠》、《鸱鸮》、《鹤鸣》等篇，但是太少，影响不显著。后世所谓"比"，通义是譬喻，别义就是比体诗，却并不指《诗大序》中的"比"。不过谈到《诗经》，以及一些用毛、郑的方法说诗的人，却当别论。说比体诗只是"比"的别义，因为这四类诗，无寓意的固然只能算是别体，有寓意而作得太工了就免不了小气，尤其是后两类，所以也还只能算是别体；而且数量究竟不多。

后世多连称"比兴"，"兴"往往就是"譬喻"或"比体"的"比"，用毛、郑义的绝无仅有。不过"兴"也有两个变义。《刘禹锡集》二十三《董武陵集序》云：

> 诗者，其文章之蕴邪！义得而言丧，故微而难能；境生于象外，故精而寡和。

这可以代表唐人的一种诗论。大约是庄子"得意忘言"和禅家"离言"的影响。所谓言外之义，象外之境，刘氏却没有解释。宋儒提倡道学，也受着道家禅家的影响。他们也说读书只晓得文义是不行的，"必优游涵咏，默识心通，然后能造其微"①。《近思录》十四《圣贤气象门》论曾子云：

> 曾子传圣人学。……如言"吾得正而毙"，且休理会文字，只看他气象极好。被他所见处大。后人虽有好言语，只被气象卑，终不类道。

"只看气象"当也是"造微"的一个意思。又朱子论韦应物诗"直是自在，气象近道"②。气象是道的表现，也是修养工夫的表现。这意念可见是从"兴于诗""诗可以兴"来，不过加以扩充罢了。读诗而只看气象，结果便有两种情形。如黄鲁直《登快阁诗》云："落木千山天远大，澄江一道月分明。"明周季凤作《山谷先生别传》说："木落江澄，本根独在，有颜子克复之功。"③ 这不是断章取义吗？又如沈德潜《唐诗别裁集·凡例》云：

> 古人之言包含无尽。后人读之，随其性情浅深高下，各有会心。如好《晨风》而慈父感悟④，讲《鹿鸣》而兄弟同食⑤，斯为得之。董子曰："诗无达诂"，此物此志也。

照沈氏说，诗爱怎么理会就可怎么理会，这不是无中生有吗？又如周济《宋四家词选序》云：

> 夫词非寄托不入，专寄托不出。一物一事，引而伸之，触类多通。驱心若游丝之缀飞英，含毫如郢斤之斲蝇翼。以无厚入有间。既习已，意感偶生，假类毕达，阅载千百，謦欬弗违，斯入矣。赋情独深，逐境必寤，酝酿日久，冥发妄中。虽铺叙平淡，摹绩浅近，而万感横集，五中无主。读其篇者临渊窥鱼，意为鲂鲤，中宵惊电，罔识东西。赤子随母笑啼，乡人缘剧喜怒，可谓能出矣。

"能入"是能为人所感，"能出"是能感人。他说善于触类引申的人，读古人词，久而久之，便领会得其中喻义，无所往而不通，而皆合于古人之意。这种人自己作词，也能因物喻志，教读者惝恍迷离，只跟着他笑啼喜怒。他说的是词中的情理，悲者读之而亦悲，喜者读之而亦喜，所谓合于古人者在此。至于悲喜的对象，则读者见仁见智，不妨各有会心。这较沈氏说为密，而大旨略同。后来谭献在《周氏词辩》中评语有"作者未必然，读者何必不然？"的话，那却是就悲喜的对象说了。但这里的断章取义，无中生有，究竟和《毛诗》不大一样。触类引申的结果还不至于离开人情太远了。而且《近思录》和沈、周两家，差不多明说所注重的是读者的受用而不是诗篇的了解，这也就没什么毛病了。以上种种都说的是"言外之

---

① 程颐：《春秋传序》(《二程全书·伊川经说(四)》)。又《诗人玉屑》六引朱子论"说诗"："晓得文义是一重，识得意思好处是一重。"又《象山全集》三十五："读书固不可不晓文义，然只以晓文义为是，只是儿童之学，须看意旨所在。"
② 《语类》140 页。
③ 首二语本于赵景伟《黄庭坚谥议》，见《山谷全书》首卷二。宋张戒《岁寒堂诗话》云："此但以'远大''分明'之语为新奇。而究其实，乃小儿语也。"
④ 魏文侯事，见《韩诗外传》八。
⑤ 裴安祖事，见《魏书》四十五《裴骏传》。

义"，我们可以叫做"兴象"①。

汉末至晋代，常以形似语"题目"人，如《世说》一郭林宗（泰）曰："叔度（黄宪）汪汪如万顷之陂，澄之不清，扰之不浊。"后来又用以论诗文，如《诗品》上引李充《翰林论》，论潘岳"翩翩然如翔禽之有羽毛，衣服之有绡縠"。到了唐末，司空图以味喻诗，以为所贵者当在咸酸之外，所谓味外味。又作《二十四诗品》，集形似语之大成。南宋敖陶孙《诗评》，也专用形似语评历代诗家"②。到了借禅喻诗的严羽又提出"兴趣"一义。《沧浪诗话·诗辩》云：

> 夫诗有别材，非关书也。诗有别趣。非关理也。……诗者，吟咏情性也。盛唐诸人唯在兴趣。羚羊挂角，无迹可求。故其妙处透彻玲珑，不可凑泊，如空中之音，相中之色，水中之月，镜中之象，言有尽而意无穷。

其《诗评》中又云：

> 诗有辞、理、意兴。南朝人尚辞而病于理。本朝人尚理而病于意兴。唐人尚意兴而理在其中。汉、魏之诗，辞、理、意兴，无迹可求。

所谓"别趣"、"意兴"、"兴趣"，都可以说是象外之境。这种象外之境，读者也可触类引申，各有所得；所得的是感觉的境界，和前一义之为气象情理者不同。但也当以"人情不远"为标准。清代金圣叹的批评颇用"兴趣"这一义。但如他评《西厢记》第一本《张君瑞闹道场第四折》一节话（金本题为《闹斋》），却是极端的例子。这一折第一曲《双调新水令》，张生唱云：

> 梵王宫殿月轮高，碧琉璃瑞烟笼罩。香烟云盖结，讽咒海波潮，幡影飘飘，诸檀越尽来到。

金氏在曲前评云：

> 吾友斲山先生尝谓吾言："匡卢真天下之奇也。江行连日，初不在意。忽然于晴空中劈插翠嶂，平分其中，倒挂匹练。舟人惊告，此即所谓庐山也者。而殊未得至庐山也。更行两日而渐乃不见，则反已至庐山矣！"吾闻而甚乐之，便欲往观之，而迁延未得也。……然中心则殊无一日曾置不念，以至夜必形诸梦寐。常不一日二日必梦见江行如驶，仰睹青芙蓉上插空中，一一如斲山言。寤而自觉，遍身皆畅然焉。
>
> 后适有人自西江来，把袖急叩之。则曰"无有是也"。吾怒曰："彼伧固不解也！"后又有人自西江来，又把袖急叩之。又曰"无有是也"。吾怒曰："此又一伧也！"既而人苟自西江来，皆叩之。则言"然""不然"各半焉。吾疑，复问斲山。斲山哑然失笑，言："吾亦未尝亲见。昔者多有人自西江来，或言如是云，或亦言不如是云。然吾

---

① 《周礼·天官·司裘》"大丧，廞裘，饰皮车"。《正义》："兴象生时裘而为之"，"兴象"即"象似"之意。殷璠《河岳英灵集序》："挈瓶庸受之流……攻异端，妄穿凿，理则不足，言常有馀，都无兴象，但贵轻艳。""兴象"即"比兴"。今借用此名，义略异。

② 《诗人玉屑》卷二。

于言如是者即信之；言不如是者，置不足道焉。何则？夫使庐山而诚如是，则是吾之信其人之言为真不虚也。设苟庐山而不如是，则天地之过也。诚以天地之大力，天地之大慧，天地之大学问，天地之大游戏，即亦何难设此一奇以乐我后人，而顾吝不出此乎哉！"

吾闻而又乐之。中心忻忻，直至于今。不惟必梦之，盖日亦往往遇之。吾于读《左传》往往遇之，吾于读《孟子》往往遇之，吾于读《史记》、《汉书》往往遇之。吾今于读《西厢》亦往往遇之。何谓于读《西厢》亦往往遇之？如此篇之初，《新水令》之第一句云："梵王宫殿月轮高"，不过七字也。然吾以为真乃"江行初不在意"也，真乃"晴空劈插奇翠"也，真乃"殊未至于庐山"也，真乃"至庐山即反不见"也！真"大力"也，真"大慧"也，真"大游戏"也，真"大学问"也！盖吾友斲山之所教也。吾此生亦已不必真至西江也，吾此生虽然终亦不到西江，而吾之熟睹庐山，亦未厌也！庐山真天下之奇也！

他在曲后又评，说这一句是写张生原定次早借上殿拈香看莺莺，但他心急如火，头一晚就去殿边等着了。不过原文张生唱前有白云："今日二月十五日，和尚请拈香，须索走一遭"，明是早上。曲文下句"碧琉璃瑞烟笼罩"，明说有了香烟。再下语意更明。"月轮高"只是月还未落，以见其早，并非晚上。金氏说的真可算得"以文害辞"、"以辞害志"了。

四、比兴论诗

最初怀疑比兴的作用的是钟嵘。《诗品序》云：

若专用比兴，则患在意深；意深则词踬。若但用赋体，则患在意浮；意浮则文散。嬉成流移，文无止泊，有芜漫之累矣①。

他说的是专用比兴或专用赋的毛病，但也是第一个人指出"意深"、"词踬"是比兴的毛病。同时刘勰论兴，也说是"明而未融，故发注而后见"②。清陈沆作《诗比兴笺》，魏源序有云：

由汉以降，变为五言。古诗十九章，多枚叔之词。乐府鼓吹曲千馀章，皆《骚》、《雅》之旨。张衡《四愁》，陈思《七哀》；曹公苍莽，"对酒当歌"，有风云之气。嗣后阮籍、傅玄、鲍明远、陶渊明、江文通、陈子昂、李太白、韩昌黎皆以比兴为乐府琴操，上规正始。视中唐以下纯乎赋体者，固古今升降之殊哉！

他将"比兴"的价值看得高于赋。这是陈子昂、李白、白居易、朱子等人的影响。又说诗到中唐以后，纯乎赋体，以前是还用着"比兴"的。但汉乐府赋体就很多，陶、谢也以赋体为主，杜、韩更是如此。看魏氏只能选出少数的例子，不能作概括的断语，便知是作序体例，不得不说几句切题的话，事实并不然的。而他所谓"比兴"也绝非毛、郑义，只是后世所称"比兴"罢了。

---

① 《诗品序》云："文有尽而意有馀，兴也。因物喻志，比也。"与旧解略异。
② 《文心雕龙·比兴》篇。

黄侃《文心雕龙札记·比兴》有论"兴义罕用"的话，最为明通。他说：

> 夫其取义差在毫厘，会情在乎幽隐，自非受之师说，焉得以意推寻！彦和谓"明而未融，发注后见"，冲远（孔颖达）谓"毛公特言，为其理隐"，诚谛论也。孟子云：学诗者"以意逆志"。此说施之说解已具之后，诚为谠言。若乃兴义深婉，不明诗人本所以作，而辄事探求，则穿凿之弊固将滋多于此矣。
>
> 自汉以来，词人鲜用兴义。固缘诗道下衰，亦由文词之作，趣以喻人。苟览者恍惚难明，则感动之功不显。用比忘兴，势使之然。虽相如、子云，末如之何也！然自昔名篇，亦或兼存"比兴"。及时世迁贸，而解者祗益纷纭。一卷之诗，不胜异说。九原不作，烟墨无言。是以解嗣宗之诗，则首首致讥禅代；笺少陵之作，则篇篇系念朝廷。虽当时未必不托物以发端，而后世则不能离言而求象。由此以观，用比者历久而不伤晦昧，用兴者说绝而立致辨争。当其览古，知兴义之难明；及其自为，亦遂疏兴义而希用。此兴之所以浸微浸灭也。

从黄氏的话推论，我们可以说《诗经》兴句虽然大部分是譬喻，而《传》、《笺》兴义却未必是"作诗者之意"，因为那样作诗，是会教"览者恍惚难明"的。《传》、《笺》所说若不是"作诗者之意"，是否也不免"穿凿之弊"，也不免"离言而求象"呢？黄氏大约不这样想。他跟一般好古的人一样，总以为毛、郑去古未远，"受之师说"，当然可信；所谓"说解已具"，正指《传》、《笺》而言。后世学无专家，"师说"不存，再用《传》、《笺》中"以意逆志"的方法去说诗，那当然是不成的。不过黄氏所谓"比"也还是后世的"比"。《传》、《笺》里那样的"比"，其实也是教"览者恍惚难明"的。

可是后世用"比兴"说诗的还有不少。开端的是宋人。这可分为两类。一类可以说是毛、郑的影响，不过破碎支离，变本加厉①。如《诗人玉屑》九"托物"条引梅尧臣（？）《续金针诗格》解杜甫《早朝》诗句云：

> 如"旌旗日暖龙蛇动，宫殿风微燕雀高"，旌旗喻号令，日暖喻明时，龙蛇喻君臣。言号令当明时，君所出，臣奉行也。宫殿喻朝廷，风微喻政教，燕雀喻小人。言朝廷政教才出而小人向化，各得其所也。

这不是无中生有吗！《玉屑》所谓"托物"有时指后世所谓"比"，有时兼包后世所谓"比兴"而言。世传唐、宋人诗格一类书里，像这样无中生有的解说诗句或诗中物象的很多，似乎是一时风气②。但这种解说显然"穿凿"，显然"离言而求象"，而诗格一类书，既多伪作，又托体太卑，所以不为人重视③。谢枋得注解章泉（赵蕃）、涧泉（韩淲）二先生《选唐诗》，也偶然用这样方法，但很少，当也是诗格一类书的影响。另一类是系统的用赋比兴或"比兴"说诗，朱子《楚辞集注》是第一部书；他用《诗集传》的办法将《楚辞》各篇分章注明赋比兴。不过他所谓"比""兴"与毛、郑不尽同。他答巩仲至（丰）书（《集》六十四）中又说：

---

① 顾龙振《诗学指南》中收此类书甚多。
② 王士禛《香祖笔记》卷六："宋时为王氏之学者务为穿凿。有称杜子美《禹庙》诗'空庭垂橘柚'，谓'厥包橘柚锡贡'也，'古屋画龙蛇'谓'驱龙蛇而放之菹'也。予童时见此说，即知笑之。"
③ 黄鲁直《大雅堂记》论杜诗云："彼喜穿凿者弃其大旨，取其发兴，于所遇林泉人物草木鱼虫，以为物物皆有所托，如世间商度隐语者，则子美之诗委地矣！"（《山谷全书正集》十六）

>古今之诗凡有三变。盖书传所记虞、夏以来下及魏、晋,自为一等。自晋、宋间颜、谢以后下及唐初,自为一等。自沈、宋以后定著律诗下及今日,又为一等。……故尝妄欲抄取经史诸书所载韵语,下及《文选》、汉魏古词,以尽乎郭景纯、陶渊明之所作,自为一编而附于《三百篇》、《楚辞》之后,以为诗之根本准则。又于其下二等之中择其近于古者,各为一编,以为之羽翼舆卫;其不合者,则悉去之。

但他只作了《诗集传》、《楚辞集注》,以下三编都未成书。元代有个刘履,继承朱子的志愿,编了一套《风雅翼》。这里面包括《选诗补注》,以昭明所选为主,加以删补;"至其注释,则以〔朱子〕传《诗》、注《楚辞》者为成法。"①但四言有时还分章说,五言却以篇为单位。又有《选诗补遗》,选拔"唐、虞而降以至于晋,凡古歌辞之散见于传记诸子集者"。又有《选诗续编》,"乃李唐、赵宋诸作"。《四库提要·总集类》三论此书云:

>至于以汉、魏篇章强分"比兴",尤未免刻舟求剑,附合支离。朱子以是注《楚辞》,尚有异议,况又效西子之颦乎?以其大旨不失于正而亦不至全流于胶固,又所笺释评论亦颇详赡,尚非枵腹之空谈,……固不妨存备参考焉。

这里所谓"未免刻舟求剑,附合支离","而亦不至全流于胶固,又所笺释评论亦颇详赡",我们现在也不妨移作《楚辞集注》的评语。这一类价值自然比前一类高得多。

还有前面提过的陈沆《诗比兴笺》,专说"比兴"的诗,与朱子等又略有不同。魏源序说他"以笺古诗三百篇之法,笺汉、魏、唐之诗,使读者知'比兴'之所起,即知志之所之也"。他的书叫做"笺",当是上希《郑笺》的意思。各诗并不分别注明比兴,只注重在以史证诗。看来他所谓"比兴"是分不开的,其实只是《诗大序》的"比"。他的取喻倒真是毛、郑的系统,非诗格诸书模糊影响者所可并论。毛、郑的权威既然很大,他这部书就也得着不少的尊重。在陈沆以前,张惠言《词选》也以毛、郑的方法说词。《词选》序云:

>传曰:"意内而言外谓之词。"其缘情造端,"兴"于微言,以相感动。极命风谣里巷男女哀乐,以道贤人君子幽约怨悱不能自言之情。低徊要眇,以喻其致。盖《诗》之"比兴"变风之义。骚人之歌则近之矣。

书中解释也屡用"兴"字。如温庭筠《更漏子》第一首下云:"'惊塞雁'三句言欢戚不同,'兴'下'梦长君不知'也。"又晏殊《踏莎行》下云:"此词亦有所'兴',其欧公《蝶恋花》之流乎?"按宋罗大经《鹤林玉露》(四)论辛弃疾《菩萨蛮·书江西造口壁》云:"南渡之初,虏人追隆祐太后御舟至造口,不及而还。幼安自此起兴。"又陈鹄《耆旧续闻》(二)论苏轼黄州所作《卜算子词》,以为"拣尽寒枝不肯栖"是"取兴鸟择木之意"。是宋人已有以"比兴"论词的。到了张氏,才更发挥光大,词体于是乎也"尊"起来了②。

---

① 元戴良《风雅翼》序。
② 谭献《箧中词》卷三说:"倚声之学,由二张而始尊。"二张即惠言与弟琦。又说周济"推明张氏之旨而广大之,此道遂与于著作之林,与诗赋文笔同其正变"。

至于论诗，从唐以来，"比兴"一直是最重要的观念之一。后世所谓"比兴"虽与毛、郑不尽同，可是论诗的人所重的不是"比""兴"本身，而是诗的作用。白居易是这种诗论最重要的代表。他在《与元九书》中说从周衰秦兴，六义渐微，到了六朝，大家"嘲风雪，弄花草"，六义尽去。唐兴二百年，诗人不可胜数，"索其风雅比兴，十无一焉"。就是杜甫，"撮其《新安吏》、《石壕吏》、《潼关吏》、《塞芦子》、《留花门》之章，'朱门酒肉臭，路有冻死骨'之句，亦不过十三四首"。这是"诗道崩坏"。他说诗歌应该上以"补察时政"，下以"泄导人情"，又说"歌诗合为事而作"。又说他做谏官时，"月请谏纸。启奏之外，有可以救济人病，裨补时阙，而难于指言者，辄咏歌之，欲稍稍进闻于上"。他将自己的诗分为四类，第一类便是"讽谕诗"。他说：

> 自拾遗来，凡所遇所感关于美刺比兴者，又自武德讫元和，因事立题，题为"新乐府"者，共一百五十首，谓之讽谕诗。

第二类是"闲适诗"。他接着说：

> 又或退公独处，或移病闲居，知足保和，吟玩性情者，一百首，谓之闲适诗。

他又说：

> 故仆志在兼济，行在独善，奉而始终之则为道，言而发明之则为诗。谓之"讽谕诗"，兼济之志也。谓之"闲适诗"，独善之义也。故览仆诗，知仆之道焉。

这简直可以说是诗以明道了。"兼济"和"独善"都是道，所以上以"补察时政"，下以"泄导人情"，都是诗歌的作用。但可以注意的是，他的"讽谕诗"里只有一部分是后世所谓"比兴"，大多数还是赋体，《新乐府》是的，"所遇所感"诸篇中一部分也是的。而《长恨歌》、《琵琶行》等赋体诗，为当时及后世所传诵的，却并不在"讽谕诗"而在"感伤诗"里。更可以注意的是，他说"风雅比兴"，又说"美刺比兴"，"风雅"和"美刺"可不都包括赋体诗在内吗！原来《毛传》、《郑笺》虽为经学家所尊奉，文士作诗，却从不敢如法炮制，照他们的标准去用譬喻。因为那么一来，除非自己加注，恐怕就没人懂。建安以来的作家，可以说没有一个用过《传》、《笺》式的"比兴"作诗的。用《楚辞》式的譬喻作诗的倒有的是，阮籍是创始的人。不过这一种，连后来的比体在内，也还是不多。赋体究竟是大宗。赋体诗中间却不短譬喻，后世的"比"就以这种譬喻为多。就这种"比"及比体诗加以触类引申，便是后世的"兴"了。这样，后世论诗所说的"比兴"并不是《诗大序》的"比""兴"了。可是《大序》的主旨，诗以"经夫妇，成孝敬，厚人伦，美教化，移风俗"，"发乎情，止乎礼义"，却始终牢固的保存着。这可以说是"诗教"，也可以说是"诗言志"或诗以明道。代表这意念的便是白氏所举"风雅"、"比兴"、"美刺"三个名称。不过"风雅"和"美刺"既然都兼包赋比兴而言，而赋是"直陈其事"，不及"比兴""主文而谲谏，言之无罪，闻之者足以戒"，所以白氏以后，"比兴"这名称用得最多。那么，论诗尊"比兴"，所尊的并不全在"比"、"兴"本身价值，而是在"诗以言志"、诗以明道的作用上了。明白了这一层,像谭献《箧中词》(五)评蒋春霖《扬州慢》词①,竟说"赋体至此,转高于比兴",就毫不足怪了。

该文原发表于1947年8月《诗言志辨》,开明书店。
此处选录于《老清华讲义》,湖南人民出版社2010年版。

参考篇目

郭绍虞《六义说考辨》(《中华文史论丛》1978年第1期)

张振泽《〈诗经〉赋比兴本义新探》(《文学遗产》1983年第3期)

赵沛霖《兴:宗教观念内容向艺术形式的积淀》(《天津社会科学》1985年第5期)

周英雄《作为组合模式的"兴"的语言结构与神话结构》 (edited by John J. Deeneyed. *Chines-Western Comparative Literature Theory and Strategy* P51-78 Hong Kong, 1980)

鲁洪生《从诗经赋比兴产生的时代背景看其本义》,(《中国社会科学》1993年第3期)

---

① 题为"癸丑十一月二十七日赋趋京口,报官军收扬州",后半阕云:"劫灰到处,便遗民见惯都惊。问障扇遮尘,围棋赌墅,可奈苍生!月黑流萤何处?西风暗鬼火星星。更伤心南望,隔江无数峰青。"

第十六讲

朱光潜：《中国诗何以走上"律"的路》

中国诗的体裁中最特别的是律体诗。它是外国诗体中所没有的，在中国也在魏晋以后才起来。起来以后，它的影响就非常广大。在许多诗集中律诗要占一大部分。各朝"试帖诗"都以律诗为正体。唐以后的词曲实在都是律诗的化身。律诗的影响并且波及到散文方面，四六文是很明显的例证。

律诗的兴起是中国诗的演化史上的一件重大事变。律诗极盛于唐朝，但是创始者是晋宋齐梁时代的诗人。唐朝诗人许多都是六朝诗人的私淑弟子。

后来一般论诗者往往以"绮丽"二字看成六朝人的大罪状，一味推尊盛唐。他们好象以为唐诗是平地一声雷似地起来的。历史家分诗的时期，也往往把六朝归入一个段落，唐朝又归入另一段落，好象以为两段中间有一个很清楚的分水线。这种卑六朝而尊唐的传统的看法不但是对于六朝不公平，而且也没有认清历史的连续性。平心而论，如果我们把六朝诗和唐诗摆在一个平面上去横看，六朝自较唐稍逊。六朝诗人才打新方向走，还在努力于新风格的尝试，自然不免有许多缺点。但是如果把六朝诗和唐诗摆在一条历史线上去纵看，唐人却是六朝人的承继者。六朝人创业，唐人只是守成。说者常谓诗的格调自唐而始备，其实唐诗的格调都是从六朝诗的格调演化出来的。

文学史本来不可强分时期。如果一定要分，中国诗的转变只有两大关键。第一个是乐府五言的兴盛，从十九首起到陶潜止。它的最大特征是把《诗经》的变化多端的章法句法和韵法变成整齐一律，把《诗经》的低徊往复一唱三叹的音节变成直率平坦。我们试拿《秦风·蒹葭》：

> 蒹葭苍苍，白露为霜。所谓伊人，在水一方。溯洄从之，道阻且长；溯游从之，宛在水中央。
>
> 蒹葭凄凄，白露未晞。所谓伊人，在水之湄。溯洄从之，道阻且跻；溯游从之，宛在水中坻。
>
> 蒹葭采采，白露未已。所谓伊人，在水之涘。溯洄从之，道阻且右。溯游从之，宛在水中沚。

三章诗和古诗十九首的《涉江采芙蓉》章：

> 涉江采芙蓉，兰泽多芳草。采之欲遗谁？所思在远道。还顾望旧乡，长路漫浩浩。同心而离居，忧伤以终老。

两诗相比较，便可领略出来这种转变的风味。两诗情感境界都略相似，而写法则完全不同。《蒹葭》要用三章来复述同一情节；而《涉江采芙蓉》只用一章写完一个意境；前者低徊往复，缠绵不尽，后者便一气到底，不再说回头话；前者章句长短有伸缩，后者则为整齐的五言。这个大转变是由于诗与乐歌的分离。《诗经》是大半伴乐可歌的；汉魏以后，诗逐渐不伴乐，不可歌。

第二个转变的大关键就是律诗的兴起。从谢灵运和"永明诗人"起，一直到明清止，词曲只是律诗的余波。它的最大特征是丢开汉魏诗的浑厚古拙而趋向精妍新巧。这种精妍新巧在两方面见出，一是字句间意义的排偶；一是字句间声音的对仗。我们试拿上面所引的《涉江采芙蓉》和薛道衡的《昔昔盐》：

> 垂柳覆金堤，蘼芜叶复齐。水溢芙蓉沼，花飞桃李蹊。采桑秦氏女，织锦窦家妻。关山别荡子，风月守空闺。恒敛千金笑，长垂双玉啼。盘龙随镜隐，彩凤逐帷低。飞魂同夜鹊，倦寝忆晨鸡。暗牖悬蛛网，空梁落燕泥。前年过代北，今岁往辽西。一去无消息，那能惜马蹄。

两诗相比较，便可知道这转变的意味。两诗都是写别后相思，汉人寥寥数语，不绕弯也不雕饰，一气直注，浑朴天然而意味无穷。薛道衡便四面八方地渲染，句句对称，句句精巧。他对于自然的观察也比汉魏人精细。他着重颜色和空气，着重常被人忽略的景致；着重景与情的调协。著名的"暗牖悬蛛网，空梁落燕泥"一联，最能见出这个新时代的精神。

这两个大转变之中，尤以律诗的兴起为最重要。它是由"自然艺术"转变到"人为艺术"；由不假雕琢到有意刻划。如果《国风》是民歌的鼎盛期；汉魏是古风的鼎盛期，或者说，民歌的模仿期；晋宋齐梁时代就可以说是"文人诗"正式成立期。由"自然艺术"到"人为艺术"；由民间诗到文人诗，由浑厚纯朴至精妍新巧，都是进化的自然趋势，不易以人力促进，也不易以人力阻止。我们嫌齐梁以后诗为声律所束缚，以至渐失古风；但试问声律纵不存在，齐梁以后诗就能恰如《国风》以及汉魏五言么？律诗有流弊，我们无庸讳言，但是不必因噎废食，任何诗的体裁落到平凡诗人的手里都可有流弊。律诗之拘于形式，充其量也不过如欧洲诗中之十四行体（Sonnet）。我们能藐视伯屈拉克、莎士比亚、密尔敦、溪兹诸人用十四行体所做的诗么？我们能够藐视杜甫、王维诸人用律体所做的诗么？

声律这样大的运动必定有一个进化的自然轨迹做基础，决不能象妇人缠小脚，是由少数人的幻想和癖嗜所推广成的风气。它当然也有一个存在的理由，研究诗学者应该寻出它的因果线索。科学的第一要务在接收事实，其次在说明因果，演绎原理。本篇就根据这个态度，讨论中国诗何以走上"律"的路。

一、赋对于诗的影响

中国诗走上"律"的路，最大的影响是"赋"。赋本是诗中的一种体裁。汉以前的学者都把赋看作诗的一个别类。《诗经·毛序》以赋为诗的"六义"之一，《周官》列赋为"六诗"之一。班固在《两都赋》的序里说，"赋者古诗之流"。据《汉书·郊祀志》，赋与诗同隶于汉武帝所立的乐府。到齐梁时，刘勰在《文心雕龙》里仍承认"赋自诗出"。赋的鼎盛时代是从汉朝到梁朝，隋唐以后虽然代有作者，已没有从前那样蓬勃了。后人逐渐把诗和赋分开，把赋归到散文一方面去。比如姚鼐的《古文词类纂》原是一部散文选，诗歌不在内而"词赋"却占很重要的位置。近来文学史家也往往沿袭这种误解，不把"词赋"放在"诗歌"项下来讲，似未免忽略词赋对于中国诗体发展的重要性了。

班固在《两都赋》序里所说的"赋者古诗之流"和在《艺文志》里所说的"不歌而诵

谓之赋"，是赋的最古的定义。刘勰在《诠赋》篇说：

> 赋者铺也，铺采摛文，体物写志也。

刘熙载在《艺概》里《赋概》篇说：

> 赋起于情事杂沓，诗不能驭，故为赋以铺陈之，斯于千态万状层见迭出者吐无不畅，畅无或竭。

赋的意义和功用已尽于这几段话了。归纳起来，它有三个特点：
一、就体裁说，赋出于诗，所以不应该离开诗来讲。
二、就作用说，赋是状物诗，宜于写杂沓多端的情态，贵铺张华丽。
三、就性质说，赋可诵不可歌。

二、三两点是赋所以异于一般抒情诗的，虽可分开说，实在互相关联。赋大半描写事物，事物繁复多端，所以描写起来要铺张，才能曲尽情态。因为要铺张，所以篇幅较长，词藻较富丽，字句段落较参差不齐，所以宜于诵不宜于歌。一般抒情诗较近于音乐，赋则较近于图画，用在时间上绵延的语言表现在空间上并存的物态。诗本是"时间艺术"，赋则有几分是"空间艺术"。

赋是一种大规模的描写诗。《诗经》中已有许多雏形的赋。例如《郑风·大叔于田》铺陈打猎的排场：

> 大叔于田，乘乘马，执辔如组，两骖如舞。叔在薮，火烈俱举，襢裼暴虎，献于公所。将叔无狃，戒其伤女。

以及《小雅·无羊》描写农间牛羊的姿态：

> 谁谓尔无羊？三百为群。谁谓尔无牛？九十其犉。尔羊来思，其角濈濈；尔牛来思，其耳湿湿。
> 或降于阿，或饮于池，或寝或讹。尔牧来思，何蓑何笠。或负其糇，三十维物，尔牲则具。

如果出于汉魏以后人的手笔，这种题材就可以写成长篇的赋了。《大叔于田》可以参照司马相如的《上林赋》和扬雄的《羽猎赋》；《无羊》可以参较祢衡的《鹦鹉赋》和颜延之的《赭白马赋》。诗所以必流于赋者，由于人类对于自然的观察，渐由粗要以至于精微；对于文字的驾驭，渐由敛肃以至于放肆。在《诗经》中可以几句话写完的到后来就非长篇大幅不办了。

诗既流为赋，纡徊往复的音节逐变为流畅直率。中国诗转变的第一大关键是由《诗经》到汉魏乐府五言。这个转变之中有一个媒介，就是《楚辞》。《楚辞》是词赋的鼻祖，它还带有几分《国风》的流风余韵，但是它的音节已不象波纹线而象直线，它的技巧已渐离简朴而事铺张了。乐府五言大胆地丢开《诗经》的形式，是因为《楚辞》替它开了路。所以词赋对于诗的影响还不仅在于律诗，古风也是由它脱胎出来的。

赋是介于诗和散文之间的。它有诗的绵密而无诗的含蓄，有散文的流畅而无散文的直截。赋的题材并非绝对需要韵文的形式。《荀子》的文章大半都很富丽，《赋篇》、《成相》虽用赋体，实在还和他的其他论文差不多。周秦诸子里有许多散文是可以用赋体写的，例如《庄子·齐物论》：

> 夫大块噫气，其名为风。是唯无作，作则万窍怒呺。而独不闻之翏翏乎？山林之长佳，大木百围之窍穴，似鼻、似口、似耳、似枅、似圈、似臼、似洼者、似污者；激者、謞者、叱者、吸者、叫者、譹者、宎者、咬者，前者唱于而随者唱喁。泠风则小和，飘风则大和，厉风济则众窍为虚。而独不见之调调之刀刀乎？

一段散文在宋玉的手里就可以写成《风赋》，在欧阳修的手里就可以写成《秋声赋》了。赋是韵文演化为散文的过渡期的一种联锁线。所以历来选家对于"词赋"一类颇为踌躇。它本出于诗，它的影响却同时流灌到诗和散文两方面。诗和散文的骈俪化都起源于赋。

何以说诗和散文的骈俪化都起源于赋呢？赋侧重横断面的描写，要把空间中纷陈对峙的事物情态都和盘托出，所以最容易走上排偶的路。比如上文所引的《无羊》诗就已有排偶的痕迹。诗人固不必有意于排偶，但是既同时写牛又写羊，自然会拿它们来两两对较。文字排偶不过是翻译自然事物的排偶。我们如果把班固的《两都赋》、张衡的《两京赋》和左思的《三都赋》的写法略加分析，便可明白这个道理。它们都从东西南北、上下左右、四面八方的铺张，又竭力渲染每一方的珍奇富庶（如其东有什么什么，其西又有什么什么之类）。这样"双管齐下"，排偶是当然的结果。

本来各种艺术都注重对称。几上的花瓶，门前的石兽，喜筵上的红蜡烛，以至于墓道旁的松柏都是成双成对，如果是奇零的，观者就不免觉得有些欠缺。图画雕刻建筑都是以对称为原则。音乐本来有纵而无横，但抑扬顿挫也往寓排偶对仗的道理。美学家以为这种排偶对仗的要求象节奏一样，起于生理作用。人体各器官以及筋肉的构造都是左右对称。外物如果左右对称，则与身体左右两方面所费的力量也恰相平衡，所以易起快感。文字的排偶与这种生理的自然倾向也有关系。

西方诗人，就常例说，都比较中国诗人欢喜铺张。他们的许多中篇诗其实都只是"赋"，格来（Gray）的《墓园吟》，密尔敦的《快乐者》和《沉思者》，雪莱的《西风歌》，溪兹的《夜莺歌》以及雨果的《高山所闻》和《拿破仑赎罪吟》诸作，都是好例。西方艺术也素重对称，何以他们的诗没有走上排偶的路呢？这是由于文字的性质不同。

第一，中文字尽单音，词句易于整齐划一。"我去君来"，"桃红柳绿"，稍有比较，即成排偶。西文单音字与复音字相错杂，意象尽管对称而词句却参差不齐，不易对称。例如"光"和"瀑"两字在中文里音和义都相对称，而在英文里 light 和 cataract 意虽相对而音则多寡不同，不能成对。

第二，西文的文法严密，不如中文字句构造可自由伸缩颠倒，使两句对得很工整。比如"红豆啄余鹦鹉粒，碧梧栖老凤凰枝"两句诗，若依原文构造直译为英文或法文，即漫无意义，而在中文里却不失其为精练，就由于中文文法构造比较疏简有弹性。再如"疏影横斜水清浅，暗香浮动月黄昏"两句诗没有一个虚字，每个字都实指一种景象。若译为西文，就要加上许多虚字，如冠词前置词之类。中文不但冠词和前置词可以不用，即主词动词亦可略去。单就文法论，中文比西文较宜于诗，因为它比较容易做得工整简炼。

文字的构造和习惯往往能影响思想，用排偶文既久，心中就于无形中养成一种求排偶的习惯，以至观察事物都处处求对称，说到"青山"便不由你不想到"绿水"，说到"才子"便不由你不想到"佳人"。中国诗文的骈偶起初是自然现象和文字特性所酿成的，到后来加上文人求排偶的心理习惯，于是就"变本加厉"了。

艺术上的技巧都是由自然变成人为的。古人诗文本来就朴质自然，后人则连朴质自然都还要出力去学，其它可想而知。骈俪的演化也是如此。《诗经》里已偶有对句，例如"参差荇菜，左右流之，窈窕淑女，寤寐求之。""觏闵既多，受侮不少"；"手如柔荑，肤如凝脂"；"昔我往矣，杨柳依依；今我来思，雨雪霏霏。"之类。在这些实例中诗人意到笔随，固无心求排偶。到《楚辞》就逐渐有意于排偶了。例如《九歌》中的《湘君》：

> 采薜荔兮水中，搴芙蓉兮木末。心不同兮媒劳，恩不甚兮轻绝。石濑兮浅浅，飞龙兮翩翩。交不忠兮怨长，期不信兮告予以不闲。

接连几句排偶，决非出之无心，不过虽排偶尚不失朴质。魏晋以后，风气变更，就一天快似一天了。例如鲍照的《芜城赋》：

> 若夫藻扃黼帐，歌堂舞阁之基；璇渊碧树，弋林钓渚之馆。吴蔡齐秦之声，鱼龙爵马之玩，皆薰歇烬灭，光沉影绝。东都妙姬，南国丽人，蕙心纨质，玉貌绛唇，莫不埋魂幽石，委骨穷尘，岂忆同辇之愉乐，离宫之苦辛哉！

就显然在炼字琢句，尤其是比喻格用得多，着重声色臭味的渲染，如"藻"、"黼"、"碧"、"绛"、"薰"、"烬"、"光"、"影"、"歌"、"声"之类。句法也逐渐趋向四六的类型，声音方面也渐有对仗的趋势，尤其是句末的字。齐梁时律诗仍不多见，而律赋则连篇皆是。梁元帝、江淹、庾信、徐陵诸人的作品不但意精词妍，声音也象沈约所说的"前有浮声则后有切响"了。

总观词赋演化的痕迹可以分为三个阶段：

（一）放大简短整齐的描写诗为长篇大幅的流畅富丽的韵文。就形式说，赋打破诗和散文的界限，或则说，它是诗演变为美术散文的关键。在这个阶段里，赋虽偶作骈语而不求精巧。在音调方面，它还没有有意求对称的痕迹。它的风格还保持古代文艺的浑厚质朴。例如汉赋。

（二）技巧渐精到，意象渐尖新，词藻渐富丽，作者不但求意义的排偶，也逐渐求声音的对称和谐。例如魏晋的赋。

（三）技巧成熟，汉魏古拙朴直的风味完全失去，但是词句极清丽，声音极响亮，声色臭味的渲染极浓厚，四六骈俪的典型成立，运用典故及比喻格的风气也日盛。在这个阶段里，古赋已变为律赋。例如宋齐梁陈诸代的作品。

这个演化次第中有一点最值得注意，就是讲求意义的排偶在讲求声音的对仗之前，意义的排偶在楚辞汉赋里已常见，声音的对仗则到魏晋以后才逐渐成为原则。从这件事实看，我们可以推测声音的对仗实以意义的排偶为模范。词赋家先在意义排偶中见出前后对称的原则，然后才把它推行到声音方面去。意义所含的迹象大半关于视觉，声音则全关听觉。人类的听觉本较视觉为迟钝，所以在诗方面，声虽先于义，而关于技巧的讲求，则意义反在声音之前。如果我们顺时代次第，拿赋和诗比较，就可以见出赋有意地求排偶，比诗较早。汉人作赋，接连数十句用骈语，已是常事。枚乘《七发》，班固《两都赋》，左思《三都赋》之类的作品，都是骈句多于散句。至于汉人的诗则骈句仅为例外。"上山采蘼芜"和"陌上桑"诸诗是不可多见的连用排比的诗，但是它们都是出于自然，而且也不是严格的骈语。可见汉人做诗还没有很受赋的影响。从谢灵运和鲍照起，诗用赋的写法日渐其盛。律诗第一步只求意义的对仗，鲍谢是这个运动的两大先驱。这两位大诗人都同时是词赋家。从这个事实看，我们推测到诗的排偶起于赋的排偶，并非穿凿附会了。

声音的对仗，赋也先于诗。曹丕在《典论》里已辨明声音的清浊，陆机在《文赋》里已倡"声音迭代"之说，都远在沈约的"前有浮声，后有切响"之说之前。魏晋以后人所谓"文"与"笔"相对。"笔"就是散文，"文"则专指韵文，包括词赋诗歌在内。但是在陆机的时代实行"声音迭代"的理论者只有词赋，而诗歌则除韵脚以外，不拘拘于平仄的对称，陆机的《文赋》，鲍照的《芜城赋》之类都是大体已用平仄对称的声调，至于诗则谢灵运和鲍照诸人虽已用全篇排偶的写法，而对于声音则只计较句尾一字平仄，句内尚无有意求平仄对称的痕迹。"永明"诗人虽然讲究句内各字的声律，究竟不过是一种理论，沈约自己做诗，犯八病规则的就很多。句内的声音对仗由"永明"诗人开其端倪，到隋唐时才成为律诗的通例。我们试翻阅鲍照、谢朓、王融诸人诗集，就可以见排偶的风气之盛。不过这种排偶都只限于意义。全篇意义排偶又加上声音对仗，俨然成为律诗的作品到梁时才出现。这个新运动的元勋——说来很奇怪——不是提倡四声八病的沈约而是与他同时的何逊。何逊的集中才开始有很工整的五律，例如：

秋风木叶落，萧瑟管弦清。望陵歌对酒，向帐舞空城。寂寂檐宇旷，飘飘帷幔清。曲终相顾起，日暮松柏声。(《铜雀伎》)

夕鸟已西渡，残霞亦半消。风声动密竹，水影漾长桥。旅人多忧思，寒江复寂寥。尔情深巩洛，予念返渔樵。何因宿归愿，分路一扬镳。(《夕望江桥》)

这里音义都对称了。谢灵运、鲍照（意义的排偶）和何逊、阴铿（声音的对仗）是律诗的四大功臣。唐人讲究律诗，受他们的影响最大，所以杜甫说："熟知二谢将能事，颇学阴何苦用心"之句。七律起来较晚，北周庾信的《乌夜啼》是最早的例子。到唐朝宋之问、沈佺期诸人的手里，它才成立一格。

意义的排偶和声音的对仗都发源于词赋，后来分向诗和散文两方面流灌。散文方面排偶对仗的支流到唐朝为古文运动所挡塞住，而诗方面排偶对仗的支流则到唐朝因律诗运动（或则说"试帖诗"运动，试帖诗以律诗为常轨，自唐已然。）而大兴波澜，几夺原来词赋正流的浩荡声势。这种演变的轨迹非常明显，细心追索，渊源来委便一目了然了。

二、声律的研究何以特盛于齐梁以后？

律诗有两大特色，一是意义的排偶，一是声音的对仗。我们在上文里所得的结论是：

（一）意义的排偶与声音的对仗都起于描写杂多事物的赋。

（二）在赋的演化中，意义的排偶较早起，声音的对仗是从它推演出来的，这就是说，对称的原则由意义方面推广到声音方面。

（三）诗的意义排偶和声音对仗都是受赋的影响。"律赋"早于"律诗"，在律诗方面，声音方面的对仗也较意义的排偶稍后起。

从历史看，韵的考究似乎先于声的考究。中国自有诗即有韵，至于声的考究起于何时，向来没有定论，一般人以为它起于齐永明时代（第五世纪末）。《南史·陆厥传》说：

（永明）时，盛为文章。吴兴沈约、陈郡谢朓、琅邪王融，以气类相推毂。汝南周颙善识声韵。约等文皆用宫商，将平上去入四声，以此制韵，有平头，上尾，蜂腰，鹤膝。五字之中，音韵悉异；两句之内，角徵不同，不可增减。世呼为"永明体"。

周颙曾著《四声切韵》，沈约曾著《四声谱》，两书为声韵书始祖，可惜都不传。一般人以为声律起于永明，大半根据这段史实。其实声的分别是中国语言所固有的，中国自有诗即有韵，亦即有声。我们现在所讨论的不是：韵是否先于声？而是：韵的考究是否先于声的考究？声的考究可分两种，一种是考究韵脚的声，一种是考究句内每字的声。考究韵的声和考究韵一样古。打开《诗经》和汉魏人的作品看，平韵大半押平韵，仄韵大半押仄韵。例于《国风》第一篇诗——《关雎》——首二章一律用平声韵，第三章一律用入声韵，第四章一律用上声韵，第五章一律用去声韵。这就是古人早已在韵脚字论声的证据。考究句内各字的声音则似从齐梁时起。齐梁时才有论声律的专著，齐梁诗人才在作品里讲声音的对仗。

声律的研究何以特盛于齐梁时代呢？上文所讲的赋的影响是主因之一。另一个原因，就是佛教经典的翻译和梵音研究的输入。佛经的翻译从东汉时起，有《魏书·释老志》以及《隋书·经籍志》可据。明帝派遣蔡愔和秦景使印度，求得《四十二章经》，又带了几位印度和尚摄摩腾笠法兰回到洛阳，立白马寺，译佛经。以后印度和尚川流不息地赍经到中国来，作译经和传道工作。到了隋朝，佛经已译出二千三百九十部之多。这种大规模的印度文化的输入，在中国文化史上是第一件大事迹。它对于哲学文学艺术以及政治风俗的影响都还待历史家详细探讨。我们现在只谈字音的研究。梵音的输入，是促进中国学者研究字音的最大原动力。中国人从知道梵文起，才第一次与拼音文字见面，才意识到一个字音原来是由声母（子音）和韵母（母音）拼合成的。这就产生合两音为一音的反切。

梵音的研究给中国研究字音学者一个重大的刺激和一个有系统的方法。从梵音输入起，中国学者才意识到子母复合的原则，才大规模地研究声音上种种问题。按反切，一字有两重功用，一是指示同韵（同母音收音），一是指示同调质（同为平声或其他声）。例如"公，古红反"，"古"与"公"同在"见"纽，同用一个子音，"红"与"公"不仅以同样母音收声，而且这个母音上必同属平声。四声的分别是中国字音所本有的；意识到这种分别而且加以条分缕析，大概起于反切；应用这种分别于诗的技巧则始于晋宋而极盛于齐永明时代。当时因梵音输入的影响，研究音韵的风气盛行，永明诗人的音律运动就是在这种风气之下酝酿成的。

赋的影响和梵音的影响之外，中国诗在齐梁时代走上"律"的路，还另有一个更重要的原因，就是乐府衰亡以后，诗转入有词而无调的时期：在词调并立以前，诗的音乐在调上见出；词既离调以后，诗的音乐要在词的文字本身见出。音律的目的就是要在词的文字本身见出诗的音乐。

按各国诗歌音义离合的进化公例，诗歌的进化可分为四个时期：

（一）有音无义时期。这是诗的最原始时期。诗歌与音乐跳舞同源，共同的生命在节奏。歌声除应和乐舞节奏之外，不必含有任何意义。原始民歌大半如此，现代儿童和野蛮民族的歌谣也可以作证。

（二）音重于义时期。在历史上诗的音都先于义，音乐的成分是原始的，语言的成分是后加的。诗本有调而无词，后来才附词于调；附调的词本来没有意义，到后来才逐渐有意义。词的功用原来仅在应和节奏，后来文化渐进，诗歌作者逐渐见出音乐的节奏和人事物态的关联，于是以事物情态比附音乐，使歌词不惟有节奏音调而且有意义。较进化的民俗歌谣大半属于此类。在这个时期里，诗歌想融化音乐和语言。词皆可歌，在歌唱时语言弃去它固有节奏和音调，而牵就音乐的节奏和音调。所以在诗的调与词两成分之中，调为主，词为辅。词取通俗，往往很鄙俚，虽然也偶有至性流露的佳作。

313

（三）音义分化时期。这就是"民间诗"演化为"艺术诗"的时期。诗歌的作者由全民众变为自成一种特殊阶级的文人。文人做诗在最初都以民间诗为蓝本，沿用流行的谱调，改造流行的歌词，力求词藻的完美。文人诗起初大半仍可歌唱，但是着重点既渐由歌调转到歌词，到后来就不免专讲究歌词而不复注意歌调，于是依调填词的时期便转入有词无调的时期。到这个时期，诗就不可歌唱了。

（四）音义合一时期。词与调既分立，诗就不复有文字以外的音乐。但是诗本出于音乐，无论变到什么程度，总不能与音乐完全绝缘。文人诗虽不可歌，却仍须可诵。歌与诵所不同的就在歌依音乐（曲调）的节奏音调。不必依语言的节奏音调；诵则偏重语言的节奏音调，使语言的节奏音调之中仍含有若干形式化的音乐的节奏音调。音乐的节奏音调（见于歌调者）可离歌词而独立；语言的节奏音调则必于歌词的文字本身上见出。文人诗既然离开乐调，而却仍有节奏音调的需要，所以不得不在歌词的文字本身上做音乐的工夫。诗的声律研究虽不必从此时起，却从此时才盛行。在欧洲各国，诗人有意地求在文字本身上见出音乐，起源虽然都很早，但是技巧的成熟则在十九世纪，象征派所产生的"纯诗运动"把文字的声音看得比意义更重要，是诗人在文字本身求音乐的一个极端的例子。

这四个时期是各国诗歌进化所共经的轨迹。中国诗也是这个普遍公式中的一个实例。

诗既离开乐调，不复可歌唱，如果没有新方法来使诗的文字本身见出若干音乐，那就不免失其为诗了。音乐既丢去，诗人不得不在文字本身上做音乐的工夫，这是声律运动的主因之一。齐梁时代恰当离调制词运动的成功时期，所以当时声律运动最盛行。

总结以上的话，对于"中国诗何以走上律的道路"一个问题可以一个简赅的答复如下：

（一）声音的对仗起于意义的排偶，这两个特征先见于赋，律诗是受赋的影响。

（二）东汉以后，因为佛经的翻译与梵音的输入，音韵的研究极发达。这对于诗的声律运动是一种强烈的刺激剂。

（三）齐梁时代，乐府递化为文人诗到了最后的阶段。诗有词而无调，外在的音乐消失，文字本身的音乐起来代替它。永明声律运动，就是这种演化的自然结果。

原文载《诗论》，上海正中书店1948年版。
此处选录自《朱光潜美学文学论文选集》，湖南人民出版社1980年版。

参考篇目

程千帆《中国诗歌描写与结构中的一与多》（《程千帆全集》第8卷，河北教育出版社，2000年版）

王运熙《论六朝清商曲中之和送声》（《乐府诗述论》，上海古籍出版社，1996年版）

高友工《律诗美学》（《北美中国古典文学研究名家十年文选》，江苏人民出版社，1996年版）

宇文所安《情投"字"合：词的传统里作为一种价值的真》（《北美中国古典文学研究名家十年文选》，江苏人民出版社，1996年版）

曾永义《元杂剧体制规律的渊源与形成》（《台大中文学报》1989年第3期）

吴相洲《论永明体的出现与音乐之关系》（《中国诗歌研究》2002年第1辑）

第十七讲
杨公骥：《〈商颂〉考》

《诗经》中辑有《商颂》五篇，即《那》、《烈祖》、《玄鸟》、《长发》、《殷武》。

最早谈到这几篇《商颂》的来历的，是鲁国有学识的大夫闵马父。闵马父是前六世纪到前五世纪初期的人，与季札、晏婴、叔向、师旷、子产等同时，是孔子同时代的前辈①。据《国语·鲁语》载，闵马父于周敬王三十三年（鲁哀公八年，公元前四八七年）说道：

> 昔正考父校商之名颂十二篇于周太师（乐官），以《那》为首。其辑之乱曰："自古在昔，先民有作，温恭朝夕，执事有恪。"先圣王之传恭，犹不敢专，称曰：自古，古曰在昔，昔曰先民。

由闵马父的话中可以看出："以《那》为首"的《商颂》是"商之名颂"，是经过长时流传从而为人所习知的商代著名的颂歌；这些"商之名颂"是"先圣王之传恭"的制作，是先代圣王制作的垂训诗；这些"先圣王"制作的著名的《商颂》，曾在周幽王、平王（前八世纪）时，由殷商后裔宋大夫正考父（孔子上七世祖）请周司乐大师考校过一遍②。由此可知，《诗经》中的《商颂》是殷商遗留下来的诗歌。

这是关于《商颂》的最早的可靠的文献记载。在秦以前，没有人怀疑《商颂》是殷商的作品，也没有与《鲁语》记载相抵触的说法和提法。

但到汉朝以后，由于封建社会发展的需要，出现了鲁、齐、韩三家诗说，于是对《商颂》的制作年代也出现了新的说法。

司马迁在《史记·宋世家》中采用了鲁、齐、韩诗说③，故称："（宋）襄公之时修仁行义，欲为盟主，其大夫正考父美之，故追道契、汤、高宗，殷所以兴，作《商颂》。"以后鲁说学派学者扬雄在法言中说："正考甫尝晞尹吉甫矣；公子奚斯尝晞正考甫矣。"薛汉的《韩诗薛君章句》中也称："正考父，孔子之先也，作《商颂》十二篇"，"美（宋）襄公。"④此外，汉代的一些碑文中往往也将正考父称作是《商颂》的作者。

由此可知，到汉代以后，才出现了否认《商颂》是商代的作品的说法。鲁、韩诗学派的学者认为：《商颂》是正考父为赞美宋襄公而制作的，是春秋时的诗歌。

---

① 闵马父的言行和事迹见于《左氏春秋》襄二十三年、昭十八年、昭二十二年、昭二十六年；并见于《国语·鲁语》下。闵马父见于史书的最早时间是公元前550年；最晚时间是公元前487年。可知是享有高龄的学者。

② 《左氏春秋》昭七年孟僖子称："正考父佐戴、武、宣。"按：宋戴公、武公、宣公相继在位的时间是自周宣王二十九年（公元前799年）起至周平王四十二年（公元前729年）止。正考父约在戴公后期至宣公初期为大夫。

③ 汉时，说《诗》（《诗经》）有四个学派，即：鲁、齐、韩、毛。前三派在西汉时是显学。汉武帝建元五年（公元前一三六年），鲁、齐、韩三家诗义皆被尊为国学，设博士传习。其中鲁诗学派最盛。鲁诗学派大师孔安国、周霸是司马迁的师友，故司马迁解《诗》大多采用鲁义。

④ 《韩诗薛君章句》见《后汉书·曹褒传》李注引，又见《史记集解》摘引。

如果将这些晚起的诗说和先秦文献对照研究的话，便可以看出：在这些说法中，正考父之所以和《商颂》发生关系的唯一根据，仍是本于《国语·鲁语》的材料，所不同的，是将《鲁语》中的"正考父'校'商名颂于周大师"改作"正考父'作'商颂"；同时增添了"美宋襄公"一类的话——而这却是先秦文献中连影子都没有的。当然，由于古文献的阙漏和散失，我们不能将凡是不见于先秦史籍的汉人记载都看作是伪造，因此，必须先探讨这说法的本身是否合乎历史事实。

首先从先秦史籍看来，正考父和宋襄公并不是同时代的人，前者根本不可能作颂赞美后者。对此，唐司马贞在《史记索隐》中曾称："考父佐戴、武、宣，则在襄公前且百许岁，安得（对襄公）述而美之？斯谬说耳！"按：正考父曾佐宋戴公、武公、宣公祖孙三代，事见《左氏春秋》昭七年。戴公的在位年限是自周宣王二十九年（公元前799年）到周平王五年（公元前766年），共在位三十四年；而戴公五世孙襄公则是在周襄王二年（公元前650年）即位。不难计算出，从戴公卒到襄公立，中经一一五年。显然，即使正考父是在戴公最后一年任大夫，但下距襄公之立也有一百一十六年。一个人能当一百一十六年大夫，最后还从事文学创作，显然是不可能的。由此可知，鲁、韩诗说所称道的"襄公欲为盟主，其大夫正考父美之，作商颂"的说法，是不合历史事实的。

其次，《商颂》并不是宋襄公时的作品。就在宋襄公时，宋襄公的从兄弟大司马公孙固就曾将《商颂》作为古诗来引用、来解说、来比喻。事见《国语·晋语》："公子（重耳，即后之晋文公）过宋，与司马公孙固善。公孙固言于（宋）襄公曰：'晋公子亡长幼矣，而好善不厌，父事狐偃，师事赵衰，而长事贾佗……此三人者，实左右之。公子居则下之，动则谘焉，成幼而不倦，殆有礼矣！树于有礼，必有艾（韦注：艾，报也），《商颂》曰："汤降不迟，圣敬日跻。"降有礼之谓也！君其图之。'（宋）襄公从之，赠以马二十乘。"① 由公孙固将《商颂》作为经典格言来劝说宋襄公这一点上，便可看出《商颂》并不是襄公时代的新作。不仅如此，在宋襄公卒后的百年间，各侯国的政治家引到《商颂》时，都视作是表现先王之德的古诗②。由此说明，鲁、韩诗派学者认为《商颂》是春秋时作品的说法，是毫无根据的。

由此可知，这说法既不合乎历史事实也没有历史根据，然而为什么这说法竟在汉代出现，而且曾风行一时？需说明，这并不是由于汉时人故意伪造，而是由于汉时人对"六艺"的总看法和对《诗》的基本认识所形成的。

由于汉封建社会的发展和经济基础的需要，因此在汉初逐渐形成了"儒教"。当时的儒教实际上起着封建宗教的作用，孔子被尊为教主（素王），儒家的"六艺"（指《易》、《礼》、《书》、《春秋》、《乐》、《诗》而言）被当作宗教性的经典（或法典）。在封建社会，"文学是宗教的侍婢"（马克思）。因此诗三百篇成了礼教的附庸，被当作载道传教的工具。汉人大多是在这样的观点支配下说诗的。

汉时学者认为，"六艺异科而皆同道"（《淮南子》），"六学（艺）者，王教之典籍，先圣所以明天道、正人伦、致至治之成法也"。（《汉书·儒林传》）显然，作为六艺之一的《诗经》，当然也是王教的典籍、先圣的成法、载道的经典。这说法是根据《论语》"志于道，据于德，游于艺"而来的。汉时学者认为：所谓道是指子贡所说的"文、武之道"；所谓德，则是

---

① 宋司马公孙固，《左氏春秋》作大司马固或公孙固。《史记正义》引《世本》："宋庄公孙名固，为大司马。"其事迹见《左氏春秋》僖二十二、二十七、二十九年和文七年；又见《史记·宋世家》、《晋世家》和十二诸侯年表。

② 《左氏春秋》襄二十六（前547）年载，蔡大师子朝之子声子答楚令尹子木称："《夏书》（逸书）曰：'与其杀不辜，宁失不经。'惧失善也。《商颂》有之曰：'不僭不滥，不敢怠皇，命于下国，封建厥福。'（此乃引《商颂·殷武》）此汤所以获天福也。古之治民者，劝赏而畏刑。"昭二十（公元前522）年载，齐晏子称："诗曰：'亦有和羹，既戒既平，鬷嘏无言，时靡有争。'（此乃引《商颂·烈祖》）先王之济五味和五声也，以平其心成其政也。"

孔子所称道的"周之德，可谓至德也已矣"的德；所谓艺，则被解释作《诗》、《易》、《书》、《春秋》、《礼》、《乐》。因此，当时一些人错误的认为诗三百篇都是文武之道的产物，是"周之德"的表现。另外，孟子在说教时曾信口说了句话："王者之迹熄而诗亡，诗亡然后《春秋》作。"汉时一些学者根据这句话进而认为"诗"是与周文王、武王之业和周公之教相始终的：周的王道兴而诗作，周的王道竭而诗亡；并以这观点作为诗三百篇断年的根据。其次，汉时学者认为诗三百篇之所以是儒教经典，是因为相信它是由孔子根据褒贬大义而删订的。孔子在谈到三代文化时，曾说道"周监于二代，郁郁乎文哉！吾从周"。汉学者误将这句话看作是孔子删诗的原则和采诗的范围，以此推论，便认为"诗三百篇"全是"周代的诗"①。汉代的一些学者认为：既然"诗三百篇"（即《诗经》）是周文王武王的王业之迹，是周教和王道的典籍，当然不应该有商代的颂歌；既然孔子所选订的是周诗，当然不会误将商诗选入。基于这样的对《诗经》的基本看法（也可以说是误解），从而出现了正考父作《商颂》的说法。

由此可知，汉学者否认《商颂》的说法，并不是根据历史文献，也不是根据《商颂》内容，而是本于"诗教"教义和对《诗经》的基本看法而形成的。

但是，为什么要将《商颂》的制作说成是为了赞美宋襄公呢？同样的也是本于"诗教"教义和对《诗经》的基本看法。汉代一些学者认为，《诗》是周的"王教典籍"，其中有褒贬二义。《商颂》显然不是"刺诗"，如果以诗论诗说《商颂》是褒美商王的，显然这就与"诗教"教义不合。于是根据这主观看法认为《商颂》是褒美周代宋公的。但为什么偏偏选上宋襄公呢？这同样也是本于"教义"。当时人认为：所谓颂，是"太平歌颂之声"，是"美盛德之形容"；宋历代诸公都不足以当之，只有宋襄公才能当之无愧。

宋襄公是个堂·吉诃德式的人物。但在西汉显学公羊学派大师看来却是一位圣人。据历史记载：公元前六三六年，宋襄公与楚成王帅军战泓水北岸。宋军已布阵待战，楚军正在渡泓水。宋司马说："现在敌众我寡，敌人尚未全部渡河，趁敌人混乱之际，应率军击之！"宋襄公答："不可！吾闻之：君子不乘人之危。吾虽弱国，但不忍行此不仁不义之事！"楚军全部渡过泓水正在排整行列时，宋司马又说："请趁敌军尚未整理就绪时，率军攻之！"宋襄公说："不可！吾闻之：君子不攻击没有准备好的敌人。"等到楚军布置妥之后，两军交战。战时，宋襄公下令：凡楚兵受伤后就不可再加伤害；对楚军中有白发的老兵要尊重，不可擒拿。结果，宋军大败，襄公的大腿也受了伤②。

也就是由于这次大败，宋襄公在汉代儒家中获得最高的评价。《春秋公羊传》在评宋襄公"泓之战"时称："君子大其不鼓（意为攻）不成列（之敌），临大事而不忘大礼。有君而无臣。以为虽文王之战，亦不过此也！"何休注："若襄公所行，帝王之兵也！"由此可知，汉公羊派学者认为宋襄公的德行高过"有憾德"的周武王，可以和"纯德"的周文王媲美，与五帝三王并列。文王是儒家所崇拜的最高偶像。这说明汉儒对宋襄公推崇到怎样的程度③。

---

① 《汉书·儒林传》："古之儒者博学乎六艺之文。六艺者，王教之典籍，先圣所以明天道，正人伦，致至治之成法也。周道既衰，坏于幽、厉。……孔子兴，以圣德遭季世，知言之不用而道不行，乃叹曰：'……文王既没，文不在兹乎！'……又曰：'周监于二世，郁郁乎文哉！吾从周。'于是……论诗则首《周南》。"按：此是班固概述当时通行的说法。班固本人并不认为诗三百篇全属周诗。

② 《春秋》僖二十二年《公羊传》："宋（襄）公与楚人期战于泓之阳，楚人济泓而来。有司复曰：'请迨其未毕济而击之！'宋（襄）公曰：'不可！吾闻之也：君子不厄人。吾虽丧国之余，寡人不忍行也！'（楚）既济，未毕陈。有司复曰：'请迨其未毕陈而击之！'宋（襄）公曰：'不可！吾闻之也：君子不鼓不成列！'（楚）已陈，然后襄公鼓之，宋师大败。"《左氏春秋》："宋师败绩，（襄）公伤股，门官歼焉。国人皆咎公，（襄）公曰：'君子不重（chōng）伤，不擒二毛……不鼓不成列！'"

③ 汉时，解释《春秋经》的"微言大义"的有公羊氏和谷梁氏两个学派。武帝尊公羊家，建元五年（公元前136年）立为学官，公羊学派大兴。公羊学大师董仲舒是司马迁师友，故司马迁在《史记·宋世家》中评宋襄公时，采用公羊氏学派的意见。

也正是由于一些汉儒将宋襄公看作是上承文王之德的仁义之君，因此才本于诗教原则将《商颂》的制作说成是美宋襄公之德——而襄公之德则是文王德风遗泽的表现。于是必然得出这样的结论，就是：正考父为了赞美宋襄公所表现出来的"文王之德"而作《商颂》；《商颂》是周的"王教典籍"，所表现的是"文武之道"和"周之德"。

由此可知，汉儒所以提出这样的说法，是为了将《商颂》说成是周诗，于是改变了闵马父的话把正考父说成是《商颂》的作者；是为了将《商颂》说成是周文王之迹（当然这迹是被印在宋襄公的受了伤的大腿上的），于是将《商颂》的制作说成是正考父为了赞美"文王之德"的继承人宋襄公。这样虽然符合了"诗教"教义，但却不符合历史事实，不符合《商颂》的内容：在《商颂》中没有一个字涉及到宋襄公。

因此，汉代许多学者并不相信或不完全相信这种说法。司马迁虽然在《史记·宋世家》中采用了鲁诗说和《公羊传》，但在《史记》其他篇中却并未否认《商颂》是商代的诗。① 王充、班固则承认《商颂》确是商代的颂歌。②

在《商颂》的制作年代上与鲁、齐、韩三派说法不同的是毛诗学派。《毛诗序》称："（宋）微子至于戴公，其间礼乐废坏。有正考父者，得《商颂》十二篇于周之大师，以《那》为首。"显然，《毛诗序》认为正考父是宋戴公时人的说法是符合历史年代和历史记载的；在不认为正考父是《商颂》作者这点上，是与最早的关于《商颂》的记载相一致的。因此，这说法为以后历代的大多数学者所承认。

但近百年来，有些学者遵循"今文"学派的说法，并以鲁、齐、韩三家义驳《毛诗序》。为此，共提出二十多条例证，企图证明《商颂》是宋诗。③ 现将其所提出的主要例证分别探讨如下。

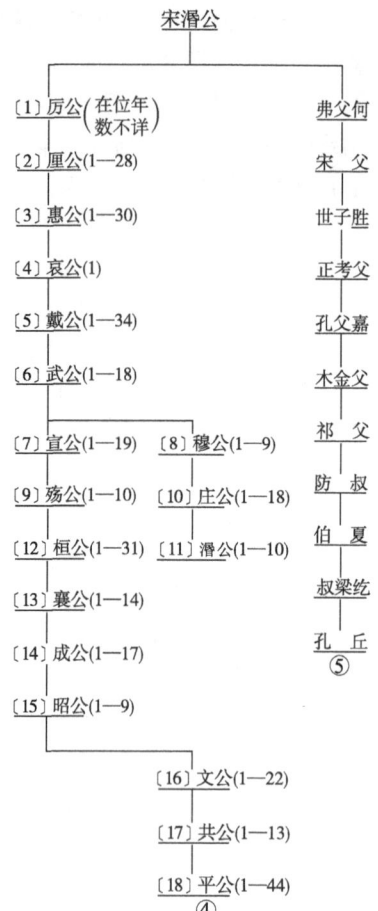

宋湣公
〔1〕厉公（在位年数不详） 弗父何
〔2〕釐公（1—28） 宋父
〔3〕惠公（1—30） 世子胜
〔4〕哀公（1） 正考父
〔5〕戴公（1—34） 孔父嘉
〔6〕武公（1—18） 木金父
〔7〕宣公（1—19） 〔8〕穆公（1—9） 祁父
〔9〕殇公（1—10） 〔10〕庄公（1—18） 防叔
〔12〕桓公（1—31） 〔11〕湣公（1—10） 伯夏
叔梁纥
〔13〕襄公（1—14） 孔丘⑤
〔14〕成公（1—17）
〔15〕昭公（1—9）
〔16〕文公（1—22）
〔17〕共公（1—13）
〔18〕平公（1—44）
④

---

① 按：《殷本纪》："余以颂次契之事，自成汤以来，采于书诗"；《孔子·世家》："古者诗三千余篇，及至孔子，去其重，取可施于礼义者，上采后稷，中述殷周之盛，至幽厉之缺"；《平准书》："故书道唐虞之际，诗述殷周之世"；《太史公自序》："余闻之先人曰：汤武之隆，诗人歌之"。由上述引文看来，似乎司马迁并不否认《诗经》中有殷（商）诗存在。

② 王充《论衡·须颂篇》："殷颂五。"班固《汉书·礼乐志》："自夏以往，其流不可闻矣！殷颂犹有存者，周诗具备。""昔殷周之雅颂……光名著于当世，遗誉垂于无穷也。"《食货志》："殷周之盛，诗书所述，要在安民。"《艺文志》："孔子纯取周诗，上采殷，下取鲁，凡三百五篇。"按：班固家学为齐诗，《汉书》中论诗大多本齐诗说，但在提到《商颂》的制作年代时，班固抛弃齐诗说而采纳《毛诗序》。

③ 清代魏源《诗古微》列举十三证，皮锡瑞《诗经通论》列举七证，企图证实《商颂》为宋诗。

④ 表中宋公世系和在位年数是根据《史记·十二诸侯年表》和《宋世家》，而《年表》和《宋世家》则是根据古文献《谍记》和《春秋历谱牒》。《史记》的殷周《世表》和《诸侯年表》，对王、侯世系和在位年数的记载是比较准确的。这已为出土的甲文和金文所证实。其实，《史记》中所记载的诸侯谱系和在位年数是互见在《周·本纪》和十二《世家》的。不难理解，如果任意将宋戴、武、宣三公的在位年数"假设"为十年，那么就必须将周代各国的历史重新各自"假设"一遍。需说明，《谍记》和《春秋历谱牒》是先秦的古文献，与古文学派不相干。由此可知，今文学家的假设是没有任何根据和理由的。

⑤ 表中的孔氏世谱是根据《汉书》、《潜夫论》、《孔子家语》、《诗商颂正义》、《谷梁传疏》等书所引用的古文献《世本》。《汉书》作者班氏父子传习齐诗，《潜夫论》作者王符是鲁诗学派闻人。由此可知，一些学者认为正考父世系谱是出于毛诗学派伪造的说法是错误的。

第一，他们根据《左氏春秋》哀九年："不利子商"，杜预注："子商，宋也"；哀二十四年："孝、惠娶于商"，杜预注："商，宋也"，从而认为在先秦，商与宋可以通用，因此商颂即宋颂。同时宣称："盖鲁定公名宋，故鲁人讳宋称商。夫子（孔子）录诗据鲁太师之本，皆仍其旧。"这就是说，"商"与"宋"本可通用，宋襄公时制的颂歌之所以称作商颂，是因为鲁哀公父定公名宋，鲁人为了避讳故将宋颂改作商颂。

按：在先秦有时偶然的称宋为商，那是因为从其旧称，正如孔子自称是"殷人"一样，但作为庙堂祭歌则不能将宋颂称作商颂。先秦文献中凡是引到《商颂》时皆名为商颂，从无称宋颂的例子：这就是证明。至于因避定公名讳而改"宋"为"商"的说法，是没有根据的。事实上，在春秋时，虽有避讳之说（见《左氏》桓六年及《国语·晋语》），但在诗、书、史册中并不避讳。在西周时，周王祭文王的祭歌中并不避文王姬昌的名字，如《周颂·雝》："宣哲维人，文武维后，燕及皇天，克'昌'厥后。"成王时的颂歌中也不避成王父武王姬发的名字，如《噫嘻》："噫嘻成王，既昭假尔，率时农夫，播厥百谷，骏'发'尔私，终三十里。"即以春秋时的鲁国为例，《鲁颂·閟宫》中称"周公之孙，庄公之子"，显然这是庄公子僖公时制的颂歌，但就在《閟宫》中也并不避庄公同的名字："至于海邦，淮夷来'同。'"如果说，避讳是自鲁定公或其子哀公时开始，那么不妨以定公哀公时的鲁国史为例，鲁国史《春秋》（即《春秋经》）在定哀时的记载中，"宋"字凡三十二见，"商"字一个也没有①。这说明，认为《商颂》称商是由于避定公名讳的说法是无根据的，无理由的。但由此恰恰证明，《商颂》之所以称《商颂》是因为它是商代的颂歌。

第二，这些学者以鲁、齐、韩诗说驳毛诗说，坚信《商颂》是正考父作来赞美宋襄公的。但是，如前所述，生活在戴、武、宣时代的正考父如何能历事九君活到宋襄公时代呢？于是，这些学者遵循今文家的偏见，认为《左氏春秋》的记载不可信；认为《史记·宋世家》中除引用的鲁诗说"正考父作颂美襄公"是可靠的信史以外，其他关于宋公的谱系年数，皆淆讹不可信，并极主观地提出："假如（戴、武、宣）三公之年共止十余载，焉知考父"不能活到襄公时代？这就是说：假如戴、武、宣共在位十年，又假如宣公最后一年（公元前七二九年）正考父只有三十岁，那么下距襄公之立只有七十九年。同时他们认为"恭则益寿"，正考父既然是个恭谨的人，因此就一定会"年逾百载"。根据这样的假设，便认为正考父在襄公时不过只有一百一十岁左右，是可以作《商颂》的。

按：这些学者以自己的假设作证据，显然是不科学的。为了证明正考父的相对的生年和所处时代，现根据可靠的先秦材料，将宋公谱系和在位年数与正考父的谱系对照列表于下。

不难看出，正考父与宋哀公是从曾祖昆弟，上距共高祖湣公只隔三世，因此彼此所生活的年代不可能相差太悬殊。据史载，正考父在族侄戴公、族孙武公、族曾孙宣公三朝为上卿（秉政大夫），受"三命②"。这说明在宋襄公即位前一百一十六年，正考父已是德高望重的元老——当然，这时不可能是青年人。

其次，由正考父子孙的事迹中，可以看出正考父的相对的生活年代。据史载，正考父之

---

① 《春秋经》定公元元年至十五年，"宋"字凡十三见；哀公元年至十六年，"宋"字凡十九见。
② 《左氏春秋》昭七年载，孟僖子称："孔丘，圣人之后也，而灭于宋。其祖弗父何以有宋而受（授）属公。及正考父佐戴、武、宣，三命兹益共（恭）。"按：诸侯之佐为上卿（相当于后代的相国）。《礼记·祭义》："一命齿于乡里（只和同乡论齿），再命齿于族（只和同族本家论齿），三命不齿（不和任何人论齿）。"按："三命"是一人之下万人之上的勋位。

子孔父嘉，在宋穆公朝（前七二八—前七二〇）已仕为大司马①，到殇公十年（前七一〇），为华父督所杀，其子木金父降为士②。以后，在华父督执政的二十八年间（前七〇九—前六八二），孔父嘉的曾孙防叔为躲避华氏的迫害，逃奔到鲁国仕为防邑大夫③。由此可知，孔父嘉死时，已有中年的儿子，并有青年的孙子；也正因为孔父嘉在死时已有青年的孙子，因此在死后二十八年之内，才能有成年的曾孙防叔出国就仕。这证明，孔父嘉死时已是老年人④。由此可知，正考父之子老年的孔父嘉死于宋襄公即位前六十一年；正考父的玄孙防叔是在襄公即位的三四十年前出奔鲁国——防叔如活到襄公时最少也已是五六十岁的老年人。因此，便不能设想正考父在其玄孙防叔奔鲁后的三四十年仍活在宋国，而且还在从事文学创作以赞美他的六世从孙宋襄公。

　　据史载，孔子生于前五五一年，与宋平公同时。以此上推，则在约四百年内，自宋湣公到宋平公共有十四代；自弗父何到孔子共有十一代。这说明，宋湣公的两个儿子的子孙，历十多代之后，彼此也不过只有三代之差。显然，正考父是不可能身经六代历仕九君的。

　　由此可知，一些学者忽略了正考父的家族和子孙事迹，孤立地推测正考父的年岁，并作出有利自己的假设。不仅这种假设在方法上不科学，而且由历史事实上看来，这种假设根本不能成立。

　　另有一说，认为：《商颂》即使不是正考父作的，也是宋襄公时的某个大夫作的。需说明，鲁、齐、韩诗派学者之所以说是正考父作颂美宋襄公，是因为《国语》中有正考父校商名颂的记载，虽然经过修改和增添，但总算是"托古"有据。然而，另一说的说者，抛掉正考父之后，便完全成了口说无凭了。

　　第三，《商颂·殷武》篇中，有"挞彼殷武，奋伐荆楚，深入其阻，裒荆之旅"和"维汝荆楚，居国南乡，昔有成汤，自彼氐羌，莫敢不来享，莫敢不来王，曰商是常"等诗句。有些学者认为：由《春秋经》的记载看来，楚国在鲁僖公元年（前六五九）以前称荆，僖公元年之后方称楚；以此推论，《商颂·殷武》中既称"楚"，可知是僖公元年之后的诗。其次，这些学者认为：据史载，楚祖熊绎在周成王时方被周封为子爵，列为诸侯，殷商时怎能有"奋伐荆楚"之事？以此推论，《商颂》既称伐楚，可知是指宋襄公父桓公追随齐桓公伐楚一事而言。从而宣称：《商颂》是宋襄公为侈张其父功业而作的颂歌。

　　按：楚为芈姓，原为祝融族八姓之一。楚之称楚，并非始于春秋时，早在西周初年的铜器铭文中，便有了楚或楚荆的名号。

---

　　① 《左氏春秋》隐三年（公元前720）："宋穆公疾，召大司马孔父而属殇公焉，曰：'……若以大夫之灵，得保首领以殁（意为：如果能托您大夫之福，能全躯而寿终）……请子奉之（奉殇公）以主社稷，寡人虽死亦无悔焉。'"按：从孔父嘉的职位和穆公托以后事时的口气看来，孔父嘉当时绝不是青年人。所谓"若以……之灵"，是当时下对上或幼对长的谦辞；其例见于同书僖二十三年、襄十三年、昭十四年、昭二十五年、定四年。

　　② 《左氏春秋》桓元年："宋华父督见孔父之妻于路，目逆而送之曰：'美而艳。'"桓二年："宋督攻孔氏，杀孔父而取其妻。（殇）公怒。督惧，遂弑殇公……召庄公于郑而立之。"

　　③ 《潜夫论》引《世本》："正考父生子孔父嘉。孔父嘉生子木金父，木金父降为士，故曰灭于宋。金父生祁父，祁父生防叔，防叔为华氏所逼，出奔鲁为防大夫，故曰防叔。"（《毛诗商颂正义》、《孔子家语》引用《世本》与此略同）按：宋太宰华父督于殇公十年（公元前710）杀孔父而弑殇公，立庄公。由此，华父督执政。到闵公十年（公元前682），华父督被宋南宫万所杀（事见《左氏春秋》庄十二年）。据此，则华父督在杀孔父嘉之后，共当政28年。由此可知，防叔被华氏所逼奔鲁，当是在这28年之间的事。

　　④ 有人认为孔父嘉死时尚有"美而艳"的妻子，从而断定孔父嘉死时尚在壮年。按：由孔父嘉子与曾孙的相对年岁看来，这说法是错的。当时，老夫少妻是世所习见。即以宋国为例：宋襄公死后26年，其妻襄夫人竟与襄公幼孙公子鲍通奸，并谋杀襄公嫡孙昭公，扶鲍即位，是为文公。可知，尽管孔父嘉妻子美而艳。但知不足证明孔父嘉是少而壮。

殷商灭亡后五年（约前 1022 年），在周成王践奄时所铸的铜器铭文中，记载着成王、周公"伐楚伯"、"伐楚侯"的战争①。

据历史记载，昭王时（约前 965—前 947），曾数次伐楚荆。在当时所铸的铜器铭文中，便有"王南征，伐楚荆"和"王伐反荆"的记载②。结果，周被楚战败，"丧六师于汉（水）"，昭王也死在伐楚的战争中③。

这不仅说明，楚之称楚，由来甚早④，而且说明，早在周初，楚已是周的大敌⑤。

由此可知，周灭商的五年后，周楚间便发生了战争。那么，那些认为在这场战争之前六年的殷商时代，不仅不可能有商楚战争，甚至连楚的名号都不存在的说法，显然是不合乎历史事实的。

事实是：在甲骨卜辞中便有伐楚的记载："戊戌卜：佑伐芈。"（《新获卜辞》三五八）所谓芈，是楚的族姓⑥。其次，在甲骨卜辞中，有地名"楚"，当是古楚人旧居⑦；并有关于楚族女子"妇楚"的记载⑧。所有这些都证明，在商代是有楚方或楚族的。

当然，由于史料的不足，今已无法查考商楚战争的时与地，但这些地下史料，却有力地证明了在殷商时代曾发生过商芈（楚）战争。

至于宋襄公父桓公，虽曾于公元前六五六年随盟主齐桓公伐楚，但也只进到许国南境楚国北境的召陵一带，并未如《殷武》所称"深入其阻"；同时，齐、楚并未交兵便结盟而

---

① 郭沫若《两周金文辞大系考释》载：《令毁》："佳王于伐楚（𦀟）伯在炎。"《考释》："此成王东伐淮夷践奄时器。"《禽毁》："王伐楚（𦀟）侯。周公某（谋），禽祝。"《考释》："𦀟即楚之异文……周公自周公旦，禽即伯禽……此'伐楚侯'与《令毁》'伐楚伯'自是同时事。"据陈梦家《西周年代考》：武王克商年为公元前 1207 年，克商后二年，武王死；成王即位三年践奄。陈梦家释𦀟为盖。

② 古本《竹书纪年》："昭王十六年，伐楚荆，涉汉（水）。"《两周金文辞大系考释》载：《㲋毁》："㲋御从王南征，伐楚荆。"《過伯毁》："過伯从王伐反荆。"《考释》：上二器，"唐兰以为均昭王南征时器。"

③ 古本《竹书纪年》："昭王十九年……丧六师于汉。""昭王末年……王南征不复。"《左传》僖四年："昭王南征而不复。"《史记·周本纪》："昭王南巡狩而不返，卒于江上。"《帝王世纪》称："昭王没于水中而崩。"

④ 春秋战国一些人之所以称楚为荆，是出于对楚人的轻视。荆是山名。周初，楚人战败后，曾一度退入荆山。楚灵王曾说："昔我先君熊绎，辟在荆山，筚路褴褛，以处草莽，跋涉山林。"（《左传》昭七年）因此，周人称楚为荆，意为"荆山草莽中的人"。对此，《春秋纬·运斗枢》称："抑楚言荆，不使夷敌主中国。"可知，称楚为荆是由于周人对楚的敌视，并不是楚在僖公元年时改了国号。因此，一些学者以《商颂》中的"楚"字来否定《商颂》的说法，显然是错误的。

⑤ 按：楚在周初可能暂时"受王命为荒服"，但据金文、《竹书纪年》、《诗经》看来，周、楚之间似乎时战时和。其次，楚并非周的子爵属国。周人之所以称楚侯为楚子，是由于对"四夷"的轻视，正如《礼记·曲礼》所说："其在东夷、北狄、西戎、南蛮，虽大曰子。"因此，早在西周夷王时，楚已自称王（见《史记》）。

⑥ 甲文芈作 ，据《说文》："芈，羊鸣也，从羊（按：甲文作 ），象声气上出（按：以芈置羊字上，以表示羊鸣出气状）。"《国语·郑语》："祝融……其后八姓……融之兴者，其在芈姓乎……唯荆（楚）实有昭德。"《史记·楚世家》："芈姓，楚其后也。"

⑦ 《殷契粹编》一三一五："舞于楚害"。一五四七："于楚佑雨。"陈梦家认为即卫地楚丘。按：据古文籍记载，古祝融八姓各族在夏、商之际曾居留在黄河两岸，故后之卫国境内有昆吾之墟、豕韦城、帝丘（颛顼、祝融之丘）、漕丘、楚丘等地，郑国境内有祝融之墟、桧（郐）、昆吾之墟、苏、温、邬等地。在黄河两岸，楚丘有三，一在卫地（今河南滑县考岸镇），一在曹地（今山东成武境内），一在己氏国（河南）。由此有根据认为，在商、周之前，楚曾居留在黄河两岸，楚丘原是楚人故居。

⑧ 《殷虚卜辞》二二二·二三六四："辛卯，帚楚……"郭沫若认为："帚为妇之省文，帚下一字乃是女字。"按：古时称妇女往往以族或国的氏号。在甲文记载中，有井方、井伯，故又有妇井（或作妌）；有龙方，故又有妇龙；有杞侯，故又有妇杞；有羌方，故又有妇姡；有土方，故也有妇宝。而妇商、妇妹显然是商、沫贵妇人的尊称。因此，妇楚是楚方女子，是商王嫔妃或商贵人的妻子。据甲文载，商曾征伐土方、羌方、龙方。所谓妇宝、妇姡、妇龙可能是和亲来的或俘虏来的女子，待考。

退，并未如《殷武》所称"奋伐荆之旅①"。值得注意的是《殷武》中还把齐桓公的祖先贬了一顿："自彼氐羌，莫敢不来享，莫敢不来王，曰商是常。"显然，《殷武》中所描写的伐楚与齐桓公的伐楚是不相干的两回事。

因此，根据《殷武》否定《商颂》为商诗的说法，是不能成立的。

第四，有的学者根据《商颂·殷武》中曾提到"陟彼景山，松柏丸丸"，而《鲁颂·閟宫》仿此作"徂来之松，新甫之柏"，由此认为，《鲁颂》中"徂来"既是山名，那么《商颂》中的"景山"也应该是山名。其次，认为《左氏传》"商汤有景亳之命"的"景亳"是两地联称：即景山与北亳。又据《水经注》济水条内载：汉己氏县北有景山。于是认为：此景山距汤都北亳（河南蒙县商丘县一带）百数十里，故联称"景亳"；而商自盘庚之前皆都河北，如建寝庙也不可能远伐景山之木，"惟宋居商丘，距景山仅百数十里，又周围数百里内别无名山，则伐景山之木以造宗庙于事为宜"。因此认为，《商颂》中之"景山"乃宋都北之景山，从而证明《商颂》为宋诗②。

按：《鲁颂》中的"徂来"虽是山名，但与《商颂》无关，不能以此证明"景山"也是山名，正如《鲁颂》中"奄有龟、蒙"的"龟、蒙"虽是两个山名，但不能据此证明《商颂》中"奄有九有"的"九有"也是山名。其次，《左氏传》所称"商汤有景亳之命"的景亳，是商汤会合诸侯的地点，显然是一地之名，不可能是景山与南百数十里北亳二地的总称③。

同时，认为《商颂》中"陟彼景山"的景山，就是《水经》济水注中所记述的己氏县故城北的景山，并以这景山的方位在黄河南岸距宋都近为理由，从而企图以此证明《商颂》为西周时宋诗的说法，也是错误的。

汉的己氏县，在春秋初年是戎己氏之邑，其地在今之山东省曹县东南四十里的楚邱集。景山则在楚邱集（己氏故城）北三十八里，西距曹县县城三十余里，南距河南省商邱（周时

---

① 《左传》僖四年："春，齐侯（即桓公）以诸侯之师侵蔡，蔡溃，遂伐楚。楚子使与师言曰：'君处北海，寡人处南海，唯是风马牛不相及也，不虞君之涉吾地也，何故？'管仲对曰：'昔召康公命我先君大公曰：五侯九伯，女实征之，以夹辅周室，尔贡包茅不入，王祭不共，无以缩酒，寡人是征；昭王南征而不复，寡人是问。'对曰：'贡之不入，寡君之罪也，敢不共给。昭王之不复，君其问诸水滨！'师进，次于陉。夏，楚子使屈完如师。师退，次于召陵。齐侯陈诸侯之师，与屈完乘而观之。齐侯曰：'岂不穀是为，先君之好是继，与不穀同好如何？'（屈完）"对曰：'君惠徼福于敝邑之社稷，辱收寡君，寡君之愿也。'齐侯曰：'以此众战，谁能御之！以此攻城，何城不克！'（屈完）对曰：'君若以德绥诸侯，谁敢不服。君若以力，楚国方城（山名）以为城，汉水以为池，虽众，无所用之！'屈完及诸侯盟。"由此可知，齐桓公伐楚只不过是一次军事示威，故求成而退。这与《殷武》中所述的伐楚无一事相合。

② 王国维《观堂集林》卷二《说商颂》："《殷武》之卒章曰'陟彼景山，松柏丸丸'，毛、郑于景山均无说。《鲁颂》拟此章则云'徂徕之松，新甫之柏'，则古自以景山为山名，不当如《鄘风·定之方中》传'大山'之说也。按：《左氏传》'商汤有景亳之命'，《水经注·济水》篇：黄沟枝流'北迳己氏县故城西，又北迳景山东'，此山离汤所都之北蒙不远。商丘蒙亳以北，惟有此山，《商颂》所咏当即是矣。而商自盘庚至于帝乙居殷墟，纣居朝歌，皆在河北，则造高宗寝庙，不得远伐河南景山之林。惟宋居商丘，距景山仅百数十里，又周围数百里内别无名山，则伐景山之木以宗庙于事为宜，此《商颂》当为宋诗不为商诗之一证也。"

③ 《左传》昭四年载：楚子合诸侯于申，椒举曰："夏启有钧台之享，商汤有景亳之命，周武有孟津之誓，成有岐阳之蒐，康有酆宫之朝，穆有涂山之会，齐桓有召陵之师，晋文有践土之盟。"显然，文中所列举的地名，皆是历代侯王会诸侯之地，各是一地之名，不是也不可能是两地联称，否则诸侯大会就开不成了。按：王氏说是参考了《史记正义》引《括地志》："宋州（河南商丘）北五十里大蒙城，为景亳，汤所盟地，因景山为名。"但《括地志》说不确，宋州北五十里并无景山。故王氏称景山在大蒙地（即北亳）北百数十里。这样就将景亳分为二地。至于景亳究竟在今之何地，亦不可考。

宋都）一百五十里①。以周的封国疆域考知，在春秋前期，景山尚在曹国境内。显然，宋国即使建寝庙，也不会远伐曹国之木，宋国庙歌中也不会颂美异国名山。

据古史所载，称作景山的名山共有五个。在殷商都城（安阳殷墟）西北九十里就有一个景山②。不难看出，一些学者由于主观上先认为《商颂》为宋诗，因此才只有宋都附近寻找景山，而忽略了殷都附近矗立着的景山；同时，只计算了己氏北的景山距宋都商邱的里数，并没有考虑到当时的政治情况。

因此，这说法是以主观主义方法组成的，是不合事实的。

据《诗经》诗看来，诗中的"景"字与"大"同义，如：《定之方中》"望楚与堂，景山与京"；《公刘》"既溥既长，既景迺冈"；《车辖》"高山仰止，景行行止"；《玄鸟》"景员维河，殷受命咸宜"；《既醉》"君子万年，介尔景福"。因此，《商颂》中的"景山"应是泛指大山而言。

第五，有的学者认为，自《商颂》的"文辞观之，则殷墟卜辞所记祭礼与制度文物于《商颂》中无一可寻"，因此认为《商颂》非商代诗。

按：《商颂》是诗歌，并不是记载祭礼与制度文物的"礼书"。因此在《商颂》中寻不出卜辞所记的"祭礼与制度文物"是不足为怪的。事实上，在《周颂》中也没有记载周的"祭礼与制度文物"。如以汉《房中乐》文辞观之，则《史记》《汉书》所记祭礼与制度文物，于《房中乐》中也是无一可寻。难道可以此否定《周颂》和《房中乐》的制作时代？显然，这种以卜辞否认《商颂》的方法是错误的。

殷商时代，人们求问神的指示时，在神前用火灼龟腹甲（或牛胛骨），然后从龟腹甲的裂痕上推测神意，判断吉凶。有时并将所卜问的事件以最简单的文字刻在龟腹甲上，以备查：这便是卜辞。当时，并不是事事皆卜，因此所卜占的大多是关于祭祀、年成、风雨、征伐、疾病等事。这些事件并不是被完整的刻记在甲骨上，而是用很少的文字摘要的刻记下来。因此，卜辞所记的都是一定范围之内的事；卜辞所用的语言都是极简略的语言，大多是片言只字仅足以示意备查而已。

由此可知，殷墟卜辞虽然具有宝贵的文献价值，可以补充历史记载，可以校正记载中的某些史实；然而卜辞并不是史书，绝不能以卜辞记载中的有无，断定史书记事的真伪。但是，有些学者却将卜辞当作殷商时的百科全书看待，并认为凡是不见于卜辞中的史书记载都是伪史，凡是卜辞中所无的历史传说都是后人捏造。这一认识是错误的。根据这认识可以否定和甲骨同层的出土物，因为殷墟出土的铜范、青铜觚、觯、盂等物，在卜辞记载中"无一可寻"；甚至可以根据卜辞否定殷商文字，因为在卜辞中并没有关于"文字"本身的记载。当然，没有人敢于这样说，那么又为什么敢以《商颂》所记的人、地、事不见于卜辞为理由，从而否定《商颂》为商诗？

有的学者认为："卜辞称国都曰商不曰殷，而颂（《商颂》）则殷商错出"，此"称名之异"正表明《商颂》非商诗。又有些学者进而认为：商人自称商，从不自称殷（甚至商后

---

① 《汉书·地理志》补注："己氏……《通典》：今宋州楚邱县，古之戎州己氏之邑。盖昆吾之后……己是戎君之姓，汉曰己氏县也。"《地方舆纪要》："曹州曹县东南四十里有楚邱，春秋时戎州己氏之邑。"《山东通志》卷三六："己氏县故城，在县东南四十里，春秋时戎州己氏之邑，汉置县属豫州梁国，今为楚邱集。"《舆地广记》："景山在今……楚邱。"《太平寰宇记》："景山在……楚邱县北三十八里。"《山东通志》卷二六："景山在（曹）县东南四十里故楚邱城北。""楚邱、景山在春秋本属曹地。"

② 《山海经·北山经》大行山系内："景山，有美玉。景水出焉……"《淮南子·坠形训》："釜出景。"高诱注："景山在邯郸西南，釜水所出，南泽入漳。其源，浪沸涌，正势如釜中汤，故曰釜，今谓之釜口。"按：釜口与景山在河南安阳东北九十余里。

裔宋人也是如此）；西周时，由于周人对商的敌视，故改商为殷。以此论断，则《商颂》既有"殷土""殷受命""殷武"等字样，当然应该是周代的宋诗。

按：这说法是很难自圆其说的。如果"殷"字是周人加给商人的贱称，那么宋人的颂歌中也不应有"殷"字样。以此说法，则《商颂》不仅不是商诗，而且也不应是宋诗，反而成了周人的颂歌了！

事实上，商与殷原是地名（皆见于卜辞），而最初的国往往是以地名为号。在商书《盘庚篇》中盘庚曾自称为殷；《微子篇》中微子既称商又称殷①。这证明，在商代文献中已出现了"殷"的称号。

在周初的书诰《酒诰》、《君奭》、《多方》和诗歌《大雅》的《文王》、《大明》、《荡》中，既称殷也称商："殷商错出"②。同样的，在周初期的铜器铭文中，有的称商也有的称殷③。这证明，在周初期或中期，并未"改商为殷"，而是"殷"、"商"并用。

由此可知，以说文解字的方法将"商"、"殷"二字作为判断商、周文献的绝对标准，只不过是一种臆测，并没有什么可靠的根据。因此，不能以"殷"字证明《商颂》非商诗。

第六，有的学者将《商颂》和殷墟出土的卜辞作"比较"，从而认为：根据甲骨文字的语汇和文法看出，当时的语言是很低级的，因此，在殷商时代不可能产生像《商颂》那样高的水平的诗歌。

按：如前所说，卜辞中的语言是极简略的语言，大多是片言只字，所以如此，是因为：受卜骨面积的限制，在一角骨片上不可能刻许多字；受工具和材料的限制，在较硬的龟腹甲上不易刻较长的文辞；卜骨上刻辞只是为了事后考核卜占是否灵应，当然没有必要将所卜问的事由详细完整的记载下来。由此可知，卜辞是一种简略的、半示意性的、有一定程式的、特殊的文辞：它不仅不是文学，而且也不是书诰散文；它所使用的语言不仅不是艺术语言，而且也不能代表当时普遍语言的水平。这说明，尽管从卜辞的研究中可以获得最珍贵的史料，但卜辞并不是当时语言的典范。

不难理解，卜辞和《商颂》在所用语言上的差别，是不足为奇的，因为：卜辞本来就不是以形象反映现实的文学，不是用来歌唱的；而《商颂》也不是卜占文，不是用来求神问卦的。两者的不同，倒是必然的合理的现象。如果将《商颂》和卜辞的不同语言体裁混同起来，并将后者作为标准而否定前者，那么就等于以元明时的"流水账簿"或"当票"（尽管是家藏秘本，是珍贵的社会经济史料）的语言水平否定《水浒》一样，将是可笑的行为。

不难理解，文学是语言的艺术，诗歌或文学作品所用的是从普遍语言加工而成的艺术语言，因此不能根据一般的书写文字（即使是出土物）的水平来判断同期的文学作品的真伪。例如，虽然周秦的铜器铭文、汉碑汉简、敦煌唐人写本都是极可靠的出土的历史"文献"，然而与流传下来的周秦的《大雅》和《离骚》、汉代的《史记》和五言诗、唐代的李白杜甫

---

① 《盘庚》："殷降大虐。"《微子》："殷其弗或乱正四方"；"殷罔不小大，好草窃奸宄"；"今殷其典丧"；"殷遂丧"，"天毒降灾荒殷邦"；"今殷民乃攘窃神祇之牺牷牲"；"降监殷民"；"商今其有灾"；"商其沦丧"（以上见《尚书·商书》）。

② 《酒诰》："在昔殷先哲王"；"辜在商邑"。《君奭》："殷既坠厥命"；"商实百姓王人"。《多方》："非天庸释有殷"；"乃惟尔商后王"；"告尔有方多士暨殷多士"（以上见《尚书·周书》）。《文王》："有商孙子。商之孙子"；"殷士肤敏"；"殷之未丧师"；"宜鉴于殷"。《大明》："天位殷适"；"自彼殷商"；"燮伐大商"；"殷商之旅"；"肆伐大商"。《荡》："咨汝殷商"；"殷不用旧"（以上见《诗经·大雅》）。

③ 《大丰毁》："丕克三衣（殷）王祀。"《小臣单觯》："王后反克商。"（上二器郭沫若考订为武王时器）《小臣𫊸毁》："白懋父以殷八自征东尸。"（郭称为成王时器）《宜侯矢簋》："武王、成王伐商。"《康侯图司土疑簋》："王束伐商邑。"

和白居易的诗作作比较的话，那么，不难看出，流传下来的作品的水平要比这些出土的"文献"高得多，甚至高到不可比拟。显然，只有实证主义者或拜物教徒，才会捧起周秦青铜器"打击"《大雅》和《离骚》，才会拿起汉代石头或竹木否定《史记》和汉诗，才会抱起唐绢唐纸否认李、杜、白的文学成就，才会以"地下信史"出土实物否定历史传统文化，当然同样的也可以用殷墟出土的龟甲或牛骨否定流传下来的商代颂歌。

由此可以看出这种"比较"研究法是不科学的。

其次，有的学者没有提出根据和理由，但却认为："《商颂》不象商代的诗。"显然，我们没有在商代生活过，手中又没有另一种真本《商颂》以资校勘，那么所谓象或不象也不过只是主观上想当然的想法而已。

第七，有的学者认为："《商颂》语句中多与周诗相袭，如：《那》之'猗那'即《桧风·隰有苌楚》之'阿傩'《小雅·隰桑》之'阿难'，石鼓文之'亚箬'；《长发》之'昭假迟迟'即《云汉》之'昭假无赢'，《烝民》之'昭假于下'也；《殷武》之'有截其所'即《常武》之'截彼淮浦，王师之所'也；又如《烈祖》之'时靡有争'与《江汉》句同，'约軝错衡，八鸾鸧鸧'与《采芑》句同。凡所同者，皆宗周中叶以后之诗……则《商颂》盖宗周中叶宋人所作以祀其先王。"

按：虽然，在《商颂》中有某些语句与周诗相同或相似，但是，如果不存有成见的话，那么仅仅根据语汇或语句的相同，就无法证明是《商颂》袭周诗而不是周诗袭《商颂》。其次，《商颂·那》之"猗""那"虽与《苌楚》之"阿傩"或《隰桑》之"阿难"古音同，但在诗中看来，《商颂》的"猗与那与"却是叹词，与《周颂·潜》之"猗与漆沮"或《齐风·猗嗟》之"猗嗟娈兮"相似，而与《桧风·苌楚》之"隰有苌楚，猗傩其枝"或《小雅·隰桑》之"隰桑有阿，其叶有难"不类。

至于与《商颂》一些语句相似或相同的，并不"皆是宗周中叶以后之诗"，在周初诗歌中也有与《商颂》相近或相同的语句。如《那》之"我有嘉客，亦不夷怿"与《周颂·振鹭》之"我客戾止……在此无斁"意近；《烈祖》之"有秩斯祜。申锡无疆"与《周颂·烈文》之"锡兹祉福。惠我无疆"相似；《玄鸟》之"奄有九有"即《周颂·执竞》之"奄有四方"；《长发》之"上帝是祇"即《执竞》之"上帝是皇"；《烈祖》之"绥我眉寿"与《周颂·雝》句同，甚至《商颂·那》与《周颂·有瞽》全篇相似。由此可知，正是由于有的学者为了将《商颂》说作是宗周中叶的诗，因此才只在宗周中叶的诗歌中"求证"，并以这"证"证明《商颂》是同期作品。

古时，诗歌的制作往往是对旧诗的加工或改写，许多诗歌在主题、手法、语句上大多套袭着前代的诗歌。因此，《商颂》与周诗在某些语句上的相同，并不能由此证明是同期的诗歌。这一认识方法不仅对认识先秦的文学发展不适用，对后代也不适用。魏晋南北朝的许多诗人大多生吞活剥汉古诗；明清的许多诗歌是对唐诗的模拟和套袭，甚至无一句无蓝本无出处。

显然，以诗句的异用作为诗歌断年的标准是不科学的。这已为文学史的现象所证实。

第八，有些学者认为："《周颂》皆只一章，章六七句，其词噩噩；《商颂》则《长发》七章，《殷武》六章，且皆数十句，其词灏灏"。"使用进化论的眼光看，文学是先简后繁，先古奥后流畅。今天我们看到的《商颂》反而繁而流畅，而《周颂》却简而古奥。可断然地说，《周颂》早，《商颂》晚。"

按：这理由是不能成立的。如果可以这样"使用进化论的眼光看"问题的话，则希腊古典的文学艺术一定"应该"出现在中世纪之后；汉的《房中乐》一定"应该"制作于《诗》国风之前；谢灵运的五言诗必须早于汉古诗十九首；《陌上桑》和《孔雀东南飞》必须晚于宋齐梁陈庙歌。显然，这些现象不是历史进化论者所能解释得清的。《周颂·清庙》等篇的简而古奥，其词噩噩，是因为它是封建宗教的说教诗，宣扬抽象的道德观念，使用概念化的庄严语言，追求神秘的形式；《商颂》之所以是繁而流畅，其词灏灏，是由于它是奴隶制社会的颂歌，宣扬的暴力思想，使用着神话材料和史实，继承着英雄诗歌的传统。不难看出，《周颂》和《鲁颂》的主题思想是宣传宗教哲学的"德""孝"和等级制度造成的"威仪礼法"；《商颂》的主题思想是歌颂神的暴力和商的武功。这正说明，《周颂》《鲁颂》和《商颂》虽然在一些字句上有相似之处，但在基本思想上却是两个不同社会的产物，具现着两个时代的阶级思想的特征。也正是由于这样的原因，构成了彼此在诗形象上的差异。显然，那种将《周颂》看作是"文学进化"的起点的说法，无异是在宣称：文学起源于概念化的说教诗。

除上述这些较主要的"例证"以上，否认《商颂》为商诗的学者们还提了一些理由极不足的理由。

例如，有的学者认为："《商颂》果作于商，如《笺》（郑康成《笺》）说，《那》之祀成汤者为太甲（《笺》云汤孙太甲也），《烈祖》之祀中宗者谓仲丁……则皆以子祭父……何以遽称之曰自古，古曰在昔，昔曰先民，而且曰：'顾予烝尝，汤孙之将'，岂非（？）易世之后，人往风微，庶冀先祖之眷顾而祐我孙子乎？""汤孙乃主祭君之号，即当属（？）宋襄公。"

按：这是钻郑康成的空子。显然，即使驳倒东汉郑康成的说法，怎能由此推翻春秋时的记载？怎能由于郑康成的说法不妥，便可以从而否定了商代的诗？其次，《那》称"自古在昔、先民"并非一定指汤时而言。同时，商并非开天辟地的时代，而"古"、"今"皆是相对的，商代任何时候都有这时之"古"，都有当时人之"先人"。何况早于"今"的皆可称"古"，孟子曾将孔子作为"古之君子"看待（见《孟子·滕文公》）。那么，怎能因《商颂》中有"自古"字样，便敢断定是"易世之后"之作！据《史记》和卜辞所载，自汤孙太甲以后至商亡共历十五世二十八王（《史记》为二十七王）。显然，其中任何一王皆可自称汤孙。这说明，所谓"汤孙，即当属宋襄公"的说法，是很无理由的。

例如，有的学者根据魏王肃的说法，认为：夏后氏一辕驾两马，殷代一辕驾三马，周代一辕驾四马；《烈祖》中既有"约軝错衡，八鸾鸧鸧"，当是一辕驾四马，合于周制。由此断定《商颂》为周代诗。

按：在发掘殷墟时，曾在殷墓中发现殉葬车马。武官村殷大墓中有车四辆，马骨骼十六付。其他的墓葬中有的是一车四马，有的是一车二马。可知，王肃的关于三代车制的说法，只是本于"三统"观念的臆测，是不能以之作证的。

由以上的探讨中可以看出，这些学者为否定商颂，虽然提出了在"数量"上很多的例证，但并没有一条是铁证；虽然根据"感想"提出了众多的论点，但并没有充足的理由。对待古文学或古文献，盲目相信固然是书呆子积习，但盲目怀疑也不是"才华"的表现：二者同样不是科学态度。

总之，由此上的探讨中可以得到这样的认识：

（一）根据先秦可靠的文献记载，《商颂》是商代的诗。在先秦人的引诗或说诗中从没有与这记载不一致的说法。在秦后各家学派的考据中并没有提出足以推翻这记载的直接的或间接的证据。因此，没有理由没有根据怀疑这记载的可靠性。

（二）认为《商颂》是宋诗的说法，最初只是出于汉代今文学家的"经说"。这说法，不仅与先秦史籍中对《商颂》的记载相违背，而且在涉及人与事时都与历史事实不符合，但是它却合于今文学家的"经术"。显然，这说法并不是本于古文献的记载，而是当时思潮的反映，是时代观念中的产物。

（三）这种本于汉儒"经术"观念而形成的说法，反而成为近代一些学者著书立说的根据。所以这样，是因为：清代的一些学者曾以"汉学"反对了"宋明理学"，曾以训诂字句考源索隐的方法反对了封建社会长期积累成的封建文化（主要的是哲学方面的）。无疑的，这在政治上思想上都是具有反封建意义的，是当时新的进步思想的反映，而且在文献的整理上有着巨大贡献。历史证明，一切新的思想产生时，大多使用着原有的材料，采用着复古的形式。因此，当清代学者托汉学名义反对封建传统文化中占绝对优势的"古文"学派时，便更多的采用"今文"学派的"经说"作依据。正是由于这样的原因，所以清代的一些学者将汉"今文家"本于"经术"观念形成的"《商颂》为宋诗"说，作为立论的前提，并为证明这前提而搜求证据，为维护这前提而创制些"义例"。但是，这些证据不仅不足证明这前提，而且其中充满主观的附加，是根据主观企图而寻求来的或编制成的；同样的这些"义例"也是出于臆造。显然，这方法是先验的，是唯心主义的。更以后，实证主义者借用这说法，以抹煞我国历史文化。

（四）从诗的内容看来，在《商颂》所反映的现实事件中，并没有周灭商以后的事，没有宋国的任何事件；在《商颂》所表现的思想情感中，并没有《周颂》、《鲁颂》中所强调的"德""孝"思想和道德观念，而是对暴力神的赞美，对暴力的歌颂：显然，这是符合商代社会的统治思想的。

由此看来，《商颂》是商代的颂歌，是距今三千年前的商代的诗歌。

选录自杨公骥《中国文学》（第一分册），吉林人民出版社1957年版。

参考篇目
李炳海《部族文化与先秦文学·导言》（高等教育出版社，1995年版）
许志刚《〈诗经〉与周代的礼乐文化》（《诗经论略》，辽宁大学出版社，2000年版）
曲德来《屈原生平诸问题》（《屈原及其作品新探》，辽宁古籍出版社，1995年版）
姚小鸥《公莫巾舞歌行考》（《历史研究》1998年第6期）

附 录

赵敏俐：《慎思明辨的学术典范
——杨公骥〈《商颂》考〉评析》

在《诗经》研究史上，《商颂》的作年问题是重大疑案之一。有关它的来历，现存最早的记载见于《国语·鲁语》，有"昔正考父校商之名颂十二篇于周太师"之说。司马迁《史记·宋世家》又有"正考父，孔子之先也，作《商颂》十二篇"之文。由此而生出两说："商诗说"和"宋诗说"。在清代以前，"商诗说"为大多数学者所接受，但是自清代后期，由魏源、皮锡瑞、王国维等人先后发文否定"商诗说"，"宋诗说"逐渐被当代学人所接受。杨公骥先生作于20世纪50年代的《商颂考》一文则力主"商诗说"，并全面批评了"宋诗说"，论证严密周详，有理有据，不仅在廓清《商颂》作年问题上居功至伟，而且具有文学研究方法论方面的重要意义，可谓20世纪古代文学研究中的经典论文之一，有必要对其进行评析，以作为我们学习文学研究方法论的重要参考。

一、杨公骥先生生平简介

杨公骥（1921.1.16—1989.6.7），河北正定人。出生时母亲以难产去世，父亲为北洋军官，长年从军在外，无暇照顾其子，故先生全靠祖父在家中用羊奶喂养长大。其祖父原为清末秀才，家道败落后行医为生，又是一位颇具个性的文人，亦是先生启蒙之师。13岁时祖父去世，先生由其父安排，只身一人到长沙中学学习，几经辗转，16岁以优异成绩考入武昌中华大学。受革命理想教育的影响，先生17岁（1938年6月）只身赴延安，遂与家庭决裂。在延安期间，先生先后在陕北公学和鲁迅艺术学院学习，做过青年工作，当过文化教员，开过荒，种过地，纺过线，做过木匠。1945年冬在晋察冀边区从事工人运动，1946年冬天赴东北解放区，到东北大学任教授。那一年，先生还不满26岁。

从1948年开始，杨公骥先生在中文系担任文学教研室主任，同时在历史系任中国史教研室主任。这年秋天，他组织了具有重要考古学意义的吉林西团山新石器时代遗址的初步发掘。在缺少各种科学仪器的情况下，先生创造性地借用妇产科的骨盆测量仪和曲脚圆规测量了西团人的头骨示数。1949年2月11日，在《东北日报》上发表了《西团山史前文化遗址初步发掘报告》，公布了西团山人的头骨示数和西团山人所用的与黄河流域型制相近的陶鼎图版。郭沫若读后，于1949年2月25日在致当时《东北日报》主编的信中写道："这是一篇很有价值的学术性文字……方法正确，态度严谨，叙述详实，见解审慎，很能实事求是。……关于陶鬲陶鼎之普遍出现似应特别重视。旧时人习视关外为化外，日寇更有意特殊化，把各种出土物隐匿歪曲，我们现在应该尽力根据地底事实打破这些观点，应强调关内关外在史前就是一家。建立这种新史观，我们是有充分根据的。"可见，先生组织的这次考古发掘，其意义不仅在于发现了一个中国新石器时代的文化类型，还在于它从考古学的意义上证明了东北地区与黄河流域自古就同属于一个大的文化圈，批驳了日本侵略者关于东北文化与中原文化不同的谎言，因而还具有特殊的现实政治意义。正因为如此，西团山新石器时代文化遗址受到了国内外学者的关注，也受到了中央人民政府的重视。1949年冬，中央政府又派斐文中、贾兰坡、李文信等与先生共同组成西团山考古队从事第二次发掘，与仰韶文化或龙山文化一样，西团山文化也因此而被视为一种具有代表性的中华文化，先生本人也为中国的考古学做出了突出贡献。

1950年7月19日，杨公骥先生在《光明日报》发表了《汉巾舞歌辞句读及研究》这篇著名论文，破解了汉《巾舞歌辞》这一中国文学史上的千载不解之谜。汉《巾舞歌辞》原见于《宋书》，又名为《公莫巾舞歌行》，因为声辞杂写，自沈约在记录此文时就已不可晓解，1600多年来没有能够读通。现代学者陆侃如、逯钦立等人曾试图破解，但是不得门径，没有取得任何实质性的突破。是先生找出了破解这篇文字的基本原则：第一是"根据古辞往往声辞杂写的前例，故特别着重将其中的声辞分开"。第二是考虑到它的舞曲特征，"怀疑其中杂有动作的记号，所以在标点时曾留心其中动词的位置和相互关联"。然后，先生又用内证法和历史相关记载，对这篇作品进行了断句，对《巾舞》的内容、和声、舞蹈动作以及其创制的年代和流行的地区等问题进行了系统的研究。最终得出结论："我以为这是民间歌舞。其内容是描写在无可奈何的环境下的母子离分。其音韵舞姿都很悲怆动人。"后来先生又对此文题目进行了修改，增加了内容，重新发表，并对结论做了充实，认为"巾舞是我们今天所能见到的我国最早的一出有角色、有情节、有科白的歌舞剧。"先生对《巾舞歌辞》句读的破解是一个天才的创造，这使得1600多年无人读懂的一篇作品终于可以读通。后人的研究，都是在先生对这篇文字的破解的基础上才得以展开的。他所提出的破解这篇作品的两条原则，也具有重要的方法论意义。

1951年，杨公骥先生的《中国文学史》讲义第三稿完成，受到中央教育部的表扬，并被"介绍推广到各院校"。以后，先生又写出《西藏古史考》等一系列重要论文，出版了《唐代民歌考释与变文考论》一书，编写了《中央教育部颁中国古典文学教学大纲（隋唐五代宋部分）》，写过《中国小说史》（中国作家协会文学讲习所印）等著作。因为成就突出，1956年通过教育部专家组评审，先生被评定为国家二级教授，是当时全国古代文学学科最年轻的二级教授。先生1953年即被任命为国家研究生导师，在20世纪50年代初就开始招收研究生。1981年我国开始设立博士学位制度，先生又被国务院任命为首批博士研究生导师，是当时国内古代文学学科里仅有的几名博士导师之一，并任国务院学位委员会第一届学科评议组成员。

从一个出身于"反动"家庭的知识青年只身到延安参加革命，最后成为著名学者，先生的人生之路曲折而又富有一定的传奇色彩。他的学术成就的取得，首先来自在那个特殊历史条件下对"革命理想"和人生价值的执着追求。其次借助于他在延安学习马克思著作时打下的良好的理论基础，同时凭借着他那种超常的吃苦精神和过人的天赋。特别是在1947至1956年这十年的时间里，他几乎是拼着性命在研究学问。据先生早年的学生及杨师母等人讲，在东北零下20多摄氏度的数九严冬里，先生经常晚上一个人披着羊皮袄，到没有任何取暖设备的屋子里备课、搞研究，冷得实在熬不住了，就喝一口烈酒暖暖身子，一熬就是一个通宵。也正因为这样，他的身体健康受到了严重的损害，刚刚37岁时就得了脑血栓，曾几度偏瘫。"文化大革命"时被批斗，又发生了第二次脑血栓。因为身体的原因，严重地影响了他以后的学术研究，他也常常为之而感叹，并把这当成经验传给我们。但是先生的工作狂性格到底没有彻底改变，"文化大革命"结束后，他更感到时间的宝贵，不顾体弱多病，又把满腔的热情投入到工作当中，除了招收硕士、博士研究生之外，还先后发表了《考论古代黄河流域和东北亚地区居民"冬窟夏庐"的生活方式及风俗》、《漫谈桢干——学习哲学与语言学札记：词根探索之一》、《评郭沫若先生的〈奴隶制时代〉》、《诗经、楚辞对后世文学形式的影响》等著名论文。可惜"人生有限，事故无穷"，1989年因为心脏病突发，他还是过早地离开人世，享年68岁。

二、《〈商颂〉考》写作的学术背景

《〈商颂〉考》一文，1957年作为附录，发表于杨公骥先生《中国文学》（第一分册）中。此前，杨先生与张松如（公木）二人曾以"龚棘木"为笔名，写过《论商颂》一文，发表于1956年1月出版的《文学遗产增刊》第二辑上。《〈商颂〉考》是在《论商颂》基础上的完善稿。所以，此文中的观点，也代表了张松如先生对此问题的基本看法，而作为论文发表，则出于杨公骥先生手笔。

在《商颂》作年问题的两说中，"商诗说"最早见于《国语》，于史有征，且被《毛诗》学派所采纳。而"宋诗说"最早见于《史记》，属于今文经学的说法，于先秦文献无据。所以，早在汉代，"商诗说"一直被大多数学者所采信，包括属于今文经学派的班固也相信此说。汉代以后，随着古文经学派的《毛诗》大行，"宋诗说"基本上不被古代学者们所采信。但是，自清中叶以降，随着今文经学派的重新兴起，"宋诗说"却突然大兴起来。从学术传统来讲，今文经学注重义理的阐发，学问空疏且长于附会，其衰败很大程度上源于自身。但是以魏源为代表的清代今文学家，却同时做起了考证的学问，在《诗古微》一书中，他提出了十三条证据，力证《商颂》乃春秋时宋国大夫正考父所作；接着，另一位今文经学家皮锡瑞在《经学通论》中又提出了七条证据做补充；其后，著名学者王国维在《说〈商颂〉》中又举证充实其说，可谓"言之凿凿"。以魏源等人在清末以来学术领域的影响，再加上20世纪学人们所推崇的疑古思潮与随声附和，于是，《商颂》乃宋诗说遂成为一言九鼎之论，被学术界广泛接受，出现在各种文学史和大量有关《诗经》研究的论著中，俨然成为20世纪中期以前《诗经》研究的权威说法。

杨公骥先生自20世纪40年代后期开始教授中国古代文学，尤其是先秦文学，在讲授《诗经》时，自然要涉及《商颂》的作年问题。这个问题之所以重要，不仅仅在于对《商颂》本身的理解，还牵涉《诗经》这部书所收作品的时间范围，同时也关系到对商代诗歌的认识问题。众所周知，《商颂》的篇幅很长，语言整饬典雅，内容丰富，艺术性很高。如果承认《商颂》是商代诗歌，那说明中国诗歌发展到商代已经达到了相当高的水平。反之，如果把它当成是春秋时期宋国大夫正考父所作的诗，那么也就从根本上否认了商代诗歌的伟大成就。其实这也正是"宋诗说"一派所怀疑的。因为在他们看来，比它产生时间还晚的《周颂》，无论从语言形式还是从艺术水平上讲都与之有相当大的差距，而这是不符合近代学者们所坚信的进化论观念的，这也正是当代学者们愿意接受"宋诗说"的原因之一。由此可见，《商颂》的作年问题，不仅仅是《诗经》学中的一个问题，也是中国诗歌史上的一个重要问题，同时也是杨公骥先生在讲授先秦文学中绕不开而且必须解决的问题。1951年，杨公骥先生的《中国文学史讲义》已经三易其稿。1957年，他将这部讲义中的先秦部分整理完成后，以《中国文学》（第一分册）为名出版，把"殷商文学"当作一个重要的文学史阶段提出来加以论述，其主要的依据就是《商颂》，同时在该书中又将《〈商颂〉考》作为附录刊载。可见，杨先生对《商颂》的作年问题经过了起码十年以上的深入研究与思考，这是支撑他的先秦文学史观念的重要学术基础，是他坚持独立之精神的学术个性的体现，也是最能体现他的学术见解，考验他的学术水平的代表性文章之一。

三、《〈商颂〉考》的基本内容与论证结构

《〈商颂〉考》一文所要讨论的是《商颂》的作年，对此问题前代已经有"商诗说"和"宋诗说"两种说法，杨先生并没有在两种说法之外另立新说，而是探讨这两种说法哪一种更合理。他通过正本清源的方式，首先证明了"商诗说"于史有据，"宋诗说"于先秦文献无征。按理说，文章写到此处，已经完成了正本清源的任务。但是，既然如此，为什么"宋诗说"会为当代大部分学人所接受呢？因此，剖析"宋诗说"之谬误以正视听，在澄清《商颂》作年问题上尤有特殊重要的意义。所以，此文不仅详细分析了"宋诗说"产生的原委，并且用三分之二以上的篇幅，逐条反驳魏源、皮锡瑞、王国维等人提出的论据。因而，这既是一篇立论文章，更是一篇驳论文章。有破有立，破立相兼，因而才更显得文章立论坚实而学风厚重。其最终的结论："由此看来，《商颂》是商代的颂歌，是距今三千年前的商代的诗歌"，也就水到渠成，无可辩驳。

从逻辑结构上看，文章是从寻找关于《商颂》作年最早的文献记载而开始的。作者首先将这条见于《国语·鲁语》的材料全文引录如下：

> 昔正考父校商之名颂十二篇于周太师，以《那》为首。其辑之乱曰："自古在昔，先民有作，温恭朝夕，执事有恪。"先圣王之传恭，犹不敢专，称曰：自古，古曰在昔，昔曰先民。

这是自汉代以来人们所能见到的关于《商颂》出处的最早材料，在这条材料里，明确无误地记载了"以《那》为首"的十二篇作品是"商之名颂"。杨先生首先对这条材料进行了详细的分析，并根据自己对先秦文献的考察，得出了如下结论：

> 这是关于《商颂》的最早的可靠的文献记载。在秦以前，没有人怀疑《商颂》是殷商的作品，也没有与《鲁语》记载相抵触的说法的提法。①

而"宋诗说"却只有在汉代文献中才能看见。为了进行比较，杨先生接着把"宋诗说"的主要记载也罗列出来：

> 司马迁在《史记·宋世家》中采用了鲁齐韩诗说，故称："（宋）襄公之时修仁行义，欲为盟主，其大夫正考父美之，故追道契、汤、高宗，殷所以兴，作《商颂》。"以后鲁说学派学者扬雄在《法言》中说："正考甫尝晞尹吉甫矣；公子奚斯晞正考甫矣。"薛汉《韩诗薛君章句》中也称："正考父，孔子之先也，作《商颂》十二篇，""美（宋）襄公。"此外，汉代的一些碑文中往往也将正考父称作是《商颂》的作者。

杨先生指出，将这些汉人的"宋诗说"与先秦文献对照研究，便可以看出：在这些说法中，正考父之所以和《商颂》发生关系的唯一根据，仍是本于《国语·鲁语》的材料，所不同的，是将《鲁语》中的"正考父'校'商之名颂于周大师"，改作"正考父'作'商颂"；同时增添了"美宋襄公"一类的话——而这却是先秦文献中连影子都没有的。这也就

---

① 文章所引杨先生观点材料，均见于《〈商颂〉考》一文，非特殊情况下文不再注出。

从文献源流的角度首先证明了"宋诗说"的不可靠。

大凡作考证者,总要寻找尽可能多的证据材料。但是这并不意味着所有的材料都具有同等重要的价值,这里有第一手材料、第二手材料,有真材料、伪材料,有直接材料、衍生材料,有实物材料、传闻材料等不同,不能同等对待。寻找最早的可靠材料并以此作为论证的依据,这是文献考据的第一要义。在有关《商颂》研究的所有材料中,《国语·鲁语》中的材料显然是最早的,也是最重要的,这为考证《商颂》作年问题奠定了坚实的基础。通过比较,杨先生同时指出了"宋诗说"的两大致命要害:第一,"宋诗说"不见于先秦记载;第二,"宋诗说"是对《国语·鲁语》这条材料的发挥与修改,有明显的汉人附会伪造之嫌。杨先生所做的这一工作,具有正本清源的意义,因为他从文献来源上证明了"商诗说"要远比"宋诗说"可靠。

但是关于《商颂》作年的考证工作,到此并没有结束。《国语》中的材料虽然为"商诗说"提供了有力的证明,并且可以看出"宋诗说"的附会伪造之嫌,可是要完全否定"宋诗说",还需要对这一说法进行更深入的分析。杨先生清楚地认识到这一点。他接着说:"由于古文献的阙漏和散失,我们不能将凡是不见于先秦史籍的汉人记载都看作是伪造,因此,必须先探讨这说法本身是否合乎历史事实。"杨先生接下来的第二步工作,就是对"宋诗说"的合理性进行研究,而这同样需要事实的考证。

"宋诗说"在提到《商颂》制作的时候提到了两个关键人物,一个是正考父,一个是宋襄公,说《商颂》是正考父为颂美宋襄公而作的。但是根据历史记载,这种可能是不存在的。对此,唐人司马贞在《史记索隐》中早就指出:"考父佐戴、武、宣,则在襄公前且百许岁,安得述而美之?斯说谬耳!"对此,杨先生又做了详细的考察:"正考父曾佐宋戴公、武公、宣公祖孙三代,事见《左氏春秋》昭七年。戴公在位年限是自周宣王二十九年(公元前799年)到周平王五年(公元前766年),共在位三十四年;而戴公五世孙襄公则是在周襄王二年(公元前650年)即位。不难计算出,从戴公卒到襄公立,中经一一五年。显然,即使正考父是在戴公最后一年任大夫,但下距襄公之立也有一百一十六年。一个人能当一百一十六年大夫,最后还从事文学创作,显然是不可能的。由此可知,鲁、韩诗说所称道的'襄公欲为盟主,其大夫正考父美之,作《商颂》'的说法,是不符合历史事实的。"这首先从人物生年的角度论证了"正考父作《商颂》"之说的不合理。接着,杨先生又进一步指出,就在宋襄公时代,他的从兄弟公孙固就曾经引用过《商颂·长发》中的诗句,并且明确地将其称之为《商颂》。不仅如此,在宋襄公卒后的百年间,各侯国的政治家引到《商颂》时,都视作是表现先王之德的古诗。"由此说明,鲁、韩诗派学者认为《商颂》是春秋时作品的说法,是毫无根据的。"

杨公骥先生的这段考证事实清楚,论证清晰,无可辩驳。在一般学者看来,文章的考证任务已经完成。但是杨先生并不止于此,接下来他还认真地分析了"宋诗说"产生的历史原因,认为那是汉代的今文经学家为了美化并推崇宋襄公而创造的说法,它虽然符合今文经学的"诗教"教义,却不符合历史事实。也正因为如此,《商颂》为"宋诗说"的说法即便是在汉代也有许多学者并不承认。《毛诗序》就明确地说:"微子至于戴公,其间礼乐废坏。有正考父者,得《商颂》十二篇于周之大师,以《那》为首。"这一说法与最早的关于《商颂》说法,即《国语·鲁语》的说法一致,因此为以后历代的大多数学者所承认。

以上是这篇文章的第一部分。可以说,它已经圆满地解决了历史上所存在的《商颂》作年的争议。然而,读者到这里会产生疑问:既然《商颂》的作年问题在历史文献中有如此清楚的记载,那么,为什么魏源、皮锡瑞、王国维等人又提出了二十余条理由来反对"商诗说"而支持"宋诗说"?他们提出了哪些更坚实的证据?怎样得到了近代学者的认可?是否能够颠覆权威的先秦文献记载？这些，都需要杨公骥先生做出回答。可以说，认真地回应近代学者"宋诗说"的观点，比考证汉代以前的"商诗说"与"宋诗说"的历史原委更为困难。正是他们貌似有理有据，但实际上却似是而非的论证迷惑了近代的大部分学者。如果不破除他们的论点，就很难说服当代的学人。因此，杨公骥先生将更大的精力用来反驳魏源等人的观点，由此构成文章的下半部分，这是此文的精华和重点所在，也全面展示了杨公骥先生非凡的学术功力和思想见识。

杨先生将宋诗论者的二十几条证据概括为几个大的方面而一一反驳。我们将之概括如下：

第一，曲解历史，制造出一个虚假的"避讳说"，硬将"商颂"说成是"宋颂"。他们根据《左氏春秋》哀公九年与哀公二十四年两条记载中"商"字与"宋"字通用的材料，便认为春秋时代存在着普遍意义的避讳制度，并由此推论，《商颂》本为宋襄公时所制，之所以称作《商颂》，是因为鲁哀公的父亲鲁定公名字叫宋，是鲁人为了避讳而将"宋颂"改作《商颂》的。杨先生指出，"先秦有时偶然称宋为商，那是因为从其旧称"，但是这并不能作为将庙堂祭歌"宋颂"称作"商颂"的根据。在西周时代，周王祭祀文王的祭歌中并不避讳文王的名字，成王祭祀其父也不避讳武王的名字，甚至鲁人在《鲁颂》中也不避讳鲁庄公的名字。这些大量的历史事实说明，宋诗论者所谓避鲁定公之讳而改"宋颂"为"商颂"之说，纯属无稽之谈，不符合历史事实。更何况，在鲁史《春秋》有关定公哀公时代的历史记载中，"宋"字凡三十二见，而"商"字一个也没有，在史书中哪有什么避鲁定公讳而改"宋"为"商"之说？可见这一说法毫无根据。而这反过来恰恰证明《商颂》是商代的颂歌。

第二，用荒诞的假设来论证不可能发生的事情。"宋诗说"的致命漏洞，是不能解释正考父与宋襄公两人相差一百多岁的事实。可是为了证成其说，有人甚至提出了这样的假设："假如（戴、武、宣）三公之年共十余载，焉知考父"不能活到襄公时代？何况正考父是个恭谨的人，"恭则益寿"，这样的话他到襄公时代恰好一百一十岁左右，难道不可能作《商颂》吗？显然，这一说法荒诞至极，已经发生的历史何能再做新的假设？从道理上讲已经无须驳斥。但为了让读者能够更加清楚地了解这一段历史，杨先生不仅详细排比了春秋时宋国各代君主的在位年限，同时又考证了正考父的子孙们在历史上活动的情况，就连正考父的儿子孔父嘉都在宋襄公即位前61年去世，而且去世时已经是老年人，正考父怎么可能在宋襄公时代还能当大夫并且作诗颂美宋襄公呢？可见这种说法的荒唐。

第三，将片面的历史知识作为论证的前提。有人认为，《商颂》中有"挞彼殷武，奋伐荆楚"等诗句，认为根据《春秋》经的记载，楚国在鲁僖公元年（前695）以前称荆，僖公元年以后才称之为楚，而且，楚祖熊绎在周成王时方被周人封为子爵，列为诸侯，因此在殷商时期不可能会有伐楚之事。此条貌似有据，但却不符合历史事实。杨先生通过先秦文献，特别是通过出土的铜器铭文与甲骨文，以充分的材料证明，早在殷商时代，楚人已经称"楚"，在甲骨文中就有殷商与楚国发生战争的历史记载。从西周初年到西周中期，周人与楚也发生过多次战争。因此，说楚人在鲁僖公之前称荆而不称楚，说殷商与楚国不可能发生战争的说法，已经被历史记载驳倒。反之，从《春秋》、《国语》等史书来看，宋襄公的父亲桓公在位时虽然跟随齐桓公伐楚，但是只到了楚国北境，实际上并没有交兵便结盟而退，在宋襄公时代，宋国更就没有发生过伐楚之事。显然，将《商颂·殷武》中有关宋人伐楚的描写放在宋襄公身上，没有任何历史根据。宋诗论者将片面的历史知识作为论证的前提，一旦学者们掌握了更多的材料，这一论证便不攻自破。

第四，地理考证有重大疏漏。在坚持"宋诗说"的学者中，王国维曾经提出一条重要证据,即《商颂·殷武》中曾人"陟彼景山,松柏丸丸"的诗句,认为此诗中的"景山"当指汉己氏县北的景山,此地距宋都商丘仅百数十里,又周围数百里别无名山,以此而推,伐此景山之木来建造祖庙,只有春秋时宋都当之最为合适。此说立论似乎坚实。但是杨先生经过详细的考证后指出:"汉的己氏县,在春秋初年是戎己氏之邑,其地在今之山东省曹县东南四十里的楚邱集。景山则在楚邱集(己氏故城)北三十八里,西距曹县县城三十余里,南距河南省商丘(周时宋都)一百五十里。以周的封国疆域考知,在春秋前期,景山尚在曹国境内。显然,宋国即使建寝庙,也不会远伐曹国之木,宋国庙歌中也不会歌颂异国名山。"另外,"据古史记载,称作景山的名山共有五个。在殷商都城(安阳殷墟)西北四十五公里就有一个景山"。显然,王国维在这里的考证出了错误。杨先生对此分析说:"一些学者由于主观上先认为《商颂》为宋诗,因此才只有在宋都附近寻找景山,而忽略了殷都附近矗立着的景山;同时,只计算了己氏北的景山距宋都商丘的里数,并没有考虑到当时的政治情况。"此条论证极为有力,不仅指出了王国维考证的疏漏,而且通过杨先生的地理考证,再一次证明了商诗说的可靠性。

第五,片面夸大了殷墟卜辞的作用。殷墟卜辞被发现以后,它的巨大的文献价值马上得到了举世公认,由此也让人们更多地了解了殷商社会的状况。但也过于夸大了它的作用。如王国维就说,自《商颂》的"文辞观之,则殷墟卜辞所记祭礼与制度文物于《商颂》中无一可寻",因此认为《商颂》非商代之诗。杨先生等从两个方面对此观点进行了反驳,其一,《商颂》是诗歌,并不是记载祭礼与制度文物的"礼书",因此在《商颂》中寻不出卜辞中所记的"祭礼与制度文物"是不足怪的;其二,卜辞受文体与功能所限,记事范围有限,文字简短,也远不能记载殷商时代的所有事物。杨先生进而指出,卜辞虽然有宝贵的文献价值,但并不是那个时代的百科全书,不能将卜辞中不见的东西都称为伪史。一个最明显的例证是,殷墟出土的铜范、青铜器,在同地出土的卜辞中竟也"无一可寻",难道能否定它们的存在吗?同样,还有人以卜辞的语言水平之低为证,认为商代不可能产生《商颂》那样高水平的创作。杨先生同样指出这一观点的错误,因为这是两种不同的文体,不可比较。如果非要这样比较,那么我们能以周秦的铜器铭文、汉碑汉简、敦煌唐人写本等这些极可靠的出土文献来否定《大雅》、《离骚》、《史记》、汉五言诗乃至李白杜甫白居易等人的诗吗?将不可比的东西拿来进行硬性比附,从而进行互相否定,这不是科学的研究方法。

第六,以《诗经》中周代诗歌的水平作为否定《商颂》的标准。这又包括两个方面:其一是认为《商颂》中的有些诗句承袭了周诗,因此它一定产生在春秋时代;其二是将《周颂》与《商颂》比较,前者水平很低,后者水平很高,以进化论的观点来看,《商颂》一定要晚于《周颂》。杨先生同样指出其主观性。首先,以文字的异同作为诗歌断年的标准,这一方法本身就不科学,如果不是带着成见来看问题,反过来讲,怎么能证明不可能是周诗承袭了《商颂》呢?其次,如果一定按进化论的眼光来看中国古代的诗歌,那么汉代的《房中乐》一定"应该"制作于《诗》国风之前;谢灵运的五言诗必须早于汉古诗十九首,《陌上桑》、《孔雀东南飞》必须晚于宋齐梁郊庙乐歌。显然,诗歌现象不是历史进化论者所能解释得清的。

以上六大方面的反驳,全面展示了杨先生深厚的学养、深刻的思想见识与辨析细微的考据能力,他将自魏源以来坚持"宋诗说"的主要观点一一进行极为细致的解剖,敏锐地抓住这些似是而非的例证与观点的要害之处,并进而鲜明地指出:"这些学者为否定《商颂》,虽然提出了在'数量'上很多的例证,但并没有一条是铁证;虽然根据'感想'提出了众多的论点,但并没有充足的理由。"因而他们的观点自然也是不能成立的。论文至此,全文的结论也就水到渠成,有无可辩驳的逻辑力量。

四、论文的学术贡献与方法论意义

《〈商颂〉考》以充分的事实和严密的论证,澄清了"宋诗说"的谬误,维护了"商诗说"的权威,这不仅是20世纪《诗经》研究的一大贡献,也是中国诗歌史研究上的一大贡献。因为维护了"商诗说"的权威,客观上也就等于重新恢复了商代文学的面貌,更准确地为商代文学定位,对商代文学展开研究。它与以《盘庚》为代表的殷商散文、以商代铜器铭文、甲骨文合在一起,共同展示了殷商文学的全貌,并且以生动的事实,说明了商代文学在不同文体中所能达到的不同水平。杨公骥先生的《中国文学》(第一分册)以此为基础而专设殷商文学一章,对这一时代的文学第一次做出了较为全面的论述,由此也成为该书一个鲜明特点,显示了他不凡的学术见解和在中国文学史研究方面所做出的开拓。

然而,杨先生关于《商颂》的考证,在当时并没有引起人们的重视。《〈商颂〉考》一文发表于20世纪50年代,与此前杨先生与公木先生合写的《论〈商颂〉》一文,在当时的学术界都没有引起足够的反响。出版于那一时期的文学史著作,大都没有采用他们的观点。这有两方面的原因:一方面是不切合当时的学术主潮。当时大多数的学者们都在忙于从阶级斗争的角度对古代文学进行思想的开掘与义理的阐释。翻看当时的研究论著索引我们就会发现,发表于那一时代的论文,大都在讨论什么是"现实主义"与"反现实主义",什么是"积极浪漫主义"与"消极浪漫主义",有没有共同美,山水诗到底有没有阶级性,如何评价陶渊明、李煜、李清照等人和他们的诗歌创作等问题,很少有人对这类纯粹考据的学术文章感兴趣。接下来的政治气候越来越"左",到60年代中期就开始了"十年浩劫",哪有人顾及这篇文章的重大价值?另一方面是由于权威的影响。"宋诗说"之所以在20世纪被广泛接受,魏源、皮锡瑞、王国维等人的学术影响力起了重要作用。在貌似"有理有据"的考证面前,一些学者被权威们的"精彩"论证所折服,并没有对他们的考证过程进行认真的辨析,没有人指出他们考证中所存在的诸多谬误。而一旦形成了大多数人的"共识",更多的人不过是随声附和而已,甚至是一些《诗经》研究者也不再细看魏源、皮锡瑞、王国维等人的论述,更难得有人对此加以重新的讨论。这使得杨先生他们的观点一直没有得到学术界的关注。所以,几十年过后,张松如先生对此还深有感慨,说他们的声音"如同置身在茫无边际的荒原中的两声呐喊,不曾得到什么反应",让他们感到"某种寂寞,甚至无端的悲哀"。① 有谁能理解思想者的这种孤独?

有幸的是,《〈商颂〉考》一文经受住了时间的考验和历史的淘汰。正所谓"真金不怕火炼"、"真理越辩越明",自20世纪末期,学者们逐渐接受了《〈商颂〉考》的观点,"宋诗说"逐渐被学术界所抛弃,这显示了学术的进步。

一篇优秀的学术论文,除了提出或者解决了一个重要的问题之外,还能在学术思想和研究方法上给人以启示,从而使之具有典范的意义。那么,《〈商颂〉考》一文,它的研究方法论意义有哪些呢?

第一是对资料的全面搜集与掌握。文章要以事实来说话,特别是考据性的文章,资料的搜集与掌握是最重要的。仔细分析,"宋诗说"之所以在一段时间内被学术界所接受,与他们所提供的20多条例证是有直接关系的。但是通过杨公骥先生的剖析,我们发现宋诗论者恰恰还是因为首先在掌握关键性材料上出了问题。例如,他们根据《春秋》的记载,楚国在鲁僖公元年之前称"荆",在元年之后方称"楚";同时根据楚祖熊绎在周成王时代才被封为子爵,列为诸侯,因而认为《商颂》中有"奋伐荆楚"、"惟汝荆楚"之语,便匆忙地得

---

① 张松如著《〈商颂〉研究》,南开大学出版社1995年版,第7页。

出结论,认为这些诗篇只能产生于鲁僖公元年之后,只能是春秋时宋国的作品。但是他们没有考虑到西周的铜器铭文中,早就记载了周初与楚发生的多次战争,并且已经将楚称之为"楚"。他们更没有考虑到在甲骨文中已经有"楚"字和关于楚国的历史记载(魏源没有见到情有可原,因为那时还没有发现甲骨文)。这说明,在没有充分掌握详细的历史资料的情况下,在学术研究中不可轻易地下一些否定性的断语。特别是考证先秦两汉时代的历史问题,由于传世的材料极其有限,很难保证现存文献中没有记载的事情,在当时就真的没有发生。"说有容易说无难",早在20世纪初,王国维在提出"二重证据法"之后所总结的另一条经验是:"虽古书之未得证明者,不能加以否定,而其已得证明者,不能不加以肯定,可断言也。"这已经成为进行古史考证时的一条基本原则。"宋诗说"论者恰恰在这方面犯了错误,他们在掌握材料非常有限的情况下就轻易地否定了古史的记载,轻率地做出新的结论。反过来,我们看杨公骥先生写作此文时在材料搜集上所下的苦功,他几乎穷尽了当时他所能见到的所有关于《商颂》问题的先秦两汉文献,在掌握了充分的材料之后才敢下结论。在此文中他所引用的材料,既有传世文献,也包括铜器铭文、甲骨卜辞等出土文献。以在文章中先后出现为序,包括《春秋左氏传》及有关注本、《国语》、《后汉书》、《史记》、《汉书》、《论衡》、《诗古微》、《诗经通论》、《牒记》、《春秋历谱牒》、《潜夫论》、《孔子家语》、《毛诗正义》、《春秋谷梁传》、《两周金文辞大系》、《古本竹书纪年》、《帝王世纪》、《春秋纬·运斗枢》、《礼记》、《说文解字》、《殷契粹编》、《殷墟卜辞》、《观堂集林》、《括地志》、《山海经》、《山东通志》、《通典》、《地方舆纪要》、《舆地广记》、《太平寰宇记》、《淮南子》、《尚书》等等,其中有些文献,如《春秋左氏传》、《国语》、《史记》、《汉书》、《尚书》、铜器铭文和甲骨文等,征引多次甚至不下十数次,还包括这些文献中所涉及的一系列相关文献。全面地占有材料,是写作论文必要的前期准备,杨先生此文在这方面为我们树立了很好的典范。

第二是认真地分析辨别资料。如果说,全面地占有材料是论文写作的前期准备,那么,认真地分析辨别材料才是正确地使用材料的基础。面对同样的材料,不同的人会有不同的理解,有对有错,何以如此,就看每个人对材料辨别的能力。包括材料的来源,哪些是第一手材料?哪些是第二手材料?哪些只能作为辅助材料?材料有多少可信度?原文的语境如何?此材料与其他有关材料之间的关系如何?材料使用的有效范围多大?等等,都需要认真的分析。一有不慎,就会用错。王国维在《说〈商颂〉》中说:

> 《殷武》之卒章曰"陟彼景山,松柏丸丸",毛、郑于景山均无说。《鲁颂》拟此章则云"徂徕之松,新甫之柏",则古自以景山为山名,不当如《鄘风·定之方中》传"大山"之说也。按《左氏传》"商汤有景亳之命",《水经注·济水》篇:黄沟枝流"北迳己氏县故城西,又北迳景山东",此山离汤所都之北蒙不远。商丘蒙亳以北,惟有此山,《商颂》所咏当即是矣。而商自盘庚至于帝乙居殷墟,纣居朝歌,皆在河北,则造高宗寝庙,不得远伐河南景山之林。惟宋居商丘,距景山仅数十里,又周围数百里内别无名山,则伐景山之木以宗庙于事为宜,此《商颂》当为宋诗不为商诗之一证也。

王国维的这段考证可分四个层次,首先通过文献证明"景山"是专有山名而不是如《毛传》所说"大山"。其次以《左传》"商汤有景亳之命"一语,再参以《水经注》,证明《商颂》中的"景山"与汤都所在地商丘有关。再次以商自盘庚迁殷到纣之商王建都在殷墟与朝歌,与"景山"相距遥远。第四以宋居商丘,且周围除景山之外别无名山,证明《殷武》诗中所写伐景山之木以为宗庙之事,唯有春秋时期的宋国当之,由此而得出结论,《商颂》必为宋诗无疑。

王国维的这段考证层次清楚，亦有较为坚实的论据，似无可辩驳，故得到了很多学者的认可，有人甚至以此作为定论，认为王国维已经把《商颂》的作年问题弄清楚了，没有再讨论的必要。但杨先生却在这里发现了王国维的三个致命错误。

第一个错误是逻辑推论上的错误。杨先生认为："《鲁颂》中的'徂徕'虽是山名，但与《商颂》无关，不能以此证明'景山'也是山名。正如《鲁颂》中'奄有龟、蒙'的'龟、蒙'虽是两个山名，但不能据此证明《商颂》中的'奄有九有'的'九有'也是山名。"王国维以《鲁颂》与《商颂》的句式相类进行推理，显然是一种比附，没有根据，杨先生也以《鲁颂》与《商颂》句式相类的另外一个例子来说明这种比附的错误，反驳极为有力。

第二个错误是对文献的误读。王国维认为《左传》中"商汤有景亳之命"的"景亳"是两个地名，包括景山与亳。杨先生认为："'商汤有景亳之命'的'景亳'，是商汤会合诸侯的地点，显然是一地之名，不可能是景山与南百数十里北亳二地的总称。"按此文引自《左传·昭公四年》，原文是"夏启有钧台之享，商汤有景亳之命，周武有孟津之誓，成有岐阳之搜，康有酆宫之朝，穆有涂山之会，齐桓有召陵之师，晋文有践土之盟。"联系上下文，"景亳"毫无疑问是一个地名，杨先生的理解正确，王国维显然是误读。

第三个错误是地理考证不细且忽略了政治沿革。王国维虽然根据《水经注》考证出了己氏县故城附近的景山距商丘不远，但是却没有考虑到那时的景山是在曹国境内。因而即便是宋国建立寝庙，也不可能远伐曹国之木，宋国庙歌中也不会颂美异国名山，因为这是不可能的事情。另外，杨先生根据《山海经》和《淮南子》等古书记载，发现当时称作景山的名山共五个，在殷商都城（安阳殷墟）西北九十里就有一个景山。所以杨先生批评王国维是"由于主观上先认为《商颂》为宋诗，因此才只有在宋都附近寻找景山，而忽略了殷都附近矗立着的景山；只计算了己氏北的景山距离宋都商丘的里数，并没有考虑到当时的政治情况"，批评透彻而又中肯。

王国维是近代的大学问家，他的许多考证文章都很精彩，《殷卜辞中所见先公先王考》一文更是经典，但是在《商颂》考证的问题上却犯了错误。何以如此？就因为缺少对材料的认真研读与细心分辨。当代有些学者作考据文章，找到一条材料，不加辨析拿起来就用，往往就犯类似的错误。还有一些学者引用材料时不但不加以辨析，甚至故意断章取义，哗众取宠，貌似有据，实则是在危害学术。杨先生对王国维这段考证的反驳，给我们在考证时如何辨析材料上做出了很好的榜样。

第三是要有尊重客观的态度。考证目的是求真，是还原客观事实的真相，因此，抛弃主观成见，尊重客观事实是考据学的根本。一个优秀的学者，只能在客观事实面前修正自己的观点，而绝不能用自己的观点歪曲事实，更不能利用虚假的材料为自己的观点作证。宋诗论者为了论证《商颂》为宋诗，说明正考父颂美宋襄公存在着可能，竟然对于已经发生的历史事实还要重新假设。甚至说出"假如（戴、武、宣）三公之年共止十余载，焉知考父"不能活到襄公时代；再假如宣公最后一年（前729）正考父只有30岁，那么下距襄公之立只有79年；再假如正考父"恭则益寿"，正考父到襄公时代不过110多岁；再假如正考父在如此高龄一直在宋国做大夫，那么他颂美宋襄公不是就有可能了吗？显然，这种假设的前提就是荒诞的，因为已经发生的历史是不能更改的，时光是不能倒流的，因而这种带有极强的主观成见的论证之谬误也就无须辩驳。

宋诗论者为了证明《商颂》为宋诗，另一个错误是运用有利于自己的材料，虚构历史的原则，例如他们仅仅根据《春秋左传》哀公九年、二十四年中的两条"商""宋"可能通用的材料，很轻易地就得出了这样的结论："盖鲁定公名宋，故鲁人讳宋称商。夫子录诗据鲁太师之本，皆仍其旧。"避讳的确是中国古代的一种习俗，也是一种特殊的文化现象。避讳大概从周代开始,但是并不严格。依宋诗论者所举《左传》哀公九年"不利子商"之例来看,其原文为:"晋赵鞅卜救郑,遇水适火,占诸史赵、史墨、史龟。史龟曰:'是谓沈阳,可以兴兵。利以伐姜,不利子商。伐齐则可,敌宋不吉。'"杜预注:"姜,齐姓。子商,谓宋。"何以要将"宋"称之为"子商"?按《左传》庄公十一年《正义》将这条材料与另外两条材料共同分析,认为"三者皆是繇辞,其辞也韵,则繇辞法当韵也"。可见,这里的"子商"并不是为了避讳,而是为了押韵,这就如同把"齐"称之为"姜"是同样道理。只有《左传》哀公十六年"孝惠娶于商"一条,属于避讳,因为鲁哀公的父亲鲁定公名"宋"。但是这句话是宗人夏衉当着鲁哀公的面所言,是回答鲁哀公的问话,他自然要避讳,这是特殊的场合,并不能由此而引申,把它当成是当时在各种场合都必须遵守的原则。杨先生指出:"事实上,在春秋时,虽有避讳之说(见《左传》桓六年及《国语·晋语》),但在诗、书、史册中并不避讳。在西周时,周王祭文王的祭歌中并不避文王姬昌的名字,如《周颂·雝》:'宣哲维人,文武维后,燕及皇天,克昌厥后。'成王时的颂歌中也不避成王父武王姬发的名字,如《噫嘻》:'噫嘻成王,既昭假尔,率时农夫,播厥百谷,骏发尔私,终三十里。'""如果说,避讳是自鲁定公或其子哀公时开始,那么不妨以定公哀公时的鲁国史为例,鲁国史《春秋》(即《春秋经》)在定哀时的记载中,'宋'字凡三十二见,'商'字一个也没有。这说明,认为《商颂》称商是由于避定公名讳的说法是无根据的,无理由的。"按,《礼记·曲礼上》:"《诗》、《书》不讳,临文不讳。"可见,避讳之说在先秦并不严格,杨先生所论有充分的文献根据。这说明,宋诗论者试图以避讳之说来证明《商颂》为宋诗,完全是出于主观成见,他们既没有分析避讳之说在春秋时期的实际状况,也没有考察历史事实。

随意地从历史中摘取片断而进行无限制的发挥引申,这是自汉代以来的今文经学派治学的一大缺陷,历来为人所诟病,也是这一学派在汉代以后所以衰微的重要原因。今文经学派的治学长处在于义理的阐发,他们往往会从一点历史故事中引发出深刻的思想甚至惊人之论,清代的今文经学家也是如此,康有为的《孔子改制考》可为代表。但是将他们的学术理念用之于考证,也往往有牵强附会之嫌。魏源等人虽然吸收了清人考据学的方法,但是用之不精,而今文经学派随意引申发挥的弊端并没有克服,这也正是"宋诗论"者的致命不足。而近现代学者中,这样的考据家不少。他们并没有将考证视为探讨事实真相的学术,而是将其视为证明自己的观点的方法,根据自己的主观设想,在历史文献中随意选取对自己有用、有利的材料来证明自己观点正确,为此甚至不惜断章取义,随兴发挥,任意想象,根本不顾及材料的有限范围,更不顾及与自己观点相反的材料。有的人甚至就其中的一点而无限引申,穿凿附会,将学术考证变成了写小说、编故事,钻死胡同,走火入魔。但事实终究不会因为某些人的主观臆断而改变其性质。因而,像"假如三公之年共止十余载"、"鲁定公名宋,故鲁人讳宋称商"之类的考证,实在是应该引以为戒的。

第四是要有深刻的学术思想。考证的基本原则是探求历史的真相,它要用事实来说话。表面看来,只要会搜集资料,谁都可以作考证。但实际远非如此简单。没有意义的问题不需要耗神费力去考证,事实清楚、简单明了的问题不需要考证。一个问题之所以需要考证而且必须去考证,首先说明这个问题十分重要,其次说明这个问题非常复杂,不容易辨析清楚。它不仅要求考证者有搜集资料的功夫,更要有相应的历史、哲学、文学史等各方面的知识储备,要有深刻的学术思想,一个优秀的考证家必须是一个思想家和理论家,否则做不好考证。同时,一个文学史家在进行学术考证的时候,还要有对于文学艺术本质的理解与把握和对文学史规律的把握。对于文学的研究来讲,尤其不能用简单的进化论进行比附。宋诗论者的一个重要缺陷恰恰在此。因为单纯从诗歌文本的语言艺术水平看,《商颂》要远远高于《周颂》,在他们看来,如果说《商颂》产生于《周颂》之前,那是不合情理的,是不符合进化规律的，因而也是不可能的。因为他们带着这样的观点看问题，所以他们才会夸大甲骨卜辞的作用，认为凡是甲骨文中没有记载的事物就不曾存在，凡是文字水平超过甲骨文的东西一定产生在甲骨文之后。同样，他们带着这样的观点看问题，越看越觉得《商颂》与周诗相同的文字，就一定是《商颂》抄袭了周诗。可是，他们没有认真地思考，进化论在什么样的条件下才能解释文学史现象？甲骨文在什么样的条件下才能作为证明《商颂》晚出的证据？而要回答这样的问题，没有深刻的思想见解是不行的。正是在这方面，显示了杨先生的不凡见解与理论深度。他在该论文中将宋诗论者相关的论证概括为四个方面详加反驳，其意义不仅仅在于澄清了人们在这方面的糊涂认识，同时也客观地指出了甲骨文的内容特征与文体特征、甲骨文作为文献价值的适用范围，客观地指出了中国文学史上不同时代、不同文体发展不平衡的现象，而在这些方面，进化论的理论恰恰是不适用的。

  第五要有严密的逻辑思维。《〈商颂〉考》一文表现了杨先生严密的逻辑思维，整篇论文的条理极为清晰，前面用探本求源的方法证明"商诗说"的源渊有自，"宋诗说"产生的来龙去脉以及其要害所在。后面分成八个方面依次对"宋诗说"的各种观点进行反驳，坚持以事实说话，同时对所有的材料都进行细致的辨析，运用各种逻辑方法进行论证。特别是根据宋诗论者多从主观成见出发的缺点，在多处采用归谬法进行反驳，给人留下深刻的印象。如有的学者依据，"殷商卜辞所记祭礼与制度文物于《商颂》中无一可寻"，因此认为《商颂》非商诗。杨先生在客观地指出殷墟卜辞的文体特点以及其文献价值后，接着用归谬法指出这一认识的错误："根据这一认识可以否定和甲骨同层的出土物，因为殷墟出土的铜范、青铜瓿、觯、盉等物，在卜辞记载中'无一可寻'；甚至可以根据卜辞否定殷商文字，因为在卜辞中并没有关于'文字'本身的记载。当然，没有人敢于这样说，那么又为什么敢以《商颂》所记的人、地、事不见于卜辞为理由，从而否定《商颂》为商诗？"还有的学者根据卜辞称国都曰商不曰殷，商人自称商，从不自称殷，西周时由于周人对商的敌视，故改商为殷，而《商颂》中多用殷字，所以是宋诗。杨先生用归谬法反驳道："如果'殷'字是周人加给商人的贱称，那么宋人的颂歌中也不应有'殷'字样。以此说法，《商颂》不仅不是商诗，而且也不应是宋诗，反而成了周人的颂歌了！"还有的学者将卜辞与《商颂》相比较，认为在殷商时代不可能产生像《商颂》那样高水平的诗歌。杨先生指出："卜辞和《商颂》在所用语言上的差别，是不足为奇的，因为：卜辞本来就不是以形象反映现实的文学，不是用来歌唱的；而《商颂》也不是占卜文，不是用来求神问卦的。两者的不同，倒是必然的合理的现象。如果将《商颂》和卜辞的不同语言体裁混同起来，并以后者作为标准而否定前者，那么就等于以元明时的'流水账簿'或'当票'（尽管是家藏秘本，是珍贵的社会经济史料）的语言水平否定《水浒》一样，将是可笑的行为。"这三例归谬法，都很精彩，以此可见杨先生的逻辑论辩能力。先生重视对材料的综合分析和科学推理，还特别强调"反证法"和"自讼法"。所谓"反证法"，那就是在搜集材料的过程中不仅要搜集对自己有利的材料，还要搜集不利于自己的反证材料。所谓"自讼法"，就是在自己的观点形成的过程中要不断地进行自我否定，自我反驳，经过反复的自讼，才能拿出比较客观和稳妥的观点。同时，经过无数次这样的"反证"与"自讼"，论文的逻辑才显得特别严密，立论也就格外的坚实。

  要而言之，全面地占有材料，认真地考证辨析，摒弃主观成见，具备深刻的思想，掌握严密的思维方法，是杨先生在此文中所运用的基本的研究方法，其实这也是我们进行学术考证的基本方法，这是杨先生此文成功的基础，也使它具有了方法论意义。认真地学习和分析此文的研究方法，将会大大地提高我们的学术考证水平。

五、杨先生的学术思想与治学特点

　　杨公骥先生的学术黄金时期是 20 世纪 40 年代末期至 50 年代末期，在短短十余年内他迅速成长为一名杰出的学者，取得了突出的成就，这既是他勤奋努力的结果，也与其崇高的理想追求与独特的学术个性有关。杨先生从小就有远大的志向，投身延安参加革命就是他追求人生理想的生动表现，在延安期间他刻苦研读马克思主义著作，这为他以后的学术研究奠定了坚实的理论基础。因为特殊的历史机缘将他推上了学术的道路，他就把自己的人生理想寄托于学术。他将探求真理作为治学的根本，他不满足作为一个优秀的学者，立志成为一个优秀的思想家，在治学上也有独特的个性。《〈商颂〉考》的写作，就鲜明地体现了他的学术思想和治学特点。在"宋诗说"大行其道的时期，他不盲从权威，也不随波逐流，而是坚持独立的学术思考。他将丰富的材料与缜密的思考紧密结合起来，力证"商诗说"的于史有据与"宋诗说"的谬误，立论坚实，无可辩驳，无论从材料的丰富性还是从论证的严密性来讲，此文都堪称典范。正因为如此，才能经得起时间的考验。60 多年后的今天我们重读此文，仍能为其丰富的材料、严密的论证和充沛的底气所折服。

　　杨公骥先生有着深厚的考据学功底。他在撰写讲授中国文学史的过程中，对于其中存有疑问之处几乎都有考证，这在他的《中国文学》（第一分册）中可以看得出来。这部独具个性的文学史著作，其中一个鲜明的特点就是注释极为丰富，言必有据，从而广为学人所称道。有许多考证性的注释如果单独拿出来发表，就是一篇篇的考证文章。但是先生却很少做单独的考证性论文，他从来不赞成为了考证而考证。1985 年他在《文史知识》第 5 期上发表过一篇名为《从牛顿的苹果、瓦特的水壶谈到近代"纯学术"的考证学》的文章。在文中，他以生动的比喻说明有些学者丧失了学术目的性的考证的荒唐。学术要讲究著书立说，关键在于立说。要有自己的见解，不是钻牛角尖，更不是将人引入迷惘，而是要研究具有思想性意义的问题。他认为，如果不对牛顿、瓦特的学术思想进行深入的研究，而将精力用于考证引发牛顿与瓦特灵感的到底是哪棵苹果树和哪一把茶壶；不对法国大革命的具体条件进行深入研究，而将拿破仑进攻俄国的历史事件归因于他肚子上长块牛皮癣式的考证，是学术研究的歧途。这样的考证严格说来算不上科学研究，其高者也不过是文献资料的整理工作。做学问的目的是为了解决问题，阐发思想，创造具有社会价值的精神产品，而搜集材料是学术研究的前提，考证仅仅是解决问题的手段之一，并不是最终目的，不能用它来代替科学研究本身。在他传世的论文中，仅有《〈商颂〉考》、《西藏古史考》、《考论古代黄河流域和东北亚地区居民"冬窟夏庐"的生活方式及风俗》几篇，但是却篇篇都是名作，都有重大的学术价值。《商颂》的作年问题关系到对殷商一个历史时代的文学认识和评价，问题不可谓不大。先生之所以写作《西藏古史考》，是有感于英国人查理·伯尔的《西藏史》和《西藏之生活》两部书而发。英国人查理·伯尔曾是英属印度政府的高级官吏，参与了 1904 年英军入侵西藏的战争，并作为英国外交官居留了西藏十九年，他写的《西藏史》和《西藏之生活》被西方誉为权威性的著作。在这部书中，查理·伯尔虽然承认西藏是古吐蕃人的后代，却避而不谈吐蕃人的种属和由来，根据一个佛教故事把西藏人说成是观世音菩萨"破戒"后所生的哲嗣，是印度菩萨的旁支子孙，是用荒谬绝伦的所谓"考证"来有意割断西藏民族之起源与中华民族的联系，有着非常明确的政治目的。先生在这篇约 5 万字的长文里，把藏族在中国古羌族到唐代吐蕃族之前这个民族产生与发展的脉络做了十分清楚的梳理，资料极为丰富，内容相当充实，在研究中国古代民族学方面有重要价值。不仅如此，此文的写作还有重要的文化意义和政治意义，因为他用大量的不可争辩的历史证据，科学地说明了古藏族的民族来源，说明了西藏自古以来就与中华民族是一个整体，它的学术价值之重和现实意义之大不言而喻。1980年，先生在《东北师大学报》上发表了《考论古代黄河流域和东北亚地区居民"冬窟夏庐"的生活方式及风俗》这篇4万多字的长文。文中，先生首先通过详细精慎的考证，说明了《诗经》、《周易》、《礼记》、《管子》、《吕氏春秋》等诸多古文献中所记述的古人"陶复陶穴"的居住结构样式，并指出：这种半地下式的"陶复"式地窟，不仅见于古史记载，而且直到19世纪末，仍是吉林、西伯利亚东北部某些民族住室的基本形式。在黄河流域河北磁山发现的这种地窟，经过碳-14测定和树轮校正，其绝对年代为公元前6005—前5794年。由此证明，早在8000年前的古代，黄河流域人与东北亚（及阿拉斯加）人便在文化上和生活方式上有着共同性。进而先生从民族学和民俗学的角度，据考古工作发现和历史文献资料论"陶复"式地窟文化特征，对这两个地区各民族的神话、祭礼、仪式、风俗作了精细的比较研究，发现了两者之间有着极其明显的共同性。最后得出四条重要结论，从而有力地证明，从远古到近代，黄河流域与东北亚地区之间一直存在着不间断的文化联系和文化交流。先生写作此文，同样是有感于苏联学者试图从民俗、考古等角度来割裂东北亚广大地区与关内地区自古以来血肉相连的历史事实。先生的这篇论文，以资料多、证据足、论断谨严，见解独到，受到历史考古界的重视，在研究中国古代民族史、民俗史、文化史、地区史、疆域史等多个方面具有重要的学术意义。先生用精彩的考证成果实践了自己的学术理念，也为我们的人生与治学树立了榜样。

从学术论文写作的角度来讲，《〈商颂〉考》一文也堪称典范。文章结构完整，条理清晰，行文简洁，用语精练，析理透辟，资料丰富，见解深刻，征引注释符合学术规范，它体现了杨先生治学的严谨和精益求精的学风，这也是这篇论文所以成为经典的重要原因之一。

六、简单的结语

杨公骥先生的《〈商颂〉考》一文发表已经50多年了，这期间中国的学术思潮发生了重大变化，学术风气也发生了很大的改变。当时发表的大多数文章都已经随风而逝，《商颂考》一文却经受住了时间的考验。从20世纪80年代开始，刘毓庆、张启成、赵明等人陆续发表文章，支持"商诗说"，张松如（公木）先生的新著《商颂研究》对此问题又做了更为系统的论述。如今，《商颂》为商诗的观点重新被大多数学者所接受，"宋诗说"正在被摒弃，可见，学术总是在进步，真理总是越辨越明的。

杨公骥先生的《〈商颂〉考》（包括他与公木合作的《论〈商颂〉》）以充分的事实批评了"宋诗说"的谬误，重新恢复了"商诗说"的权威，这为今后的《商颂》研究打下了坚实的基础。但是由于相关的历史记载太少，有关《商颂》作年中的一些细节问题也并未完全解决。问题还出在对原始文献的理解上。按《国语·晋语》的原文是"昔正考父校商之名颂十二篇于周太师，以《那》为首。其辑之乱曰：'自古在昔，先民有作，温恭朝夕，执事有恪。'"这里既然说的是"正考父'校'商之名颂"，似乎说明当时的这十二篇作品可能存在着语言或者音乐上的问题需要校正，那么正考父在其中到底做了多少工作，在现存的《商颂》文本中是否包含了正考父"校"的功劳？① 另外，这里说正考父当时看到的"商之名

---

① 此处"校"字，孔颖达《毛诗正义》读为校对之校。王国维在《观堂集林》卷二《说〈商颂〉》一文中说："汉以前初无校书之说。即令校字作校理解，亦必考父自有一本，然后取周大师之本以校之。……余疑《鲁语》校字当读效，效者献也，谓正考父献此十二篇于周太师。"按王国维认为汉以前初无校书之说，没有根据。此处将校字作效字解，再引申为献字，为改字解经，并无旁证，故不可取。然而即便是当作"献"解，也不能证明这些诗篇是正考父所作。

颂"有十二篇,可是《诗经》现存的《商颂》只有五篇,这五篇是否都是商代留下来的作品,是否都包括在十二篇之内?历史上没有明确的记载,杨先生的文章自然也不可能完全解决这些问题,因而有关《商颂》的研究还将继续下去。例如有人试图折中商诗与宋诗两说:"过去把问题绝对化了,说它们是商诗,不见得春秋时人没有加工或改写;说它们是宋诗,不见得没有依据前代遗留的蓝本或大部分资料。事实上从内容到形式,有前代的东西,也有春秋时代的东西。"从情理上来说有这种可能,但是学术研究要有事实为依据,要靠证据来说话,在没有充分的证据证明之前,此说恐怕还有失武断。当然,学界近年来还有人支持"宋诗说",并提出一些新的证据,但是从整体上看并没有实质性的突破,不足以颠覆《国语·鲁语》的说法。① 所以,就目前我们所知的历史文献而言,"商诗说"还是最为有据的说法。

---

① 如李辰冬《〈商颂〉到底是什么时候的作品?》,台湾《新时代》第10卷第8期,1970年8月。梅显懋:《〈商颂〉作年之我见》,《文学遗产》1986年第5期。

后 记

中国文学研究方法论是一门理论课，同时又是一门实践课。如何让学生真正能够掌握文学研究的方法是不容易的。我的体会，与其由老师在课堂上大讲研究方法，不如让学生研究和理解一些具有典范意义的论著。20世纪的中国文学研究取得了前所未有的丰硕成果，涌现出一批古典文学研究大师，发表了许多具有典范意义的论著。从这些优秀论著中挑选出一部分以供学生学习研读，这是我在教学过程中逐渐总结出来的经验。

但如何选择典范性的文章并不是一件容易的事。面对20世纪极为丰富的学术研究成果，为如何选择文章的问题曾让我颇费踌躇，我没有能力把20世纪最好的学术论文全部选出来，甚至我所读过的文章也不过是20世纪浩如烟海的学术成果中的一部分。即便是在我本人相对熟悉的研究领域，也不能说所有的研究文章都已经读过。为了使所选的文章尽量更有代表性，同时又便于自己授课，我定了以下几条原则：1. 要选具有开创意义的学术大师的代表性的具有方法论意义的文章作为范本；2. 要考虑不同的学术流派并尽量体现出学术发展的轨迹；3. 在每一篇代表性文章下面附一组与之相关的重要学术论文；4. 所选篇目我自己要比较熟悉，以便于给学生讲解；5. 以身说法，尽量通过自己的学术实践作为切入点，增强师生之间的互动与交流；6. 向学生介绍自己的师承关系，以便于了解当代不同的学术流派。基于上述6条原则，我选择了11位学者的16篇文章作为课堂研读讲述的范文，在每一篇文章下各附了5至6篇的参考文章，以供同学们自学。这些文章，不一定都与正文在研究方法方面完全相同，也许相似或相反，总之，它们之间都有一些联系，其目的主要是让同学们可以接触更多的范文，通过自己的查找和阅读，也许会有更多的收获。但是受自己的学识所限和教学时间所限，以上所选未必妥当，在以后的教学实践中，我将不断征求老师和同学们的意见，以使其更为完善。

本讲义从2002年起作为首都师范大学中国古代文学研究生文学研究方法论的教材，已经过三年的试用，其间曾经征求过李炳海先生、许志刚先生、曹旭先生、张燕瑾先生、邓小军先生、左东岭先生、吴相洲先生、檀作文博士、雍繁星博士等人的意见，也曾听取研究生们的意见，每年都做适当的修改，我的博士生王媛、冷纪平、王培友、黄松毅、黄冬珍、卫亚浩等帮助我校对文稿，张剑博士后也给予了热情帮助。学苑出版社郭强先生和孟白社长慨然允诺出版本讲义，在此表示衷心感谢。

最后，我还要向同意将范文编入，并对因出版困难没有稿费深表支持的各位学术大师的亲属表示深深的感谢。感谢他们对我的教学工作的大力支持，这也是对教育事业的无私关爱。

赵敏俐
2005年12月1日于首都师范大学中国诗歌研究中心

再版后记

该讲义2005年12月出版之后，经过几年的教学实践，在这次重版时又做了如下调整：

1. 对上篇《二十世纪文学研究方法论概述》部分略做修改，个别地方内容略做调整，订正了文字讹误。

2. 对所选论文进行了调整，更换了部分篇目，使所选文章的作者与研究范畴有所扩大，代表性更强，同时也更加有利于教学。

3. 增补了本人对杨公骥教授《〈商颂〉考》一文的评析，为学生研读其他文章提供一个样板。

以上修改表面看起来是很简单的工作，但是在实际修改的过程中还是遇到了不少的困难，最重要的还是论文选目的更换。除了坚持学术性之外，同时还需要从教学的角度出发，重在这些论文写作的典范性和教学上的实用性。之所以要做调整，主要的原因是在教学的过程中发现原来所选篇目存在一些问题，一是有的学者所选篇目过多。如王国维的论文，原来选入三篇，现在将《唐宋大曲考》去掉，加入吴梅的《顾曲麈谈·原曲》。二是有的篇目过长。从论文的写作角度来讲不够完善，如闻一多的《伏羲考》，是经过别人整理的未完成稿，现在换上郑振铎的《汤祷篇》。三是与文学研究的关系不大。如郭沫若的《从周代农事诗论到周代农业社会》，换成朱东润的《国风出于民间论质疑》。四是使选文在本专题中更有代表性。例如将郭绍虞《文学观念与其含义之变迁》换成朱自清的《诗言志辨·比兴》。第五是增加一个有关文学发展史的新专题，选入龙榆生的《两宋词风转变论》。这样，总篇目就由原来的十六讲增加到十七讲。除此之外，对于原来每篇正文下面所附文章的目录也进行了调整，使其与所选正文之间的关系更加紧密。即便如此，原来在教学中发现的问题还是没有完全克服。比如有的同学给我提出建议，能否选一些当下仍然活跃在学术研究领域的前辈学者和中青年学者的文章作为范文进行研读。这个建议虽然很好，但是实际操作起来难度更大，我有些力不从心，只好作罢。

古人说："文章千古事，得失寸心知。"自己不写论文，就不知道写作论文的甘苦，自然也不知道何谓研究，更谈不上研究方法。不认真地研读别人的论文，更不知道别人研究的甘苦，也不能了解别人研究的方法，从而真正地学习到别人的长处。几年下来，与学生在一起学习研读，我对此更是深有体会。可以说，几乎每年上这门课程我都会有新的收获，对文章都会有新的理解，对这些前辈学者也就益发敬重。学术研究是薪火相传的事业，我们只有对前辈学者有更多的了解，对他们的成果给以足够的重视，才能沿着他们的足迹继续前行。我想，这也是文学研究方法论学习内容的重要部分，我也要把它教给学生。

赵敏俐

2011年1月1日

三版后记

  自 2011 年再版后，转眼又是 8 年过去了。因市场上已经很难见到此书，又有教学的需要，故再次重版。借此机会，又做了以下改动，第一，对上编概述部分略做文字上的修补增订；第二，对下编中因上次校对不精而出现的文字讹误进行重新校对。

  自 2016 年起，姚苏杰老师做我的学术助手，帮助我共同开设此课，主要是增加了更多的课外辅导和布置大量的作业，让同学们围绕课程进行阅读和写作训练。实践证明这样的效果更好，他为此付出很大心血，也对我如何开设好这门课程提出了很多好的意见和建议。这次再版中的文字校对工作，主要是他带领学生们完成的，在此向他表示衷心的感谢。

赵敏俐

2019 年 12 月 4 日